UM
JOGO
DE
DEUSES

Também de Scarlett St. Clair
SÉRIE HADES & PERSÉFONE

Vol. 1: *Um toque de escuridão*
Vol. 2: *Um jogo do destino*
Vol. 3: *Um toque de ruína*
Vol. 4: *Um jogo de retaliação*
Vol. 5: *Um toque de malícia*
Vol. 6: *Um jogo de deuses*

SCARLETT ST. CLAIR

UM JOGO DE DEUSES

Tradução
MARINA CASTRO

Copyright © 2023 by Scarlett St. Clair

Publicado por Companhia das Letras em associação com Sourcebooks USA.

Grafia atualizada segundo o Acordo Ortográfico da Língua Portuguesa de 1990, que entrou em vigor no Brasil em 2009.

TÍTULO ORIGINAL A Game of Gods
CAPA Regina Wamba
MAPA vukam/Adobe Stock
ADAPTAÇÃO DE CAPA BR75 | Danielle Fróes
PRODUÇÃO EDITORIAL BR75 texto | design | produção

Dados Internacionais de Catalogação na Publicação (CIP)
(Câmara Brasileira do Livro, SP, Brasil)

Clair, Scarlett St.
    Um jogo de deuses / Scarlett St. Clair; tradução Marina Castro. – São Paulo: Bloom Brasil, 2025. – (Hades & Perséfone; 6)

    Título original: A Game of Gods
    ISBN 978-65-83127-11-2

    1. Ficção norte-americana I. Título. II. Série.

25-265848   CDD-813

Índice para catálogo sistemático:
1. Ficção : Literatura norte-americana   813

Cibele Maria Dias – Bibliotecária – CRB-8/9427

Todos os direitos desta edição reservados à
EDITORA SCHWARCZ S.A.
Rua Bandeira Paulista, 702, cj. 32
04532-002 – São Paulo – SP
Telefone: (11) 3707-3500
facebook.com/editorabloombrasil
instagram.com/editorabloombrasil
tiktok.com/@editorabloombrasil
threads.net/editorabloombrasil

*Dedico este livro às pessoas que me leem.
Esta série é uma novela.
Que bom que vocês gostam.*

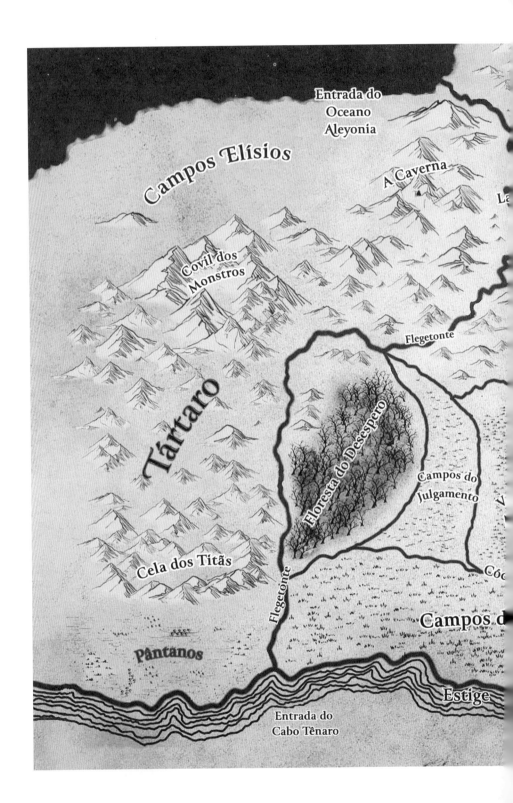

"Tudo é mais bonito porque estamos condenados." — Homero

"Nós todos, amantes, sempre tememos." — Ovídio

"Minha vingança é minha culpa." — Ovídio

1

HADES

Hades estava parado a poucos metros de uma casa em chamas. Tudo que restava era o esqueleto, uma vaga lembrança do que a casa tinha sido um dia, mas as chamas ainda ardiam, enchendo a noite de fumaça e cinzas. Aos pés do deus estava o cadáver de um velho, o fazendeiro que vivia ali, com as costas crivadas de balas. A alma dele vagava por perto, sem saber que havia deixado o corpo físico, executando o que Hades imaginava que fosse a rotina noturna do homem. Isso era uma experiência comum para os mortais que vivenciavam uma morte súbita.

O velho havia sido pego de surpresa.

Não que ele pudesse esperar uma coisa dessas. Seu único erro foi ter visto o ofiotauro, um monstro metade touro, metade serpente, que, segundo a profecia, tinha o poder de matar deuses. Alguém ficara sabendo e fora atrás do velho para obter mais informações, disfarçado de autoridade, e, depois de conseguir o que queria, matou o homem.

Hades sentiu a magia de Tânatos se intensificar quando o deus apareceu ao seu lado, uma pequena sombra que se fundiu à noite. Até seu cabelo e rosto pálidos refletiam as chamas.

Nenhum dos dois falou, não era preciso. Não havia nada a ser feito além de conduzir a alma do fazendeiro para o Submundo. Depois que se estabelecesse no Asfódelos, talvez ele pudesse fornecer informações a respeito de quem o tinha assassinado, mas Hades temia que fosse ser tarde demais. Até lá, haveria mais avistamentos do ofiotauro, e quem quer que estivesse em busca dele continuaria a deixar um rastro de corpos até encontrar o monstro.

— Essas são as mortes que eu mais lamento — disse o Deus da Morte.

— Assassinatos? — perguntou Hades.

— Ele não tinha muito mais tempo nessa terra, e mesmo assim sua vida foi tirada.

Hades não disse nada, mas concordava.

A morte do fazendeiro não era necessária. A única informação útil que ele poderia oferecer era a confirmação de que o ofiotauro estava vivo, mas havia outros jeitos de verificar esse boato, e nenhum deles envolvia matar alguém.

Hades encontraria quem quer que tivesse feito aquilo, e sua punição seria rápida e adequada.

Seu olhar foi do fogo para a alma do fazendeiro, que agora tentava em desespero entrar no celeiro em chamas, provavelmente para chegar aos animais que ficavam ali, mas eles já haviam partido.

— Dê paz a ele — disse Hades.

Àquela altura de sua longa vida, nem sempre ele tinha compaixão pelos mortos, mas, nesses momentos, quando a crueldade dos mortais ficava mais evidente, o fardo de conceder alívio se tornava bastante pesado.

Tânatos assentiu, abrindo as asas para voar em direção à alma.

Hades se afastou, vagando até o vasto prado que ficava além da casa do fazendeiro, longe do brilho do fogo.

Lá em cima, as estrelas cintilavam tanto que criavam sombras, e a dele era a maior na grama coberta de neve. Estava congelando, embora fosse verão; um presente inoportuno de Deméter, a Deusa da Colheita.

Não havia coincidências.

A tempestade havia começado na noite em que Hades oficialmente pedira a mão de Perséfone em casamento e ela aceitara. Era a declaração de guerra de Deméter e a arma que ela usaria para separá-los. Parecia insignificante, só umas gotinhas congeladas, mas era apenas o começo de algo pior que estava por vir.

Pessoas morreriam. Era questão de tempo.

E, quando acontecesse, será que Perséfone lutaria pelo amor deles ou cederia às vontades da mãe para salvar o mundo?

Hades odiava acreditar na segunda possibilidade.

Ele se dava conta de que era uma posição terrível, impossível. Se Deméter realmente amasse a filha, jamais lhe daria aquele ultimato.

Hades ficou refletindo a respeito daquilo enquanto inspecionava o céu, os olhos traçando linhas imaginárias entre as estrelas. Em meio aos esboços que elas criavam, ele viu Ceto, o monstro marinho assassinado por Héracles; Auriga, o herói grego criado por Atena; Áries, o carneiro dourado cuja lã podia curar qualquer coisa viva; e Órion, o caçador que ousou desafiar Gaia. Touro, porém, a constelação colocada no centro delas na ocasião da morte do ofiotauro, durante a Titanomaquia, havia desaparecido.

Era a prova que Hades estivera buscando. O que Elias dissera era verdade: o monstro fora ressuscitado. Não que não tivesse acreditado nele, mas nem sempre boatos eram verdadeiros.

— *Malditas Moiras* — rosnou ele, e tinha razão de amaldiçoá-las.

Láquesis, Cloto e Átropos haviam orquestrado essa ressurreição, embora o deus soubesse que ela só se concretizara porque ele havia matado Briareu, um dos hecatônquiros, os gigantes de cem mãos que ajudaram os olimpianos durante a Titanomaquia. Hera, a Deusa do Casamento, vira uma oportunidade de se vingar do gigante que ajudara Zeus a se soltar das amarras quando ela, Apolo e Atena tentaram derrubá-lo.

— *Uma alma por outra* — disseram as Moiras.

Hades sentiu um aperto no peito ao relembrar como Briareu havia morrido. Não houvera luto, nem súplicas nem raiva, apenas uma aceitação pacífica. Talvez aquela fosse a pior parte, a confiança que o gigante depositara nele, pensando que havia chegado sua hora, e não que outro deus houvesse ordenado sua morte.

E, mesmo ao pegar a mão de Briareu e extrair sua alma do corpo, como uma fresta de sombra separada da escuridão, Hades já sabia que haveria grandes consequências, indo além até do que as Moiras poderiam tecer, porque, quando Zeus e os irmãos de Briareu, Giges e Coto, descobrissem o que ele tinha feito, o Deus dos Mortos não poderia mais contar com o apoio nem com a lealdade deles. Não que ele acreditasse que algum dos irmãos fosse escolhê-lo em vez de Zeus. Não fora Hades que os resgatara da escuridão do Tártaro. Ainda assim, eles haviam sido aliados dos olimpianos na guerra contra os titãs, ajudando a levar os antigos deuses para as profundezas do Tártaro. Isso significava que, se Hades se opusesse a Zeus, o que com certeza aconteceria, principalmente levando em conta seu noivado com Perséfone, não teria a ajuda dos dois gigantes remanescentes quando a situação chegasse a um ponto crítico, e nem podia culpá-los.

Hades retribuíra a lealdade deles com uma execução.

O Deus dos Mortos foi embora, manifestando-se em seu escritório na Nevernight. Assim que apareceu, o silêncio se abateu sobre a sala, espesso e pesado. Ele olhou para todos que estavam reunidos ali: Elias, Zofie, Dionísio e... Hermes.

Hades olhou para o Deus das Travessuras, reclinado em sua cadeira, com os pés apoiados na mesa. Quando seus olhos se encontraram, um sorrisinho envergonhado apareceu no rosto dourado do deus. Hades fez uma careta, mostrando os dentes, e Hermes se levantou depressa.

— Eu só estava deixando a cadeira quentinha — ele se defendeu.

Hades olhou atravessado para ele e se sentou. De fato, estava quente, o que só o fez encarar o deus com mais intensidade.

— Só o melhor para o Deus dos Mortos — acrescentou Hermes, com um sorriso feliz, indo se sentar na ponta da mesa de obsidiana de Hades.

— Hermes, se *alguma* parte dessa sua bunda encostar um milímetro na mesa, eu vou transformá-la em lava.

— Não é como se eu estivesse *pelado* — argumentou Hermes.

Hades fulminou o deus com o olhar.

— Sabe de uma coisa? O sofá é muito mais confortável mesmo — disse Hermes, aboletando-se no braço do móvel.

Hades voltou a olhar para os que estavam na sala, em particular para Dionísio. Ele estava um pouco afastado, deslocado do grupo — provavelmente por vontade própria. Estava vestido de modo bem mais casual que de costume, com calças escuras e um suéter bege. Suas tranças grossas estavam amarradas, e seus braços, cruzados. Ele parecia frustrado, e, se Hades fosse adivinhar, diria que tinha pouco a ver com o fato de ter sido convocado para a Nevernight e tudo a ver com a detetive mortal que Dionísio estava abrigando em sua boate, Ariadne Alexiou.

Hades estava surpreso que ele tivesse vindo, embora aquilo provavelmente se devesse à sua curiosidade. Dionísio tinha uma relação tensa com os olimpianos, em grande parte por causa do ódio que Hera nutria por ele, que também era a razão de ele finalmente ter escolhido um lado. Mas Hades não era idiota. Sabia que aquilo não significava que Dionísio fosse leal a ele. Só significava que o Deus da Loucura era leal a si mesmo.

— O ofiotauro foi ressuscitado — disse Hades. — A constelação dele não está mais no céu.

Havia certo medo associado a pronunciar aquelas palavras em voz alta que Hades não esperava sentir, mas ele era o responsável pela situação, o que queria dizer que também seria responsável pelas consequências desastrosas caso a criatura fosse parar em mãos erradas.

— Elias — disse Hades, olhando para o sátiro, que estava ao lado de Zofie, o cabelo tão encaracolado quanto os chifres se projetando da cabeça. — Conte o que descobriu a respeito do monstro.

— Até agora, só houve um avistamento. Um fazendeiro nos arredores de Tebas alegou ter ouvido um berro estranho no meio da noite. Ele pensou que uma de suas vacas poderia ter se machucado, e, quando saiu para investigar, encontrou uma criatura metade touro, metade serpente enrolada em torno dela. Quando o bicho o viu, saiu rastejando pela grama. — Elias parou e olhou de relance para todos ali. — A vaca não sobreviveu.

Houve um momento de silêncio quando Hades acrescentou:

— Nem o fazendeiro.

O maxilar de Elias se contraiu.

— Ele estava perfeitamente bem ontem.

— E hoje está morto — disse Hades. — Cravejado de balas.

— Então alguém além da gente quer o monstro — comentou Dionísio. — Não me surpreende, mas quem?

— Essa é a pergunta que não quer calar.

Hades ficou encarando o Deus do Vinho com intensidade, mas não por suspeitar que ele tivesse algo a ver com a morte do fazendeiro. Sabia, entretanto, que Dionísio gostava de colecionar monstros tanto quanto Poseidon. Era uma das razões pelas quais preferia mantê-lo por perto, mesmo com sua nova e frágil aliança.

Dionísio estreitou os olhos.

— Como foi que a criatura acabou sendo ressuscitada, Hades?

O Deus dos Mortos não gostou do tom de acusação, mas Hades não era Dionísio e não fugiria da responsabilidade.

— Porque eu matei um imortal.

A expressão severa de Dionísio suavizou, mas não por compaixão.

Era choque.

— Isso é obra das Moiras — disse Hades.

— Então você nos chamou pra lidar com as consequências das suas ações — disse Dionísio, com a voz cheia de desdém. — Típico.

— Nem tente bancar o superior, Dionísio — disse Hades. — Sei como você gosta de monstros.

Hades podia ter tentado se explicar. Sabia que o deus odiava Hera, e a mera menção do envolvimento dela abrandaria o julgamento de Dionísio, mas, na verdade, ele achava que não importava. De qualquer modo, Dionísio queria estar ali e gostaria de ter a posse do ofiotauro, o que significava que procuraria por ele, mesmo se decidisse não ajudar Hades diretamente.

— Se isso é obra das Moiras — disse Zofie —, milorde não pode só perguntar a elas o que teceram?

— As Moiras são deusas assim como eu — explicou Hades. — A chance de elas me contarem seus planos é a mesma de eu revelar os meus.

— Mas são as Moiras. Elas já não sabem quais são?

Hades não respondeu. Às vezes gostava da ingenuidade de Zofie, mas, naquele momento, era frustrante.

Era difícil definir como as Moiras agiam. Boa parte das decisões que tomavam dependia do humor delas, assim como acontecia com a maioria dos deuses. Era possível que só tivessem orquestrado a ressurreição do ofiotauro para foder com ele, mas também era possível que quisessem ver o fim dos olimpianos; Hades não sabia qual dessas opções era a certa nem se elas mesmas já tinham decidido. Só sabia de uma coisa: o destino não podia ser evitado, apenas adiado.

— Qualquer que seja o plano delas, nós também precisamos de um — disse ele.

— Eu não entendo — disse Zofie. — As Moiras já escolheram um fim. Então vamos planejar o quê?

— Vamos planejar vencer — respondeu Hades.

Era só o que podiam fazer, e torcer para que, se as Moiras não tivessem decidido favorecer Hades ou os olimpianos, pudessem ser influenciadas, mas aquilo jamais aconteceria se não tomassem alguma atitude. Ele sabia, melhor do que ninguém, que as três irmãs adoravam ver os deuses caindo em seus joguinhos, principalmente quando envolvia sofrimento.

Depois de um instante de silêncio, Dionísio falou:

— Qual é a profecia que torna esse monstro tão perigoso?

Ele não tinha como saber, uma vez que havia nascido depois da Titanomaquia.

— Quem queimar as entranhas dele ganhará o poder de derrotar os deuses — respondeu Hermes.

— Tem certeza que a profecia é essa? — perguntou Dionísio, erguendo a sobrancelha.

— Talvez derrotar só um deus? — ponderou Hermes em voz alta, depois deu de ombros. — Talvez eu tenha ouvido errado uma palavra ou outra.

— Uma palavra ou outra?

— Foi uns quatro mil anos atrás — disse Hermes, na defensiva. — Tenta você se lembrar de alguma coisa depois de tanto tempo.

— Guardar rancor daquela época não parece assim tão difícil pra você.

— De repente comecei a me arrepender de ajudar Zeus a salvar sua vida — disse Hermes.

Às vezes Hades esquecia que os dois deuses tinham um histórico, por menor que fosse. Hermes ajudara a salvar Dionísio quando ele nascera, levando-o ao Monte Nisa para ser criado pelas ninfas que viviam ali.

— Talvez fosse melhor pra todo mundo se você não tivesse feito isso — disse Dionísio.

O Deus das Travessuras empalideceu ao ouvir essas palavras, e, antes que um silêncio tenso preenchesse a sala, Hades falou:

— É uma profecia, Hermes. Uma palavra ou outra pode mudar todo o significado da frase.

Hermes ergueu os braços para o céu.

— Bom, eu nunca disse que era um oráculo.

— Então vamos ter que perguntar pra um — disse Hades.

Talvez a profecia tivesse mudado. Talvez não houvesse profecia nenhuma. Assim que pensou nisso, Hades percebeu que era querer demais. As Moiras não trariam a criatura de volta à vida se não quisessem que ela desafiasse os deuses.

— E precisamos encontrar o ofiotauro antes dos outros.

— Contra quem estamos competindo? — perguntou Dionísio.

— Aposto que é o Poseidon e o pirralho dele — disse Hermes. — Aquele filho da puta está sempre atrás de poder.

Hermes tocou num ponto em que Hades também estivera pensando. O ofiotauro podia viver na terra, mas também se dava bem na água. Poseidon aproveitaria qualquer chance de derrubar Zeus, mas Teseu e Hera fariam o mesmo. Hades já sabia que o semideus e a Deusa do Casamento estavam trabalhando juntos, mas suspeitava que o Deus dos Mares alimentasse o desejo de Teseu de derrubar os olimpianos. Se de fato acreditava que o filho era capaz disso era outra história.

Às vezes, Hades se perguntava quem estava orquestrando o jogo e quem estava apenas jogando, mas de uma coisa tinha certeza: se pudesse tomar a dianteira, ele faria isso.

— Não podemos deixar que ele se refugie no mar — disse Hades.

Nesse caso, o monstro estaria no território de seu irmão, praticamente inalcançável. Mesmo se Hades oferecesse um acordo, Poseidon não abriria mão de tamanha arma.

— Então estamos desperdiçando um tempo precioso conversando enquanto deveríamos estar caçando — comentou Dionísio.

— O problema, Dionísio, é por onde começar — disse Hades, olhando para o deus. — A menos que você saiba alguma coisa que nós não sabemos.

Dionísio não disse nada.

— Precisamos ter cuidado na investigação — disse Elias. — As pessoas já estão comentando no mercado. Está todo mundo esperando que você se envolva.

E tinham razão em fazê-lo, embora Hades soubesse que isso não impediria ninguém. No mundo sórdido do mercado clandestino, poucas pessoas temiam sua ira, e ele não se importava. Era difícil temer a morte quando se esbarrava nela todos os dias. Ainda assim, aquilo significava que ele entraria numa competição para localizar o que provavelmente era uma das armas mais poderosas já criadas contra os deuses.

— Então talvez as minhas ménades devam conduzir a investigação — sugeriu Dionísio.

Hades o ignorou e olhou para Elias.

— Chame o Ptolomeu, mas fique de olho nele. Não confio em ninguém com esse assunto.

— Nem em mim, pelo jeito — comentou Dionísio.

Hades se voltou para o Deus do Vinho.

— Não vamos fingir que você já não mandou suas assassinas ficarem de olho no que está acontecendo. Você não fica esperando permissão, só vai lá e faz.

Dionísio crispou os lábios e desviou o olhar. Hades não sabia dizer se o tinha divertido ou irritado.

— E o que deve ser feito com o monstro quando o encontrarmos? — perguntou Zofie. — Milorde vai matá-lo?

Hades não respondeu porque não tinha resposta para a pergunta. Achava que ia depender do que o oráculo dissesse a respeito dos poderes da criatura, mas duvidava que mais alguém em busca do ofiotauro fosse pensar duas vezes sobre a verdade da profecia.

O monstro tinha um alvo na cabeça e uma contagem regressiva no coração.

— Estão dispensados — disse Hades.

Ele estava pronto para voltar ao Submundo e ficar com Perséfone. Era onde deveria ter passado a noite, enrolado em seu corpo quente depois de fazerem amor. Estava furioso por não ter conseguido. Até na noite de seu noivado ele tinha saído enquanto ela dormia, para buscar informações sobre o ofiotauro e tentar descobrir onde Deméter se escondera.

Hades tentou não pensar nisso como um presságio do que estava por vir, mas sabia que havia uma batalha pela frente. Sempre soubera que não seria fácil fazer de Perséfone sua esposa, considerando que a mãe dela era uma de suas críticas mais ferozes. E embora a neve caindo lá fora no meio do verão o perturbasse, sua preocupação maior era Zeus.

Seu irmão gostava de controle, principalmente quando outros deuses estavam envolvidos, e isso incluía opinar a respeito de seus casamentos.

Ele cerrou o punho ao pensar nisso.

Hades se casaria com Perséfone independentemente das consequências porque, no fim das contas, uma vida sem ela não era vida.

2

DIONÍSIO

Dionísio deixou a Nevernight e retornou para a Bakkheia, para a suíte onde, em geral, ficava, apesar de ter uma propriedade perto de Tebas. Não é que ele achasse uma mais confortável que a outra; não achava nenhum lugar particularmente confortável, mas não conseguia lidar com o silêncio de sua casa. A paz não o acalmava; na verdade, só dava origem a pensamentos mais barulhentos e incessantes.

Mesmo naquele momento o deus não estava completamente livre deles, da voz contínua em sua mente que lhe dizia que ele não tinha feito o bastante, que não era o bastante. Mas pelo menos ali poderia afogá-la com o barulho, a folia, a *loucura*.

Ele observava tudo da tranquilidade de sua suíte, que fora abandonada pelos foliões de costume enquanto ele atendia à convocação na Nevernight. Apesar de já ter amanhecido, a boate estava lotada. A música fazia sua alma vibrar e seu coração bater forte. Lasers cortavam a escuridão, realçando rostos suados e corados, iluminando conhecidos e amantes entrelaçados em abraços carnais.

O cheiro azedo de suor misturado com o odor tóxico das drogas penetrava pela saída de ar e queimava seu nariz.

Ele estava acostumado com aquilo: os sons, os cheiros, o sexo. Fazia parte da cultura que se formara em torno de seu culto, que ele levara com as ménades de cidade em cidade, deixando um rastro de sangue atrás de si. E, embora já fizesse muito tempo desde que abandonara essa vida, nunca se livraria por completo da loucura com que Hera o tinha contaminado.

De vez em quando ainda a sentia. Era um tremor sutil e quente que consumia seu corpo e, ao se espalhar, dava a sensação de que ele estava sendo perfurado por alfinetes e agulhas. Quando sentia aquilo, era impossível ficar parado, impossível descansar.

Só de pensar nisso suas mãos tremiam. Dionísio cerrou os punhos e prendeu a respiração, na esperança de diminuir a sensação antes que subisse por sua espinha e entrasse em suas veias, antes que o consumisse de novo, mas, ao se concentrar, ele passou a ouvir um som vindo de algum lugar ali dentro da suíte.

Era um gemido ofegante.

Ele deu as costas para a janela com vista para a pista e avançou na direção da escuridão, mas não viu ninguém.

O ritmo do som acelerou, e passou a ser acompanhado de uma batida.

Dionísio atravessou o quarto até um armário atrás do bar. Encostou a orelha na porta, que era macia, coberta pelo mesmo veludo preto que forrava as paredes. Quando teve certeza de que os sons estavam saindo dali, ele a abriu.

Lá dentro estavam Sileno e uma mulher que Dionísio não reconhecia. O sátiro estava apoiado de um lado do armário enquanto a mulher o cavalgava, com as pernas enlaçando sua cintura.

— Porra! — disse Sileno, e eles ficaram imóveis.

— Cacete, pai — disse Dionísio, ríspido.

Sileno riu, ofegante.

— Ah, Dionísio. É só você.

Não era como se fosse a primeira vez que Dionísio pegava Sileno transando. O sátiro se tornara parte de seu culto depois de ser amaldiçoado a vagar pela Terra. Eles já haviam passado dias no meio de orgias, dando e recebendo prazer, como era o costume dos que o adoravam. Ainda assim, ao longo dos anos, cenas como essa tinham se tornado algo que Dionísio queria ver cada vez menos de um homem que passara a enxergar como figura paterna.

Ele bateu a porta com força, depois tirou uma garrafa de vinho do bar e se serviu de uma taça. Quando tomou o primeiro gole, a porta se abriu de novo, e a mulher tropeçou para fora.

Ela pigarreou e passou o cabelo por trás da orelha.

— Me perdoe, Lorde Dionísio. Eu não queria...

— Não tem por que se desculpar — disse ele, rapidamente, sem olhar para ela. Tomou outro gole do vinho. — Vai.

Ela inclinou a cabeça e foi embora cambaleando. Um feixe de luz brilhante vindo do corredor penetrou a escuridão quando ela saiu.

Sileno surgiu por trás dele.

— Eu não sabia que você tinha voltado — disse ele.

Apesar de não estar de frente para ele, Dionísio ouviu o tilintar do cinto quando o sátiro o fechou.

— Há quanto tempo você estava naquele armário? — perguntou ele.

O sátiro fez uma pausa.

— Pra falar a verdade, não sei.

Dionísio ergueu a sobrancelha e deu uma olhada no pai adotivo.

— Então como você sabia que eu tinha saído?

— Eu sempre sei quando você sai — respondeu Sileno. — Porque sinto que consigo respirar de novo.

— Grosso do caralho — disse Dionísio, enquanto Sileno dava um empurrão nele para ficar ao seu lado no bar.

O sátiro era uma cabeça mais baixo que o deus, mesmo assim era mais alto que qualquer outro sátiro que ele já tivesse conhecido. Provavelmente porque Sileno não era apenas um espírito da natureza. Ele era um deus da natureza. Até sua aparência era diferente dos outros de sua espécie. Dionísio já vira sátiros com pés e rabos de cavalo ou cabra, mas Sileno tinha as orelhas longas e o rabo de um burro. No entanto, ele normalmente mantinha essa forma escondida por uma ilusão.

— Você nunca reclamou da minha sinceridade antes — disse Sileno, servindo-se de uma taça de vinho e a bebendo de uma vez, como se fosse água. Era um comportamento típico dele: era o Deus da Embriaguez, e era por isso que os dois haviam formado uma dupla perfeita por tanto tempo, suas vidas girando em torno de festas.

— Devo começar hoje?

Sileno terminou os últimos goles do vinho e baixou a taça com um tinido.

— Dionísio, até você sabe do que eu estou falando — disse ele.

— Você vai precisar ficar bem mais bêbado se quiser destilar sabedoria.

— Não é sabedoria. É verdade. Você ficou insuportável.

— Por quê? Só porque não saio mais com você?

— Bom, esse é *um* motivo — disse o sátiro. — Mas é mais do que isso. Você sabe que é.

Dionísio se afastou do bar, inclinando-se na direção do pai adotivo.

— Me explica.

— Você não está se divertindo — disse Sileno. — Nem um pouco. Quanto tempo faz que você não relaxa?

Dionísio cerrou os dentes.

— Não sou a mesma pessoa de antes, Sileno.

— Nenhum de nós é — respondeu o sátiro. — Mas isso não significa que não podemos curtir a vida, já que estamos vivos.

— Não foi você que disse que era melhor nem ter vivido, mas, já que é preciso, então é melhor morrer cedo?

— Bom, você ainda não morreu, então por que não passar mais um tempinho se divertindo?

Dionísio revirou os olhos e saiu de trás do bar.

— Não dá pra você continuar assim — disse Sileno. — Você permitiu que ela tivesse poder demais sobre você.

Dionísio se virou para ele.

— Se vamos falar disso, diga o nome dela.

Sileno o encarou, com expressão frustrada.

— Essa busca por vingança te transformou... em outra pessoa.

— Já passou pela sua cabeça que talvez *esse* seja quem eu sou? — perguntou Dionísio. — E que a pessoa que você conheceu tantos anos atrás, essa de quem você sente tanta saudade, foi criada pela Hera?

Sileno começou a balançar a cabeça.

— Não. Não acredito nisso.

— Não acredita porque não quer ver.

— Não acredito!

Os dois falaram ao mesmo tempo, vozes elevadas e veementes, e, quando se calaram, um silêncio desagradável se estendeu entre eles.

Foi Sileno que o quebrou.

— Quero ver você encontrar a felicidade — disse ele, depois suspirou, passando uma das mãos pelo cabelo fino e grisalho. — Mesmo se for só *um pouquinho*.

— Talvez a felicidade não seja pra mim — disse Dionísio.

— É uma *escolha*, Dionísio — disse Sileno, claramente frustrado. — Você precisa escolher.

— Então eu escolho a vingança — respondeu o deus. — E vou continuar escolhendo até conseguir.

— E a garota? — perguntou o sátiro.

Dionísio sentiu o corpo ficar tenso à menção de Ariadne.

— Ela é uma mulher, não uma garota. O que tem ela?

— Ela é bonita — disse Sileno.

Essa observação já deixou Dionísio irritado. Ela não era só bonita. Era linda, e ele era lembrado disso a cada vez que olhava para ela, *sentia* isso toda vez que chegava onde ela estivesse.

— Ela me odeia — disse Dionísio.

— Porque não tem nada pra ela gostar no momento — comentou Sileno.

— Talvez eu não queira que ela goste de mim.

— Seu pau está dizendo outra coisa.

— Não olha pro meu pau — disse Dionísio. — É estranho.

— Um pau nunca mente — respondeu seu pai adotivo. — Você gosta dela.

— Eu quero comer ela. Não gosto dela — disse Dionísio.

— Parece o começo ideal pra um relacionamento.

— Sim, um relacionamento tóxico.

— Você já pensou em... sei lá... transformar ela em algo além de uma ménade?

— Não posso *transformar* ela em nada.

— Claro que pode. Você já a transformou numa prisioneira contra a vontade dela.

— Pra protegê-la.

Quer ela percebesse ou não, embora não fosse o caso a princípio. Em um primeiro momento, ele a sequestrara e a levara para a Bakkheia por suspeitar que ela tivesse servido de distração para que Hera e Teseu raptassem as Greias. Embora isso fosse exatamente o que ela tinha feito, Ariadne também lhe dissera que só tinha concordado com o plano depois de conhecê-lo e achá-lo totalmente insuportável.

Ele cerrou os dentes.

— Então você se importa com ela — disse o sátiro.

— Ela é um meio para um fim, Sileno.

E não seria nada além disso.

— Bom, se ela é um meio para um fim, vamos torcer pra ela acabar em cima do seu pau.

Dionísio saiu da suíte e pegou o elevador até o porão, uma palavra simples demais para descrever o subsolo da boate. As maiores responsáveis por aquilo eram as ménades, que o haviam transformado numa cidadezinha. O andar subterrâneo da Bakkheia era uma vasta rede de túneis que ligavam várias partes de Nova Atenas, e, por meio deles, elas espiavam, matavam e construíam uma nova vida a partir das cinzas do passado.

Era exatamente o oposto das suspeitas de Ariadne, que acreditava que o deus liderava uma quadrilha de tráfico sexual. Não era a primeira vez que alguém acusava Dionísio de um comportamento tão abominável, mas o fato de ser *ela* o irritava, além de insultar o trabalho das ménades, que passavam a maior parte do tempo *resgatando* outras jovens de destinos semelhantes àqueles dos quais tinham escapado.

Ele nem sabia ao certo por que ficava tão incomodado.

A eficácia das ménades não seria tão grande se todos soubessem o segredo delas, e o fato de o mundo fora dos domínios de Dionísio acreditar que ele estava envolvido com tráfico em geral favorecia seus objetivos. Essa crença significava que pessoas que estavam em busca desses serviços costumavam ir até ele para estabelecer relações, e no fim acabavam virando alvos de suas assassinas.

Era um trabalho difícil e precário... e, por alguma razão, a rapidez de Ariadne em imaginar o pior o aborrecia.

Na verdade, ele nem devia ligar. Fazia apenas algumas semanas que a conhecia, mas ali estava ela, uma pedra cada vez maior em seu sapato.

Às vezes, quando estava perto dela, Dionísio sentia que Hera o estava levando à loucura de novo.

Quando a porta do elevador se abriu, ele se viu na plataforma de metal que ficava acima da área comum principal das ménades. Era grande, para acomodar as várias mulheres que haviam se juntado ao grupo nos últimos anos, mas nem todas as assassinas viviam ali. Dionísio esperava encontrar a sala abandonada àquela hora da manhã, mas algumas ménades ainda estavam acordadas e alertas, de pé com os braços cruzados, olhando para o teto em estilo industrial, de onde pendiam grandes dutos de metal e luzes brilhantes. Algumas pareciam frustradas, outras, irritadas, e umas poucas aparentavam se divertir. Apesar dessa mistura de emoções, ele sabia que estavam escutando.

O deus suspirou, porque sabia exatamente no que elas estavam prestando atenção: Ariadne estava tentando fugir de novo.

Ele balançou a cabeça e se aproximou da beirada da plataforma. Ficou se perguntando há quanto tempo ela já estava no duto e quando havia parado de se mover; provavelmente assim que ele chegara. Ariadne devia estar lá em cima agora, xingando Dionísio. Porém ele não tinha dúvidas de que ficaria esperando o máximo de tempo possível, até que ele fosse embora.

Então ouviu um espirro suave e concentrou seu poder ali. Parafusos saltaram dos buracos, e a estrutura se curvou e se dobrou. Ariadne soltou um grito agudo ao despencar no chão. Por um milésimo de segundo, Dionísio temeu que ela tivesse se machucado na queda, mas ela rolou para ficar sentada e o fulminou com o olhar.

Ariadne usava jeans rasgados, uma camisa justa e uma jaqueta de couro; seu cabelo escuro pendia pesado sobre os ombros. Era linda, mesmo quando estava brava, o que era o tempo todo, pelo menos com ele.

— Saiam — ordenou Dionísio, e as ménades se dispersaram, desaparecendo através de uma das várias arcadas escuras, deixando-o a sós com Ariadne. Ele continuou olhando para ela por um instante antes de se dirigir às escadas para chegar ao nível inferior. Enquanto caminhava até ela, a mulher se levantou, tirando a poeira das roupas com uma careta. — O que está doendo? — perguntou ele.

Ela parou e olhou feio para ele.

— Se está preocupado em me machucar, devia ter pensado duas vezes antes de usar seus poderes contra uma mortal.

— Não usei eles contra você.

— Então a gente tem ideias muito diferentes do que isso significa.

Dionísio respirou fundo para aplacar a frustração, mas não funcionou.

— Se é pra tentar fugir, você podia pelo menos aceitar minha oferta de treinamento. Talvez assim você conseguisse.

— Eu sou treinada — respondeu ela, ríspida.

— Para interrogar e usar uma arma — disse ele. — Realmente, habilidades muito úteis contra deuses.

Ela deu impulso e tentou socar o rosto dele. Dionísio não sabia ao certo se era uma tentativa de demonstrar habilidade ou uma reação instintiva à raiva, mas segurou o punho dela antes mesmo que ela pudesse esticá-lo em sua direção.

O gemido de dor da mulher o surpreendeu, e ele a soltou na hora. Ela fechou os dedos ao redor do pulso direito e o segurou junto ao peito.

— Deixa eu ver sua mão — exigiu ele.

— Eu estou bem.

— Pelo amor dos deuses, Ariadne. Deixa eu ver!

Ela manteve os dentes cerrados ao estender a mão, e o deus sustentou seu olhar. Não parecia estar quebrada, e, quando ele cobriu a mão dela com a sua, a energia confirmou suas suspeitas.

— Você torceu o pulso — disse ele.

— Você quer dizer que *você* torceu meu pulso — rebateu.

A culpa o atingiu como uma onda vertiginosa. Ele a encarou.

— Me desculpa.

O pedido de desculpas pareceu pegar Ariadne de surpresa, porque ela só piscou. Depois de um instante, percebeu que Dionísio ainda estava segurando sua mão e a puxou, voltando a segurá-la junto ao peito.

Ele pigarreou.

— Você precisa de gelo — disse, e começou a contorná-la. — Vem.

Ele atravessou a área comum e percorreu um corredor comprido e escuro em direção à cozinha. Quando apertou um interruptor, luzes fluorescentes se acenderam para iluminar um espaço estéril de inox, feito para alimentar centenas de pessoas ao mesmo tempo. Era uma necessidade, considerando que essa rede subterrânea podia acomodar milhares se fosse preciso.

Dionísio se aproximou de uma fileira de prateleiras altas e, depois de vasculhar um pouco, localizou uma caixa de sacos herméticos, e encheu um deles com gelo. Quando se virou, viu Ariadne parada à porta, encarando-o.

— O quê?

— Não dá pra você só... fazer um saco de gelo aparecer feito mágica?

Ele inclinou a cabeça e deu um sorriso.

— Acho que não é pra isso que serve a magia.

— Você entendeu o que eu quis dizer — disse ela, bufando, depois tentou cruzar os braços, mas a dor pareceu lembrá-la de que não devia fazer isso.

Dionísio se aproximou e lhe entregou o saco.

— Acho que eu podia ter feito isso — disse. — Mas também posso pegar eu mesmo.

Além do mais, ele tinha precisado se distanciar dela, mesmo que fosse apenas por alguns segundos.

Ariadne pegou o gelo e o colocou sobre o punho.

— Obrigada — disse ela, tão baixinho que ele mal conseguiu ouvir, embora, na verdade, nem merecesse um agradecimento. Ele devia isso a ela.

— Não estou brincando sobre treinar você — disse ele.

— Não quero virar uma das suas ménades.

— Então não vire. Mas se for permanecer neste mundo, precisa saber mais do que só carregar um revólver.

— Para de achar que a única coisa que eu consigo fazer é usar um revólver.

— Você sabe usar alguma outra arma?

Ela não disse nada.

— Um revólver não vai nos ajudar se formos enfrentar o Teseu.

Ariadne se irritou à menção do cunhado, embora Dionísio soubesse que ela ficaria furiosa se o ouvisse chamar Teseu assim. A mulher odiava o semideus, e até onde ele sabia, tinha muitos motivos para isso. Teseu a manipulava para fazer o que ele queria mantendo a irmã dela, Fedra, refém.

— Aonde você estava indo? — perguntou ele, depois de um instante. Quando ela não respondeu, ele continuou: — Ia atrás dele?

Já sabia a resposta, mas pensar nela saindo de fininho para encontrar Teseu pelo motivo que fosse o fazia arder de ciúme.

— Não — retrucou ela, seca. — Eu ia ver minha irmã.

— Ir ver sua irmã é a mesma coisa que ir ver Teseu — disse ele. — Você acha mesmo que ele vai deixar você ter acesso a ela?

— Não! — rebateu ela. — Mas pelo menos ela vai saber que eu *tentei*.

Os olhos dela brilhavam com lágrimas não derramadas, e essa visão apertou o peito de Dionísio. Ele não gostou da sensação porque lhe deu vontade de fazer coisas idiotas por ela.

— Eu não concordei em te ajudar a salvar sua irmã? — perguntou ele.

— Foi o Hades que concordou, *não* você — disse ela.

Dionísio cerrou os dentes com tanta força que seu maxilar doeu.

— Ele pode ter concordado com o negócio, mas nós dois sabemos que sou eu que vou ter que cumprir — disse ele.

— Se eu sou um fardo tão grande, me deixa ir embora — disse ela.

— Eu nunca disse que você era um fardo.

— Nem precisa — respondeu, baixando os olhos.

Dionísio só ficou olhando para ela.

— Não estou interessado em ficar relembrando como chegamos a esse ponto nem como nos sentimos sobre isso. O que está feito está feito, e temos trabalho pela frente. Você quer libertar sua irmã e derrubar Teseu, mas não consegue entender que ele não é só uma pessoa e, mesmo se fosse, é um semideus, filho do Poseidon. Ele tem a força de milhares de homens e, para derrubá-lo, vamos precisar de mais.

— Mais do quê?

— Mais de tudo. Mais tempo, mais planejamento, mais pessoas, mais armas.

— Eu não estou me preparando pra uma batalha, Dionísio. Só quero minha irmã.

— Que pena. Porque não vai recuperá-la sem guerra.

Ariadne suspirou, o peito subindo, e ele tentou não ficar encarando por muito tempo para que ela não percebesse que sua atenção tinha se desviado.

— Você não tem ideia de onde se meteu — disse ele.

— Então o que você quer de mim?

A pergunta o surpreendeu, não pelo que ela estava dizendo, mas pela maneira como o deixou: ciente tanto de como se sentia vazio quanto do desejo de preencher aquele vácuo.

Mas ele logo afastou esses pensamentos.

— Precisamos encontrar a Medusa — disse ele.

Medusa era uma górgona que supostamente tinha a habilidade de transformar homens em pedra com o olhar. Se fosse verdade, ela seria uma arma valiosa. Assim que ouvira os rumores desse poder no mercado, Dionísio contratara as Greias para ajudá-lo a encontrá-la, mas o plano saiu pela culatra quando a detetive Alexiou decidiu ajudar Teseu e Hera a capturar as três irmãs.

Ela provavelmente não tinha ideia do papel que devia desempenhar quando chegara à Bakkheia. Teseu transformara um lobo em um cordeiro, e Dionísio odiava ver quão bem ela seguia as ordens dele.

O deus estreitou os olhos.

— E se ela não quiser te ajudar?

— Sua tarefa é convencê-la — explicou ele.

— Achei que você tivesse dito que não precisava do poder dela.

— Nesse jogo, não se trata de precisar do poder dela, e sim de quem tem acesso a ele primeiro. E você vai querer que seja eu, prometo.

— Por que não manda suas assassinas?

— Isso não é trabalho pra elas — disse ele. — Medusa precisa se convencer de que é melhor ficar do nosso lado.

— E se eu não estiver convencida?

— Então vamos torcer pra estar quando chegar a hora.

3

HADES

Hades apareceu em seu quarto, escuro a não ser pela luz da lareira, que era clara demais, como o fogo ofuscante do rio Flegetonte. Ele quase queria que não estivesse acesa, que não precisasse encarar mais chamas naquele dia, porque o brilho o fazia lembrar que o mundo fora desse espaço não desejava sua felicidade.

O fogo fazia com que o deus quisesse voltar a ser recluso, se fechar para o mundo como fizera no começo de seu reinado como Rei do Submundo, mas, quando olhou para Perséfone, que dormia deitada em um mar de seda preta, percebeu que era impossível. Ela era sociável demais, amorosa demais, envolvida demais com o Mundo Superior para abandoná-lo. Queria salvar o mundo, até as partes que não mereciam sua bondade, e, porque ela queria aquilo, ele passaria a querer também.

Hades suspirou e passou os dedos pelo cabelo, puxando o elástico que o mantinha afastado do rosto. Foi até o bar e se serviu de uma dose de uísque, que bebeu depressa antes de se despir e se juntar a Perséfone na cama.

Deitou de lado e ficou observando-a, sem querer perturbar seu sono, apesar do desejo que sentia por ela. Mesmo no quarto escuro ele reconhecia suas feições, porque já as memorizara: o arco das sobrancelhas, a curva da bochecha, o formato dos lábios. Ela era linda, e seu coração era *bom*. Hades tinha certeza de que uma parte dele jamais acreditaria que ela era sua, que tinha concordado em se casar com *ele*, apesar de tudo que o deus fora e tudo que continuava a ser, mas outra parte dele, mais sombria, reconhecia que noivados podiam terminar, assim como casamentos.

Ele não esperava exatamente que Perséfone o deixasse, e sim que o mundo os separasse.

Perséfone suspirou, o que arrancou Hades de seus pensamentos. Ele se concentrou no rosto dela e percebeu os olhos se movendo por trás das pálpebras. Então ela franziu a testa e sua respiração ficou mais curta, o peito subindo e descendo cada vez mais rápido.

— Perséfone? — sussurrou ele, e ela choramingou, afundando a cabeça no travesseiro, arqueando as costas.

Seus braços permaneciam acima da cabeça, os punhos cerrados como se alguém a estivesse prendendo à cama.

Então ela ficou rígida e sussurrou um nome que fez o sangue de Hades gelar:

— Pirítoo.

Hades se apoiou no cotovelo, o medo inundando suas veias. Aquele homem. Aquele nome.

Pirítoo tinha sequestrado Perséfone, encorajado por Teseu, depois de passar semanas a perseguindo. Hades ainda se lembrava do que o semideus escrevera num diário que mantivera em sua mesa, descrevendo o que Perséfone vestia, as interações que tinham e tudo o que queria fazer com ela. Os textos eram sinistros de ler e acrescentavam mais uma camada de horror ao pesadelo que fora o rapto dela.

Aqueles mesmos sentimentos cresciam dentro dele agora, rasgando seu peito.

Era uma sensação familiar. Ele já passara por aquilo com ela antes. Desde o dia em que a pegara, Pirítoo assombrava o sono de Perséfone.

— Perséfone — disse Hades, espalmando a mão na barriga dela, mas, com seu toque, ela choramingou. — Shh — ele tentou acalmá-la, mas ela soltou um soluço.

De repente ela se desvencilhou dele e se sentou, ofegante. Hades deixou que Perséfone se recompusesse, com medo de tocá-la logo depois do pesadelo e incomodá-la ainda mais, embora estivesse desesperado para abraçá-la e ajudá-la a se sentir segura, para nunca a deixar partir.

Perséfone virou a cabeça e pareceu relaxar quando pousou os olhos em Hades, e de repente ele não se sentia mais tão inútil. Às vezes ele pensava que não tinha feito nada certo depois do sequestro e temia que um dia, sem saber, pudesse desencadear alguma lembrança daquela noite horrível, e então o que faria? Como poderia se redimir?

Parecia impossível mantê-la segura.

— Tudo bem? — perguntou ele.

O peito de Perséfone se ergueu quando ela suspirou, observando-o tão atentamente quanto ele a observava. Ela estava além de qualquer coisa que Hades já tivesse imaginado para si mesmo: linda e graciosa, boa demais para as coisas que o deus fizera ao longo de sua vasta existência, e, ainda assim, ela permanecia, uma luz constante ao seu lado, um farol que ele podia seguir através da escuridão.

Era nesses momentos silenciosos que ele se sentia mais impactado por seu amor por ela.

— Você não dormiu.

A voz dela era um sussurro deslizando por sua pele. Ela o enchia de *desejo*, o que parecia errado.

— Não — disse ele, depois se sentou, inclinando-se para olhar para o rosto dela.

Ela estava corada, com um brilho no olhar, o que era um indício de que tinha usado magia enquanto sonhava.

Hades acariciou sua bochecha e ela fechou os olhos, como se o toque dele a confortasse. Pensar nisso fez o coração dele bater mais forte. Havia poder no modo como ela o fazia se sentir, e ela era a única que já o possuíra.

— Me conta — disse Hades, mesmo já sabendo o que ela diria.

— Sonhei com o Pirítoo de novo.

Ele tirou a mão do rosto dela, cerrando os punhos. Uma coisa era saber, e outra era ouvir.

— Ele te machuca, mesmo nos seus sonhos — disse Hades. Pirítoo a assombrava mesmo que sua alma estivesse presa no Tártaro; assombrava o próprio *Hades*, não importava quantas vezes tivesse torturado o semideus até a morte. — Eu falhei com você naquele dia.

— Como você poderia saber que ele ia me sequestrar?

— Eu devia ter sabido.

Hades se orgulhava de saber tudo, antecipar tudo. Tinha tomado todas as precauções, garantido que Antoni levasse e buscasse Perséfone no trabalho, designado Zofie como sua égide para vigiá-la o tempo todo, mesmo de longe. Tinha permitido que ela tivesse o máximo de liberdade possível, provavelmente mais do que deveria, considerando que ela era um alvo para tanta gente, inimigos que nem podia conceber. Mas ele não podia mantê-la trancada em uma jaula, mesmo que tal jaula fosse o Submundo.

— Você não vê tudo, Hades — disse Perséfone, em um sussurro.

Ela estava tentando aplacar sua dor e não tinha como saber que o comentário só a aumentava. Não importava que ele não fosse onisciente. Ainda se culpava pelo que tinha acontecido. Havia culpado Zofie também e, quando tentara tirar dela a tarefa de ser a égide de Perséfone, sua deusa a defendera.

Ele não sentia orgulho de suas ações. Devia estar consolando Perséfone. Ela estava sofrendo. Hades sabia. Mesmo quando fazia amor com ela, sentia a tensão em seu corpo, bastante ciente do tempo que levava para deixá-la confortável.

Esse homem, esse semideus, tinha invadido o espaço mais privado e íntimo deles, e aquilo o deixava irado.

E esse, ele reconhecia, era o poder dos semidivinos.

O poder deles era desconhecido, assim como quantos eram, e um filho insignificante de um olimpiano tinha conseguido sequestrar não apenas outra deusa, mas a deusa *dele*.

Hades voltou a se concentrar em Perséfone e no que deveriam ter sido palavras de consolo.

— Você tem razão — respondeu ele. — Talvez eu deva punir Hélio, então.

Ela lhe lançou um olhar irônico ao ouvir o comentário.

— Isso faria você se sentir melhor?

— Não, mas seria divertido — disse ele.

Hades não admitiu que tinha irritado tanto o Deus do Sol nos últimos meses que era provável que Hélio nunca mais o ajudasse, o que era mais um alívio do que uma perda, apesar de ele suspeitar que o deus já apoiava ou apoiaria Hera em sua tentativa de derrubar Zeus.

Hades conseguira ameaçar a Rainha dos Deuses para fazê-la se curvar à sua vontade, garantindo que, quando Zeus se opusesse a seu casamento com Perséfone, ela saísse em sua defesa. Hera concordara, embora relutante. Não é que Hades não quisesse ver o fim do reinado de Zeus como Rei dos Deuses, mas queria Perséfone ao seu lado quando isso acontecesse. Os dois eram muito mais poderosos juntos do que separados, e Zeus sabia disso, o que o tornava a maior ameaça à felicidade deles.

— Quero vê-lo — disse Perséfone.

Ele levou um momento para assimilar o que ela dissera, porque estivera pensando em algo totalmente diferente. Sentiu-se culpado por estar pensando em Zeus e Hera enquanto ela agonizava a respeito de Pirítoo.

Mas a voz de Perséfone tinha uma determinação contra a qual Hades sabia que não podia lutar — não que fosse negar o pedido. Ele prometera aquilo a ela na noite em que a resgatara, mas não exatamente como ela pedira.

Quando for torturá-lo, quero estar junto, ela dissera, e o fato de ele ter concordado não o impedira de ir até o Tártaro aquela noite para atormentar o semideus sozinho, nem de voltar lá quase toda noite desde então para repetir as torturas. Não é que ele não quisesse honrar o pedido de Perséfone. Na verdade, estivera esperando que ela pedisse, porque aí saberia que estava pronta.

A única coisa que o fazia hesitar era que, uma vez que Perséfone visitasse essa área do Tártaro, ela conheceria a parte mais sombria dele. Hades sabia que ela entendia o propósito de sua prisão no Submundo, mas vê-la era completamente diferente, e aquilo o deixava tenso, com medo de que ela finalmente compreendesse por quem tinha se apaixonado e percebesse que na verdade não o amava.

Ele sustentou o olhar firme dela e respondeu:

— Como quiser, meu bem.

Hades levou Perséfone para o quarto branco, uma de suas câmaras de tortura mais modernas. Era usado para privar os ocupantes de todos os sentidos. Às vezes, Hades deixava uma alma viva ali durante semanas e, quando retornava, ela já tinha perdido por completo o senso de si. Ele gostava de castigar assim especialmente aqueles que usavam seu status e poder para ferir e matar no Mundo Superior. Tornava ainda mais satisfatório o momento em que eles enfim perdiam seu senso de identidade.

Fora ali que Hades deixara Pirítoo por último, tendo passado a maior parte de seu tempo no Submundo alternando entre outros métodos de tortura, antigos e novos. Já havia quebrado ossos e torcido joelhos, cortado as bolas e o pau dele, coberto sua pele de mel e deixado insetos e ratos morderem seu corpo até os ossos ficarem expostos.

Ele fizera tudo aquilo e mais, e sua fúria não tinha diminuído. Mesmo agora ele a sentia brotando dentro de si ao olhar para Pirítoo, largado numa cadeira no centro do quarto, preso no lugar por cordas amarradas em torno de seus braços, cintura e pernas. Sua pele era de um branco pálido, quase cinza, respingada por camadas de sangue seco das torturas anteriores. Não era uma visão agradável, e Hades se perguntou o que Perséfone estaria pensando agora que se encontrava cara a cara com o semideus.

A seu lado, a deusa estava imóvel e calada, os olhos fixos em seu agressor. Depois de um instante, ela inspirou e soltou o ar, um ruído alto no silêncio do quarto.

— Ele está morto?

Hades achou que ela estivesse sussurrando por medo de despertar Pirítoo.

— Ele respira se eu mandar.

Foi então que ocorreu a Hades que o único medo de Perséfone era que esse homem pudesse machucá-la de novo. Ele cerrou os punhos quando ela se aproximou da alma. Foi inundado pelo instinto de puxá-la de volta, de mantê-la perto de si, de só deixar que ela o observasse de longe, mas sabia que, se ela sentisse que não conseguia fazer aquilo, não faria.

— Ajuda? — perguntou ela, virando-se para olhar para Hades. Por um instante, ele só conseguiu pensar na estranheza de ter algo tão lindo em um espaço como aquele. — A tortura?

Hades observou o rosto dela.

Havia algo inocente na pergunta. Talvez fosse a suposição de que ele usasse a tortura para curar suas feridas em vez de alimentá-las, como era o caso com Pirítoo. Não importava quanto Hades fizesse o semideus sofrer, nunca seria o suficiente.

— Não sei dizer.

O olhar da deusa se demorou em Hades por um instante antes de ela se virar e começar a andar em um círculo em torno do prisioneiro. Perséfone não tinha como saber o que aquilo fazia com Hades, o que o fazia sentir. Ela comandava o lugar como uma rainha, e nem se dava conta disso.

Perséfone parou atrás do semideus, observando-o, e Hades só conseguia pensar que ela nunca estivera mais linda, apesar do ambiente onde estavam.

— Então por que você faz isso?

Por um instante, ele tentou entender se ela estava perguntando porque desaprovava, mas ela não parecia horrorizada com ele ou com o semideus preso diante de si, então respondeu com sinceridade.

— Controle.

Era algo que ele buscava diariamente, porque fora a primeira coisa tirada dele quando seu pai o engolira por inteiro logo após o nascimento, e então, quando ele achou que estava livre daquela prisão horrível, precisou encarar mais dez anos de batalha. Depois daquilo, o controle tinha significado uma existência sombria. Significara que todo mundo em seu reino precisava se sentir como ele se sentia: infeliz e torturado. Ele acreditara que ninguém merecia um além-vida pacífico depois do que tinha visto.

Ao longo do tempo, sua ideia do que significava ter controle evoluíra, e seu império se estendera para o mundo lá em cima. Ele tinha buscado tornar suas as partes mais sombrias da sociedade, alimentando o cenário do crime da Nova Grécia até que o poder e o status só pudessem ser obtidos por meio dele, e qualquer um que operasse por fora não durasse muito. Havia poucas exceções, entre elas Dionísio e, mais recentemente, Teseu, que recebia ajuda principalmente do pai.

Mas nem eles o desafiavam como Perséfone.

Ela invadira sua vida e o desafiava o tempo todo, e ele nunca conseguira exercer qualquer tipo de controle sobre ela. Ela era indomável, e, sob muitos aspectos, ele não podia culpá-la. Perséfone tinha acabado de escapar dos confins da autoridade de sua mãe quando o conhecera, então não era surpresa que tivesse resistido quando ele, praticamente um estranho, tentara fazer com que seguisse regras.

No fim, ela só queria a mesma coisa que ele.

— Quero controle... — disse ela, e Hades sentiu um aperto no coração.

Queria dar aquilo a ela.

Ele estendeu a mão.

— Eu vou te ajudar a obtê-lo.

Ela não hesitou e foi até ele, aceitando sua mão e se aproximando. Ele a virou para que as costas dela se apoiassem em seu peito, os dedos apertando a cintura dela, possessivo e ciente de que Pirítoo logo acordaria. Hades queria que o semideus fosse lembrado do que fizera, de que raptara a deusa errada e desafiara o deus errado.

Com Perséfone em segurança nos seus braços, ele invocou sua magia como uma lança e mirou em Pirítoo. O semideus arquejou com força, como se tivesse sentido a dor do poder de Hades, e, ao ouvir esse som, Perséfone ficou tensa. Hades a segurou mais perto, como se pudesse usar o corpo para protegê-la do medo. Ele roçou a ponta da orelha dela com os lábios ao falar.

— Lembra quando eu te ensinei a dominar sua magia?

Ele a ensinara numa tarde debaixo das copas prateadas de seu próprio bosque. Ao se lembrar daquele dia, de como seu corpo envolvera o dela, de como a tocara, de como ela aos poucos ficara quente e excitada sob suas mãos, o desejo se acendeu em seu baixo ventre, e por mais que ele quisesse suprimi-lo, para se concentrar apenas no motivo da visita deles ao Tártaro, Perséfone não facilitava as coisas.

Ela estremeceu, pressionando a bunda e os ombros contra o corpo dele.

Pelo jeito, ele nem precisaria da resposta dela, porque sua reação lhe dizia que ela se lembrava daquilo e do que acontecera depois.

Ainda assim, ela falou.

— Sim.

Os cantos dos lábios de Hades se levantaram, e, quando ele falou, sua boca desceu da ponta da orelha dela para a nuca.

— Feche os olhos — sussurrou ele enquanto o semideus começava a se agitar, porque não queria que ela tivesse que olhar para ele.

Pirítoo abriu os olhos e franziu a testa quando seu olhar sonolento pousou nela, e nessa hora ele pareceu acordar por completo. Então disse o nome de Perséfone, e Hades precisou de toda a sua força de vontade para não andar até ele e arrancar sua língua.

Instintivamente, ele se aproximou ainda mais da deusa, apertando sua cintura. Tocá-la fez seus pés voltarem para o chão e o lembrou do motivo de estarem ali: para que Perséfone recuperasse seu poder e, talvez assim, pudesse finalmente dormir em paz.

— O que você sente? — perguntou ele, concentrando-se nela. Tudo era sobre ela.

Ele falou com a boca encostada à pele dela e a sentiu suspirar quando Pirítoo começou a implorar.

— Perséfone, por favor. — A voz dele tremia. Quanto mais tempo o semideus passava acordado, mais ele se lembrava do tormento nas mãos de Hades, e ficava desesperado. — Eu... me desculpa.

Desculpa.

A palavra penetrou a pele de Hades, chamando a escuridão que vivia logo abaixo da superfície. Ela o fazia sentir...

— Violência — disse Perséfone, e ele sabia que era verdade, porque havia uma tensão no poder dela que ele nunca sentira antes. Sob o calor e a flora havia algo afiado e desesperado. Ele queria prová-lo, lambê-lo.

— Se concentra nisso — ordenou Hades, entrelaçando os dedos aos dela. — Alimente o sentimento.

No silêncio que se seguiu, Hades permaneceu imóvel, deleitando-se na sensação da magia de Perséfone enquanto ela se concentrava em reuni-la na palma da mão. Era um jorro, uma grande onda de poder que chegava até o âmago dele.

— Onde você deseja causar dor a ele? — perguntou Hades.

— Você não é assim. — A voz de Pirítoo tinha se transformado em um lamento agudo, e tudo o que Hades mais queria era que ele calasse a porra da boca. — Eu te conheço. Eu fiquei te observando!

Sim, ele a observara.

Escolhera-a como alvo e a perseguira. Tirara fotos dela em casa, o lugar onde ela deveria estar mais segura. Acreditara ter direito ao corpo dela por razão nenhuma além do fato de que ela existia.

E seria punido eternamente.

— Ele queria usar o pau como arma — disse ela. — Eu quero que ele queime.

Hades deu um sorriso maldoso.

— Não! Por favor, Perséfone — gritou Pirítoo, tentando violentamente se libertar das amarras. — Perséfone!

— Então faça ele queimar.

Hades a soltou, e ela ergueu a mão, que queimava com a magia, e enviou uma corrente de energia diretamente para o pau de Pirítoo. Ele começou a se contorcer, o corpo convulsionando contra as cordas que o prendiam, cortando-lhe a pele. Jogou a cabeça para trás e mostrou os dentes. Hades imaginava que ser atingido pela magia de Perséfone dava a sensação de ser eletrocutado. Até ele sentia a corrente, como o calor residual de um incêndio, e ela arrepiava os pelos em seu braço e sua nuca.

— Você... não é... assim — disse Pirítoo, entre dentes.

Hades sentiu Perséfone ficar tensa ao ouvir essas palavras, e ela endireitou o corpo, erguendo o queixo para olhar o semideus. Embora não pudesse ver sua expressão de onde estava, atrás dela, sabia que devia estar parecendo uma rainha, porque alguma coisa mudou no rosto contorcido de Pirítoo, alguma coisa que o fez perceber que suas súplicas eram inúteis.

— Não sei bem quem você acha que eu sou, mas vou ser bem clara — disse Perséfone, a voz calma e firme. — Eu sou Perséfone, futura Rainha do Submundo, Senhora do Seu Destino. Você passará a temer a minha presença.

Essas palavras deram um nó no peito de Hades, deixando-o sem fôlego. Ele nunca se sentira tão apaixonado e desesperado para proteger alguém na vida, e, embora tivesse passado muito tempo desejando que ela abraçasse essa parte de si, o título e o poder que ele tinha a oferecer, queria que tivesse acontecido em circunstâncias diferentes, que essa atitude tivesse nascido do amor pelas partes mais felizes do Submundo, não pelas mais sombrias.

Mas poucas pessoas no mundo descobriam a verdade do próprio poder sem luta. Ele e Perséfone não eram diferentes.

— Quanto tempo ele vai ficar assim? — perguntou ela.

Hades olhou para Pirítoo, que ainda se contorcia.

— Até morrer — respondeu ele e, por um instante, se perguntou se ela estaria perturbada pela visão da tortura dele, se lhe pediria para acabar com aquilo, mas em vez disso, ela se virou para ele, inclinando a cabeça para trás para ver seu rosto.

Foi então que percebeu que ela havia mudado. Não sabia dizer como exatamente, mas a mudança permanecia ali entre eles, tão tangível quanto a violência que perfurara a magia dela.

Sua deusa já não era feita de coisas inocentes, e uma parte dele não sabia o que sentir sobre isso, se perguntava se aquilo ainda aconteceria caso ela nunca o tivesse conhecido.

— Me leva pra cama — disse ela.

Hades tocou seu rosto, então enfiou os dedos em seu cabelo dourado. Havia coisas que ele queria saber, coisas que queria dizer. Ela ainda o amava como antes de irem até ali? Será que o trauma dessa noite ficaria em sua mente até ela perceber que havia se tornado alguém que não queria ser? E será que o culparia por isso?

Mas não disse nenhuma dessas coisas, e em vez disso se inclinou para beijá-la. Ela o recebeu com satisfação, abrindo os lábios quando a língua dele procurou a sua, e o desejo dele, que não sumira, ficou mais forte do que nunca. Hades gemeu e abraçou Perséfone com mais força, colando cada parte de seu corpo duro a cada parte do corpo macio dela, e pensou que talvez o maior castigo de Pirítoo fosse ter que vê-los fazer amor desesperadamente enquanto ele morria pela milésima vez.

Mas aquele era um desejo que ele não expressaria em voz alta, e em vez disso se afastou e a encarou.

— Como quiser, meu bem — disse ele, teleportando-os para longe das profundezas do Tártaro, para seu quarto, onde deixou que ela os conduzisse ao clímax.

Perséfone dormia.

Estava deitada de lado, com as mãos debaixo da cabeça, a respiração tranquila e ritmada. Hades se sentou na beira da cama, procurando sinais de que outro pesadelo tivesse se infiltrado em meio a seus sonhos, mas ela permaneceu calada e imóvel. Uma parte dele tinha medo de deixá-la sozinha. E se Pirítoo retornasse? E se ele não estivesse lá para consolá-la quando ela acordasse?

Sentia uma agitação intensa revirando-se dentro de si ao se perguntar se um novo tipo de terror se formaria nos sonhos dela. Talvez não fosse mais Pirítoo a assombrá-la, mas a tortura que infligira a ele.

Hades passou os dedos pelo cabelo solto.

Ele era inquieto e ansioso, e só relaxava quando estava com Perséfone. Seu conforto era vinculado a ela, quer ela estivesse em cima ou embaixo dele. Queria ficar perto dela, dentro dela, preenchendo-a. Sua necessidade era intensa e primitiva, e, nas horas seguintes, ele sentia um grande prazer sabendo que uma parte sua permanecia dentro dela.

Se pudesse se refugiar no corpo de Perséfone a cada minuto de cada dia, Hades o faria, mas aquele era um sinal de sua dependência. Não era saudável, mas, se fosse para ter um vício, esse era o melhor tipo possível.

Hades suspirou e se levantou. Estava quente demais, seu corpo estava encharcado de suor. Ao contrário de Perséfone, que adormecera depois do sexo, ele permanecia acordado, o corpo eletrizado.

Serviu-se de uma bebida e saiu para a sacada, onde a noite estava amena e o vento soprava. O alívio do calor era agradável, e ele se sentia tranquilo, sabendo que estaria por perto caso Perséfone tivesse outro pesadelo.

Dali podia ver uma parte de seu reino, onde a luz prateada da lua iluminava um ponto no jardim escuro ao lado do palácio. Era o jardim onde tudo começara, aonde levara Perséfone para plantar a semente de seu acordo. *Crie vida no Submundo*, instruíra ele, *ou seja minha para sempre*.

Os deuses sabiam como ele tinha torcido para ela falhar, porque, na época, acreditara que era a única maneira de ficar com ela. Perséfone ficara muito irritada, e só tinha piorado quando ele a levara para lá, para o Submundo.

Como tantos outros, ela estava esperando uma paisagem deserta de cinzas e fogo. O que encontrou, em vez disso, foi um mundo exuberante cheio de cor e flora. Também tinha sido o primeiro indício de que o que sua mãe lhe dissera a respeito de Hades ao longo dos últimos vinte e quatro anos não era verdade, e aquilo a deixara devastada.

Ela se opusera a ele. *Com todas as forças.*

Mas quanto mais ele descobria a respeito dela, menos ficava surpreso. Ela tinha ficado tão traumatizada pelo controle da mãe que resistira à ideia de pertencer a qualquer pessoa. Quanto mais seus sentimentos por Hades cresciam, mais ela se recusava a amá-lo, porém não havia como interromper aquilo que tinha começado, e, quando finalmente sucumbiu, ela abriu a parte mais poderosa de si.

Isso... ia além de amor. Era devoção. Adoração. Era o poder que dava início e fim a mundos, e, se precisasse, ele o faria em nome dela. Hades sabia que estava falando sério porque sentia aquelas palavras tão profundamente que chegava a doer.

— Por que você está pelado?

Hades foi arrancado de seus pensamentos e olhou para baixo, para o jardim onde Hécate estava, quase invisível na escuridão.

— Você quer mesmo saber? — perguntou ele. — Posso te dar detalhes.
Ela torceu o nariz com um nojo fingido.
— Acho que consigo adivinhar. Não é como se vocês fossem *silenciosos*.
Hades riu e Hécate arqueou a sobrancelha, mas ele não podia deixar de se divertir com a ideia dos gemidos de prazer de Perséfone se propagando através do Submundo.
— Pode descer desse pedestal — disse ela. — Não significa que você seja o maior amante do mundo. Só que alguns de nós são sensíveis ao som.
Ele revirou os olhos.
— Está com medo de que eu fique arrogante demais, Hécate?
— Não tenho medo disso — respondeu ela. — Você *já é*.
— A arrogância não torna uma afirmação falsa — comentou ele.
— Não, mas torna ela irritante.
Ele não conseguiu evitar a risada.
— Ninguém falou que você tinha que aguentar — disse. — O que você está fazendo aqui, aliás? Não tem nenhuma alma patética no Mundo Superior que mereça ser assombrada por você?
— Ninguém *merece* a minha presença — disse ela. — Eu sou uma praga para os homens.
— Você é uma praga mesmo — murmurou ele.
— Eu ouvi isso — retrucou ela.
— Estou sabendo — disse Hades.
— E você? O que está fazendo emburrado na sacada em vez de ficar deitado com seu amor?
— Não estou emburrado — respondeu ele.
— Você está sempre emburrado — disse ela.
Hades olhou feio para ela, sem querer discutir com a deusa.
— Não consigo dormir, se é da sua conta.
— Preocupado demais? — perguntou ela.
Ele não respondeu.
— Talvez você não devesse se preocupar quando está com ela — sugeriu Hécate.
— É aí que eu mais me preocupo — disse ele, porque pensava no que tinha a perder se alguém se metesse no seu caminho.
— Acredite que seu amor é mais forte do que qualquer deus — disse Hécate.
— Não é com o nosso amor que eu me preocupo — disse Hades. — É com o que eu vou destruir para mantê-lo.
— E desde quando você se preocupa com carnificinas?
— Desde que decidi me casar com a Deusa da Primavera — respondeu ele.
— Tolo — disse Hécate. — Você nunca teve escolha.

As palavras dela o perturbaram. Tinha alguma coisa que ele não gostava na verdade das Moiras e de seus fios. Preferia pensar que teria escolhido Perséfone independentemente de suas vidas serem tecidas juntas e que talvez ela o tivesse escolhido, mesmo sabendo que ela temia que tudo o que eles tinham fosse o que o Destino tivesse lhes dado.

Hades se perguntava se Perséfone ainda pensava assim ou se tinha começado a acreditar que o amor deles podia ser mais forte do que fios etéreos.

Uma parte dele não queria saber.

— Não finja que Perséfone não sabe quem ela escolheu amar — disse Hécate. — Ela vê você por inteiro. Afinal, ela é a Deusa da Primavera. Está acostumada com a vida e a morte.

4

HADES

Hades voltou para Perséfone, mas não dormiu, o que não passou despercebido pela deusa. Ela tinha despertado por volta de meio-dia e franziu a testa para ele ao acordar. Passou os dedos pelo rosto do deus. Ele pegou a mão dela e beijou as pontas de seus dedos.

— Eu estou bem — disse Hades.

— Por que você está mentindo? — perguntou a deusa.

Para te proteger, ele queria responder.

— O que você vai fazer hoje? — perguntou Hades em vez disso.

Perséfone lhe lançou um olhar estranho.

— Imagino que você esteja perguntando porque não pretende ficar?

— Tenho negócios a fazer no Mundo Superior — disse ele.

— No domingo?

Ele sabia que ela não estava perguntando por estar desconfiada, mas porque não era comum. Ele em geral passava o fim de semana inteiro no Submundo com ela. Às vezes eles não saíam do quarto; outras, ele a levava para explorar partes do reino que ela nunca tinha visto.

Não importava como passassem o dia, era um tempo que Hades desfrutava com Perséfone, e, apesar de odiar ter que abrir mão dele, sabia que aquilo não podia esperar.

Ele precisava saber se o ofiotauro tinha reencarnado com uma profecia.

— Vou compensar você — prometeu ele.

Perséfone não respondeu, e algo naquele silêncio fez com que Hades pensasse que a tinha magoado. Ela se sentou e jogou as pernas para fora da cama. Ele manteve os olhos em suas costas nuas, hipnotizado pelo modo como o cabelo dela capturava a luz, reluzindo como fios de ouro.

— Vou visitar a Lexa — disse ela, respondendo à pergunta que ele fizera antes.

À menção da melhor amiga de Perséfone, culpa e dor atingiram o peito de Hades. Ele sempre tinha gostado de Lexa, mas precisava admitir que nunca entendera a profundidade do relacionamento das duas até Perséfone ser confrontada com a morte dela.

Era muito mais do que amizade. Elas eram almas gêmeas, e o deus não tinha compreendido que Perséfone precisaria de mais do que ele conseguira lhe dar diante da morte da amiga.

Hades nunca se perdoaria por isso, porque levara Perséfone a procurar ajuda de outras pessoas. A pior delas foi Apolo: sua flecha havia curado as feridas de Lexa, mas não sua psique. Na prática, a condenara a uma existência diferente no Submundo, uma que fazia Perséfone sofrer tanto quanto ela.

A melhor amiga de Perséfone nunca mais seria a mesma, e Hades não sabia quantas visitas aos Campos Elísios a deusa precisaria fazer até se dar conta de que Lexa não ia voltar.

A versão de Lexa que ela amara estava morta.

— Até que horas? — perguntou Hades, porque não sabia o que mais dizer.

— Até ela ficar cansada — respondeu Perséfone, e Hades percebeu que ela estava tentando não demonstrar tristeza na voz. — Não vai demorar muito... ela se cansa facilmente. É comum acontecer isso com as almas nos Campos Elísios?

— Sim — respondeu ele. — É comum.

Não queria lhe dizer que Lexa provavelmente se cansava mais rápido porque Perséfone a desafiava. Apesar de ter recebido instruções de não tocar no assunto do passado delas nem falar muito do mundo mortal, Perséfone não devia conseguir evitar, o que significava que a mente de Lexa precisava se esforçar para assimilar ou reaprender o que havia esquecido. Até as emoções eram uma experiência nova nos Campos Elísios.

Perséfone ficou em silêncio e, depois de um instante, se levantou, nua e bela, e entrou no banheiro. O som do chuveiro veio em seguida. Hades pensou em se juntar a ela, mas tinha a nítida sensação de que ela queria ficar sozinha, então se levantou e se vestiu.

O dia estava estranho, contrário à rotina de costume.

Ele estava odiando.

Pensou em apenas ficar ali com Perséfone, mas havia coisas importantes a fazer, e a perspectiva de adiá-las o deixava ansioso. O ofiotauro não podia existir por muito tempo no mundo sem consequências. O monstro era não apenas uma ameaça à felicidade de Hades, mas a todos os deuses e, embora alguns merecessem morrer, ele preferiria que tal poder não caísse em mãos erradas.

Uma nuvem de vapor preencheu o quarto quando Perséfone saiu do banheiro, enrolada em uma toalha.

— Você ainda está aqui — disse ela.

Ele franziu a testa.

— Desde quando eu saio sem dizer tchau?

Ela não respondeu e ele se aproximou, tocando o queixo dela.

— Eu sei que você está chateada comigo.

— Não estou chateada. Só achei que esse dia fosse ser diferente — disse ela, fazendo uma pausa para suspirar. — Yuri e Hécate querem fazer uma reunião pra falar do casamento.

— E isso é ruim?

— Não — respondeu ela, depois parou. — Eu... só não sei o que você quer.

Ele a observou e, quando ela tentou desviar o olhar, segurou seu rosto com a outra mão.

— Eu quero você — disse ele. — Você é tudo o que importa.

Não gostou de como ela o olhou, como se estivesse procurando a verdade daquelas palavras em seus olhos. Mas era provável que só se sentisse assim por causa de seus próprios medos.

Porra, ele tinha algum problema.

— Eu te amo — disse ele, depois a beijou, indo embora rapidamente, antes que mudasse de ideia e decidisse ficar ali.

Os gritos alegres lembravam Hades do Jardim das Crianças no Submundo, mas a comparação fazia seu coração doer. Ele quase nunca sofria por aqueles que entravam no Submundo, com exceção das crianças. Nunca se acostumara àquilo, e nunca se acostumaria.

Ele hesitava até em se aproximar daquele parque onde grupos de crianças se divertiam em brinquedos grandes e coloridos, apesar do frio e da camada de neve no chão, os pais participando ou observando de longe. Não estava invisível aos olhos deles, e sua presença provavelmente despertaria medo.

Os mortais nem sempre percebiam que havia uma diferença entre ele e Tânatos, sendo o primeiro o Deus dos Mortos e o segundo o Deus da Morte, e achavam que ele chegava para colher almas. Na verdade, ele estava ali por uma pessoa específica, e não queria a alma dela.

Hades em geral era bom em ignorar o desconforto que surgia no mundo quando ele chegava, mas alguma coisa no motivo de estar ali tornava essa tarefa bem menos fácil. Ainda assim, ele manteve os olhos em Katerina, que vestia um casaco marrom enfeitado com pele. Ela era uma de suas funcionárias, a confiável diretora da Fundação Cipreste.

E era também um oráculo.

— Ela cresceu — disse Hades, parando ao lado de Katerina, que estava de pé a alguns metros de um dos brinquedos, observando sua filhinha, Imari, brincar.

Katerina deu um pulo ao ouvir a voz do deus, depois riu quando viu que era ele.

— Ai, Hades, você me assustou! — disse ela, dando um empurrão no ombro dele. O hálito dela congelou o ar.

Ele deu uma risadinha, e Katerina voltou a olhar para a filha.

— Ela tá grande, né? — disse ela, depois suspirou. — Nem acredito que já passou tanto tempo.

— Seis anos? — perguntou ele, embora não precisasse perguntar. Ele sabia.

— É — disse ela. — Você é bom nisso.

— Bom no quê?

— Em lembrar — disse ela. — Ou é coisa de deus?

— O que é coisa de deus?

— Você consegue saber a idade de alguém só de olhar pra pessoa?

— Acho que sim — respondeu ele. — Mas nunca precisei fazer isso.

A morte era a morte, não importava a idade.

— O que você está fazendo aqui? — perguntou Katerina depois de um instante. — É domingo.

Ele demorou demais para responder, e o sorriso de Katerina foi sumindo.

— Preciso da sua ajuda — disse ele. — Eu não pediria se...

— Hades!

Ele virou a cabeça ao ouvir seu nome quando Imari pulou do brinquedo para o chão. Hades riu e se ajoelhou, e ela correu para seus braços.

As pessoas já estavam encarando antes, mas não como agora.

— Essa é minha garota — disse ele, e ela riu ao se afastar do deus, pegando a mão dele, que parecia a mão de um gigante contra a sua mãozinha.

— Vem brincar comigo — disse ela, puxando-lhe o braço.

— Imari — começou Katerina. — Lorde Hades está ocupado.

— Tudo bem, Katerina — disse ele.

Um grande sorriso se espalhou pelo rosto da menina, e ela foi puxando Hades pela área dos brinquedos. Ele se sentia grande e desajeitado demais ali, mas Imari era muito jovem para vê-lo assim: jovem demais para entender o que os outros temiam.

Hades observou Imari escalar um lance de degraus até chegar a uma plataforma e estender os braços para cima.

— Me ajuda no trepa-trepa, Hades!

— Vamos lá — disse ele, e, quando segurou as pernas da garota, Katerina se aproximou.

— O que é que você não pediria? — perguntou ela.

Enquanto Imari se balançava de uma barra a outra, eles foram seguindo.

— Preciso do seu dom de profecia — respondeu ele.

Katerina não costumava usar suas habilidades de oráculo para ajudá-lo fora dos serviços que prestava para a fundação. Ela podia comentar o sucesso ou fracasso em potencial de uma empreitada ou organizar cronogramas para os melhores resultados, mas Hades nunca lhe pedira nada assim.

Ele continuou.

— Tem uma... criatura, chamada ofiotauro — disse Hades, em voz baixa, as palavras lentas. — Na Antiguidade, uma profecia previu a morte dos deuses caso suas entranhas fossem queimadas. Preciso saber se essa profecia ainda existe.

Katerina ficou olhando para Hades por um bom tempo, depois desviou o olhar.

— O ofiotauro — murmurou ela, depois ficou calada.

Imari chegou ao final das barras.

— Me pega, Hades! — disse ela, depois se soltou.

Ele a agarrou pela cintura e girou com ela nos braços. A risada estridente encheu o parque e fez Hades sorrir.

Quando a colocou no chão, ela correu para um balanço.

— Me empurra, Hades!

Enquanto iam atrás dela, Katerina falou:

— Se alguém matar o monstro e queimar suas entranhas, a vitória contra os deuses estará garantida.

Após a resposta, houve um silêncio entre os dois.

Era o que Hades temia: a profecia continuava verdadeira.

Imari começou a se balançar, e Hades a empurrou. Ela dava risadinhas enquanto subia cada vez mais alto, um pano de fundo feliz para uma conversa sombria.

— O que você vai fazer? — perguntou Katerina.

— Tentar encontrá-lo antes dos outros — disse ele.

O rangido do balanço preencheu o silêncio entre eles.

— E se não conseguir? — perguntou ela depois de um instante.

— Então acho que vamos todos morrer — respondeu ele.

Hades se deu conta, enquanto desaparecia do parque, que tinha deixado Katerina com uma previsão agourenta.

Na verdade, ele não sabia o que aconteceria se alguém encontrasse o ofiotauro antes dele. Era possível que o matassem por medo, sem perceber a real importância da criatura ou o perigo com o qual, de repente, deparariam.

A morte do ofiotauro não seria tão importante quanto a pessoa que o matasse, de acordo com a profecia de Katerina. Quem quer que matasse a criatura precisaria queimar suas entranhas. Assim a vitória contra os deuses estaria garantida.

Os deuses.

Ele sabia que não havia sentido em tentar descobrir quem seria vítima da profecia. As Moiras não revelariam o futuro que haviam tecido, e talvez só tivessem feito isso para se entreter. Durante a Titanomaquia, o ofiotauro causara um grande tumulto, com os dois lados disputando para encontrar a criatura que acabaria com a guerra, mas, no fim, não tinha servido para nada. Os titãs tinham conseguido matá-la, e as águias de Zeus haviam roubado suas entranhas, frustrando a profecia.

A mensagem das Moiras tinha sido clara: não havia jeito fácil de acabar com essa guerra.

Mas agora as coisas eram diferentes, e talvez elas quisessem dar início a uma nova era mais rápido. Ele só podia fazer conjecturas a respeito de suas motivações. Hades cerrou os punhos ao sentir que estava perdendo o controle. Essa era a pior parte de negociar com as Moiras.

O futuro delas era definitivo.

Mas isso não queria dizer que Hades não tentaria controlá-lo. Ele protegeria os que eram mais próximos dele, principalmente Perséfone.

Se ela permitisse.

Hades se manifestou em um prado arborizado e foi imediatamente dominado pelo cheiro opressivo da magia de Deméter, que o esmagava como um peso nas costas. Ele sentia o corpo se encolhendo. A única trégua vinha da magia de Perséfone: um aroma doce que chamava sua alma.

Alguma coisa estalou sob seus pés, e, quando olhou para baixo, viu cacos de vidro brilhante em meio a carriços e dedaleiras em flor, todas brotando de um leito de grama verde, intocada, como Hades suspeitava, pela tempestade de inverno que arrebatava Nova Atenas.

Ele desviou o olhar para as ruínas de uma estufa, que era a fonte da magia de Perséfone. Sua magia primitiva, aliás, porque a coisa que florescia do chão era um tronco estranho e preto, com grandes ramos que se enrolavam ao redor da estrutura de metal da estufa. Esmagadas debaixo daqueles galhos havia muitas das flores de Deméter: prisioneiras que estavam à mercê dela, sem misericórdia nenhuma.

Agora ele entendia de onde vinha o vidro.

Perguntou-se a que ponto Perséfone havia chegado para causar aquele estrago em sua prisão cristalina e, por um breve momento, se permitiu ficar maravilhado com o quanto a deusa havia evoluído: de criar vida que imitava a morte a fazer flores brotarem da terra por onde andava.

Hades deu um passo e o vidro sob seus pés estalou como um trovão no prado silencioso. Ele sabia muito bem que não estava sozinho. Sentia os olhos que o seguiam, mas não estava surpreso que o medo tivesse levado todas as criaturas vivas a se afastar do prado.

Ele se virou, observando a fileira de árvores espalhadas.

— Eu sei que vocês estão aí — disse ele. — Podem sair.

Nada aconteceu.

— Saiam, ou eu vou até vocês — declarou ele.

Não era uma ameaça vazia. Ele sabia exatamente onde as ninfas tinham se refugiado. Atrás da fileira de árvores havia um rio, e, das margens dele, elas o observavam.

Eram náiades, como Leuce.

Enquanto negociavam, Hades esperou com muito mais paciência do que elas mereciam.

— Lady Deméter vai te matar — disse uma.

— Ela vai te transformar num pássaro, como sempre ameaçou — disse outra. — E nos obrigar a sair da nossa casa e ir para o mar.

— Ele não nos machucaria — argumentou outra. — Ele ama Lady Perséfone.

— Não é a ira dele que tememos — disse mais uma.

Hades soltou um suspiro, desaparecendo do prado e aparecendo na margem do rio, onde cinco ninfas se reuniam. Metade de seus corpos estava na água, com os dedos enfiados na margem lamacenta e os rostos escondidos pela grama alta.

Quando o viram, elas arfaram, e provavelmente teriam fugido se ele não as tivesse segurado no lugar com seu poder.

— Uma de vocês vai me dizer o que sabem de sua senhora — disse Hades.

Elas tremiam.

— Não sabemos nada dela, milorde — disse uma, cujo cabelo tinha a cor do sol refletindo na água.

Não era mentira.

— Quando ela esteve aqui pela última vez? — perguntou ele.

— Já faz um tempinho — respondeu outra. O cabelo dessa tinha a cor das partes mais escuras do rio. — Desde que Lady Perséfone foi embora.

— Foi embora para o mundo mortal?

— Não, desde que a estufa foi destruída.

— E vocês não têm ideia de onde sua senhora pode estar?

Todas as cinco balançaram a cabeça.

Hades as observou.

— Preciso que vocês a encontrem.

Elas arregalaram os olhos e empalideceram.

— Milorde, ela vai saber! — A que falou dessa vez tinha cabelo ruivo, como as outras duas. As três usavam coroas de lírios brancos na cabeça.

— Já seremos punidas por isso — disse a que tinha cabelo escuro. — Milorde está nos pedindo para morrer em seu nome!

Hades inclinou a cabeça, estreitando os olhos.

— Você já vai morrer por mim, Hercina — afirmou ele. — Só não sabemos como.

— Não a assuste! — gritou a loira, envolvendo a cabeça de Hercina com os braços, puxando-a contra o peito.

— Não posso fazer nada se vocês temem a morte — disse Hades. — É a verdade de toda existência.

— Lady Deméter estava certa sobre o milorde — disse ela, irada. — Milorde não se importa com ninguém além de si mesmo!

— Se você soubesse o que me trouxe a esse prado, morderia a língua — disse Hades. — Imagine se eu tivesse trazido Perséfone até aqui para testemunhar a lealdade de vocês murchando diante da mãe abusiva dela.

— Milorde não sabe como é! — disse uma das três ruivas; Pisinoe, Hades se lembrou. — Perséfone sabia! Ela entenderia!

— Talvez sim — respondeu Hades. — Mas eu não sou Perséfone e preciso saber onde Deméter está escondida.

A raiva delas o fazia lembrar de Perséfone quando se conheceram, sua opinião a respeito dele manchada pelo modo como Deméter o descrevera.

— Vou explicar pra vocês o que estão prestes a enfrentar se não me ajudarem — disse Hades. — Seus poços e fontes, lagos e nascentes, rios e pântanos vão todos congelar. Vocês serão obrigadas a abandonar suas casas, vocês e todas as suas irmãs e amigas. Vão tentar encontrar abrigo do frio, mas vão descobrir que o mundo inteiro está congelado e, nesse estado de desespero, vão descobrir o que é implorar pela morte. — Ele parou e deixou que suas palavras se demorassem no ar entre eles. — Esse é o destino de vocês, determinado por ninguém mais, ninguém menos do que a deusa que estão protegendo agora.

As cinco se entreolharam, com um tipo diferente de medo no rosto. Era o reconhecimento que Hades estava esperando, de que o que ele descrevera já estava acontecendo.

— Eu vou ajudar! — disse Hercina.

— Não! — as outras quatro disseram em uníssono.

— Todas nós vamos — disse Ciane. Ela olhou das companheiras para Hades, os olhos ardendo de raiva. — Mesmo se for só para informá-la de que o milorde está procurando por ela.

— Imagino que ela já saiba — disse Hades. — Vou ficar esperando.

Hades retornou ao Submundo.

Encontrou Perséfone dormindo, então se despiu e se serviu de uma dose de uísque, esperando que o álcool acalmasse seus pensamentos.

A profecia de Katerina ainda estava em sua mente, mas Deméter também. Ele pensou na tarefa que tinha designado às cinco ninfas, engolindo a culpa. Sabia que era perigoso fazê-las sair em busca de Deméter. As ninfas provavelmente seriam punidas só por terem falado com ele, o que diminuía ainda mais as chances de retornarem com qualquer notícia da mãe de Perséfone.

Também não era como se ele pensasse que podia suplicar à deusa. Só queria saber onde encontrá-la quando Zeus se envolvesse e exigisse ou o fim da tempestade ou o fim de seu noivado com Perséfone.

Ele sentiu uma agitação no ar. Olhando para trás, viu que Perséfone tinha acordado e estava olhando para ele da cama, sonolenta e corada, seu belo corpo meio coberto pelo robe que usava. Ele gostaria de despertá-la com um beijo entre as coxas, mas já não sabia se era possível, considerando as últimas semanas, então tinha esperado, se perguntando se ela acordaria antes de o sol nascer.

— Acordou — murmurou ele.

Ele virou o corpo para ela, que baixou os olhos para seu pau, duro e tenso. Hades precisava de algum tipo de alívio, porque quanto mais tempo ficasse assim, mais desconfortável se sentiria. Pelo modo como Perséfone o olhava, ele, achava que não ia precisar sofrer por muito mais tempo.

Ele bebeu o que ainda havia no copo antes de se aproximar dela e, ao se sentar, segurou seu rosto e a beijou. Perséfone deixou que ele conduzisse, e Hades explorou sua boca com a língua até deixar de sentir o gosto do uísque no hálito. Quanto mais a beijava, mais seu pau latejava. Poderia ter levado a mão dela até seu pau ou a empurrado para a cama para cobrir o corpo dela com o seu, mas agora ele tinha medo de ser controlador demais.

Quando se afastou, os lábios dela estavam vermelhos e seus olhos brilhavam de luxúria.

— Como foi seu dia? — perguntou ele, num tom baixo.

Não conseguia falar mais alto. Alguma coisa na noite exigia silêncio.

— Difícil — respondeu ela, mordendo o lábio: um sinal de ansiedade.

Ele não estava esperando aquela resposta, levando em conta que ela tinha passado o dia no Submundo, mas talvez as COISAS não tivessem corrido bem durante a visita a Lexa. Antes que pudesse perguntar, ela falou:

— E o seu?

— A mesma coisa — disse ele, passando uma mecha do cabelo dela por trás da orelha antes de espalmar a mão na cama ao lado de seu quadril. — Deite comigo.

Os olhos dela estavam pesados, os lábios entreabertos e inchados.

— Não precisa pedir — sussurrou ela.

Ele discordava, mas uma parte sua reconhecia que perguntar talvez tivesse mais a ver com aplacar seu medo do que com o dela.

Com a permissão de Perséfone, Hades não demorou a afastar seu robe, até ela ficar nua para ele. Queria tanta coisa dela ao mesmo tempo: seus gemidos suaves e seus gritos desesperados. Queria beijá-la e estar dentro dela. Queria possuí-la devagar e comê-la com força, mas baixou os olhos para os seios da deusa, com os mamilos duros e rosados, e decidiu que começaria por ali.

Hades se inclinou e tomou cada bico na boca, sugando os mamilos e a pele macia. Perséfone respirava devagar e profundamente, com os dedos enfiados no cabelo dele. A essa altura, ele já não conseguia pensar em nada, só sentir: o modo como as unhas dela arranhavam seu couro cabeludo, a maneira como a respiração se aprofundava quanto mais ele a chupava, o jeito como ela abria mais as pernas, preparando-se para acomodar o que ele decidisse dar. Mas Perséfone ficou impaciente e agarrou a mão de Hades, conduzindo-o para o centro de seu corpo e levando os dedos dele para dentro de sua buceta.

O deus gemeu ao sentir a excitação dela.

— Porra, muito molhada — murmurou ele, antes de colar os lábios aos dela e explorar sua boca.

Hades perseguiu o prazer dela com os dedos. Gostava de todas as partes do sexo com Perséfone, mas aquilo o agradava porque ele via quanto ela o queria e só conseguia pensar em como seria a sensação de deslizar o pau para dentro dela: molhada, quente, certa.

Ele gemeu quando Perséfone envolveu seu pau com a mão, e o toque dela fez uma onda de prazer percorrer seu corpo. Os movimentos da deusa eram lentos, e, quando ela provocou a cabeça de seu pau com o polegar, seu corpo inteiro começou a latejar. Ele não aguentava mais. Precisava estar dentro dela.

Hades puxou a mão, os dedos pingando com a excitação da deusa. Depois, segurou a coxa dela e interrompeu o beijo.

Perséfone o fulminou com o olhar, os olhos ardendo como fogo, incendiando cada parte dele. Ela pegou a mão de Hades de novo e a levou de volta para sua buceta.

Ele deu um sorrisinho, baixando os olhos para os lábios dela.

— Você não confia em mim pra te dar prazer?

— Algum dia — disse ela, com um tom frustrado, mas ele gostou de sua expressão.

— Ah, meu bem — disse, empurrando-a para trás. — Você está me desafiando.

Hades a fez se deitar de lado, de costas para ele. Era um ângulo estranho, mas ele queria que Perséfone ficasse assim para que pudesse observá-la se contorcendo enquanto lhe dava prazer. Ele parou acima dela, encarando-a enquanto percorria seu corpo com a mão até chegar ao meio das coxas. Alguma coisa no ato de testemunhar a expectativa crescendo no corpo dela o fazia se sentir poderoso.

Só ele podia fazê-la se sentir assim. Só ele a tocaria desse jeito.

Perséfone se abriu para ele, que voltou a penetrá-la com os dedos. A deusa jogou a cabeça para trás, pressionando-a contra o braço dele, e abriu a boca, soltando um gemido de prazer, que ele capturou com os lábios. Mexendo-se dentro dela, ele a beijou com avidez, continuando a busca implacável pelo seu prazer. Debaixo de Hades, Perséfone estava sem fôlego. Parecia que sua respiração estava presa nos pulmões enquanto ele alimentava seu êxtase, e, quando Hades se afastou da boca da deusa, sussurrou em seu ouvido, em um rosnado feroz e possessivo:

— Isso te dá prazer?

Porque para ele era prazeroso.

Hades se afastou de Perséfone de novo, e a única resposta dela foi um gemido gutural, mas ele não precisava que ela falasse. Sabia o que tinha provocado nela. Sob seu olhar, ela brilhava, etérea e linda para caralho. Ele precisava tanto dela que chegava a doer.

Ele se aproximou, e ela afastou as pernas para que ele pudesse se encaixar dentro dela. Hades sentia como se estivesse em uma parte diferente dela, em um ângulo diferente, agarrando-a de um jeito diferente, e achou que talvez Perséfone sentisse a mesma coisa, pela maneira como ela se mexia.

— Isso te dá prazer? — provocou ele, com a voz grave e baixa.

Perséfone estremeceu ao ouvi-lo, apesar do calor que emanava de seu corpo. Juntos, eles tinham ficado quentes, os corpos escorregadios. Ele se moveu dentro dela, devagar a princípio, depois cada vez mais rápido e forte, gostando da sensação de suas bolas batendo na bunda dela.

Porra, ele queria mais daquilo.

Hades cravou as unhas na pele dela.

— Isso te dá prazer? — perguntou ele, entre dentes, porque sentia um prazer intenso e precisava saber se ela sentia o mesmo.

Perséfone deslizou a mão pela nuca do deus e, enquanto seu corpo se agitava sob o dele, conseguiu falar:

— Me deixa em êxtase.

Suas bocas se encontraram em um beijo voraz. Hades passou a perna de Perséfone em torno da sua e usou os pés para se apoiar, acelerando o ritmo. Colocou a mão no pescoço dela, os dedos agarrando seu queixo para mantê-la no lugar. Não queria que ela desviasse o olhar enquanto ele gozava. Eles pararam de falar, só conseguindo arquejar e gemer e, ocasionalmente, sussurrar um *caralho* depravado um para o outro, tão colados que mal havia espaço para mais nada.

Ele sabia que Perséfone estava quase gozando. Sentia no modo como ela o agarrava, na maneira como seu corpo começou a tremer. Ele cerrou os dentes, mantendo o ritmo enquanto ela se desmanchava em seus braços, e a seguiu logo depois. Seu clímax foi exaustivo e interminável, mas ele permaneceu enterrado dentro dela, gozando bem no fundo.

Era um ato possessivo, mas ele sentia que a marcava como sendo dele e, quando pensava nisso ao longo do dia, era uma das poucas coisas que lhe trazia alegria genuína.

Os dois ficaram deitados ali, entrelaçados, até recuperarem o fôlego, e então Hades começou a dar beijinhos na pele dela, parando para olhar em seus olhos.

— Você tá bem?

Perséfone assentiu, o rosto brilhando de suor. Parecia distraída, mas ele sabia que estava cansada. Sentia o cansaço no corpo dela, que tinha ficado mole e pesado.

— Estou.

Hades sorriu, inundado por um alívio estranho. Sempre sentia aquilo depois de transar com ela, um instante de medo de ter ido longe demais, mas, com Pirítoo pairando em sua mente, seu desconforto só tinha aumentado.

E ele odiava ter esquecido, ter se deixado levar tanto assim pelo ato de dar e receber prazer.

E se ele estragasse tudo e as coisas nunca mais voltassem a ser as mesmas?

Esses pensamentos roubaram sua euforia, e Hades se afastou de Perséfone com cuidado, rolando para ficar de costas. Encarou o teto, com uma das mãos na barriga. Ao lado dele, sentiu que Perséfone o observava e percebeu que ela tinha algo a dizer, então se preparou para o pior.

— Zeus aprovou nosso casamento?

Não era isso que Hades estava esperando e, embora não fosse tão ruim quanto temia, ainda não estava preparado para conversar com Perséfone sobre isso. Na verdade, estava torcendo para nem precisar tocar no assunto. Não queria que ela ficasse obcecada, ou que sentisse medo a ponto de decidir não se casar com ele.

Não gostava da sensação que aquele último pensamento lhe causava. De que se seu coração estivesse sendo arrancado do peito.

Depois de um instante, ele respondeu:

— Ele está sabendo do nosso noivado.

— Não foi isso que eu perguntei.

Ele sabia que não, mas era a única resposta que queria dar. Sustentou o olhar dela, firme e sombrio. Perséfone perdera aquele brilho reluzente que viera com o tesão. Hades queria aquilo de volta, para que não precisasse encarar essa nova expressão.

— Ele não vai negar meu pedido.

— Mas não te deu a bênção?

Ele odiava a frustração que sentia com a insistência dela. Quem tinha plantado essa ideia em sua mente?

Hécate, ele chutava.

Seu humor azedou.

— Não.

Hades não gostou do silêncio que se abateu sobre eles depois de sua resposta. Sabia que ela não estava feliz. De repente, pensou na sensação que tivera depois do sexo. Talvez estivesse temendo isto: ter que explicar o que realmente era preciso para se casar com um deus.

— Quando você ia me contar?

Embora a voz de Perséfone estivesse baixa, Hades sentia sua frustração, mas ele mesmo também estava frustrado. Aquela era uma conversa só deles e de mais ninguém, e ele devia ter tido a chance de tocar no assunto por conta própria.

Se tivesse essa chance, você nunca a teria aproveitado, seu imbecil. Hades cerrou os dentes ao ouvir a voz de Hécate em sua cabeça.

Você não sai daqui nunca, porra?, pensou ele.

Não, respondeu ela, e sua gargalhada vibrante ecoou na mente dele.

— Não sei — admitiu ele. — Quando não tivesse escolha.

— *Isso* está mais do que claro — disse Perséfone, incomodada.

— Eu estava torcendo pra conseguir evitar isso.

— Me contar? — perguntou ela. Sua frustração não tinha diminuído.

Uma parte dele queria beijá-la, para distraí-la tanto da raiva como do assunto, mas ele sabia que precisava enfrentar a situação.

— Não, a aprovação do Zeus. Ele transforma tudo num espetáculo.

— Como assim?

Ele sentiu vontade de se lamentar, relembrando todas as vezes que seu irmão tinha arranjado casamentos, a maioria dos quais fracassara miseravelmente, tudo porque seu oráculo havia previsto alguma coisa que levaria ao fim de seu reinado sobre os céus e a Terra.

Afrodite e Hefesto foram os primeiros que lhe vieram à mente, mas também havia Tétis, uma ninfa da água que tanto Zeus quanto Poseidon cortejaram até uma profecia prever que ela daria à luz um filho mais poderoso que os dois. Foi então que Zeus arranjou seu casamento com Peleu, e essa união foi um catalisador da Guerra de Troia.

Era quase sempre assim que Zeus agia, aliás: sacrificando as vidas de milhares de mortais para proteger seu trono.

Embora Hades soubesse que nenhum filho nasceria de seu casamento com Perséfone, ele temia, sim, o que o oráculo pudesse dizer a respeito da união de seus poderes. Perséfone era a vida e ele era a morte. Eles eram um ciclo que podia criar e encerrar a vida, o que os tornava poderosos.

Mas quão poderosos, ainda não se sabia.

— Ele vai nos convocar para o Olimpo para um banquete e uma festa de noivado, e vai demorar dias até anunciar sua decisão. Não tenho a menor vontade de participar dessas coisas, nem de fazer você sofrer por isso.

— E quando vai ser?

Ele soube, pelo tom de voz de Perséfone, que ela estava preocupada, e odiou aquilo.

— Daqui a algumas semanas, imagino. — Ele tentou manter um tom leve para minimizar o medo dela, mas não funcionou, porque, quando ela falou de novo, ele ouviu a emoção em sua voz.

— Por que você não me contou? Se existe uma chance de não podermos ficar juntos, eu tenho direito de saber.

O coração dele ficava apertado, sabendo como aquilo a assustava. Ela já tivera que enfrentar a culpa por amá-lo apesar da vontade da mãe, e agora precisava enfrentar o fato de que Zeus poderia arruinar tudo.

Hades ergueu o corpo, apoiando-se no cotovelo, para olhar para ela. Lágrimas silenciosas desciam por seu rosto. Ele as enxugou.

— Perséfone — disse ele. — Ninguém vai nos separar... nem as Moiras, nem sua mãe, nem Zeus.

Ela engoliu em seco e balançou a cabeça.

— Você parece ter muita certeza, mas nem você desafiaria as Moiras.

— Ah, meu bem, mas eu já te disse isso antes... Por você, eu destruiria o mundo.

O olhar de Perséfone se manteve firme, e Hades percebeu o que ela estava procurando: qualquer indício de que ele não estivesse falando a verdade. Quando não o encontrou, ela soltou um suspiro.

— Talvez esse seja meu maior medo.

Esse comentário o fez lembrar de sua conversa com Hécate. *Desde quando você se preocupa com carnificinas?*, ela tinha perguntado.

Desde que decidi me casar com a Deusa da Primavera.

Talvez Hades nem precisasse se preocupar. No fim de tudo, pode ser que Perséfone nem o quisesse mais.

Mas, neste momento, não era o caso. Hades não sabia ao certo o que tinha mudado entre eles. Talvez fosse parte da sensação desesperada de que todo mundo fora daquele espaço queria separá-los, mas o ar ficou pesado entre os dois, e, sem dizer nada, Perséfone abriu as pernas e Hades se mexeu para apoiar o corpo no dela.

Ela o excitava com tanta facilidade que seu pau já estava duro.

Porra, ele tinha ficado duro, mesmo que poucos minutos tivessem se passado desde seu último orgasmo. Ele se sentia muito bobo, mas também estava desesperadamente apaixonado, e tudo o que importava era que Perséfone não ligava e também se sentia assim.

Hades a beijou pela centésima vez naquela noite, profunda e lentamente, dedicando a mesma atenção ao resto do seu corpo enquanto ia descendo, a língua deslizando por sua pele e seus mamilos endurecidos, provocando seu quadril e a parte interna das coxas, antes de lamber a umidade que se acumulara ali. Era difícil descrever o gosto de Perséfone, doce, mas também pungente. O que quer que fosse, Hades gostava e queria mais. Enterrou o rosto mais fundo no calor dela, encontrando seu olhar de onde estava. Ela se contorcia sob o aperto dele, passando as mãos por todos os cantos: puxando os mamilos e esfregando o clitóris. Perséfone não parecia ter nenhum controle de seus movimentos ou dos sons que saíam de sua boca.

Ele a chupava em conjunto com eles, acariciando-a com a língua a cada suspiro e gemido que ela soltava. Quando passou a usar os dedos, Perséfone enfiou as mãos no cabelo dele e envolveu sua cabeça com as pernas. Hades a empurrou contra a cama para mantê-la no lugar, para levá-la à beira do clímax, e, quando ela gozou, sussurrou o nome dele e o recebeu em seu corpo mais uma vez.

5

HADES

Hades estava acordado na cama, olhando para o teto. Ao seu lado, Perséfone dormia, com a cabeça repousada logo abaixo de seu braço e a mão espalmada em seu peito. O deus sentia o peso do anel de noivado dela na pele. O metal estava frio comparado ao calor de sua mão. Hades se perguntava se Perséfone já teria se acostumado à sensação dele no dedo ou se ainda era novidade.

Mal podia esperar para usar uma aliança por ela.

E imediatamente se sentiu um idiota pelo pensamento, não importava o quanto fosse verdade.

Uma batida suave atraiu sua atenção para a porta. Normalmente, ele diria para quem quer que estivesse do outro lado entrar, mas a última coisa que queria era perturbar o sono de Perséfone.

— Porra — murmurou ele, olhando de relance para o relógio.

Eram quase três da manhã.

Tinha alguma coisa errada.

Hades inspirou fundo e prendeu a respiração ao se desvencilhar de Perséfone, torcendo para ela estar cansada o suficiente para continuar dormindo. Ela se mexeu um pouquinho enquanto ele deslizava para fora de seus braços, mas logo se acalmou. Aliviado, ele foi até a porta e a abriu.

— O que foi? — sussurrou, com veemência.

Elias estava parado do outro lado.

— Milorde, temos um assassinato — disse ele.

Hades franziu as sobrancelhas.

— O ofiotauro?

Foi a primeira coisa que lhe veio à mente, considerando que já estavam esperando que mais mortes acontecessem antes de o monstro ser capturado.

O sátiro balançou a cabeça.

— É uma coisa não relacionada.

Que maravilha, caralho, pensou Hades.

— Só um instante — disse ele, começando a fechar a porta.

— Hades — disse Elias, e o deus olhou para ele. — É o Adônis.

Aquela era a *última* coisa que ele estava esperando ouvir.

Adônis era mais conhecido por ser favorecido por Afrodite. Ou, em palavras menos formais, o brinquedinho sexual dela.

Mas Hades o conhecia por um motivo diferente. Ele tinha visto o mortal agarrando Perséfone à força na escuridão do clube de Afrodite, La Rose. Depois, fora falar com a deusa para ameaçá-lo.

— *Nada* — dissera ele — *me impedirá de estraçalhar a alma de Adônis.*

Desde aquela noite, Hades não ouvira mais falar do mortal, então imaginara que sua ameaça fora repassada a ele.

Agora, pelo jeito, ele estava morto.

Mas que porra.

— Um instante — repetiu Hades, depois fechou a porta.

Ele suspirou, então se virou e se aproximou da cama, onde Perséfone dormia em silêncio. Ficou olhando para ela por alguns segundos: o roçar dos cílios escuros na bochecha, a abertura dos lábios rosados, a subida e descida suave do peito. O deus se inclinou e deu um beijo na testa dela.

— Eu te amo — sussurrou ele.

Ela não acordou, só respirou mais fundo e enterrou o rosto no lençol de seda ao qual estava agarrada.

Hades se endireitou e foi até a porta, invocando sua ilusão para cobrir o corpo nu. Juntou-se a Elias no corredor, completamente vestido, como de costume, com o terno feito sob medida.

— Para onde vamos? — perguntou ele.

— La Rose — respondeu o sátiro.

Hades e Elias se manifestaram na calçada deserta e coberta de neve diante do clube de Afrodite. Como era tarde e muitos estabelecimentos naquela rua estavam fechados, não havia nada que iluminasse a fachada espelhada da boate, o que lhe dava a aparência de um aglomerado de cristais escuros projetando-se da terra.

— Por aqui — disse Elias, indicando a Hades um beco entre a La Rose e o prédio ao lado. O espaço era tão estreito que os ombros dele roçavam as paredes dos dois lados.

Chegaram aos fundos do edifício, onde algumas pessoas estavam reunidas. Zofie estava entre elas, mas também alguns empregados de Afrodite.

A própria Afrodite ainda não havia chegado.

— Sua deusa já foi informada? — perguntou Hades a Himeros, que reconhecia tanto como o Deus do Desejo Sexual quanto como amigo próximo de Afrodite. Ele parecia muito jovem, como se tivesse vinte e poucos anos. Não tinha pelos faciais, mas sua cabeleira era espessa e escura.

— Eros foi avisá-la — respondeu ele.

Himeros e Eros eram os conselheiros mais próximos de Afrodite e faziam parte dos Erotes, um grupo de deuses e deusas que representavam diferentes elementos do amor e do sexo.

Hades se perguntava como a deusa reagiria ao descobrir que um de seus amantes mortais fora assassinado. Ele nunca soubera ao certo o que Afrodite sentia por aqueles que favorecia. Sabia que ela tinha uma preferência por alguns, mas seu amor, quer ela admitisse ou não, pertencia ao marido, Hefesto.

Ainda assim, atacar um mortal favorecido era como atacar o próprio deus que concedera o favor, e, quando Hades se virou e viu o corpo de Adônis, seu sangue gelou nas veias.

Ele parecia... quebrado. Era o único jeito de descrever. Seu corpo parecia ter sido espancado tão brutalmente que ele estava espalhado no chão.

— Foi um ato ousado — disse Hades, aproximando-se.

Não apenas atacar um favorecido, mas bem ao lado do clube de sua deusa.

— E ninguém ouviu nada?

— Nada — disse Himeros.

— Tem câmeras? — perguntou Hades.

— Sim, mas as lentes estão cobertas de gelo. É impossível ver o que aconteceu.

Maldita Deméter com essa tempestade de inverno de merda.

— Mas, pelo que dá pra ver — continuou o deus —, parece que ele tentou entrar na boate depois que já estava fechada. Quando não conseguiu entrar pela frente, veio pra cá. E aí foi atacado.

— Quem o encontrou? — perguntou Hades.

— Fui eu — disse uma nova voz: Eros, cuja magia era quente e inebriante, parecendo errada para o ambiente. Ele apareceu junto de Afrodite.

Hades se virou e olhou para os dois, mas só conseguiu se concentrar na deusa, cuja expressão permanecia perturbadoramente neutra. Ele ficou esperando que ela mudasse, que se desse conta do que tinha acontecido e ficasse irada, talvez até chorasse, mas a deusa não fez nada disso, apesar de não tirar os olhos do mortal assassinado.

— Quando o encontrei, já estava morto.

Hades se inclinou sobre o corpo. Várias pessoas podiam ser responsáveis pela morte dele, mas era a gravidade das feridas que o deixava tão preocupado. Aquilo era ódio.

Ele ficou olhando por um bom tempo antes de estender a mão para tocar o corpo.

— Não toque nele! — exclamou Afrodite. Ela deu um passo à frente, mas parou, contida por Eros.

Hades olhou de soslaio para a deusa, mas a ignorou e pôs a mão inteira nas costas do mortal. Na mesma hora, tentáculos pretos dispararam do corpo dele, enrolando-se ao redor do braço de Hades. Eles continuaram a subir até Hades ter certeza de estar segurando firme, então puxou, libertando a alma de Adônis do corpo; logo em seguida ela desapareceu, levada para as margens do Estige, onde Caronte a receberia e a transportaria através do rio.

— O que você fez? — quis saber Afrodite.

— A alma dele ainda estava no corpo — disse Hades, endireitando-se, e aquilo tornava tudo ainda mais horrível.

Não era raro que almas abandonassem o corpo durante ataques surpresa para escapar da violência do trauma que inevitavelmente seria causado a elas. Mas Adônis não tinha escapado, o que significava que sua alma fora tão maltratada quanto o corpo. Também significava que não conseguiriam nenhuma informação dele no além: ele estaria sofrendo demais para ajudar.

Hades se perguntava se os agressores de Adônis sabiam daquilo. Ele achava estranho que tantas coisas tivessem funcionado a favor deles: as câmeras, por exemplo, e o fato de que ninguém ouvira esse ataque pavoroso acontecer. Parecia orquestrado demais, como se eles tivessem contado com algum tipo de intervenção divina.

— Apolo! — chamou Hades, torcendo para que sua convocação funcionasse.

— Por que chamar ele? — perguntou Afrodite.

Hades olhou em seus olhos injetados. Agora percebia a raiva dela.

— Precisamos saber exatamente como ele morreu — respondeu Hades. — Não acredito que isso tenha sido obra de mortais invejosos.

— O que mais poderia ser?

— Não sei — admitiu Hades, e não sabia explicar por que queria tanto descobrir o que acontecera.

Ele não gostava de Adônis, mas gostava de Afrodite, apesar de suas intromissões, e estava preocupado por alguém próximo a ela ter sido assassinado. Isso era uma violação.

— Que foi? — perguntou Apolo, bocejando ao aparecer na noite fria, usando apenas um robe florido. Quando parou de esfregar os olhos e deu uma olhada no chão, levantou o pé. — Eca. Que *isso*?

— Um corpo, Apolo — disse Hades, sem emoção.

— Que nojo — disse o Deus da Luz, mas ainda assim se aproximou e se inclinou sobre o corpo, observando-o atentamente.

— Preciso que você faça uma autópsia — disse Hades. — Precisamos saber como ele morreu.

— Bom, eu posso te garantir que ter sido espancado até virar purê não ajudou.

— Apolo — rosnou Hades, irritado pelo sarcasmo do deus. — Esse homem era um dos favorecidos de Afrodite.

Apolo endireitou o corpo, girando a cabeça rapidamente na direção da Deusa do Amor e empalidecendo ao compreender.

— Ah — disse ele. — Porra.

— É, porra — disse Hades.

Apolo franziu a testa e voltou a se concentrar no corpo. Ele estava descalço, mas não parecia ligar de estar pisando numa poça do sangue coagulado de Adônis.

Hades não sabia bem o que o deus estava fazendo, mas, depois de alguns instantes, ele pegou alguma coisa perto do corpo e a ergueu. Parecia o cabo de uma faca.

— Acho que vamos encontrar um bocado de facadas.

Hades se virou para Afrodite. Era difícil dizer como prosseguir a partir dali. Será que deviam alertar os mortais favorecidos dela a respeito do ataque e arriscar que vazassem para a imprensa? Uma coisa era um favorecido ser assassinado — ataques assim não eram inéditos —, mas que isso acontecesse tão perto de um estabelecimento divino era outra bem diferente.

— Acho que não é exagero dizer que isso provavelmente é obra dos Ímpios — afirmou Hades. Se estavam associados à Tríade já era outra história.

Os Ímpios não adoravam os deuses. Alguns viviam discretamente sua rejeição às práticas de culto, enquanto outros eram muito mais extremos, escolhendo atos violentos como meio de atacar os deuses. Alguns deles tinham se organizado sob a bandeira oficial da Tríade, um grupo que pregava uma crença em equidade, livre-arbítrio e liberdade, apesar de aterrorizar diversos mortais na busca por essa suposta liberdade.

Agora seus integrantes alegavam ser opositores pacíficos, mas Hades não acreditava naquilo. Uma coisa, porém, trabalhava a favor deles, e era o caos provocado por qualquer um que tivesse rejeitado os deuses.

— Proteja os que estão no seu círculo, Afrodite — disse Hades. — Acho que eles querem sua ira.

— Por que alguém ia querer minha ira? — perguntou ela, com os punhos cerrados.

— Para provar um ponto.

— Que *ponto*, Hades?

— Que o favor de um deus na verdade não significa nada — respondeu ele.

6

HADES

Hades acompanhou Perséfone até o trabalho, o que para ele era como mandá-la para o oceano de Poseidon. Ela nem tinha um escritório, trabalhava na parte externa da Coffee House, como se não fosse a noiva dele, como se não despertasse o interesse e a atenção de todos os deuses e mortais na Nova Grécia. Ela era uma ovelha cercada por lobos, e a única coisa que o tranquilizava um pouco era que Antoni a escoltava e Zofie a vigiaria de perto.

Depois que ela saiu, Hades foi em busca de Tânatos e do fazendeiro que ele levara ao Submundo. Apesar de seu fim trágico, o velho tinha feito a transição para o Asfódelos, estabelecendo-se nos arredores do prado que era usado para agricultura e pecuária. Havia acres reservados para trigo e cevada, videiras e vegetais, oliveiras e figueiras. Além deles, havia um campo cheio de vacas e cabras. Almas perambulavam por ali, fazendo a manutenção da terra, coletando a comida e alimentando e ordenhando o gado.

Entre elas estava o novo fazendeiro, sentado em um banquinho, ordenhando uma vaca leiteira. Vestia as roupas que usava ao morrer: uma camisa de flanela e uma jardineira.

Ao se aproximarem, Hades e Tânatos lançaram uma sombra sobre o velho homem, e ele parou a ordenha para se virar e olhar para eles.

— Georgios — disse Tânatos. — Este é Lorde Hades.

— Lorde Hades — disse o fazendeiro, levantando-se e tateando a cabeça em busca do chapéu, desajeitado. Quando conseguiu tirá-lo, revelou uma camada de cabelos ralos que mal cobriam a careca. — Bom, eu... O que posso fazer pelo senhor?

Hades achou graça do fazendeiro balbuciando.

— É um prazer te conhecer, Georgios — disse ele. — Você está se adaptando bem?

— Já me sinto em casa — disse a alma.

Era mentira.

Hades percebeu pelo piscar de seus olhos e pela maneira como eles se arregalaram quando o homem falou.

— Espero que essa sensação aumente a cada dia — respondeu ele, um desejo sincero que nutria em relação a todos que passavam a morar em seu reino.

— Obrigado, milorde — disse a alma, inclinando a cabeça.
— Georgios — disse Hades. — Vim te perguntar sobre a sua morte.
O fazendeiro empalideceu.
— Bom, eu não lembro bem...
— Não pense naquela noite — disse Hades. — Pense no antes. Alguém apareceu na sua casa perguntando do monstro que você avistou no campo?
— Bem, sim — respondeu Georgios. — Uns homens de terno bonito.
Hades assentiu.
— Como eles eram?
— Não sei bem como descrever, tirando que eles não pareciam ser da região. Estava na cara.
— Por causa das roupas?
Georgios balançou a cabeça.
— Era mais do que isso. Eles eram diferentes. Tipo o milorde.
— Diferentes como eu? — perguntou Hades. — Como assim?
— Divinos, acho — disse Georgios.
Semideuses, talvez, mas Hades se perguntava quem seriam exatamente, e se haviam sido enviados por Teseu.
— E o que eles queriam?
— Eles disseram que estavam ali porque ouviram falar que eu tinha visto um monstro. Não sei como ficaram sabendo... Eu só tinha contado pra um vizinho, mas as notícias correm nas cidades no entorno de Tebas. Enfim, mostrei pra eles onde foi. Foi fácil achar o lugar, porque a grama ainda estava amassada.
— E o que eles disseram?
— Nada. Só foram embora — disse Georgios.
Ele ficou calado por um instante, depois pareceu se dar conta do motivo de Hades estar perguntando a respeito dos dois homens e do monstro.
— O milorde acha que eles voltaram pra me matar?
— Não podemos ter certeza... a menos que você tenha visto eles.
A alma balançou a cabeça.
— Mais tarde, naquela noite, ouvi um barulho lá fora. Pensei que o monstro tinha voltado, mas, quando pisei na varanda, bateram na minha cabeça. Depois disso, não me lembro de nada.
Hades e Tânatos se entreolharam. Quando o deus voltou a olhar para Georgios, estendeu a mão para ele.
— Sinto muito por precisar tocar no assunto, Georgios.
O fazendeiro apertou sua mão.
— Não precisa se desculpar — disse ele. — Talvez milorde possa conseguir justiça por mim.
— Eu vou — afirmou Hades. — É uma promessa.

Hades e Tânatos deixaram o fazendeiro voltar à ordenha da vaca. Os dois deuses caminharam lado a lado e não disseram nada até estarem bem longe das almas que andavam por ali.

— Você acha que ele pode ter sido assassinado por semideuses? — perguntou Tânatos.

Era o que parecia. Um deus de verdade teria disfarçado a aparência, e um mortal jamais teria sido descrito como divino.

— Se não foram eles que apertaram o gatilho, foram os que encomendaram a morte — disse Hades, embora quem os tinha mandado para a fazenda fosse a verdadeira questão.

Se precisasse chutar, diria que tinha sido Teseu, mas também sabia que era perigoso ficar preso a uma ideia. Havia inúmeros semideuses vagando pela Nova Grécia sem serem notados, com poderes desconhecidos. Qualquer um deles poderia ter ouvido falar da ressurreição do ofiotauro e decidido localizá-lo.

— Quem quer que sejam — disse Tânatos —, tenho medo das vidas que vão tirar.

— Só nos resta a esperança de que não tirem mais nenhuma.

— Malditas assassinas — praguejou Hermes, aparecendo a alguns metros de Hades e Tânatos. Ao se aproximar, ele passou as mãos pelas roupas e pelos braços como se estivesse tirando a poeira. — Bom — disse ele, olhando para Hades —, você não estava errado sobre o Dionísio.

Hades ergueu as sobrancelhas, mas foi distraído por uma marca avermelhada na pele de Hermes.

— Você... levou um soco?

— Escuta aqui, você já viu as ménades lutando? Elas são selvagens. Acho que eu tô apaixonado.

Hades riu.

— Pelo jeito seu dia foi agitado — disse Tânatos, com um sorrisinho.

— Por que você não conta pra gente o que aconteceu? — perguntou Hades, mesmo sabendo que não precisaria implorar ao Deus das Travessuras. Ele estava ali para fazer um drama.

— Eu estava procurando o ofiotauro. Ouvi boatos de que alguém tinha avistado uma cobra grande perto de Esparta, o que pareceu promissor, e era mesmo. Encontrei uma trilha de sangue.

Hades franziu a testa.

— Quanto sangue?

— Não o suficiente pra me fazer achar que ele tenha recebido um golpe fatal, mas certamente ficou ferido. Com o quê, eu não sei, porque fui interrompido por três... *demônias* ferozes.

As ménades de Dionísio, Hades presumiu.

Não era uma grande surpresa, mas Hades era obrigado a se perguntar: se Dionísio conseguisse mesmo capturar o ofiotauro primeiro, será que contaria para ele?

— E aí? — perguntou Tânatos.

— Aí eu vim pra cá — respondeu Hermes. — Tenta *você* escapar. Elas têm *dentes*.

— A maioria das pessoas tem dentes — comentou Hades.

— Não é verdade, Hades. *Acredita em mim* — disse Hermes, e, pela expressão dele, Hades percebeu que ele já devia ter visto muita coisa. — Enfim, eu voltaria, mas estou meio excitado agora e acho que elas não estão muito interessadas numa orgia, então...

Hades suspirou.

Tânatos apoiou a testa na mão.

— Você precisa ser tão sincero, Hermes? — perguntou Hades.

Hermes sorriu.

— É por isso que você me mantém por perto.

Hades revirou os olhos, pensando no que deveriam fazer dali para a frente.

— O sangue estava fresco? — perguntou ele.

— Não, mas não sei dizer de quando era.

Não era uma informação tão promissora quanto ele pensara. Ainda assim, se perguntou se poderia mandar Zofie atrás disso. Ela era formidável, e uma amazona: não seria distraída como Hermes, que, aparentemente, era masoquista.

Seu único receio era tirá-la de perto de Perséfone.

— Sabe, se você quer mesmo achar essa criatura, pode pedir ajuda pra Ártemis — sugeriu Hermes.

Hades estremeceu ao ouvir o nome, apesar de ser verdade. Não havia caçador melhor que a Deusa da Caça, mas Ártemis não era do tipo que ajudava ninguém, tirando aqueles que a veneravam. Se ficasse sabendo do ofiotauro, provavelmente o mataria e queimaria suas entranhas ela mesma.

— Prefiro que arranquem meu pau com os dentes — disse Hades.

— Experimenta pedir pra alguém mascar ele com a gengiva.

Hades e Tânatos olharam para Hermes, horrorizados.

— Eu falei que nem todo mundo tem dentes — disse Hermes, dando de ombros.

Hades fez uma anotação mental para nunca mais falar de dentes com Hermes de novo.

— Não vou pedir nada pra Ártemis — afirmou Hades. — Ela vai querer um favor em troca.

Já era ruim o suficiente dever um favor ao irmão dela, Apolo, que ainda mantinha Perséfone presa num acordo que a tirava de perto de Hades sempre que o deus queria — um fato que o deixava amargurado.

— Fala com o Dionísio — disse Hades. — Se as ménades dele pegarem o ofiotauro primeiro, eu quero saber.

— Você quer que *eu* fale com o Dionísio?

Hades ergueu a sobrancelha.

— Sim, Hermes, você é oficialmente o guardião dele.

— Você sabe se ele ainda está bravo com o lance das bolas pegando fogo?

— Não sei, mas você mesmo pode perguntar.

— Pode esperar? — perguntou Hermes. — Preciso me arrumar pro chá de casa nova da Sibila, e, aliás, *você também*.

Cacete. Ele tinha esquecido.

— O que é um chá de casa nova? — perguntou Tânatos.

— É uma festa em que todo mundo leva ervas pra fazer chá na nova casa da pessoa — explicou Hades.

— Isso — disse Hermes. Ele já estava dando um passo para trás, pronto para sair correndo para o Mundo Superior. — É isso mesmo. Pode levar *muitas* ervas.

— Hermes — alertou Hades. — Fala com o Dionísio. *Logo.*

— Qual é a definição exata de logo? — perguntou Hermes.

Hades olhou feio para ele.

Hermes sorriu.

— Até loguinho, Papai Morte!

Então desapareceu, e, depois que ele sumiu, Hades olhou para Tânatos, que perguntou, num tom muito sério:

— Qual de nós dois você acha que ele chamou de Papai Morte?

Hades voltou ao palácio.

Teria que contar a Elias o que o fazendeiro lhe dissera.

Sempre fora urgente encontrar o ofiotauro, mas agora Hades sentia uma necessidade ainda maior de localizá-lo, conforme a tempestade de Deméter no Mundo Superior piorava e Perséfone começava a questionar se Zeus permitiria o casamento deles.

Havia obstáculos demais em seu caminho para obter tudo o que sempre quisera. O ofiotauro tornaria fácil demais a tarefa de qualquer um que tentasse derrubar os olimpianos, e nem fodendo que Hades ia perder sem uma guerra.

Enquanto perambulava pelo jardim, sem pressa de voltar ao castelo, ele sentiu a magia de Perséfone florescer.

Ela estava de volta, o que era estranho. Quando ia trabalhar no Mundo Superior, costumava ficar horas por lá.

Ele franziu a testa e desapareceu do jardim, seguindo a magia dela até o quarto, onde a encontrou nua. De costas para ele, ela se abaixou, inspecionando alguma coisa nas pernas. Ele ficou feliz com a vista, admirando-a em silêncio à distância, deixou a imaginação correr solta, pensando nas outras coisas que gostaria de fazer com ela nessa posição.

Depois de alguns instantes, a deusa endireitou o corpo, ainda sem perceber que ele se juntara a ela. Quando se virou na direção do banheiro, levou um susto.

— Hades! — O nome dele escapou da boca de Perséfone num grito ofegante. Ele gostou de como ela o pronunciou, lembrando-se de como a deusa gozava com seu nome nos lábios. — Você me assustou!

Ele baixou o olhar para os seios que ela cobria com uma das mãos, como se pudesse parar o coração acelerado.

— Você já devia saber que eu ia te encontrar assim que tirasse as roupas. É um sexto sentido.

Hades puxou a mão de Perséfone do seio e beijou os dedos, que eram delicados e fortes. Pensou em como eles se enfiavam em seus cabelos, em como as unhas dela arranhavam seu couro cabeludo, em como agarravam seus fios e puxavam enquanto ela o cavalgava até ele gozar.

Eu sou insaciável, porra, pensou ele, percorrendo o corpo dela com os olhos.

Foi só então que Hades notou as coxas de Perséfone, que estavam vermelhas e inchadas. Bolinhas cheias de fluido pontilhavam a pele dela, óbvias apesar da cor clara. Eram bolhas.

— O que é isso? — quis saber ele, espalmando a mão sobre a pele inflamada, que pareceu se revoltar contra seu toque.

Perséfone agarrou o outro braço de Hades e cravou as unhas nele quando o deus tentou curar sua carne — curar suas queimaduras.

Que porra era aquela?

— Uma mulher derramou café no meu colo — disse Perséfone.

Ele não gostou da dor que marcava a voz dela.

— Derramou? — perguntou ele, olhando-a nos olhos.

— Se você quer saber se foi de propósito, a resposta é sim.

De propósito.

Era o que Hades tinha medo que acontecesse depois da morte de Adônis, e até antes disso, quando a imprensa noticiara seu relacionamento com Perséfone. Ele sempre tivera medo de que alguém a atacasse, sabendo que alguma coisa poderia acontecer a qualquer momento, e Perséfone se daria conta de que não poderia mais existir no mundo como antes: como uma mortal qualquer.

Ela era mais do que isso: uma deusa, claro, mas *dele*, e aquilo irritava as pessoas.

Hades se ajoelhou diante dela, lutando contra as emoções, que tomavam conta dele. Uma pressão na cabeça e no peito o estimulavam a explodir e se vingar, mas a culpa o mantinha preso aos pés dela. Ele devia ter insistido que ela não saísse em público; devia ter lhe dado um escritório no Alexandria Tower antes.

Direcionou sua frustração para abrandar as feridas de Perséfone e curá-las. Quando teve certeza de que ela não estava mais sentindo dor e não havia sinais visíveis das queimaduras, deslizou as mãos até a parte de trás das coxas dela e a segurou por ali, erguendo os olhos para encará-la.

— Você vai me dizer quem era essa mulher? — perguntou ele, então se inclinou para a frente, levando a boca até a pele recém-curada dela, e ficou feliz quando ela soltou um suspiro de prazer.

— Não — respondeu ela, apoiando as mãos nos ombros dele, o cabelo dourado cobrindo-lhe o rosto.

— Será que eu não consigo... te persuadir?

Perséfone murmurou quando a língua de Hades apareceu entre os dentes para prová-la enquanto ele se aproximava do monte de cachos escuros entre as coxas dela, avistando seu clitóris, que implorava para ser tocado e provocado.

Ele gemeu pensando em tomá-lo na boca, em chupá-lo suavemente.

Seu pau endureceu mais ainda, e ele teve certeza de que estava atrapalhando o fornecimento de sangue para o cérebro.

— Talvez — disse Perséfone, e sua resposta ofegante enviou uma onda de calor direto para a cabeça do pau dele. Hades fez um esforço para lembrar o que tinha perguntado. — Mas eu não sei o nome dela, então sua... *persuasão* seria em vão.

— *Nada* que eu faço é em vão.

Ele não aguentava mais, então se mexeu, cobrindo o clitóris dela com a boca, estimulando-o com os lábios. O suspiro que ela soltou foi pesado e gutural, e ele gostou de como os dedos dela foram até seu cabelo e da dorzinha gostosa quando ela o puxou com força demais.

— Hades...

Ele se afastou o suficiente para sussurrar colado à pele quente de Perséfone, o gosto dela em sua língua sendo o bastante para enlouquecê-lo. Se ela não permitisse que ele a levasse ao clímax, ele passaria a noite inteira pensando em tudo que deixaram inacabado ali.

— Não me faça parar — implorou ele, entre lambidas.

Ela soltou outro suspiro cheio de prazer, mas, quando falou, sua voz estava controlada e firme.

— Você tem meia hora.

Isso bastou para fazê-lo se afastar e olhá-la nos olhos, e, puta que pariu, ela era linda e muito mais forte que ele. Seus olhos verdes brilhavam, luminosos, como se sua ilusão estivesse se desfazendo, mas ele sabia que era só o poder de sua excitação, um indício do quanto ela o queria. O problema era que ela conseguia controlar o desejo, conseguia esperar pacientemente pelo alívio.

Hades não.

— Só meia hora?

Os olhos dela faiscaram, e um sorrisinho divertido surgiu em seus lábios.

— Precisa de mais?

Ele levou as mãos até a bunda dela, apertando quando ela sorriu.

— Meu bem, nós dois sabemos que eu consigo te fazer gozar em cinco minutos, mas e se eu quisesse fazer tudo no meu tempo?

O sorriso dela ficou mais caloroso, e ela tocou os lábios dele com os dedos.

— Mais tarde. — Mas ele não sabia se era mais uma ordem ou uma promessa. — Temos uma festa hoje, e eu ainda preciso fazer os cupcakes.

— Não é um hábito dos mortais se atrasar um pouco? — Ele já não ouvira falar daquilo antes? Sentia que estava fazendo beicinho, mas era importante: ter prazer depois da dor.

— Foi Hermes que te falou isso?

— Ele está errado?

Ela semicerrou os olhos.

— Eu não vou me atrasar pra festa da Sibila, Hades. Se quiser me agradar, você vai me fazer gozar *e* chegar a tempo.

Ele deu uma risadinha, apoiando o queixo entre as coxas dela ao concordar com a ordem.

— Como quiser, meu bem — disse ele, e seguiu em frente, estimulando o clitóris dela até senti-lo pulsando na boca.

Hades então passou a perna de Perséfone por cima do próprio ombro, e ela se equilibrou apoiando as mãos nele, abrindo as pernas para que ele pudesse prová-la. Ele queria foder a deusa com algo além dos dedos e da língua; seu pau implorava para estar dentro dela, principalmente quando ela passou a se esfregar na sua boca, mas ela lhe dera um limite, e se fosse para ela passar a maior parte desse tempo ali, então ele ia garantir que fosse bom. Ele teria que se aliviar mais tarde enquanto ela alisava aqueles malditos cupcakes em vez do pau dele.

Mas era bom.

Era suficiente.

Era ela, e só aquilo importava.

Quando Perséfone gozou na boca de Hades, ele ficou satisfeito com o prazer dela, se levantou e a beijou, abraçando-a com força, a cabeça girando com a fricção mínima que a proximidade deles provocava em seu pau.

Ele interrompeu o beijo quando ela tentou tocar seu pau, mas seus corpos estavam tão próximos que ela não conseguiu.

— Eu prometi fazer você gozar e chegar na casa da Sibila a tempo. Se você me tocar, não vou cumprir a promessa.

Suas palavras foram quase uma ameaça. Ele sabia do que era capaz nesse momento. Também sabia que mal conseguia pensar. Um toque dela seria a gota d'água.

Perséfone parecia muito arrependida de ter arrancado esse acordo dos lábios dele. Começou a abrir a boca, mas quaisquer que fossem as palavras que estava prestes a dizer, elas nunca saíram, porque ele a beijou de novo, segurando sua cabeça com as mãos. Quando se afastou, ele apoiou a testa na dela.

— Vai fazer essas porras de cupcakes, Perséfone.

Hades a soltou e deu um passo para trás. Ela parecia meio entorpecida, mas estava muito melhor do que ele, que mal conseguiu se controlar enquanto Perséfone colocava um vestido novo. À porta, ela se virou para olhar para ele.

— Você... vai comigo pra cozinha?

— Daqui a pouquinho — respondeu ele.

Ela assentiu, desviando o olhar para o pau dele, que estava marcado na calça, duro. Era óbvio o que ele pretendia fazer, e ele nem esperou a porta terminar de fechar para desabotoar as calças, puxar o pau para fora e começar a se masturbar.

Puta que me pariu, pensou ele, acariciando-se com a mão, que não lembrava em nada o corpo molhado e contorcido de Perséfone, mas ele não tinha muita opção.

Gozou rápido, fazendo uma bagunça, mas esse alívio não foi nada comparado ao que ele realmente precisava, e, limpando a prova de seus atos, ele se perguntou se aguentaria a noite inteira sem trepar com Perséfone na casa nova de Sibila.

7

HADES

Hades deixou Perséfone conduzir, usando sua magia para teleportá-los para a casa nova de Sibila, uma vez que já tinha estado lá antes. Os dois se manifestaram diante de uma porta verde, em um canto que ficava embaixo de uma escada de metal e cimento. Mal havia espaço para Hades, cuja cabeça roçava num dos degraus acima.

Ele avançou um pouco para conseguir mais espaço, abraçando Perséfone. Ela estremeceu, mas não tinha nada a ver com o toque dele. Estava frio para caralho.

Hades não saía desde a noite passada, quando tinha deixado o Submundo para ir até a La Rose. Embora já estivesse frio antes, era evidente que a temperatura havia caído ainda mais.

Ele devia ter esperado antes de bater uma. Esse frio o teria feito brochar mais rápido.

Maldita Deméter. Era o que ele temia. O clima estava piorando.

Hades sentiu uma onda de poder entre as mãos. Era quente e vinha de Perséfone. Ele a segurou com mais força, abaixando a cabeça para aproximar os lábios do ouvido dela.

— Você está bem?

Quando ela não respondeu, ele franziu a testa, endireitando o corpo.

— Perséfone?

Ela pareceu se dar conta de que Hades estava falando e ergueu o olhar para encará-lo, apoiando a cabeça no peito dele. Ela estava encantadora e parecia minúscula envolvida pelos braços dele. Esses eram os momentos preferidos de Hades, calmos e íntimos, e ele ansiava por ter cada vez mais deles.

— Estou bem — disse Perséfone, mas alguma coisa apareceu por trás de seus olhos: uma escuridão que ele reconhecia na sua. — É verdade — ela tentou tranquilizá-lo. — Só estou pensando na minha mãe.

— Não arruíne sua noite pensando nela, meu bem — disse ele.

Ela não precisava saber que Hades também estava pensando em Deméter.

— É um pouco difícil ignorá-la com esse tempo, Hades.

Relutante, ele olhou para o céu, coberto por nuvens pesadas. Odiava que Perséfone estivesse pensando em Deméter. Sabia que devia ser porque ela tinha lido aquele monte de artigos na imprensa dizendo que a tempestade de inverno era algum tipo de punição divina e provavelmente se sentia culpada.

Apesar de saber pouquíssimas coisas sobre a filha, Deméter sabia que a maneira mais fácil de atingir Perséfone era pelo coração.

Ela garantiria que essa tempestade fosse devastadora para o povo da Nova Grécia, e, quando aquilo acontecesse, será que Perséfone se arrependeria de ter aceitado se casar com ele?

Ele se perguntou se ela estaria pensando nisso naquele instante.

Se não estivesse ainda, começaria em breve.

Hades cerrou os dentes, e Perséfone se afastou um pouco para bater à porta, seu calor desaparecendo com a distância. Ele não gostou.

E gostou ainda menos de ver um homem atendendo a porta de Sibila.

Não porque ele parecesse uma ameaça. Era a *sensação* que ele passava. Errada. Enganosa.

Hades voltou a abraçar Perséfone. Não sabia bem se devia se sentir aliviado ou preocupado por ela parecer tão confusa quanto ele com a visão do homem loiro de olhos azuis.

— Hmm, talvez esse seja o número errad...

— Perséfone, né? — perguntou o homem.

Hades ficou tenso. Não gostou da maneira como ele disse o nome dela. Era casual demais, confortável demais.

— Perséfone! — exclamou Sibila, vindo correndo por trás do homem, que não se mexeu, forçando o oráculo a passar por baixo de seu braço, que estava apoiado no batente como se ele fosse um guarda ou algo do tipo.

Hades também não gostou daquilo.

Ele soltou Perséfone quando Sibila a abraçou.

— Tô tão feliz por você ter vindo! — disse ela, e foi impossível não ouvir o alívio em sua voz.

Hades lançou um olhar sombrio ao mortal que os observava, imóvel.

Ele estava deixando Sibila desconfortável em sua própria casa?

O deus cerrou os punhos.

Se Sibila não o apresentasse logo, Hades o enviaria para uma ilha deserta em algum lugar na costa da Nova Grécia.

— Estou feliz por você ter conseguido vir também, Hades.

Hades ficou surpreso e olhou para o oráculo.

— Agradeço o convite — respondeu ele, com sinceridade.

— Não vai me apresentar?

O homem de guarda à porta finalmente tinha se mexido, cruzando os braços, como se estivesse emburrado. Sua voz era desagradável, e ele falou com um tom obviamente presunçoso que Hades achou irritante. Teve a sensação de que o mortal só falou para chamar atenção para si, e concedeu seu desejo.

O Deus dos Mortos o fulminou com o olhar.

Ele precisava mesmo ser apresentado à morte?

Sibila se virou na direção do homem, como se tivesse esquecido que ele estava ali. Ela olhou para eles como se estivesse se desculpando pela insolência do mortal.

— Perséfone, Hades, esse é o Ben.

— Oi, eu sou o namor...

— Amigo. Ben é um amigo — Sibila o interrompeu.

Hades e Perséfone se entreolharam, e a deusa não conseguiu disfarçar a expressão perplexa.

— Bom, praticamente namorado — corrigiu Ben.

Hades não conseguiu esconder o desgosto, fazendo uma careta — e ficou ainda mais carrancudo quando Perséfone apertou a mão estendida do mortal.

— É um... prazer te conhecer — disse ela.

Ela era boazinha demais.

O homem se virou para Hades cheio de expectativa, oferecendo a mão.

— Você não quer apertar minha mão, mortal.

Primeiro, ele a esmagaria, depois forçaria o homem a encarar todos os medos que já provocara. Tudo aconteceria num milésimo de segundo, e levaria o mortal à loucura.

Hades adoraria assistir à cena, mas tinha a sensação de que Perséfone não aprovaria.

O mortal não gostou da rejeição de Hades. Uma pontinha de raiva brilhou em seus olhos, o que quase fez Hades rir, e ele desejou que Ben dissesse alguma coisa sobre essa desfeita. Ele aceitaria qualquer motivo para bani-lo da festa, mas, no silêncio que se seguiu, o homem pareceu voltar um pouco a si e recobrou a expressão agradável, porém desconcertante.

Ele sorriu e finalmente saiu da porra da porta.

— Então, vamos entrar?

Hades não estava muito a fim de ficar confinado num espaço tão pequeno com o mortal. Já tinham começado mal, mas ele apoiou a mão nas costas de Perséfone enquanto entravam no apartamento.

Sentia que ela estava olhando para ele, curiosa, mas também atenta.

— O quê? — perguntou ele, em voz baixa.

— Você prometeu que ia se comportar — lembrou ela.

— Agradar mortais não é do meu feitio — disse ele, principalmente aqueles que se mostravam arrogantes diante da morte.

— Mas me agradar é — disse ela, e suas palavras atraíram a atenção dele para seu rosto quando chegaram ao final do corredor, parando em uma pequena cozinha com uma lâmpada fluorescente clara demais.

Ainda assim, ele sustentou o olhar de Perséfone e deu um sorrisinho para ela.

— Ai, ai — disse ele, baixinho. — Você é minha maior fraqueza.

Ela o encarou, uma onda de sentimentos inundando seu olhar.

Se Perséfone continuasse olhando para Hades daquele jeito, ele ia mesmo trepar com ela naquela casa.

— Vinho? — Sibila se esgueirou para passar entre eles e entrar na cozinha, indo direto ao bar. Ela obviamente sabia o que todo mundo ia precisar para aguentar a noite, já que Ben insistia em ficar.

— Por favor — disse Perséfone.

— E pra você, Hades?

— Uísque... o que tiver está bom. Puro. — Ele fez uma pausa, percebendo o olhar que Perséfone lançava em sua direção, mas sem entender o que ela desaprovava. — Por favor...

Talvez ele devesse ter manifestado o próprio álcool.

— Puro? — Hades não conseguiu deixar de estremecer ao ouvir a voz do mortal. Talvez por saber que, toda vez que o homem abrisse a boca, diria alguma coisa idiota. — Quem aprecia uísque de verdade coloca pelo menos água.

Um silêncio pesado se abateu sobre o cômodo, e todo mundo percebeu, menos Ben. Perséfone e Sibila travaram, com os olhos arregalados, esperando a resposta de Hades.

Ele olhou para o mortal, a voz cheia de um desdém que escurecia seu coração.

— Eu coloco sangue de mortal.

Era uma piada, mas Hades estava tentado a experimentar, usando Ben como o primeiro sacrifício.

Porra, ele nunca odiara tanto alguém na vida.

— Claro, Hades — disse Sibila, como se não tivesse ouvido Ben nem a resposta do deus. Ela escolheu uma das muitas garrafas dispostas no balcão e a entregou. — Você provavelmente vai precisar.

Ele sorriu para ela, o mais caloroso que conseguiu.

— Obrigado, Sibila — disse ele, já abrindo a tampa para beber direto do gargalo.

— E aí, onde você conheceu o Ben? — perguntou Perséfone, enquanto Sibila lhe servia uma taça de vinho.

Hades pensou em responder por ela — o filho da puta era um stalker —, mas, antes que ela conseguisse dizer qualquer coisa, Ben falou.

— A gente se conheceu no Four Olives, onde eu trabalho. Foi amor à primeira vista pra mim.

Perséfone soltou um som estranho ao se engasgar com o vinho, mas Hades tinha que admitir que estava satisfeito consigo mesmo.

Ele não estava errado.

Sibila lançou a ambos um olhar desesperado. Era evidente que ela já tinha tentado colocar esse mortal no lugar dele. O problema era que ela achava que podia fazer dele um amigo, mas aquele também não era o lugar dele.

O lugar dele era a cadeia.

Ou o Tártaro.

Hades aceitaria qualquer um dos dois.

Uma batida à porta interrompeu o silêncio.

— Graças aos deuses — disse Sibila, correndo para a porta.

Hades imaginava que ela estivesse ansiosa para encher a casa de gente e abafar a voz irritante de Ben.

— Sei que ela ainda não está convencida — disse Ben, quando ficaram sozinhos. — Mas é só questão de tempo.

— O que te faz ter tanta certeza? — perguntou Perséfone, e, embora Hades ouvisse a repulsa na voz dela, o mortal não pareceu notar.

Em vez disso, ele ficou radiante, endireitando os ombros e levantando a cabeça, orgulhoso.

Hades já estava revirando os olhos.

— Eu sou um oráculo.

— Ai, meu cacete — disse ele, sem achar a menor graça.

Perséfone deu uma cotovelada nele, mas nem assim Ben se tocou. Ele era incapaz de perceber qualquer emoção além do orgulho que sentia de si mesmo.

Ainda assim, Hades não ia aguentar muito mais daquilo. Ele precisava se distanciar desse filho da puta que se recusava a chamar pelo nome.

— Com licença.

Olhou de relance para Perséfone ao sair da cozinha e perambular até a sala de estar ao lado, dando um gole no uísque que Sibila tão gentilmente lhe oferecera. Seu único desejo era conseguir ficar bêbado, porque, nessa noite, ele precisava.

Ainda conseguia ouvir Ben do outro lado da sala, quando ele se inclinou na direção de Perséfone — um ato que deixou Hades com vontade de arrancar a cabeça dele. O deus se permitiu imaginar a cena, como aconteceria e qual seria a sensação, só para se acalmar.

— Acho que ele não gostou de mim — disse Ben.

Perséfone levantou uma sobrancelha, respondendo sem animação:

— Por quê?

Hades deixou de prestar atenção neles por um instante enquanto observava a casa de Sibila. Era aconchegante, mas tinha pouca coisa; era evidente que ela estava recomeçando. Apesar de estarem reunidos ali para comemorar o novo capítulo da vida dela, Hades sabia que nenhum dos presentes estava feliz de verdade, sabendo muito bem que o motivo de estarem todos ali era que um deles se fora.

A morte de Lexa tinha mudado tudo.

Ele ainda se sentia culpado pela maneira como lidara com Perséfone. Não a apoiara durante a estadia de Lexa no hospital, não a havia preparado para uma morte que ele não tinha percebido que seria tão devastadora.

Você tem sido o Deus do Submundo por tanto tempo que esqueceu como é realmente estar à beira de perder alguém.

Mas enquanto ela dizia essas palavras, ele sentia que a estava perdendo.

— Sefy! — A voz de Hermes o arrancou de seus pensamentos, e Hades se virou para ver o Deus das Travessuras entrando na cozinha, carregando duas garrafas de bebida em cada mão. Ele as colocou no balcão antes de puxar Perséfone para um abraço. — Você tá cheirando a Hades... e sexo — declarou ele, o que fez Hades rir, apesar de também se sentir um pouquinho culpado.

— Para de ser esquisito, Hermes! — retrucou Perséfone, irritada.

Os olhos do deus adquiriram um brilho de diversão quando ele a soltou e se virou para Ben, intrigado. Hades estava sofrendo por dentro. Por que Hermes tinha que ficar a fim de literalmente todo mundo? Bom, nem importava, de todo modo. Uma vez que o filho da puta abrisse a boca, Hermes perderia o interesse.

— Ah, e quem é esse?

— Esse é o Ben. Ele e a Sibila são... — Perséfone hesitou, aparentemente sem saber como descrever o stalker. Mas não tinha importância, porque nenhum dos dois estava prestando atenção.

— Hermes, né? — perguntou Ben.

Hermes ficou radiante de orgulho.

— Você já ouviu falar de mim?

Hades soltou uma risada sem alegria nenhuma ao dar outro gole no uísque. O comentário era absurdo: não havia nenhum mortal vivo que não conhecesse o Deus das Travessuras.

— Mas é claro — respondeu o mortal. — Você ainda é o Mensageiro dos Deuses ou agora eles usam e-mail?

Hades tentou esconder o sorriso ao se virar para a janela, afastando a cortina presa à parede enquanto ouvia a resposta irritada de Hermes.

— É *Lorde* Hermes pra você — disse ele.

Hades não prestou atenção no que veio em seguida, porque estava observando o clima. A neve estava mais forte, e, de vez em quando, a janela era atingida por gelo.

A tempestade estava cada vez pior.

— Ora, ora — anunciou Hermes, sua voz mais próxima do que antes. — Olha quem decidiu assombrar a festa... literalmente.

Hades deu as costas para a janela e ficou olhando o deus se aproximar.

Hermes apontou para trás com o polegar por cima do ombro.

— Dá pra acreditar nesse mortal? — perguntou, depois emendou num tom debochado: — Os deuses usam e-mail? Filho da puta.

Hades riu de novo.

Hermes olhou feio para ele.

— Não adianta fingir que você não é antiquado também. Você já não foi substituído pelo *assassinato*?

— Isso... não, Hermes — respondeu Hades.

— Tipo, que audácia!

— A verdadeira vingança seria não deixar ele perceber que te afetou, sabe — disse Hades.

— Você só tá dizendo isso para seu próprio bem.

Hades deu de ombros e tomou mais um gole da bebida.

— O filho da puta acha que é um oráculo. Deixa ele ficar fazendo profecias falsas, vai acabar à mercê da Hécate.

Hades não sabia ao certo por qual deus o mortal alegava falar ou se só dizia ter visões. De todo modo, Hécate desprezava qualquer um que proclamasse um poder falso.

— Convoca ela — disse Hermes, então sua voz adquiriu um tom mais sombrio. — Quero ver ele queimar.

Hades não respondeu, apesar de gostar de imaginar a cena que Hécate causaria dentro do apartamentinho de Sibila se ele a chamasse para punir o falso profeta.

— Você falou com o Dionísio? — perguntou Hades.

— Não — respondeu Hermes.

Hades o fulminou com o olhar.

— Você disse *logo*, "não agora mesmo" — lembrou Hermes em sua defesa.

Hades continuou a encará-lo.

— Tá. Vou hoje à noite.

Hades sustentou o olhar.

— Se você acha que eu vou embora dessa festa sem tomar uns shots em algum joguinho, você é doido. Mas espera aí, você é mesmo. — Hermes cruzou os braços e desviou o olhar. — Por que *você* não vai falar com ele?

— Porque eu preciso falar com o Apolo — respondeu Hades. — A menos que você queira essa tarefa?

— Hmm, não. Apolo ainda não me perdoou por roubar o gado dele.

— *De novo?* — perguntou Hades.

— Não, só aquela vez mesmo. Sabe, *quando eu era bebê*.

— Achei que vocês tinham chegado a um acordo — comentou Hades.

Se não lhe falhava a memória, fora assim que Apolo tinha conseguido sua primeira lira, que agora usava como símbolo de poder.

— E chegamos — disse Hermes. — Mas você sabe como é o rancor.

Mais alguém bateu à porta, e, dessa vez, Helena entrou.

Hades não sabia muito sobre a jovem mortal além do que Perséfone já lhe dissera a respeito dela. Basicamente, que era bonita e trabalhadora.

— Esse tempo — disse ela ao entrar. — É quase... anormal.

— Pois é, é horrível — concordou Perséfone.

Hades sentiu o coração apertado ao ver a preocupação no rosto de Perséfone.

E também não ia melhorar. O gelo batendo na janela só estava aumentando.

Leuce e Zofie foram as últimas a chegar. Aparentemente, tinham decidido que era uma boa ideia morarem juntas, embora, pelo que Hades ouvia de Elias, na verdade fosse um desastre. Leuce tinha acabado de retomar a forma física depois de passar séculos como árvore, e Zofie... Zofie nascera e fora criada para ser uma guerreira. Quando algo não saía como planejado, seu primeiro instinto era matar, portanto, ela passava muito tempo destruindo coisas sem motivo nenhum.

Como as máquinas de venda automática do Alexandria Tower.

Ambas tinham muito a aprender sobre a sociedade.

Hades esperava que Leuce ficasse desconfortável na sua presença. Afinal, ele a transformara em árvore. Mas foi Zofie que travou ao vê-lo.

— Milorde! — exclamou ela, curvando-se em uma reverência rígida.

— Não precisa fazer isso aqui, Zofie — disse Perséfone, apesar de Hades não se opor.

Ele achava estranho que a amazona insistisse em fazer reverência diante dele, mas não de Perséfone, que tecnicamente era sua senhora, porém sabia que sua deusa ficaria desconfortável com aquilo, levando em conta que estavam entre... *amigos*.

— Mas... ele é o Senhor do Submundo! — disse Zofie.

Hermes bufou, debochado.

— Estamos sabendo. Olha pra ele: é o único gótico da sala.

Hades fez cara feia para o deus, que deu um sorrisinho envergonhado e saiu de perto dele, declarando:

— Já que todo mundo tá aqui, vamos jogar um jogo!

— Que jogo? — perguntou Helena. — Pôquer?

— Não!

A resposta veio de quase todo mundo na sala — até Perséfone.

Hades ficou carrancudo.

Ele reconhecia que tinha uma reputação em relação a jogos de cartas, e perder para ele tinha um preço alto, mas não estava interessado em negociar com ninguém ali — tirando, talvez, o mortal fingindo ser oráculo.

Gostava da ideia de dar a ele um desafio impossível, alguma coisa do tipo: pare de ser um esquisitão do caralho.

Ele fracassaria de maneira espetacular, e aí Hades poderia livrar o mundo de sua alma.

— Vamos jogar "Eu nunca"!

Hades gemeu. Odiava esse jogo.

Hermes correu até a cozinha e se debruçou sobre o balcão, e depois ouviu-se o som de vidro tilintando enquanto ele pegava várias garrafas de bebida em cada mão.

— Com shots!

— Tá — disse Sibila. — Mas eu não tenho copos de shot.

— Então todo mundo vai ter que escolher uma garrafa pra beber — disse Hermes, caminhando até a mesinha de centro na sala de estar e arrumando as garrafas em cima dela.

— O que é "Eu nunca"? — perguntou Zofie.

— É exatamente o que parece. Você fala uma coisa que nunca fez e quem já tiver feito tem que tomar um shot — explicou Hermes, e era exatamente por isso que Hades odiava aquele jogo. Era a última coisa que queria jogar na presença de Perséfone.

Ele já tinha feito tudo que existia debaixo da porra do sol, porque era *velho*; coisas que nunca tivera a oportunidade de contar a Perséfone.

Pensou em mentir, mas sabia que Hermes o confrontaria.

Puta que me pariu.

Jamais perdoaria Hermes por isso.

Todos se reuniram ao redor da mesa na sala de estar e tiveram que ver Ben invadindo o espaço pessoal de Sibila só para se espremer ao lado dela no chão.

— Eu começo! — exclamou Hermes. — Eu nunca... transei com o Hades.

Hades enrubesceu da cabeça aos pés. Convocar Hécate para torturar Ben? Não, ele a convocaria para Hermes.

— *Hermes* — sibilou Perséfone.

Nem precisaria de Hécate. Talvez a própria Perséfone executasse o deus. Ela estava com uma expressão assassina.

— O que foi? — choramingou Hermes. — Esse jogo é difícil pra alguém da minha idade. Eu já fiz de *tudo*.

Foi só quando Leuce pigarreou que Hermes se deu conta do problema. Perséfone não era a única que tinha transado com Hades naquela sala, e o lembrete não era agradável — para nenhum deles.

— Ah! *Ah...*

77

Seguiu-se um silêncio esquisito quando tanto Perséfone quanto Leuce tomaram um shot, e, apesar de não ter desgrudado os olhos de Perséfone, Hades sentiu a tensão no ar.

Sem que ninguém o incentivasse, Ben foi o próximo.

— Nunca persegui uma ex-namorada.

Hades sentiu o gosto da mentira, e ninguém bebeu porque ninguém ali era sociopata.

— Eu nunca... me apaixonei à primeira vista — disse Sibila, e, apesar de ter feito a declaração especificamente para Ben, o mortal não pareceu perceber, ou talvez não ligasse, porque tomou um shot.

Depois foi a vez de Helena.

— Eu nunca... fiz sexo a três.

Hades sentiu o olhar de Perséfone queimando sua pele antes mesmo de Helena terminar de falar, mas não quis olhar para ela enquanto pegava a garrafa e dava um gole. Quando enfim a encarou, viu que ela estava pálida, com exceção das bochechas, que estavam ficando com um tom quente e rosado.

Não era como se eles nunca tivessem falado disso antes; bom, não exatamente *disso*. Ele já explicara sua longa vida, então, suas várias experiências e parceiras sexuais eram de se esperar, mas talvez devesse ter sido mais específico.

Ele estava desesperado para estar ao lado dela, para envolvê-la com o braço, para sussurrar em seu ouvido o quanto a amava e como ninguém se comparava a ela.

Mas, conforme o jogo continuou, as coisas só pioraram.

— Eu nunca... comi alguma coisa direto do corpo nu de alguém — disse Ben.

E Hades precisou beber.

— Eu nunca... transei na cozinha — disse Helena.

Outro gole.

— Eu nunca transei em público — falou Sibila.

Mais um gole.

Hades *jamais* imaginou que diria isso, mas estava ficando cansado de beber. A cada vez que dava um gole, sentia a energia de Perséfone mudar e se transformar em algo sombrio e raivoso, afastando-se da sua.

Ele não gostava daquilo.

— Eu nunca... transei com uma sacerdotisa — disse Hermes.

— É mentira — afirmou Hades.

— Ah, é? — perguntou Hermes, surpreso, depois deu de ombros. — Hmm. Então tá.

Hades não bebeu.

Helena continuou o jogo, declarando:

— Eu nunca fingi um orgasmo.

Um pouco horrorizado, Hades observou Perséfone levar a taça aos lábios perfeitos e beber.

Que mentira do caralho.

Hades estreitou os olhos. Ele era a única pessoa com quem ela já havia transado e sabia que nunca a deixara insatisfeita ou insaciada.

— Se isso for verdade — disse o deus, sem tirar os olhos ardentes dela. Torcia para ela estar sentindo o que queria fazer com ela: como faria com que ela implorasse para gozar, como a abalaria tão profundamente que ela continuaria tremendo por dias. — Ficarei feliz de retificar a situação.

— Ui! — cantarolou Hermes. — Alguém vai ser comida essa noite.

— Cala a boca, Hermes — disse Perséfone, ríspida.

— Por quê? — choramingou ele. — Você teve foi sorte que ele não te levou pro Submundo no instante em que você levantou aquela taça.

Hades tinha pensado nisso, mas seria muito mais gratificante trepar com ela ali, onde todo mundo poderia ouvi-la gozar.

Ela não tinha ideia do que havia feito.

— Vamos jogar outro jogo — sugeriu Perséfone depressa.

— Mas eu gosto desse. Agora que estava ficando *bom* — disse Hermes. — Além disso, você sabe que o Hades tá fazendo uma lista dos jeitos que ele quer te f...

— Chega, Hermes! — interrompeu Perséfone, no limite da frustração.

Ela se levantou e desapareceu pelo corredor.

Todos ficaram em silêncio, e, depois de um instante, Hermes olhou para Hades.

— E aí, você não vai atrás dela?

Hades suspirou e pôs a garrafa de uísque no canto da mesinha de centro antes de ajeitar o paletó e desaparecer de vista.

Apareceu diante dela, colocando uma mão de cada lado de sua cabeça enquanto ela se apoiava na porta do banheiro. Estava de olhos fechados, e ele se aproximou, com a boca perto de seu ouvido.

— Você devia saber que suas ações iam me provocar — disse ele.

Elas invadiram seu corpo e o queimavam vivo.

Ele queria trepar com ela, senti-la gozar com tanta força que não conseguiria mais ficar de pé nem falar.

— Quando foi que eu te deixei insatisfeita? — perguntou ele, raspando os dentes na ponta da orelha dela, depois ao longo do pescoço. Ela estremeceu. — Não vai responder? — Ele se afastou e levou a mão ao pescoço dela. O pulso de Perséfone acelerou sob a mão dele.

— Eu realmente preferia não descobrir suas explorações sexuais por meio de um jogo na frente dos meus amigos — disse ela.

Também não era o que ele queria.

— Então achou melhor revelar que eu não te satisfazia desse mesmo jeito?

Perséfone desviou o olhar e engoliu em seco. Hades sentiu a garganta dela se contrair.

Aproximou-se, a língua roçando a pontinha da orelha dela.

— Devo não deixar dúvidas para eles de que consigo te fazer gozar? — sussurrou Hades, as mãos subindo pela parte de trás das coxas de Perséfone, enfiando-se por baixo da saia até chegar à calcinha, que rasgou no meio.

— Hades! Somos convidados aqui!

— E daí? — perguntou ele, colocando o pau para fora da calça e pegando-a no colo, mantendo suas costas apoiadas na porta.

— É falta de educação transar no banheiro dos outros.

Apesar dos protestos, ela permitiu que ele fizesse o que queria. Ele a beijou e esfregou o quadril no dela, o pau se aninhando entre suas coxas, deslizando pela virilha, que estava escorregadia com seu tesão.

— Porra — sussurrou ele, ou talvez não tenha dito nada em voz alta, mas ela era uma *delícia*.

Hades achou que conseguiria prolongar o ato, torturar Perséfone até ela implorar por ele, mas não ia dar; não quando ela estava tão pronta e ele mal podia esperar para mergulhar em seu calor. Deslizou para dentro dela, e um gemido gutural escapou da boca de Perséfone, que estava aberta contra a sua.

Ela era... tudo.

Ele a segurou com força e meteu, incapaz de fazer grandes movimentos, mas mesmo assim foi o suficiente, o suficiente para afastar todos os pensamentos de sua mente, o suficiente para fazer seus ouvidos zumbirem, o suficiente para mandar o sangue da cabeça direto para o pau.

O suor brotou da pele de Hades, e ele começou a ficar ofegante, apoiando a testa na dela, consciente de que a porta balançava atrás de Perséfone. O barulho era tão alto que ele quase não ouviu a batida e, quando a voz de Hermes ressoou do outro lado, desejou não ter ouvido nada mesmo.

— Odeio interromper o que quer que esteja acontecendo aí dentro, mas acho que vocês dois vão querer ver isso.

— Agora não! — vociferou Hades.

Não estava disposto a desistir daquilo. Estava tão perto do clímax; ela estava tão perto. Ele já sentia os músculos dela se contraindo em torno dele, estimulando-o a gozar.

Encostou a cabeça no pescoço de Perséfone, respirando com dificuldade colado à pele dela, e foi quando sentiu que ela tocava sua orelha com a língua e os dentes. Ele ficou tenso, agarrando-a com mais força.

Porra, ela estava dificultando a situação.

— Ok, pra começo de conversa, é falta de educação transar no banheiro dos outros — disse Hermes, num tom agudo, como se estivesse irritado. — Depois, é sobre o clima.

Caralho, caralho, maldita Deméter, pensou ele. Como era possível essa tempestade desgraçada estar estragando até esse momento?

— Um momento, Hermes — rosnou Hades.

— Quanto tempo é um momento?

— *Hermes* — disse Hades, fervendo de raiva, e torceu para o deus ter entendido o que ele não disse: *se fizer mais uma pergunta, vou tacar fogo nas suas bolas.*

— Ok, ok.

Hades suspirou.

Sair do corpo de Perséfone era uma tortura, e pior ainda quando ele precisava encarar o pau duro, reluzente com os fluidos *dela*.

— Porra.

— Desculpa — disse ela, e ele franziu a testa.

— Por que você está pedindo desculpa?

Perséfone começou a falar, mas pelo jeito decidiu que era melhor não.

— Não estou chateado com você — garantiu Hades, depois a beijou. — Mas sua mãe vai se arrepender dessa interrupção.

Era uma promessa.

Eles restauraram a aparência e saíram do banheiro. Do corredor, ouviram o jornal noticiando o clima.

— Um alerta de tempestade de gelo violenta foi emitido para toda a Nova Grécia.

— O que está acontecendo? — perguntou Perséfone ao chegar à sala de estar. Hades vinha logo atrás.

— Começou a chover granizo. — Helena estava parada junto à janela, as cortinas abertas.

Perséfone se aproximou e olhou para fora, de braços cruzados, um sinal de sua ansiedade. Hades tinha escutado o gelo começando a cair, mas agora era uma chuva mesmo.

— É um deus — começou o falso oráculo. — Um deus amaldiçoando a gente!

O silêncio preencheu a sala depois da declaração do mortal, e, embora ninguém pudesse contradizê-lo, era ousado afirmar aquilo na companhia de deuses de verdade.

Ben encarou Hades.

— Você vai negar? — desafiou ele.

— Não é uma boa ideia tirar conclusões precipitadas, mortal — respondeu Hades, entre dentes.

Ele odiava mesmo o cara.

— Eu não estou tirando conclusões precipitadas. Previ isso! Os deuses vão fazer chover terror sobre nós. Vai haver desespero e destruição.

Hades deu uma olhada em Perséfone, que parecia pálida e incerta. O que Ben dizia não era impossível, mas também era o tipo de informação que qualquer um que conhecesse a história da Grécia poderia alardear.

— Cuidado com o que diz, oráculo — alertou Hermes.

Seu corpo tinha ficado tenso, e ele tinha retesado os ombros e cerrado os punhos. Ficara muito ofendido com as palavras de Ben.

— Só estou falando...

— O que você ouve — interrompeu Sibila, depressa. — Que pode ou não ser a palavra de um deus. A julgar pelo fato de que você não tem nenhum patrono, eu chutaria que está recebendo profecias de uma entidade ímpia. Se tivesse sido treinado, você saberia disso.

Uma entidade ímpia podia ser qualquer coisa: outro mortal enchendo a cabeça dele de pensamentos ímpios ou até uma alma presa nesta terra, sussurrando para ele na escuridão.

— E o que tem de tão ruim em uma entidade ímpia? Às vezes elas são as únicas que falam a verdade.

— Acho que você devia ir embora — disse Sibila, com a voz trêmula.

Finalmente, porra, pensou Hades.

— Você quer que eu... *vá embora*?

— Ela foi bem clara — disse Hermes, dando um passo à frente.

— Mas...

— Você deve ter esquecido onde fica a porta. — Hermes deu outro passo. — Eu te mostro.

— Sibila...

Ah, caralho. *Chega*.

Hades enviou uma onda de magia na direção do mortal, que sumiu de vista.

Por um instante, todos ficaram em choque, depois olharam para Hermes.

— Não fui eu — disse ele, olhando para Hades, que nem tentou explicar o que tinha feito, que era o que deveria ter feito desde o começo: mandar Ben para uma ilha deserta.

— Acho melhor todo mundo ir embora. Quanto mais tempo a gente ficar, a tempestade só vai piorar. — Perséfone olhou para ele. — Hades, eu quero garantir que Helena, Leuce e Zofie cheguem bem em casa.

— Vou ligar para o Antoni.

O ciclope chegou em poucos minutos, e todos entraram na limusine. O barulho do granizo caindo estava mais alto no carro e preenchia o espaço com uma sensação de temor.

Hades se sentou ao lado de Perséfone, com um braço ao redor dela, enquanto Leuce, Zofie e Helena se sentaram diante deles.

— Mais alguém odiou muito o tal do Ben? — perguntou Leuce.

Que pergunta ridícula, pensou Hades. É claro que todo mundo tinha odiado o cara.

— Sibila devia manter uma faca embaixo da cama caso ele volte — aconselhou Zofie.

— *Ou* talvez ela possa só trancar a porta — sugeriu Helena.

— Fechaduras podem ser arrombadas. Uma faca é melhor — insistiu Zofie.

Hades não podia discordar. Alguém como Ben não deixaria que uma fechadura o impedisse de conseguir o que queria, assim como não seria detido pela palavra *não*.

Hades ficou feliz pelo silêncio, porque lhe permitia pensar, embora a tarefa que tinha pela frente não fosse exatamente animadora. Ele precisava visitar Apolo e descobrir o que de fato matara Adônis. E precisava saber logo, antes que ocorressem outros ataques como esse.

Com certeza preferiria voltar ao Submundo com Perséfone e retomar as atividades interrompidas no banheiro, mas teria que esperar até mais tarde, quando a tarefa estivesse cumprida.

Ela não ia ficar feliz.

Antoni deixou Leuce e Zofie primeiro. Eles ficaram observando até as duas estarem seguras dentro do apartamento antes de partir rumo à casa de Helena.

A mulher ficou calada por um tempinho, mas, depois de um instante, falou, sem olhar para ele nem para Perséfone.

— Vocês acham que o Ben está certo? Que isso é obra de um deus?

Hades sentiu o corpo de Perséfone ficar tenso ao seu lado e a abraçou com mais força.

— Vamos descobrir muito em breve — respondeu ele.

Quando chegaram à casa de Helena, Antoni a ajudou a descer do carro.

— Obrigada pela carona — disse ela ao sair.

Perséfone se aconchegou mais perto de Hades quando o frio encheu o veículo, e ele ficou feliz com a aproximação dela.

Agora estavam indo para casa, e Hades começou a temer a chegada. Estava satisfeito de ficar ali com Perséfone, quentinho no banco de trás da limusine.

Ele sentiu Perséfone erguendo o olhar e, depois de um instante, ela falou em voz baixa:

— Ela acha mesmo que uma tempestade vai separar a gente?

Foi essa pergunta que fez com que Hades percebesse que ela não tinha ideia de quanto as coisas iriam piorar.

— Você já viu neve, Perséfone? — perguntou ele.

— De longe.

Hades encarou-a. Não sabia como contar o que inevitavelmente aconteceria.

— No que você está pensando? — sussurrou ela, como se estivesse com medo de descobrir.

— Ela vai fazer isso até os deuses não terem escolha a não ser intervir.

— E aí, o que vai acontecer?

Aí eu vou destruir o mundo, pensou ele.

Mas preferiu não dizer nada, e ela não pediu uma resposta.

Um pouco depois, eles já estavam perto o suficiente da Nevernight. Hades endireitou o corpo, o que fez Perséfone se afastar.

Ele odiou.

— Antoni, por favor, garanta que Lady Perséfone chegue à Nevernight em segurança.

— O quê?

Hades se aproximou da deusa e a beijou antes que ela pudesse dizer qualquer outra coisa. Sua língua deslizou para dentro da boca de Perséfone, e ele precisou lutar com todas as forças para não a puxar para seu colo, colar o corpo ao dela e comê-la ali mesmo no banco do carro.

Em vez disso, ele ficou concentrado na boca da deusa, os dedos enfiados em seu cabelo, apertando-a com força para mantê-la parada, para se manter parado.

Cacete, como é que isso era sempre tão bom?

Ele se desgrudou dos lábios dela, feliz de ver seus olhos acesos, tanto de paixão quanto de frustração.

Ela o queria.

Os lábios dele tremeram e ele a tocou com a ponta dos dedos.

— Não tenha pressa, meu bem. Você ainda vai gozar pra mim hoje.

Então desapareceu antes que acabasse não indo embora.

8

DIONÍSIO

Dionísio ficou esperando por Ariadne na área comum.

O destino deles era o distrito do prazer, onde começariam a busca por Medusa. Era o último lugar onde a górgona fora vista, segundo a investigação das ménades, depois disso ela parecia ter desaparecido.

— Essa é a quinta vez que você olha o relógio no último *minuto* — disse Naia. — Acho que isso não vai fazer ela chegar mais rápido.

Dionísio fez cara feia para a ménade sentada numa grande poltrona, fazendo crochê. Ela nem olhava para ele.

— Ela está atrasada — disse o deus.

— E você nunca se atrasa? — perguntou Lilaia, sentada diante de Naia, com um livro aberto no colo.

— Não quando é importante — respondeu Dionísio.

As duas mulheres bufaram, debochadas, e reviraram os olhos.

— Vocês deveriam me apoiar — disse ele. — Ariadne não fez nada além de dificultar a vida de vocês desde que chegou.

— Ela pode ser difícil, mas tem lá suas razões — disse Naia. — Você sabe que todas nós queríamos que a irmã dela se livrasse do abusador.

— Eu prometi ajudar — comentou Dionísio, frustrado.

— Dá um tempo pra ela confiar em você, assim como deu tempo pra gente — disse Lilaia. — Você sabe que esse tipo de coisa não acontece da noite pro dia.

As palavras dela deram um nó na garganta do deus, que se sentia culpado, e esse nó foi crescendo à medida que sua frustração aumentava.

Dionísio não tinha tempo para esperar até que Ariadne confiasse nele. A dúvida dela era perigosa, tornava-a imprevisível e colocava cada uma de suas ménades em perigo.

O som de saltos batendo no chão chamou sua atenção, ele se virou e viu Ariadne saindo das sombras usando um vestidinho preto que mal chegava às coxas e botas que iam até o joelho. Ela parecia alguém que devia estar na cama dele — e era lá que ele gostaria que essa roupa ficasse.

Ao pensar nisso, seu pau endureceu.

— O que é isso que você tá vestindo? — perguntou Dionísio.

— Um vestido, ué. O que você acha? — respondeu ela, fechando o casaco, embora fosse tarde demais para isso. Ele já tinha visto a renda que cobria seu seio.

Dionísio abriu a boca, mas não conseguiu falar nada. Tentou de novo, atrapalhado.

— Você não pode ir vestida assim pro distrito do prazer — disse ele.

— *Você* não pode me dizer o que eu devo vestir — rebateu Ariadne.

— Eu falei que era pra você se misturar — argumentou Dionísio.

— E eu vou!

— Não vai, não!

Ela cruzou os braços.

— Eu não vou trocar de roupa.

— Ariadne — disse Dionísio, um toque de advertência na voz.

— Dionísio — desafiou ela, com a mesma firmeza. — O que tem de tão errado com essa roupa? Eu já estive no distrito do prazer. Sei que tipo de roupa devo usar.

— Você já esteve lá? — perguntou ele, absolutamente chocado.

— Eu sou detetive, seu idiota. Trabalho com crimes sexuais. É claro que já.

Ele ficou parado diante dela, em silêncio. Queria dizer alguma coisa, insistir, porque sabia o tipo de pessoa que frequentava aquelas ruas, mas tudo o que conseguiu dizer foi:

— Ah.

Naia e Lilaia soltaram risadinhas silenciosas.

Dionísio as fulminou com o olhar, carrancudo.

— Se a gente quer descobrir alguma coisa sobre a Medusa, um de nós tem que se vestir de acordo com o lugar.

— Vamos — disse ele, rumando para o elevador.

Uma vez lá dentro, Dionísio apertou com força o botão da garagem, depois se apoiou na fria parede de metal diante de Ariadne. Ela manteve os braços cruzados, na defensiva. Eles ficaram se encarando abertamente, a frustração entre os dois presente no ar.

Isso foi um erro.

— Qual é o problema do vestido? — perguntou ela.

Dionísio sentiu o calor subindo para a cabeça, rugindo em seus ouvidos.

— Você sabe quantos homens vão olhar pra você essa noite?

— Imagino que vários — respondeu ela. — Incluindo você.

Ele engoliu em seco e desviou o olhar.

— Não quero ser desrespeitoso — disse ele, a voz baixa e ácida, não porque não quisesse se desculpar, mas porque estava envergonhado.

— Eu sei me proteger, Dionísio — afirmou ela.

O comentário atraiu os olhos do deus mais uma vez, e ele não conseguiu evitar que seu olhar percorresse o corpo dela.

— Eu estou armada.

— Nesse vestido?

— É, nesse vestido.

Ele ergueu a sobrancelha.

— Você não acredita em mim — comentou ela.

— Esse vestido mal cobre sua bunda, Ariadne.

— Ele vai bem além da minha bunda, Dionísio. Talvez você precise de uma aula de anatomia.

— Se você quiser.

Com um olhar feroz, ela levantou a barra do vestido.

— Essa é a minha arma — disse ela, mostrando um coldre preso na altura da coxa. — E essa é a minha bunda. — Ela se virou e exibiu uma nádega firme e redonda.

Que porra era aquela?

— *Ariadne* — alertou Dionísio, agarrando a barra atrás de si até seus dedos doerem.

Seu pau estava duro, e nem fodendo que ele teria algum alívio com ela vestida daquele jeito a noite inteira. Não ajudava o fato de ele não conseguir parar de pensar em como gostaria de puni-la. Queria bater na bunda dela com força suficiente para arrancar um grito daqueles lábios carnudos e enterrar os dedos em sua buceta molhada. Quando ela gozasse, ele a faria chupar aqueles mesmos dedos enquanto a comia por trás, acompanhando o ritmo de seus gemidos engasgados.

Mas ele jamais poderia fazer aquilo com ela. Ariadne o odiava e com certeza não gostaria de ser dominada por ele.

Ela abaixou o vestido e se virou para ele de novo, um sorriso convencido nos lábios.

— Sim, Dionísio?

Ariadne baixou o olhar pelo corpo dele, notando o volume em suas calças. O sorriso desapareceu. Ele esperou que ela voltasse a olhá-lo nos olhos, então falou em um tom calmo e deliberado:

— Não me provoca.

Ela estremeceu, engolindo em seco e desviando o olhar.

Tudo piorou depois daquilo.

A viagem de elevador pareceu infinita, e Dionísio sentiu que não podia respirar, porque, se fizesse isso, só sentiria o perfume de Ariadne, e aí nunca se livraria desse incômodo na virilha.

— Finalmente — disse ele, irritado, quando as portas se abriram, disparando do espaço pequeno para a garagem onde mantinha uma série de veículos imaculados.

Não ficou esperando que Ariadne o seguisse; ele sabia que ela vinha logo atrás por causa do som que aquelas malditas botas faziam enquanto ela andava.

— Você não é um deus? — perguntou ela.

— Que pergunta é essa? — rebateu ele.

— Achei que você podia se teleportar.

— Caso você não tenha percebido, eu não sou como os outros deuses — disse ele.

Ele gostava de carros, carros rápidos, e preferia esse meio de transporte a qualquer outro, inclusive o teleporte.

— Tenho certeza de que todos vocês acham isso — disse ela.

Dionísio contornou um canto da garagem e se aproximou de seu veículo preferido: uma moto preta personalizada. Ele pegou o capacete pendurado no guidão e o estendeu para Ariadne.

— Coloca isso aqui — disse ele.

— *Coloca isso aqui?* Eu não posso andar nessa coisa!

— Pode — disse ele, passando a perna por cima do assento e se ajeitando na moto. — E vai.

Ariadne gritou por cima do rugido da motocicleta quando Dionísio ligou o motor:

— Não estou vestida pra isso!

Ele deu de ombros.

— Eu tentei avisar.

Ariadne o fulminou com o olhar, e Dionísio deixou que ela o fizesse pelo tempo que precisasse. No fim das contas, ela cedeu e se aproximou, deslizando para a traseira da moto e colocando o capacete que ele lhe dera.

Ele deu uma olhada nela.

— Segura firme — disse ele.

Quando deu partida, Ariadne apertou sua cintura com os braços e pressionou as coxas às dele, o que a princípio ele achou divertido, mas logo se tornou a única coisa em que conseguia se concentrar ao sair da garagem e acelerar pelas ruas de Nova Atenas rumo ao distrito do prazer.

Ele se inclinou para a frente e Ariadne foi com ele, a cabeça pousada em suas costas e as mãos espalmadas em seu peito. Ele sentiu o corpo ficar quente nos pontos que ela tocava, apesar do frio que o atingia enquanto ziguezagueava em meio ao tráfego, em direção à costa.

No entanto, quando chegou ao topo de uma colina e olhou para baixo, para o distrito cintilante, com sua aura avermelhada e símbolos fálicos, Dionísio começou a sentir medo, porque estava prestes a colocar Ariadne em uma situação da qual não gostava. Não era o distrito em si que o preocupava, mas aonde iriam dentro dele. Escolher entrar na prostituição era uma coisa; ser forçado a isso era bem diferente.

Michail, o homem que estavam indo se encontrar, forçava — homens, mulheres, crianças.

Já fazia anos que Dionísio e as ménades trabalhavam para ir derrubando aos pouquinhos sua extensa operação, e parte daquilo envolvia estabelecer um relacionamento com o mortal. A essa altura, Dionísio o conhecia muito bem e odiava tudo nele, mas, se queria salvar as várias mulheres que o homem despachava através da Nova Grécia e para as ilhas além dela, precisaria aguentar.

Quando chegou, estacionou numa rua que ficava a cerca de um quilômetro e meio do distrito, localizado aos pés de uma colina íngreme. Ariadne deslizou para fora da moto e tirou o capacete, balançando o cabelo. Dionísio desviou os olhos depressa, ainda sofrendo com uma ereção quase dolorosa causada pela simples presença dela.

— E aí, qual é o plano? — perguntou Ariadne.

— As ménades me disseram que a Medusa vivia no Maiden House. Não sabemos aonde ela foi, já que o dono desse bordel não mantém registros físicos de ninguém que passa pela porta, nem dos funcionários.

— Isso é ilegal — disse Ariadne.

— Eu sei — respondeu Dionísio.

O trabalho sexual legalizado não era visto com maus olhos em Nova Atenas, e muito já fora feito para proteger os direitos dos trabalhadores do sexo. Infelizmente, a luta por esses direitos levara a um aumento no tráfico sexual e a bordéis como o Maiden House.

A detetive crispou a boca.

— Como é que ela foi parar no Maiden House? — perguntou Ariadne. — A gente sabe?

— Achamos que pegaram ela na rua.

E não era um processo fácil. Alguém a conhecera, ganhara sua confiança e depois a traíra.

Ariadne não respondeu, provavelmente porque também sabia como funcionava o esquema.

Foram andando até o centro do distrito, misturando-se à multidão. Dionísio não estava muito preocupado em passar despercebido, uma vez que costumava ser visto ali e era um deus fortemente adorado na região. Todo ano, durante o Apokries e as Festas Dionisíacas, ele fazia uma celebração no pátio do distrito, e vinha gente de todo canto da Nova Grécia para trepar em público.

Ele estava muito mais atento a Ariadne, que também sabia dessas celebrações e da folia que ele encorajava.

Chegaram ao pátio, onde havia um pilar dourado, esculpido com cenas eróticas. Abaixo dele ficava o trono onde Dionísio se sentava e lançava sua magia.

— Não consigo entender — disse ela. — Você usa magia para conduzir orgias nessa praça, mas fora daqui, você...

Dionísio lhe lançou um olhar cortante, advertindo-a a não terminar a frase. Era só o que faltava, essa detetive bocuda arruinar tudo o que ele trabalhara tanto para estabelecer ali.

— Por quê?

— Sexo consensual não é forçado. Você, entre todas as pessoas, devia saber disso. Quem vem até essa praça quer transar, não importa com quem.

— Eu não venho aqui pra transar — disse ela.

— Talvez devesse — respondeu ele. — Quem sabe você ficaria um pouquinho menos insuportável.

Ela o fulminou com o olhar, a boca apertada, mas seu silêncio não durou muito.

— Você participa? — perguntou ela.

Dionísio olhou para ela.

— Por quê?

— Só estava me perguntando — disse, desviando o olhar.

— Acho que depende da sua definição de *participar*.

— E que outra definição existe?

— Em relação ao festival, pode ser qualquer coisa. Eu danço? Eu canto? Eu...

— Você trepa com estranhos, Dionísio? — interrompeu Ariadne, claramente de saco cheio dele.

Ele deu um sorrisinho de triunfo, mas só durou um instante, porque logo percebeu a frustração dela.

— Não — respondeu, afinal. — Ou pelo menos... já tem um bom tempo que não faço isso.

Um silêncio estranho e desconfortável se abateu sobre eles, e ninguém disse mais nada até chegarem ao Maiden House, uma construção elegante de dois andares, sem janelas.

Antes de entrarem, Dionísio se virou para Ariadne.

— Preciso saber se você vai ficar bem — disse ele. — Se eu posso... te tocar.

Ela analisou o rosto dele.

— Se for para encontrar Medusa e pegar minha irmã de volta, eu faço qualquer coisa.

Ele assentiu com firmeza.

Os dois entraram no bordel e foram imediatamente lançados na escuridão. Na mesma hora Dionísio se viu agarrando Ariadne, passando um braço pela cintura dela. Ele a puxou para perto, aproximando a boca de seu ouvido.

— Por mais que você queira — disse ele —, não abra a boca.

Ele até imaginava o olhar que ela estaria dando a ele. Sentia a raiva dela, mas ficou surpreso por ela não o empurrar para longe. Ela cravou as unhas em seu braço, entretanto.

— Dionísio! O deus do momento! — disse Michail, aproximando-se, com aparência impecável. Era um homem mais velho que mantinha o cabelo ralo puxado para trás para esconder um foco óbvio e brilhante de calvície.

Dionísio apertou a mão dele e o abraçou com um braço só.

— E quem é essa... criatura encantadora? — perguntou Michail.

Dionísio se virou para Ariadne. Esperava vê-la carrancuda por ter sido chamada de criatura, mas ela havia se transformado, e agora exibia um sorriso doce.

— Esta é... Fedra — disse ele, se arrependendo da escolha do nome na hora, principalmente ao ver o sorriso de Ariadne vacilar por um instante.

— Fedra — ronronou Michail. — Que menina linda. Eu não sabia que você contratava hetairas, Dionísio.

— Não contrato — respondeu o deus.

— Ah — disse Michail. — Então...

— Ele não precisa me pagar — disse Ariadne. — Eu só... gosto da companhia dele.

Michail sorriu.

— Sorte a sua. Venham, venham. O show já vai começar.

Quando Michail se virou, Dionísio deu uma olhada em Ariadne. Queria lembrá-la: *O que foi que eu falei?*

Mas ela lhe lançou um olhar mais feroz ainda, que dizia: *Eu sei o que fazer.*

Michail os levou para a parte principal do clube, mas manteve-se fora da pista até chegarem à escada, que subia em caracol para a varanda do segundo andar, onde havia vários camarotes individuais. Eles serviam a múltiplos propósitos: os ocupantes podiam assistir à apresentação na pista abaixo ou pagar por shows privados. O interior do camarote era luxuoso: praticamente escuro, tirando uma fogueira falsa cujas chamas dançavam dentro de uma parede de mármore. Havia duas grandes poltronas de couro e uma mesa entre elas.

Dionísio sentiu um aperto no peito quando Michail sentou em uma das poltronas, sabendo que Ariadne teria que se sentar em seu colo.

Seu pau iria cair até o fim da noite.

Ele se afundou na poltrona e ergueu o olhar para Ariadne, olhando-a nos olhos antes de segurar sua cintura e ajudá-la a se sentar. Era tanto uma exibição para Michail quanto o mais prático para Dionísio. Ele gostaria de evitar que a detetive sentisse a rigidez de seu pau, principalmente sabendo que ela não o via dessa forma, mas era quase impossível. Ela já tinha baixado os olhos para sua virilha e, quando se sentou, a coxa dela apertou aquele ponto, uma pressão que fez a cabeça do deus girar.

Puta que me pariu.

— Já faz umas semanas que eu não te vejo — comentou Michail.

Dionísio mal conseguiu se concentrar nas palavras dele quando Ariadne enlaçou seu pescoço com um braço, o seio dela pressionando seu peito.

— Recebi uma visita infeliz do Deus dos Mortos — disse ele.

— Ah, é? Alguém morreu? — perguntou Michail.

— Não — respondeu Dionísio. — Hades gosta de me acusar de coisas das quais ele não sabe nada.

Enquanto falava, Dionísio sentia os olhos de Ariadne em si, abrindo um buraco em seu peito. Perguntou-se se ela estaria tão consciente assim da sua presença, da maneira como seus dedos se espalhavam na pele dela. Será que ela sentia a temperatura subindo entre eles?

Michail riu, com um charuto na boca.

— Ouvi dizer que ele está aqui hoje.

Por um instante, o Deus do Vinho pensou ter ouvido errado, o que era bastante possível, considerando que Ariadne começara a traçar círculos em sua nuca.

— O quê? — perguntou Dionísio, surpreso.

— Isso mesmo — disse Michail, acendendo o charuto. Uma explosão de especiarias doces se propagou pelo ar. — Me falaram que ele está no Erotas. Me pergunto quem estará visitando.

Dionísio também se perguntava, porque Hades com certeza não estava ali em busca de sexo.

A porta do camarote deles se abriu, e um jovem entrou carregando uma bandeja. Estava praticamente nu, exceto por uma tanga brilhante. O homem colocou uma garrafa de vinho e duas taças na mesa entre Dionísio e Michail. Dionísio percebeu que não havia uma terceira taça para Ariadne, o que era típico de Michail. Ele não tinha o costume de fazer sala para os homens ou mulheres trazidos por seus convidados. Para o mortal, eles existiam apenas para o prazer e a diversão.

Michail nem cumprimentou o jovem, e ele logo saiu. O mortal se inclinou para a frente e serviu duas taças.

— Espero que aprove — disse ele. — É da minha vinícola particular.

Dionísio pegou a taça.

— Quer provar? — perguntou ele a Ariadne.

Ele sentiu que oferecer o vinho era a coisa certa a fazer, mas não estava preparado para a reação dela. Ela envolveu a mão dele com a sua e levou a taça aos lábios para dar um gole — depois o beijou com o gosto do vinho na língua.

Ele tentou muito não reagir, mas tudo o que conseguiu foi enfiar os dedos na pele dela para se impedir de puxá-la para mais perto e se esfregar nela. Quando ela se afastou, deslizou a boca do maxilar à orelha dele, dando um chupão.

Dionísio cerrou os dentes, e Michail deu uma risadinha.

— Você claramente está bem ocupado com ela — disse o mortal, tragando o charuto. — O que posso fazer por você, Dionísio?

A pergunta foi feita com um toque de desconfiança que não passou batido a Dionísio.

— Não dá pra acreditar que eu só queira colocar o papo em dia com um velho amigo?

Michail riu.

— Um velho amigo, com certeza — disse ele. — Mas botar o papo em dia não é algo que te interessa. Você veio por algum motivo, como sempre. Me conta. Talvez eu possa ajudar.

— Pode ser — concordou Dionísio.

Ariadne tinha parado de chupar sua orelha, o que era ao mesmo tempo uma decepção e um alívio, mas agora brincava com suas tranças, inclinada na direção dele, que só conseguia pensar na maciez dos seios dela contra seu peito. Pensou que talvez devesse tocar mais nela, mas não conseguia abraçar esse papel com a mesma facilidade que ela, porque, apesar do consentimento da mortal, aquilo ainda parecia errado sem seu interesse.

— Que tal nos entreter lá de longe, meu bem? — perguntou Michail.

Dionísio não sabia bem por que o mortal fizera o pedido. Talvez achasse que o deus estava distraído, ou erroneamente imaginara que ele não queria que ela ouvisse.

Talvez quisesse observá-la.

— Não — disse Dionísio depressa, agarrando a cintura dela para mantê-la parada, como se tivesse o direito de possuí-la. — Por mim está ótimo ela ficar aqui.

— Pode deixar, amor — respondeu ela, acariciando a boca de Dionísio com os lábios ao falar.

Ele não conseguiu impedir o rosnado baixo que escapou de sua boca. Ela estava totalmente comprometida com o papel, e ele não tinha certeza de como devia se sentir a respeito disso.

Na verdade, tinha certeza de que odiava, o que era ridículo, levando em conta que tinham concordado com o papel que ela interpretaria.

Ariadne se afastou de Dionísio e endireitou o corpo.

— Tem música, querido? — perguntou ela a Michail.

— Tem o que você precisar, meu bem — respondeu ele.

Ariadne sorriu para o homem, que pegou um controle remoto. Quando apertou um botão, o camarote passou a vibrar com uma batida contínua.

— Assim está bom, lindinha? — perguntou ele.

Ela deu um grande sorriso.

— Perfeito.

Dionísio olhou feio para Ariadne, mas ela nem pareceu perceber e foi andando até o espaço diante deles, onde um mastro prateado cintilava à luz do fogo. Ele não conseguiu tirar os olhos dela enquanto ela despia o casaco. Odiava essa curiosidade. Perguntou-se o que ela faria. Até onde tinha levado esse jogo como detetive?

Mas então ela segurou o mastro e girou em torno dele, e o deus percebeu por esse movimento suave que ela já tinha feito aquilo antes. Ela se mexia de um jeito bonito e natural, quase como se considerasse o ato uma arte, e não uma forma de entretenimento. Dionísio não conseguia desviar o olhar enquanto ela se arqueava e balançava. Queria ser aquele maldito mastro, e a única coisa que manteve seus pés no chão e o impediu de se deixar levar pela fantasia foi pensar em Michail sentado ao seu lado, assistindo à dança de Ariadne enquanto ficava de pau duro; a ideia o irritou tanto que até ele ficou surpreso. Seus punhos estavam cerrados no colo.

Isso tudo foi um erro.

— E então, Dionísio? — perguntou o mortal.

O deus pigarreou e mal conseguiu tirar os olhos de Ariadne.

— Estou procurando uma mulher. O nome dela é Gorgo — disse Dionísio, dando o nome que acreditavam que Medusa estava usando. — Acho que ela trabalhou pra você por um tempo.

— Ah — disse Michail. — Sim, uma bela criatura.

— Você sabe pra onde ela foi?

— Por que você está procurando?

De rabo de olho, Dionísio ainda conseguia ver Ariadne dançando. Ele queria muito olhar. Queria muito dizer a ela para parar. Queria muito *ela*.

Puta merda.

Ele pigarreou.

— Ela me deve um dinheiro — explicou ele.

— Como se você precisasse de mais — comentou Michail.

— É por princípio — disse Dionísio. — Como você bem sabe.

— Como eu bem sei — concordou Michail, mas meio distante.

Dionísio percebeu que os olhos dele tinham vagado até Ariadne de novo e também não conseguiu deixar de olhar.

Porra, porra, porra.

— Vamos lá, meu bem — disse Michail. — Não seja tímida. Mostra um pouco de pele.

— Ela já está mostrando o suficiente — cortou Dionísio, ríspido.

Michail deu um sorriso.

— Não venha me dizer que se apaixonou por essa hetaira, Dionísio. Você, entre todas as pessoas, sabe que elas são *pagas* para fazer companhia.

Por sorte Dionísio teve essa reação, pois assim Michail não viu o modo como Ariadne travou e empalideceu com sua sugestão.

Eles precisavam sair dali.

— Como ela te falou mais cedo — disse Dionísio —, eu não pago.

Michail ficou olhando para ele por um instante, enquanto dava mais um trago no charuto. Ele soprou a fumaça e soltou a mesma risadinha divertida que estava dando a noite inteira.

— Tudo bem, tudo bem — disse ele. — Longe de mim discordar. Eu mesmo já me apaixonei por uma ou duas putas ao longo da vida.

Na mesma hora, alguém bateu à porta, e o jovem de antes entrou.

— Sr. Calimeris — disse ele. — Tem um minuto?

— Com licença — disse Michail, levantando-se do assento.

Dionísio esperou o homem sair em um silêncio tenso. Antes que Ariadne pudesse falar, ele a interrompeu.

— Fedra — disse ele, tão depressa que Ariadne se encolheu.

Dionísio esperava que ela entendesse por que estava falando com ela desse jeito: ele sabia o que Michail estava fazendo. A única razão pela qual fora chamado pelo jovem era porque desejava observá-los a sós. Eles estavam sendo filmados, e suas vozes, gravadas.

— Vem.

Ela pareceu entender que havia alguma coisa errada, porque, apesar de sua hesitação, enfim se aproximou.

Dionísio chegou mais para a frente na cadeira e abriu as pernas. Queria que Ariadne ficasse entre elas porque a queria perto.

— Se ajoelha — ordenou ele.

Ela sustentou o olhar do deus e apoiou as mãos em seus joelhos ao se abaixar diante dele. Era a coisa mais erótica que ele já tinha visto — provavelmente porque nunca imaginara essa mulher lhe obedecendo com tanta facilidade.

Dionísio enfiou a mão no cabelo de Ariadne e puxou sua cabeça para trás, depois se inclinou, aproximando a boca de seu ouvido. Ela arfou, apertando as pernas dele com mais força.

— Cuidado com o que fala — disse ele. Era o melhor alerta que podia dar, temendo que, se dissesse coisas demais, Michail ficaria desconfiado de suas ações.

Dionísio se afastou para voltar a olhar nos olhos dela.

Ariadne suspirou. Por melhor que fosse interpretando esse papel, era um desafio para ela permanecer no personagem.

— Não fui do seu agrado?

— Muito pouco — vociferou Dionísio, embora não pretendesse responder em voz alta.

Ela acariciou devagar as coxas dele, deliberadamente.

— O que posso fazer?

Dionísio só ficou olhando para ela, sem conseguir pensar em nada — e esse, ele decidiu, foi o motivo pelo qual a beijou, mas porra, como ele precisava daquilo. Segurou a nuca de Ariadne com a mão, mantendo-a parada enquanto colava a boca à dela. Não houve nada suave ou doce no encontro deles, ambos estimulados por um desespero que parecia viver dentro de seus ossos. Mas, tão rápido quanto começou, Ariadne se afastou.

Ela o fulminou com o olhar, os lábios úmidos do beijo, os olhos brilhando com uma tempestade de ódio e luxúria.

Ele fez menção de falar, de pedir desculpas, mas ela se levantou e o beijou de novo. Envolveu o pescoço dele, apoiando os joelhos ao lado de suas pernas para montar nele, na poltrona preta. Dionísio levou as mãos à bunda nua dela e apertou a pele macia antes de dar um tapa em cada nádega. Depois voltou a agarrá-la e a ajudou a se esfregar em seu membro, gemendo com a sensação dela contra si.

— Caralho — disse ele, baixinho, beijando o pescoço e o maxilar dela. — Alguém já te disse que você é perfeita?

— Você seria o primeiro — sussurrou ela.

— Que pena — respondeu ele, e eles se beijaram mais uma vez.

Dionísio nunca se sentira tão frenético com ninguém antes, mas Ariadne estava correspondendo, e ele queria queimar debaixo dela.

Ele moveu uma das mãos da bunda para o seio dela, apertando e esfregando até o mamilo ficar duro e cada deslizada de seu polegar fazê-la gemer.

— Odeio muito precisar interromper — disse Michail, que tinha retornado despercebido com dois grandalhões, um de cada lado, vestidos de preto. — Mas recebi uma notícia bastante infeliz.

— Que porra é essa, Michail?

— Nada a ver com você, Dionísio — disse o mortal. — Isso é entre mim e sua garota, certo, Fedra? Ou talvez você prefira Detetive Alexiou.

— O quê? — Dionísio olhou de Ariadne para Michail.

— A Detetive Alexiou trabalha para o Departamento de Polícia Helênica — explicou Michail, claramente acreditando que Dionísio não estava ciente do histórico de Ariadne. — Faz meses que ela perambula por nossas ruas disfarçada. Estávamos de olho nela havia algumas semanas quando ela sumiu. Imaginei que tivesse acabado no fundo do Egeu, mas pelo jeito ela só encontrou outro jeito de conseguir o que queria.

— E o que ela queria? — perguntou Dionísio. Estava olhando para ela agora, com as mãos em suas coxas, logo abaixo da arma.

Ela sustentou o olhar.

— Eu estava fazendo meu trabalho — declarou ela. — Procurando mulheres desaparecidas.

O peito dele se apertou.

Então Ariadne tinha percorrido essas ruas à procura das mulheres que acabara encontrando no clube dele. É claro que havia começado ali. Tinha presumido que elas haviam sido vendidas para tráfico sexual.

— Desculpa, meu bem — disse Michail. — Você não é tão esperta quanto pensa. Agora, que tal se afastar um pouco do meu caro convidado?

Dionísio sustentou o olhar de Ariadne. Não queria soltá-la.

— Ariadne. — Ele não pôde evitar pronunciar o nome dela.

— Sinto muito — disse ela, levantando-se.

— Ariadne!

Mas, quando ficou de pé, ela pegou a arma e atirou duas vezes: uma bala para cada homem que acompanhava Michail.

Dionísio se levantou.

— Que porra você tá esperando, Dionísio? Mata ela, caralho!

Era a última coisa que ele queria fazer.

Dionísio invocou sua magia, e galhos grossos explodiram do chão, enrolando-se ao redor dos pulsos de Michail e puxando-o para baixo. Ele caiu de cara no chão, os braços estendidos.

Dionísio se aproximou do homem e puxou sua cabeça para trás. O rosto dele estava vermelho, e o nariz sangrava. Ele soltou um gemido dolorido.

— Se encostar a mão nela você morre, Michail — disse ele. — Agora, eu te fiz uma pergunta mais cedo.

— Vai se foder! — resmungou Michail, sangue e cuspe voando da boca.

Dionísio bateu a cabeça dele no chão de novo. Dessa vez, quando voltou a puxá-la, foi pelo que restava do cabelo do homem.

— Vamos tentar de novo — disse ele. — A garota, cadê ela?

— Não sei — respondeu Michail, morrendo de ódio.

Dionísio se preparou para bater a cara dele no chão mais uma vez, mas já bastava para o mortal.

— Espera, espera! — disse ele, com a respiração ofegante. — Eu... eu avisei pra ela não ir pra costa.

— Você quer que eu acredite que você bancou o salvador?

— Você não entende a beleza dela. É tipo o canto de uma sirena.

O nojo percorreu o corpo de Dionísio com a implicação de Michail: que Medusa era bonita demais para existir nesse mundo sem se preocupar com um predador.

— Ela foi pra costa? — perguntou Dionísio. — E depois, Michail?

— Eu não sei! Ela nunca voltou! — gritou Michail, depois abaixou a voz. — Mas o mar é o reino do Poseidon, e todos sabemos o que ele faz com coisas bonitas.

Sim, Dionísio sabia mesmo.

Ele acabava com elas.

— Porra!

Dionísio bateu o rosto de Michail no chão de novo, e dessa vez o mortal não se mexeu.

Quando Dionísio se levantou, olhou para Ariadne, que estava imóvel e calada.

— Guarda a arma — disse ele, depois foi até onde ela tinha deixado o casaco. Ele o tirou do chão e colocou ao redor dos ombros dela, puxando-a para perto. — Vamos.

Dessa vez, não se importou em atravessar Nova Atenas em alta velocidade.

Ele teleportou os dois para casa.

9

HADES

Hades não gostava muito do distrito do prazer.

Em geral só ia até lá para dar uma olhada em Madelia Rella, que o procurara em busca de dinheiro para abrir seu primeiro bordel. Madelia era diferente de outros que já haviam dominado o distrito, uma vez que sempre defendera os direitos dos trabalhadores do sexo. Ela prometera a Hades que, se ele lhe cedesse seu poder, ela o usaria para o bem, e tinha cumprido a promessa, embora isso tivesse um preço alto: o tráfico.

Quanto mais regras os donos de bordéis precisavam seguir, mais encontravam maneiras de contorná-las. Trabalhadores do sexo sem documentos não podiam ser sujeitados aos mesmos padrões, o que significava que pessoas desavisadas estavam desaparecendo das ruas, forçadas a realizar essas atividades.

Era um ciclo vicioso, como toda a vida no Mundo Superior.

Mas Hades não tinha ido até lá atrás de Madelia; ele estava procurando Apolo, e suspeitava que o deus estivesse no Erotas, já que visitara seu apartamento no Distrito Criso e o encontrara vazio. Ele se perguntava por que Apolo mantinha aquela residência; raramente ficava por lá.

Hades apareceu no vestíbulo do Erotas, em uma nuvem de fumaça escura. Quando se manifestou, algumas pessoas gritaram, mas a cafetina, Selene, as mandou calar a boca. Era uma mulher mais velha, bonita e refinada. Hades não a conhecia, mas sabia que ela já administrava o bordel havia muito tempo e, pelo que se ouvia, ela cuidava bem de seus funcionários.

A cafetina deu um passo à frente e fez uma reverência profunda, as mãos entrelaçadas diante do corpo.

— Lorde Hades — disse ela, ao se endireitar. — O que posso fazer pelo milorde?

Ele admirou o fato de a mulher conseguir sustentar seu olhar. Nenhuma das pessoas reunidas atrás dela fez o mesmo.

— Estou aqui para ver Apolo.

Algumas risadinhas vieram de trás dela.

— Silêncio! — ordenou Madame Selene, olhando com desaprovação para todos. — Imbecis! Não zombem do Deus dos Mortos.

O silêncio tomou conta da sala, e uma grande tensão se estabeleceu. Hades sentia a ansiedade e o medo no ar, sem saber se era sua presença ou o desdém de Madame Selene que os perpetuava. Tinha a impressão de que a cafetina conseguia comandar de maneira eficaz o bordel tão grande porque que ninguém queria desagradá-la.

A madame olhou Hades nos olhos.

— Mas é claro. Permita que eu o acompanhe até os aposentos dele.

Ela se virou sem hesitar, e, com isso, seus funcionários abriram caminho, espremendo-se contra as paredes enquanto ela e Hades passavam. Uma vez no corredor, eles entraram em um elevador espelhado. A cafetina pegou um chaveiro do bolso da saia comprida e o usou para acessar o andar de Apolo. Hades percebeu que ela segurava o objeto com força. Por mais que a mulher mantivesse a compostura, ele a deixava nervosa, e com razão.

Hades a observou pelo espelho. Seu maxilar estava contraído, o queixo erguido, e o peito subia e descia rapidamente.

— Eu te deixo nervosa, Madame Selene?

— Qualquer um ficaria nervoso na presença de um deus como o milorde — respondeu ela.

Hades riu e olhou para os próprios pés ao falar.

— Será que você está nervosa porque já permitiu que minha noiva fosse a leilão?

Madame Selene virou depressa a cabeça na direção de Hades.

— Ela disse que não ia contar.

— Está insinuando que minha futura esposa, a Rainha do Submundo, é mentirosa, Madame?

— Não, claro que não. Eu...

— Não foi ela que me contou — disse ele. — Foi o Apolo.

A cafetina respirou fundo, trêmula.

— O milorde veio me matar, então?

Hades riu, mas a mulher parecia abalada.

— Não — respondeu ele. — Mas vou te dar uma penitência.

Ela engoliu em seco.

— E qual seria?

— Um favor — disse ele. — A ser cobrado no futuro.

— Eu não tenho muita coisa de valor a oferecer, milorde.

— Você tem sua alma — disse Hades, encontrando o olhar dela.

Ela ficou olhando para ele, imóvel e calada, provavelmente esperando que ele roubasse sua alma.

— Mas eu posso pegá-la quando quiser — continuou ele. — Sou eu que determino o que é valioso, Madame, e pode confiar em mim quando digo que vou cobrar.

Quando encontrou o olhar dele de novo, ela assentiu.

As portas do elevador se abriram e Hades adentrou a suíte de Apolo. Ao contrário de seu apartamento de Criso, esse lugar tinha uma decoração extravagante. Tudo era estampado, e nenhuma estampa era igual: sofá florido, travesseiros listrados, cortinas bordadas com pequenos diamantes; tudo costurado com fios de ouro e repleto de joias.

Isso aqui devia ser uma câmara de tortura, pensou Hades. Certamente ficaria louco ali.

Hades foi para o quarto ao lado, onde havia uma banheira imaculada com pés de garras. Atrás dela ficava uma cama gigantesca na qual Apolo estava deitado de costas, braços e pernas bem afastados. Ele usava um robe, mas estava aberto, deixando exposta uma ereção bastante óbvia, e roncava.

Alto.

Hades ficou observando o deus por um instante, depois seus olhos passaram para uma garrafa vazia de vodca deixada na mesa ao lado da cama. Havia outra jogada no chão.

Cacete.

Já era difícil lidar com Apolo sóbrio, mas bêbado?

Hades soltou um suspiro frustrado, depois pegou a garrafa vazia do chão, encheu-a de água da banheira e derramou no rosto de Apolo.

O deus se debateu sob o jorro.

— Que porra é essa! — disparou Apolo.

Embora ele já estivesse acordado, Hades não parou até esvaziar a garrafa. Então abaixou o braço, enquanto Apolo o fulminava com o olhar.

— Você ronca — disse Hades.

— Eu não ronco! — discordou Apolo, ríspido.

— Ronca, sim — afirmou Hades. — Eu acabei de ouvir.

Apolo o ignorou e segurou a barra do robe entre dois dedos.

— Você estragou meu quimono.

Ele desceu da cama e despiu o robe, depois atravessou o quarto completamente pelado até chegar a um armário. Escancarou as portas, revelando vários quimonos com a mesma cor e estampa.

Hades balançou a cabeça.

— Que porra é essa?

— O que foi, Hades? — perguntou o deus, seco, tirando um robe do cabide e vestindo-o, furioso. — É *moda*, algo que você desconhece, já que no seu armário só tem preto, mas acho que faz sentido, considerando que é a cor da sua alma.

Hades levantou a sobrancelha. Achava que talvez fosse mais uma questão de conforto do que de moda, mas não disse nada em voz alta.

— Tá melhor? — perguntou ele.

Apolo respirou fundo.

— Pra ser sincero, sim — respondeu ele, batendo as portas do armário. — Mas não graças a você. Tá fazendo o que aqui, aliás?

— Era pra você fazer a autópsia do Adônis — comentou Hades.

— Eu *fiz* — respondeu Apolo. — Ele estava cheio de *buracos*.

Não era nenhuma surpresa, levando em conta que encontraram o cabo de uma faca ao lado do corpo de Adônis.

— Tem alguma ideia do que foi usado para esfaqueá-lo? — perguntou Hades.

— Alguma coisa curva — respondeu Apolo, passando a mão pelo cabelo molhado.

— Como você sabe? — perguntou Hades.

— Porque quando eu enfiei o dedo na ferida, ela era *curva*, Hades. Puta que pariu. Você me pediu pra fazer uma autópsia. Eu fiz, porra.

Hades não sabia bem o que o deixava mais perturbado, o mau humor de Apolo ou a descoberta de que seja lá o que tivesse ajudado a tirar a vida de Adônis possuía uma lâmina curva.

Aquilo o fazia pensar em uma lâmina em particular: a foice de seu pai.

— Qual é o problema? — perguntou Hades.

— Qual é o problema? — repetiu Apolo, girando a cabeça para encarar o Deus dos Mortos. — Sei lá, Hades. Vai ver eu estou irritado porque você quase me afogou.

Hades revirou os olhos e suspirou, mas Apolo não tinha terminado.

— Ou talvez porque passei a maior parte do dia afundado até o cotovelo na porra de um corpo depois de ser convocado para o caralho de uma cena de crime às quatro da manhã.

Hades observou o deus começar a andar de um lado para o outro.

— Ou talvez porque faz um mês que não trepo com ninguém, mas você não sabe como é isso, porque trepa toda noite, várias vezes.

— Eu... não sei mais do que você está falando, Apolo, mas acho que você precisa de terapia.

— Eu preciso é que todo mundo me deixe em paz, porra!

Eles ficaram em silêncio, então Hades perguntou:

— Apolo... você tá apaixonado?

— Quê? Não!

— Quem é dessa vez?

— Não fala como se não significasse nada — disse Apolo.

Não era a intenção de Hades, embora já conhecesse Apolo há muito tempo. Ele já tivera inúmeros amantes, alguns por vontade própria, a maioria não, e alegara amar todos eles.

— Então tá — disse Hades. — Por que esse é diferente?

— Eu não *sei* — respondeu Apolo, frustrado. — Esse é o *problema*. Eu só quero ele.

— E aí? Ele não te quer?

O deus ficou em silêncio.

— Apolo?

— Eu não quero descobrir — murmurou ele.

— O quê?

— Eu não quero descobrir! — gritou ele, com os olhos vidrados. — Você não sabe como é isso, mas eu amei *tanta* gente, e ninguém nunca me amou de volta.

— Apolo...

— Eu não quero querer esse homem — disse ele. — Seria melhor pra nós dois.

Hades só queria saber o que tinha matado Adônis. Por que sua vida era assim?

— O problema é que você quer ele, sim — afirmou Hades. — Então o que você vai fazer a respeito?

Apolo piscou.

— Como assim?

— Você quer esse homem, quem quer que ele seja...

— Ajax. O nome dele é... Ajax.

— Você quer o Ajax. Então ou você pode contar a ele como se sente ou pode não fazer nada, mas, se não fizer nada, vai ter que aceitar que algum dia ele vai encontrar outa pessoa.

— E quem disse que não é melhor assim?

— Não dá pra você comparar todo amante com Jacinto, Apolo. Não é justo com você nem com a outra pessoa.

— Você não compararia toda amante com a Perséfone? — rebateu ele.

Hades apertou o maxilar, lançando um olhar feroz para Apolo. Não estava disposto a tolerar o gênio dele.

— Eu me lembro de um Apolo que estava disposto a *perder* só para *ganhar* o amor da vida dele — disse Hades. — E agora aqui está você, sem querer correr riscos.

— Aquele Apolo morreu há muito tempo — respondeu o deus. — E pensar que você poderia ter se livrado de mim se simplesmente tivesse me jogado no Tártaro.

Hades rejeitara a súplica de Apolo para morrer após a morte de Jacinto, e tivera muitos motivos para fazê-lo. Um deles foi que atender a um pedido do tipo seria visto como tirar uma vida, e as Moiras teriam demandado uma alma em troca, uma negociação, e não havia como saber o que teriam feito com um sacrifício tão grande quanto Apolo.

— Embora seja verdade que você me irrita pra *caralho* — disse Hades — *e* que eu poderia te *assassinar* pelo acordo que você fez com a Perséfone... eu sentiria falta disso.

— Falta do quê? — perguntou Apolo, confuso.

— Dessa coisa — disse Hades, gesticulando para indicar Apolo por inteiro — patética...

— Patética?

— ...lamentável...

— Lamentável?

— ...miserável...

— *Miserável?*

— ...que você é. Ela irradia mesmo Deus da Luz.

— Vai se foder — disse Apolo.

Hades deu uma risada sombria.

— Foi *você* que perguntou qual era o problema — murmurou Apolo.

— Eu também perguntei como o Adônis morreu — disse Hades. — E você só me disse que ele foi esfaqueado com uma lâmina curva.

— Você não ouviu quando eu falei que foram várias vezes? — perguntou Apolo, seco.

— Me mostra o corpo — pediu Hades. — Me mostra as feridas.

Apolo soltou um suspiro que soou mais como um rosnado, uma única palavra escapando por entre os dentes.

— *Certo.*

Hades se manifestou dentro de um dos templos frios e escuros de Apolo. Este em particular já não era usado e ficava localizado no que agora era conhecido como a antiga ágora de Nova Atenas. Na Antiguidade, aquele fora um espaço público animado, onde os cidadãos se reuniam para celebrar, venerar, jogar e exibir as artes. Agora, depois das batalhas e do clima mortal, estava basicamente destruído.

Apolo apareceu e empurrou Hades para o lado, indo a passos largos até o canto da sala, onde havia uma mesa de metal encostada à parede.

— Será que você não devia trocar de roupa? — perguntou Hades, porque o deus ainda estava vestindo seu precioso quimono. Se para ele água estragava o tecido, sangue não seria pior?

Mas Apolo não ligou. Ele se aproximou do tecido branco e ensanguentado que cobria o corpo de Adônis e o puxou com um floreio.

Hades já tinha visto muitos cadáveres — *muitos* —, então, ficou surpreso ao perceber que não estava tão preparado para aquilo.

Aproximou-se devagar do corpo. Agora que Adônis estava limpo, Hades podia ver os grandes ferimentos em seu torso e ao longo das pernas e dos braços, e até no rosto. Em volta de cada laceração haviam surgido hematomas castanho-avermelhados, como se tivessem enfiado a lâmina até o cabo com mais força do que o necessário. Os danos iam além de qualquer coisa que Hades pudesse imaginar com uma faca normal.

Então ele reparou numa ferida na lateral do corpo que parecia não ter parado de sangrar.

Estranho.

— Apolo — chamou Hades. — Tem certeza de que não sobrou mais nada nessas feridas?

— Eu escavei todas elas — respondeu Apolo.

— Então por que essa está sangrando?

— Cadáveres não sangram, Hades... — Apolo se calou ao contornar o corpo e parar ao lado de Hades. — Acho que isso não é sangue — disse ele. Depois deu um passo à frente e enfiou o dedo na ferida que vazava.

— Não quer uma luva ou algo do tipo? — perguntou Hades, fazendo uma careta com o som gosmento.

Apolo não disse nada enquanto tateava o ferimento.

— Ai! Filho da puta! — exclamou ele, tirando o dedo.

Depois, balançou a mão, fazendo um jato de fluidos corporais voar pela sala.

Hades protegeu o rosto.

— O que é? — quis saber ele.

Apolo continuou sem responder e pegou uma pinça grande. Dessa vez, enfiou a ferramenta na ferida, e, depois de alguns instantes, algo caiu na mesa de metal com um estalo.

Apolo pegou o objeto e o esfregou com o polegar.

— O que é isso? — perguntou ele.

— É a ponta de uma foice — respondeu Hades. — A ponta da foice do Cronos.

10

HADES

Hades ficou com a ponta da foice de Cronos.

Odiava a sensação dela: pesada e quente, como se o metal fosse queimar o tecido do paletó e marcar seu peito. Quando voltou para o quarto, ele enfiou a mão no bolso para conferir, mas viu que o metal estava frio ao toque.

Ele precisaria daquela evidência quando fosse confrontar Poseidon sobre como a arma tinha ido parar no corpo de um mortal, longe de seus domínios.

A lâmina em si fora parcialmente forjada em adamante e havia sido dada a seu pai por Gaia. Tinha a capacidade de ferir os Divinos. Cronos a usara para castrar o pai, e o sangue que pingara na terra tinha dado origem às Fúrias, as Deusas da Vingança e da Retaliação.

Depois de Zeus resgatar Hades e Poseidon das entranhas de Cronos, eles tomaram a foice do pai, a arma que passara a simbolizar seu poder e causar medo nos outros deuses, e a jogaram no fundo do oceano.

Naquela época, Poseidon era uma pessoa diferente, como todos eles, mas nunca era tarde para se arrepender, principalmente vendo o caos que seu irmão estava tão disposto a causar.

Sendo mortal, Adônis não teria sobrevivido a uma única facada, muito menos às quatorze que haviam perfurado seu corpo. Igualmente preocupante era o fato de que alguém ainda estava de posse do restante da lâmina. Estar quebrada não a tornava menos poderosa.

E se esses agressores fossem atrás de um deus? Mesmo de um deus menor?

Que coisas poderiam nascer de seu sangue?

Os mortais provavelmente não entendiam as consequências de matar deuses, mas Poseidon estava bem ciente delas.

Uma onda de ódio fez o estômago de Hades revirar. Ele não sabia dizer quem odiava mais: Cronos ou Poseidon. Qualquer que fosse o jogo que seu irmão estava jogando, era perigoso. Alguma coisa estava acontecendo, se movimentando debaixo da superfície do mundo. Havia armas demais que poderiam fazer mal aos deuses: primeiro o ofiotauro, agora a foice, e a porra da nevasca de Deméter não ajudava a melhorar a opinião dos mortais a respeito dos Divinos. O que viria a seguir?

Quanto mais coisas descobria, mais ele temia por Perséfone.

Hades ergueu o olhar, esperando encontrar a deusa adormecida, ou até mesmo acordada e esperando por ele, mas a cama estava vazia. Ele entrou em pânico por um instante, depois conseguiu relaxar. Sentia a presença dela ali no Submundo, deslizando por sua pele como se ela estivesse ao seu lado.

Ela estava por perto.

Hades saiu do quarto e começou a procurar pelo castelo, encontrando-a logo depois, na cozinha. Perséfone estava atrás da ilha, misturando alguma coisa numa tigela. Estava completamente alheia à presença dele, e ele queria que continuasse assim por enquanto. Desse modo podia observá-la livremente, sem que ela se escondesse por trás de qualquer tipo de máscara.

Ele não devia ficar surpreso de encontrá-la cozinhando; era algo que a deusa fazia com frequência quando não conseguia dormir. Ela cantarolava baixinho enquanto polvilhava farinha na tigela, parando de vez em quando para tomar um gole de uma garrafa do uísque dele, que já estava no fim.

Hades ergueu as sobrancelhas vendo a facilidade com que ela o consumia e lembrando que, da última vez que provara, ela tinha detestado.

Ele se perguntou quão bêbada ela devia estar.

Quando terminou de misturar, Perséfone despejou o conteúdo numa forma, e ele a observou alisar o topo da massa com uma espátula e depois levá-la aos lábios para lamber o que restava ali.

— Hummm... — fez ela, em aprovação, e esse foi o sinal para Hades anunciar sua presença, pois ele também queria saber qual era o gosto, mas na língua dela.

— Como está?

Ele se manifestou atrás de Perséfone, tão perto que seu pau encostava na bunda dela. Inclinou-se para a frente quando ela virou a cabeça em sua direção e respondeu:

— Divino.

Perséfone girou o corpo no pequeno espaço que havia entre os dois e pegou um pouco da massa com o dedo.

— Prove... — implorou ela.

Hades pegou sua mão para lamber a massa, então fechou os lábios em torno do dedo estendido e chupou com força, devagar, sustentando o olhar dela até terminar. A maneira como Perséfone o observava o fez gemer, e ele colou os lábios aos dela, baixando o olhar para sua boca.

— Extraordinário — disse ele, em voz baixa. — Mas já provei a divindade, e não existe nada mais doce.

O deus estava tentando decidir como continuar o que haviam começado na casa de Sibila quando Perséfone lhe deu as costas abruptamente.

Ela colocou a espátula de volta na tigela e pegou os brownies. Hades deu um passo para trás enquanto a deusa ia até o forno. Sentiu e viu o calor quando ela abriu a porta; pareceu derreter até o ar.

— Onde você estava? — perguntou Perséfone, fazendo a forma deslizar para uma grade.

— Eu tinha uns negócios pra fazer — respondeu ele, ciente de que não era a melhor resposta, principalmente quando ela bateu a porta do forno.

Ela se virou para ele, com um olhar penetrante.

— Negócios? A essa hora?

Os negócios dele sempre aconteciam a essa hora, que variava entre o meio da noite e o comecinho da manhã.

— Eu negocio com monstros, Perséfone — disse ele. — E você, pelo jeito, faz doces.

A deusa não gostou da resposta, porque não se aproximou dele, como ele esperava. Hades pensou em como a deixara na limusine, desesperada e excitada. Talvez fosse estupidez da parte dele esperar que, quando voltasse para casa, ela estivesse aguardando para reacender aquele mesmo desejo selvagem.

Ou talvez ela tivesse cuidado do assunto por conta própria e não precisasse dele, embora não parecesse muito saciada, e sim cansada.

— Não conseguiu dormir?

— Nem tentei — respondeu ela.

Hades franziu a testa, depois indicou a garrafa no balcão com o queixo.

— Esse é o meu uísque?

Hades não entendeu por que ela precisava olhar — sabia muito bem o que ele estava apontando —, mas, quando ela não voltou a encará-lo, ele sentiu que talvez fosse uma desculpa para evitá-lo.

— Era — respondeu Perséfone, e ele se aproximou, estimulando-a a olhar em seus olhos e pressionando a boca à dela.

A deusa tinha gosto de chocolate e uísque, e era verdadeiramente *divino*. Perséfone agarrou seu paletó com as duas mãos e o puxou para perto, grudando o corpo ao dele.

— Estou morrendo de vontade de você — rosnou ele, colado à boca de Perséfone.

Hades deixou as mãos deslizarem das costas para a bunda da deusa, apertando com uma e enfiando a outra entre eles para acariciar sua buceta quente. Perséfone prendeu a respiração, e ele percebeu que ela já estava molhada para ele. Talvez o desejo dela não tivesse passado desde que ele saíra, e, quando entrasse nela, ela estaria encharcada, pingando.

Porra.

O pau de Hades se retesou com essa ideia, e ele sentiu que sua cabeça inteira estava prestes a explodir.

Ele continuou a beijá-la enquanto a masturbava e, mesmo querendo colocá-la sobre o balcão para provar seu gosto, reconhecia que essa transa tinha começado depois daquele maldito jogo, então precisava esclarecer algumas coisas antes de seguir em frente.

Ele tirou a mão do espaço entre as pernas dela, substituindo-a pelo próprio quadril.

— Vamos jogar um jogo — disse Hades.

— Acho que já deu de jogos por hoje — respondeu a deusa.

— Só um — argumentou ele; insistiu, na verdade.

Hades beijou o rosto dela, depois pegou a espátula coberta de massa que ela usara antes.

Ela olhou para o objeto, depois para ele.

— Eu nunca — murmurou ele, fazendo a espátula deslizar pelo peito dela.

Perséfone estremeceu contra o corpo dele.

— Hades...

— Shhh — fez ele, e, quando a deusa apertou os lábios, frustrada, ele levou a espátula a sua boca. Quando ela começou a lamber a massa, ele a pressionou contra seus lábios, como se fosse um dedo, para impedi-la. — Para. Isso é pra mim.

Ela sustentou o olhar dele, e ele sentiu sua incerteza e sua curiosidade ao mesmo tempo. A deusa abriu a boca e esperou.

Ele continuou:

— Eu nunca quis ninguém além de você.

— Nunca? — questionou Perséfone. Hades achava que ela nem percebia quanto soava cética. — Nem antes de eu existir?

— Nunca.

A resposta escapou por entre seus dentes, quase como um silvo, mas Hades já estava acabando com a distância entre os dois, deslizando a língua pela boca de Perséfone, chupando seu lábio inferior. O gosto dela era muito bom, muito doce, muito certo.

Hades se encostou em Perséfone, que se apoiou no balcão, e roçando o maxilar dela com os lábios enquanto sussurrava verdades contra sua pele.

— Antes de você, eu só conhecia a solidão, mesmo numa sala cheia de gente; era um vazio, pungente, frio e constante, e eu estava desesperado para preenchê-lo.

— E agora? — A pergunta era quase uma exigência, como se ela não ligasse mais para o passado, apenas para o presente, para aquele momento.

Hades sorriu e continuou a explorar o corpo dela, chegando até o peito.

— Agora é você que tem o vazio que eu quero preencher — disse ele, depois lambeu a massa que tinha usado para marcar a pele dela.

Hades agarrou os seios de Perséfone e estimulou os mamilos, que se enrijeceram sob o tecido sedoso da camisola. Ela encarou essa atitude como um convite para despi-lo, mas ele queria se manter no controle, porque ainda tinha perguntas.

Levou as mãos à bunda dela de novo e a fez sentar na beirada do balcão, afastando suas pernas e se enfiando entre elas.

— Me fala dessa noite.

Não era uma pergunta, e ele alisou as coxas dela por baixo da camisola. Perséfone se contorceu com o toque. Ele imaginava que, se não estivesse parado entre as coxas dela, ela fecharia as pernas e as esfregaria uma contra a outra só para criar algum tipo de fricção que aliviasse seu sofrimento.

— Não quero falar dessa noite — disse ela, num gemido ofegante.

Perséfone pegou a mão dele e a colocou entre as pernas, e embora ainda não fosse lhe dar o que ela queria, ele sentiria prazer ao provocá-la até que ela respondesse suas perguntas.

Ele passou um dedo pela buceta dela, circulando seu clitóris sem tocá-lo, mas sentindo que estava intumescido.

— Mas eu quero — disse ele. — Você ficou chateada.

Perséfone não olhou para ele. Seus olhos estavam fechados, as sobrancelhas franzidas em concentração quando ela admitiu:

— Eu me sinto... idiota.

Bom, já era alguma coisa, mesmo que ele não gostasse que ela se sentisse assim.

— Nunca — disse ele, passando um braço pelos ombros dela, enfiando um dedo em sua buceta quente e doce. — Me conte.

Ela cravou os dedos nos bíceps dele.

— Eu fiquei com ciúme de você ter feito tanta coisa com tanta gente antes de mim, e eu sei que é inevitável, que você viveu muito... mas eu...

Ela perdeu o fôlego, apertando as pernas ao redor de Hades, que continuou a usar os dedos e o polegar para lhe dar prazer, mas não importava. Ele não precisava ouvir mais nada.

Ele se aproximou, a boca pairando sobre a dela.

— Gostaria de ter tido você desde o início — disse ele. — Mas as Moiras são cruéis.

— Só fui criada pra punir — disse ela.

Aquelas palavras o atingiram como uma facada no peito. Ela estava se referindo ao fato de que, embora as Moiras tivessem atendido o pedido de Deméter de ter uma filha, o presente viera com uma consequência: a vida dela estaria entrelaçada à de Hades, um dos deuses que Deméter mais odiava.

Por mais que parecesse uma insegurança dela, era dele também.

Mesmo assim, ele se recusava a pensar muito nisso, a levar em conta que, da mesma maneira como seus futuros foram tecidos, podiam ser desfeitos.

— Não — declarou ele. — Você é prazer. *Meu* prazer.

Então a beijou, continuando a mover os dedos dentro de sua buceta escorregadia e a estimular seu clitóris até que suas pernas estivessem tão apertadas em torno dele que Hades pensou que Perséfone fosse explodir. Era a esse ponto que ele queria levá-la uma vez atrás da outra, para que, quando finalmente gozasse, ela não tivesse mais nenhuma dúvida de sua obsessão.

Quando Hades saiu de dentro de Perséfone, ela soltou um gemido gutural e irritado. Ele gostou. Gostou da umidade que pingava de seus dedos e do olhar penetrante que a deusa lhe lançou enquanto ele a fazia deitar de costas.

— É você agora, você pra sempre — disse ele, abrindo bem as pernas dela, erguendo-as para que os calcanhares se apoiassem na beirada do balcão.

Hades pôs as mãos nas coxas de Perséfone e baixou os olhos para sua buceta exposta e rosada. Estava intumescida e molhada, e ele se inclinou para prová-la, lambendo de cima a baixo, chupando suavemente o clitóris, que estava enrijecido em sua boca.

Porra, como ele amava aquilo. Chupar Perséfone lhe dava água na boca, e ela se curvou à sua vontade debaixo dele, contorcendo-se lindamente, como se nunca o tivesse sentido assim antes.

Quando ele entrou nela, ela praticamente engoliu seus dedos, a buceta muito intumescida.

Não demoraria muito para levá-la ao clímax.

Perséfone prendia a respiração por um tempo, depois gemia, enfiando os dedos no cabelo dele para segurá-lo com firmeza contra si, com medo de ele que fosse parar — e foi exatamente o que ele fez.

— O que você tá fazendo? — ela quis saber quando ele a puxou e tirou do balcão.

Ela lhe lançou um olhar feroz enquanto ele a segurava, cravando os dedos em seu corpo.

— Quando eu terminar, da próxima vez que a gente jogar esse maldito jogo, você vai sair tão bêbada que eu vou ter que te carregar pra casa.

— E aí? Você pretende me comer de todos os jeitos que nunca fui comida essa noite?

Sim, pensou Hades, o pau se retesando. Ele queria senti-la ao seu redor: aquela buceta quente e intumescida persuadindo-o a gozar dentro dela, como se estivesse faminta pela sua porra.

— Tecnicamente, já é de manhã — disse ele, com uma risadinha ofegante.

— Vou ter que ir trabalhar logo, logo.

— Que pena — respondeu ele, depois a fez girar e a empurrou até que seu rosto tocasse o balcão de granito.

Ela se curvou à sua vontade, maleável como sempre, e, quando ele se afundou dentro dela, arfou, arqueando as costas debaixo do deus enquanto ele a penetrava com estocadas curtas e contidas. Hades colocou a mão sobre a boca de Perséfone, enfiando os dedos entre seus lábios.

Ela os chupou com força, e seu pau ficou ainda mais duro, a cabeça girando sem pensar em nada além dela. Então ele a levantou, deixando as costas dela o mais próximas possível de seu peito, passando a esfregar mais do que penetrar.

— Não esqueci o que você disse antes — falou Hades, com a boca perto do ouvido de Perséfone.

— Eu menti — disse ela, as palavras quase inaudíveis, de tão perdida que estava no prazer do momento.

— Eu sei. E pretendo desencorajar esse tipo de mentira — respondeu ele, cobrindo a pele dela com a boca, chupando qualquer parte que estivesse exposta. — Vou te foder até você ficar desesperada pelo alívio. Uma vez atrás da outra. Quando finalmente gozar, você não vai lembrar nem do seu nome.

— Você acha que vai conseguir parar? — perguntou ela, ofegante, mas mantendo um tom de desafio. — Se privar da satisfação do meu orgasmo?

Ele sorriu contra a pele dela.

— Se isso significar ouvir você implorar por mim, meu bem... sim.

Puxou a cabeça dela na sua direção e suas bocas se encontraram. Ele se sentia totalmente fora de controle e se recusava a retomá-lo. Tudo o que queria era se perder nisso, nela.

Hades se afastou e girou Perséfone para deixá-la de frente, enganchando o braço na perna dela para voltar a penetrá-la, beijando-a. Ele não dava a mínima para a posição em que a comia desde que estivesse dentro dela, desde que ela delirasse de prazer. E quando Perséfone começou a tremer, o deus a ergueu e apoiou na parede, continuando sua exploração faminta do corpo dela.

— Eu te amo. Você é a única que já amei.

A verdade dessas palavras fez seu peito se apertar.

— Eu sei... — disse ela, uma resposta quase inaudível.

— Sabe?

Ele não tinha certeza de que ela entendia a profundidade de seus sentimentos, como ele era completa e totalmente grato por cada momento que tinha com ela.

Mas, até aí, ele também não podia fingir que a entendia.

Assim como ele havia torcido e esperado por um alívio desse mundo, por um único ponto positivo na vida, ela também o fizera.

— Sei — afirmou ela, com veemência. — Eu te amo. Eu só quero tudo. Quero mais. Quero tudo de você.

— Você já tem — respondeu ele, ainda mais estimulado pela declaração dela.

Hades beijou Perséfone e a abraçou com força, uma das mãos cravada no corpo dela e a outra apoiada na parede enquanto a penetrava, finalmente pronto para fazê-la gozar, pronto para gozar ele mesmo.

Mas a inconfundível sensação da magia de Hermes adentrando o Submundo o fez parar.

— Porra! — exclamou ele, com todo o veneno do mundo.

Era a segunda vez que o deus os interrompia, e ele ia pagar por isso.

Hades saiu do corpo trêmulo de Perséfone, e o gemido irritado e angustiado dela fez seu próprio corpo doer. Ela achou que ele só queria torturá-la mais um pouco antes de lhe permitir o clímax, mas estava prestes a entender o que estava acontecendo.

Ele tinha acabado de ajeitar a camisola de Perséfone e se recompor quando Hermes apareceu. Hades estava esperando algum comentário sarcástico a respeito de como o ar estava cheirando a sexo e brownies, ou alguma bronca por eles estarem transando na cozinha, onde a comida era preparada, mas Hermes parecia completamente... desolado.

Porra. Alguma coisa horrível tinha acontecido.

— Hades, Perséfone... Afrodite requisitou a presença de vocês. Imediatamente.

Hades não se importava de ir, mas Perséfone?

Ele a abraçou com mais força.

— A essa hora?

— Hades — Hermes quase implorou, empalidecendo mais a cada segundo. — Não é... nada bom.

O coração de Hades começou a palpitar. *Quem era agora?*, pensou ele. *Hefesto?*

— Onde?

— Na casa dela.

11

HADES

Hades levou Perséfone à casa de Afrodite, em Lemnos. Ele nunca sabia ao certo onde apareceria quando se teleportava para lá: a localização tinha variado ao longo do tempo, mas tudo dependia do ponto ao qual ela ou Hefesto decidiam dar acesso.

Naquele dia era o escritório do Deus do Fogo, o que surpreendeu Hades, considerando que Hefesto nem lhe permitia o acesso direto a sua oficina. Mas ele entendeu o motivo assim que eles se manifestaram.

Afrodite estava sentada na ponta de uma chaise posicionada no centro da sala, curvada sobre uma mulher deitada em uma posição fora do normal. Hades reconheceu a mulher como Harmonia, mas demorou um pouco, porque ela havia sido muito maltratada.

Era a Deusa da Concórdia, irmã de Afrodite.

Era exatamente o que ele temia.

Cada centímetro da pele exposta da deusa estava coberto de sujeira, sangue ou hematomas, e dois ossos achatados se projetavam do topo da sua cabeça. Eram os chifres dela, que haviam sido cortados.

— Meus deuses!

A voz de Perséfone tremia, e ela saiu de perto de Hades para ir até Afrodite. Ele cerrou os punhos para se impedir de puxá-la de volta, de poupá-la daquela cena. De certa maneira, ela precisava entender a realidade do mundo e como os deuses eram presas dele, tanto quanto os mortais.

Mas aquilo era preocupante. Um segundo ataque, e dessa vez a uma deusa, ambos ligados a Afrodite.

Hades ergueu o olhar para a sala escura e viu que Hefesto estava por perto. Não ficou surpreso. Ele nunca se afastava muito quando Afrodite tinha problemas, uma sombra constante, mesmo que ela não se desse conta.

— O que aconteceu? — perguntou Hades.

Os olhos de Hefesto faiscaram no escuro, um indício da raiva que Hades sentia borbulhar dentro dele.

— Não temos certeza. Achamos que ela estava passeando com a cachorra, Opala, quando foi atacada, e só teve força suficiente para se teleportar pra cá. Quando chegou, não estava consciente, e não conseguimos despertá-la.

Era parecido com o que tinha acontecido com Adônis. Ambos estavam sozinhos quando foram atacados, à noite.

— Quem quer que tenha feito isso vai sofrer — disse Hermes, a voz trêmula de raiva.

O que acontecera ali significava problema em dobro. Não apenas Harmonia era uma deusa — alguém com sangue divino —, como também era *bondosa*.

Perséfone olhou de Hermes para Hades.

— Quem é ela? — perguntou.

— Minha irmã — respondeu Afrodite, a voz carregada de emoção. Ela fungou e depois suspirou, sussurrando o nome da deusa. — Harmonia.

— Você pode curar ela? — perguntou Perséfone a Hades, o que fez o peito do deus se apertar.

Ela estava perguntando porque ele a curava com frequência, mas isso estava além de sua capacidade. Os ferimentos de Harmonia eram numerosos demais.

— Não — respondeu ele, sentindo que a estava decepcionando de algum jeito. Apesar de todo o seu poder, ele não era todo-poderoso. — Pra isso, vamos precisar do Apolo.

— Nunca pensei que essas palavras sairiam da sua boca — disse Apolo, aparecendo ao ser convocado por Hades.

O Deus da Música tinha se trocado. Agora, vestia uma armadura, como se estivesse se preparando para praticar ou treinando, o que não era improvável, levando em conta que os Jogos Pan-helênicos já iam começar e Apolo supervisionava os treinos na Palestra de Delfos.

Sua expressão convencida logo se desfez quando avistou Harmonia.

— O que aconteceu? — perguntou ele, dando um passo à frente e enfiando-se entre Afrodite e Perséfone.

— Não sabemos — disse Hermes.

— Foi por isso que convocamos você — completou Hades.

Perséfone franziu as sobrancelhas.

— Eu... não estou entendendo. Como Apolo poderia saber o que aconteceu com Harmonia?

Era um indício de quão pouco Perséfone sabia a respeito dos deuses e de seus poderes, e embora isso não fosse uma surpresa, era algo que preocupava Hades. Ele tivera anos para estudar os muitos e variados poderes dos Divinos, para saber o que esperar caso lutasse contra eles, mas Perséfone, não. Ela, como muitos mortais, considerava os títulos dos deuses como indicação de suas habilidades.

— Enquanto curo, posso ver memórias — explicou Apolo. — Sou capaz de tocar as feridas dela e descobrir como ela se machucou... e quem foi o responsável.

Apesar do orgulho com que Apolo falava, o poder de ver lembranças podia ser perigoso. Sempre existia a possibilidade de ele não conseguir determinar a diferença entre o que estava vendo e sua própria realidade, e, se acreditasse que estava sendo atacado, podia enfrentar as mesmas consequências que Harmonia.

Perséfone se levantou e deu um passo para trás. Hades desejou que ela voltasse a ficar ao seu lado. Queria tê-la por perto, nem que fosse para seu próprio conforto, mas ela permaneceu longe, observando Apolo colocar as mãos em Harmonia, gentilmente afastando seu cabelo do rosto.

— Doce Harmonia. Quem fez isso com você?

Apolo começou a brilhar, e Harmonia também, e não demorou muito para o deus começar a tremer, o corpo convulsionando enquanto visualizava as lembranças de Harmonia.

Perséfone não aguentou e se lançou à frente, empurrando-o para longe da deusa.

— Para, Apolo!

Ele cambaleou para trás, conseguindo se segurar antes de se estatelar no chão.

— Você tá bem? — perguntou Perséfone.

A mão de Apolo estava debaixo do nariz, manchada de carmesim, mas ele olhou para ela e sorriu.

— Ah, Sef. Você realmente se importa.

Apesar de Hades não gostar que Apolo tivesse um apelido para sua amante, ficou feliz pelo consolo que o deus tentava oferecer.

Perséfone se importava demais com o mundo para pensar em seu próprio bem.

— Por que ela não está acordando? — A voz de Afrodite estava aguda e desesperada, irradiando medo para todos os presentes.

Ninguém queria que Harmonia morresse.

— Não sei. Eu a curei até onde pude — disse Apolo. — Agora é com ela.

Mais uma vez, Hades sentiu Perséfone se virar para ele.

Quantas vezes ela se voltaria para ele em busca de orientação? Quantas vezes ele a decepcionaria?

— Hades?

Seu nome saiu da boca da deusa, uma pergunta não dita pendente no ar entre eles: Harmonia ia sobreviver a isso?

— Não vejo a linha da vida dela terminando — respondeu ele. — A pergunta mais importante é o que você viu enquanto a curava, Apolo.

Ele estava frustrado que o deus ainda não tivesse contado o que vira nas lembranças de Harmonia, apesar de saber que sua raiva não deveria ser por isso. Apolo ainda estava se recuperando do que quer que tivesse testemunhado.

— Nada — admitiu ele, esfregando a têmpora em círculos. Então acrescentou, em voz baixa e derrotada: — Nada que vá ajudar a gente, pelo menos.

— Então você não conseguiu ver as memórias dela? — perguntou Hermes.

— Não muito. Estavam escuras e nebulosas, uma resposta ao trauma, eu acho. Ela provavelmente está tentando suprimir as lembranças, o que significa que talvez não tenhamos mais clareza quando ela acordar. Os agressores usaram máscaras... brancas, com bocas abertas.

— Mas como eles conseguiram machucá-la, afinal? — perguntou Afrodite. — Ela é a Deusa da Harmonia. Devia ter conseguido influenciar esses... *vagabundos* e acalmá-los.

— Eles devem ter arrumado um jeito de subjugar o poder dela — afirmou Hermes.

Hades sentiu um nó na garganta, e todos se entreolharam, desconfortáveis.

— Mas como? — perguntou Perséfone.

— Tudo é possível — respondeu Apolo. — Relíquias causam problemas o tempo todo.

Hades sabia muito bem os problemas que elas causavam.

— Hades?

Mais uma vez, Perséfone o chamou.

— Pode ser uma relíquia ou talvez um deus sedento de poder.

O que ele não disse é que podiam ser os dois. Pensou em Poseidon, que dera um fuso ao mortal Sísifo. Ele poderia ter utilizado o instrumento para manipular as linhas da vida dos mortais, mas, em vez disso, escolheu matá-los.

E agora havia a chance de Poseidon ter entregado a alguém uma foice.

— Alguma ideia, Hefesto? — perguntou Hades.

Apesar de ele estar balançando a cabeça, Hades achava que o deus sabia de algo, sim.

— Eu precisaria de mais detalhes.

— Deixem ela descansar, e, quando ela acordar, deem ambrosia e mel — aconselhou Apolo ao se levantar.

Perséfone também se levantou e, quando Apolo vacilou, pegou o braço dele para firmá-lo.

— Tem certeza que está bem? — perguntou ela.

Sua preocupação com ele estava equivocada, Hades pensou — o que foi comprovado quando Apolo voltou a abrir a boca.

— Sim. — Ele deu um sorrisinho. — Fique alerta, Sef. Vou te chamar em breve — disse ele, depois desapareceu.

Hades ficou encarando o lugar onde Apolo estivera, ainda desconfortável com o acordo que ele e Perséfone continuavam a manter. Não gostava de pensar que Apolo pudesse convocar sua noiva sempre que quisesse, principalmente nesse contexto, em que deusas estava sendo abertamente atacadas.

Ele olhou brevemente para Perséfone, antes de se voltar para Afrodite.

— Por que convocar a gente?

Provavelmente era óbvio para Perséfone, mas não para Hades. Afrodite sabia que ele não podia curar nem visualizar lembranças.

Afrodite se endireitou e olhou para ele. Hades não estava preparado para ver o rosto dela: olhos vermelhos e inchados. Nunca a vira tão acabada, e ficou desconfortável.

— Eu convoquei a Perséfone, não você — respondeu ela.

Ambos olharam feio para Hermes.

— O quê? — perguntou ele. — Você sabe que o Hades não ia deixar ela vir sozinha!

— Eu? — perguntou Perséfone. — Por quê?

É, por quê?, pensou Hades.

— Gostaria que você investigasse os ataques de Adônis e Harmonia.

— Não — respondeu Hades, na hora. Nem pensou duas vezes na ideia. Perséfone não precisava estar envolvida. *Ele* estava cuidando de tudo. — Você está pedindo que a minha noiva se coloque no caminho desses mortais que machucaram sua irmã. Por que eu aceitaria?

— Ela pediu pra mim, não pra você — argumentou Perséfone, ríspida, o olhar tão frustrado quanto o dele. Depois de uma breve pausa, ela se virou para Afrodite. — Ainda assim, por que eu? Por que não pedir a ajuda de Hélio?

Hades já estava balançando a cabeça.

— Hélio é um idiota — afirmou Afrodite. — Ele acha que não nos deve nada porque lutou por nós durante a Titanomaquia. Eu prefiro foder as vacas dele a pedir a ajuda dele. Não, ele não me daria o que eu quero.

— E o que você quer? — perguntou Perséfone.

— Nomes, Perséfone — respondeu Afrodite. — Eu quero o nome de cada pessoa que pôs a mão na minha irmã.

Mas não em Adônis? Hades deu uma olhada em Hefesto, perguntando-se se ela estaria se censurando por causa dele.

— Não posso te prometer nomes, Afrodite. Você sabe que não posso.

— Pode, sim — insistiu Afrodite. — Mas não vai, por causa dele.

Hades cerrou os dentes.

— Você não é a Deusa da Retaliação Divina, Afrodite.

— Então prometa que você vai mandar Nêmesis executar minha vingança.

— Não vou prometer nada disso.

Se Afrodite decidisse matar alguém cujo destino não a envolvia, ela seria punida. Como, ele não sabia dizer, mas as Moiras a castigariam algum dia.

— Seja quem for que machucou o mortal e a Harmonia, essas pessoas têm um plano — disse Hefesto. — Machucar quem os atacou não vai nos levar ao propósito maior. Você também pode, sem querer, provar a causa deles.

Afrodite não gostou do que o marido estava dizendo, e Hades gostou ainda menos do que ele falou em seguida.

— Se esse é o caso, entendo a utilidade de Perséfone investigar o ataque a Harmonia. Ela se encaixa... como mortal e como jornalista. Dado seu histórico de afrontas aos deuses, podem até pensar que podem confiar nela, ou pelo menos convertê-la para a causa deles. Em todo caso, seria um jeito melhor de entender nosso inimigo, montar um plano e agir.

— Eu não faria nada sem o seu conhecimento — disse Perséfone, sustentando o olhar de Hades. — E eu vou ter a Zofie.

— Vamos discutir os termos.

Não era um não, mas também não era um sim. De todo modo, ele foi recompensando com o sorriso suave dela, e aquilo foi o mesmo que conquistar o mundo.

— Mas, por enquanto, você precisa descansar — disse ele, então olhou para Hefesto, porque não confiava nem em Afrodite nem em Hermes para aquilo. — Chame a gente quando Harmonia acordar.

Hades os levou para o quarto.

Quando chegaram, se mantiveram distantes, mas de frente um para o outro. Nenhum dos dois se mexeu.

Ele estava tentando assimilar o que significaria envolvê-la na descoberta da identidade dos agressores de Adônis e Harmonia. Se fosse algo que ela conseguiria fazer da segurança do Alexandria Tower, seu trabalho investigativo poderia ajudar, mas será que ela estava pronta para aquilo? Porque, naquele instante, ele temia que ela estivesse prestes a desabar, e nem tinha certeza se ela sabia.

— Você vai me manter informado de cada passo que der, cada pedacinho de informação que conseguir neste caso — disse ele. — Vai se teleportar para o trabalho. Se for sair, pelo motivo que for, eu tenho que saber. Vai levar Zofie para *todos os lugares*. — Ele se aproximou, curvando-se na direção dela. — E, Perséfone, se eu disser não...

Ele estava falando sério. Não conseguia nem verbalizar as coisas que faria se ela desobedecesse, mas seriam terríveis, e ela o *odiaria*.

— Ok — disse ela, e ele acreditava tanto na sinceridade do tom e da expressão dela que seu peito doía.

Ele suspirou, então encostou a testa à dela, segurando sua nuca com as mãos.

— Se alguma coisa acontecesse com você...

Ele nem podia se permitir imaginar, se fosse ela no lugar de Harmonia.

— Hades, eu estou aqui. Estou segura. Você não vai deixar nada acontecer comigo.

— Mas já deixei — respondeu ele.

Tinha deixado que Pirítoo a pegasse, sem saber. Tinha deixado que ele a violasse.

De que adianta ser o Deus dos Mortos se você não pode fazer nada?, ela havia perguntado uma vez diante da morte de Lexa, mas ele se perguntava a mesma coisa agora. De que adiantavam seus poderes se nem conseguia proteger Perséfone?

— Hades...

— Não quero falar sobre isso — disse ele, depois a soltou e deu um passo para trás. — Você precisa descansar.

Hades raramente se afastava dela, mas precisava da distância agora. Odiou como isso pareceu surpreender Perséfone. Ela ficou olhando para ele por um instante, como se achasse que ele fosse chamá-la de volta, mas, em vez disso, ele se virou para se servir de uma bebida e ela foi para o banheiro tomar um banho.

Ela devia achar que ele a estava rejeitando, mas ela não ia querê-lo naquele momento. Ou pelo menos não ia querer se soubesse o que ele estava pensando.

E ele estava pensando que nunca a deixaria sair do Submundo. Já tinha feito essa ameaça antes, mas agora os ataques tinham chegado perto demais, e também não era como se ela nunca tivesse sido um alvo. Elias ainda estava procurando a mulher que derramara café no colo dela.

Hades ficava irritado que seu reino não fosse o bastante. Ele jamais poderia incorporar o sol quente do verão ou o céu azul do mundo mortal, e ela jamais ficaria satisfeita em governar apenas para os mortos.

Ela florescia com um propósito, com a tentativa de mudar o mundo.

Mas Perséfone tinha mudado o mundo dele, e embora em alguns momentos ele sentisse que tinha melhorado por isso, em outros se sentia mais violento do que jamais fora, capaz de coisas ainda mais horríveis.

Era errado querer mantê-la ali como refém, mas ele estava bravo. Afrodite a tinha atraído para esse mundo, expondo-a a tudo aquilo de que ele tentara tanto protegê-la, e é claro que ela estava disposta e pronta para ajudar. Perséfone se responsabilizava por *todo mundo*.

Era uma qualidade que ele em geral admirava, tirando em casos como aqueles, em que os deuses eram as vítimas.

— Você vem deitar?

A voz de Perséfone atraiu sua atenção, baixa e apreensiva.

Ele não gostou do tom.

Virou-se para olhar pra ela, que estava vestida com uma camisa grande demais. O tecido se agarrava às partes de seu corpo que ainda não tinham secado. O cabelo estava pesado e úmido. Ela tinha chorado. As bochechas estavam um pouquinho coradas demais, os olhos vermelhos demais.

Hades apertou a boca e colocou o copo sobre a lareira antes de cruzar o quarto até ela. Segurou o rosto dela entre as mãos, roçando os dedos em sua pele.

Seu coração se apertou.

— Já vou me juntar a você — disse Hades, baixinho, torcendo para aplacar a ansiedade dela, mas, mais do que tudo, ele precisava de tempo para superar sua frustração. Sabia que só pioraria antes de melhorar e não queria que ela fosse a destinatária de sua agressividade.

Perséfone ficou na ponta dos pés para beijá-lo, mas ele evitou sua boca e pressionou os lábios em sua testa. Não era o beijo que ela queria nem o que ele desejava dar, mas era tudo que Hades conseguia no momento. Hades sabia que, se tivesse permitido, ela o teria seduzido para mantê-lo ali, e ele teria cedido, mas então teria trepado com ela, bruto e implacável.

Não tinha certeza se ela aguentaria aquilo.

Mas, vendo-a descer da ponta dos pés, ele também não tinha certeza se ela aguentava sua rejeição.

Perséfone engoliu em seco com força, e, quando deu as costas para ele, Hades teve a sensação de que ela tinha arrancado seu coração e o levado consigo para a cama.

12

HADES

Hades voltou à ilha de Lemnos, para a forja de Hefesto, localizada em uma ilha vulcânica próxima. Ao entrar, sentiu algo estalar sob seu pé. Ele parou e olhou para baixo, vendo pedaços de metal e fios espalhados no chão. Reconheceu as entranhas do que acabara de esmagar.

Eram abelhas mecânicas.

Hefesto tinha começado a fabricar as abelhas em resposta a Deméter, cujo humor imprevisível, com frequência, afetava a Terra. Levando em conta o estado do clima, não era uma ideia presunçosa. Era o jeito dele de lutar contra a magia antiga, e, de acordo com Afrodite, ele já estava trabalhando naquilo havia um tempo, então por que as abelhas tinham sido descartadas?

Hades prosseguiu, olhando com cuidado por onde pisava. Havia mais do que apenas as abelhas quebradas no chão. Havia lascas de madeira de escudos estilhaçados e lanças partidas, pedaços de armadura rasgados, como se não passassem de papel, e uma série de partes de corpo animatrônico, pertencentes a criações humanas e animais.

Hades contornou um canto e descobriu uma bagunça ainda maior. Quase tudo na oficina de Hefesto fora destruído. Até a mesa onde ele trabalhava estava partida ao meio, cada metade caída de lado, e no centro de tudo aquilo estava Hefesto.

Hades não disse nada ao se aproximar do deus, que não deu sinais de perceber sua presença. Assim como a oficina, ele estava arrasado. O cabelo estava solto, ondulado por ficar sempre preso, e as mãos estavam caídas no colo, as palmas para cima, sangrando.

Ele nem tinha tentado se curar.

— Tá tudo bem? — perguntou Hades ao Deus do Fogo.

Hefesto não respondeu nem olhou para ele. Hades reconhecia que era uma pergunta idiota; a resposta era óbvia. Mesmo assim, achou que era preciso perguntar.

Hades deu mais uma olhada ao redor da sala e encontrou um banquinho de madeira no canto, virado de ponta-cabeça. Recolheu-o do chão e o usou para se sentar aos pés de Hefesto.

Era bastante desconfortável, porém provavelmente seria a única maneira de atrair a atenção do deus naquela noite.

— Me conta o que aconteceu.

— Não tem nada pra contar — respondeu Hefesto.

— Não é o que me parece — comentou Hades.

Um longo silêncio se seguiu. Hades não pressionou Hefesto de novo, nem foi embora. Por fim, o deus falou.

— Nós brigamos — disse Hefesto.

— Tudo bem com a Afrodite? — A voz de Hades se ergueu, alarmada.

— Ela está bem, pelo menos fisicamente — respondeu Hefesto, depressa. — Eu não encostei nela. Eu nunca... encostei nela.

Hefesto respirou fundo, depois passou os dedos pelo cabelo.

— O que aconteceu? — perguntou Hades de novo.

— Ela... me acusou de ser o motivo de a Harmonia ter sido machucada — explicou Hefesto. — Disse que o que usaram contra a irmã devia ser uma das minhas criações.

Tantas relíquias haviam sido roubadas e levadas para o mercado clandestino que não era impossível, mas não significava que era culpa de Hefesto.

Depois de um instante, o deus continuou.

— Eu fui embora depois de ela me dizer como eu a fazia infeliz, então vim pra cá — disse ele. — O resto você pode adivinhar.

Hades tinha que admitir que, apesar de saber desde sempre que alguma coisa fervia debaixo da superfície calma e calada de Hefesto, vê-la pessoalmente era uma experiência bem diferente. Ele entendia por que o deus não estava orgulhoso. Na verdade, parecia ainda mais devastado por não ter sido capaz de controlar a própria raiva.

— Hefesto, você não acredita mesmo que...

— Eu acredito no que ela diz, Hades — interrompeu Hefesto rapidamente. — Não me resta mais nada.

Hades não sabia o que dizer.

Esses dois deuses tinham passado a maior parte de suas vidas imortais se amando, e no entanto jamais conseguiram aprender a falar a mesma língua.

— Ela devia ter me deixado muito tempo atrás.

— Você não conhece a mulher com quem se casou? — perguntou Hades. — Se ela quisesse ir embora, já teria ido.

— Então o único prazer dela deve ser minha infelicidade — respondeu Hefesto.

Pela segunda vez na noite, Hades se viu sem resposta, e o pior era que não podia discordar de Hefesto. Afrodite realmente parecia gostar de infelicidade, mas não pela razão que seu marido pensava. Ela escolhia sofrer por ele, amá-lo de longe.

A ironia da Deusa do Amor não passava despercebida por ele.

— Ela sabe que você está com raiva? — perguntou Hades.

— Não — disse Hefesto. — Não, não posso deixar ela saber. E se eu... e se eu... — ele parecia não conseguir terminar a frase.

— Você acha que poderia machucá-la um dia?

— Eu não sou bom, Hades — respondeu Hefesto. — Nunca fui.

Hades não sabia dizer o que o deus estava relembrando enquanto falava, mas, qualquer que fosse a memória, ainda o assombrava.

— Talvez não seja — disse Hades. — Mas eu também não sou, e, hoje à noite, mais uma pessoa ligada a Afrodite foi atacada. Outra já morreu.

— Se você acha que eu não sei... — disse Hefesto, cerrando os punhos ensanguentados, os nós dos dedos brancos.

Hades não sabia o que alimentava sua raiva: saber que a vítima do primeiro ataque tinha sido Adônis, o mortal favorecido por Afrodite e seu amante, ou que ela parecesse ser o alvo, por alguma razão.

— Adônis foi esfaqueado com a foice do Cronos — disse Hades, tirando do bolso do paletó a ponta que havia guardado.

Ele a entregou para o deus, que passou o polegar pelo metal. Não era liso, havia desenhos delicados na superfície.

— Primeiro isso, agora os chifres da Harmonia — disse Hades. — Essas pessoas têm armas que podem ferir deuses, Hefesto. É só uma questão de tempo até acharem algo que pode nos matar de verdade... e, considerando esse padrão, quem você acha que vai ser a primeira?

Hefesto encontrou o olhar de Hades, os olhos atormentados.

— Não precisa me lembrar da ameaça à minha esposa pra me convencer a te ajudar, Hades — disse Hefesto, depois voltou a olhar para a ponta de adamante. — Quem são eles? Essas pessoas de que você está falando.

— Suspeito que sejam Ímpios — respondeu Hades. — Mas, na verdade, não sei. Talvez Harmonia possa nos ajudar a esclarecer as coisas quando acordar. Tenho certeza agora de que eles estão com os chifres dela, que vão alardear a vitória publicamente.

O assassinato de mortais favorecidos sempre virava notícia, e muitos Ímpios estavam dispostos a assumir a responsabilidade por esses ataques. Eles viam esses crimes como uma maneira de provar que os deuses não eram tão poderosos quanto diziam e que, no mínimo, não ligavam para seus adoradores mortais.

Mas obter um par de chifres da cabeça de Harmonia — a irmã de uma olimpiana — era uma coisa totalmente diferente, que ilustrava quão perto um mortal comum conseguira chegar de um deus com relativo poder.

Demonstrava que os deuses tinham fraquezas.

— E de onde veio isso? — perguntou Hefesto, segurando a ponta da lâmina.

— Suspeito de Poseidon — respondeu Hades, relativamente seguro da fonte. — E tem uma outra questão que torna a ameaça contra nós ainda mais problemática — continuou ele. — O ofiotauro foi ressuscitado.

Mais uma vez, Hefesto olhou Hades nos olhos, fechando os dedos em torno do metal. Ele ainda não era nascido quando a Titanomaquia aconteceu, mas sabia muito bem o que isso significava.

— Você já o encontrou? — perguntou ele.

— Não.

— Quando encontrar, me deixa matar ele — pediu o deus.

Hades não conseguiu evitar a irritação, e o instinto encheu seu estômago de culpa.

— Se eu o matar — explicou Hefesto —, posso fabricar uma arma a partir das cinzas.

Hades ficou olhando para ele. Essa conversa tinha dado uma guinada súbita, e parecia quase traiçoeira — não em relação a Zeus, mas a eles mesmos. Ele já sabia dos experimentos que o deus estava fazendo. Pegara-o construindo um tridente de adamante; uma tentativa de recriar a arma mais poderosa de Poseidon.

— É perigoso demais, Hefesto — respondeu Hades.

— Não é mais perigoso que o seu elmo — rebateu Hefesto. — Ou o tridente do Poseidon ou os raios do Zeus.

— Só que ninguém profetizou que essas armas matariam deuses — argumentou Hades.

— Não vou te pressionar — disse Hefesto. — Mas a oferta se mantém, se for necessário.

Hefesto estendeu a mão em uma tentativa de devolver a ponta da foice de Cronos. Hades baixou os olhos para ela. Apesar de ser apenas um pedacinho de um todo, continuava sendo fatal e ainda continha a magia de seu pai.

Ele voltou a olhar para Hefesto.

— Você pode fazer uma lâmina a partir desse pedaço? — perguntou Hades.

— Posso — respondeu Hefesto. — Se você quiser.

Não era como se Hefesto nunca tivesse forjado armas. A foice era poderosa e podia deixar um deus gravemente ferido, o suficiente para prendê-lo no Tártaro se fosse preciso.

— Eu quero — disse Hades.

Hades pensou que, depois da visita a Hefesto, se sentiria um pouco no controle da coisa violenta que tinha dentro dele, mas não foi o caso. Ela ainda estava furiosa sob sua pele, ameaçando explodir.

Estava se sentindo do mesmo jeito como imaginava que Hefesto tivesse se sentido naquela noite: completamente impotente.

Não sabia como guardar o sentimento para si, como aplacá-lo, mas não podia deixar que Perséfone o visse. Não podia permitir que ela testemunhasse o horror dele quando já vira tanto do seu próprio.

Então Hades fez a única coisa que podia: procurou Hécate. Mas, quando apareceu no campo da deusa, percebeu que ela não estava em casa. Seu chalé estava escuro, e tudo estava tranquilo demais. Normalmente ele tentaria sentir se ela permanecia no Submundo, uma vez que com frequência ia para o mundo mortal para fazer o que queria durante a noite, mas no fundo não importava.

Estar ali fazia com que ele ficasse longe do castelo.

Hades andou de um lado para o outro diante do chalé, tentando gastar um pouco da eletricidade que corria em suas veias, e começou a pensar em outras opções.

Será que deveria ir para o Tártaro para descontar a ira em Pirítoo, que era parcialmente responsável por ela?

Em um dia comum, aquela pareceria a coisa certa a fazer, mas, por algum motivo, não era o caso agora.

Essa raiva era diferente. Não era destrutiva, mas era aterrorizante.

E talvez aquilo fosse o mais preocupante: ele em geral sabia o que fazer com esse sentimento, mas não dessa vez.

Dessa vez, era diferente, e ele precisava de Hécate.

— Deixa eu pegar o calendário — disse ela. — Porque preciso marcar essa ocasião.

Hades se virou para a deusa, que saiu da escuridão que os rodeava no campo. Ela estava usando uma capa e tirou o capuz para que ele pudesse ver seu rosto, ainda nas sombras.

— Hécate — disse ele. — Eu...

— Precisa de mim? — perguntou ela, sorrindo e arqueando a sobrancelha.

Hades abriu a boca, mas não sabia bem o que dizer.

— Acho que não precisa dizer em voz alta — disse ela. — Eu já ouvi seus pensamentos.

Hades apertou os lábios, mas, depois de um instante, falou.

— Não sei a quem mais recorrer.

— Bom, eu sou mesmo muito sábia — ponderou ela. — O que te atormenta?

— Ué, você não consegue ler minha mente?

— Não seja atrevido — repreendeu ela.

Hades apertou os olhos. Tinha certeza de que ela sabia muito bem como ele se sentia. Só queria ouvi-lo admitir, e, se não o fizesse, não seguiriam em frente. Depois de um instante, ele soltou um suspiro profundo e esfregou o rosto.

— Eu estou com raiva — disse ele.

— E qual é a novidade?

— É *diferente* dessa vez — disse ele, depois fez uma pausa, procurando palavras que a fizessem entender. — Eu... não consigo... acabar com esse sentimento, e nada do que costumo fazer está funcionando.

— E o que te deixou com raiva?

Ele explicou o que tinha acontecido: o ataque brutal a Harmonia e como ele suspeitava que estivesse ligado a Adônis, como temia que a notícia encorajasse outros Ímpios a começar a atacar os deuses publicamente, da mesma maneira que acontecera com Perséfone enquanto ela trabalhava na Coffee House.

— Talvez você não esteja exatamente com raiva, e sim com medo — disse Hécate. — Não é tão incomum não saber a diferença.

Medo parecia... ridículo. Era muito mais fácil sentir raiva.

— Mais fácil porque é familiar — disse Hécate, mais uma vez respondendo aos pensamentos dele.

Hades cerrou os punhos.

— Ter medo significa... ser... impotente.

Ele demorou um pouco para voltar a encarar Hécate depois dessa confissão. Não gostava daquilo... o que quer que fosse.

— Isso se chama ser vulnerável — disse ela. — E é claro que você odeia. Você não gosta de perder o controle, embora com frequência aconteça, principalmente quando envolve Perséfone.

— Você não está ajudando — reclamou Hades.

— Me dá um tempo — respondeu ela. — Acabamos de começar.

Ele gemeu. O que mais precisaria dizer?

— Eu... não sei o que fazer — disse ele.

Se pudesse, trancaria Perséfone no Submundo, correndo o risco de provocar a ira dela, só para protegê-la. Havia tanta coisa lá em cima trabalhando contra eles... Se ela nunca saísse dali, pelo menos ficaria segura.

— E ela passaria a ter raiva de você como tem da mãe — argumentou Hécate.

— Eu sei — disse ele. — Não quero transformá-la numa prisioneira, mas é a única coisa que me deixa... em paz.

Não era totalmente verdade. Embora pensar naquilo acabasse com um sentimento, também desencadeava vários outros: pavor e ansiedade, principalmente.

— Talvez você só precise sentir — sugeriu Hécate. — Tudo bem honrar o medo, reconhecer que ele tem um lugar dentro de você, mesmo se você for um macho alfa rabugento.

Hades ficou carrancudo.

— Não é como se você não tivesse um plano pra proteger a Perséfone ou encontrar os responsáveis pelos ataques a Harmonia e Adônis. No quesito ação, você fez tudo o que era possível.

— Mas vai ser o bastante?

— O bastante pra quê? — perguntou ela. — Pra proteger a Perséfone de males ou traumas futuros? O único mundo onde isso é possível é o Submundo, e, se ela estiver aqui, significa que está morta.

Hades sentiu que estava sufocando.

— Se você for passar a vida com ela, o máximo que pode fazer é ser a pessoa que ela precisa nesses momentos difíceis, não importa quanto te machuque, e ela fará a mesma coisa por você.

Ele não conseguia encarar Hécate, então, em vez disso, ficou olhando para o bosque escuro ao redor do campo. Entendia o que ela estava dizendo e, depois de tudo que ele e Perséfone tinham enfrentado, deveria ser fácil compartilhar seus fardos com ela, mas não era.

Parecia... injusto. E se colocasse peso demais nos ombros dela?

— Ela já colocou peso demais em você? — perguntou Hécate.

— Não — respondeu Hades. — Ela jamais poderia...

— Ela sente a mesma coisa por você, Hades. Você precisa parar de achar que seu amor é maior ou melhor que o dela só porque você viveu mais, ansiou mais.

Hades prendeu a respiração enquanto Hécate falava, sentindo como se ela de alguma maneira o estivesse atacando, mas ainda assim sabia que estava certa. Ele realmente achava aquilo, e com frequência.

De repente, uma culpa avassaladora superou o medo.

— Perséfone escolheu você e te aceita do jeito que você escolhe se oferecer, mas será que é justo que ela não possa te ver sofrer quando você frequentemente precisa testemunhar o sofrimento dela?

— Eu estou protegendo ela — disse ele.

— Você está protegendo ela ou a si mesmo?

Hades ficou calado.

— Perséfone evoluiu porque, em algum momento, você fez com que ela se sentisse segura o suficiente para ser vulnerável com você. Por conta disso, ela passou a entender seu lado das coisas e a respeitar suas decisões. Se você não oferecer o mesmo a ela, será que vai conseguir respeitá-la de verdade?

Hades cerrou os dentes com tanta força que seu maxilar doía, e a dor estava se espalhando para a parte de trás da cabeça.

— Se você ficar esperando que o mundo separe vocês, ele vai mesmo.

— Então o que você quer que eu faça?

— Quero que você pare de ser idiota — disse Hécate, sem nenhum desprezo na voz. — Quero que você reconheça a importância de ser vulnerável com a Perséfone, porque, separados, vocês dois com certeza são poderosos, mas, juntos, ninguém pode detê-los.

Hades voltou ao quarto e encontrou Perséfone adormecida. Ficou olhando para ela por um bom tempo, observando o movimento suave de seu peito, a maneira como os cílios roçavam o topo das bochechas, a leve abertura dos lábios. Ela era linda e, embora uma parte dele desejasse acordá-la e pedir desculpas pelo jeito como tinha saído mais cedo, ele não queria perturbá-la. Ela conseguira encontrar a paz apesar dos acontecimentos da noite, ao contrário dele, e não era justo que os dois sofressem.

Ele pegou o copo de uísque, tomando goles lentos e remoendo as palavras de Hécate. Pensou em como se sentia no momento: exausto, frustrado, ainda com medo, a fricção em seu corpo chegando até a cabeça do pau.

Porra.

Ele se mexeu, desconfortável, sem tirar os olhos de Perséfone. Podia ficar sentado ali em silêncio e tentar dar prazer a si mesmo, mas sabia que precisava de algo mais forte, mais bruto.

Precisava do corpo dela.

Era a única coisa que poderia saciá-lo, mas ele não lhe pediria aquilo — não nessa noite.

Hades virou o que restava da bebida e se despiu. Seu pau e suas bolas pareceram pesados entre as pernas quando ele se sentou na beirada da cama. Não estava conseguindo se convencer a deitar ao lado de Perséfone, tentado demais a despertá-la do sono.

Se começasse, ele não ia parar.

Mas então sentiu a mão dela em suas costas.

— Tudo bem? — perguntou ela.

Ele olhou para a deusa por um momento, depois se aproximou, os lábios pairando sobre os dela. Devia beijá-la. Não havia feito aquilo desde que tinham chegado em casa, mas se conteve e acariciou o rosto dela, em vez disso.

— Estou bem — disse ele, mas seus olhos estavam grudados nos lábios dela. Hades queria beijá-la, e era ridículo não fazer isso, mas ele se sentia tão tenso, tão fora de controle... e se ela não aguentasse? Ele se afastou e notou o brilho de mágoa nos olhos de Perséfone. — Durma. Estarei aqui quando você acordar.

— E se eu não quiser dormir?

Perséfone foi atrás dele, ficando de joelhos para montá-lo, aninhada contra sua ereção. Ele inspirou com força, afundando os dedos na pele dela para mantê-la parada, incapaz de aguentar o movimento do corpo dela sobre o seu.

— Qual é o problema? Você não me beijou mais cedo e não quer deitar comigo agora — disse ela, estudando os olhos dele.

Abraçou Hades com mais força. Era como se ela estivesse tentando lembrar o deus que estava ali, presente, muito embora ele estivesse completa noção disso.

— Não consigo dormir porque não consigo fazer minha mente parar.

— Eu posso te ajudar... — disse ela.

Ela poderia distraí-lo, com certeza, mas os pensamentos ainda estariam ali depois.

— E... por que você não me beija?

Ele engoliu em seco, baixando o olhar por um instante enquanto tentava encontrar as palavras para explicar.

— Porque meu corpo está cheio de raiva, e se eu me entregasse a você... bom, não tenho certeza de que tipo de alívio eu encontraria.

— Você está bravo comigo?

— Não — disse ele, rapidamente —, mas tenho medo de ter concordado com uma coisa que só vai te machucar, e desde então já não consigo me perdoar por isso.

— Hades.

Perséfone sussurrou o nome dele e segurou seu rosto entre as mãos, investigando-o com os olhos. Ele queria questionar o que ela estava procurando, para que pudesse lhe dizer que nunca encontraria, mas sabia que só estava sendo difícil e que ela não acreditaria nele, de qualquer jeito.

A boca de Perséfone pairou sobre a de Hades, seu toque parecendo fogo na pele do deus, o sutil movimento de seu corpo contra o dele o levando à loucura. Ele se sentia à flor da pele, à beira de perder o controle, mas relembrou a conversa com Hécate e pensou que talvez não precisasse de controle ali.

Naquele espaço, ele podia existir de maneira autêntica, e Perséfone... ela aceitaria.

Como se estivesse lendo seus pensamentos, ela sussurrou, o hálito acariciando os lábios dele:

— Se entrega pra mim. Eu aguento você.

Era a permissão de que Hades precisava.

Ele a beijou, abrindo a boca enquanto sua língua se movia junto à de Perséfone. Depois gemeu, agarrando o cabelo dela.

Porra, o gosto dela era doce.

Perséfone se desmanchou nos braços de Hades, abrindo-se para recebê-lo. Até afastou mais as pernas, o pau dele aconchegado no meio delas, esfregando-se em sua buceta lisa e escorregadia.

— Porra — sussurrou ele, afastando-se.

Então puxou a camisa da deusa pela cabeça. Quando ela ficou nua, ele passou as mãos por todo o seu corpo e voltou aos seios, segurando um em cada mão e saboreando-os com a língua. Gostou da maneira como ela se mexeu em cima dele quando ele tomou cada mamilo na boca, como segurou a cabeça dele no lugar até que estivesse pronta para deixá-lo passar para o próximo.

Com a boca ocupada, ele enfiou a mão entre as pernas dela, os dedos provocando sua buceta. Ela estava molhada para caralho. Ele deslizou o dedo pelos lábios, usando a umidade para estimular o clitóris.

Hades ergueu o olhar bem na hora em que ela jogou a cabeça para trás para gemer. Beijou seu pescoço, então deu um chupão, provocando um gemido mais alto.

Ele gostou, e queria mais.

— Porra — sussurrou ela quando ele enfiou os dedos em sua buceta, acariciando-a até deixá-la tão excitada que ela só conseguia se agarrar a ele enquanto ele a masturbava. — Por favor — implorou Perséfone, em um gemido trêmulo.

— Por favor o quê?

Não era uma pergunta. Era uma exigência.

O corpo dela respondeu, vibrando contra o dele enquanto deixava que ele a levasse ao orgasmo.

Ele a empurrou contra a cama sem delicadeza e se ajoelhou, o pau pingando.

— Você me aguenta?

Perséfone estava vermelha, delirante, chapada de prazer. Hades imaginava que ela diria sim para qualquer coisa no momento, mas seria o suficiente.

Ela assentiu, o peito subindo e descendo depressa.

— Sim.

Ele a puxou para perto com força, erguendo-a para que sua bunda repousasse nas coxas dele, e a penetrou.

Perséfone se arqueou na cama, os seios balançando a cada estocada de Hades. Ver aquilo o fazia se mover mais rápido, entrar mais fundo. Ela era maravilhosa, erótica para cacete, e provavelmente não tinha ideia, mas observá-la enquanto ela o recebia daquele jeito era a porra de um sonho.

— Ai, caralho — gemeu ela, se contorcendo.

As mãos de Perséfone estavam em todo lugar, agarrando Hades, então os próprios seios, depois se enfiando no cabelo, e, a cada estocada, ele sentia a pressão aumentar. Continuou a persegui-la, a prolongá-la, determinado a fazer a sensação durar.

Seus corpos ficaram escorregadios, e chegou um momento em que Hades não conseguiu mais segurá-la. Ele se curvou sobre Perséfone e gozou apoiado nos braços. Sentiu o pau pulsando dentro dela e não conseguiu sustentar o próprio peso. Seu corpo inteiro tremia.

Ele desabou em cima dela, com a cabeça apoiada em seus seios. Perséfone não pareceu ligar, enroscando-se nele.

Depois de um longo silêncio, ela falou.

— Você é meu — disse, passando os dedos pelo cabelo dele, que tinha se soltado durante a transa. — É claro que eu aguento você.

Hades ergueu o corpo para olhá-la nos olhos. Não sabia bem por que sempre esperava que ela desmoronasse, que fosse embora, que fugisse dele quando falava assim. Não fazia sentido. Nunca faria sentido.

Mas, caralho, como ele era grato que ela o amasse.

— Nunca pensei que agradeceria as Moiras por nada que elas me deram, mas você... você faz tudo aquilo valer a pena.

— Tudo aquilo o quê?

— O sofrimento.

13

TESEU

Teseu estava olhando uma série de fotos. Eram imagens da mesma pessoa, tiradas de ângulos diferentes. O nome dele era Adônis — um famoso mortal favorecido —, que havia sido espancado até virar uma massa ensanguentada e atravessado pela foice de Cronos ao lado da boate de Afrodite, La Rose.

Embora Teseu não estivesse diretamente envolvido nesse ataque, ele conseguira plantar a semente que levara ao ato. O semideus se perguntava quanto tempo se passaria até Afrodite ser dominada pela raiva, quanto tempo até o senso de honra de Hades fazê-lo bater à porta. Teseu já vivera muito tempo na sombra dos deuses. Conhecia os pontos fortes e fracos deles, mas também conhecia os mortais, e sabia como deixá-los com medo.

O sinal que ele precisara para incitar o caos tinha sido a queda de neve no verão. Em meio à tempestade de Deméter, que já provocaria raiva entre os mortais e seria exaustivamente coberta pela mídia, ele sabia que podia alimentar ainda mais a dúvida e a raiva preexistentes contra os deuses. E mesmo sabendo que aquilo mal faria cócegas neles, os ataques causariam cisões, e no centro de tudo estavam dois deuses: Hades e Perséfone.

Teseu não estava esperando que eles fossem tão importantes assim, mas o amor dos dois trabalhava a seu favor e serviria para aprofundar a divisão entre os deuses enquanto ele continuava a alimentar a desconfiança entre os mortais na terra. Praticamente não teria que mover um dedo: os deuses sempre atrapalhavam uns aos outros.

Teseu só precisava garantir que, enquanto o caos se desenrolasse, os mortais tivessem alguém a quem recorrer: alguém para adorar em vez dos olimpianos que haviam reinado por tanto tempo.

E aquela pessoa seria ele.

Teseu sentiu o celular vibrar antes de tocar. Pegou o aparelho depressa e o atendeu antes que o som pudesse perturbar o silêncio.

Não fez nenhuma saudação, só esperou que a pessoa do outro lado da linha falasse.

— Achei ela — disse a voz de Perseu, o filho semideus de Zeus.

Teseu não disse nada, esperando que ele continuasse.

— Ela está com Dionísio no distrito do prazer. Estão procurando a Medusa.

Ele não ficou surpreso. Já tinha ouvido boatos a respeito da mulher: primeiro de sua beleza, depois do suposto poder.

Ela podia transformar homens em pedra.

Teseu já suspeitava que Dionísio estava procurando por ela desde que ele comprara os serviços das Greias e, ao mandar matá-las, tinha se dado conta de que perdera a rota mais rápida para encontrá-la. Mas, de todo modo, havia outros jeitos de localizar mulheres assustadas.

Perseu, por exemplo.

Novas fotos apareceram em seu tablet, e ele analisou todas elas. Ariadne usava um vestidinho preto e botas de cano alto. Ela parecia comível. Talvez tivesse sido comida.

— Ela já tá trepando com ele? — perguntou Teseu.

Sua intenção era fazer a pergunta num tom indiferente, mas um raio de ciúme o atravessou ao pensar naquilo. Apesar de ser casado com a irmã dela, Fedra, Ariadne também pertencia a ele. Sempre pertenceria a ele, mesmo se encontrasse um refúgio temporário nas mãos desse deus.

E, quando voltasse para ele — e ela *ia* voltar, porque ele possuía sua irmã —, ela pagaria por ter se afastado, por ter pensado, mesmo por um instante, que podia derrotá-lo.

— Não tenho certeza — respondeu Perseu.

— Continue atrás dela — orientou Teseu. — Ela vai nos levar a Medusa mais cedo ou mais tarde, e, quando for a hora, vamos pegar as duas.

Ele desligou o telefone e continuou olhando as fotos, o pau ficando cada vez mais duro. Antes de se casar com Fedra, ele tinha namorado Ariadne. Gostava mais dela do que da irmã. Ela gostava de trepar, e trepava com ardor. Não havia suavidade nenhuma nela, mas aquele era o problema.

Era impossível controlar Ariadne por si só, mas, por meio da irmã, que era tão fácil de manipular com palavras bonitas, ela se tornava maleável em suas mãos.

Aquilo o deixou com ainda mais tesão, e ele se permitiu pensar no que faria quando ela voltasse para ele e exigisse ver a irmã.

Talvez concordasse e a deixasse assistir enquanto ele fodia Fedra. O horror dela o faria gozar, e, quando gozasse, ele enfiaria o pau na boca de Ariadne e encheria sua garganta.

Teseu ergueu os olhos, sentindo um movimento, e viu Fedra parada à porta. Ela usava uma comprida camisola de seda e um robe combinando, que nem chegava a fechar em torno de sua barriga redonda.

Ele não pôde deixar de notar o contraste entre as roupas dela e as da irmã. Enquanto a esposa raramente queria se despir para transar, Ariadne andaria pela casa pelada se pudesse, como se fosse seu estado natural.

— Fedra — disse ele, bloqueando o tablet e colocando-o na mesa. — Você devia estar descansando.

— Não consegui dormir — disse ela, observando-o da porta. — Você... não foi pra cama.

Apesar da modéstia, ela era linda. Sua suavidade a tornava a noiva perfeita — um troféu que ele podia exibir em público —, e sua timidez garantia que ela nunca expressasse as dúvidas ou medos que tivesse a respeito dele.

Ela era a escolha segura.

— Você sabe que as coisas andam corridas.

— Claro — respondeu ela. — Só vim ver como você estava.

Ele conseguiu dar um sorriso, porque imaginava que fosse o que ela gostaria: reconhecimento de que ele se importava por ela se importar.

— Eu estou bem — disse ele. — Só ocupado.

Só que ela não agiu como sempre ao ouvir os esclarecimentos dele, que era recuando. Em vez disso, permaneceu ali.

— Ocupado com a Ariadne? — perguntou ela baixinho.

Ele se perguntou por que Fedra tinha feito a pergunta, se tinha medo da resposta dele.

Teseu cerrou o maxilar. Essa audácia era novidade.

Fedra hesitou, mas depois acrescentou baixinho, quase num sussurro:

— Eu ouvi você.

Me ouviu? Ele tinha certeza de que não dissera o nome dela.

— Você estava ouvindo atrás da porta, Fedra? — perguntou ele, esforçando-se para controlar a voz, para impedir que a raiva transparecesse nas palavras.

Ela sabia quais eram as consequências de bisbilhotar.

— Não, eu... eu juro. Só achei que tinha ouvido o nome dela enquanto estava no corredor.

Fedra estava mentindo e Teseu precisava acabar com aquilo. Perguntou-se o que a estaria deixando tão corajosa.

— Você achou? — perguntou ele.

Ela respirou fundo, audivelmente.

— Devo ter entendido mal.

Teseu se levantou e, quando se aproximou, Fedra colocou a mão na barriga. Antes da gravidez, ele a teria calado com um beijo, ou até com sexo, mas, desde então, não tinha interesse nenhum em transar com ela. Não importava, afinal. Ele usava o sexo para prendê-la, e agora o bebê faria isso por ele.

Mas gostou de como ela ficou tensa com a aproximação, e sentiu o pau voltando a endurecer, o que também era útil porque, quando Fedra percebesse, pensaria que era ela, e não seu medo, que o deixava com tesão.

Teseu tocou o queixo dela.

— O que foi que eu te falei sobre a Ariadne?

Os olhos dela estavam arregalados.

— Teseu — sussurrou, e ele odiava como ela dizia seu nome. Talvez porque lembrasse tanto a irmã, e ele pensou em como Ariadne gemera a palavra um dia. — Ela é minha irmã...

— O que foi — disse ele, calando-a, erguendo e baixando a voz — que eu falei?

Fedra o encarou e engoliu em seco, incapaz de impedir que os olhos ficassem marejados.

Teseu se aproximou o máximo que podia, sentindo que a barriga dela o pressionava.

— Ah, Fedra — sussurrou ele, inclinando a cabeça dela para trás. Ela fez uma careta quando os dedos dele agarraram seu cabelo. — O que eu faço com você?

Então beijou a testa dela.

Ele sabia como Fedra funcionava. Ela derretia com a menor demonstração de afeto, o oposto da irmã. Ariadne não gostava de toques suaves e palavras doces. Ela preferia que tudo fosse forte, rápido e bruto.

Teseu baixou as mãos para os ombros da esposa, aproximando a boca do ouvido dela para falar baixinho:

— Eu queria te proteger disso, mas acho que vou ter que te contar.

Então se afastou e foi até sua mesa, pegando o tablet. Entregou o aparelho a ela, mostrando as fotos que Perseu enviara.

— Eu mantive minha promessa pra você — disse ele. — Continuei acompanhado sua irmã, e, apesar das minhas tentativas de interferir, ela se voltou para a prostituição. Hoje à noite mesmo ela foi vista no distrito do prazer com o deus Dionísio.

Ele ficou observando Fedra enquanto ela olhava as fotos. Depois de um instante, ela sussurrou:

— Nem parece ela.

— Ah, meu bem — disse ele. — O vício é assim mesmo.

Fedra largou o tablet e enterrou o rosto nas mãos. Teseu se colocou atrás dela, puxando-a para perto. Seu pau pressionou a bunda dela. A única coisa que o mantinha duro era o sofrimento da esposa, e ele o absorveu, usando-o para abastecer o sangue que corria direto para a cabeça de seu pau.

— Eu sinto muito — disse ele para acalmá-la, repousando a cabeça no pescoço de Fedra. — Eu não queria te contar. Achei que era melhor proteger você e o bebê.

— Não — afirmou ela, pondo as mãos sobre as dele, que estavam em sua barriga. Ele estremeceu ao sentir o toque dela, as palmas molhadas de lágrimas. — Eu não devia ter perguntado. Eu já sabia que era melhor nem esperar que ela tentasse vir me ver.

Fedra girou nos braços de Teseu e apoiou a cabeça em seu peito, e ele ficou aliviado por isso. Achava que não ia aguentar fingir remorso nem mais um segundo essa noite, de tão intensa que era sua frustração.

— Sei como isso é difícil pra você — disse ele. — Mas eu estarei sempre aqui, mesmo quando você não tiver mais ninguém.

Ele deixou que ela chorasse mais um pouquinho, mas se afastou quando ficou cansado.

— Você precisa descansar — disse ele, passando o dedo pelo rosto molhado da esposa.

Ela concordou, sem entusiasmo, mas só o que importava era que ela o obedecesse.

— Eu te amo, Teseu — disse ela.

Ele sorriu para ela e deu um beijo suave em sua boca.

— Boa noite, meu amor — respondeu ele, e a empurrou para o corredor. — Já vou daqui a pouco.

Ficou observando-a se afastar até não conseguir mais vê-la, então fechou a porta, esfregando a boca para limpar as lágrimas dela.

Que nojo, porra, pensou ele.

Teseu se aproximou da mesa e apertou o botão do interfone. Foi direto para a secretária, que ele sabia que estaria acordada, esperando.

— Agora — disse ele, e, enquanto esperava, desabotoou a calça e tirou o pau para fora, masturbando-o de cima a baixo, preparando-o para o que estava por vir.

Depois de um momento, a mulher entrou. Ele tinha esquecido o nome dela. Era nova, contratada recentemente para substituir a que havia morrido.

Ela baixou os olhos para o pau dele. Não havia nenhum desejo em seu olhar. Aquele era seu trabalho.

A secretária se aproximou dele e se ajoelhou, mantendo a boca na mesma altura do pau de Teseu.

— Qual é o seu nome? — perguntou ele.

— Rebecca — respondeu ela.

— É seu nome de verdade?

— Não — disse ela.

Ele gostou de como ela olhava para ele, com o mesmo despeito de Ariadne.

Enfiou os dedos no cabelo dela.

— Eu vou foder sua boca — disse ele. — E você vai engolir. Tudinho.

Ela se ergueu um pouquinho, se preparando para a transação, ainda provocadora, ainda destemida, e ele sentiu o calor tomar seu peito com o desafio de ver a luz morrer nos olhos dela.

14

DIONÍSIO

Quando Dionísio e Ariadne se manifestaram na sala de estar dele, o braço do deus ainda estava ao redor da cintura da mortal. Os seios dela pressionavam seu peito, e seu pau estava de novo encostado na barriga dela. Ele queria morrer, e nem ligava para o tipo de morte, real ou não. Só precisava ser resgatado dessa maldita tortura.

Dionísio não a soltou de imediato, nem Ariadne se afastou, o que o fez pensar que ela devia estar muito mais nervosa do que aparentava. Ainda assim, admirava sua compostura.

— Você tá bem? — perguntou o deus.

Ariadne pareceu confusa com a pergunta, mas ele não sabia por quê. Talvez estivesse surpresa por ele ter perguntado.

— Eu... não sei — admitiu ela.

Dionísio franziu a testa, depois tirou uma mecha de cabelo que havia se soltado do rosto dela.

— Eu não sabia que aquilo ia acontecer.

— Qual parte? — perguntou ela, os olhos baixando para os lábios dele.

— A parte de você me beijar ou a parte de eu atirar naqueles dois?

Os dois ficaram se encarando, e Dionísio só conseguia pensar naquele beijo e no resto: como ela montara em seu colo e se esfregara nele, na sensação dela em suas mãos, tão quente e certa.

E ele sabia que estava ferrado, porque só ia conseguir pensar no que poderia ter acontecido se eles não tivessem sido interrompidos, e se Ariadne tinha correspondido ao beijo só porque achou que era necessário.

Ariadne se afastou e Dionísio a soltou, odiando o vazio que sentiu com a ausência dela.

Ela deu uma volta, percorrendo o espaço com os olhos.

Dionísio tinha esquecido o quanto gostava de estar ali, quão segura a casa parecia em comparação com a boate, que estava sempre viva, sempre movimentada.

Ali era calmo.

As paredes tinham cores quentes e eram quase totalmente cobertas por estantes, abarrotadas de livros bagunçados. Havia um sofá simples de linho e uma mesinha de centro de vidro diante de uma lareira, acima da qual havia mais livros. As janelas eram de estilo francês, mas cobertas por cortinas pesadas. Dionísio raramente as abria, raramente tinha o desejo de olhar para o mundo que via com tanta frequência.

— Onde a gente está? — perguntou Ariadne.
— Na minha casa — respondeu ele.
— Você mora aqui?
— Sim, eu moro aqui — disse ele. — Surpresa?
— É que você parece estar sempre na Bakkheia.

Dionísio não disse a ela que já fazia um mês desde a última vez que estivera ali.

— Por que estamos aqui? — perguntou Ariadne, olhando para o deus. — Por que não voltamos pra boate?
— Não quero ir pra lá agora — disse ele.

Era demais — barulhenta demais, luminosa demais, lotada demais.

Ariadne suspirou e tirou a jaqueta que Dionísio havia colocado em seus ombros, depois se sentou na beirada do sofá. Ele ficou observando. Não conseguia evitar. Queria saber o que ela estava pensando.

— E agora, o que a gente faz? — perguntou ela.

Puta que me pariu. É claro que ela estava pensando nas próximas ações. O que fariam agora que sabiam que Medusa fora vista pela última vez perto do mar, perto dos domínios de Poseidon?

— Não sei — admitiu ele. Precisava de tempo para pensar, para assimilar. Mas a pergunta era: eles tinham tempo?

— Podemos acreditar que Michail não vai contar a ninguém quem estamos procurando?
— Não — afirmou Dionísio.

Ela o encarou.

— Então por que você não matou ele?

Dionísio ergueu a sobrancelha.

— Vai com calma, detetive. Achei que você fosse contra matar.

Ela fez cara feia para ele.

—Michail não é exatamente uma boa pessoa.

Dionísio não a contrariou porque concordava, mas até aí, ele achava difícil acreditar que alguém fosse bom nesse mundo. Todo mundo era capaz de coisas ruins.

— Não faz diferença se Michail vai viver ou morrer — disse Dionísio. — As pessoas vão continuar procurando a Medusa.
— Mas será que elas chegaram tão longe quanto a gente? — perguntou Ariadne.
— É difícil dizer, mas posso garantir que provavelmente não foram além disso.
— Por quê? Como assim?

— Porque todo mundo que está procurando por ela vai desistir quando descobrir que Poseidon está envolvido, ou então vai acabar cara a cara com um forcado superestimado.

— Inclusive você?

— Admiro você pensar que eu conseguiria enfrentar Poseidon de igual pra igual.

— Não estou nem aí se você consegue — disse ela. — Eu perguntei se você vai.

— Você parece pensar que tudo é simples, uma decisão de sim ou não — disse ele, num tom cheio de frustração. — Se Poseidon ainda não sabe da importância da Medusa, ele vai saber quando eu o confrontar.

— Então não o confronte — sugeriu ela.

— E como você espera que a gente encontre ela, então?

— Eu falo com ele — disse ela.

— Não — respondeu ele na hora.

Não dava nem para considerar a ideia. Poseidon era um idiota, do pior tipo, principalmente com mulheres. Sem chance de Dionísio deixar Ariadne passar por isso.

— Poseidon não sabe nada sobre mim — argumentou Ariadne, depois deu de ombros. — Pra ele, sou uma mulher mortal procurando... minha irmã.

— E você acha que ele vai se importar?

— Não — disse ela. — Mas talvez ele se interesse pelo que eu tenho a oferecer.

— E o que você tem a oferecer?

Ela não disse nada, e Dionísio se aproximou.

— O que você tem a oferecer, Ariadne? Informações sobre as minhas atividades? Sobre as mênades? Você sacrificaria cem vidas pra salvar uma?

— Você acha que eu te trairia? — perguntou ela.

— Você só é leal à sua irmã — respondeu ele. — E eu não te culpo, mas isso significa que não posso confiar em você.

Ariadne não disse nada, mas sua raiva estava na cara.

— Então você desiste? — perguntou ela, afinal.

— Eu não estou desistindo! — respondeu ele, ríspido. — Mas preciso de tempo pra pensar, e você dificultou tudo pra cacete hoje.

Seus olhos se encontraram, e então ela desviou o olhar, cruzando os braços, como se quisesse se distanciar de tudo o que havia acontecido, incluindo dele.

Dionísio não deveria ficar surpreso, e aquilo não deveria significar nada, mas significou.

Pareceu uma rejeição, como a picada de uma lâmina afiada demais no peito. Ele sabia que o que acontecera mais cedo se devia às circunstâncias do momento. Ter qualquer sentimento a respeito disso significava que ele tinha desenvolvido algum tipo de expectativa, e aquilo era ridículo.

Isso — o que quer que existisse entre eles — era cheio demais de raiva para ser mais do que alguma coisa da qual os dois se arrependeriam.

Como essa noite.

— Tem um quarto no fim daquele corredor onde você pode dormir — disse Dionísio. — Um banheiro também. Eu... hã... Você precisa de alguma coisa pra vestir?

Ele continuou olhando para ela por tempo o bastante para vê-la assentir.

— Por favor — disse ela, num sussurro.

— Já volto — respondeu ele, percorrendo o corredor até seu quarto.

Quando abriu a porta, foi recebido por um ar gelado. Já fazia tanto tempo que não ia ali que ainda não ajustara os controles para aquecer o apartamento, embora não devesse precisar fazer isso. Era verão. Era para estar ensolarado e quente. Em vez disso, a neve aumentava a cada dia.

Ele pegou uma camisa na gaveta e a levou para Ariadne.

— Talvez esteja frio no seu quarto — disse ele. — Eu vou... ajustar a temperatura.

Ariadne assentiu. Dionísio odiava aqueles surtos de tensão silenciosa que ficavam surgindo entre eles.

— Se precisar de alguma coisa, vou estar aqui — disse ele, depois saiu, ajustando a temperatura antes de voltar ao quarto.

Dionísio se despiu e tomou um banho. Ficou embaixo do jato de água por mais tempo do que o de costume, pegando o pau duro, ansioso para se aliviar, para deixar de sentir o volume pendendo pesado entre suas pernas, como parecia sentir há dias.

Porque já fazia dias mesmo.

Na verdade, *semanas*.

Ele pensou em Ariadne usando aquele vestido, em como ela obedecera quando ele lhe dissera para se ajoelhar diante dele, em como seus olhos ardiam quando ela olhou para ele. Talvez estivessem cheios de ódio, mas às vezes ele não conseguia diferenciá-lo da paixão, e também não importava, porque aquele olhar alimentava a fantasia.

O potencial do que poderia ter acontecido tomou conta dele, e Dionísio passou a se imaginar agarrando a bunda perfeita dela, ajudando-a a deslizar pelo seu pau. Ariadne estaria quente, molhada e apertada, e o cavalgaria como se conhecesse seu corpo desde sempre. Quando ela ficasse cansada demais, ele assumiria o controle, metendo nela até seu corpo inteiro enrijecer e ele só conseguir se concentrar na pressão nas bolas, que se espalharia pelo corpo todo antes de ele gozar. Quando abriu os olhos e viu a própria mão envolvendo a cabeça do pau, enquanto sêmen escorria entre seus dedos, Dionísio se sentiu totalmente insatisfeito.

Ele se lavou de novo e saiu do chuveiro, tão frustrado como quando havia entrado.

Depois se secou e prendeu a toalha na cintura, murmurando para si mesmo enquanto voltava a ficar de pau duro:

— Preciso trepar.

— Eu te ajudaria, mas você não faz meu tipo.

— Vai se foder, Hermes — disse ele.

Tinha sentido a magia do deus assim que saíra do banheiro. Nem se virou para olhar para ele enquanto atravessava o quarto para ir até a cômoda.

— Não precisa ficar bravinho comigo — disse Hermes.

Dionísio o ignorou e soltou a toalha, vestindo uma cueca boxer. Quando se virou para olhar para o Deus das Travessuras, ele parecia meio aturdido.

— Você não tem um tipo, Hermes — disse Dionísio. — Você transaria com uma pedra se achasse ela bonita o suficiente.

Hermes recuperou a fala.

— Olha aqui, eu tenho critérios!

— Foi por isso que eu falei bonita — murmurou Dionísio, puxando o edredom da cama.

Não ligava que Hermes estivesse ali e provavelmente quisesse conversar. Ele estava cansado.

— Você não tá nem um pouquinho curioso com o motivo de eu estar aqui?

— Não, considerando que, da última vez que você me visitou, eu passei uma semana sonhando que meus testículos estavam pegando fogo.

Hermes sorriu.

— Ah, fala sério. Foi engraçado.

Dionísio o fulminou com o olhar.

— O que você quer, Hermes?

Dionísio se deitou, ainda pretendendo dormir apesar do que quer que o deus tivesse vindo dizer. Colocou as mãos atrás da cabeça e ficou olhando para ele, mas Hermes parecia agitado e engoliu em seco com força.

— Bom, o Hades me disse que eu sou seu guardião — disse Hermes.

— Então, acho que estou te guardando.

— Você sempre faz o que o Hades manda? — perguntou Dionísio.

— Só quando é divertido.

— E ficar me vigiando é divertido?

— Bom, era, quando eu podia tacar fogo nas suas bolas — respondeu Hermes, depois fez uma pausa. Então ergueu a sobrancelha. — Se bem que acho que nada mudou. — Hermes riu e Dionísio fulminou o deus com o olhar. Hermes se engasgou e pigarreou. — Enfim, na verdade eu vim te contar que a Harmonia foi atacada.

Dionísio franziu a testa.

— Como assim?

— É isso mesmo que você ouviu — afirmou Hermes. — Ela foi espancada, e os chifres dela foram arrancados.

Dionísio se sentou na cama. Havia várias coisas chocantes nessa notícia, incluindo que, de todos os deuses, Harmonia era uma das menos ameaçadoras, mas também o próprio fato de que alguém tinha conseguido chegar perto o suficiente de um deus para fazer mal a ele.

— Espancada? — repetiu ele. — Por quem?

— Não temos certeza, mas você precisava saber. É provável que essas pessoas que estão atacando deuses sejam as mesmas que estão procurando o ofiotauro, o que significa que elas têm alguma capacidade de suprimir nossos poderes.

— Com pessoas, você quer dizer os Ímpios? — perguntou Dionísio. — Ou a Tríade?

Hermes deu de ombros.

— Provavelmente sim. Ainda é cedo pra emitir uma opinião.

— Mas existe mesmo alguma dúvida? — perguntou Dionísio.

— O Hades prefere ter provas antes de fazer uma afirmação desse tipo.

— Parece até que o Hades é seu rei, do jeito que você aceita tudo que ele diz.

Dessa vez, Hermes estreitou os olhos.

— Se você não se sentisse tão ameaçado pela liderança do Hades, talvez pudesse ver o valor do julgamento dele.

— Que julgamento? Nesse exato instante, as decisões dele estão prestes a fazer a gente ser derrotado.

Hades admitira abertamente ser a razão para o ofiotauro ter sido ressuscitado.

— Ele não teve escolha — defendeu Hermes.

— Sempre existe uma escolha — afirmou Dionísio, então calou a boca, percebendo tarde demais que estava parecendo seu pai adotivo.

— E pelo jeito você ainda precisa fazer uma — rebateu Hermes.

— Eu já escolhi um lado — declarou Dionísio, seco.

— Você não escolheu um lado. Você escolheu o melhor caminho pra sua vingança.

Agora era Hermes que estava parecendo Sileno.

— E?

Hermes balançou a cabeça.

— Você não defende nada — disse ele.

Dionísio cerrou os dentes.

— Acho que é uma coisa boa que o Hades não confie em você — acrescentou Hermes. — Pelo jeito ele não devia mesmo.

E, com isso, ele foi embora.

Dionísio caiu de volta na cama com um suspiro, encarando o teto. As palavras do deus o deixaram frustrado, e ele se viu desejando argumentar que defendia, *sim*, alguma coisa. Era exatamente por isso que tinha começado a resgatar mulheres, oferecendo-lhes um refúgio, treinando-as para se defenderem de modo que nunca mais fossem machucadas. Essa era a razão de ter passado anos se infiltrando no distrito do prazer e em vários círculos de tráfico.

Sim, ele desejava se vingar de Hera. Ela tinha transformado sua vida num inferno. Tinha assassinado sua mãe. Ele queria que ela sofresse.

Mas nada disso anulava o fato de que ele também desejava proteger outras mulheres.

Sem conseguir dormir, Dionísio saiu da cama e foi à cozinha beber alguma coisa, mas, assim que entrou no cômodo, encontrou Ariadne. Ela não se deu conta da aproximação dele de imediato, levantando o braço para pegar um copo, a camisa deixando a bunda descoberta enquanto isso.

Puta que me pariu.

— Precisa de ajuda? — perguntou ele.

Ela arfou e se virou para ele.

— Quanto tempo faz que você está aí? — perguntou ela.

— Pouco — respondeu ele, aproximando-se.

Ela não se mexeu e ficou imprensada contra o balcão quando ele ergueu o braço acima da cabeça dela para pegar um copo e lhe entregar.

— Obrigada — disse ela, então se aproximou da pia para enchê-lo de água.

Ele a observou por um instante, depois pegou outro copo para fazer o mesmo. Os dois ficaram parados lado a lado, bebericando água.

— O Hermes te visita com frequência?

Dionísio se engasgou com a água.

— Quê? — perguntou ele.

— Eu... Vocês não foram exatamente silenciosos.

Dionísio inclinou a cabeça, estreitando os olhos.

— O que foi que você ouviu?

— Barulhos — respondeu ela. — Vozes.

— Eu não transei com o Hermes, Ariadne.

— Eu... ok — disse ela.

Ele ficou parado ali num silêncio atordoado, olhando para ela.

— Como você pode achar...

— Só deixa pra lá, tá? — disse ela, frustrada.

Ele não queria deixar para lá. Queria saber por que ela achava que ele transaria com Hermes, em especial levando em conta que mais cedo ele claramente queria transar com ela.

O silêncio se estendeu entre eles, e Ariadne bebeu o que restava de sua água.

— Preciso ir pra cama — disse ela, e passou por ele, mas Dionísio não queria que ela fosse embora.

— Onde você aprendeu a dançar daquele jeito? — perguntou ele.

Ela parou e se virou para ele.

— Eu fiz aulas — disse ela, como se não fosse impressionante nem surpreendente.

— Pra fazer aquilo? — perguntou Dionísio, imaginando que ela o fizera para adquirir novas habilidades. — Trabalhar disfarçada?

— Não, pra me exercitar.

— Você aprendeu a fazer strip pra se exercitar?

— Eu não faço *strip* — rebateu ela. — Mas eu danço. Você devia tentar uma hora dessas. É um ótimo cárdio.

— Não me provoca — murmurou ele, e percebeu um sorrisinho nos lábios dela.

Ele nunca tinha conseguido fazê-la sorrir antes.

Ariadne suspirou e pareceu estremecer.

— Eu queria... pedir desculpas pelo que aconteceu mais cedo. — Por um instante, Dionísio achou que ela estava se desculpando pelo beijo, mas então ela acrescentou: — Eu não fazia ideia de que o Michail ia me reconhecer.

— Não tinha como você saber.

— Mas eu deveria ter sabido — insistiu ela. — Deveria ter sido uma detetive melhor.

— Você é perfeita, Ariadne — declarou ele.

Ela ergueu o olhar para ele, com os olhos arregalados. Dionísio não sabia bem por que ela parecia tão surpresa; era a segunda vez que ele lhe dizia aquilo naquela noite, o que o fez pensar em como tinha se deixado levar naqueles instantes inebriantes depois de ela ter subido em seu colo no bordel. O impulso de tocar no assunto o irritou. Ele queria saber o que significava o fato de eles terem desempenhado seus papéis tão bem.

Queria que significasse alguma coisa.

— Ari... — começou ele, dando um passo na direção dela.

— Boa noite, Dionísio — interrompeu ela.

Ele a encarou por um instante, depois conseguiu dar um sorriso fraco e assentiu.

— Boa noite, Ariadne.

Dionísio ficou observando enquanto ela se virava e desaparecia no corredor.

15

HADES

Hades ouviu Perséfone arquejar e virou rápido a cabeça na direção da cama, onde a viu sentada, confusa e com olhos arregalados até que encontrou o olhar dele e relaxou.

Antes que pudesse perguntar o que causara o susto, ela falou.

— Você chegou a dormir?

— Não — respondeu ele.

Tinha ficado deitado ao lado dela por algumas horas depois do sexo, mas não chegara a adormecer, então se levantou, se vestiu e ficou esperando que ela acordasse. Estava ansioso para ela se aprontar para o trabalho porque queria levá-la ao Alexandria Tower e lhe mostrar o andar que esperava que ela aceitasse usar como sede de A Defensora. Havia espaço suficiente para todas que ela empregava, que no momento eram Helena, Leuce e Sibila.

Ele se sentia ridículo por nunca ter oferecido, embora às vezes Perséfone fosse tão independente que ele não sabia como ou quando ajudá-la. Ela com certeza nunca pediria.

— Pesadelo? — perguntou Hades, a preocupação causando um nó em seu estômago.

Se Perséfone tinha sonhado com Pirítoo, Hades tinha certeza de que suas ações haviam sido o gatilho para o pesadelo. Ele fora longe demais na noite anterior.

— Não — respondeu ela, balançando a cabeça. — Eu... achei que tinha perdido a hora.

O deus não tinha certeza se acreditava nela, mas talvez fosse seu próprio medo falando.

Hades terminou a bebida, largou o copo e foi até Perséfone. Ela sustentou seu olhar enquanto ele se aproximava. Ela parecia uma sereia em um mar de seda preta: bastaria um olhar, um chamado, e ele se curvaria à sua vontade.

— Por que você não dormiu? — perguntou a deusa, quando Hades acariciou seu rosto.

— Não senti vontade de dormir — respondeu ele.

Quanto mais tempo vivia, menos Hades precisava dormir. Também não ajudava o fato de que a maior parte dos negócios que conduzia se desenrolasse de madrugada.

— Achei que você fosse ficar exausto. — Os olhos dela brilhavam, e Perséfone soou um pouquinho irritada.

Hades sorriu, achando graça.

— Não falei que não estava cansado.

Ele deslizou o polegar pelo lábio inferior dela, e a deusa o prendeu entre os dentes, depois chupou.

Caralho.

Ele estava tentando ser *bom*, mas se viu enfiando a mão no cabelo dela, puxando seu rosto para mais perto, na altura do pau. Pensou em mandar que ela o tirasse da calça e o chupasse até ele gozar, mas alguma coisa naquilo não parecia certa, então ele só a segurou ali, cheio de desejo.

Ela soltou o polegar dele e franziu a testa.

— Por que você está se segurando?

— Ah, meu bem — disse ele, com a voz baixa e rouca. — Se você soubesse.

— Eu gostaria de saber — respondeu ela, soltando o lençol e expondo os seios.

Hades queria gemer — e talvez tenha gemido. Não sabia ao certo porque seus ouvidos estavam zumbindo e ele estava se controlando o máximo possível para não trepar com ela como havia feito na noite passada.

Perséfone tinha o trabalho, e embora ele geralmente não ligasse para aquilo, naquele dia ele se importava.

— Vou manter isso em mente — disse ele, a voz baixa e controlada. Ele queria que ela soubesse a dificuldade que era pronunciar cada palavra diante da beleza dela, diante da tentação. — Por enquanto, gostaria que você se vestisse. Tenho uma surpresa pra você.

— O que poderia ser uma surpresa maior do que o que está se passando nessa sua cabeça?

Hades riu e beijou o nariz de Perséfone.

— Vista-se. Eu te espero.

Ele a soltou e se afastou, indo em direção à porta.

— Você não precisa esperar lá fora — disse Perséfone, intrigada pelas ações dele. Obviamente, aquilo era incomum por parte dele, mas seu comum incluiria ir com ela até o banheiro para comê-la encostada à parede.

Era melhor assim. Ela podia se arrumar com tranquilidade.

Hades parou à porta e olhou para Perséfone, torcendo para ela entender como era difícil para ele fazer aquilo, em vez de sentir que era uma rejeição. Ela entenderia depois.

— Preciso sim — disse ele, depois saiu do quarto.

Ficou esperando ali feito um idiota enquanto ela tomava banho, o que pareceu um tipo totalmente diferente de tortura. Hades se viu apoiando a cabeça na parede de mármore para esfriar o rosto quente, pensando nela do outro lado.

— O milorde está bem?

Hades abriu os olhos e viu um espírito parado no final do corredor. Ele empregava muitos deles no Submundo. Eram diferentes das almas, pois não estavam mortos e tinham pequenos poderes e influência sobre emoções muito específicas. Aleteia, que olhava para ele com olhos arregalados, quase aterrorizados, era o espírito da verdade e da sinceridade. De todos os espíritos que moravam ali, a influência dela provavelmente era a menos ameaçadora.

— Estou bem — respondeu ele.

Ela hesitou, como se não soubesse o que dizer, então conseguiu falar:
— Posso lhe trazer alguma coisa?

Um balde de água fria, pensou ele.

— Não, Aleteia.

Ela arregalou ainda mais os olhos quando ele pronunciou seu nome.
— Obrigado.

O espírito assentiu e foi embora, pálido como um fantasma.

Hades pensou em se teleportar para a casa de banhos para se afundar numa das piscinas, mas, em vez disso, permaneceu ali e esperou até Perséfone sair do quarto, usando a roupa mais complicada que ele já tinha visto.

Por que tantas camadas?

— O quê? — perguntou Perséfone, claramente se sentindo constrangida sob o olhar dele.

— Estou calculando quanto tempo vou levar pra te despir.

Ela arqueou a sobrancelha.

— Não foi por isso que você saiu do quarto?

— Só estou fazendo planos para o futuro.

Para mais tarde... quando não pareceria tão errado possuí-la.

Ele pegou a mão da deusa e a puxou para perto, teleportando-os para o Alexandria Tower. Quando chegaram, soltou Perséfone e ela ficou olhando ao redor em silêncio por alguns minutos. Foi só quando a ouviu pigarrear que ele se deu conta de que o lugar a deixava emotiva.

— Por que estamos no Alexandria Tower?

Ele sentiu uma onda de pânico, então entendeu por que ela estava sofrendo. O lugar a lembrava de Lexa.

Porra, ele devia ter sido mais perspicaz. O mínimo que poderia ter feito era prepará-la para voltar ali, mas nem tinha pensado nisso. Agora temia que ela rejeitasse sua ideia de cara. Mesmo assim, ele precisava tentar.

— Gostaria que seu escritório fosse aqui — disse ele.

Era o lugar perfeito. Hades era o dono do prédio e de todos os negócios que operavam ali, incluindo a Fundação Cipreste, com a qual esperava que Perséfone se envolvesse mais. Estar tão perto de Katerina garantiria uma colaboração. O que mais importava, entretanto, era que Perséfone não visse aquilo como um tipo de prisão.

Perséfone o encarou e pareceu mais surpresa do que qualquer outra coisa. Hades não sabia dizer se era um bom sinal ou não.

— Isso é por causa de ontem?

— Esse é um dos motivos. Também vai ser conveniente. Eu gostaria de ouvir sua opinião sobre o seguimento do Projeto Anos Dourados, e imagino que seu trabalho com A Defensora leve a outras ideias.

— Você está me pedindo pra trabalhar com a Katerina?

— Sim. Você vai ser a rainha do meu reino e do meu império. Faz todo o sentido que essa fundação comece a beneficiar as suas paixões também.

O silêncio dela o preocupava, e ele ficou observando-a circular pela sala.

— Você se opõe? — perguntou Hades, sem conseguir se conter. Precisava saber o que ela estava pensando.

— Não — Perséfone respondeu depressa, então se virou para olhar para ele. — Obrigada. Mal posso esperar pra contar pra Helena e Leuce.

O alívio o inundou.

— Por puro egoísmo, vou ficar feliz de ter você por perto.

— Você raramente trabalha aqui — comentou Perséfone.

— A partir de hoje — disse ele, aproximando-se —, esse é meu escritório preferido.

— Lorde Hades, devo lhe informar que estou aqui para trabalhar — disse Perséfone. Sua voz saiu baixa, seu cheiro era inebriante, e, ao falar, ela baixou os olhos para a boca do deus.

— Claro — disse ele, levando uma mecha do cabelo dela para trás da orelha. — Mas você vai precisar de pausas e de almoço, e eu estou ansioso para preencher esse tempo.

— A ideia de uma pausa não é não fazer nada?

— Eu não disse que ia fazer você trabalhar.

Ele a abraçou e se inclinou para beijá-la, mas, antes que pudesse fazê-lo, sentiu a aproximação de Katerina. Ela pigarreou para anunciar sua presença. Hades não conseguia decidir se achava aquilo chato ou cortês. Ele soltou Perséfone, que deu um passo para longe dele, o que foi irritante.

Talvez ele tivesse que lembrá-la de que eles não precisavam obedecer às mesmas regras que os demais. Ele demonstraria tanto afeto quanto quisesse, o que incluía transar com ela em seu escritório.

— Milady Perséfone! — disse Katerina, cheia do ânimo de sempre. Até sua roupa transmitia animação. Ela fez uma reverência respeitosa, e Perséfone sorriu.

— Katerina, é um prazer — respondeu ela.

— Me desculpem pela intrusão — disse Katerina, dando uma olhadela para Hades antes de se voltar para Perséfone. Ainda assim, naquele único olhar, ele soube que a notícia que Katerina tinha para lhe dar não era exatamente boa. Porra. Sua mente foi direto para a profecia que ela lhe fizera no parque: será que tinha mudado? — Assim que ouvi que Hades tinha chegado, soube que teria que encontrá-lo antes de ele desaparecer.

— Já vou falar com você, Katerina — disse Hades.

Ela olhou para ele e sorriu, mas o sorriso não chegou aos olhos, o que só aumentou o temor do deus quanto ao que a mulher tinha a dizer.

— Claro — respondeu ela, depois olhou para Perséfone. — Estamos honrados em tê-la aqui, milady.

Quando ela saiu, Perséfone olhou para Hades.

— O que foi isso? — perguntou ela. Aparentemente, as preocupações de Katerina também não tinha passado despercebidas por Perséfone.

— Depois te conto — disse ele, depois que entendesse.

— Assim como você ia me contar onde esteve aquela noite? — desafiou ela.

Ele estreitou os olhos.

— Eu te disse que estava negociando com monstros.

— Uma não resposta por excelência.

Ele soltou um suspiro frustrado.

— Não quero esconder coisas de você. Só não sei com o que devo te incomodar durante o seu luto.

Perséfone hesitou, depois disse:

— Não estou brava com você. Eu estava mais ou menos brincando.

— Mais ou menos — repetiu ele, com uma risada incrédula.

Ela estava mais ou menos brincando, mais ou menos satisfeita, mais ou menos brava. Bom, ele achava que era melhor aceitar, porque também só estava contando a ela mais ou menos tudo.

— Vamos conversar hoje à noite — disse ele. Era a única coisa que podia prometer por enquanto, porque precisava descobrir o que Katerina tinha a dizer, e ela precisava trabalhar.

Ele a encarou por mais um instante, com um aperto no estômago. Gostaria de beijá-la, de fazer algo além de ficar ali parado feito um idiota. Mas, se começasse, não ia parar, então se afastou e percorreu o corredor. Continuou sentindo o olhar dela em suas costas até virar e entrar no escritório de Katerina.

— O que foi? — perguntou ele, fechando a porta.

Katerina olhou ao redor, como se estivesse ansiosa para falar. Não era como se alguém pudesse ouvi-los ali, mas as paredes eram de vidro.

— Eu sonhei com o ofiotauro — disse ela.

Hades ficou calado por um instante, depois perguntou:

— E como funcionam os sonhos pra você?

Todos os oráculos eram diferentes. Dizia-se que os sonhos eram as únicas oportunidades de deuses e mortais darem uma espiadinha na mente das Moiras. Às vezes os sonhos deles previam o futuro exatamente como aconteceria; às vezes eram avisos do que poderia ocorrer, mas os detalhes ainda eram maleáveis; às vezes não passavam de medos. Um bom oráculo percebia a diferença, e, uma vez que Hades sabia que Katerina era um bom oráculo, provavelmente não era só um medo.

— Nunca sonhei com algo que não viesse a acontecer.

Hades sentiu um grande peso no estômago.

— Me conta — pediu ele.

Ela balançou a cabeça.

— Essa criatura, o ofiotauro. A morte dele é o catalisador de uma batalha que vai durar anos, e, no fim, o mundo vai ser dividido em dois.

— Mas o que você viu? — perguntou ele.

— Fogo por todo lado, corpos queimando — respondeu ela. — Não restava mais nada do mundo que conhecemos, como se... tivéssemos voltado para o nascimento da terra.

— Você reconheceu algum dos corpos? — perguntou Hades.

Ele sabia que sim porque ela não estava lhe dando os detalhes que importavam, e o que importava era quem estava no incêndio.

— Hades — sussurrou ela, os olhos cheios de lágrimas.

— Você viu a Perséfone? — perguntou ele.

Ela balançou a cabeça, e ele sentiu que conseguia respirar de novo, diferente de Katerina, que parecia paralisada.

— Eu vi *você*.

Hades jamais tinha pensado em como seria encarar a própria morte, mas imaginou que isso era o mais próximo que chegaria: um sonho profético de um oráculo que nunca errava.

— Mais alguém? — perguntou ele.

Ela engoliu em seco.

— Eu... Eu não consegui olhar além de você. Talvez outros oráculos tenham tido sonhos parecidos.

Hades assentiu, a mente desordenada.

— Então o ofiotauro é o catalisador desse fim? — perguntou ele. — Você quer dizer que a pessoa que o matar tem o poder de levar a esse fim?

— Você sabe como funciona, Hades — respondeu ela.

Ela só podia oferecer as palavras e as visões. Cabia a ele descobrir o que significavam e como impedi-las.

Ele odiava esse jogo.

— Malditas Moiras!

Ele extravasou a raiva dando um soco numa das paredes de vidro, que rachou debaixo de seu punho.

Impassível, Katerina nem piscou, e, depois de um instante, disse, baixinho:

— Vou chamar a Ivy. Ela vai garantir que esteja consertado até o final do dia.

Hades engoliu em seco com força e assentiu.

— Obrigado pela informação, Katerina.

Lágrimas desceram pelas bochechas dela. Ela obviamente não tinha gostado de dar a notícia a ele mais do que ele tinha gostado de recebê-la.

Hades saiu do escritório de Katerina, voltando para o andar de Perséfone. Agora ele precisava do conforto da presença dela, mas um cheiro estranho e repentino tomou seus sentidos, fazendo-o parar na hora. Era refrescante e quase... medicinal.

Era louro.

Hades travou.

Porra.

Ele correu pelo corredor até o ponto onde tinha se manifestado mais cedo com Perséfone, mas ela já tinha desaparecido, e o cheiro da magia de Apolo permanecia no ar.

O Deus da Música a levara.

Hades entrou no escritório e pegou o telefone.

— Ivy — disse ele.

— Milorde! — respondeu ela, animada, alheia à frustração dele. — Eu não sabia que o senhor estava aqui!

— Mande a Zofie subir — ordenou Hades, seco.

— Agora mesmo, milorde — respondeu ela.

Hades convocara Zofie para a torre de manhã para atuar como segurança, mesmo que ela não parecesse tão necessária com ele por perto. Pelo jeito, estava enganado.

Hades ficou andando de um lado para o outro na sala ao lado do novo escritório de Perséfone, frustrado.

Apesar de Hades ter dado a Perséfone um espaço para trabalhar ali, ele não podia protegê-la de tudo, inclusive de Apolo.

Será que o deus se dava conta da quantidade de perigo que ameaçava Perséfone?

Pois deveria.

Afinal, fora ele que realizara a autópsia de Adônis. Que vivenciara indiretamente o ataque a Harmonia. Apolo precisava entender que arrastar

Perséfone como companhia para onde quer que fosse, num contexto desses, não era o melhor para ela.

Embora pudesse seguir a magia de Apolo e arrancar Perséfone das mãos do Deus da Música, Hades também sabia que os dois tinham um acordo, um contrato vigente que Perséfone precisava honrar.

Ele odiava aquilo.

Perséfone devia ter pulado fora quando Apolo lhe dera a chance, e Hades não conseguia entender por que ela não o fizera.

Quando é que ela ia aprender que não podia mudar as pessoas? Mais cedo ou mais tarde, Apolo a decepcionaria, assim como Hades, ele tinha certeza.

O elevador chegou fazendo um bipe irritante. Hades ergueu os olhos e viu Zofie quando as portas se abriram.

Antes que ela pudesse sair do elevador, ele falou.

— Perséfone está na Palestra de Delfos com Apolo. — Ele sabia porque conseguia rastrear as pedras no anel de noivado dela. Cada uma tinha uma energia única, que ele sentia não importava quão longe ela estivesse. — Você precisa ir até lá e observar, mesmo se não quiser anunciar sua presença para ela.

A amazona arregalou os olhos.

— Eu... Eu não sabia. Por favor, me desc...

— Não peça desculpas. Só vai — ordenou ele.

Embora tivesse contratado Zofie para manter Perséfone segura, Hades estava começando a pensar que precisava de alguém que tivesse mais do que apenas habilidades de batalha. Como amazona, Zofie não tinha praticamente capacidade de lidar com magia. Ele nem tinha certeza se ela percebia que não era páreo para aqueles poderes e provavelmente morreria tentando enfrentar um deus.

Mas aquela era a lealdade e a dedicação de uma amazona, até das que eram exiladas.

— Claro — disse ela, hesitando um instante antes de apertar o botão do térreo.

Houve uma pausa desconfortável, então Hades falou.

— Se teleporta, Zofie.

— Certo — disse ela, depois desapareceu.

Hades suspirou, enterrando o rosto nas mãos.

— Mas que caralho — disse ele.

— Amo — respondeu Hermes, aparecendo em uma névoa de magia.

Hades baixou as mãos e inclinou a cabeça.

— Pra que tanto espalhafato? — perguntou ele. — Você não está em público.

— Eu queria surpreender a Perséfone — respondeu Hermes. — Acho que ela nunca viu minha... *efervescência*.

Hades levantou a sobrancelha, e Hermes olhou ao redor.

— Mas cadê ela, aliás?

— Seu irmão acabou de levá-la — disse Hades. — Talvez você devesse ir lá pegar ela de volta.

— Hã, não — disse Hermes. — Já fui bastante castigado depois de roubar o gado dele. Você acha que eu quero passar por tudo de novo depois de roubar Perséfone?

— Você acabou de comparar minha esposa a gado?

— Esposa? — perguntou Hermes, ondulando as sobrancelhas. — Já tá praticando, é?

— Vai se foder, Hermes — rosnou Hades.

Saiu pisando duro até seu escritório. O gelo estava começando a se acumular nas janelas, tapando a vista de Nova Atenas, embora, nesse momento, não tivesse muita coisa para ver, já que a cidade estava envolvida em neblina e neve pesada.

— A Deméter tá putaça — disse Hermes.

Hades olhou para ele, confuso.

— Putaça?

— Tipo, muito brava — explicou Hermes, depois balançou a cabeça e os ombros ao acrescentar: — Brava pra cacete.

— Então por que você não disse isso?

— Porque não é *cool*, Hades — respondeu Hermes. — Se você quer se misturar, tem que aprender os paranauês.

— Paranauês?

— As *gírias*.

Hades riu, e Hermes estreitou os olhos.

— Eu te odeio — disse ele, cruzando os braços.

Ficaram em silêncio por um momento, olhando para o mundo lá fora. Hades já estava esperando que o clima piorasse, mas assistir a isso em tempo real lhe trouxe um grande pavor.

— Sabe quem eu odeio mais que você? — perguntou Hermes.

— Acho que dá pra adivinhar — respondeu Hades.

Deméter.

— Não vejo uma coisa assim desde a Antiguidade — comentou Hermes.

Não desde que a Deusa da Colheita tinha provocado uma seca depois de um rei da Tessália queimar um bosque de suas árvores sagradas. Os olimpianos levaram meses para convencê-la a parar.

Hades não fora um dos que tinham suplicado a ela, sem nenhum interesse em recompensar seu comportamento infantil. Mas aquilo lhe deu uma ideia. Será que poderia atrair a deusa para fora do esconderijo profanando algo sagrado para ela?

— Fico me perguntando o que os outros estão pensando disso — disse Hermes.

Por outros, ele queria dizer o resto dos olimpianos.

— Imagino que as únicas que estejam chateadas agora sejam Atena e Héstia — respondeu Hades. — Os outros não vão ligar até os adoradores deles começarem a morrer.

Porque menos adoradores significava menos poder, e era só então que os deuses viriam atrás de Hades e de Perséfone.

— Duvido que você tenha vindo aqui observar o tempo — disse Hades. — Ou até pra mostrar sua... magia efervescente pra Perséfone. Então o que foi?

— Eu preciso de um motivo pra visitar minha melhor amiga?

— Achei que eu fosse seu melhor amigo — comentou Hades, seco.

— Olha, tem o suficiente de mim pra todo mundo — respondeu Hermes. — Não precisa brigar.

Hades virou a cabeça para olhar para Hermes.

Ele suspirou.

— Tá bom. Afrodite me mandou pra dizer a Perséfone que a Harmonia acordou.

— Só a Perséfone?

— Ela me disse especificamente pra não envolver você — explicou Hermes, esfregando a parte de trás da cabeça. — Já tô até sentindo as consequências dessa desobediência.

— Você prefere a minha ira ou a dela? — perguntou Hades.

— Claramente a sua — disse Hermes, irritado, então murmurou: — Que amigo, hein.

Hades ficou aliviado ao ouvir que Harmonia tinha acordado, mas não tão feliz de saber que Afrodite estava tentando excluí-lo de qualquer conversa que tivesse com Perséfone. Eles tinham concordado que ela investigaria o ataque, mas ele precisava de comunicação aberta, e não gostava nem um pouco que a Deusa do Amor estivesse tentando estragar aquilo.

— Harmonia é só o começo — disse Hades. — Vai haver outros deuses.

Hermes ficou tenso ao lado dele.

— Você acha mesmo que eles podem nos matar?

— Acho que tudo é possível — disse Hades. — Os mortais têm sua própria magia.

Era a tecnologia e a ciência, que, combinadas com o poder dos deuses, tinham o potencial de torná-los irrefreáveis.

Adônis e Harmonia foram testes, e, a cada um, eles aperfeiçoariam os ataques. Era só questão de tempo antes que alguém morresse, e, pelo bem do mundo, Hades torcia para que não fosse Afrodite. Se havia um deus cujo poder era subestimado, era Hefesto. Se qualquer coisa acontecesse com sua esposa, o mundo inteiro ia ficar sabendo quão terrível ele podia ser.

16

HADES

Hades se sentou atrás da nova mesa de Perséfone.

Já fazia duas horas que Apolo a levara, e ele estava ficando impaciente, mas de repente sentiu um gosto metálico na boca e Perséfone apareceu.

Ela parecia... que tinha acabado de trepar, mas ele sabia que não era o caso. O cabelo dela estava bagunçado pelo vento, as bochechas e o nariz avermelhados pelo frio. Será que Apolo a fizera ficar ao ar livre? Nesse clima? Sua irritação aumentou. Perséfone pareceu se dar conta de onde estava e ergueu o rosto para Hades, com os olhos arregalados, mas então sua expressão ficou quase tímida.

— Oi — sussurrou ela.

— Oi — respondeu Hades, ainda frustrado e incapaz de esconder.

Perséfone o olhou de cima a baixo, os olhos brilhantes e vívidos.

— Tudo bem?

— Harmonia acordou — disse ele.

— Como ela está? — perguntou ela, ofegante.

— Estamos prestes a descobrir — respondeu ele, ficando de pé. Depois contornou a mesa e parou a poucos centímetros de Perséfone. A proximidade não ajudava a tensão que ele sentia entre os dois; na verdade, só esquentava as coisas. — Aproveitou o tempo com o Apolo?

— Numa escala de um a dez? Eu daria um seis.

Os lábios dele tremeram, e ela franziu a testa ao perceber que sua brincadeira não estava funcionando.

— Sinto muito que isso te desagrade.

— Não é você que me desagrada — explicou ele. — Só preferia que o Apolo não te arrastasse até Delfos durante o chilique da sua mãe e enquanto os agressores de Adônis e Harmonia ainda estão por aí.

— Você... me seguiu?

Hades encarou Perséfone por um instante, depois pegou sua mão esquerda, erguendo-a entre eles para mostrar o anel de noivado. O anel... para ele, representava muito mais do que apenas a promessa do casamento iminente. O objeto simbolizava o que eles tinham enfrentado para chegar àquele momento.

Era uma prova de sua esperança e um lembrete de todas as vezes que a perdera.

— Essas pedras, turmalina e dioptásio, emitem uma energia única... A sua energia. Se estiver usando esse anel, consigo te encontrar em qualquer lugar. Não foi... de propósito — disse Hades. Na verdade, a pedras que pusera no anel não importavam; ele conseguiria localizá-las de qualquer jeito por causa do poder que tinha sobre metais preciosos. — Eu não tinha a intenção de... colocar um rastreador em você.

— Eu acredito em você — disse ela, baixinho. Ergueu os olhos para olhá-lo através dos cílios, aquela timidez estranha de volta. — É... reconfortante.

Era um consolo para ele, principalmente com tudo o que estava acontecendo fora de onde eles estavam.

— Vem — disse ele, acrescentando uma coisa que nunca pensou que sairia de sua boca: — Afrodite está esperando.

Retornaram à ilha de Lemnos, se manifestando diante de uma mansão grande e moderna. O fato de Hades não conseguir levá-los para o interior da casa dizia muito a respeito de como Afrodite estava se sentindo no momento. Já tinham passado do ponto de emergência e estavam se encaminhando para a vingança, mas nem fodendo ele ia permitir que ela tentasse se vingar por meio de Perséfone.

— A gente não pode só se teleportar pra dentro igual à última vez? — Perséfone tremia a seu lado.

— Poderíamos — respondeu Hades. — Se tivéssemos sido convidados.

— Como assim? Afrodite não te avisou que Harmonia tinha acordado?

Ele não sabia como responder, porque achava que não conseguiria mentir.

— Hades. — A voz de Perséfone estava cheia de desaprovação.

— Ela mandou o Hermes atrás de você. E em vez disso, ele me encontrou. — Ele a encarou ao acrescentar: — Você não vai fazer isso sem mim.

Ela apertou os lábios e desviou o olhar, mas não antes de ele perceber que o que dissera a magoara. Porra.

— Perséfone... — começou ele, o nome dela era uma súplica desesperada, mas a porta se abriu e Lucy apareceu.

Era uma das criações de Hefesto, um animatrônico quase humano que tomava conta da casa.

— Bem-vindos — disse ela. — Milorde e milady não estão esperando convidados. Digam seus nomes, por favor.

Hades entrou na casa.

— Com licença! — gritou Lucy. — O senhor está entrando na residência privada de Lorde e Lady Hefesto!

Ele já estava na metade do hall de entrada quando ouviu Perséfone falar.

— Eu sou Lady Perséfone. — Então, com o máximo de desdém possível, ela completou: — E aquele é Lorde Hades.

O Deus dos Mortos se virou para ela.

— Vem, Perséfone.

Ela cruzou os braços e fez cara feia para ele.

— Dá pra ser um pouquinho mais educado? Você não foi convidado, lembra?

Ele cerrou os dentes. Meus deuses, por que ela precisava ser tão teimosa?

— Lady Perséfone! — exclamou Lucy, a voz beirando o estridente, quando deveria soar surpresa. — Seja muito bem-vinda. Por favor, siga-me. — Ela permitiu que Perséfone entrasse e se aproximou de Hades. Ao passar, empinou o nariz. — Lorde Hades, o senhor não é nada bem-vindo.

Ela definitivamente lembrava Afrodite.

Hades se pôs a andar ao lado de Perséfone e pegou sua mão, depois ficou frustrado quando ela tentou se afastar. Normalmente, ele a soltaria, mas, por alguma razão, não conseguia fazê-lo dessa vez. Segurou firme, desenhando círculos suaves na pele dela, e ela pareceu relaxar.

Hades não costumava visitar a casa de Afrodite e Hefesto. Na maior parte das vezes que isso acontecia, encontrava um dos dois do lado de fora. Para duas pessoas que raramente pareciam se dar bem, o lar deles parecia um equilíbrio perfeito entre suas personalidades: o luxo de Afrodite e a praticidade de Hefesto.

Lucy os conduziu por um corredor iluminado até a biblioteca, anunciando-os ao chegar à porta.

—Lady Afrodite, Lady Harmonia... Lady Perséfone e Lorde Hades estão aqui para vê-las.

Afrodite estava sentada ao lado da irmã em um pequeno sofá. Harmonia parecia muito melhor do que no dia anterior, mas só porque Apolo conseguira curar seus cortes e hematomas, e ela havia tirado a sujeira da pele e do cabelo. Ainda estava pálida, quase cinza, como as almas quando chegavam ao Submundo, e seus chifres... eram pedaços mutilados de osso. Ainda exibiam marcas de serra.

— Obrigada, Lucy — disse Afrodite, e Lucy fez uma reverência antes de sair. A deusa estreitou os olhos para Hades. — Estou vendo que Hermes não foi capaz de seguir as instruções.

— Graças a Apolo — comentou Perséfone.

— Perséfone e eu estamos nisso juntos, Afrodite — disse Hades, tenso.

Harmonia não reagiu à discussão. Manteve a mão na cachorrinha, que estava enrolada em seu colo, dormindo.

— Perséfone, por favor, sente-se — disse Afrodite, a voz enjoativa de tão doce.

Era falsidade. Hades estava torcendo para Perséfone perceber.

— Chá? — continuou Afrodite.

— Sim — respondeu Perséfone, tremendo.

Hades franziu a testa. Ela ainda estava com frio?

— Açúcar?

Hades cruzou os braços, já impaciente com a hospitalidade de Afrodite. Era um estratagema.

— Não, obrigada.

— Sanduíche de pepino?

— Não, obrigada — repetiu Perséfone.

Todos ficaram em silêncio enquanto Perséfone bebericava o chá, então Harmonia falou, a voz suave, quase inaudível.

— Acho que vocês vieram falar comigo.

— Se você estiver se sentindo bem o bastante — disse Perséfone. — Precisamos saber o que aconteceu ontem à noite.

Harmonia olhou de Hades para Perséfone.

— Por onde eu começo?

— Onde você estava quando foi atacada? — perguntou Hades.

— Eu estava no Parque Concorida — respondeu ela.

— Na neve? — perguntou Perséfone.

— Eu levo a Opala para passear lá toda tarde — explicou Harmonia. — Fomos pelo caminho de sempre. Não senti nada de estranho; nenhuma violência ou animosidade antes de eles atacarem.

O fato de Harmonia passear pelo parque com frequência e fazer sempre o mesmo caminho provavelmente significava que alguém conhecia sua rotina e planejou o ataque. A neve também garantia que houvesse poucas testemunhas.

— Como aconteceu? — perguntou Hades. — Do que você se lembra primeiro?

— Alguma coisa pesada me consumiu. O que quer que tenha sido me derrubou no chão. Não conseguia me mexer, nem invocar meu poder. — Ela fez uma pausa, a mão tremendo, mesmo apoiada no pelo de Opala. — Ficou fácil para eles depois disso... saíram da mata, mascarados. O que eu mais me lembro é da dor nas costas... colocaram um joelho na minha coluna enquanto alguém segurava e serrava meus chifres.

— Ninguém veio te socorrer? — perguntou Perséfone.

— Não tinha ninguém — respondeu Harmonia. — Só essas pessoas que me odeiam por ser uma coisa que eu não posso evitar.

Hades estava desconfortável com a próxima pergunta, mas ela precisava ser feita.

— Depois de tirarem seus chifres, o que eles fizeram?

— Eles me chutaram, me socaram e cuspiram em mim — disse ela, e sua voz não passou de um sussurro.

— Falaram alguma coisa enquanto... te atacavam?

— Falaram todo tipo de coisa... Coisas horríveis. — Ela engoliu em seco, a boca tremendo. — Usaram palavras como puta, vadia e abominação, e às vezes formavam perguntas com elas, como: cadê seu poder agora? Era como se eles achassem que eu fosse uma deusa da batalha, como se eu tivesse feito algo contra eles. Eu só conseguia pensar que podia ter trazido paz a eles, e em vez disso eles me trouxeram agonia.

— Você se lembra de mais alguma coisa? Qualquer coisa que consiga recordar agora e que possa nos ajudar a encontrar essas pessoas? — Ele reconheceu que estava soando agressivo no interrogatório e fez uma pausa para acrescentar: — Leve o tempo que precisar.

Ela ficou calada por um instante, franzindo a testa.

— Eles usaram a palavra pau-mandado. Falaram: você e os seus paus-mandados estão fadados à destruição quando o renascimento começar.

— Pau-mandado — disse Perséfone, olhando para Hades. — Foi disso que a mulher na Coffee House me chamou.

Harmonia tocou os chifres quebrados. Era difícil ver, saber que ela fora espancada de um jeito tão horrendo.

— Por que vocês acham que eles fizeram isso? — perguntou ela, a voz embargada.

— Para comprovar um argumento — respondeu Hades.

— E qual é o argumento, Hades? — perguntou Afrodite, com brusquidão.

— Que os deuses são dispensáveis — disse ele.

Hades não tinha dúvida de que as pessoas por trás do ataque mais cedo ou mais tarde procurariam a imprensa ou no mínimo usariam os chifres de Harmonia como uma espécie de troféu para provar que conseguiram chegar perto o suficiente de um deus para feri-lo. Infelizmente, isso inspiraria outros a fazerem aquilo que haviam temido um dia.

— E eles queriam uma prova disso. Não vai demorar muito para a notícia do seu ataque se espalhar, a gente querendo ou não.

— Você não é o deus das ameaças e da violência? — perguntou Afrodite. — Use o seu Submundo decadente para se antecipar a isso.

— Você esquece, Afrodite, que precisamos descobrir quem eles são primeiro. Até lá, a notícia já vai ter se espalhado, se não entre as massas, pelo menos entre aqueles que desejam ver nossa queda. Mas precisamos deixar quieto por enquanto.

— Por quê? Você quer que isso aconteça de novo? Já aconteceu duas vezes!

Os olhos de Afrodite ardiam de fúria, e a deusa tinha toda a razão de se sentir assim. Uma pessoa próxima a ela havia sido assassinada, outra gravemente ferida.

— *Afrodite* — interrompeu Perséfone, o que atraiu a atenção das duas deusas e de Hades.

Ela pronunciara o nome como uma advertência, e parecia uma rainha fazendo isso: sentada na ponta da cadeira, as costas retas, uma mão apoiada na outra, sem medo nenhum de colocar Afrodite em seu lugar, mesmo na casa dela.

Harmonia pigarreou.

— Entendo o que Lorde Hades está dizendo. Alguém está fadado a deixar escapar que sabe do meu suplício, e, quando isso acontecer, vocês estarão prontos... não é, Hades?

Ele assentiu.

— Sim. Estaremos prontos.

17

HADES

Eles saíram da ilha de Lemnos e, assim que apareceram no Submundo, Hades pegou Perséfone nos braços e a beijou. O gosto dela era divino, e seu cheiro era muito doce. Quanto mais ele a beijava, mais seu peito se apertava, e mais ele queria afastar as coxas perfeitas dela e se enterrar dentro do corpo perfeito da deusa. Hades não teria pressa nenhuma, aquecendo o corpo da deusa devagar, acariciando-a seguindo o ritmo de seu coração, o som de sua respiração, e, quando deslizasse para dentro dela, o calor de Perséfone deixaria seu corpo inteiro em chamas.

Porra, ia ser uma delícia.

Hades se afastou para olhar para Perséfone.

— Pra que isso?

— Você me defendeu — disse ele. — Sou grato por isso.

Quando ela sorriu, ele sentiu um calor no peito, mas relembrou a raiva dela logo antes de entrarem na casa de Afrodite e franziu a testa.

— Eu feri seus sentimentos.

Esse comentário pareceu roubar a luz dela. Perséfone desviou o olhar, como se precisasse organizar os pensamentos, depois voltou a encará-lo.

— Você confia em mim?

Ele ficou surpreso com a pergunta, porque não fazia ideia de que os pensamentos dela tinham ido nessa direção.

— Perséfone...

— Seja lá o que estiverem prestes a fazer, podem parar — anunciou Hécate, aparecendo no quarto. Uma de suas mãos estava estendida, aberta, enquanto a outra lhe cobria os olhos.

— Será que a gente devia tirar a roupa antes de ela abrir os olhos? — perguntou Hades, baixando o olhar para Perséfone.

Ela sorriu.

— As almas estão esperando! — disse Hécate, abaixando a mão. — Vocês dois estão atrasados!

— Atrasados pra quê? — perguntou Perséfone.

— Sua festa de noivado! — exclamou Hécate, então agarrou Perséfone, puxando-a para longe de Hades. — Vem. Não temos muito tempo pra te arrumar.

— E eu? — perguntou Hades. — O que devo usar na festa?

Hécate olhou para ele por cima do ombro enquanto as duas saíam pela porta.

— Você só tem duas roupas, Hades. Escolha uma.

Hades encarou o armário, que continha exatamente o que Hécate dissera: vários exemplares dos mesmos dois modelos, um terno preto para o dia a dia e vestes pretas para ocasiões especiais. No entanto nem mesmo as vestes pareciam elegantes o suficiente.

Ele suspirou, cerrou os dentes e fez a única coisa que podia fazer: convocou Hermes.

O Deus dos Ladrões apareceu numa lufada de fumaça branca, só que, dessa vez, foi demais. Uma grande nuvem encheu o quarto, cegando e sufocando Hades.

— Que porra é essa, Hermes — vociferou ele, entre acessos de tosse.

Precisou manter os olhos fechados para evitar a ardência enquanto andava até a porta e a abria. A fumaça começou a se dissipar, e Hades se viu cara a cara com Hermes, que usava um collant azul-claro cintilante, com um recorte no centro, exibindo parte do peito e do abdômen. Talvez o pior fosse que o traje marcasse suas partes íntimas, delineando as bolas e o pau semiereto.

— Por que você é assim? — perguntou Hades.

— O que foi? — perguntou Hermes, baixando o olhar para a roupa. — Não gostou?

— Nem vou me dignar a responder essa pergunta — disse Hades. — Preciso de ajuda. As almas organizaram uma festa de noivado surpresa e eu... queria estar...

— Menos gótico? — Sugeriu Hermes.

— Quero surpreender a Perséfone — disse Hades.

— A gente pode trocar de roupa — sugeriu Hermes. — Ela ficaria *muito* surpresa com isso.

Hades fez cara feia para ele.

— Tá bom. — Hermes bufou e foi marchando até ele. — Fica parado!

Colocou a mão no queixo dele, depois andou em volta do deus, olhando-o de cima a baixo.

— O que você tá olhando? — perguntou Hades, ficando impaciente.

— Shh — ordenou Hermes, se abanando com as mãos. — Você tá atrapalhando o gênio.

Hades revirou os olhos.

— Eu vi isso — reclamou Hermes. — Você quer minha ajuda ou não?

Hades cruzou os braços.

— Abaixa esse braço!

Hades soltou um suspiro frustrado e baixou os braços, com os punhos cerrados.

— Solta a mão!

— Se você me mandar fazer mais alguma coisa, eu...

— Tira a roupa! — declarou Hermes.

— Quê?

— Você me pediu pra te vestir pra festa de noivado — disse ele. — Então tira a roupa.

— Eu não pedi pra você me vestir — disse Hades. — Eu pedi pra você me ajudar a escolher uma roupa.

— E a roupa que eu escolhi requer que eu te vista.

— Então escolhe outra coisa.

— Não.

Eles ficaram se encarando por um bom tempo, até que por fim Hades deu um suspiro frustrado. Isso acontecia com frequência quando ficava perto de Hermes. Ele endireitou o corpo e arrancou o paletó.

— Ah, vamos fazer do jeito mortal — comentou Hermes, sorrindo.

Hades fez uma pausa quando começou a desabotoar a camisa. Ele pensou que usar magia daria a impressão de que estava ansioso demais, mas Hermes o fazia sentir que estava fazendo um strip-tease.

— Foda-se — disse Hades, então estalou os dedos e ficou nu, exceto pela cueca.

— Hmm — disse Hermes, e uma faixa de tecido escuro apareceu em suas mãos. — Cueca slip. Quem diria?

Hades ficou tenso quando Hermes passou o tecido por cima de seu ombro esquerdo, depois o amarrou ao seu redor no estilo de uma himação tradicional, deixando parte de seu peito exposta.

— Eu podia ter feito isso sozinho — comentou Hades, enquanto Hermes alisava o traje na frente e atrás.

— Provavelmente, mas será que teria ficado tão bom assim? — perguntou Hermes, empurrando-o na direção de um espelho.

Quando Hades viu o próprio reflexo, não pôde discordar. O tecido era da cor do céu noturno, e as bordas tinham um contorno prateado, como se tivessem sido mergulhadas no brilho das estrelas.

— E aí? — quis saber Hermes.

— Eu... acho que você está certo — respondeu Hades, cruzando os braços.

Hermes sorriu.

— Agora vamos dar um jeito nesse cabelo.

Hermes passou o que pareceu uma hora inteira penteado o cabelo de Hades, depois prendeu metade, afastando-o do rosto.

— Desfaz a ilusão — disse Hermes.

Hades ergueu uma sobrancelha e encontrou o olhar de Hermes pelo espelho. Não é que ele se importasse de revelar sua forma verdadeira. O que o incomodava era receber aquela ordem de Hermes.

— Fica mais sexy — acrescentou Hermes.

Hades revirou os olhos, mas abriu mão da magia.

Em geral, ele não sentia nada de diferente por manter uma ilusão o dia inteiro, mas às vezes era especialmente bom se desfazer do peso de sua magia.

Essa noite era uma dessas vezes.

Sentado diante do espelho do banheiro em sua forma natural — grandes chifres espiralados e olhos azuis de um brilho sinistro —, ele quase não se reconhecia. Ou melhor, sentia que essa forma pertencia a um deus que já não existia. Era a forma que ele recebera ao nascer, aquela que usara ao travar guerras contra os titãs, a que utilizara ao receber milhares de almas sem cor no Submundo, a mesma de quando ele e os outros olimpianos tinham descido à Terra durante a Grande Guerra.

Era essa visão que as pessoas tinham passado a temer. Ele se perguntou se algumas das almas do Asfódelos o veriam essa noite e relembrariam o próprio medo.

Cerrou os punhos no balcão.

— Você precisa de uma coroa — disse Hermes.

Hades se concentrou no deus, que ainda pairava atrás dele, observando-o como se fosse uma pintura num museu. Ele não discutiu, invocando sua magia. Sombras saíram de seu corpo e deslizaram pelo ar, entrelaçando-se em sua cabeça para formar uma coroa de espinhos de ferro. Antes que estivesse pronta, ele se levantou e se virou para Hermes.

— Obrigado — disse Hades, depois olhou o deus de cima a baixo. — Divirta-se... fazendo seja lá o que for.

— Tá tudo bem, Hades. Você pode dizer. Eu tô bonito pra cacete.

Ele deu um sorriso.

— Claro, Hermes.

Com isso, ele se teleportou para o Asfódelos, aparecendo bem na ponta da vila.

— Lorde Hades!

Ele sorriu ao ver várias crianças começando a correr, batendo com tudo em suas pernas. Fingiu cambalear, e elas deram risadinhas com a própria força.

— Vem brincar com a gente! — disse uma das crianças, chamada Dion. Ele puxou a mão de Hades.

— Por favor, por favor, por favor — entoaram outras duas.

Hades riu e se abaixou para pegar uma menininha que tinha conseguido se espremer até chegar à frente da multidão e enterrou a cabeça no peito dele. O nome dela era Lily.

— Do que vamos brincar? — perguntou ele.

As crianças responderam ao mesmo tempo.

— Esconde-esconde!

— Cabra-cega!

— Ostracinda!

As respostas continuaram, algumas crianças escolhendo jogos que existiam desde a Antiguidade, enquanto outras preferiam versões mais modernas. Aquilo o lembrava de quanto tempo fazia que algumas daquelas almas estavam ali e de que, em algum momento, elas ascenderiam para o Mundo Superior, para nascerem de novos pais, com novos corpos, esquecendo tudo o que haviam aprendido ali.

Era estranho que a ideia da vida lhe trouxesse mais luto do que a da morte.

— Bom — disse Hades —, acho que a questão é escolher do que vamos brincar primeiro.

As crianças começaram a gritar de novo, achando que o comentário do deus significava que deveriam dizer a ele com que jogo queriam começar, mas suas vozes foram sumindo devagar quando ele ergueu o rosto e encontrou o olhar deslumbrante de Perséfone.

Sua forma divina não despertava nada além de admiração, porque ela *brilhava*. Ela era a porra de uma estrela no céu, queimando a escuridão, ateando fogo a todos os horrores que ele já conhecera.

Essa, ele pensou, é sua forma mais verdadeira. Ela era selvagem, livre e linda. O cabelo estava solto, os cachos espessos e pesados caindo ao redor de seus ombros e pelas costas, coroado com flores brancas das quais seus chifres pareciam brotar. O vestido dela era rosa e esvoaçante e dava a impressão de que ela estava flutuando sobre a terra.

Hades engoliu em seco com força e cerrou os dentes, esperando acabar com o calor que tomava seu baixo ventre. Algumas das crianças pareceram notar que ele estava distraído e se viraram, depois dispararam na direção de Perséfone.

— Lady Perséfone, brinca com a gente, por favor!

As crianças esbarraram nela e puxaram suas mãos, e um sorriso se espalhou em seu rosto. Hades nunca imaginara de verdade que a beleza seria a arma que faria seu coração parar, mas ali estava ele, mal conseguindo respirar. Perséfone tornava muito fácil esquecer todos os fardos que ele carregava: o ofiotauro, os ataques a Adônis e Harmonia, as relíquias e as armas perigosas, a ansiedade da tempestade de Deméter.

— Claro — disse Perséfone, erguendo os olhos para ele de novo, depois dando uma olhada por cima do ombro. — Hécate? Yuri?

— Não — recusou Hécate, depressa. — Mas vou assistir e beber vinho aqui no canto.

As crianças já estavam puxando os dois para o campo, e, quando chegaram, Hades foi parar perto de Perséfone. Ela virou a cabeça e olhou para ele.

— Oi — disse ela.

— Oi — respondeu ele, sorrindo.

Queria se inclinar para ela e beijá-la, mas se conteve e, em vez disso, voltou a atenção para a multidão de crianças que se reunira ali.

— Temos muitas brincadeiras a fazer — disse Hades. — Do que vamos brincar primeiro?

Hades pronunciou o nome de cada jogo e deixou as crianças decidirem. Começaram com esconde-esconde, o que o deixou animado a princípio. Talvez conseguisse ficar a sós com Perséfone, mas aquilo acabou se revelando impossível, porque, toda vez que saía em busca dela, ela estava acompanhada de uma criança, agarrando sua saia ou aninhada em seus braços.

Ele voltou a ficar esperançoso quando passaram para cabra-cega. Adoraria tateá-la às cegas, mas, antes mesmo que pudessem começar, a própria Perséfone destruiu seus sonhos.

— Lorde Hades não pode ser a cabra — disse ela.

Ele inclinou a cabeça.

— E por que razão, Lady Perséfone?

Ela arqueou a sobrancelha.

— Porque milorde trapaceia.

— Mas que acusação absurda — respondeu ele, afrontado.

— Vai negar, Lorde Hades? Que o senhor trapaceou no esconde-esconde, sumindo de vista sempre que estava prestes a ser encontrado?

— Isso se chama usar os próprios recursos — retrucou ele.

Perséfone não achou graça.

A última brincadeira foi ostracinda, um jogo da Antiga Grécia; era basicamente o pega-pega mais caótico que já existira, mas Hades estava ansioso. Eles formaram dois times, a Noite liderada por ele e o Dia liderado por Perséfone, cada um representado por uma concha, que era pintada de branco de um lado e de preto do outro.

Os times estavam parados um diante do outro, e Hades não tirou os olhos de Perséfone, mesmo quando uma criança atirou a concha para cima no meio deles.

Ela aterrissou com o lado branco para cima, o que significava que a Noite correria atrás do Dia.

As crianças gritaram, espalhando-se de imediato, mas Perséfone ainda não se movera, os olhos fixos em Hades. O deus se perguntou no que ela estaria pensando, uma vez que ele estava lutando para decidir o que faria quando a pegasse. Adoraria derrubá-la e teleportar ambos para a cama antes mesmo que ela atingisse o chão, mas tinha a sensação de que Hécate apareceria e os arrastaria de volta para o Asfódelos.

Hades teria que se contentar com um beijo, mesmo que aquilo tornasse a noite muito mais tediosa.

Ele sorriu, e algo em seus olhos deve ter gritado para Perséfone correr, porque ela girou rápido. Ele tentou alcançá-la, mas mal conseguiu roçar o braço da deusa, porque ela se desvencilhou de seu toque e fugiu para o outro lado do campo. Hades não estava errado quando notara que Perséfone parecia flutuar acima do solo, porque era o que estava fazendo agora, correndo à frente dele como uma gazela graciosa, deixando um rastro de flores atrás de si a cada vez que pisava no chão.

O deus nem tinha certeza se Perséfone notava, porque não se voltou para olhar para ele nem uma vez, mas ele não tirou os olhos dela, e foi assim que viu a súbita mudança em seu comportamento. As flores que haviam florescido a cada passo dela desapareceram quando seus passos vacilaram, e ela parou de repente, de um jeito chocante.

Hades desacelerou o passo e parou ao lado dela, tocando sua mão. Ela não olhou para ele, o olhar fixo em algum ponto do horizonte.

— Você está bem?

Ela suspirou, trêmula.

— Acabei de lembrar que a Lexa não está aqui — disse ela, olhando para ele com lágrimas nos olhos. O peito de Hades doía ao vê-la assim, tão... destruída, ainda mais depois de um momento de completa alegria. — Como posso ter esquecido?

— Ah, meu bem — disse ele, puxando-a para perto e dando um beijo em sua testa. Ele a abraçou por um instante, incerto do que dizer, porque sabia que nenhuma palavra lhe traria conforto. Aquilo era o luto e a culpa que ela sentia, e a única coisa que os dois podiam fazer era esperar até que os sentimentos se aplacassem.

Hades só a soltou quando Perséfone parecia pronta para seguir, então pegou a mão dela e a levou para a área de piquenique, onde as almas estavam se reunindo para o banquete. Yuri os conduziu para seu cobertor, bem na frente do campo, sob os beirais do bosque de Perséfone. Hades a ajudou a se sentar, depois a alimentou e encheu seu copo de vinho, sem conseguir, nem querer, tirar os olhos dela, observando a alegria aparecer de novo, tudo aparentemente por causa das almas — do povo dele.

— No que você está pensando? — perguntou ele, curioso.

Ela estava sentada de pernas cruzadas, despedaçando um pãozinho no colo. Com a pergunta dele, ela pareceu se dar conta do que estava fazendo e largou o pão, jogando as migalhas na grama.

— Só estava pensando sobre virar rainha.

— E está feliz?

Ela parecia estar, mas ele se lembrava de uma época em que ela resistiria ao título.

— Sim, claro — disse ela, depois fez uma pausa. — Só estava pensando em como vai ser. O que vamos fazer juntos. Quer dizer, se o Zeus aprovar, né?

Hades ficou tenso com o último comentário dela, frustrado que a deusa sequer estivesse pensando em Zeus. Ele achava que na verdade se sentia assim porque ela obviamente duvidava de sua promessa, de que eles se casariam mesmo se o irmão dele não aprovasse.

— Pode continuar fazendo planos, meu bem.

Um sorrisinho começou a aparecer nos lábios dela, e ela desviou o olhar, percorrendo com os olhos o vasto campo, até o Asfódelos e o castelo, que assomava à distância como uma sombra espantosa.

— Queria falar sobre o que aconteceu mais cedo — disse ele. — Antes de sermos interrompidos, você perguntou se eu confiava em você.

Perséfone ficou tensa com o comentário de Hades, e ele percebeu sua hesitação antes de a deusa falar.

— Você achou que eu não ia te chamar quando Hermes me convocou para ir a Lemnos — disse ela. — Pode me falar a verdade.

Hades engoliu um nó na garganta, cheio de vergonha. Baixou os olhos para as mãos.

— Achei — admitiu ele, depois logo olhou em seus olhos magoados. — Mas eu estava mais preocupado por causa da Afrodite. Sei o que ela quer de você. Tenho medo que você tente investigar e identificar os agressores de Adônis e Harmonia sozinha. Não porque não confio em você, mas porque te *conheço*. Você quer deixar o mundo seguro de novo, consertar o que está quebrado.

— Eu te disse que não ia fazer nada sem o seu conhecimento. Falei sério.

Os olhos e o tom de Perséfone eram ferozes. Ele já tinha feito vários juramentos a ela, e isso parecia um, agora.

Ele acreditava nela.

— Desculpe — disse Hades. Sentia que tinha cometido um grande erro ao duvidar de Perséfone, maior ainda por permitir que ela pensasse que não confiava nela.

A deusa não disse que estava tudo bem, nem que aceitava o pedido de desculpas. Em vez disso, usou as palavras de Hades contra ele mesmo.

— Uma vez você disse que as palavras não significam nada. Vamos deixar nossas ações falarem da próxima vez.

Hades concordou.

Por um instante, uma estranha tensão permaneceu entre os dois. Hades estava quase sentindo que precisava dizer mais alguma coisa, pedir desculpas de novo, mas também sabia que aquelas palavras não importariam. Não demorou muito para eles estabelecerem um silêncio mais fácil, e Hades se deitou de costas, pousando a cabeça no colo de Perséfone.

Ela riu, mas pareceu satisfeita de passar os dedos pelo cabelo dele. Hades gostava da sensação, que o ninou até ficar calmo.

— Hades. — Perséfone pronunciou seu nome num tom abafado, como se temesse que ele estivesse dormindo.

— Hummm? — Ele abriu os olhos e encontrou o olhar dela, não exatamente preparado para a pergunta que ela fez em seguida.

— O que você trocou pela capacidade de ter filhos?

Hades se perguntou o que teria causado a curiosidade de Perséfone. Será que fora o tempo que passaram com as crianças no Asfódelos? A pergunta levava a outras. Será que ela estava em dúvida sobre o casamento? Tinha decidido que queria se tornar mãe, afinal?

— Dei a divindade a uma mulher mortal — respondeu ele.

Na época, tinha parecido uma demonstração de poder, e também era o motivo de Dionísio lhe dever um favor e não ter escolha a não ser se curvar à sua vontade. O Deus do Vinho fora procurá-lo depois de sua mãe, Sêmele, ser assassinada por Zeus, uma morte que, no fim, era resultado do ciúme de Hera. Ele implorou a Hades que a libertasse. Hades gostaria de poder dizer que se sentiu motivado a procurar as Moiras apenas por compaixão pelo deus, mas a verdade era que estava mais interessado em submeter Dionísio a suas ordens.

As Moiras concordaram em conceder a divindade a Sêmele, mas, em troca, Hades precisou abrir mão de sua capacidade de ter filhos.

Na época, o deus nem precisara pensar duas vezes na troca. Era a decisão mais fácil que ele já tinha tomado. Não tinha nenhum grande amor, apenas amantes. Aquilo, ele pensou, era uma verdadeira bênção.

Mas as Moiras sabiam que não era o caso.

Hades devia ter sabido também.

Agora sua cabeça estava deitada no colo de seu amor mais verdadeiro, e ele não podia fazer dela uma mãe.

— Você a amava? — perguntou Perséfone, entendendo a situação de maneira completamente equivocada.

— Não. Queria poder dizer que foi por amor ou compaixão, mas... eu queria obter um favor de um deus, então negociei com as Moiras.

— E elas pediram os seus... nossos... filhos?

Alguma coisa na palavra *nossos* o machucou de um jeito que Hades nem saberia como expressar. Que futuro ele tinha sacrificado para eles em troca do favor de um deus que o odiava?

Hades se sentou e olhou para Perséfone.

— O que você está pensando?

Precisava saber se era uma coisa que ela queria, porque, se era, ele daria um jeito.

— Nada — respondeu ela. — Eu só... estou tentando entender o Destino.

— O Destino não faz sentido. É por isso que é tão fácil culpá-lo.

Perséfone sustentou o olhar de Hades por um instante, depois desviou os olhos, e ele não pôde evitar sentir que ela na verdade estava tentando decidir se podia mesmo fazer aquilo.

Então a tocou, deixando que os dedos se demorassem na pele dela ao falar.

— Se eu soubesse... se tivessem me dado alguma dica... eu nunca teria...

— Tá tudo bem, Hades — disse ela. — Não perguntei pra te causar dor.

— Você não me causou dor — afirmou ele. — Penso bastante nesse momento, reflito a respeito da facilidade com que abri mão de uma coisa que viria a desejar, mas essa é a consequência de negociar com as Moiras. Inevitavelmente, você sempre vai desejar o que elas tomam. Um dia, eu acho, você vai se ressentir de mim pelo que eu fiz.

— Não me ressinto nem vou — retrucou ela, como se estivesse insultada com a sugestão. — Você não consegue se perdoar tão facilmente quanto me perdoou? Todo mundo já errou, Hades.

Ele a encarou, sem saber direito o que estava procurando, mas só sentiu o amor e a bondade dela olhando de volta. Apesar da dificuldade que fora lidar com a visão otimista que ela tinha do mundo, também era uma característica que ele admirava nela. Perséfone o fazia lembrar da bondade que existia, mesmo que fosse pouca.

Hades a beijou e a fez deitar no chão macio. A sensação de Perséfone debaixo dele era muito boa, e seu corpo se encheu de um calor delicioso enquanto as mãos ansiosas dela procuravam uma abertura em suas vestes. Ele arquejou quando ela encontrou seu membro, já latejante de desejo, e o masturbou de cima a baixo. A cada vez que a palma da mão de Perséfone alisava a cabeça de seu pau, Hades se sentia tonto, mas a beijava com mais força e mexia o quadril, metendo na mão dela até que ela o soltou, levantou aquela ridícula nuvem de tule até a cintura e o conduziu para sua buceta quente. Uma vez lá dentro, ele se apoiou nos cotovelos, o rosto a centímetros do dela, e começou a se mover.

Perséfone estremeceu na primeira estocada, depois gemeu na segunda. Na terceira, sua cabeça estava afundada no chão, e a boca de Hades estava em seu pescoço, esfregando sua pele.

Porra, ela era tão *deliciosa*, e Hades precisou reunir toda a sua força de vontade para estabelecer um ritmo contínuo, e não se enterrar nela como fizera na noite anterior.

Ele tinha sido uma pessoa diferente da última vez, alguém muito mais primitivo e possessivo, mas isso... isso parecia uma declaração por si só, a promessa de algo muito maior do que o que já fora tomado.

— Eu vou te dar o mundo — sussurrou Hades, a boca pairando acima da de Perséfone.

— Eu não preciso do mundo — respondeu ela. — Só preciso de você.

Ele a beijou, fez amor com ela e a levou ao clímax debaixo do seu céu.

18

DIONÍSIO

Dionísio ficou surpreso ao encontrar Ariadne acordada e sentada em sua sala de estar. Esperava que ela o evitasse, embora fosse possível que as coisas só tivessem mudado entre eles na perspectiva dele.

Nem conseguia mais olhar para ela do mesmo jeito. Antes, Ariadne só o irritava um pouco, e, apesar de aquilo se dever, pelo menos em parte, à atração que tinha por ela, nada se comparava ao que ele estava sentindo agora. Ela era um incômodo constante, e ele só conseguia pensar na sensação de quando ela o beijara.

Não ajudava o fato de Ariadne parecer tão à vontade na casa dele, como se aquele fosse mesmo o seu lugar, bem no centro da vida do deus. Ela estava sentada no sofá com um livro no colo, usando a camisa dele, as pernas longas e nuas cruzadas.

Ela tinha até feito *café*.

Ariadne ergueu os olhos quando ele entrou na sala.

— Dormiu bem? — perguntou ele.

— Sim — respondeu ela. — E você?

— Também.

O deus não sabia bem por que estava soando tão passivo-agressivo. Talvez porque estivesse mentindo. O silêncio se seguiu à sua resposta, e, por um instante, ele só conseguiu ficar olhando para ela.

— Aonde você vai? — perguntou Ariadne.

Dionísio hesitou. Não estava esperando que ela perguntasse.

— Tenho uma reunião — disse ele. — Você pode ficar aqui se preferir, ou então eu posso te levar de volta pra Bakkheia.

Não devia ter lhe dado a chance de ficar, mas, por egoísmo, ele gostava da ideia de voltar para casa e encontrá-la. Era ridículo, considerando que raramente ficava ali, mas não era como se tivesse algum motivo para ir para casa antes.

Ariadne pareceu tão surpresa quanto ele pela oferta.

— Eu... acho que gostaria de ficar aqui.

Dionísio engoliu em seco, frustrado pelo alívio que sentiu com a escolha dela.

— As ménades vão vigiar a casa — disse ele.

O olhar de Ariadne endureceu.

— Isso é uma advertência?

— Só é uma advertência se você estiver planejando fugir.

Ela mordeu os lábios.

— Você chegou a pensar mais no plano de resgatar a Medusa das garras do Poseidon?

A realidade era que ele pensara naquilo, sim, e sua reunião na verdade era com o próprio Poseidon, mas ele não queria contar a Ariadne porque não queria que ela o acompanhasse. Quanto menos mulheres ele colocasse no caminho de Poseidon, melhor.

— Estou trabalhando nisso — respondeu ele, com muito mais frustração do que gostaria.

— Você tá devagar demais — retrucou ela.

— Dá pra confiar em mim só dessa vez? — perguntou Dionísio, ríspido. Devia ter parado de falar aí, mas não conseguiu se conter, então continuou: — Você está acostumada a se meter em situações que não são da sua conta porque acha que tem autoridade, mas aqui não tem nenhuma. Quanto antes se tocar disso, melhor.

Ela fechou o livro com força.

— Você se pergunta por que eu não confio em você.

— Eu não me pergunto — disse ele. — Eu sei.

Ela balançou a cabeça.

— Você não me respeita. Não valoriza nada que eu tenho a oferecer.

Não era verdade, mas ele não ousou contradizê-la em voz alta.

— Eu poderia dizer o mesmo de você — disse Dionísio.

Ariadne largou o livro e se levantou. A barra da camisa mal chegava ao topo das coxas. A raiva que sentia por ela também atiçava seu desejo. Dionísio cerrou os punhos.

— Me leva pra Bakkheia então — disse ela.

— Que diferença faz onde você fica? — perguntou Dionísio. — Não é como se você fosse fugir de mim.

— Foi você que me deu a opção — rebateu ela. — Então me deixa escolher.

— Você já escolheu — disse ele, mas estava distraído, reparando em como o material macio da camisa se agarrava aos seios dela, contornando seus mamilos duros. Quando Ariadne percebeu, cruzou os braços sobre o peito.

Dionísio desviou o olhar, pigarreando. Ele precisava ir.

— Vou pedir para as ménades te trazerem umas roupas — disse ele, desaparecendo antes de piorar seu papel de ridículo.

Dionísio estava ao lado de Sileno na beira de um cais que se estendia por vários metros sobre as águas do Golfo de Poseidon. Atrás deles, a Nova

Grécia estava envolta em neblina e nuvens pesadas, mas pelo jeito a nevasca não havia chegado àquela parte do reino de Poseidon.

Já estavam esperando havia uma hora, sem sinal do Deus dos Mares. Considerando seu histórico, Dionísio não ficaria nem um pouco surpreso se ele não aparecesse.

— Ninguém nem se lembra daquela guerra — comentou Sileno.

— Eu me lembro — respondeu Dionísio.

A guerra a que Sileno estava se referindo fora uma batalha que Dionísio travara contra Poseidon, havia muito tempo, por uma ninfa chamada Béroe, pela qual ambos haviam se apaixonado. Os dois suplicaram a Afrodite pelo amor da ninfa, mas a deusa não se deixou convencer por seus presentes e mandou que os dois lutassem, então eles fizeram isso. Dionísio perdeu bem rápido. Foi um dos momentos mais constrangedores e vergonhosos de sua vida, e era mais um motivo de ele não querer Ariadne envolvida em nada relacionado ao Deus dos Mares.

Ele não confiava em Poseidon e acreditava que, se pusesse os olhos nela, o deus passaria a persegui-la. Dionísio temia o que poderia fazer se aquilo acontecesse. Não importava que não a amasse. Ela significava alguma coisa, mesmo que ele não soubesse dizer exatamente o quê.

— E aí, como tá a garota? — perguntou Sileno.

Dionísio cerrou os dentes.

— Ela é uma mulher, Sileno. E está bem.

Ele conseguia sentir o olhar do pai adotivo.

— Então você ainda não comeu ela?

— Pelo amor dos deuses, pai — reclamou Dionísio. — *Cala a boca.*

— Um pai não pode se preocupar com o bem-estar do filho?

— *Não* — declarou Dionísio, com firmeza.

Não era como se ele estivesse praticando o celibato, mas, desde que conhecera Ariadne, seu desejo por outras mulheres tinha sumido.

— Ok — disse Sileno. — Ok. Só acho que ia melhorar seu humor.

O estômago de Dionísio se revirou. Ele não tinha falado algo parecido para Ariadne no distrito do prazer? Pelos deuses, ele odiava soar como o pai adotivo.

— Mais um pio — alertou Dionísio —, e eu te jogo no mar.

Felizmente, o sátiro o ouviu, e o som do oceano preencheu o silêncio entre eles, embora Dionísio não tivesse certeza se preferia aquilo, porque assim só lhe restavam seus pensamentos, que giravam em torno de Ariadne.

Porra, ele estava perdido mesmo.

— Pelo jeito Poseidon resolveu aparecer, afinal — comentou Sileno.

Dionísio olhou para cima e viu um iate branco velejando na direção deles, e seu coração acelerou. O barco estava lotado de gente, e a maioria estava nua, embora algumas pessoas usassem roupas de banho. A música retumbava, e elas dançavam em todas as superfícies disponíveis. Durante uma época, seria um ambiente em que Dionísio se daria muito bem — um ambiente que ele criaria, até —, mas já fazia tempo, e agora ver aquilo o enchia de pavor. Era fácil relembrar a sensação da loucura nesses momentos, quando a bebida era forte e a música pulsava.

Ele levou alguns instantes para afastar o sentimento, mas, quando o iate chegou ao porto, o deus já tinha conseguido recobrar o controle.

Os funcionários de Poseidon estenderam uma rampa do barco ao cais, e Sileno se apressou em embarcar.

Dionísio colocou a mão no ombro do pai adotivo.

— Sem bebida — alertou ele. — Não estamos aqui para o seu prazer.

— Eu sei, eu sei — disse o sátiro, desvencilhando-se dele e subindo pela rampa.

Eles embarcaram, e pareceu que estavam entrando numa orgia gigantesca. Alguns passageiros dançavam, mas a maioria estava envolvida em diversas atividades sexuais.

— Por aqui — disse um dos atendentes que haviam baixado a rampa. Ele se virou e atravessou a multidão.

Dionísio o seguiu, arrastando o pai adotivo consigo, sem soltá-lo, até chegarem ao interior do iate. Estava tão lotado quanto a parte externa, mas pelo menos ali as besteiras dele estariam contidas.

Lá dentro, a música era baixa, e o ambiente estava muito mais calmo. As pessoas estavam espalhadas em várias posições no chão e nos móveis, com exceção de um grande sofá circular, que era onde Poseidon os esperava, sentado com os braços abertos apoiados no encosto.

Ao contrário de outros deuses, que quase sempre disfarçavam as formas verdadeiras, Poseidon raramente usava ilusões. Por esse motivo, ele parecia brilhar, sua aura dourada e cintilante. Estava usando braceletes e uma coroa de ouro assentada na base de seus impressionantes chifres em espiral. Se Dionísio não soubesse a verdade, acharia que Poseidon se sentia mais confortável em sua forma divina, mas a realidade era que sua aparência o fazia se sentir maior e mais poderoso do que todo mundo ao seu redor.

— Dionísio — disse Poseidon, com um brilho no olhar, como se já estivesse se divertindo com a presença dele. — Vem, senta aqui. Dá uma descansada.

Dionísio o ignorou e foi direto ao assunto.

— Me disseram que você pode saber o paradeiro de uma mulher que estou procurando — disse ele.

Poseidon inclinou a cabeça para o lado, estreitando os olhos ligeiramente.

— Você era tão divertido. O que aconteceu?

— Você *sabe* o que aconteceu — respondeu Dionísio.

Poseidon o observou por um instante, depois suspirou.

— Sabe o que torna os homens fracos, Dionísio?

Dionísio esperou que o deus continuasse, mesmo sabendo que não gostaria de suas palavras.

— Mulheres — disse Poseidon, levantando uma das mãos antes que Dionísio pudesse falar. — Me escuta. Hera roubou sua paz, te transformou nesse... homem mal-humorado. Ela te tornou fraco.

Dionísio cerrou os punhos, sua raiva despertando.

— Não estou interessado nas suas opiniões, Poseidon. Só vim perguntar se você conhece uma mulher que atende pelo nome de Medusa. Aparentemente ela foi vista pela última vez na sua costa, e agora está desaparecida.

— E como é que eu ia saber? Tantas mulheres vêm e vão... — respondeu Poseidon, indiferente.

— Uma mulher está desaparecida. É possível que ela esteja com problemas, ou ainda pior, e é só isso que você tem a dizer?

Embora não estivesse surpreso, Dionísio ainda estava enojado.

— Não consigo imaginar por que você se importa tanto com essa única mulher. Você já não resgatou milhares nessa sua missãozinha de acabar com o tráfico? Aliás, como anda isso? — Poseidon fez uma pausa, franzindo as sobrancelhas. — Você já contou pra elas do seu passado? Quando fazia as mulheres enlouquecerem a tal ponto que elas acabavam no seu pau sem nem pensar?

— Você não sabe do que está falando — respondeu Dionísio, o corpo tremendo de raiva.

— Bom, talvez a gente tenha lembranças diferentes do passado.

— Isso aqui foi um erro — disse Dionísio.

Ele devia ter seguido sua intuição e não tentado agradar a Ariadne.

— Aquela menina lá na sua casa — comentou Poseidon. — Ela já acabou no seu pau também?

Dionísio travou.

Ele não sabia bem por que todo mundo parecia tão obcecado com seu pau.

— Desde quando você liga pra quem eu como?

— Acho que já faz um tempo — ponderou Poseidon. — Na verdade, eu não ligo, mas meu filho liga pra quem come *ela*.

— Ela não pertence ao seu filho.

— Acho que nós dois sabemos que isso não é verdade.

— O que você está dizendo, Poseidon?

— Eu estou dizendo que você não quer entrar em guerra por causa de uma mulher de novo. Não acabou bem pra você da última vez.

Anteriormente, Dionísio tivera a ajuda de Zeus, e, considerando o apoio de Poseidon a Teseu, ele não achava que o Deus dos Céus estaria disposto a intervir dessa vez.

— Eu não vim aqui pra falar da Ariadne — disse Dionísio.

— Sim. Você veio descobrir o que eu sabia sobre a Medusa — disse Poseidon. — Eu transei com ela, depois fui embora. Não sei o que aconteceu com ela. Talvez tenha implorado a Hades pra morrer. Mas é uma pena. Se eu soubesse o valor daquela cabecinha linda dela, teria cortado fora ali mesmo onde ela deitou.

Dionísio o fulminou com o olhar, cravando as unhas nas palmas das mãos.

Poseidon se inclinou para a frente, os cotovelos apoiados nos joelhos, as mãos entrelaçadas.

— Me diz que você sabia. Estão dizendo que ela tem o poder de transformar homens em pedra, mas só se sua cabeça estiver separada do corpo. — Ele fez uma pausa e abriu um sorrisinho horrível. — É bem coisa de mulher, né? — continuou ele. — Ser útil só depois de morta.

19

HADES

Hades acordou porque Perséfone fez um movimento brusco ao seu lado.

— Perséfone? — perguntou ele, virando-se para ela e sentando-se na cama.

Ela se contorcia, os punhos cerrados agarrando os lençóis, as costas arqueadas.

— Perséfone — repetiu ele, colocando a mão na barriga da deusa em uma tentativa de fazê-la relaxar de novo, mas ela se desvencilhou de seu toque, soltando um gemido baixo.

Hades a sacudiu.

— Perséfone, acorda.

Não sabia mais o que fazer para arrancá-la do pesadelo, que parecia ter enterrado as garras bem fundo na mente dela, porque ele não conseguia despertá-la.

Porra.

Hades se ajoelhou e tentou mantê-la parada.

— Perséfone!

Dessa vez, ela abriu os olhos, mas ainda não parecia acordada. Ela se debatia e ele mal conseguia mantê-la parada, então, se aproximou de joelhos, montando nela.

— Perséfone, sou eu! Shh!

Foi só quando as unhas de Perséfone afundaram em sua pele que Hades percebeu que aquela era uma batalha perdida. Mas não sabia como acordá-la, e de jeito nenhum a deixaria ali enfrentando os horrores desse pesadelo. Entretanto, quando Hades tentou se afastar, Perséfone ergueu o joelho e o atingiu em cheio no rosto.

Hades caiu, mas conseguiu se segurar antes de bater com as costas na cama, e Perséfone se afastou ainda mais, batendo na cabeceira como se ele a tivesse encurralado.

— Perséfone.

Hades avançou na direção dela, mas ela gritou e, de repente, um terrível som de rasgo ecoou, quando galhos e espinhos irromperam da pele dela. Ele sentia o cheiro de sangue misturado à magia de Perséfone, que normalmente achava incrivelmente doce, mas agora tinha um gosto azedo.

Ele ia vomitar.

— *Perséfone.*

Dessa vez, quando disse o nome dela, foi doloroso.

Ele manifestou o fogo na lareira, e, sob aquela luz horrível, conseguiu ver a bagunça em que Perséfone tinha transformado o próprio corpo.

Seu estômago revirou, o que só piorou com a expressão horrorizada dela, que o encarava de olhos arregalados.

Perséfone estava totalmente acordada agora, totalmente ciente do que havia feito, e desabou, o corpo sacudido por soluços.

— Olha pra mim — ordenou Hades. Não queria ser ríspido, e odiou que ela tivesse recuado com o som da sua voz, mas estava quase histérico, tentando, ao máximo, ficar calmo.

Ele estendeu a mão para tocar os espinhos que se projetavam da pele de Perséfone e, conforme foi encostando em cada um, eles foram desaparecendo em uma nuvem de poeira escura. Quando sumiram, ele se concentrou em curar as feridas abertas, um processo lento e agonizante. Hades sentia o corpo em chamas, e havia um zumbido tão alto em seus ouvidos que ele não conseguia ouvir nada. Nem tinha certeza se Perséfone ainda estava chorando. A única coisa que podia fazer para evitar o próprio colapso era cerrar os dentes até o maxilar doer, até que a ardência no fundo da garganta e nos olhos passasse.

Só que não passou, e, mesmo depois de terminar, Hades teve a impressão de que só conseguia enxergar o trauma na pele de Perséfone. Talvez porque ela estivesse coberta com o próprio sangue.

— Vou te levar para a casa de banhos — disse ele, rapidamente, então se levantou, esfregando as palmas das mãos nas coxas, porque pensou que poderia secá-las assim, mas depois se lembrou de que estava nu e sua pele também estava úmida. Ele invocou suas roupas, torcendo para que assim ficasse menos escorregadio. — Posso... te carregar?

Hades sentiu que precisava perguntar. Devia ter sido mais perspicaz antes e não tocado em Perséfone enquanto dormia. Será que era culpa dele que essa vez tivesse sido tão ruim?

Perséfone assentiu, e, quando ele foi pegá-la no colo, sentiu que não sabia mais como tocá-la. O que podia fazer para doer menos, para feri-la menos? De todo modo, levá-la para a casa de banhos era melhor do que deixá-la sentada ali numa poça do próprio sangue.

O deus a carregou pelo corredor e a levou para uma das piscinas menores, onde a colocou de pé. Achou que Perséfone correria para a água, mas ela não fez nada. Só ficou parada ali, olhando para ele. Hades queria tirar o sangue do corpo dela.

— Posso tirar sua roupa?

Perséfone concordou sem entusiasmo, o que o fez hesitar antes de tocá-la, mas tocou mesmo assim, ajudando-a a tirar a camisola. Ele tirou a própria roupa em seguida.

Não havia nada sexual no ato. A única coisa que Hades desejava era saber que Perséfone estava bem.

Com cuidado, ele passou uma mecha do cabelo dourado dela por cima do ombro, e ela fechou os olhos, estremecendo profundamente.

Hades abaixou a mão na hora.

— Você percebe a diferença? Entre o meu toque e o dele?

— Quando estou acordada — sussurrou Perséfone.

Então ele tinha piorado a situação. Hades sentia que a garganta estava se fechando, a respiração congelando nos pulmões.

— Posso te tocar agora?

— Não precisa perguntar — disse a deusa.

— Eu quero perguntar— respondeu ele, pegando-a nos braços de novo. — Não quero te tocar caso você não esteja preparada.

Dessa vez, pareceu um pouquinho mais fácil.

Hades desceu os degraus até a piscina, e, enquanto Perséfone se movia pela água quente, o sangue foi saindo devagar. Ela não tentou se afastar dele, então ele não a soltou.

— Não entendo por que fico sonhando com ele — disse ela, depois de um tempo. — Às vezes, penso naquele dia e lembro de como estava com medo, e outras vezes acho que não devia ficar tão abalada. Outras...

— Não dá pra comparar traumas, Perséfone — disse Hades, interrompendo-a, sabendo o que ela diria em seguida: *outras pessoas já passaram por coisa pior*.

Nenhum homem no mundo faria uma declaração dessas; só as mulheres eram ensinadas que sua dor nunca era suficiente.

— É que eu sinto que devia ter percebido. Eu nunca devia ter...

— Perséfone.

Hades não aguentaria ouvi-la dizer o que devia ter sabido ou feito. Perséfone nunca devia ter sido submetida àquela situação, para começo de conversa. Ela era a presa, e Pirítoo era o predador.

— Como é que você ia saber? — perguntou ele. — Pirítoo se apresentou como um amigo. Ele se aproveitou de sua bondade e compaixão. A única pessoa errada nisso tudo foi ele.

Perséfone não olhou para ele, mas Hades percebeu que ela tinha voltado a chorar. No começo, devagar, algumas poucas lágrimas que ela tentou enxugar; quando não conseguiu contê-las, enterrou o rosto nas mãos.

Ele não sabia o que fazer além de abraçá-la. A única vez que se afastou foi quando conseguiu se recompor e esfregou o rosto na piscina, antes de eles saírem e voltarem para o quarto.

Hades serviu uma dose de uísque para cada um.

— Beba — disse ele, entregando o copo a ela, depois a observou dar um gole antes de virar sua própria dose. — Você quer dormir?

Ele perguntou porque não queria, e não a culparia se ela nunca mais quisesse voltar para a cama deles. Agora mesmo, ele não tinha certeza se conseguiria.

Perséfone deu uma olhada na cama. Hades tinha queimado o sangue com magia, então não restara nenhum traço das feridas ali, mas ele sabia que aquilo não apagaria a memória dela. Pelo menos não apagava a dele.

— Vem sentar comigo.

Hades se sentou perto da lareira, mal encostando em Perséfone ao conduzi-la para seu colo, mas, depois que ela se sentou e se apoiou nele, ele a abraçou com mais força.

O corpo dela foi ficando mais pesado sobre o dele, sua respiração se acalmou e não demorou muito para ela adormecer. Por um bom tempo, Hades não se mexeu, com receio de perturbá-la, mas então ficou com medo de que seu abraço só piorasse as coisas, caso ela começasse a sonhar de novo.

Havia outro problema em questão, e era que, quanto mais Hades revivia o que acontecera mais cedo, mais violento se sentia.

Ele não gostava de se sentir assim, principalmente quando Perséfone estava tão perto. Então se levantou e a carregou para a cama, deitando-a no lado onde ele normalmente dormia e cobrindo-a com os cobertores. Ao endireitar o corpo, ele convocou Hécate num sussurro.

Ela apareceu, pálida na noite.

— O que foi? — perguntou ela, num tom preocupado.

— Preciso que você fique com a Perséfone — respondeu ele. — Só um tempinho.

Hades contou a ela do pesadelo e da magia de Perséfone, de como seu medo quase a fizera explodir. Enquanto falava, sentia a bile subindo pela garganta.

— Eu só... preciso que alguém esteja aqui caso ela tenha que encará-lo de novo.

— Claro — disse Hécate. — Mas aonde você vai?

Ele estudou o rosto da deusa.

— Preciso mesmo dizer?

— Acho que não.

Então Hades saiu, e em seguida chegou à entrada da Floresta do Desespero. Diante dele, um Pirítoo fraco e atordoado apareceu. Assim que seus pés tocaram o chão, ele desabou.

— Levanta — ordenou Hades.

O semideus olhou para cima, encontrando o olhar de Hades, e um gemido gutural saiu de sua boca.

— Não, por favor — implorou ele. — Por favor, milorde.

— Levanta — repetiu Hades.

A ordem foi proferida em voz baixa, mas fez o próprio ar vibrar, um alerta que fez Pirítoo ficar de pé, trêmulo, embora ele tenha continuado a suplicar enquanto soluçava.

— Por favor — disse ele, e a expressão se transformou num sussurro repetido sem parar. — Por favor, por favor, por favor.

— A Perséfone também implorou pra você parar? — perguntou Hades.

— *Ela* me perdoaria! — insistiu Pirítoo, entre dentes, e as palavras atravessaram o corpo de Hades como uma facada.

Havia várias coisas que ele queria dizer, mas escolheu apenas uma ao desfazer a ilusão, a magia deixando seu corpo na forma de sombras afiadas com um único propósito: caçar.

— Corre — ordenou Hades.

— Por favor, não — disse Pirítoo, depois cambaleou para trás e caiu, mas logo se levantou de novo.

Hades cerrou os dentes.

Essas palavras malditas.

O deus cerrou os punhos e, na mesma hora, garras com unhas afiadas irromperam do chão. Elas agarraram os tornozelos de Pirítoo e ele caiu em cima de mais mãos apodrecidas. O semideus lutou contra o aperto profundo das mãos e conseguiu se soltar, mas elas arrancaram pedaços de sua carne.

Mesmo assim, ele correu para dentro da floresta, e Hades foi atrás.

Ele testemunharia aquilo: os maiores medos de Pirítoo, seu pesadelo vivo.

— Ela pediu por favor? — perguntou Hades em voz alta, e, embora Pirítoo estivesse um pouco à frente, ele sabia que sua voz ecoava através da floresta.

O semideus hesitou ao chegar à margem de um lago que parecia infinito em todas as direções que ele olhava. Era uma reserva, alimentada pelos rios Flegetonte e Cócito, mas ele não sabia e, quando colocou o pé na água, descobriu que era espessa e queimava. Ele uivou, sem conseguir se soltar.

Então, de repente, Pirítoo foi arrancado da margem e arrastado até o centro da reserva, onde a água se agitou violentamente, queimando cada centímetro de sua pele. Ele soltou um berro contínuo até desaparecer sob a superfície.

Hades deixou que ele sofresse ali por um tempinho, então dividiu a água, que parecia alcatrão, até estabelecer um caminho livre de um lado a outro. No meio dele estava Pirítoo, o corpo fumegante, mal conseguindo respirar.

Com um movimento da mão, Hades extraiu a água preta dos pulmões dele. O semideus arfou e rolou para ficar de costas, a respiração saindo em um chiado áspero.

— Você deixou ela ir quando ela implorou? — perguntou Hades ao se aproximar.

Pirítoo lutou para se levantar, mas só conseguiu ficar de quatro, e ainda assim engatinhou até não conseguir se mexer mais, então desabou.

Apesar da carne queimada, o branco dos olhos de Pirítoo ainda estava visível, e ele só emitia um ruído baixo que parecia sair direto do peito.

Pelo menos ele não conseguia mais dizer por favor.

— Valeu a pena? — perguntou Hades, e, quando o semideus fechou os olhos, ele sentiu a raiva inundar suas veias e se deixou dominar por ela.

Ele espancou Pirítoo até os ossos dele se transformarem em geleia sob seus punhos, até não restar rigidez nenhuma no corpo do semideus, até que com cada impacto ele sentisse que estava socando apenas a água espessa da Floresta do Desespero, e só parou porque Hécate segurou sua mão.

— Já chega, Hades — disse ela.

Os braços dos dois deuses tremiam enquanto resistiam um ao outro, mas, quando encarou Hécate, Hades cedeu e deu um passo para trás. Hécate, porém, não se mexeu, como se não confiasse que ele não fosse recomeçar. Mas ele estava esgotado e já não havia fúria que o incitasse.

Hades sentia os olhos de Hécate sobre si enquanto encarava o que restava de Pirítoo, uma alma destruída.

— Ele nunca mais vai voltar, Hades — disse Hécate, e ele sabia que era verdade. — E precisam de você em outro lugar.

Ele finalmente olhou para ela.

— Perséfone?

Hécate balançou a cabeça.

— Elias e Zofie vieram. Eles localizaram a mulher que atacou Perséfone.

Hades retornou para Perséfone, que acordou quando ele chegou. Ao vê-lo, ela travou.

O corpo dele ainda tremia com a violência que tinha dedicado a Pirítoo, e ele odiava que ela conseguisse sentir.

— Você foi ao Tártaro — disse ela.

Hades não respondeu, e Perséfone se levantou, segurando o rosto dele entre as mãos.

— Você está bem? — perguntou Perséfone, e Hades se inclinou para perto, sustentando o olhar brilhante dela como se fosse um farol para sua alma.

185

— Não — admitiu ele, e os dois se abraçaram com força, sem querer se soltar. — Elias e Zofie encontraram a mulher que te atacou — disse Hades, por fim, quando se acalmou.

— Zofie? — Perséfone soou confusa.

— Ela tem ajudado o Elias.

— Cadê a mulher? — perguntou ela.

— Está detida na Iniquity.

— Você me leva até ela?

— Prefiro que você durma — respondeu ele.

— Eu não quero dormir.

— Mesmo se eu ficar aqui?

— Tem pessoas por aí atacando deusas — disse Perséfone. — Prefiro ouvir o que ela tem a dizer.

Hades franziu o cenho, os dedos enfiados no cabelo dela, sem saber se aquilo era demais, se era cedo demais. Eles podiam esperar, confrontar a mulher no dia seguinte.

— Eu estou bem, Hades — garantiu Perséfone. — Você vai estar comigo.

O deus só esperava poder ser o que ela precisava. Estava claro para ele que não tinha sido o caso até então.

Finalmente, ele cedeu.

— Então farei sua vontade.

Elias e Zofie haviam levado a mulher para a Iniquity, onde ela estava sentada debaixo de um feixe de luz amarela, contida por cobras venenosas. Apesar do ódio que demonstrava, ela permanecia rígida como uma pedra, com medo demais de uma picada venenosa e da morte iminente.

Hades se perguntou por que então ela se sentira ousada o suficiente para atacar sua amante.

Por mais que quisesse assumir o controle desse encontro, Hades entendia que isso não cabia a ele, então deixou Perséfone liderar. Ela fez isso sem medo, aproximando-se da mulher até chegar a um centímetro do feixe de luz.

— Não preciso dizer por que você está aqui — disse Perséfone.

— Você vai me matar? — perguntou a mulher.

— Eu não sou a Deusa da Retaliação — respondeu Perséfone.

— Você não respondeu à minha pergunta.

— Não sou eu que estou sendo interrogada.

A mulher apertou os lábios.

— Qual é o seu nome? — perguntou Perséfone.

A mulher ergueu o queixo e respondeu:

— Lara.

— Lara, por que você me atacou na Coffee House?

— Porque você estava lá e eu queria que você sofresse.

Hades cerrou os punhos. Ele queria que *ela* sofresse.

— Por quê?

O motivo não importava; só o que importava era que ela tinha conseguido.

A cobras reagiram à raiva de Hades, sibilando violentamente ao levantar a cabeça e mostrar as presas. Lara fechou os olhos e se preparou para a picada.

— Ainda não — disse Perséfone, e as cobras ficaram imóveis. Quando a mulher abriu os olhos e olhou para ela, Perséfone falou: — Eu te fiz uma pergunta.

Houve um instante de silêncio, então a mulher começou a falar.

— Porque você representa tudo que tem de errado com o mundo — disse ela, com lágrimas escorrendo pelo rosto. — Você se acha uma justiceira porque escreveu umas palavrinhas nervosas num jornal, mas elas não significam nada! Suas ações falam muito mais! Você, como tantos outros, simplesmente caiu na mesma armadilha. Você é uma ovelha, encurralada pelo glamour do Olimpo.

A mulher fora machucada por um deus. Hades sabia, e Perséfone também.

— O que aconteceu com você? — perguntou Perséfone.

— Eu fui estuprada — disse ela, baixinho, furiosa. — Por Zeus.

Hades gostaria de dizer que estava chocado com a resposta, mas o fato de não estar o deixou enojado consigo mesmo. Seus irmãos já encarnavam aquele papel havia um tempo, usando o próprio poder para coagir e forçar mulheres a fazer o que eles queriam. E apesar de já terem sofrido algumas consequências, não eram nada comparadas ao que mereciam, que era a prisão e a tortura no Tártaro.

Hades havia jurado fazer isso, mas a vitória era uma jornada longa e tediosa que fazia suas próprias vítimas.

— Sinto muito que isso tenha acontecido com você — disse Perséfone, dando um passo à frente.

Hades mandou as cobras embora.

— *Não* — sibilou Lara. — Eu não quero a sua pena.

— Não estou te oferecendo pena — disse Perséfone. — Mas gostaria de te ajudar.

— E como você poderia me ajudar?

Hades não tinha certeza se poderiam, mesmo que quisessem. O ódio dela tinha raízes profundas, e ninguém poderia culpá-la.

— Sei que você não fez nada pra merecer o que aconteceu com você — começou Perséfone, mas Lara já estava balançando a cabeça.

— Suas palavras não significam nada enquanto os deuses ainda têm a capacidade de *machucar*.

— Como você puniria o Zeus? — perguntou Hades.

Perséfone e Lara olharam para ele, surpresas, mas Hades ficou esperando a resposta.

— Eu arrancaria um membro dele de cada vez, depois queimaria o corpo — disse Lara, a voz tremendo, cheia de ameaça. — Quebraria sua alma em um milhão de pedacinhos até não sobrar nada além do murmúrio dos gritos dele ecoando ao vento.

— E você acha que consegue fazer esse tipo de justiça? — perguntou ele.

Ela, com certeza, sabia que não era capaz de tamanha retaliação, então devia ter alguém em mente.

— Eu não. Deuses — respondeu ela. — Novos deuses. Vai ser um renascimento.

Novos deuses. Renascimento.

Palavras que os agressores de Harmonia também haviam usado.

— Não — afirmou Hades. — Vai ser um massacre. E não somos nós que vamos morrer. São vocês.

— O que aconteceu com você foi horrível — disse Perséfone, pegando a mão de Hades. — E você tem razão, Zeus devia ser punido. Você não quer deixar a gente ajudar?

— Não existe esperança pra mim.

— Sempre existe esperança — disse Perséfone. — É tudo que nós temos.

Hades baixou o olhar para Perséfone.

— Elias, leve a srta. Sotir para Hemlock Grove. Ela vai estar segura lá.

A mulher ficou tensa.

— Então você vai me prender?

— Não — respondeu ele. — Hemlock Grove é um abrigo. A deusa Hécate comanda a instalação para mulheres e crianças vítimas de abuso. Ela vai querer ouvir sua história se você quiser contar a ela. Para além disso, você pode fazer o que quiser.

Hades segurou a mão de Perséfone e a levou de volta ao Submundo.

20

HADES

Hades acompanhou Perséfone ao trabalho, o que foi mais difícil do que ele esperava, considerando a noite que tiveram. Era evidente que Perséfone estava exausta, e até Hades se sentia esgotado, apesar de estar acostumado a não dormir.

Quando voltou ao Submundo, ele saiu em busca de Hécate e a encontrou em seu chalé.

— Isso é sangue? — perguntou ele, porque o líquido no pote no centro da mesa definitivamente parecia sangue.

— É — respondeu ela, simplesmente. — Você quer?

— Com absoluta certeza eu não quero um pote de sangue, Hécate.

— É do seu irmão — disse ela, com um tom convidativo na voz.

— Do meu irmão?

— Da castração — explicou.

— Estou vendo que a história da Lara te deixou cheia de raiva — comentou ele.

— Como deveria deixar você — disse ela.

E deixava. A única coisa que ele não conseguia perdoar era o que Lara fizera com Perséfone.

Hades pegou o pote para olhar mais de perto e viu que também havia dois testículos enrugados flutuando na mistura.

— Hécate — disse Hades, largando o pote. — O que você vai fazer com isso?

— Guardar — disse ela. Ainda estava de costas para ele, arrumando trouxinhas de ervas para fazer chá.

— Como um troféu? — perguntou Hades.

— Você conhece os perigos do sangue divino — disse ela.

— Tem mais do que sangue nesse pote, Hécate — rebateu ele.

— Estou sabendo — disse, virando-se para encará-lo. — Eles também são poderosos, quer estejam grudados ao corpo dele ou não.

Hades conhecia os perigos. Sangue divino também era chamado de icor, e era venenoso para mortais. Se fosse derramado na terra, tinha o potencial de criar outros seres divinos ou mesmo ervas divinas. Na verdade, as possibilidades eram infinitas e desconhecidas.

Testículos tinham esse mesmo poder, embora costumassem dar origem a novos deuses e deusas.

— Aqui — disse a deusa, entregando-lhe alguns saquinhos de chá.

Hades analisou as trouxinhas, depois levou uma ao nariz para sentir o cheiro.

— O que é isso?

— Vai ajudar você e a Perséfone a dormir — explicou ela.

Hades franziu a testa, depois depositou o chá sobre a mesa.

— O que foi?

— Nada — disse ele, enfiando as mãos nos bolsos.

— Não vem com essa pra cima de mim — disse ela. — Me conta o que acabou de acontecer nesse seu cerebrozinho.

Hades estreitou os olhos para Hécate, arqueando a sobrancelha, mas não conseguiu manter a aparência frustrada por muito tempo. O fardo dos pesadelos de Perséfone era pesado demais.

— Fiquei me preocupando com o sono dela, mas acho que devia ter me preocupado com os pesadelos — disse Hades. — Não sei mais o que fazer para ajudá-la. Pirítoo a assombra, e não tem padrão nem consistência. Algumas noites, ela me acorda. Outras, tenho medo de dormir e não conseguir ajudá-la. Mas ontem à noite eu tentei e...

Sua voz foi sumindo e ele engoliu em seco, incapaz de continuar.

— Você não tem como ajudar Perséfone a confrontar um pesadelo, Hades — disse Hécate, suavemente.

Ele cerrou os dentes.

— Ela nem devia precisar passar por isso — disse ele. — Era para ela estar segura no lugar de trabalho.

— Eu não discordo — disse Hécate. — Assim é o mundo para as mulheres numa sociedade dominada por homens, mesmo para aquelas de nós que têm um grande poder.

— Isso precisa acabar.

Foi só o que ele conseguiu dizer.

— Assim como todas as coisas — comentou ela, então pegou o chá e entregou de volta para ele. — Talvez você deva falar com o Hipnos sobre a Perséfone.

Hades ficou tenso.

— Hipnos é um idiota.

Ele, com certeza, não era nada parecido com o irmão, Tânatos.

— Ele é um idiota com você.

— Ele só é legal com você porque você dá cogumelos pra ele — disse Hades.

Hécate cruzou os braços e ergueu o queixo.

— Não venha criticar meus métodos — disse ela. — Pelo menos eu consigo o que quero.

Hades franziu as sobrancelhas.

— E o que você quer do Hipnos?

— Usar os oniros, claro — respondeu ela.

Os oniros eram daímônes alados que às vezes invadiam sonhos. Se Hécate estava atrás deles, devia estar assombrando almas azaradas.

Hades usava Hermes para isso.

— Se você deseja ajudar a Perséfone, então vale a pena fazer uma visita a ele — disse ela. — Mas não sem ter algo a oferecer.

Hades suspirou e apertou a ponta do nariz com força. Aquilo era ridículo, porra. Hipnos vivia no reino *dele*. Isso deveria ser uma oferta suficiente.

— Seria, se ele gostasse daqui — comentou Hécate.

Não era culpa de Hades. Fora Hipnos que concordara em ajudar Hera a fazer Zeus adormecer da última vez que tentara derrubá-lo, e fora assim que ele acabara se tornando residente do Submundo.

— Não seja tão complicado — disse Hécate. — Pense na Perséfone.

— Eu sempre penso na Perséfone.

— Então para de fazer beicinho e arruma um presente para o Deus do Sono.

Hades revirou os olhos e suspirou.

— *Tá bom*. Vou arranjar uma porra de um presente pra ele.

Hécate sorriu.

— Bom menino.

Ele não se preocupou em responder nem com um olhar e desapareceu.

Hades estava olhando pela janela coberta de gelo de seu escritório na Iniquity. A neve caía pesada, mal dava para enxergar a cidade. Ele tinha passado a aceitar o pavor que sentia cada vez que ia ao Mundo Superior e testemunhava o progresso da tempestade, mas aquele dia era diferente — tinha alguma coisa *errada*. Ele sentia no ar ao seu redor, uma sensação de desgraça iminente.

Não era como se nunca tivesse sentido algo parecido antes, e era justamente aquilo que mais o preocupava enquanto observava o mundo, que havia se tornado o campo de batalha de Deméter. Algo terrível estava prestes a acontecer.

— Hades?

Ele se virou e viu Elias, que conseguira entrar em seu escritório despercebido, o que era muito inquietante.

Era muito raro ele ficar tão distraído assim.

Elias também não parecia confortável com o fato, a expressão preocupada.

— Você está bem?

Hades não respondeu, perguntando em vez disso:

— O que você descobriu sobre a Lara Sotir?

Apesar de a mulher alegar não ter nenhuma ligação com a Tríade ou com qualquer outra organização que promovia o ódio aos deuses, Hades não tinha certeza se acreditava nela. *Novos deuses. Um renascimento. Pau-mandado.*

Palavras que tanto Lara quanto os agressores de Harmonia tinham usado. A linguagem em comum não podia ser coincidência. Hades suspeitava que fossem todos parte do mesmo grupo, ou pelo menos consumissem a mesma propaganda. Qualquer que fosse o caso, o objetivo parecia claro: derrubar os deuses reinantes.

Não era incomum que mortais ou outros deuses fizessem complôs contra os olimpianos, mas dessa vez parecia diferente. O mundo parecia caótico e instável. Com a tempestade anormal de Deméter, ataques flagrantes contra favorecidos e Divinos com armas que podiam de fato feri-los e o ofiotauro assassino de deuses à solta, Hades se preocupava com o que viria em seguida. A morte, com certeza, mas havia coisas piores.

Elias entregou a Hades um arquivo fino. Ele o abriu e encontrou uma foto de Lara Sotir e um homem caminhando por uma rua em Nova Atenas. Uma segunda foto mostrava os dois entrando num hotel.

— O homem que aparece com Lara nessas fotos é um semideus chamado Kai — disse Elias. — É filho de Tritão e membro da Tríade.

Pelo jeito, derrubar os deuses era um negócio de família, considerando que Tritão também era filho de Poseidon.

Havia outras duas fotos no arquivo, uma de Lara em um protesto recente pedindo o fim da tempestade de inverno e outra com Kai.

Hades ficou olhando para o semideus. Reconhecia características de Teseu no rosto dele, não tanto em suas feições, mas na expressão. Havia um brilho de ódio e de arrogância em seus olhos. Esse homem acreditava que o mundo devia ser dele, provavelmente para compensar o fato de não ter o poder do pai e do avô.

Era uma presunção que Poseidon também tinha, e estava claro que ele continuava a transmitir a crença para as novas gerações.

Alguém bateu à porta, e Hades olhou para Elias antes de assentir. O sátiro atravessou a sala e abriu a porta para Teseu.

Hades fechou o arquivo.

— Elias — disse ele. — Saia.

O sátiro fez uma reverência e passou por Teseu com um empurrão no ombro. O semideus deu um sorrisinho, mas Hades não ficou impressionado nem surpreso. Teseu atravessava a vida indiferente ao impacto que causava nos outros, importando-se apenas consigo mesmo.

Hades foi para trás da mesa, querendo uma barreira entre si e o sobrinho corrupto.

— Você tem um timing impecável — comentou Hades.

— Minhas orelhas estavam queimando — respondeu Teseu.

— Então você deve ter ficado sabendo de Harmonia e Adônis.

— Ouvi boatos. Imagino que você ache que eu estava envolvido.

— Você veio aqui negar?

— Vim — disse ele, sem desviar o olhar. — Não foi a Tríade.

— Se não a Tríade, então os Ímpios, dá na mesma.

— Eu não posso ser responsável por todos os Ímpios ou suas decisões impulsivas.

— Eu não chamaria a decisão deles de matar o Adônis e machucar a Harmonia de impulsiva. Eles parecem bem organizados, na verdade.

— Talvez organizados, mas não estratégicos — disse Teseu. — Você achou mesmo que eu ia coordenar uma coisa tão malfeita?

Hades o encarou.

— É por isso que você veio aqui? Está ofendido por eu achar que você é o responsável pelos ataques, pois eles não foram sofisticados o suficiente?

Teseu deu de ombros.

— Pode usar as palavras que quiser — disse ele. — Mas eu não ordenei esses ataques.

— Pode não ter ordenado, mas condenou?

Teseu não respondeu.

— Você tem esperança de atingir o efeito desejado e provocar a fúria de Afrodite?

Teseu deu uma olhada pela janela, depois voltou a olhar para Hades.

— Não acho que eu precise da fúria dela para provar a ira dos deuses. Sua futura sogra está dando uma demonstração perfeita.

Os dois ficaram se encarando por um momento, e Hades ficou tenso, sentindo a magia de Perséfone. No instante seguinte, ela apareceu atrás de Teseu, parecendo quase atordoada, até seus olhos encontrarem os de Hades e depois passarem para o semideus.

Hades lutou contra o instinto de ir até ela, de protegê-la dele. Se ele pudesse escolher, Teseu nunca a conheceria.

— Meu bem — disse Hades, o tom ao mesmo tempo questionador e preocupado.

Teseu se virou para olhar para ela, e Hades cerrou os punhos.

— Então você é a encantadora Lady Perséfone — disse Teseu, e um choque de raiva aqueceu a pele de Hades quando o semideus a percorreu de cima a baixo com o olhar.

— Teseu, acho que você deveria ir embora — disse Hades, com a voz quase trêmula, um indício de sua fúria.

— Claro — disse o semideus, assentindo para Hades. — Estou atrasado pra uma reunião mesmo. — Enquanto saía, ele parou diante de Perséfone e estendeu a mão. — É um prazer conhecê-la, milady.

Perséfone não se mexeu para aceitar a mão dele, e Hades ficou contente. Não tinha certeza do que teria feito, e desconfiava de todos os motivos para Teseu querer tocá-la. Será que ele conseguia apagar pensamentos, lembranças e até sonhos com um simples toque? Seus poderes eram desconhecidos para Hades.

Teseu abaixou a mão e deu uma risadinha.

— Você deve estar certa de não apertar minha mão. Tenha um bom dia, milady.

Assim que ele se foi, Hades saiu de trás da mesa.

— Tudo bem? — perguntou ele, imediatamente.

Perséfone estava olhando para a porta, depois se virou e olhou para ele.

— Você conhece aquele homem?

— Tanto quanto conheço qualquer inimigo — disse Hades.

— Inimigo?

Hades apontou com a cabeça para a porta fechada por onde o semideus havia desaparecido.

— Aquele homem é o líder da Tríade — explicou ele, mas não queria falar de Teseu agora. Ela obviamente tinha saído do trabalho por alguma razão, e, assim que se manifestara no escritório dele, Hades percebera que havia algo errado. Ele inclinou a cabeça dela para trás. — Me conta.

— As notícias... — disse ela. — Aconteceu um acidente horrível.

Hades engoliu em seco com força. Estava esperando aquilo: que a tempestade de Deméter causasse a devastação que levaria Perséfone a perceber que não podia continuar com ele.

Será que tinha chegado a hora? Era o fim?

— Venha — disse ele, pegando a mão dela. — Vamos recebê-los nos portões.

21

HADES

Os portões eram a única entrada do Submundo para os mortos. Eram grandes e lindamente decorados com símbolos do reino de Hades, fabricados pelos mesmos ciclopes que haviam lhe dado o Elmo das Trevas.

Eles ficavam fechados até que Tânatos, Hermes ou outro psicopompo conduzisse almas ao Submundo, então se abriam para a Árvore dos Sonhos e, mais além, para o Estige, onde Caronte esperava para levá-los de barca ao outro lado, até o Campo do Julgamento.

Hades ficou olhando para Perséfone enquanto ela observava os arredores, que estavam escuros, até mesmo o céu acima deles. Ali, do lado de fora dos portões, era sempre noite, e era nessa noite que as divindades do Submundo moravam.

— O que são essas coisas penduradas na árvore? — perguntou Perséfone, indicando com o queixo os portões e a árvore além deles.

Ela tinha alguns metros de largura e quase a mesma altura dos portões. Seus galhos tinham uma folhagem espessa e pendiam com o peso de globos de luz em formato de lágrimas.

— Sonhos — respondeu ele, olhando para ela. — Quem entra no Submundo deve deixá-los para trás.

A expressão de Perséfone não mudou, mas ele sentiu sua tristeza.

— Todas as almas precisam atravessar esses portões?

— Sim. É a jornada que precisam realizar para aceitar a morte. Acredite ou não, já foi mais assustadora.

Perséfone olhou para Hades.

— Não quis dizer que era assustadora.

O deus a tocou, passando o polegar por seus lábios.

— E mesmo assim você está tremendo.

— Estou tremendo porque está frio. Não porque estou com medo. É muito lindo aqui, mas também... muito intenso. Dá pra sentir seu poder, mais forte do que em qualquer outro lugar do Submundo.

— Talvez porque essa seja a parte mais antiga do Submundo — disse Hades, invocando uma capa que colocou em torno dos ombros dela. — Melhor?

— Sim — respondeu Perséfone, fechando a capa.

Hades sentiu a chegada de Hermes e Tânatos, que apareceram e abriram as asas, revelando diversas almas, de idades variadas. Não era tão surpreendente, mas também nunca era fácil ver jovens entre os mortos.

— Lorde Hades, Lady Perséfone — disse Tânatos, fazendo uma reverência. — Nós... voltaremos.

— Tem mais? — Havia surpresa na voz de Perséfone, e o fato de ela pensar que já tinha acabado fez Hades se sentir culpado, como se fosse sido ele a causa da tempestade.

— Tá tudo bem, Sefy — disse Hermes. — Só se concentre em fazer as almas se sentirem bem-vindas.

Ele e Tânatos desapareceram.

Um homem parado junto da filha caiu de joelhos.

— Por favor. Me levem, mas minha filha não! Ela é nova demais!

— Vocês chegaram aos portões do Submundo — disse Hades. — Infelizmente não posso mudar seu Destino.

Hades se preocupava com as palavras, se perguntando se elas provocariam raiva no coração de Perséfone. Para aqueles que viviam fora de seu reino, a morte era difícil de aceitar, assim como as limitações de Hades, considerando que era um deus.

Carrancudo, o homem disse:

— Você é um mentiroso! Você é o Deus dos Mortos! Pode, sim, mudar o Destino dela!

— Lorde Hades pode ser o Deus dos Mortos, mas não é ele que tece seu fio — rebateu Perséfone. — Não tema, pai mortal, e seja corajoso pela sua filha. Sua existência aqui será pacífica.

Então Hades a viu se ajoelhar diante da garotinha.

— Oi. Meu nome é Perséfone. Como você se chama?

A garota era tímida, mas sorriu para Perséfone e respondeu:

— Lola.

— Lola, estou feliz que você está aqui, e ainda por cima com seu pai. Que sorte. Quer ver uma coisa mágica?

A menina assentiu, e Hades sentiu a onda de poder de Perséfone quando ela manifestou uma única flor branca, que colocou no cabelo da garota.

— Você é muito corajosa — disse ela. — Vai ser corajosa pelo seu pai também?

A garotinha assentiu e se aproximou do pai, pegando a mão dele, o homem pareceu se acalmar.

Não demorou muito para mais almas chegarem, e, apesar do número crescente, Perséfone nunca vacilou em sua dedicação de acolher todo mundo com a mesma bondade e entusiasmo. Hades ficou maravilhado ao ver como ela parecia à vontade, apesar de quão abalada estivera quando fora falar com ele a respeito do acidente. Uma parte dele sabia que ela ainda estava perturbada, que essa experiência a mudaria para sempre, mas ela não deixou o próprio sofrimento transparecer e se portou como uma rainha.

Quando os portões começaram a se abrir, Hades pegou a mão de Perséfone e a conduziu na direção deles.

— Bem-vindos ao Submundo.

Os dois deuses levaram as almas pelos portões e, debaixo da Árvore dos Sonhos, tudo aquilo que tinham esperado e sonhado durante a vida na superfície foi extraído de suas mentes.

— Pense nisso como uma libertação — disse Hades, apertando a mão de Perséfone. — Eles não vão mais carregar o fardo do arrependimento.

Agora ficariam satisfeitos.

Além da árvore ficavam as margens exuberantes do rio Estige, e aguardando em sua balsa estava Caronte, um farol brilhante contra as águas escuras.

Ele sorriu quando as almas se aproximaram.

— Bem-vindos, bem-vindos! Venham. Vou levar vocês para casa — disse Caronte, adentrando a multidão e escolhendo as almas que seriam as primeiras a embarcar. Ele parou em cinco. — Chega — disse ele. — Já volto.

Perséfone olhou para Hades, confusa.

— Por que ele não levou mais gente?

— Lembra quando eu disse que as almas faziam essa jornada para aceitar a morte? Caronte não as leva até elas aceitarem.

— E se não aceitarem?

— A maioria aceita.

— Mas e aí? — insistiu ela. — E o resto?

— Precisamos analisar caso a caso. Alguns têm permissão de ver como as almas vivem no Asfódelos. Se isso não os encorajar a se ajustar, são enviados para os Campos Elísios. Alguns precisam beber do Lete.

— E com que frequência isso acontece?

— É raro, mas inevitavelmente, quando acontece uma coisa assim, sempre tem alguém que sofre para se acostumar.

Como o pai de Lola, que permanecia na margem do rio.

— Lola — disse Caronte, estendendo a mão. — Chegou a hora.

— Não! — O pai dela se ajoelhou e a pegou nos braços. — Ela não vai sozinha. Ela não consegue.

— Consegue, sim — respondeu Caronte. — É você que não consegue.

— Vamos juntos ou não vamos!

— Do que você tem medo? — perguntou Perséfone.

O homem sustentou o olhar dela, quase reconfortado por sua presença.

— Deixei minha mulher e meu filho na Terra.

— E você não acredita, depois de tudo que viu aqui, que vai vê-los de novo?

— Mas...

— Sua esposa encontrará conforto porque você está aqui com a Lola, e ela vai esperar para reencontrar vocês dois aqui no Submundo. No Asfódelos. Você não quer montar um espaço para eles? Para recebê-los quando eles vierem?

As palavras de Perséfone fizeram um arrepio percorrer a espinha de Hades. Em todos os seus anos como Deus do Submundo, ele nunca tinha convencido uma alma a entrar no Asfódelos dessa forma gentil, piedosa e sensível. Era exatamente por isso que ele a amava.

Enquanto Perséfone falava, o homem começou a chorar, e não parou.

Caronte e Hades se entreolharam, mas Perséfone esperou pacientemente até ele terminar e anunciar que estava pronto.

Caronte sorriu.

— Então seja bem-vindo ao Submundo — disse ele, e os dois subiram a bordo do barco. Hades e Perséfone os seguiram.

Aquela era uma jornada que Perséfone fizera apenas uma vez, quando saíra perambulando pelo Submundo e caíra no Estige, mas Hades imaginava que dessa vez estivesse muito mais agradável, levando em conta que ela estava segura no barco de Caronte, onde as almas que nadavam sob a superfície não podiam alcançá-la.

Hades relembrou o ocorrido com certo desconforto.

Tinha sido a primeira visita dela ao Submundo, a primeira vez que ele se sentira responsável por ela, principalmente ao descobrir que ela havia se machucado. Tinha sido também a primeira vez que ela teve contato com Hermes — mas não a primeira vez que ele lançara o Deus da Trapaça através do Submundo.

Parecia que tinha acontecido muito tempo atrás.

Perséfone olhou para ele e sorriu de leve.

— O que foi? — perguntou ela.

— Nada — disse ele. — Só estava pensando em como você é linda.

Linda de tantas maneiras.

Ela ergueu as sobrancelhas, como se estivesse curiosa, ou talvez desconfiada dos pensamentos dele, mas qualquer comentário que pudesse estar prestes a fazer foi perdido quando Lola falou:

— Olha!

Perséfone desviou o olhar para a costa, onde as outras almas aguardavam, e embora ela não estivesse mais olhando para Hades, ele não tirou os olhos dela.

Yuri e Ian ajudaram Lola e seu pai a subir no cais, e eles foram recebidos pelas outras almas no Asfódelos com música e comida enquanto realizavam a caminhada através do Campo do Julgamento.

A risada suave de Caronte atraiu a atenção de Hades.

— Eles, com certeza, nunca vão esquecer a entrada no Submundo.
— Você acha que vai se sobrepor à chegada repentina da morte deles? — perguntou Perséfone.

Ele sorriu.

— Acho que o seu Submundo vai mais do que compensar esse susto, milady.

Depois fez uma reverência, subiu no barco e voltou pelo rio.

— Um destino ainda é tecido pelas Moiras se for causado por outro deus? — perguntou Perséfone.

Hades baixou os olhos para ela, franzindo a testa. Sabia que ela estava perguntando porque Deméter fora a responsável pelo desastre, mas aquilo não queria dizer que as Moiras não estivessem envolvidas.

— Todos os destinos são definidos pelas Moiras — respondeu Hades. — Láquesis deve ter determinado para cada um deles um tempo de vida que acabava hoje, e Átropos escolheu o acidente como causa da morte. A tempestade da sua mãe forneceu o catalisador.

Ele sabia que suas palavras não eram reconfortantes. Eram apenas o que eram: a realidade do destino.

— Vamos sair daqui. Tenho uma coisa para te mostrar.

Hoje, Deméter tinha machucado sua amante, sua deusa, sua futura esposa, e se ela estivesse pensando, por um segundo sequer, que ele não retribuiria o favor com fúria, logo descobriria que estava enganada.

Hades puxou Perséfone para perto e se teleportou para o Templo de Sangri, aos pés dos degraus de mármore, intocados pelo gelo e pela neve.

— Hades... o que estamos fazendo no templo da minha mãe?

— Visitando — respondeu ele, sustentando o olhar da deusa enquanto beijava a mão dela.

— Não quero visitar o templo — disse ela.

— Sua mãe quer foder com a gente — afirmou ele, subindo os degraus, com Perséfone a seu lado, ainda que a contragosto. — Então vamos foder com ela.

— Você está pensando em atear fogo ao templo dela?

— Ah, meu bem... — disse Hades, com um sorriso. — Eu sou depravado demais pra isso.

Quando chegaram ao topo da escada, Hades invocou sua magia, e as portas do templo se escancararam. Sacerdotes e sacerdotisas ficaram imóveis ao vê-lo se aproximar, os olhos arregalados de medo, embora alguns o encarassem com ódio.

— L-lorde Hades... — Um sacerdote tentou contê-lo à porta, tremendo.

— Saia — ordenou ele.

— O senhor não pode entrar no Templo de Deméter. Este lugar é sagrado! — disse uma sacerdotisa.

Hades a ignorou.

— Saiam — disse ele, reunindo o poder, sabendo que eles o sentiam provocando arrepios em seus braços e nucas. — Ou sejam testemunhas e cúmplices da profanação deste templo.

Todos fugiram, e Hades levou Perséfone para dentro, fechando as portas atrás de si.

Ele se virou para ela.

— Quero fazer amor com você.

— No templo da minha mãe? Hades...

Ele a calou com um beijo, sabendo que acenderia o desejo que fermentava entre eles, e foi o que aconteceu. Perséfone se curvou à sua vontade, o corpo parecendo ouro líquido, moldando-se a ele como sua magia de sombras.

— Minha mãe vai ficar furiosa — disse ela, ofegante, quando seus lábios deixaram os dele.

— Eu estou furioso — respondeu ele, colocando uma das mãos atrás da cabeça dela, a outra descendo, passando pela bunda e pela coxa da deusa, que ele puxou para enganchar a perna dela em seu quadril. Hades a beijou com força, esfregando-se nela, só um indício de como estava desesperado por Perséfone. Ele interrompeu o beijo e percorreu o maxilar dela com os lábios. — E você não disse não — comentou ele quando ela o agarrou com mais força.

Hades a soltou, precisando que ela escolhesse. Ele tinha lhe pedido para fazer algo que desafiava diretamente a mãe, e embora ela estivesse familiarizada com esse tipo de coisa, dessa vez era diferente. Eles iam trepar nesse templo, em solo sagrado. Deméter já tinha acabado com vidas por comportamentos assim.

Mas o fato era que ela estava acabando com vidas agora, e merecia testemunhar aquilo. Ela merecia a desonra.

Perséfone não disse nada ao enfiar as mãos por baixo do paletó dele e fazê-lo deslizar pelos ombros do deus. Hades pensou em usar magia para se livrar das roupas deles mais rápido, mas não havia motivo para pressa. Esse era para ser um ato de adoração, e foi isso que Hades fez ao despi-la, beijando e lambendo cada centímetro de pele exposta, até quando se ajoelhou para ajudá-la a tirar a saia.

Permaneceu de joelhos diante dela por um instante, enterrando a cabeça entre suas pernas, provocando o clitóris, que despontava em meio aos cachos na junção de suas coxas.

Hades gostou da maneira como Perséfone inspirou o ar entre os dentes, de como virou a cabeça de um lado para o outro, deixando que a sensação dele irradiasse através de seu corpo.

Ele queria preencher cada parte dela, possuir cada parte dela.

Hades ficou de pé e tomou Perséfone nos braços, carregando-a pela nave do templo de sua mãe até o altar, repleto de cornucópias com frutas e maços de trigo. Dois grandes braseiros de ouro rugiam, um de cada lado do altar. Hades já sentira o calor deles da porta, mas agora que tinham chegado tão perto, seu corpo já estava úmido de suor.

No meio dos dois braseiros, Hades se ajoelhou para colocar Perséfone deitada no chão de ladrilhos. Ela o encarou quando ele se mexeu entre suas coxas, o sangue quente, o corpo cheio de desejo quando ela abriu bem as pernas, expondo sua buceta macia e escorregadia.

A boca de Hades se encheu de água na mesma hora, e pareceu que a cabeça do seu pau tinha seu próprio batimento cardíaco, desesperada para se refugiar no corpo dela.

Ele se inclinou e passou a língua pelo sexo dela uma vez antes de se afastar e olhar nos olhos da deusa.

— Você está molhada pra mim — disse ele, a voz ressoando no peito.

Ele se sentia enlouquecido e possessivo.

Ela o encarou, sussurrando:

— Sempre...

— Sempre... Só de me ver?

Ela concordou e ele envolveu seu joelho com a mão, beijando-a ali.

— Quer saber como eu me sinto quando vejo você?

Ela assentiu.

— Quando vejo você, não consigo não pensar em você desse jeito. Nua. Linda. Encharcada.

Hades foi subindo os beijos pela coxa de Perséfone, permitindo que sua língua a provasse. Ela se contorceu sob o toque dele conforme o deus se aproximava cada vez mais de seu sexo, sussurrando verdades contra sua pele.

— Meu pau está duro por você, e estou morrendo de vontade de te comer.

— Então por que eu estou tão vazia?

Os olhos de Perséfone faiscavam com o desafio, e Hades deu um sorrisinho antes de se permitir aproveitar o calor dela. O clitóris estava inchado, e ele o chupou suavemente, fazendo círculos com a língua em volta dele. Perséfone se arqueou contra sua boca, e ele ergueu os olhos e a viu apertando os próprios seios, segurando os mamilos entre os dedos.

Porra, ela era incrível.

O deus deixou a língua deslizar pelas dobras de Perséfone e mergulhar na umidade reunida ali antes de penetrá-la com um dedo. Ela contraiu e relaxou o corpo com um gemido gutural. Era impossível não observá-la enquanto ela o recebia. Ela era safada e devassa, e o tesão que ele sentia por ela ficava cada vez mais ardente, profundo, poderoso.

Hades enfiou outro dedo, acariciando-a, lambendo-a, provocando-a até fazê-la gozar em sua boca, e enquanto o corpo dela derretia no chão, ele foi subindo, beijando sua pele úmida até deixar os lábios na altura dos dela. Ela o provou, sua língua faminta se entrelaçando à dele, as mãos indo até o pau do deus, que estava duro entre eles.

Me chupa, caralho, pensou ele ao gemer, mas também foi ousado o suficiente para pedir.

— Você quer me sentir na sua boca?

— Sempre — respondeu Perséfone, sentando-se enquanto ele erguia o corpo e se apoiava nos calcanhares.

— Essa palavra.

Ela lhe roubava o fôlego. Fazia seu corpo estremecer de desejo e seu coração se encher de esperança.

— Qual é o problema dela?

— Nenhum — respondeu Hades, esticando-se no chão onde tinha acabado de fazê-la gozar. — É... perfeita.

Perséfone ficou olhando para ele por um instante, os olhos brilhando como pedras preciosas. Então envolveu o membro do deus com os dedos e o lambeu da base à cabeça.

Ele suspirou para reprimir um tremor violento.

Não importava quantas vezes aquilo tinha acontecido, uma parte dele ainda não acreditava. Hades torcia para ela gostar do gosto. Torcia para ela querer mais. E foi o que pareceu quando a boca de Perséfone se fechou em torno da glande dele. Ela chupou suavemente, a língua alisando a pontinha, onde o gozo se acumulara. Então ela abriu a boca e deixou que ele entrasse até o fundo, uma vez após a outra.

Hades a afastou de seu pau antes que gozasse. Depois se sentou, e as bocas dos dois se encontraram e ele a apertou no chão, ficando de joelhos para deslizar seu pau duro pelo clitóris e pela fenda escorregadia dela.

Perséfone estava quente e Hades sentiu seus músculos se contraindo com a sensação dela.

— Agora, Hades! Você *prometeu*.

Ele conseguiu rir, mas Perséfone não se dava conta de como dificultava as coisas. O desespero dela refletia o dele enquanto o deus lutava para ir devagar.

— O que eu prometi, meu bem? — perguntou Hades, percorrendo com os lábios o caminho entre o pescoço e a orelha dela, mas ela moveu a cabeça na direção dele, a boca tocando de leve a de Hades quando ele se afastou.

— Meter — respondeu ela, os olhos grudados nos lábios dele. Então o encarou. — Me foder.

— Não foi uma promessa — disse ele, aninhando a cabeça do pau no calor dela. — Foi um juramento.

Hades meteu em Perséfone, e seu corpo inteiro pareceu se contrair em torno dele. Ele gostou da sensação, da força com que ela o apertava, mas esperou que os músculos dela relaxassem antes de se mexer.

— Quero fazer amor com você — repetiu o deus, apesar de sentir que faziam amor toda vez que transavam. Não importava se era uma foda rápida e forte ou uma perseguição lenta e feroz do clímax. O que importava era como ele se sentia a respeito dela.

E ele sempre a amava.

Ela assentiu, com muita leveza, a pele brilhando sob a luz do fogo.

Perséfone era linda para caralho e estava preenchida por ele, e quando ele começou a se mexer, ela reagiu gloriosamente, como se nunca o tivesse recebido antes. Ele amava tudo na maneira como ela se movia: o modo como cravava os dedos em seus antebraços, o modo como os seios se erguiam quando ela levantava o quadril para encontrar o dele.

Porra.

Hades levantou o corpo, apoiando-se nos joelhos, então agarrou as coxas dela e empurrou seus joelhos até o peito enquanto se movia. Debaixo dele, a pele dela foi ficando corada, a respiração rasa, e ela revirou os olhos.

Linda pra caralho.

O deus se afastou e lambeu o fluido espesso que se derramava do sexo dela. Nunca tinha provado nada tão doce: nem néctar, nem ambrosia. Ela conseguiria curar todas as feridas. Perséfone enfiou os dedos no cabelo de Hades, e ele deixou que ela o puxasse sobre o próprio corpo. Ele se sentiu muito mais frenético da segunda vez que a penetrou, desesperado para senti-la contrair e soltar os músculos, desesperado para ela gozar em seu pau.

— Vai, meu bem. — A voz dele saiu baixa, ofegante.

Ele nem tinha certeza se Perséfone o escutava, porque seu corpo tinha se tensionado embaixo dele, em torno dele, e, quando ela gozou, o deus logo a seguiu, enterrando-se fundo e derramando-se dentro dela.

Hades sentiu que seu orgasmo era infinito, provavelmente porque prendeu a respiração até terminar, a ponto de sentir o peito doer, mas nem ligou.

Perséfone fazia valer a pena. Ela fazia tudo valer a pena.

Ele se inclinou e pressionou a testa à dela enquanto recuperava o fôlego, depois a beijou e rolou para ficar de costas. Os dois ficaram deitados assim por um tempo, ouvindo os sons do fogo crepitando.

Depois de um tempinho, Perséfone se mexeu, deitando a cabeça no peito dele.

— Que negócio é esse de resgate de cavalos? — perguntou ela, a voz arrastada de sono.

Hades levantou uma sobrancelha, embora Perséfone não pudesse ver. Ela só podia estar falando do terreno que ele comprara recentemente em Élida, na esperança de montar um centro de reabilitação e resgate de cavalos. Era um projeto particularmente querido por Hades, mas ele sabia que Perséfone também gostaria. Estava planejando contar a ela ao levá-la até lá.

— Eu ia te mostrar pessoalmente — disse ele, um tanto frustrado que alguém tivesse arruinado a surpresa que estava planejando. — Quem te contou?

— Ninguém — respondeu ela. — Só ouvi dizer.

— Hummm.

Havia poucos pontos negativos no fato de Perséfone estar trabalhando no Alexandria Tower, mas este definitivamente era um deles.

Depois de um instante, ela se mexeu, colocando os braços em cima do peito dele para olhar em seus olhos.

— Harmonia me visitou hoje.

— Ah, é?

— Ela acha que a arma que usaram para capturá-la era uma rede. E que foi feita com a magia da minha mãe.

Aquela era uma informação interessante.

— Por que minha mãe ajudaria alguém a atacar seu próprio povo?

Perséfone parecia chateada, mas Hades não estava nem um pouco surpreso, e explicou:

— Acontece toda vez que novos deuses chegam ao poder.

— Novos deuses ou um novo poder?

— Talvez ambos — respondeu ele. — Acho que vamos descobrir mais cedo ou mais tarde.

Ela não disse nada por um bom tempo, mas seu silêncio não durou muito.

— O que Teseu estava fazendo no seu escritório hoje?

— Tentando me convencer de que não tinha nada a ver com o seu incidente nem com os ataques a Adônis e Harmonia.

— E convenceu?

— Não detectei nenhuma mentira — admitiu Hades, embora soubesse que Teseu era um sociopata. Mentir era como falar a verdade para ele.

— Mas ainda acha que ele foi o responsável?

— Acho que a falta de ação dele o torna responsável — disse Hades. — A essa altura, ele já deve saber os nomes dos agressores de Harmonia, mas se recusa a revelá-los.

— Você não tem métodos pra extrair esse tipo de informação? — perguntou ela, e Hades deu um sorrisinho.

— Sedenta por sangue, meu bem?

Mas Perséfone não parecia estar achando a mesma graça.

— Só não entendo que poder ele tem para guardar essa informação.

— O mesmo tipo de poder que todo homem com seguidores tem — disse Hades. — Soberba.

Arrogância.

A perdição dos homens.

— E isso não é uma ofensa passível de punição aos olhos de um deus?

— Pode acreditar, meu bem — disse Hades, enrolando alguns fios de cabelo ao redor do dedo. — Quando Teseu chegar ao Submundo, eu mesmo vou escoltá-lo direto para o Tártaro.

22

HADES

— Não acredito que estou fazendo isso — resmungou Hades, percorrendo uma trilha rochosa em meio à paisagem montanhosa do Érebo para chegar à caverna onde Hipnos vivia.

Ele teria se teleportado até lá, mas Hécate o dissuadira.

— *Você precisa mostrar respeito* — disse ela — *Já que vai pedir um favor pra ele.*

Hades se segurou para não dar a resposta que queria, ou seja, que Hipnos que se fodesse, porque, ao mesmo tempo, torcia para o Deus do Sono conseguir ajudar Perséfone.

Então continuou percorrendo a trilha como um mortal, os pés escorregando em pedrinhas, mal cabendo em passagens estreitas, até alcançar a entrada da caverna, de onde fluía uma água cintilante como pedra-da-lua, que descia pela lateral da montanha por onde Hades havia subido. A cascata desaguava no Lete, o rio do Esquecimento.

Ele hesitou diante da entrada escura, sem saber como prosseguir, mas acabou não precisando decidir, porque Hipnos gritou lá de dentro:

— Vai embora!

— Você nem sabe por que eu vim — retrucou Hades.

— Eu sei que é você, e isso já basta — respondeu Hipnos.

Hades resmungou baixinho, depois disse, entre dentes cerrados:

— Eu vim pedir um favor.

— Eu não faço favores pra ninguém, nem pro Deus dos Mortos!

— Mas comete traição quando é forçado a isso — murmurou Hades.

— Eu ouvi! — gritou Hipnos.

Hades suspirou.

— Eu te trouxe uma... *lembrancinha* — disse ele, incapaz de chamar de presente. — Se estiver disposto a ajudar Perséfone.

Não houve resposta, e, um instante depois, Hipnos emergiu da escuridão da caverna. Seu cabelo e seus cílios eram brancos como os de Tânatos, mas, em vez de mechas longas, seus fios eram curtos e encaracolados rentes à cabeça. Estava vestido de branco e tinha asas brancas que pendiam atrás de si como uma capa, arrastando-se no chão.

— Uma lembrancinha, é? — Hipnos soou curioso, mesmo que sua expressão se mantivesse neutra. — Deixa eu ver.

— Concorde em ajudar Perséfone — disse Hades.

— Não — respondeu Hipnos.

Aquilo era um erro. Hades soube assim que Hécate fez a sugestão, mas precisava tentar. Mal conseguia aguentar o pavor conforme a noite se aproximava, o medo de que Pirítoo retornasse mais uma vez para atormentar os sonhos de Perséfone. Não importava que a alma dele já não existisse. Ele continuava vivo na mente da deusa.

Hades encarou o deus por um instante, depois se virou para sair, sem dizer nada.

— Espera, espera! — chamou Hipnos.

Hades parou, mas percebeu a hesitação do deus.

— Me dá uma dica, pelo menos, antes de eu concordar.

Uma onda de desgosto fez os lábios de Hades se contorcerem, e ele continuou andando, sem responder. Já era ruim o suficiente para ele ter que oferecer alguma coisa só para garantir a ajuda de Hipnos.

— Nem você concordaria com alguma coisa sem saber o que está sendo negociado antes disso!

Houve uma época em que Hipnos concordaria, uma época em que ele era calmo e amável, muito parecido com o irmão.

Hades se virou, de punhos cerrados. Tinha perdido por completo a paciência.

— Nunca te pedi nada em toda a sua vida — disse ele.

Hipnos desviou os olhos e cruzou os braços quando Hades continuou.

— Mas venho até você agora porque minha futura esposa, minha rainha, é aterrorizada toda vez que fecha os olhos, e você só se importa em saber se a recompensa é digna do seu tempo. Já esqueceu como é ver a pessoa que você ama sofrer?

— Pelo menos você pode testemunhar o sofrimento dela — disse Hipnos, amargo. — Eu não vejo minha esposa desde que fui condenado a esse inferno!

A esposa de Hipnos se chamava Pasitea. Era uma das Cárites, também chamadas de Graças. Fora oferecida em casamento a Hipnos por Hera, e embora ele houvesse tido a sorte de não perdê-la totalmente, depois de ter traído Zeus, foi separado dela para sempre.

— Talvez isso tivesse mudado se você tivesse concordado em me ajudar.

— Você quer me intimidar por ter te rejeitado, mas tenta me atrair com a promessa da minha esposa, como se não fosse cruel.

— Você teve a chance de obter um pouco de misericórdia — respondeu Hades.

Hipnos o fulminou com o olhar, mas Hades não tinha mais nada a dizer. Não desejava dar presente nenhum ao Deus do Sono em troca de auxílio, mas não significava que não tinha escolhido algo de grande valor.

— Espera — disse Hipnos, quase gritando. Hades o ouviu escorregar pela trilha rochosa, atrapalhado, depois Hipnos apareceu correndo diante dele, com os braços estendidos como se quisesse pará-lo. Sua expressão tinha mudado, agora estava menos raivosa e muito mais desesperada. — Espera, por favor. Eu... eu te ajudo. Mas por favor... me deixa ver a Pasitea.

Hades observou o deus e, depois de um instante, estendeu a mão, com a palma para cima, onde a magia rodopiava. Uma flor de cristal se formou ali, cintilante, mesmo na escuridão apagada.

— Você me enganou? — perguntou Hipnos.

Hades pegou a flor pelo caule. O centro dela brilhava com uma luz cálida, como os raios do amanhecer se derramando em um horizonte escuro.

— Olha pra luz — disse ele, segurando a flor no meio dos dois.

Hipnos lhe lançou um olhar desconfiado, mas fez o que ele disse e logo agarrou sua mão, apertando o caule frágil com força.

— Pasitea — sussurrou ele, ardentemente. Sua boca tremia, os olhos brilhavam.

— Olhe através dessa flor sempre que quiser vê-la — disse Hades, tirando as mãos de debaixo das de Hipnos, para que o deus pudesse segurá-la ele mesmo. Depois desviou os olhos, sentindo que estava se intrometendo em um momento privado.

Passado um tempo, Hipnos soltou um suspiro que atraiu a atenção de Hades, e, quando este olhou para ele, o deus já tinha conseguido se recompor.

— Vou visitar sua Perséfone — disse Hipnos.

Hades levou Hipnos para seu castelo, para o quarto que dividia com Perséfone. Não tinha ideia se aquilo era necessário, mas parecia certo que ele visitasse o lugar onde ela sonhava.

No ambiente escuro, Hipnos parecia uma luz intensa, brilhando em meio às vestes brancas e ao ouro. Ele deu alguns passos para a frente a partir de onde tinham se manifestado, os olhos vagando pelo local.

— Como é pra você — perguntou Hipnos — quando ela sonha?

— Ela se debate ao meu lado. É assim que eu sei que ela está sonhando com o agressor de novo, e quando a toco... — Hades fez uma pausa, um gosto azedo invadindo sua boca ao relembrar como o medo havia feito espinhos rasgarem a pele dela. — Ela não sabe que sou eu.

Você percebe a diferença entre o meu toque e o dele?, ele perguntara.

Quando estou acordada, ela respondera.

Ele engoliu em seco com força. Achava que jamais poderia esquecer aquela noite ou as palavras dela.

— Hummm — disse Hipnos, inspecionando o quarto. — Aqui é sempre tão escuro assim?

— Você mora numa *caverna* — rebateu Hades. — Quem é você pra chamar isso de escuro?

A porta se abriu, e Hades se virou e viu Perséfone entrando no quarto. Ela levou um susto e arregalou os olhos, parada à porta, o olhar passando dele para Hipnos, que girara o corpo para olhar para ela.

— Olá — cumprimentou ela, embora tenha soado mais como uma pergunta. Fechou a porta. — Estou... interrompendo alguma coisa?

Hipnos bufou.

— Perséfone, esse é Hipnos, Deus do Sono — disse Hades. — É irmão do Tânatos. Eles não são nem um pouco parecidos.

Hipnos contraiu a boca e estreitou os olhos.

— Ela teria descoberto sozinha. Não precisava contar.

— Eu não queria que ela tivesse a falsa impressão de que você seria tão gentil quanto seu irmão.

— Não é que eu não seja gentil — argumentou Hipnos. — Mas eu não me dou bem com idiotas. Você não é idiota, é, Lady Perséfone?

Hades ficou tenso ao ouvir a pergunta.

— N-não — respondeu ela, hesitante, obviamente pega de surpresa pela pergunta brusca de Hipnos.

Hades suspirou, explicando:

— Eu chamei Hipnos para vir aqui pra ele te ajudar a dormir.

— Tenho certeza de que ela já percebeu — disse Hipnos.

— E você? — perguntou Perséfone. — Contou pra ele que você não dorme?

Hipnos riu de novo.

— O Deus dos Mortos admitindo que precisa de ajuda? Só em sonho mesmo.

Hades fulminou Hipnos com o olhar, mas se esforçou para reprimir a própria frustração e se voltou para Perséfone.

— Isso é sobre você — disse ele, depois se virou para Hipnos. — Ela não tem dormido e, quando dorme, tem pesadelos que a fazem acordar. Às vezes, encharcada de suor, às vezes gritando.

— Não é... nada. São só pesadelos.

— E você é só uma jardineira superestimada — respondeu Hipnos.

— Hipnos! — alertou Hades.

— Não me admira que você viva do lado de fora dos portões do Submundo — murmurou Perséfone.

O deus levantou as sobrancelhas e sorriu.

— Para o seu governo, eu vivo do outro lado dos portões porque ainda sou uma divindade do Mundo Superior, apesar da minha sentença aqui.

— Sua sentença?

— Viver debaixo do mundo é meu castigo por ter feito Zeus adormecer — explicou ele.

— *Duas vezes* — enfatizou Hades. Dava para sentir Hipnos o fuzilando com o olhar.

— Duas vezes? Você não aprendeu da primeira vez? — perguntou Perséfone.

— Eu aprendi, mas é difícil ignorar um pedido da Rainha dos Deuses. Rejeitar Hera significa viver uma vida infernal, e ninguém quer viver assim, né, Hades?

Hades olhou feio para ele. Pelo jeito o Deus do Sono ficara sabendo dos trabalhos que Hera lhe atribuíra. Até então ele não havia compartilhado os detalhes com Perséfone e nem tinha certeza se o faria. Não parecia necessário agora, considerando que já tinha garantido o apoio de Hera.

— Me conta sobre esses pesadelos — disse Hipnos. — Preciso de detalhes.

— Por que você quer saber? Eu te falei que ela estava tendo problemas para dormir. Não é suficiente pra criar um sonífero?

— Talvez sim, mas um sonífero não vai resolver o problema. Sou mais velho que você, milorde, uma divindade primordial, lembra? Me deixa trabalhar. — Os dois deuses ficaram se encarando com raiva antes de Hipnos se voltar para Perséfone. — E então? Com que frequência você tem esses pesadelos?

— Não é toda noite — disse ela.

— Existe um padrão? Eles vêm depois de um dia particularmente estressante?

— Acho que não. Esse é um dos motivos de eu não querer dormir. Não tenho certeza do que vou encontrar do outro lado.

— Esses sonhos... eles começaram depois de algum evento traumático?

Perséfone assentiu.

— Qual?

— Eu fui sequestrada — respondeu ela. — Por um semideus. Ele estava obcecado por mim e... queria me estuprar.

— E conseguiu?

Perséfone recuou, e Hades quase perdeu o controle. Espinhos pretos irromperam da ponta de seus dedos.

— *Hipnos!*

— Lorde Hades — cortou Hipnos, ríspido. — Mais uma interrupção e eu vou embora.

— Tudo bem, Hades. Eu sei que ele está tentando ajudar.

Hipnos deu um sorriso agradável.

— Escute a mulher. Ela aprecia a arte da interpretação de sonhos.

— Não, ele não conseguiu, mas, nos meus sonhos, parece chegar cada vez mais perto de... conseguir.

Hades sentiu um aperto no peito com as palavras dela.

— Sonhos, pesadelos, nos preparam para sobreviver — disse Hipnos. — Eles dão vida a nossas ansiedades para que possamos combatê-las. Você não é diferente, Deusa.

— Mas eu sobrevivi — disse Perséfone.

— E acha que sobreviveria se acontecesse de novo? Não na mesma situação, numa situação diferente. Talvez se um deus mais poderoso a raptasse.

Perséfone não respondeu.

— Você não precisa de um sonífero — disse Hipnos. — Precisa pensar em como vai lutar no próximo sonho. Mude o final, e os pesadelos vão parar.

Então o deus se levantou.

— E pelo amor de todos os deuses e deusas, vai dormir, porra.

Hipnos desapareceu.

Perséfone olhou para Hades.

— Agradável, ele.

Hades a encarou por um instante, depois baixou os olhos para uma mancha vermelha.

— Por que tem sangue na sua blusa?

Perséfone arregalou os olhos e olhou para a mancha.

— Ah... eu estava praticando com a Hécate — disse ela.

— Praticando o quê?

— Cura.

Hades franziu a testa.

— É muito sangue.

— Bom... não dava pra eu me curar se não estivesse machucada — disse ela.

Hades estreitou os olhos.

— Ela está fazendo você praticar em si mesma primeiro?

— Sim... por que é errado?

— Era pra você estar praticando em... flores, porra. Não em si mesma. O que ela mandou você fazer?

— E importa? Eu me curei. Eu consegui. Além disso, não tenho muito tempo. Você sabe o que aconteceu com Adônis e viu o que aconteceu com Harmonia.

— Você acha que eu deixaria o que aconteceu com eles acontecer com você?

— Não é isso que eu estou dizendo. Quero ser capaz de me proteger.

Ele não conseguia parar de olhar para o sangue. Ela cruzou os braços sobre o peito.

— Juro que estou bem — disse Perséfone. — Pode me beijar, se acha que eu estou mentindo.

— Eu acredito em você, mas vou te beijar mesmo assim — disse Hades, e pressionou os lábios aos dela suavemente, ansioso demais para beijá-la como queria, ainda mais depois do que ela contara a Hipnos sobre os sonhos.

Quando ele se afastou, Perséfone perguntou:

— Por que você não me contou que eu tinha o poder de me curar?

— Imaginei que Hécate fosse te ensinar em algum momento — respondeu ele. — Até lá, seria um prazer curar você.

Perséfone baixou os olhos para os lábios de Hades, e um calor surgiu no baixo ventre do deus.

— O que devemos fazer esta noite, meu bem? — perguntou ele.

Ela sorriu.

— Estou morrendo de vontade de jogar cartas.

23

HADES

— Vamos jogar seguindo as minhas regras — disse Perséfone.

Hades ergueu uma sobrancelha ao se sentar diante dela na mesa do quarto.

— Suas regras? Qual é a diferença delas para as regras oficiais?

— Não há regras oficiais — explicou a deusa. — Por isso esse jogo é tão divertido.

Parecia o pior pesadelo dele.

— Me escuta — disse ela, quando ele franziu a testa. — O objetivo é pegar todas as cartas do baralho. Nós dois vamos jogar uma carta na mesa ao mesmo tempo. Se a soma das cartas for dez ou se você jogar um dez, tem que dar um tapa na pilha.

— Dar um... *tapa* na pilha? — repetiu ele, confuso.

— Isso.

— Por quê?

— Porque é assim que você obtém as cartas.

Ele tentou não rir. Parecia ridículo, mas ele não tinha nada contra tapas.

— Continua.

— Além da regra dos dez, tem uma regra para as figuras — disse ela, e Hades começou a pensar que talvez não devesse querer regras. Elas eram confusas.

— Dependendo da figura que alguém jogar, você tem um certo número de chances de baixar outra figura, ou a pessoa que jogou a primeira fica com todas as cartas.

Ele não entendeu nada do que ela disse, mas concordou como se entendesse.

— Por último, se você der o tapa na hora errada, vai ter que colocar duas cartas embaixo da pilha.

— Certo. Claro. Qual é o nome desse jogo mesmo?

— Parafuso de rato egípcio.

Parafuso o quê? Esse nome existia?

— *Por quê?*

Ela hesitou um instante, depois franziu a testa.

— N-não sei. Só sei que chamam assim.

— Bom, acho que vai ser divertido — disse ele, seco. — Vamos para a parte importante, o que está em jogo? O que você vai querer se conquistar esse... baralho inteiro primeiro?

Essa era a parte preferida dele em qualquer jogo. Era o que fazia o jogo valer a pena.

Ela ficou quieta enquanto refletia, batucando o dedo nos lábios, o que prendeu a atenção de Hades, fazendo seu estômago se contrair e revirar com desejo.

— Quero um fim de semana — disse ela, afinal. — A sós. Com você.

— Você está pedindo uma coisa que eu daria de bom grado, e já dei, muitas vezes.

— Não um fim de semana presa na sua cama — disse ela, e Hades se sentiu na defensiva, assim como ela parecia estar. — Um fim de semana... numa ilha ou nas montanhas ou numa cabana. Tipo... *férias*.

Ele gostou.

— Hummm. Até agora você não me deu nenhum bom motivo pra vencer — brincou ele.

— E você? O que vai querer?

— Uma fantasia — respondeu ele. — Realizada.

Nem hesitou porque já estava pensando naquilo fazia um tempo.

— Uma... fantasia? — perguntou Perséfone, confusa a princípio, então ele esclareceu.

— Uma fantasia sexual.

— Claro — disse ela, ofegante. — Posso perguntar o que essa fantasia sexual envolve?

— Não — disse ele, mas só porque ainda não tinha decidido exatamente qual pediria que ela explorasse... se estivesse disposta. — Você aceita?

— Aceito.

A resposta rápida fez o coração de Hades acelerar, e de repente ele começou a sentir o sangue correr para o pau. Gostava da ansiedade de Perséfone, mas gostava mais ainda que ela confiasse nele o suficiente para dizer sim.

Perséfone partiu o baralho e deu metade a cada um.

A primeira carta dela foi um dois de espadas, e ele jogou uma rainha de paus.

— Então agora eu tenho três chances de jogar uma figura.

Ele só concordou porque não tinha a menor ideia do que estava acontecendo, mas imaginou que quanto mais jogassem e mais ela explicasse, mais claras as regras ficariam... quer dizer, isso se ele conseguisse se concentrar em algo além da ereção latejante.

Perséfone tornava as coisas ainda mais difíceis porque estava sentada diante dele, corada e excitada. Dava para ver pela maneira como ela ficava cruzando e descruzando as pernas.

A carta seguinte dela foi um rei.

— Agora, você tem quatro chances de jogar uma figura.

Hades tinha quase certeza de que ela estava inventando as regras conforme jogava. *Uma figura*, pensou ele, tentando lembrar o que era aquilo: um valete, uma rainha ou um rei. A primeira foi um cinco de ouros, depois um três de paus, por último um valete de copas, o que significava que agora era a vez dela.

Só que ela imediatamente jogou um valete na pilha.

— Agora, você tem uma chance de jogar uma figura.

O que ele jogou foi um dez de espadas.

Hades não saberia dizer ao certo o que o possuiu, mas, assim que viu a carta, bateu a mão na mesa. Perséfone pulou com o som e o encarou de olhos arregalados.

— O quê? Você disse pra dar um tapa.

— Isso não foi um tapa. Foi mais uma *agressão*.

Os olhos dele brilharam.

— É que eu quero muito vencer.

— Achei que você estava intrigado com a minha proposta.

— É, mas eu posso fazer o que você pediu a qualquer momento.

— E você acha que eu não posso realizar sua fantasia a qualquer momento?

— Pode?

Hades sabia que ela podia, mas a pergunta era se ele estaria disposto a pedir fora de uma aposta, apesar de que, agora que sabia que Perséfone estava disposta, seria mais fácil. Não é que ele tivesse vergonha. Era mais que não queria assustá-la nem deixá-la desconfortável, principalmente considerando que os pesadelos com Pirítoo só estavam piorando.

Ele sustentou o olhar dela, e o ar entre eles ficou pesado. Ele gostava de como ela o olhava, como se quisesse foder com força.

— Vamos continuar? — perguntou Hades.

Para ele não teria problema continuar depois de ela ter gozado no seu pau.

Perséfone pigarreou e baixou os olhos para as cartas.

Quanto mais jogavam, mais desconfortável ele ficava, querendo aliviar a tensão que pulsava entre suas pernas. Logo Hades se viu com apenas uma carta, e a vitória de Perséfone parecia iminente, mas ela estava subestimando a vontade dele de vencer.

— Não fique tão convencida, meu bem. Vou me recuperar com essa carta.

Ela revirou os olhos, mas, quando ele baixou a carta, era um dez, e ele bateu na pilha e ganhou as cartas.

Perséfone se apoiou no encosto da cadeira, o choque rapidamente se transformando em frustração.

— Você trapaceou!

Ele deu um sorrisinho.

— Conversa de perdedor.

— Cuidado, milorde. Você pode ter vencido, mas eu sou a responsável pela experiência. Você quer que seja boa, não quer?

Perséfone era responsável pela experiência dele, mas Hades gostaria de qualquer coisa, contanto que estivesse com ela. Ela o seguiu quando ele se levantou e tirou as abotoaduras.

— Dez segundos — disse ele.

— O quê? — perguntou ela, confusa.

— Você tem dez segundos pra se esconder — disse ele. — Depois eu vou te procurar.

— Sua fantasia é brincar de esconde-esconde? — perguntou Perséfone.

— Não. Minha fantasia é a perseguição. Eu vou caçar você, e aí, quando te encontrar, vou meter tão fundo em você que a única coisa que você vai conseguir dizer vai ser o meu nome.

A deusa inclinou a cabeça para o lado.

— Você vai usar magia?

— Ah, a brincadeira vai ser muito mais divertida com magia, meu bem.

— Mas esse é o seu reino — protestou ela. — Você sempre vai saber onde eu estiver.

— Quer dizer que você não quer ser encontrada?

Perséfone abriu um sorriso malicioso e, sem dizer mais nada, desapareceu.

Hades permaneceu no quarto, contando cada vez que seu pau latejava, e, quando chegou a dez, foi atrás dela.

Encontrou-a no jardim no exterior do palácio, escondida atrás de um salgueiro. Ela parecia selvagem e linda, os olhos ardendo de tesão e prazer enquanto se agarrava ao tronco da árvore. O olhar dela percorreu o corpo de Hades, traçando cada parte dele. Ele teve a sensação de uma carícia física.

— Pensei em você o dia todo — disse ele, sombrio. Os olhos dela brilhavam quando se afastou da árvore, atraindo Hades para o interior do jardim. Ele a seguiu, ansioso pelo prêmio. — Seu gosto, a sensação do meu pau deslizando para dentro de você, o jeito como você geme quando eu meto em você.

Perséfone se virou para ele quando chegou ao muro do jardim, e ele a prendeu entre os braços, inclinando-se para perto.

— Quero te foder tão forte que seus gritos vão chegar aos ouvidos dos vivos — disse ele, curvando-se sobre ela. Quando falou, os lábios dos dois se roçaram, depois ele sentiu a língua de Perséfone acariciar sua boca.

— E por que não fode?

Hades soltou um rosnado baixo na garganta com a provocação dela, ciente de que havia sido ele que pedira essa tortura.

Perséfone reuniu sua magia e Hades pensou em impedi-la de se teleportar, mas não tinha se cansado do jogo ainda. Queria ver o que ela faria.

Mas ele não estava esperando que ela se materializasse no meio do Asfódelos, entre multidões de almas. Quando ele chegou, as crianças já estavam reunidas em volta dela, puxando suas mãos e a barra de sua saia.

Quando Hades apareceu, elas se viraram para ele.

— Hades! — gritaram as crianças, correndo para ele.

Bom, que constrangedor.

Ele pegou o menininho mais jovem no colo e o jogou para cima, e o garoto gritou, rindo.

— Hades, brinca com a gente! — gritaram as crianças.

— Receio que tenha feito uma promessa a Lady Perséfone que preciso cumprir — explicou ele, colocando o menininho no chão. — Mas vou prometer uma coisa a vocês agora: Lady Perséfone e eu vamos voltar para brincar assim que possível.

Hades olhou para Perséfone e não conseguiu identificar sua expressão. Ela parecia atordoada. Depois de um instante, ela engoliu em seco e conseguiu sorrir para as crianças.

— Vamos visitar vocês em breve! — prometeu ela, antes de sumir.

Hades a seguiu depressa, buscando sua magia para descobrir onde ela apareceu: no campo de Asfódelos.

Assim que chegaram, ele a pegou nos braços e a beijou quase com violência, o corpo tremendo com um desejo tão intenso que Hades mal conseguia se conter enquanto explorava a boca de Perséfone com a língua. Caralho, ela era incrível, e tinha gosto de primavera.

Hades ficou surpreso quando ela se afastou. Os dois ficaram se olhando por um instante, respirando com força, e então ele deu um passo à frente. Quando Perséfone não se afastou nem foi embora, ele agarrou a parte da frente do vestido dela e a puxou para perto.

Perséfone não protestou quando Hades rasgou o tecido, nem quando pegou seus seios e os chupou até que ela se agarrasse ao deus e se esfregasse nele.

— Renda-se — sussurrou ele, beijando o pescoço dela.

Hades poderia possuí-la ali mesmo no campo, em meio ao Asfódelos, mas, quando encontrou o olhar dela, ela deu um sorrisinho muito leve.

— Não — disse ela, no sussurro mais inebriante possível.

Então despareceu de novo, e Hades grunhiu de frustração ao segui-la, determinado a possuí-la onde quer que ela se manifestasse, não importava quem estivesse vendo. Ele não aguentava mais aquilo, então apareceu diante dela, que estava sentada no trono dele, e quase se ajoelhou a seus pés.

Porra, ela era um sonho.

— Minha rainha — disse ele, dando um passo na direção dela.

— Para!

Hades não estava esperando aquela ordem, então obedeceu, apesar do arrepio que lhe causou. Ele ficou observando Perséfone, respirando com força, mais frustrado do que nunca. Queria muito desafiá-la, mas também queria ver do que ela era capaz.

— Tire a roupa.

Ele não desviou o olhar.

— Pra alguém que não gosta de títulos, você é bem mandona.

Perséfone ergueu a sobrancelha.

— Preciso me repetir?

Hades deu um sorrisinho, mas quando começou a invocar magia, ela o deteve.

— Sem magia. Do jeito mortal. Devagar.

O deus engoliu em seco com força e lambeu os lábios.

— Como quiser.

Ele raramente fazia aquilo, mas, vendo o jeito como Perséfone o observava, achou que deveria adotar a prática mais vezes. Ela não tirou os olhos dele enquanto ele despia cada peça, se expondo lentamente ao olhar ardente da deusa.

— E seu cabelo... Solte.

Hades a viu estremecer quando ele balançou o cabelo solto. Ele achou que tinha terminado, mas ela deu mais uma ordem.

— Desfaça sua ilusão.

— Só se você também desfizer a sua — desafiou ele.

Perséfone hesitou, mas Hades não sabia bem por quê. Talvez só não estivesse esperando que ele negociasse. Então ela se desprendeu da magia, e ele não conseguia descrever a maravilha que era vê-la se transformar. Sentia que raramente a via assim e, embora a amasse em qualquer forma, alguma coisa em vê-la como fora criada o deixava tonto.

Hades não teve pressa em apreciá-la, varrendo seu corpo com o olhar — dos chifres aos pés descalços. Jamais se cansaria de olhar para ela.

Quando seus olhos se encontraram de novo, os dela estavam pesados e caídos. Ele desfez a ilusão, a magia se despregando de seu corpo como sombras que desapareceram na escuridão.

Perséfone se levantou, e cada passo que dava na direção de Hades o deixava mais tenso.

— Não se mexa... — disse a deusa, a voz abafada.

Hades deu um suspiro baixo e sôfrego quando Perséfone colocou a mão no peito dele e explorou seu corpo até envolver seu pau. Achou que ia explodir ali mesmo, pela mera expectativa do toque dela. Perséfone o masturbou até aparecer uma gotinha de gozo na cabeça do pau, que ela recolheu com a ponta do dedo, depois lambeu olhando para ele.

Hades cerrou os dentes.

Queria beijá-la e sentir o próprio gosto na língua dela.

Então Perséfone deu um passo para trás e voltou para o trono de Hades, reclinando-se antes de falar:

— Venha.

Porra, finalmente.

Hades deu um sorrisinho.

— Só por você.

Em um instante, o deus estava em cima dela, enfiando as mãos no que restava do vestido, e, quando Perséfone ficou completamente nua, ele a pegou no colo. A deusa não precisou de incentivo, envolvendo a cintura dele com as pernas de imediato, e ele conduziu o pau para dentro dela.

Os dois gemeram juntos, as bocas se abrindo e se tocando.

— Eu estava começando a achar que você só queria olhar — disse Hades, sem fôlego, esfregando-se nela.

— Eu queria você — sussurrou Perséfone. — Queria transar desde que ficamos sozinhos.

— E, em vez de transar, você pediu um jogo. Por quê?

— Eu gosto de preliminares — disse ela, e ele só conseguiu soltar uma risada engasgada.

Os dedos da deusa roçaram sua orelha, e ele inspirou o ar por entre os dentes, colando a boca à dela. O corpo de Perséfone ficou escorregadio entre as mãos de Hades, e estava quase difícil demais segurá-la, mas ela o agarrava com força.

— Odeio ter que esperar você — disse ela.

— Então me encontre — respondeu ele.

— Você está sempre ocupado.

— Sonhando com estar dentro de você.

Era verdade: a cada minuto de cada dia.

Perséfone conseguiu soltar uma risada ofegante.

— Eu amo essa risada — disse Hades, passando os lábios pelo maxilar dela até chegar à boca.

— Eu amo você.

Hades se afastou e olhou Perséfone nos olhos, depois se sentou, abraçando-a.

— Fale de novo.

O olhar da deusa se suavizou, e ela passou os dedos pelo cabelo dele.

— Eu te amo, Hades.

Ele sorriu. Estava tão, tão apaixonado por ela.

— Eu te amo — disse ele enquanto ela se movia cada vez mais rápido e mais forte contra ele, correspondendo aos movimentos com o mesmo vigor. — Você é perfeita. É a minha amada. Minha rainha.

Perséfone gozou em cima dele e ele a acompanhou, e os dois desabaram no trono, exaustos.

— Por que essa foi a primeira vez que ouvi falar das suas fantasias? — perguntou ela, quando ele lhe deu um beijo na cabeça.

Hades não sabia bem o que dizer.

— Como verbalizar uma coisa dessas?

Ela o encarou.

— Acho que é só... me falar o que você quer. Não é isso que você ia querer que eu fizesse?

— Sim — disse ele, intrigado pela ideia de desejos. — Então me fala: qual é a sua fantasia?

Perséfone arregalou os olhos, depois franziu a testa.

— Eu... acho que não tenho nenhuma.

— Desculpa, mas não acredito em você — disse ele.

— Não, não desculpo. É da sua natureza detectar mentiras.

Hades riu.

— Mas o que devemos fazer? Para descobrir suas fantasias?

Perséfone levou um bom tempo para falar. Ele sabia que ela tinha uma resposta; estava na ponta da língua, criando uma tensão entre eles.

— Um dia... quero que... você me amarre.

Hades estava esperando algo diferente; talvez exibicionismo. Considerando as experiências dela com Pirítoo, ele achava que amarras estariam fora de questão. Tinha a sensação de que era algo em que os dois teriam que trabalhar.

— Sempre vou fazer o que você pedir.

Os dois ficaram calados, e Perséfone apoiou a cabeça no peito de Hades. Depois de um instante, ela falou.

— E você? Que outras fantasias vivem nessa sua cabeça?

Hades apertou os braços em torno do corpo escorregadio da deusa, sua excitação crescendo e endurecendo dentro dela de novo.

— Meu bem, toda vez que eu como você é uma fantasia.

24

TESEU

— Então — disse Teseu, olhando para a mulher sentada diante dele por cima de um buquê de flores amarelas. — Você quer saber mais sobre a Tríade?

Ela havia se apresentado como Cassandra, mas ele sabia que seu verdadeiro nome era Helena. Era uma aspirante a jornalista, aluna da Universidade de Nova Atenas, e trabalhava para Perséfone Rossi.

A mulher ainda ignorava o fato de que ele sabia tudo a respeito dela, ainda fingia estar interessada em se juntar à organização, assim como tinha feito na última semana, quando fora a um comício.

Normalmente, Teseu não incentivaria esse tipo de comportamento, mas ele era um oportunista e enxergava o potencial dela.

Sabia o que ela queria de verdade.

Helena era ambiciosa e estava sempre procurando o caminho que a impulsionaria ao topo. Não estava mais interessada nele do que ele estava nela, além do que podiam fazer um pelo outro. Só que, no momento, ela ainda achava que estava na vantagem, que seria a única responsável por dar um furo de reportagem a respeito da maior ameaça ao governo olimpiano.

Teseu admirava a confiança dela, mas odiava sua ignorância.

Helena segurava garfo e faca, cortando a carne que havia pedido. Seus movimentos eram cuidadosos, até graciosos; ela estava tentando impressioná-lo.

Até agora não tinha conseguido.

— Acho que estou mais interessada em como *você* a vê — disse ela. Sua voz tinha um tom mais atrevido, e, enquanto olhava para ele, baixou os olhos para a boca do semideus.

Teseu achava sua sedução chata e previsível. A falha fatal da mulher era achar que sua beleza era suficiente para manipulá-lo. Fedra era bonita, assim como a irmã. Ele podia transar com a beleza o dia todo. Não mudava nada, não lhe acrescentava nada.

O semideus só obtinha prazer se as machucava, e só de pensar nisso seu pau endureceu.

— Não quero influenciar sua opinião — disse ele. — Nossas ações falam por si mesmas.

— Suas ações parecem terroristas.

— É uma questão de perspectiva — respondeu Teseu. — Eu diria que o Olimpo é que é terrorista.

Helena deu uma olhadinha para os lados, provavelmente ansiosa por causa do que ele dissera.

Ele deu um sorrisinho.

— Isso te deixa desconfortável?

— Bom, é blasfêmia — respondeu ela.

— Acho que é — concordou ele. — Se você adora os deuses.

— Adorando ou não, eles são reais — argumentou Helena. — As consequências de heresia são horrendas.

— Não mais do que uma tempestade de neve mortal — rebateu Teseu. — Se eu morrer espalhando verdades sobre os deuses, então que seja.

Helena ficou em silêncio enquanto esticava o corpo para pegar a taça e depois se acomodava de volta na cadeira. Era uma ação que ele não estava esperando. Transbordava conforto.

— Quer saber o que eu acho? — perguntou a mulher, dando um gole no vinho.

Teseu não queria, mas precisava admitir que estava curioso com a súbita mudança na postura dela e sua estranha e repentina confiança.

Ele esperou. Não ia ficar implorando.

— Acho que você não liga para o que acontece com o povo da Nova Grécia, mas acho que precisa da adoração deles.

Teseu não tirou os olhos do rosto dela.

— E o que você acha disso? — perguntou ele.

— Todo mundo quer ser adorado.

— Você quer? — perguntou ele.

Estava ansioso pela resposta. Esperava algo genérico, um comentário do tipo: *que mulher não quer ser adorada?*

Em vez disso, Helena disse:

— Posso até ser temida, não ligo. Eu só quero poder.

Havia um brilho no olhar da mulher que Teseu não percebera antes, uma escuridão que queria incitar.

Depois de um instante, ele se levantou.

— Vem comigo — disse o semideus, e embora Helena tivesse ficado tensa, aceitou a mão estendida dele.

Quando envolveu a mão dela, ele se teleportou.

Reapareceram nas sombras de um grande armazém, numa sacada com vista para uma pista lotada.

Teseu chamava o lugar de Forum.

As pessoas presentes haviam sido convidadas e escolhidas com base nas queixas que tinham dos deuses: eram aquelas cujas preces tinham sido rejeitadas.

— Onde estamos? — perguntou Helena.

— Você está em segurança — respondeu Teseu.

Ela virou a cabeça, mas não olhou para ele.

— Não foi isso que eu perguntei.

— É só isso que você precisa saber.

Teseu colocou a mão nas costas de Helena e a conduziu até o guarda-corpo. Colocou um braço de cada lado dela, enjaulando-a ali, pressionando-a contra a parede, sua ereção aninhada na bunda da mulher. Ela arqueou as costas, cravando as omoplatas no peito dele.

Um homem estava à frente da multidão, encarando seis semideuses sentados, meio encobertos pela escuridão.

— Eu implorei a Apolo — disse ele, contando sua história. — Levei mel dourado e jacintos ao altar dele, mas minhas preces não foram ouvidas.

— Não foram ouvidas ou não foram respondidas?

A pergunta foi feita por Okeanos, o irmão gêmeo de Sandros, ambos filhos de Zeus.

— Não foram respondidas! — gritou alguém. Outros rugiram em concordância.

Essa era a maravilha de uma multidão de seguidores: bastava um líder para incendiá-los, para mudar a energia e inspirar raiva.

— Quem são eles? — perguntou Helena, em voz baixa, quase inaudível por cima do barulho que vinha lá de baixo, que ecoava por todos os lados.

— São agentes do povo — disse Teseu, falando perto do ouvido dela. — Dentro da Tríade, são chamados de grão-lordes, semideuses, descendentes dos deuses.

O homem que a princípio falara com tranquilidade agora estava irritado. Aumentou o tom da voz para um grito.

— Escuta — disse Teseu, direcionando a atenção dela para o andar de baixo de novo.

— Eu acendi velas e colhi folhas de louro, gravei símbolos em pedras aquecidas ao sol, tudo em nome de um deus que ignora minhas súplicas!

A multidão rugiu de raiva e começou a entoar:

— Morte a Apolo!

— Tenham piedade de mim, milordes! — pediu o homem. — Só quero ficar bem para continuar a sustentar minha esposa e minha filha.

Um semideus se levantou e deu dois passos suaves na direção da luz, e todos se calaram. Ele era grande, parecendo um guerreiro. Apesar disso, tinha o dom da cura.

Teseu sentiu Helena inspirar.

— Quem é aquele? — perguntou ela.

— Macaão — disse ele. — Tecnicamente o segundo. É descendente do semideus Asclépio.

— O filho do Apolo?

— Ele mesmo — disse Teseu.

Conforme Macaão se aproximava, o homem começou a tremer.

— Não tenha medo — disse Macaão, depois colocou a mão na cabeça do homem. — Eu vou curá-lo dessa praga.

O homem tremeu ainda mais, e seus joelhos cederam.

Não dava para entender o que exatamente o semideus estava fazendo, mas Teseu sentia o poder, assim como sentia toda a influência divina. O poder de Macaão era delicado, como a carícia suave de uma onda batendo na costa.

O homem desabou para a frente, mas Macaão o pegou e o levantou. A cabeça do homem caiu para trás, os olhos fechados.

Teseu sentiu Helena se inclinar para a frente, o corpo tenso de expectativa.

— Ele está vivo? — sussurrou ela.

Então o homem abriu os olhos, e a sala inteira irrompeu em comemoração.

— Levante, meu amigo — disse Macaão. — Você está curado.

Ajudou o homem a ficar de pé, e ele foi consumido pela multidão conforme era celebrado e o nome de Macaão era entoado em adoração, o que alimentava seu poder.

Teseu também sentia aquilo.

— Os deuses negam — disse ele, roçando a orelha dela com os lábios ao falar. — Nós damos. Os deuses impedem — disse ele, subindo a saia dela. — Nós auxiliamos. Os deuses destroem — disse ele, tocando-a entre as pernas. — Nós consertamos.

Helena gemeu quando os dedos dele deslizaram através do seu calor. Era tudo que ele precisava saber, que ela estava molhada o suficiente para seu pau.

Teseu a empurrou para a frente, apoiando uma das mãos nas costas dela.

Alisou sua bunda, depois deu um tapa antes de separar seus pés com um chute e se enfiar nela.

— Isso, caralho!

Helena arfou, empurrando o corpo para trás para encontrar as estocadas de Teseu, como se ansiasse por algo mais forte e sombrio.

O semideus enrolou o cabelo dela na mão e puxou. Helena gritou, mas obedeceu, arqueando as costas enquanto ele se movia, mantendo uma das mãos apoiada no guarda-corpo. Ela não fez menção de beijá-lo, não tentou ser nada além de um receptáculo, e quando Teseu sentiu suas bolas se contraírem e uma onda subir pelo pau, puxou para fora e gozou, sua porra espirrando na bunda e na parte posterior das coxas de Helena.

Teseu restaurou a própria aparência quando ela se virou para olhar para ele, os olhos brilhando de tesão.

— Vou escrever a história que você quer contar — disse Helena. — Mas quero uma carona para o topo.

— Sua chefe é a futura esposa do Hades — respondeu ele.

Ela ergueu a sobrancelha.

— Se a Perséfone não concordar em publicar meu texto, levo pra outro lugar.

Teseu se aproximou, roçando os lábios dela com o polegar enquanto passava a língua pelos próprios lábios.

— Da próxima vez, vou gozar nessa boquinha — disse ele, depois se afastou. Antes de deixá-la, ele parou. — Garanta que suas palavras espalhem as sementes da guerra... *Helena*.

O Forum estava vazio, tirando Teseu e os seis grão-lordes.

Ele estava esperando a chegada de um grupo de Ímpios que tinham passado a se chamar de assassinos de deuses. Em geral, Teseu não se opunha a atos de violência isolados praticados pelos Ímpios, mas traçava um limite quando eles ficavam exibidos demais. E esses homens em particular não paravam de alardear que tinham tirado os chifres de uma deusa.

— Cadê eles? — perguntou Teseu a ninguém em particular, certo de que um deles responderia.

— A caminho — respondeu Damião, filho de Tétis, uma deusa da água.

Teseu engoliu a frustração.

Havia uma tensão crescendo em seu corpo desde a saída de Helena, e não tinha nada a ver com tesão ou desejo de transar.

Era uma necessidade diferente — violenta.

As portas se abriram e cinco homens entraram.

O do meio, que era grande e barbado, carregava um chifre comprido e branco em cada mão.

— Milorde — disse ele, fazendo uma reverência profunda diante de Teseu. — Vim deixar oferendas a seus pés.

O homem colocou os chifres no chão, e Teseu ficou olhando para eles.

— Bem, não está satisfeito? — perguntou o homem, a voz estrondosa. — Não foi isso que milorde pediu?

Teseu não falou nada, mas se inclinou para pegar um dos chifres, testando-o. Eram ásperos e leves.

Então ele o enfiou no peito do homem.

— Estou satisfeito — disse Teseu, enquanto o sangue irrompia da boca do mortal.

— Que porra é essa! — gritou um dos homens.

Outro homem vomitou.

Teseu arrancou o chifre do peito do ímpio, que gemeu e caiu de joelhos.

Os outros quatro homens correram, gritando enquanto procuravam uma saída do armazém. Dois foram atingidos com raios lançados pelos gêmeos. Outro começou a convulsionar e se transformou em cinzas como se estivesse queimando de dentro para fora. O último começou a gorgolejar e cuspir água antes de girar e cair de costas, afogando-se.

— Mas, infelizmente, não posso permitir que vocês vivam pra contar a história — disse Teseu, quando estavam todos mortos.

25

HADES

Hades se teleportou para seu escritório no Alexandria Tower.

Estava ansioso, o que não era nenhuma surpresa, considerando que planejava se reunir com Zeus mais tarde para falar de seu futuro com Perséfone. Ele esperava convencer o irmão a concordar com o casamento sem as exigências de costume. Talvez ele até concordasse que era melhor que se casassem em segredo, tendo em vista a óbvia desaprovação de Deméter.

Era esperar muito, mas, no que dizia respeito a Perséfone, ele preferia sonhar.

Não estava esperando encontrá-la em seu escritório quando chegou. Ela estava parada diante das janelas que iam do teto ao chão, olhos focados na rua lá embaixo. Hades pensou que talvez ela estivesse preocupada com o tempo — com a mãe, o que provavelmente significava que estava pensando em todas as vidas que ela tirara.

Ele sentiu um aperto no peito.

Depois daquele acidente terrível, tivera certeza de que Perséfone o deixaria, não porque quisesse, mas por achar que precisava. Em vez disso, ela permaneceu ao seu lado e acolheu as almas que entravam no Submundo como se já fosse sua esposa: como se já fosse rainha.

Hades se aproximou de Perséfone por trás e espalmou as mãos no vidro, imprensando-a contra a janela. Roçou o nariz na nuca da deusa, em seguida os lábios, deixando beijinhos. Ele se lembrou da primeira vez que ela estivera ali, da primeira vez que ele a vira nessa sala, e o quanto quisera transar com ela na mesa.

Será a coisa mais produtiva que acontecerá aqui, ele dissera, e continuava verdade.

— Cuidado — disse Perséfone, mas sua voz saiu baixa e meio ofegante. — Ivy vai te dar uma bronca por sujar o vidro.

— Será que ela vai achar ruim se eu comer você apoiada nele? — perguntou, roçando a orelha dela com os dentes.

Perséfone se virou para encará-lo, e Hades ficou perturbado pela expressão no rosto dela. Estava esperando ver seus olhos acesos com uma paixão sombria, mas, na verdade, ela parecia... aflita.

Talvez Deméter tivesse feito mais alguma coisa.

— O que aconteceu? — perguntou ele, abaixando as mãos.

— Tive que fazer a Helena ser escoltada pra fora do prédio hoje — explicou Perséfone, a voz trêmula. — Eu... — Ela fez uma pausa, desviando o olhar. — Ela queria escrever um artigo sobre a Tríade, o que eu apoiei desde que ela encontrasse fontes de verdade, mas acho que, no processo, eles conseguiram atraí-la para o lado deles.

— Como assim?

— Ela fez uma reunião comigo hoje e explicou sobre o que queria escrever. Me disse que a Tríade era... boa. Que são como os deuses, mas protegem seu povo, como se nós não os protegêssemos.

Hades não ficou surpreso. Ele sabia como a Tríade recrutava membros, e também sabia que o uso que faziam da magia sempre parecia passar por cima do Destino, então não era surpreendente que tivessem conseguido envolver Helena nessa teia.

— Eles sabem ser convincentes — disse Hades. — É uma pena. Mortais que caem na armadilha só veem um evento isolado: um momento de cura em que esses semideuses parecem ter desafiado o Destino. Eles não veem as consequências.

— E quais são elas? — perguntou Perséfone.

Ele deu de ombros.

— Depende da raiva das Moiras, mas, em geral, acabam enfrentando um fim pior do que o que tinha sido escolhido para eles.

Ela ficou calada por um instante.

— Sinto que é minha culpa. Se eu nunca...

— Não tinha como você saber, Perséfone — interrompeu Hades. — Se foi tão fácil convencer a Helena a se juntar à Tríade, então a lealdade dela nunca foi muito forte.

Perséfone franziu a testa.

Hades tocou o queixo dela, empurrando sua cabeça para trás para que ela o olhasse nos olhos.

— Ela te ameaçou — disse Perséfone. Cerrou os punhos, e houve uma mudança em seu poder. Agora estava raivoso, cheio de ódio. — Você acha que a Tríade vai... tentar te atacar?

— Acho que sim — respondeu ele.

Perséfone empalideceu, e ele ficou um pouco surpreso pelo choque dela. Hades franziu a testa.

— Você está com medo por mim?

A deusa olhou feio para ele.

— Estou. Estou, seu idiota. *Olha* o que essas pessoas fizeram com a Harmonia!

— Perséfone...

Ela se apressou em interrompê-lo.

— Hades... Não menospreze o meu medo de te perder. É tão válido quanto o seu.

Um calor invadiu o peito dele ao ouvir essas palavras, e sua expressão se suavizou.

— Desculpa.

Hades nunca duvidara que a Tríade o atacaria. Sabia que sim. Ele era um dos três deuses mais poderosos entre os olimpianos. Se quisessem assumir o poder, teriam que derrotá-lo. Até a ressurreição do ofiotauro, ele não tinha levado essa possibilidade a sério, mas as coisas eram muito diferentes agora, em especial depois do sonho de Katerina.

— Eu sei que você é poderoso, mas... não consigo deixar de pensar que a Tríade está tentando começar uma nova Titanomaquia.

O estômago de Hades se revirou. Ele já sabia daquilo havia um tempo, mas ouvir Perséfone dizer em voz alta era bem diferente. Isso o fazia pensar de novo na visão de Katerina.

Hades não queria dar poder a esse sonho, mas não podia deixar de se perguntar quanto dele era verdadeiro. Se o ofiotauro fosse assassinado, será que enfrentariam uma guerra de cem anos? Hades não tinha certeza se conseguia aguentar o fardo desse futuro, não quando seu passado fora cheio do mesmo horror.

Não era aquilo que ele queria — nem para si mesmo nem para Perséfone.

Ele segurou o rosto de Perséfone entre as mãos.

— Não posso prometer que não vamos entrar em guerra mil vezes durante a sua vida. Mas posso prometer que jamais te deixarei por vontade própria.

— Você pode prometer nunca me deixar, ponto?

Ele deu um sorriso suave. Era só o que podia oferecer, na verdade, porque no fundo de sua mente, estava imaginando aquele campo de batalha queimando e o próprio cadáver em meio às chamas. Hades encarou Perséfone, e quando ela começou a franzir a testa, ele a beijou, puxando-a para perto. Ela estava quente, e suas mãos ansiosas logo envolveram o pau do deus, que estava duro entre eles.

Hades pressionou o quadril contra a mão dela, deixando escapar um gemido quando seus lábios abandonaram os de Perséfone para explorar sua pele. Queria possuí-la encostada à janela, em cima da mesa, em cada superfície da sala, e embora uma vez tivesse prometido protegê-los de olhos curiosos, pensou que talvez devesse permitir que o mundo testemunhasse o desenrolar da paixão deles.

Era infinita. Era fogo em suas veias.

O deus agarrou a bunda de Perséfone, pronto para erguê-la quando ela empurrou seu peito. Relutante, ele se afastou.

— Me deixa fazer isso — disse ela.

Ele levantou as sobrancelhas, curioso.

— O que você quer fazer?

Ela deslizou as mãos pelos braços de Hades e entrelaçou os dedos aos seus, conduzindo-o para a mesa, onde o fez se sentar. Os olhos dele brilharam de tesão quando ela se apoiou em suas coxas para se abaixar até o chão diante dele, como se estivesse prestes a rezar.

A adorar.

Porra.

Os músculos de Hades se contraíram instintivamente, e ele prendeu a respiração enquanto Perséfone desabotoava suas calças, procurando seu pau duro, que ansiava pelo toque macio dela, por sua boca molhada. A deusa não disse nada ao segurá-lo, masturbando-o da base à cabeça. Sustentou o olhar dele, os olhos como esmeraldas, sua luz dançando com um tesão que ele sentia no baixo ventre.

Hades não conseguia parar de olhar para a boca de Perséfone enquanto ela o masturbava, e enfiou os dedos nos braços da cadeira para se impedir de assumir o controle. Ele queria sentir a língua dela em seu corpo, queria o calor da boca da deusa envolvendo-o, queria atingir o fundo da garganta dela ao penetrá-la.

Perséfone deve ter sentido o tormento de Hades, porque sorriu, depois passou a língua pela cabeça do pau do deus. O corpo dele enrijeceu sob o controle dela, e quando ele suspirou, foi mais como um gemido.

— Sim — sussurrou Hades. — Isso. Eu sonho com isso.

Ele gostava do controle dela, porque ele não tinha nenhum. Não pensava em nada, exceto que seu pau estava na boca quente e úmida dela, que ele vibrava de prazer, que seu corpo estava latejando.

Não sabia dizer de que parte gostava mais: da sensação dela ou de observar essa adoração íntima.

Ela era gloriosa.

Hades fez um esforço para respirar em meio ao prazer, querendo ver até onde Perséfone estava disposta a deixá-lo ir.

— Lorde Hades.

Ivy estava parada à porta. Parecia sobressaltada, e Hades pensou que talvez ela tivesse percebido o que estava acontecendo aos pés dele, mas ela permaneceu ali em vez de se retirar, o que só o deixou mais irritado.

Era impossível se concentrar em qualquer coisa que ela estivesse dizendo porque Perséfone não tinha interrompido sua atividade. Sua língua deslizava pela cabeça dele, traçando cada dobra, cada vez mais melada. Ela usava o líquido para umedecer os lábios, para chupá-lo suavemente, ao mesmo tempo que usava as mãos para masturbá-lo e provocar suas bolas.

Deuses.

Puta merda.

Hades precisava recuperar um pouco do controle, então enrolou os dedos no cabelo de Perséfone. Era como se ela o estivesse desafiando: será que ele conseguiria se controlar diante de Ivy enquanto ela se esforçava com tanto empenho para fazê-lo gozar?

— Por que o senhor está sentado? — perguntou Ivy.

— Estou trabalhando — respondeu ele, entre dentes, mas, para ser justo, ele nunca usava essa mesa. Nunca usava esse escritório. Esse era o maior tempo que passava ali em anos, e tinha tudo a ver com sua nova inquilina, que no momento estava enfiada entre suas pernas.

— Não tem nada na sua mesa — observou Ivy.

— Está... *chegando* — disse ele, com menos controle do que queria, mas havia uma pressão aumentando na base de seu pau, e ele pulsava.

Ivy continuou alheia a isso.

— Certo, bem, quando tiver um tempinho...

— Saia, Ivy — disse ele, ríspido.

A dríade se calou, arregalando os olhos, e, em vez de sair, ela ficou parada.

— *Agora* — completou ele, entre dentes.

Ela saiu depressa, e Hades colocou a outra mão atrás da cabeça de Perséfone, e quando ela ergueu o olhar para ele, ele sentiu uma onda de calor acender seu corpo. Era uma das experiências mais eróticas de sua vida, baixar os olhos para essa mulher que ele amava, seu pau duro preenchendo a boca da deusa.

— Me engole inteiro.

Perséfone assentiu e apoiou as mãos nas pernas de Hades, abrindo a boca enquanto ele se inclinava para trás e empurrava o quadril para a frente. A cabeça do pau de Hades tocou o fundo da garganta de Perséfone, e ela engasgou, mas o apertou com mais força.

— Isso... Assim mesmo.

Ele continuou entrando e saindo da garganta dela, devagar, sem parar, sentindo-a engolir e arfar em torno dele, e, quando gozou, ela engoliu tudo.

Quando terminaram, Perséfone apoiou a cabeça no colo de Hades, e ele alisou o cabelo dela. Seu corpo parecia leve, quase sem peso nenhum.

— Você está bem?

— Sim — respondeu ela, baixinho. — Cansada.

Os lábios dela estavam úmidos e deliciosamente inchados.

— Hoje à noite, vou fazer você gozar forte assim também.

— Na sua boca ou no seu pau?

Perséfone fez a pergunta com as sobrancelhas erguidas, e Hades sentiu o pau se contrair.

— Nos dois.

Ele se arrumou, precisando sair em breve. Ficou de pé e a puxou consigo.

— Sei que você está tendo um dia difícil. Odeio ter que sair, mas vim te dizer que vou me encontrar com Zeus.

— Por quê? — perguntou ela, desconfiada. De repente o ar entre eles ficou pesado de temor.

— Acho que você sabe. Espero assegurar a aprovação de Zeus ao nosso casamento.

— Você vai confrontar ele sobre a Lara?

— Hécate já fez isso — disse ele, adivinhando que ela ainda não vira o pote de sangue que a deusa extraíra de Zeus. — Vai levar uns bons dois anos para as bolas dele crescerem de volta.

— Ela... *castrou* ele?

Então ela definitivamente não tinha visto.

— Sim, e, se eu conheço a Hécate, foi um processo sangrento e doloroso.

— Mas que tipo de punição é essa, se ele pode simplesmente se regenerar?

— É um poder que não pode ser retirado, infelizmente. Mas, pelo menos por um tempinho, ele vai ser um problema... menor.

Mas Hades precisava admitir que temia mais esse confronto agora que sabia que o irmão não estaria de bom humor, dado seu estado atual.

— A menos que ele rejeite nosso casamento — disse ela, e ele gostou da ameaça em sua voz.

— Tem isso.

O silêncio se estendeu entre os dois, e Hades percebeu que Perséfone estava tensa. Não a consolara muito na questão de Helena e só tinha aumentado sua preocupação ao lhe contar de Zeus, mas aquilo era importante. Ele precisava pelo menos tentar jogar esse jogo.

Hades apoiou a testa na dela e falou:

— Confia em mim, meu bem. Não vou deixar ninguém, nem rei, nem deus, nem mortal, impedir que eu faça de você minha esposa.

Hades se teleportou para o Monte Olimpo, para a propriedade dourada de seu irmão, que era mais alta do que todas as outras. Ao longo dos anos, Hades passara a evitar o lar dos deuses, embora tivesse seu próprio palácio ali. Sua relutância em passar tempo com os outros olimpianos fora interpretada pela imprensa como uma rejeição, e os jornais gostavam de escrever manchetes exageradas que faziam parecer que ele fora banido do Olimpo por seu gênio difícil.

Mas havia sido Hades que rejeitara o Olimpo, mesmo quando seu irmão lhe ordenava que aparecesse.

Os céus não eram o reino dele, e a opulência do lugar o deixava desconfortável, em especial em épocas como esta, quando o mundo lá embaixo sofria. De certo modo, Hades não culpava os mortais que se deixavam levar pela Tríade. Estavam certos de se sentir abandonados pelos deuses. Poucos olimpianos permaneciam na Terra ultimamente, e os que ficavam por lá não estavam dispostos a desafiar Deméter.

Quando entrou na propriedade de Zeus, que era enorme e toda feita de ouro, até o chão, deu de cara com Hera, parada ao fim da escadaria, o que o fez hesitar. Ela o observava, a cabeça levemente inclinada, sem esconder o desdém.

— O que você está fazendo aqui?

— Vim falar com seu marido. Talvez você deva se juntar a nós — respondeu ele. — É sobre a Perséfone.

Dava para perceber o ressentimento dela, mas ela mesma havia se aprisionado no acordo deles, e teria que cumpri-lo se não quisesse que Zeus ficasse sabendo de sua ligação com Teseu. Mas Hades sabia que sua vantagem sobre a Deusa do Casamento era limitada. Era só questão de tempo até Teseu estar pronto para atacar os olimpianos, até que o plano que ele havia concebido com Hera e provavelmente seu pai, Poseidon, fosse revelado.

Mas era por isso que Hades precisava garantir a mão de Perséfone em casamento o mais rápido possível.

— Prefiro chupar prego — disse Hera.

— Talvez seja melhor mesmo. Pelo que ouvi dizer, Zeus vai estar incapacitado por uns dois anos, no mínimo.

Diferente do marido, que era conhecido pela infidelidade, Hera nunca tivera um amante. Hades não sabia por que ela se mantinha tão leal.

Hera apertou a boca.

— Ele não vai deixar você se casar com ela.

— É tarefa sua convencê-lo — disse Hades.

— Mesmo que eu fale com ele em seu nome, ele só escuta o oráculo.

— Eu não perguntei — disse Hades.

Ambos se fulminaram com o olhar, depois Hera desceu um degrau.

— Ele está ali — disse ela.

Então levou Hades para uma sala próxima que era tão grande e extravagante quanto a entrada. Ela passou na frente de Zeus, que relaxava diante de um conjunto de janelas imensas.

— Seu irmão está aqui — disse ela.

Zeus não olhou na direção de Hades, concentrado em dois cisnes que boiavam preguiçosamente no lago. Estava sentado com as pernas bem afastadas, nu, com exceção de um robe aberto. Em seu colo havia um grande saco de gelo.

— Com dor, irmão? — perguntou Hades.

Provavelmente não era a melhor maneira de começar a conversa, um lembrete do que Hécate fizera com as bolas dele, mas era mais do que merecido.

Hera, que continuava atrás da cadeira de Zeus, olhou feio para ele.

— Você veio testemunhar minha vergonha? — perguntou Zeus.

— Espero que você esteja se referindo aos atos que te fizeram chegar até aqui, e não ao fato de que não tem bolas.

O irmão ficou calado, o que não era normal, e Hades começou a se perguntar o que exatamente Hécate o fizera passar.

Zeus temia poucos deuses, mas a Deusa da Bruxaria era um deles.

Depois de um instante, Zeus perguntou:

— Por que você veio?

— Eu pedi a Perséfone em casamento — respondeu Hades.

— O mundo inteiro sabe disso — disse Hera, colocando a mão no ombro de Zeus. — E se não sabiam antes, a tempestade de Deméter vai lembrá-los.

Hades estreitou os olhos, incerto das intenções dela.

— Quer dizer que você não aprova, Hera? — perguntou ele, as palavras escapando por entre seus dentes; uma ameaça, mal disfarçada por sua raiva.

— Não cabe a mim aprovar — respondeu ela. — Esse é o trabalho do meu marido.

As palavras dela enojavam Hades, principalmente porque ele sabia que ela se ressentia daquilo. Todos sabiam que o papel de Hera como Deusa do Casamento fora basicamente ofuscado pela aprovação de Zeus. Depois de sua última tentativa de derrubá-lo, ele deixara de confiar em qualquer união que ela pudesse aprovar.

Aquilo tudo era um jogo.

Zeus pegou a mão de Hera, cobrindo-a com a sua. Hades só podia observar. Ele estava acostumado com a risada barulhenta do irmão, com sua voz estrondosa, suas provocações insuportáveis, mas Zeus permanecia inquietantemente calado.

Hades não estava acostumado com esse deus comedido, mas o reconhecia. Era a versão do irmão que poderia ter feito grandes coisas. Aquele que resgatara a ele e Poseidon da barriga do pai, aquele que tinha feito alianças e derrotado os titãs.

— Você já desejou minha felicidade um dia — disse Hades.

— Desejei mesmo — concordou Zeus. — Mas, se não me falha a memória, você nunca me disse quem tinha conquistado seu afeto.

— Isso *nunca* te incomodou — argumentou Hades. — Você sabe o que as Moiras disseram.

— As Moiras te deram uma amante, não uma esposa — rebateu Zeus.

Hades cerrou os punhos, odiando a verdade daquelas palavras.

— Ah, meu amor, não seja tão duro com o Hades — disse Hera, curvando-se para aproximar a cabeça da dele. Hades se perguntou se ela só aguentava ficar ao lado dele agora porque ele era um eunuco. — Ele está muito apaixonado pela filha da Deméter.

Hades ferveu de raiva.

Zeus olhou para a esposa. Os narizes deles roçaram um no outro, mas seus lábios não se tocaram.

— Você vai negar meu pedido? — perguntou Hades.

— Estou dizendo que, se for pra você se casar, vai ser porque eu te dei esse presente.

— Então você vai transformar essa história numa questão de poder?

Ele já sabia, em alguma medida, que seria o caso. Era por isso que Zeus consultava o oráculo antes de arranjar casamentos, mas Hades nunca imaginara que seria *assim*.

— Sempre é uma questão de poder — respondeu Zeus. — Seu primeiro erro foi pensar que nunca foi.

Hades voltou ao Submundo de péssimo humor — e só piorou quando encontrou Hermes em seu quarto com Perséfone. Ele estava segurando dois vestidos curtos, nenhum deles com tecido suficiente para cobri-la por completo.

— Você devia usar esse. Hades não vai gostar, mas você vai se misturar — o deus estava dizendo.

— O que está acontecendo? — perguntou Hades.

Perséfone girou, os olhos arregalados; quando o viu, entretanto, franziu a testa.

— Você tá bem? — Ela deu um passo à frente, mas de repente parou. — O que aconteceu com o Zeus?

— Nada — respondeu ele, ríspido. — O que está acontecendo aqui?

— Eu... hã... o Hermes estava...

— Sefy precisa ir a um clube de sexo — explicou Hermes.

— *Não* é isso que está acontecendo — interveio Perséfone, olhando feio para o deus.

— Bom, ainda não — disse Hermes. — Ela precisa pedir pra você primeiro.

— Cala a boca, Hermes — disseram os dois, em uníssono.

O deus fechou a boca na hora.

— Ok. Estarei no closet.

Quando ficaram a sós, Perséfone se virou para Hades e disse:

— Depois que pedi para a Helena ir embora, Sibila, Leuce e Zofie mexeram nas coisas dela. Encontramos uma data, um horário e o endereço do Clube Aphrodisia. Achamos que ela vai participar de algum tipo de reunião ligada à Tríade.

— E você quer ir?

— Todos nós queremos. Zofie, Sibila, Leuce, Hermes — disse ela. — Isso é pessoal, Hades.

— Pode ser pessoal, mas não significa que você pode ser burra — disse ele.

Perséfone apertou a boca.

De dentro do closet, Hermes grunhiu.

— Aff. Que idiota.

— A gente pode ter uma chance de descobrir o que eles estão planejando — disse Perséfone. — Você não quer impedir que aconteça outro ataque?

— Claro que sim — disse Hades. — Mas isso não significa que eu quero você lá. O Hermes pode ir.

Perséfone olhou para Hades, mas sua expressão era mais de mágoa que de raiva, e ele não gostou.

— Por que você não confia em mim?

— Perséfone, não é em você que eu não confio. É...

— Em todos os outros. Eu sei — disse ela, frustrada. — Eu quero respeitar seu ponto de vista, mas também preciso que você respeite o meu.

Hades a observou no silêncio que se seguiu, rangendo os dentes. Uma parte dele queria dizer que não importava, que o perigo superava qualquer razão que ela pudesse ter para ir, mas ele sabia que não era justo.

Ele se esforçou para manter a voz livre de frustração ao perguntar:

— Qual é o seu ponto de vista?

— Não quero ser uma deusa passiva ou decorativa ao seu lado. Tenho minhas próprias batalhas e desejo enfrentá-las. Helena me traiu. Eu quero saber até que ponto.

Hades entendia, mas era difícil *permitir*, e talvez ali estivesse sua falha. Ela não era um de seus súditos nem almas. Não era empregada dele. Era sua futura esposa. Ele tinha jurado tratá-la como igual e percebia que o medo estava atrapalhando.

— Isso é mais do que um mero desejo de ajudar, Hades — disse ela, em voz baixa. — Você precisa me deixar defender alguma coisa.

Ele estendeu o braço e acariciou a bochecha dela com o polegar.

— Hermes também vai? — perguntou ele.

Perséfone assentiu.

— Ele já concordou em jurar me proteger... se isso fizer você se sentir melhor.

Nada nessa situação vai fazer eu me sentir melhor, ele queria dizer, mas guardou as palavras para si, sabendo que não ajudariam em nada.

— Acho melhor o outro vestido, Sefy — disse Hermes, saindo do closet. Estava usando um dos trajes que estivera segurando mais cedo. Era um vestidinho preto com cordões de pérolas unindo as laterais e o corpete. — Esse aqui é meio... piriguete demais, se é que você me entende.

Hades cerrou os dentes.

— Hermes... — gemeu Perséfone.

Hades deu um passo na direção do deus.

— Você concordou em fazer um juramento? — perguntou ele.

A expressão de Hermes ficou séria e ele assentiu, tenso.

— Concordei.

Hermes sabia a importância desse tipo de promessa. Não era algo que se dizia para acalmar alguém, embora Perséfone tivesse falado nesse sentido. Um juramento como esse significava que o deus seria obrigado a proteger Perséfone pela eternidade. Ia além de um único momento.

— Jure — ordenou Hades. — Jure que você vai protegê-la a todo custo, mesmo que signifique dar um fim à sua própria vida.

— Hades — disse Perséfone, um toque de horror na voz, mas ele não olhou para ela.

— Eu juro — disse Hermes.

— Você sabe quais são as consequências se você fracassar?

Ele assentiu uma vez, então Hades baixou o olhar para a roupa que ele estava usando.

— Preto não é sua cor.

Hermes arqueou a sobrancelha.

— Desde quando você faz parte do esquadrão da moda?

— Eu tive um... professor decente — respondeu Hades.

— *Decente?* — Hermes bufou, mas o que quer que estivesse prestes a dizer foi interrompido por alguém batendo à porta.

Todos se viraram na direção do som.

— Pode entrar — disse Perséfone.

A porta se abriu e Elias entrou no quarto, hesitando ao ver os três.

— Desculpem interromper... o que quer que seja isso — disse ele. — Hades, precisamos de você.

Ele sentiu a urgência do sátiro e teve medo do que o aguardava.

Virou-se para Perséfone e a tomou nos braços, segurando a cabeça dela com as duas mãos.

— Eu te amo — disse ele, depois a beijou com avidez, e quando seus lábios se moveram sobre os dela, uma nova inquietação tomou conta dele. A sensação estimulava a maneira como ele a beijava e parecia um pouco um adeus.

Hades não gostou daquilo e, quando se afastou, viu que Perséfone parecia tão perturbada quanto ele, mas sustentou seu olhar e sussurrou, ofegante:

— Eu te amo.

Hades deu um passo para trás, lançou um último olhar de advertência para Hermes e saiu do quarto com Elias.

— O que foi? — perguntou ele.

26

DIONÍSIO

Dionísio bateu à porta de Ariadne.

Desde que ele voltara da visita a Poseidon, ela não saíra do quarto. Ele nem tinha tentado chamar a atenção dela na noite anterior, querendo lhe dar espaço.

O deus estava frustrado consigo mesmo. Quando ela o acusara de não respeitá-la ou valorizá-la, ele não havia protestado. Só a acusara de fazer a mesma coisa.

Além disso, ele não sabia ao certo como contar a ela a respeito de seu encontro com Poseidon.

A visita o tinha incomodado mais do que ele imaginara, não apenas por causa do que havia descoberto a respeito de Medusa, mas por causa do que o Deus dos Mares dissera a respeito de Ariadne. Ele se perguntava por que Teseu era tão obcecado por ela. O que Ariadne tinha que ele queria? Talvez fosse apenas o fato de que ela conhecia os segredos dele e havia escapado.

O que quer que fosse, quanto mais Dionísio pensava naquilo, mais se preocupava, e ele estava ficando ansioso por ter envolvido Ariadne nessa busca por Medusa.

O destino de Medusa era outra revelação tenebrosa. Que tipo de maldição havia se abatido sobre ela? Só se tornar uma arma quando morta?

— Ariadne? — chamou ele. — Está acordada?

Dionísio esperou pela resposta dela, mas não ouviu nada do outro lado da porta, o que o deixou inquieto.

— Desculpa por ontem. Eu não quis fazer você sentir que não te respeito ou valorizo. Eu... — Ele hesitou. — Eu acho você... ótima.

Ele fez uma pausa, mas continuou sem ouvir nada.

Então encostou o ouvido à porta e fez força para escutar. Mesmo que ela o estivesse ignorando, ele deveria ouvir *alguma coisa*.

— Ariadne — disse ele, tentando abrir a porta. Estava trancada. Dionísio bateu à porta de novo. — Ari, abre essa porta, porra!

Quanto mais o silêncio persistia, mais forte o coração dele batia no peito.

— Eu vou entrar — anunciou ele, lançando o corpo contra a porta.

Quando conseguiu forçar a abertura, encontrou um quarto vazio.

Dionísio ficou parado ali por um instante, o olhar vasculhando o espaço conhecido, mas vazio. Foi até a cama e arrancou os cobertores, mas Ariadne não estava embaixo deles. Depois verificou o banheiro e os armários, mas estava tudo vazio.

Ela tinha sumido.

— Porra!

Dionísio andava de um lado para o outro no escritório de Hades na Nevernight.

Estava furioso. Seu corpo tremia. Fazia muito tempo que não sentia uma histeria assim. Ele sabia aonde Ariadne tinha ido: confrontar Poseidon a respeito de Medusa. Ela havia ameaçado ir ela mesma; havia lhe dito que ele estava devagar demais.

Porra.

— Era pra vocês vigiarem ela! — ele vociferou para as ménades que havia posicionado diante da casa.

Elas o fulminaram de volta, tão irritadas quanto ele.

— Nós vigiamos — afirmou Makaria, ríspida.

— Então por que ela sumiu?

— Vai ver ela é mais habilidosa do que pensávamos — disse Chora.

Dionísio devia ter ido ver como Ariadne estava mais cedo, mas quisera lhe dar privacidade e espaço.

Foda-se a privacidade. Foda-se o espaço.

Ele girou na direção de Hades quando este apareceu e não lhe deu tempo de fazer perguntas.

— Ariadne foi confrontar o Poseidon — disse ele. — Ela acha que ele está com a Medusa.

— E está? — perguntou Hades.

— Isso importa? — retrucou Dionísio.

Hades estreitou os olhos.

— Não, ele não está com a Medusa — respondeu Dionísio, frustrado. — Eu iria até ela, mas não posso me teleportar para o reino dele sem ser convidado. Preciso da sua ajuda.

Hades era um dos três que tinha controle sobre todos os reinos.

— Tem certeza que ela foi vê-lo?

— Sim — sibilou Dionísio. — Hades, ele vai machucar ela.

O Deus dos Mortos deve ter acreditado no que quer que tenha visto nos olhos dele.

— Malditas Moiras — disse ele, invocando sua magia.

Eles se teleportaram para o Golfo de Poseidon, aonde Dionísio fora mais cedo para esperar pelo Deus dos Mares. O clima era de tempestade:

as nuvens acima deles pendiam baixas e espessas, o vento estava forte, e as ondas eram grandes, colidindo com a doca. Dionísio protegia os olhos com as mãos enquanto era açoitado pela chuva, forte e dolorida.

O iate de Poseidon estava um pouco distante da costa, subindo e descendo com as ondas.

— Você tem um plano? — gritou Hades, para ser ouvido acima da tempestade.

— Não — respondeu Dionísio. Como se ele tivesse tido tempo de pensar direito naquilo.

Hades apertou os lábios e suspirou, teleportando-os de novo.

Dessa vez, apareceram no iate e deram de cara com Poseidon já de pé, usando Ariadne de escudo. Os pulsos dela estavam amarrados à sua frente. Uma das mãos de Poseidon agarrava o pescoço da mulher, a outra apertava a barriga dela. Ela parecia furiosa e amedrontada, e Dionísio temeu o que o deus podia ter feito com ela até então.

— Isso é golpe baixo até pra você, Poseidon — disse Hades.

— Você me negaria o direito à justiça divina, irmão?

O rosto de Poseidon estava pressionado ao de Ariadne enquanto ele falava, embora ela tentasse se afastar.

— Justiça divina? — perguntou Dionísio. — Por qual ofensa?

— Essa mortal me acusou de sequestrar uma mulher.

— Foi uma pergunta — vociferou Ariadne. — E não era nada impossível, considerando seu histórico.

Poseidon apertou o pescoço dela com mais força, puxando sua cabeça mais para trás.

— A boca dessa coisa — disse ele. — Você não ensinou ela a segurar a língua?

— Nem todo mundo abusa de mulheres como você, Poseidon — rebateu Hades.

— E agora eu estou sendo acusado de outro crime — disse Poseidon.

— Não é uma acusação se é verdade. — As palavras escaparam por entre os dentes de Ariadne.

Poseidon agarrou a boca da mulher e girou a cabeça dela na sua direção. Dionísio avançou para ele, mas Hades o conteve. Eles ficaram se olhando com raiva, mas o olhar de Hades também era um aviso. Se agissem rápido demais contra Poseidon em seu próprio reino, Ariadne ficaria presa em meio ao fogo cruzado.

— Vou te ensinar a ficar calada — sibilou Poseidon.

— Se você quer fazer justiça, então eu também vou, se você machucar ela — ameaçou Dionísio.

Poseidon soltou o rosto de Ariadne, olhando novamente para Dionísio. Ele riu.

— Querendo bancar o valente — disse ele. — E tudo por uma buceta que você nem provou.

O iate balançou violentamente. Dionísio lutou para ficar de pé, mas Poseidon pareceu nem se abalar pelo choque repentino.

— Não esquenta. Eu te conto se ela é docinha.

O olhar de Ariadne estava fixo em Dionísio. Ele tremia, desesperado para ir até ela.

— Não precisa fazer essa cara — Poseidon disse a ela. — Eu deixo o Dionísio participar se você ficar mais confortável.

Ele deslizou a mão da barriga para o quadril dela.

— Não encosta nela — vociferou Dionísio.

— O que foi? Não gosta mais de ménage? — perguntou Poseidon, com uma risadinha. — Você mudou mesmo, e pra pior, na minha opinião.

A magia de Hades se manifestou como tentáculos de fumaça, um deles se enrolando ao redor do pescoço de Poseidon, puxando-o para trás. O movimento súbito o forçou a relaxar o aperto em Ariadne. Ela disparou na direção de Dionísio.

— Não! — rosnou Poseidon, e de repente o iate se sacudiu de novo.

Ariadne caiu de joelhos e rolou, batendo na parede. Dionísio correu até ela, mas, enquanto isso, as janelas se estilhaçaram, o vidro choveu sobre eles, e a água começou a jorrar no barco, que foi lançado ao mar.

— Tudo isso por uma mortal que te insultou? — A voz de Hades se propagou pela tempestade.

— Eu poderia dizer o mesmo pra você — rebateu Poseidon.

Dionísio percebeu quando Hades atingiu Poseidon com outro golpe porque a fúria da tempestade diminuiu. Mesmo assim, ele permaneceu concentrado em Ariadne, e ela engatinhou até ele.

Quando se alcançaram, os dois estavam de joelhos, e ele segurou o rosto dela entre as mãos.

— Você tá bem?

Ela assentiu, e Dionísio a ajudou a se levantar, embora fosse quase impossível ficar de pé com o movimento do iate.

Eles caíram de novo, e, quando atingiu o chão, Dionísio viu Hades pairando sobre Poseidon, com a mão na cabeça dele. Sob o toque do deus, Poseidon tremia. Seus dentes estavam à mostra, as veias no pescoço saltadas, e então ele conseguiu invocar o tridente, rompendo o domínio de Hades.

Poseidon se levantou e tentou golpear Hades, que sumiu, reaparecendo a uma curta distância, e Poseidon foi atrás dele. Enquanto eles lutavam um contra o outro, Dionísio segurou Ariadne de novo, mas nessa hora, ela revirou os olhos e ficou mole nos braços dele. O corpo dela convulsionava e água saía de sua boca.

— Não! — rosnou ele. — Hades!

Mas, quando olhou para os irmãos, viu que Hades tinha parado de lutar. Ele parecia paralisado, de alguma forma atingido por Poseidon.

— Você está aqui lutando por uma mulher que nem te pertence enquanto a sua sofre nas mãos dos meus filhos.

A voz de Poseidon reverberou através da cabine, apesar do rugido da tempestade. Dionísio não sabia o que o deus queria dizer, mas claramente afetara Hades, porque seu peito arfava e seu corpo tremia.

Então ele sumiu.

Dionísio não sabia o que tinha acontecido, mas agora estava sozinho, cara a cara com Poseidon. Ele se levantou e invocou seu tirso — um bastão com ponta de funcho —, mesmo sabendo que estava enfrentando um deus em seu próprio reino, um dos três, e que seu poder não era páreo para o dele.

Ainda assim, ele atacou e foi lançado para trás. Atravessou a parede e quase foi engolido pelo mar, mas conseguiu se segurar na grade do navio.

A chuva o açoitava e o iate balançava sob seus pés, mas ele conseguiu engatinhar de volta ao convés. Quando retornou, encontrou Ariadne sob o domínio de Poseidon de novo. Ele a colocara curvada em cima de uma mesa, as pernas abertas, seu quadril pressionando a bunda dela.

— Eu não teria feito você assistir — disse Poseidon. — Ficaria satisfeito em te torturar com o mero pensamento do meu pau dentro dela, mas aí você trouxe o Hades para o meu reino, e por isso, você também deve ser punido.

A raiva de Dionísio ferveu e ele olhou Ariadne nos olhos, que brilhavam cheios de lágrimas. Ele não tinha poder ali, tirando um, e a única coisa que conseguiu pensar em dizer antes que sua magia a atingisse foi:

— Me desculpe.

Ele percebeu quando a loucura a dominou porque os olhos dela mudaram. Ficaram com uma expressão desvairada e selvagem. Ariadne soltou um guincho repentino e horripilante e encontrou forças para se levantar de repente, jogando a cabeça contra o rosto de Poseidon. O golpe o atingiu com um barulho alto e o deus a soltou, cambaleando para trás. Ela girou e começou a arranhar o corpo de Poseidon. Suas unhas se enfiavam na pele dele como se ele fosse feito de argila, e, antes que ele pudesse detê-la, ela já tinha arrancado pedaços de carne dos dois braços do deus.

Era pavoroso. Era a natureza da magia de Dionísio.

Apesar do frenesi, Ariadne sabia muito bem o que estava fazendo, embora não tivesse controle sobre seus atos. De jeito nenhum ela o perdoaria por isso, e Dionísio não a culpava, mas não tivera escolha.

Poseidon deu um grito e Dionísio correu na direção dos dois, prendendo os braços de Ariadne entre os seus e abraçando-a junto a si, as mãos ensanguentadas dela ainda segurando a carne de Poseidon. Ela rosnou de um jeito anormal e se debateu enquanto ele a arrastava para longe, ainda dominada pela loucura. Se ele a soltasse, ela tentaria despedaçar o deus, membro por membro, e, embora Dionísio não se importasse de assistir à cena, era só questão de tempo até Poseidon recuperar o controle.

A única vantagem de Dionísio ali era que ele conseguira surpreender o deus, mas aquele ainda era o reino de Poseidon.

O Deus dos Mares fervia de ódio, os olhos brilhando de maldade. Ele olhou para seus braços ensanguentados e mutilados. Sua respiração saía rápida por entre os dentes cerrados. O iate mergulhou no mar.

Dionísio lutava para conter Ariadne. Ainda sob o feitiço dele, ela estava sedenta pelo sangue de Poseidon, porque era o primeiro que provava, e não descansaria até que um deles estivesse morto.

— Se ela sobreviver ao mar, eu vou caçá-la e despedaçá-la na sua frente — declarou Poseidon. Enquanto falava, a carne nos braços dele se regenerou, mas, apesar de estar inteiro, ele continuava coberto de sangue. — E você será forçado a comer cada pedaço, cada talho de pele, cada órgão quente, e com cada mordida você saberá que teria sido mais fácil me deixar trepar com ela na sua frente.

Então Dionísio ouviu o som de algo se quebrando, e o navio inteiro afundou. A água invadiu a cabine com tanta força que a única coisa de que ele se deu conta foi como ficou sem fôlego antes de tudo escurecer.

27

DIONÍSIO

A cabeça de Dionísio doía. Ele apertou os olhos com força tentando afastar a dor que irradiava de suas têmporas, tensionando o corpo todo. Sua boca estava seca, a língua estava inchada, e havia um rugido em seus ouvidos. Ele não queria acordar por completo, mas quanto mais tempo passava deitado ali, e quanto mais perto chegava da consciência, mais se lembrava de como tinha acabado nesse estado.

Poseidon.

Ariadne.

Ele percebeu que o rugido em seus ouvidos era o mar e se obrigou a abrir os olhos, piscando rapidamente diante do céu azul brilhante, se dando conta de como o sol quente queimava sua pele.

Dionísio virou a cabeça e, por um instante, sua visão ficou embaçada, mas, de repente, recobrou por completo o foco quando viu Ariadne deitada a uma curta distância dele, metade na água, metade na terra, imóvel.

— Não — murmurou ele, apressando-se para ficar de pé, escorregando na areia enquanto corria até ela. — Porra! — Ele caiu de joelhos ao lado dela. A água que a rodeava estava tingida de escarlate. — Ari!

Ele a pegou nos braços e segurou seu rosto, limpando a areia da bochecha. Ela estava pálida demais; até seus lábios tinham perdido a cor. Ele procurou o pulso dela, pressionando dois dedos na cavidade abaixo de sua traqueia. Um batimento vagaroso ecoou sob seu toque.

Dionísio colocou uma das mãos no peito dela e fechou os olhos, chamando a água em seus pulmões, e depois de um instante, o líquido se derramou de sua boca. Mesmo assim não houve movimento, nenhum sinal de consciência.

— Porra — ele xingou de novo, notando uma ferida profunda na coxa dela.

Embora pudesse curá-la, ele não tinha ideia de quanto ela já tinha sangrado nem de que tipo de infecção podia ter se estabelecido ali enquanto eles estavam inconscientes na costa.

Dionísio puxou Ariadne para perto, depois ergueu o olhar e viu um velho olhando para eles do topo de uma colina de pedras brancas. O homem tinha cabelo branco bagunçado e uma barba do mesmo estilo, e sua pele era escura e bronzeada, como se tivesse passado a vida inteira debaixo do sol. Ele usava apenas uma faixa branca enrolada na cintura, e ela parecia tão fina quanto espuma do mar.

Ele era divino, Dionísio tinha certeza, mas não sabia exatamente quem era. Havia inúmeros deuses do mar.

— Por favor — suplicou a ele. — Por favor, ajuda a gente, eu te imploro.

Apesar de ter olhado diretamente para ele, o velho se virou e sumiu de vista.

— Não, por favor!

Dionísio pegou Ariadne nos braços e escalou a colina rochosa, apertando os olhos contra a luminosidade das pedras, que refletiam os raios do sol. De tempos em tempos, a luz o cegava, então ele escorregou, batendo o joelho com força. Ele se ajoelhou ali por um instante, baixando os olhos para o rosto de Ariadne. Os cílios dela eram longos e encostavam em suas bochechas, que estavam ficando coradas com o calor. Embora ela fosse linda assim, ele estava desesperado para olhar nos olhos dela mais uma vez. Não conseguia imaginar nunca mais sentir o olhar dela sobre si.

Não ia.

Ele se levantou. Seu joelho doía e ele percebeu que sangrava, mas a ferida se curou depressa. Tentou apertar Ariadne com mais força contra o peito, para protegê-la do sol. Quando chegou ao topo das pedras brancas, viu o velho parado ao pé da colina como se estivesse esperando por eles.

Seu coração deu um pulo, mas ele não tinha certeza se devia ter esperança.

— Você vai ajudar a gente? — perguntou Dionísio.

— Eu já ajudei vocês — respondeu o homem. — Tirei vocês do mar.

Dionísio engoliu, mas sua garganta estava seca e arranhava.

— Então eu estou em dívida com você — disse ele. — Por favor...

O homem se virou de novo, as costas nuas vermelhas por causa do calor, brilhando de suor.

— Por favor — gritou Dionísio. — Vou ficar te devendo pra sempre se você nos ajudar só mais um pouquinho. Eu preciso de abrigo...

O homem continuou andando, desaparecendo por uma trilha arenosa coberta por folhagem verde brilhante.

— Espera!

Dionísio foi atrás do velho, que parecia se mover como um fantasma. Só o viu de relance enquanto percorria a trilha sombreada.

O deus não saberia dizer com certeza por quanto tempo havia caminhado, mas o terreno foi se transformando conforme eles se aproximavam do centro montanhoso da ilha. O ar se tornou mais úmido e o solo, mais musgoso e rochoso, foi se inclinando continuamente para cima até que ele fez uma curva e encontrou o homem parado diante de um pequeno chalé que fora construído na lateral da parede de terra.

Dionísio olhou para o homem.

— Você diz que está em dívida comigo — disse ele.

— O que você quiser — respondeu Dionísio.

— Tem um ciclope que mora aqui e come minhas ovelhas — disse o homem. — Mate ele.

— Depois que ela estiver melhor — disse Dionísio. — Vou pagar minha dívida.

O homem não fez mais nenhum pedido nem disse mais nada, e antes que Dionísio pudesse falar alguma coisa ou mesmo perguntar onde estavam, ele desapareceu.

Sozinho, o deus carregou Ariadne para dentro do chalé.

Ficou surpreso ao ver que o chão era coberto por tapetes de pele de carneiro. Também havia uma cama estreita e uma pequena lareira de argila. Algumas panelas e uma chaleira estavam empilhadas ao lado dela.

Seria o suficiente.

Ele colocou Ariadne deitada na cama e a cobriu com um dos cobertores. Depois afastou o cabelo dela do rosto, deixando que sua mão se demorasse sobre a testa, que estava quente. Então roçou os dedos pelas bochechas aquecidas da mulher.

Ela estava com febre.

Ele franziu a testa e puxou o cobertor para olhar a ferida na coxa dela. Precisaria limpá-la antes de curá-la.

Eles continuavam no território de Poseidon, ilhados no meio do mar, e, embora Dionísio não pudesse se teleportar, podia invocar sua magia. O único perigo era que, quanto mais a usasse, mais correria o risco de atrair o deus até eles.

Dionísio passou mais alguns instantes acariciando a pele de Ariadne, relutando em se afastar.

— Já volto — disse ele.

Ele achava que ela não estava ouvindo nada, mas se sentia melhor falando com ela como se pudesse escutar.

Então saiu do chalé em busca de lenha, plantas e água limpa.

Dionísio estava familiarizado com a arte da cura. Ele aprendera com Reia, a deusa mãe, que o curara da loucura de Hera. O único fator que o desfavorecia nessa ilha era que ele não conhecia o ambiente. Não tinha ideia de onde encontrar suprimentos, nem se a selva teria aquilo de que precisava.

Ele pegou a madeira primeiro, depois colocou água do oceano para ferver, sem encaixar a tampa, para coletar a água dessalinizada. Verificou como Ariadne estava antes de sair de novo para procurar plantas, o que era uma tarefa bem mais tediosa. Havia várias que poderiam ser usadas contra a febre: flor de sabugueiro, mil-folhas, equinácea, salgueiro-branco. O problema era encontrar uma delas em meio à mata da ilha.

Demorou um tempinho, mas Dionísio finalmente encontrou erva-cidreira e babosa, que usaria para desinfetar a ferida de Ariadne. Quando voltou ao chalé, seu peito estava tomado de ansiedade, que piorou quando foi ver como Ariadne estava e descobriu que a febre tinha aumentado. A pele dela estava pegando fogo.

Ele tirou os cobertores do corpo dela e colocou as folhas de erva-cidreira para secar ao fogo enquanto fervia a água limpa que produzira. Analisou a ferida na perna da mortal. Era um corte irregular que se estendia pela coxa, e a pele ao redor estava vermelha e irritada. O deus chutava que ela devia ter batido em algum tipo de pedra depois que foram lançados ao mar.

Dionísio ficou perturbado por não conseguir se lembrar do que acontecera imediatamente depois de o iate de Poseidon virar. Ele se lembrava de segurar Ariadne enquanto ela se enfurecia com a loucura, mas, em algum momento, havia perdido a consciência, e pelo jeito ela também.

Os dois tiveram sorte de conseguir ficar juntos.

Ele pensou nas últimas palavras que Poseidon dirigira a ele e na ameaça que fizera a Ariadne. Teria cuidado ao usar a magia, torcendo para eles conseguirem sair do reino de Poseidon antes de o deus perceber que estavam vivos.

Antes de limpar a ferida de Ariadne, Dionísio tirou as roupas dela, que estavam secas e duras devido à água salgada. Não havia nada sexual naquele processo, e ele odiava ter que fazer aquilo sem o conhecimento dela.

Quando ela ficou nua, ele usou água quente para limpar a ferida, depois passou uma camada de babosa, deixando-a descoberta. Esperaria até o dia seguinte para curá-la, para garantir que estivesse livre da infecção.

Depois que as folhas de erva-cidreira secaram, Dionísio as amassou e ferveu para fazer um chá, então esperou que esfriasse um pouco, aninhou a cabeça de Ariadne na curva de seu cotovelo e levou a bebida mentolada à boca da mulher.

— Vamos, Ari — estimulou ele, ao derramar o líquido na boca de Ariadne. Não saberia dizer quanto ela de fato engoliu, mas teria que servir.

Quando terminou de medicá-la, a noite já tinha caído lá fora.

Dionísio lavou as roupas incrustradas de sal de Ariadne e as deixou perto do fogo para secar. Enquanto trabalhava, ouvia trovões a distância: havia outra tempestade no mar, e quando chegou à terra, ela rugiu em torno do chalé, fazendo-o ranger e gemer.

Embora estivesse cansado, ele permaneceu ao lado de Ariadne, com medo demais de deixá-la sozinha, mesmo se fosse para dormir.

Por um tempo, Dionísio não disse nada, só ficou olhando para o rosto de Ariadne, que aos poucos recobrava a cor. Finalmente, ele falou.

— Você me deixa maluco — disse ele. — Como se eu estivesse tomado pela loucura. Achei que nunca mais ia querer me sentir assim... mas é diferente com você.

Então se calou e esfregou o rosto com a mão, se sentindo ridículo por ter dito aquilo em voz alta, mas pelo menos ela não tinha ouvido nada.

— Dionísio.

Ele virou a cabeça na direção do som suave de seu nome. Dedos se enfiaram em suas tranças, e lábios acariciaram seu maxilar.

— Ariadne? — murmurou ele, apesar de reconhecer o cheiro dela, o calor de seu toque.

— Dionísio — repetiu ela, e o som de seu nome fez um arrepio percorrer a pele do deus.

Ele queria capturar os lábios dela com os seus e prová-la como tinha feito aquela noite no distrito do prazer.

— Ari — sussurrou ele, e ela o apertou com mais força.

— Dionísio! — gritou ela, e ele abriu os olhos e a viu olhando fixamente para ele.

Ele piscou, percebendo que havia adormecido com a cabeça na cama dela.

— Você acordou — disse ele, endireitando o corpo e esfregando um ponto dolorido no pescoço.

— Onde a gente está? — perguntou ela.

— Não tenho certeza — respondeu ele. — Mas chuto uma ilha em algum lugar do Mar Mediterrâneo.

Ariadne franziu a testa e se mexeu debaixo dos cobertores, inspirando com força por entre os dentes.

— Cuidado — disse ele quando ela arrancou os cobertores para olhar para a perna. — Eu ainda não curei você totalmente.

Dionísio ficou de joelhos e colocou uma das mãos no quadril dela, a outra logo abaixo do joelho, para mantê-la parada.

— Por que não? — sibilou ela.

— Não dá pra curar uma ferida infeccionada, Ariadne — respondeu ele, ríspido.

Demorou mais um pouquinho para ela relaxar, e, quando o fez, ambos perceberam que ela estava nua. Ele retirou as mãos e voltou a cobri-la depressa.

— Vou pegar mais remédio pra você — murmurou ele, erguendo-se do chão. Depois se aproximou da lareira e usou uma concha para colocar mais chá num copo antes de voltar para perto de Ariadne e ajudá-la a se sentar na cama. — É erva-cidreira — explicou ele, levando o copo aos lábios dela.

Ariadne colocou as mãos sobre as dele para beber e grunhiu de desgosto quando o chá tocou sua língua.

— Sei que não é o ideal — disse ele, para acalmá-la. — Mas vai tirar a dor.

Depois de ela ter bebido o suficiente, ele a ajudou a se deitar de novo, e um silêncio estranho preencheu o chalé.

— Você... lembra o que aconteceu? — perguntou ele depois de um instante.

Ela levou um tempo para responder, e, quando o fez, sua voz saiu como um sussurro:

— Quase tudo.

Os dois voltaram a ficar calados.

— Ele te machucou antes de a gente chegar? — Dionísio precisava perguntar. Precisava saber.

— Não muito — respondeu Ariadne.

Dionísio estava incomodado que a resposta dela não fosse um não definitivo. Ele queria perguntar o que Poseidon havia feito, mas também não queria pressioná-la. A noite passada fora traumática o suficiente.

— Me desculpa — sussurrou ela.

Dionísio olhou para Ariadne, mas ela estava encarando o teto, uma única lágrima descendo pela lateral de seu rosto.

O pedido de desculpas dela carregava o peso de seu arrependimento e fez o deus estremecer. Foi só quando ela pronunciou essas palavras que ele se deu conta de que não queria ouvi-las, porque não as merecia. Ela tinha precisado enfrentar um horror que ia muito além de simples consequências.

— Por que você está pedindo desculpa?

— Eu não devia ter fugido pra ir atrás do Poseidon sozinha — disse Ariadne.

Dionísio ficou em silêncio, depois disse:

— Eu fui falar com ele no dia anterior. Não te contei porque achei que você ainda estava brava comigo e eu... — Ele deixou a voz ir sumindo. Não quisera perturbá-la, mas não importava mais. O que estava feito estava feito. Agora eles precisavam seguir em frente. — Poseidon não está com a Medusa. Não sei bem onde ela está, mas a pior parte da situação dela é que seu poder só vai ser ativado depois que ela morrer.

Ariadne o encarou.

— O quê?

Ele não tinha mais nada a dizer.

— Talvez seja melhor ela continuar desaparecida — comentou Ariadne depois de um instante.

A essa altura, Dionísio não discordava.

Nenhum deles disse nada por vários minutos, e Ariadne tinha ficado tão quieta que Dionísio achou que tivesse pegado no sono.

— Eu me culpo pelo que aconteceu com a minha irmã — disse ela, a voz suave. Não estava mais olhando para ele; tinha voltado a encarar o teto.

— Por quê? — perguntou Dionísio, confuso.

— Porque fui eu que apresentei os dois — disse ela. — Teseu estava... comigo primeiro.

Dionísio ficou irritado, surpreso com o quão ardente era seu ciúme.

— Por que você não me contou? — perguntou ele, apesar de parecer uma pergunta idiota. Ela não precisava contar.

— Porque eu tenho vergonha — respondeu Ariadne, a voz carregada de emoção.

As palavras dela o apunhalaram, e ele se aproximou, ficando acima dela.

— Ari — sussurrou ele, deslizando os dedos pela bochecha dela. — Você não tem nada de que se envergonhar.

— Não ligo que ele nunca tenha me amado — disse ela. — Mas odeio que ele não ame a minha irmã e ela seja tão devotada a ele. Ela merece mais. Ela merece tudo.

Dionísio a observou e, depois de um instante, perguntou:

— E o que você merece?

Ela ficou calada.

— Ari?

— Nada — respondeu ela, olhando para ele.

Ele franziu a testa e fez menção de falar, mas Ariadne tocou a boca dele com os dedos e balançou a cabeça. Seus olhos estavam cheios de lágrimas, e sua boca tremia. Depois de um instante, ela conseguiu dizer, num sussurro baixinho:

— Boa noite, Dionísio.

28

HADES

O estômago de Hades estava embrulhado, e havia um nó em sua garganta. Poseidon soubera a localização de Perséfone; provocara-o com imagens de seu corpo quebrado e espancado. *Você está aqui lutando por uma mulher que nem te pertence enquanto a sua sofre nas mãos dos meus filhos*, dissera ele.

Hades fora embora.

Não parou para pensar nem um segundo no destino que poderia estar deixando para Dionísio e Ariadne, porque não conseguia se livrar do medo, e, depois do que acontecera com Adônis e Harmonia, ele precisava saber se Perséfone estava bem.

Só que, quando apareceu no porão do Clube Aphrodisia, encontrou um banho de sangue. Hefesto estava ali, segurando Afrodite pelos ombros. A Deusa do Amor segurava um coração humano. Havia corpos espalhados por todo lado, membros deformados e peitos abertos. E ali estava Perséfone, ajoelhada em meio à carnificina, o centro de um círculo de corpos.

Nenhum deles tivera sorte o suficiente para escapar da magia dela — incluindo a própria Perséfone.

Seu corpo estava dilacerado. Era a única maneira de descrevê-lo. Era o mesmo horror que Hades testemunhara na noite em que ela o confundira com Pirítoo. Ela estava levemente curvada e, conforme respirava, seu peito arfava.

Hades sentiu o pânico subir pela garganta, arranhando-a, e percebeu que seu coração estava batendo descompassado.

Quando Perséfone olhou para Hades, abriu a boca, e sangue jorrou dela. A deusa pareceu surpresa e meio confusa. Então vacilou e Hades a segurou, pegando-a nos braços e levando-a embora.

As mãos de Hades tremiam.

Isso nunca tinha acontecido antes. Talvez fosse o choque de tudo o que tinha acontecido penetrando até o fundo de seus ossos agora que ele havia levado Perséfone para um lugar seguro. Ela estava deitada na cama do outro lado do quarto, imóvel, mas respirando. Embora tivesse conseguido curá-la, Hades não tinha certeza se conseguia olhar para ela sem vê-la daquele outro jeito: ensanguentada, destruída, *à beira da morte*.

Uma sombra caiu sobre ele, que reconheceu a magia de Hécate. A deusa dobrou uma toalha em torno de cada uma de suas mãos, limpando o sangue, que já tinha secado havia tempo. Ela estava dizendo alguma coisa, mas ele não conseguia entender as palavras porque o zumbido em seus ouvidos era alto demais.

A deusa se ajoelhou diante dele, um borrão de cor. Ele franziu as sobrancelhas, incapaz de focar em alguma parte dela.

Então sentiu as mãos de Hécate em seu rosto e uma onda da magia dela.

— Hades?

Os olhos dele percorreram o rosto dela até ele conseguir se fixar em seu olhar.

— Hécate? — disse ele, e ela deu um pequeno sorriso.

— Eu estou aqui.

Ele ficou olhando para ela por mais um instante, depois sua atenção se voltou para Perséfone.

— Ela está bem, Hades.

Hades sabia que ela queria consolá-lo, mas as palavras só lhe trouxeram raiva e culpa. Ele nunca devia ter permitido que Perséfone fosse ao Clube Aphrodisia. Jamais devia tê-la deixado aos cuidados de outra pessoa que não ele.

— Você só teria estimulado o ressentimento dela — disse Hécate, lendo seus pensamentos.

— Eu preferiria que ela se ressentisse de mim todos os dias da nossa vida se isso significasse nunca mais precisar vê-la daquele jeito.

— Cuidado com as palavras, Hades. O ressentimento é uma ferida tão fatal quanto essas.

Hades cerrou os dentes.

— É mais fatal do que o que eu vejo quando olho pra ela?

— A magia pode curar uma ferida no corpo — disse ela. — Mas não pode curar uma ferida na alma.

— Não precisa me lembrar. Já sofri o suficiente.

— Então você não deveria nunca desejar o mesmo pra Perséfone.

Talvez ele se sentisse diferente dentro de um ou dois dias, mas no momento estava tentado a nunca permitir que ela deixasse essa ilha.

— O que você deveria querer é que ela aprendesse a controlar o próprio poder — disse Hécate, se levantando. — Ela teria ficado bem se o tivesse canalizado corretamente.

— Esse não é o seu trabalho? — perguntou Hades, seco.

Hécate estreitou os olhos.

— Cuidado, Deus dos Mortos. Eu tenho pouca paciência pra sua arrogância.

Hades deixou a cabeça cair nas mãos e esfregou o rosto.

— Sinto muito, Hécate.

A deusa colocou a mão na cabeça dele.

— Eu sei.

Os dois ficaram em silêncio, então Hades sentiu a magia de Hermes.

A raiva se acumulou dentro de Hades, tensionando seus músculos, fazendo seus punhos se cerrarem. Sombras escureceram o quarto conforme sua ilusão vacilava, e quando Hécate saiu do caminho, Hades encontrou o olhar de Hermes.

O deus parecia assombrado, e linhas de raiva estavam marcadas em seu rosto. Sua camisa branca estava coberta de sangue.

— Antes de começar — disse Hermes, sabendo o que estava por vir —, você precisa saber que a Tique está morta.

Essas palavras fizeram Hades endireitar o corpo, e Hécate soltou um suspiro audível.

Não era uma notícia que ele estivesse esperando, mas oferecia um contexto para o massacre em que havia se metido e explicava por que Afrodite estivera presente: para se vingar daqueles que haviam machucado sua irmã.

— Como? — perguntou Hécate.

— Não sabemos — respondeu Hermes. — Eu... levei ela até o Apolo.

— Você deixou ela lá — disse Hades, a voz ficando sombria.

Ele deu um passo na direção do deus.

— A Perséfone mandou — explicou Hermes.

— *Eu* mandei você proteger *ela* — declarou Hades, erguendo a voz. Espinhos pretos irromperam da ponta de seus dedos. — Você fez um *juramento*.

— Eu sei — disse Hermes, em voz baixa, um sussurro envergonhado ao baixar os olhos para os próprios pés. — Eu falhei.

Hades estendeu a mão e tocou o rosto dele, inclinando sua cabeça para trás para que os dois se olhassem nos olhos. O polegar do deus parou logo abaixo do olho de Hermes, a ponta afiada de um espinho arrancando sangue.

— *Eu* falhei — disse Hades.

Hermes se encolheu, aquelas palavras eram muito mais dolorosas do que qualquer ferida que Hades pudesse infligir, mas mesmo assim não era o suficiente. Esse tipo de magia demandava uma dívida física, um lembrete diário do juramento que fora quebrado.

Hades segurou a cabeça de Hermes com a outra mão.

— Eu nunca vou esquecer essa noite — disse Hades. — Nem você.

Então enfiou o polegar no rosto de Hermes. O deus gritou e tentou se afastar, mas Hades o segurou com firmeza, arrastando o espinho por sua bochecha e seu lábio antes de empurrá-lo para longe.

Hermes cambaleou para trás, levando uma das mãos, trêmula, ao rosto, que sangrava.

Uma ferida normal causada a um deus já teria se curado, mas essa levaria tempo, e, mesmo quando sarasse, deixaria uma cicatriz. Era o preço de quebrar um juramento.

— Não se preocupe — disse Hades. — Esse será o último juramento que você vai precisar fazer.

Hades nunca mais confiaria nele com algo do tipo de novo.

Hermes o fulminou com o olhar, os olhos dardejando, mas não disse nada ao sumir de vista.

Hades estava sentado na sacada ao lado do quarto onde Perséfone dormia. Permaneceu acordado, sabendo que seus sonhos não seriam melhores do que a realidade — ele continuaria revivendo o que o assombrava agora.

Uma parte de Hades queria reconhecer o terror absoluto da magia de Perséfone, mas o deus também sabia que ela não veria as vidas que tirara como poder, apesar de aquelas pessoas terem tomado a decisão de atacá-la, de arriscar a própria vida, e tudo por uma causa que provocou a morte de outra deusa.

Hades certamente não esperava que a vítima seguinte fosse Tique, embora ela fosse o mais próximo das Moiras que uma deusa poderia ser, considerando que controlava a sorte. Talvez por isso ela tivesse se tornado um alvo. A Tríade e seus seguidores — oficiais ou não — tinham uma obsessão pelo livre-arbítrio, e poderes como os de Tique ameaçavam essa ideia porque ela podia conceder prosperidade e abundância com tanta facilidade quanto as tirava. Talvez eles a culpassem pela tempestade de Deméter.

Mas Hades também sabia que era inútil tentar atribuir uma razão à morte de Tique. Não importava por que ela fora escolhida. Só importava que a deusa tinha morrido.

Ele percebeu que Perséfone tinha acordado porque ouviu o farfalhar dos lençóis e o som dos passos dela enquanto ia até a sacada.

Quanto mais ela se aproximava, mais ele ficava tenso. Por mais que quisesse olhar para ela, também estava com medo. Mesmo agora, só conseguia imaginar o corpo ensanguentado dela. Temia nunca mais voltar a vê-la do mesmo jeito.

— Hades.

A voz dela era baixa, sua presença, cálida. Hades não conseguiu impedir que Perséfone atraísse seu olhar, apesar de sentir a dureza dele.

— Tudo bem?

Ela perguntou com um toque de hesitação, provavelmente porque já sabia a resposta.

— Não — respondeu ele, baixando o olhar de novo.

Não conseguia sustentar o olhar dela, encarar seus olhos vívidos, que expressavam um desespero para consolá-lo, embora ele soubesse o que ela ia dizer. Era o que todos disseram quando ele fora confrontado com a perda dela: *Eu estou aqui. Eu estou bem. Ela está aqui. Ela está bem.* O corpo de Perséfone gritava aquelas palavras, e ele ansiava por seu calor.

Ele cerrou os punhos, segurando um copo com uma das mãos.

Hades tinha se esquecido dele, mas ficou feliz pela distração e deu um grande gole no uísque, fazendo uma careta ao sentir gosto de cinzas.

Perséfone se aproximou e tirou o copo dele.

— Hades... — repetiu ela, e ele fechou os olhos, sentindo a voz dela atravessá-lo com um arrepio.

O deus ficou esperando até conseguir controlar um pouco as emoções antes de finalmente olhar para ela.

— Eu te amo — disse ela.

Hades cerrou os dentes contra a sensação que subia por sua garganta, causando uma ardência em seus olhos. Era a primeira vez que ele se deixava pensar na possibilidade de nunca mais ouvir a voz dela de novo.

Era a primeira vez que ele entendia o desespero dela para manter Lexa viva. Não importava que ele fosse o Deus dos Mortos e que ela viesse residir em seu reino para sempre. O que importava era que ela estivesse quente, bem e inteira, que seu coração batesse no mesmo ritmo do dele, que ela pudesse transitar entre seus mundos, porque era o que a fazia feliz.

Perséfone se aproximou dele, e o deus se inclinou para trás quando ela se sentou em seu colo e segurou seu rosto entre as mãos. Os olhos dela o inspecionavam, observando.

— Me fale o que você está sentindo.

Hades agarrou os braços da cadeira.

— Acho que não tenho nada a dizer.

Perséfone ficou calada, as mãos ainda emoldurando o rosto do deus.

— Você está bravo comigo?

A pergunta dela fez o peito dele doer. Ele odiava que as consequências de seu comportamento a fizessem sentir que havia feito algo de errado.

— Estou bravo comigo mesmo por ter deixado você ir, por ter confiado em outra pessoa pra te proteger.

— Eu disse pra Hermes...

— Ele fez um *juramento*!

Hades a sentiu ficar tensa.

— Hades, eu machuquei a mim mesma. Eu fracassei. Não consegui me curar.

Não importava. Hermes era obrigado por magia a protegê-la. Se Hades estivesse lá, talvez pudesse tê-la ajudado a se curar mais rápido.

Perséfone se aproximou, erguendo a cabeça de Hades.

— Eu estou bem — sussurrou ela. — Estou aqui.

— Por pouco.

As palavras dela não ofereciam consolo algum. Ela não estivera acordada para entender o sofrimento.

Perséfone deslizou para fora do colo de Hades e se afastou. Ele reconhecia a expressão nos olhos dela porque sentia a mesma dor.

— Não sei o que fazer — disse ela.

— Você pode parar — respondeu ele. — Pode decidir não se envolver. Pode parar de tentar mudar a opinião das pessoas e salvar o mundo. Deixar as pessoas tomarem as próprias decisões e encararem as consequências. Era assim que o mundo funcionava antes de você, e é assim que vai continuar funcionando.

Perséfone o fulminou com o olhar.

— Isso aqui é diferente, Hades, e você sabe. Estamos falando de um grupo de pessoas que conseguiram capturar e dominar deuses.

— Sei exatamente o que é! — vociferou ele, levantando-se. — Já vivi isso antes, e posso proteger você.

— Eu não pedi pra você me proteger.

— Eu não posso te perder — disse ele, colocando as mãos na grade atrás dela, prendendo-a ali. — Quase perdi, sabia? Porque não conseguia pensar direito pra te curar, porra! Já segurei homens, mulheres e crianças enquanto sangravam como você estava sangrando. Meu rosto ficou sujo com o sangue deles. Ouvi essas pessoas implorando pela própria vida, uma vida que eu não podia prolongar, curar ou doar, porque não posso lutar contra o destino delas. Mas você... você não implorou pela vida. Não ficou nem desesperada por ela. Você estava em paz.

— Porque eu estava pensando em você — sibilou ela, com raiva, e Hades gelou. — Eu não estava pensando na vida, nem na morte nem em qualquer coisa além de quanto te amo, e como queria dizer isso, mas não conseguia...

Hades sentia um nó na garganta, e seus lábios estavam trêmulos. Ele puxou Perséfone para perto e enterrou a cabeça no pescoço dela, escondendo o rosto enquanto tremia e derramava lágrimas. Ele odiava essa sensação que atormentava seu corpo, odiava não ter conseguido manter a compostura por ela, mas aquilo era demais. Uma ferida grande demais.

Ele se consolou com ela e, quando se acalmou, endireitou o corpo, ainda abraçando-a.

Perséfone ergueu os olhos para ele, então pôs a mão em seu rosto.

— Me leva pra cama?

Com um frio na barriga, ele se aproximou, se apoiando no quadril dela.

— Vou transar com você aqui mesmo — disse ele, e a boca de Perséfone se abriu contra a sua, sua língua se aproveitando da dela, o corpo dela se curvando às suas mãos, pronto e ansioso. Ele gemeu ao se afastar, raspando os dentes no lábio inferior dela. — Depois na cama, depois no chuveiro e na praia. Vou transar com você em todas as superfícies dessa casa e em cada centímetro dessa ilha.

Hades a arrastou pelo quadril enquanto voltava para a cadeira, e Perséfone soltou o lençol que estava usando para se cobrir. Quando voltou a montar em Hades, ele tocou os seios da deusa e chupou seus mamilos. Gostou de como a respiração dela ficou acelerada, de como seu corpo balançava junto ao dele enquanto a tocava. Perséfone procurava a pele de Hades com a mesma fome, abrindo seu robe para passar as mãos em seu peito e sua barriga, esfregando a buceta quente e escorregadia nele.

Por um momento Hades se perguntou se deveria fazer aquilo, se perder nela daquela maneira, mas ela tinha pedido, e senti-la sobre si, quente e molhada, o fez lembrar de que ela estava bem.

Hades passou as mãos pela bunda de Perséfone e abriu sua buceta com os dedos. Ela estava quente e intumescida, e se esfregava nele, mantendo um ritmo constante enquanto o usava para o próprio prazer. O deus percebeu que Perséfone estava chegando ao clímax quando seus músculos contraíram e suas coxas se apertaram em torno dele, mas então ela se afastou de repente, pegou o pau dele e foi descendo até recebê-lo por completo dentro de si.

Caralho, ela é incrível, Hades pensou ao se encostar na cadeira para ver Perséfone cavalgá-lo — os seios balançando, o corpo vibrando, as mãos passando por trás do próprio corpo para provocar as bolas dele. Quando ela se cansou, ele agarrou seu quadril, alternando entre ajudá-la a se esfregar nele e meter nela. De vez em quando, Hades erguia o corpo para beijar a deusa, para deixar a boca explorar a pele dela, até que sentiu o corpo de Perséfone se tensionar ao seu redor: cada músculo e cada membro.

Quando ela gozou, estremeceu com tanta força que o levou ao clímax.

Hades segurou Perséfone enquanto ela desabava em cima dele, apesar de se sentir tão esgotado quanto ela.

— Está cansado? — perguntou ela, sentando-se.

Ele não estava cansado, não da maneira como ela queria dizer.

— Nunca me senti mais vivo — respondeu ele.

A resposta pareceu agradar Perséfone, porque ela beijou o deus e, depois, aninhou-se junto a ele.

— Onde estamos? — Perséfone parecia sonolenta, e Hades a segurou com mais força.

— Estamos na ilha de Lampri. A nossa ilha.

— Nossa?

— Já é minha há um tempo. Mas raramente venho aqui. Depois que te encontrei no clube, não quis ir para o Submundo. Não queria estar em lugar nenhum, só queria ficar sozinho. Então vim pra cá.

Tocar no assunto do clube de novo alterou a energia entre eles, que ficou carregada de luto e arrependimento. Então Perséfone fez a pergunta que Hades estava temendo.

— Você sabe se Tique sobreviveu?
— Não — respondeu ele. — Não sobreviveu.
Ela perguntou de Sibila, Leuce e Zofie.
— Estão seguras.
— E o Hermes? — perguntou ela.
A resposta de Hades foi levá-la para o chuveiro.
Mais tarde, ela perguntou:
— Quantas pessoas eu matei?
Ele estava torcendo para demorar mais um pouco para ela perguntar.
— Do que você se lembra?
— Hades...
— Saber vai ajudar?
Aquilo a assombraria, mas, se ela insistisse, ele lhe contaria.
— Pense no assunto. Digo isso como um deus que sabe a resposta.

Hades levou Perséfone para a praia, onde eles caminharam ao longo da costa. Hades ficou observando enquanto ela fugia das ondas e ria quando a água cobria seus pés. Vê-la à vontade o deixava feliz. Ela não queria férias? Um fim de semana longe do Submundo com ele? Ele achava que tinha realizado esse desejo, mesmo que tivesse sido por causa de sua própria necessidade de distância; a necessidade de recuperar um pouco o controle. Achava que ir até ali lhe daria uma sensação de paz, mas isso ainda não havia acontecido. A realidade era que, fora dessa ilha isolada, uma tempestade amarga continuava castigando a terra, o ofiotauro ainda estava desaparecido e Tique estava morta.

O mundo estava em frangalhos, e parecia que ele e Perséfone estavam bem no centro de tudo, cada um de um lado de um abismo que os afastaria.

— Quanto tempo faz que você não entra no mar?
— Por diversão? — Ele sentiu a necessidade de esclarecer porque já fizera várias visitas muito desagradáveis ao oceano, graças ao irmão. — Nem sei.
— Então vamos tornar a ocasião memorável.
Hades queria dizer que já era memorável, mas ela o abraçou pelo pescoço e pulou para envolver sua cintura com as pernas.

— Eu te amo... — disse Perséfone, e Hades a beijou até que todos os pensamentos do mundo exterior desaparecessem e ele só conseguisse se concentrar na sensação dela contra seu corpo e em quanto queira estar dentro dela de novo.

— Quero te mostrar uma coisa — disse ele ao se afastar.

— Seu pau?

A franqueza dela o fez rir.

— Não se preocupe, meu bem. Vou te dar o que você quer, mas não aqui.

Hades a colocou no chão e pegou a mão dela, conduzindo-a através da flora ao redor para uma gruta onde a água cintilava sob um feixe de luz do sol.

Ficou olhando para Perséfone para medir sua reação.

— Gostou?

— É lindo.

Ele sorriu e se despiu, mergulhando na lagoa. Quando voltou à tona, Perséfone ainda estava parada na margem, observando-o.

— Quer se juntar a mim?

Perséfone não hesitou, o que fez Hades pensar que havia esperado para que ele a visse tirar a roupa, e foi o que ele fez, de bom grado. Quando a deusa entrou na água, Hades a puxou para perto e a beijou de novo.

— Eu vou construir templos em honra do nosso amor — disse o deus, roçando com os lábios o maxilar, o pescoço e depois o ombro dela. — Vou venerar você até o fim dos tempos. Não existe nada que eu não sacrificaria por você. Você entende isso?

— Entendo — respondeu Perséfone, sustentando o olhar dele.

Uma parte de Hades sabia que ela nem imaginava até onde ele iria por ela, mas ela prometeu mesmo assim.

— Eu vou te dar tudo que você já quis um dia, até coisas das quais pensou que podia abrir mão.

Ela era a única coisa da qual ele já pensara que podia abrir mão, e no entanto ali estava ela.

Hades beijou Perséfone com ardor, abraçando-a com força até estar pronto para tirá-la da água, e, quando o fez, imprensou-a contra a parede, com brusquidão. A deusa não tirou os olhos dele, não deu nenhum indício de medo ou desconforto.

Ele se orgulhava de manter um equilíbrio no relacionamento dos dois, sem nunca desejar ser dominante demais, mas, nesse instante, era exatamente aquilo que queria.

Queria dar ordens a ela e vê-la obedecer.

— Tem uma coisa sombria que vive dentro de mim. Você já viu. Já reconhece agora, certo?

Ela encarou enquanto assentia.

— Essa coisa quer você de jeitos que te assustariam.

Hades queria tantas coisas: vendá-la, amarrá-la. Queria a submissão dela.

— Me fala.

— Essa parte de mim quer ver você suplicar pelo meu pau. Se contorcer debaixo de mim enquanto eu meto em você. Implorar pra eu te encher de porra.

Os olhos dela estavam tão dilatados que só dava para ver um fino círculo verde ao redor deles.

— E como você prefere receber minhas súplicas, milorde?

Ele sentiu a cabeça tonta e quase se esqueceu de responder, de tão distraído que ficou pela expressão dela e pelas palavras que dissera, tão disposta a agradar.

— De joelhos.

Perséfone colocou um joelho no chão, depois o outro, devagar; e, quando seu rosto ficou na altura do pau de Hades, ele agarrou seu cabelo.

— Me chupa — disse ele.

Hades já sentia o hálito quente dela em seu pau, o que o enchia de uma expectativa acentuada. Mesmo que já estivesse esperando por isso, ainda assim ele suspirou quando a deusa o lambeu. Ela era cuidadosa enquanto o chupava; seus beijos, numerosos; sua língua, provocante. Quando tomou a glande na boca, Perséfone o chupou com delicadeza, e Hades gemeu enquanto seu pau se contraía na língua dela. Ela era quente e molhada e, de vez em quando, erguia o olhar, como se para checar como ele a estava recebendo.

Porra.

Hades nunca se sentira tão relaxado assim, embora seu corpo estivesse totalmente no limite, os músculos se tensionando cada vez mais, indo em direção ao gozo.

Perséfone o recebeu mais fundo e mais rápido, e Hades agarrou o cabelo dela com mais força.

Então a deusa abriu ainda mais a boca e permitiu que ele fosse até o fundo da garganta, e, se Hades não estivesse enterrado nela até as bolas, teria caído de joelhos nessa hora.

Perséfone envolvia seu pau por completo: a glande na garganta, o corpo na boca, a base na mão.

Aquilo era tudo. Era extraordinário. Hades queria gozar, mas também queria trepar com ela.

Segurou o rosto de Perséfone entre as mãos e a afastou de seu pau, puxando-a para que ficasse de pé. Então deu um beijo possessivo enquanto ela o masturbava e o guiava até o meio das pernas.

— Hades...

Ele a ergueu, batendo contra a parede com muito mais força do que gostaria. Perséfone não pareceu ligar ou nem perceber, porque o pau dele entrou em sua buceta, e a deusa soltou um gemido estrangulado. Hades grunhiu, sentindo um aperto no peito, a tensão em seu corpo aumentando com cada estocada.

— Quero sentir você gozar — disse Perséfone, cravando os dedos no ombro de Hades, esfregando o quadril no dele. — Quero sua porra dentro de mim.

O suor passou a brotar na pele de Hades à medida que ele se movia cada vez mais rápido e forte, estimulado pelas palavras da deusa.

— Quero sentir ela pingando nas minhas coxas — gemeu Perséfone, apertando as pernas ao redor de Hades ao se aproximar do clímax. — Quero ficar tão cheia de você que vou passar dias sentindo só o seu gosto.

Ela estremeceu e seus músculos o espremeram enquanto gozava. Pareceu durar para sempre, o corpo dela incapaz de parar de estremecer. Hades se manteve firme, metendo nela com força, prolongando o orgasmo dela com o seu próprio. Suas bolas se apertaram, e a pressão na base de seu pau subiu até a cabeça, e, quando ele gozou, pareceu tão explosivo quanto o clímax dela.

As pernas de Hades tremiam enquanto ele segurava o corpo flexível de Perséfone, mas ele se afastou da parede e se teleportou, retornando para o quarto, onde se ajoelhou entre as pernas de Perséfone e começou a chupá-la. Ela ainda estava quente e completamente encharcada com a mistura do gozo dos dois, mas ele sabia que conseguia fazê-la gozar de novo, e quando achou o ponto ideal — aquele em que os dedos dela se enfiavam em seu couro cabeludo, as pernas dela o apertavam, o quadril dela se arqueava com força na direção de seu rosto —, ele seguiu em frente e a levou ao clímax.

Depois, ficou deitado ao lado dela e, pela primeira vez em muito tempo, adormeceu.

Quando acordou, Perséfone tinha sumido.

Hades saiu da cama e a encontrou na sacada, olhando para o mar escuro.

Ao observá-la de perfil, o deus percebeu que ela estava perturbada, e podia adivinhar por quê. Eles tinham deixado Nova Atenas para encontrar refúgio em uma ilha no meio do caos, e Perséfone se sentia culpada.

— Por que essa cara?

Ela levou um susto e se virou para olhar para ele. Parecia quente e corada, os lábios ainda inchados do beijo dele, e o encarava de um jeito possessivo.

— Você sabe que a gente não pode ficar aqui — disse ela. — Não com tudo que deixamos para trás.

Hades queria que a possessividade dela superasse a culpa.

— Só mais uma noite — propôs ele.
— E se for tarde demais?

Era meio infantil, ceder aos próprios desejos quando havia tantas ameaças, mas Hades nunca fugira antes. Estivera presente para todos os desafios, mesmo aqueles que não lhe pertenciam. Pelo menos ali ele podia proteger a pessoa que mais valorizava.

Hades se aproximou dela e colocou as mãos em seu rosto.

— Não consigo te convencer a ficar aqui? Você estaria segura, e eu voltaria pra você sempre que pudesse.

— Hades, você sabe que eu não vou. Que tipo de rainha eu seria se abandonasse o meu povo?

— Você é a Rainha dos Mortos, não a Rainha dos Vivos.

Mas ele não podia negar que era aquilo que amava nela: ela se importava com todo mundo, mesmo que não merecessem.

Ninguém a merecia, nem mesmo ele.

— Os vivos mais cedo ou mais tarde se tornam nossos, Hades. Para que serviríamos se os abandonássemos em vida?

O deus suspirou e pousou a testa na dela, quase com pesar.

— Queria que você fosse tão egoísta quanto eu.

— Você não é egoísta. Você me deixaria aqui para ajudá-los, lembra?

Para agradá-la.

Hades faria de tudo para agradá-la.

Ele se afastou o suficiente para encará-la, depois a beijou. Queria se aproveitar de cada momento até voltarem. Suas mãos deslizaram por baixo do robe de Perséfone, através da pele macia, até o espaço entre as coxas dela, onde seus cachos estavam úmidos de desejo.

— Hades...

Ele não entendeu bem o tom dela, não sabia dizer se o estava alertando ou convidando, mas ela não se afastou.

— Se não quiser ficar mais uma noite, pelo menos mais uma hora.

Perséfone selou o acordo deles ao passar os braços pelo pescoço de Hades, e ele a ergueu até a beira da sacada, enfiado entre as coxas dela, forçando-as a se abrir mais. A buceta dela estava intumescida da transa de antes, mas ela ainda estava molhada, ainda desejosa.

— Você estava errada — disse Hades, afastando-se do calor da deusa, a excitação dela espessa em seu dedo. Ele o levou à boca para prová-la. — Eu sou egoísta.

— Só uma hora — disse Perséfone, os olhos brilhando de tesão ao se abrir para ele.

Ele não sabia ao certo se ela estava lembrando a ele ou a si mesma.

Hades deu um sorrisinho, com a mão no próprio pau. Moveu o punho para cima e para baixo, preparando-se para entrar nela de novo, mas a excitação que deixara seu pau duro e o fazia pulsar de desejo levou um banho de água fria no instante em que ele sentiu a magia de Hermes.

— Porra.

Ele puxou Perséfone para o chão na mesma hora em que o deus apareceu, a poucos passos de distância. Hermes nem fez a cortesia de ficar longe.

— Hermes — vociferou Hades.

— Eu adoraria me juntar a vocês — disse ele. — Quem sabe outra hora.

Hades esperava que seu olhar assassino comunicasse a violência que estava imaginando infligir ao deus, que ia além da dor da cicatriz que ele agora carregava como sinal do juramento quebrado.

— Hermes, o que aconteceu com seu rosto? — perguntou Perséfone.

Hades apertou a boca. Não estava esperando sentir nada quando Perséfone finalmente testemunhasse as consequências, mas a preocupação na voz dela o fez se sentir culpado.

Em defesa de Hermes, ele não fez nenhuma piadinha. Apenas abriu um sorriso suave e disse:

— Eu quebrei um juramento.

— O que você quer, Hermes? — perguntou Hades, já impaciente. — A gente ia voltar daqui a pouco.

— Quanto tempo é pouco?

— Hermes... — alertou Hades.

— Zeus chamou vocês dois para o Olimpo — explicou Hermes. — Ele convocou o Conselho. Querem discutir a separação de vocês.

— Nossa separação? — perguntou Perséfone, surpresa, olhando de Hades para Hermes. — Não existem assuntos mais urgentes? Tipo a Tríade assassinando uma deusa e atacando outra?

Certamente havia coisas mais importantes, mas Zeus era da opinião de que a Tríade não era uma ameaça para os olimpianos.

A tempestade de Deméter, por outro lado, sim.

Quanto mais tempo ela continuava e quanto mais fatalidades ocorriam, mais mortais começavam a questionar se deviam adorar os olimpianos. Menos adoração significava uma mudança de força — de poder.

— Eu só informei uma das razões para Zeus convocar o Conselho — disse Hermes. — Não significa que não vamos discutir outras preocupações.

— Estarei lá em breve, Hermes.

Hermes assentiu, a expressão endurecida, suavizando ao passar para Perséfone.

— Até mais tarde, Sefy — disse ele, depois sumiu.

Não demorou muito para Perséfone se virar contra Hades.

— Você fez aquilo com o rosto do Hermes?

— Você pergunta, mas já sabe a resposta — respondeu ele, frustrado.

— Você não precisava...

— Precisava sim. — Ele não pretendia ser rude, mas aquele tema não estava aberto a discussão. Ele e Hermes tinham feito um acordo divino que tinha consequências divinas. — A punição dele podia ter sido pior. Algumas das nossas leis são sagradas, Perséfone, e antes de se sentir culpada pelo que aconteceu com o rosto de Hermes, lembre-se de que ele sabia as consequências, mesmo que você não soubesse.

Perséfone se encolheu sob o peso da reprimenda dele, e aquilo pareceu pior do que a raiva dela por causa do rosto de Hermes.

— Eu não sabia.

Pelos deuses. Ele nunca acertava.

Hades puxou Perséfone para perto, abraçando-a com força. Não era para eles estarem discutindo ou se machucando agora. Zeus tinha acabado de convocá-lo para o Conselho para discutir o futuro dos dois, algo que ele já temia havia muito tempo. Na verdade, era para eles estarem aproveitando esses últimos momentos antes de o caos se instaurar.

— Desculpa. Eu queria te consolar.

— Eu sei. Deve ser *difícil*... ter que me ensinar coisas o tempo todo.

— Nunca me canso de ensinar — respondeu ele. — Minha frustração se deve a outros fatores.

— Talvez eu pudesse ajudar... se você me contasse mais coisas — sugeriu ela.

Contar mais coisas a Perséfone significaria que ele teria que lidar com seu medo de ser demais para ela: raivoso demais, vingativo demais, cruel demais.

— Tenho medo de me expressar mal e fazer você achar meus motivos cruéis.

— Desculpa — disse ela. — Acho que provoquei esse medo em você quando nos conhecemos.

— Não. Já existia antes de você, mas só passou a importar quando eu te conheci.

Perséfone o observou em silêncio, depois afirmou:

— Eu entendo a punição do Hermes. Me sinto reconfortada.

Hades ficava grato pelas palavras dela, mesmo que hesitasse em aceitá-las.

Beijou a testa dela, desejando que tivessem tido a hora que prometeram; ainda mais agora, considerando o que enfrentariam.

Ele se afastou.

— Quer me acompanhar no Conselho?

— Está falando sério? — perguntou ela, surpresa e um tantinho desconfiada.

— Tenho algumas condições — disse ele, e ela arqueou a sobrancelha como se dissesse *é claro que tem*. — Mas se os olimpianos querem falar de nós, é justo que você esteja presente.

Perséfone pareceu tão grata que Hades se sentiu culpado por tê-la excluído em ocasiões anteriores, mas ela precisava ouvir aquilo, porque a deixaria brava, e ele precisava da fúria dela.

— Vem. Precisamos nos preparar — disse ele, e eles deixaram a ilha para voltar ao Submundo.

29

DIONÍSIO

Dionísio havia saído do chalé para pegar mais água do mar e encontrar algo que servisse para o café da manhã. Quando voltou, Ariadne estava sentada, com as pernas penduradas para fora da cama.

— Como você está se sentindo? — perguntou ele.

— Melhor — respondeu ela, encarando-o.

Os olhos dela estavam calorosos e fizeram o sangue do deus correr mais depressa.

Ele pigarreou e levantou a cesta que carregava.

— Espero que você goste de figos — disse Dionísio. — Porque é basicamente isso que tem pra comer.

— Por mim tudo bem — disse Ariadne, quando ele colocou a cesta a seus pés e se ajoelhou diante dela.

O movimento pareceu íntimo, ainda mais porque Ariadne ficou olhando nos olhos dele o tempo todo.

— Deixa eu ver sua perna — pediu Dionísio.

Ele esperava que ela resistisse, mas tudo o que a mulher fez foi tirar o cobertor e deixá-lo ver a ferida, que estava bem menos irritada agora. O deus passou uma das mãos por trás da coxa dela e deixou que a outra pairasse sobre o corte, usando magia para curá-lo e remendá-lo, até que não restasse nenhum sinal.

— Se você consegue usar sua magia pra me curar — começou ela, quando ele afastou as mãos —, a gente não consegue se teleportar pra fora dessa ilha?

— Eu não consigo me teleportar nos limites do reino de Poseidon — explicou ele.

Só os três irmãos podiam se teleportar de e para todos os reinos sem permissão. A única exceção era Hermes.

— Mesmo se eu conseguisse tirar a gente dessa ilha — disse Dionísio, ficando de pé —, ainda tenho uma dívida a pagar antes de ir embora.

— Uma dívida?

— Um velho tirou a gente do mar e me trouxe até esse chalé. Em troca, eu concordei em matar um ciclope.

Dionísio tinha bastante certeza de que o velho era um deus, mas não sabia exatamente qual.

Ariadne arregalou os olhos.

— Por quê?

Ele respondeu com honestidade:

— Porque eu estava disposto a fazer qualquer coisa pra te manter viva.

Um silêncio pesado se estendeu entre os dois enquanto Dionísio ia até a lareira, onde tinha posto as roupas de Ariadne para secar. Elas não estavam na melhor condição, mas aquilo era melhor do que nada. O deus as pegou e levou até Ariadne.

— Se veste — disse ele.

— Por quê?

— Pode ficar pelada, se quiser, eu que não vou impedir — disse ele. — Com certeza vou adorar ver você perambulando pela ilha.

Ela olhou feio para ele, e Dionísio ficou aliviado porque a tensão que estava aumentando entre eles de repente voltou a parecer familiar.

— E se eu não quiser ver você matar um ciclope?

— Aí você pode fechar os olhos — disse ele. — Mas você não vai ficar aqui.

— Eu sei...

— Não vem me dizer que você sabe se cuidar — interrompeu ele, ríspido. — Estamos numa ilha sobre a qual não sabemos nada no meio do território do Poseidon. Ele estava disposto a te estuprar na minha frente. Ameaçou despedaçar você e me fazer comer os pedaços. De jeito nenhum que você vai sair da minha vista.

Ela não discutiu e, para surpresa de Dionísio, não esperou que ele se virasse. Afastou os cobertores e ficou de pé, completamente nua, então se vestiu. Ele ficou observando, paralisado, percorrendo o corpo perfeito dela com os olhos. Ela era linda, e a boca dele se encheu de água só de pensar em prová-la.

Ariadne nem pareceu perceber que Dionísio a estava encarando. Ele tinha certeza de que, se tivesse notado, teria dado uma bronca nele ou se virado. No fim, ele conseguiu desgrudar os olhos dela e passou a se concentrar em acabar com sua ereção crescente enquanto separava comida e água para a viagem.

Porém, seus esforços foram em vão, e ele só ficou ainda mais consciente do tesão cada vez maior quando os dois saíram do chalé do velho e começaram a busca por ovelhas.

— Aonde a gente está indo? — perguntou Ariadne.

Eles já estavam caminhando em uma subida contínua havia mais ou menos uma hora, e ela estava ficando para trás.

— Lá pra cima — respondeu ele.

O silêncio dela o preocupou, e ele fez uma pausa para olhar para trás bem a tempo de ver um figo voando na direção de seu rosto.

Dionísio o pegou e estreitou os olhos.

— Não é legal jogar coisas nos outros.

— Eu não estava tentando ser legal — sibilou ela.

O deus suspirou, depois desceu até a mulher. Tirou o odre de água do pescoço e o ofereceu a ela.

— Precisamos da altura pra conseguir ver onde estamos — explicou Dionísio, enquanto Ariadne bebia do recipiente.

— Você quer subir até o topo da montanha só pra ver onde a gente está?

— Você tem uma ideia melhor?

— Tenho. Que tal a gente só ficar em terra plana?

Dionísio ficou olhando para ela.

— Você tem medo de altura?

— Não — respondeu ela, seca.

Ele sorriu.

— Tem, sim.

— Não tenho!

— Ah, mas tem sim.

— Cala a boca!

Dionísio riu e ela o empurrou. Ele não estava preparado para o impulso e acabou indo parar no chão. Ariadne também não devia estar esperando que ele caísse de verdade, porque perdeu o equilíbrio e aterrissou em cima dele.

Ela se inclinou para o deus, os lábios a centímetros dos dele, mãos espalmadas em seu peito.

— Para de rir — disse ela, mas ele já tinha parado.

Seu único foco agora era o ponto onde seus corpos se encontravam, onde o pau dele ficava duro entre as coxas dela.

Os dois continuaram se encarando, então ela baixou o olhar para os lábios dele e disse seu nome, um sussurro baixo e ardente.

Dionísio não saberia dizer quem se mexeu primeiro, mas suas bocas se colaram uma à outra, e ele gemeu quando as línguas dos dois se encontraram de novo. Porra, ele estava louco de vontade daquilo — dela. Nunca ficaria saciado. Ela estava em seu sangue, correndo em suas veias, numa dependência tão feroz que ele ansiava por ela.

O deus rolou, prendendo Ariadne embaixo de si, esfregando o quadril no dela.

— Isso — arfou ela, dentro da boca dele, e ele sentiu o corpo vivo e elétrico.

Não dava para acreditar que aquilo estava acontecendo.

E então, de repente, um berro terrível os afastou.

Dionísio rolou para longe de Ariadne, olhando para o céu, onde alguma coisa branca e redonda voava pelos ares. A princípio, ele pensou que fosse uma pedra, mas... a coisa estava gritando.

— Aquilo é... a porra de uma *ovelha*? — perguntou Ariadne.

Eles se entreolharam, e então um som retumbante preencheu o ar, e o chão começou a tremer. Bem acima das copas das árvores, eles viram o ciclope, que parecia estar correndo atrás das ovelhas.

— Acho que ele gosta de brincar com a comida — comentou Dionísio, olhando para Ariadne, que revirou os olhos. — Que foi?

Ariadne não disse nada, mas começou a descer pela montanha.

— Aonde você vai?

— Bom, a gente não precisa mais subir, né?

Ele discordava com veemência, mas principalmente porque ainda estava de pau duro e sua única fonte de alívio estava praticamente fugindo dele.

Malditas ovelhas de merda.

— Você nem sabe aonde está indo! — gritou Dionísio para Ariadne, que caminhava vários passos à frente.

Ele teve a impressão de que ela estava fugindo de alguma coisa além da altura da montanha. Estava fugindo do que acontecera entre eles, da rapidez com que as coisas tinham se intensificado.

Estava fugindo dele.

— Estou levando você até o seu ciclope — respondeu ela.

Dionísio abriu um sorrisinho. Tinha permitido que ela tomasse a dianteira durante a última hora. Quando chegara ao pé do terreno montanhoso, ela partira em direção ao ciclope e às ovelhas. O problema era que o ciclope era imenso, e seus passos equivaliam a quilômetros, não metros.

— Você acha que o ciclope ainda vai estar lá quando a gente conseguir sair dessa floresta?

— Tenho certeza de que isso não é problema meu, considerando que a dívida é sua.

— Considerando que você é o motivo da minha dívida, acho que é problema seu, sim.

Ele não estava falando sério de verdade e percebeu que a magoou porque os passos dela vacilaram pela primeira vez desde que tinham saído da montanha.

— Eu... Não foi isso que eu quis dizer — disse Dionísio.

Não queria que Ariadne pensasse que o que acontecera com ela no iate de Poseidon era culpa dela. Ela não devia ter que se preocupar com um possível ataque de Poseidon, mas agora, porque o mundo valorizava o poder dele, e já o fazia havia tanto tempo, ela nunca estaria segura dele.

— Acho que nós dois sabemos o que você quis dizer — respondeu ela.

— Eu não... — Dionísio fez uma pausa, frustrado. — Por que eu sempre estrago tudo?

Ariadne hesitou no meio de um passo.

— Como assim? — perguntou.

— Olha onde a gente está — disse ele, gesticulando para os arredores. — Tudo porque eu prometi pra você que a gente ia encontrar a Medusa, e no fim das contas provavelmente é melhor não encontrar mesmo. Eu devia só ter continuado a ajudar o Hades a procurar o ofiotauro. Teria sido outro caminho pra chegar até o Teseu.

Ariadne parou e se virou para olhar para ele, uma fileira de árvores logo atrás dela.

— Aquele ofio... o quê?

— O ofiotauro — explicou Dionísio. — É uma criatura meio touro, meio cobra que tem grandes chances de ser nossa ruína. Então tudo que eu fiz vai ser em vão, de qualquer jeito.

— Ele foi encontrado? — perguntou ela. — O ofiotauro?

— Ainda não — respondeu ele. Não que ele soubesse, pelo menos.

— Então nada foi em vão — afirmou Ariadne.

Os dois ficaram se olhando por um instante, e ele sentiu uma coisa engraçada no peito, aplacado pelas palavras dela. Ariadne deu as costas a Dionísio, caminhou por entre as árvores e gritou.

— Ari!

Dionísio correu atrás dela e ficou surpreso quando o solo cedeu sob seus pés. Ele caiu para a frente e rolou pela lateral de um barranco raso. Parou, gemendo, ao atingir uma pedra grande. Perto dele, Ariadne se sentou, segurando o braço junto ao peito.

Quando a dor na lateral de seu corpo diminuiu, Dionísio olhou para ela.

— Você tá bem?

— Acho que... machuquei meu braço.

Dionísio empalideceu e se aproximou da mulher, ajoelhando-se na frente dela. Tomou a mão dela na sua e sentiu seu pulso e seu antebraço. Embora ela tenha feito uma careta, não parecia quebrado. O deus deixou seu poder irradiar através dela, sabendo que ela tinha caído com tanta força quanto ele e provavelmente estaria dolorida.

— Sabe o que podia ter impedido isso? — perguntou ele, olhando de soslaio para ela enquanto trabalhava.

— Vai se foder, Dionísio — disse ela, revirando os olhos.

Ele riu e a ajudou a se levantar. Quando olhou ao redor, percebeu que estavam parados na beira de um precipício que levava a um cânion gigantesco. No vale lá embaixo, em meio a suaves colinas verdes, várias ovelhas pastavam.

— Bom — disse Ariadne. — Achei suas ovelhas.

30

HADES

Hades deixou a ilha de Lampri com Perséfone nos braços e a levou para seu arsenal, que ficava abaixo do palácio. Era cheio de armas antigas e modernas, escudos e armaduras. Também era o local onde ele guardava o Elmo das Trevas, uma das três grandes armas fabricadas pelo ciclope Brontes e seus dois irmãos, Estéropes e Arges. Diferente do raio de Zeus e do tridente de Poseidon, que podiam ferir, a magia do elmo de Hades era bem mais sutil, mas não menos poderosa.

— Isso é...

— Um arsenal — explicou Hades.

Ele ficou observando Perséfone enquanto ela analisava a sala, os olhos parando bem no centro, onde sua armadura ficava à mostra. A deusa se aproximou e passou os dedos pelo elmo, na base da plataforma.

— Quanto tempo faz desde a última vez que você usou isso?

— Um tempinho.

Desde a Titanomaquia e a Gigantomaquia — as batalhas contra os titãs e os gigantes.

— Não preciso dela a menos que esteja lutando com deuses — explicou ele, sabendo que ela devia ter pensado na mais recente batalha com o envolvimento dos olimpianos: a Grande Guerra.

— Ou contra uma arma que pode te matar — comentou Perséfone.

Hades estendeu o braço por trás dela e pegou o elmo.

— Este é o Elmo das Trevas. Dá a quem estiver usando o poder de se tornar invisível — disse ele; embora o elmo concedesse outras habilidades, só um poder era relevante para o momento. — Os ciclopes o fizeram para mim durante a Titanomaquia.

— Por que você precisa do elmo? Um dos seus poderes é a invisibilidade.

— A invisibilidade é um poder que eu ganhei ao longo do tempo, conforme fiquei mais forte. — Conforme conseguira cada vez mais adoradores. Então ele deu um sorrisinho. — Fora isso, acho melhor proteger a cabeça durante as batalhas.

Perséfone não achou graça e pegou o elmo, observando-o atentamente. Hades sabia que ela estava concentrada nos riscos que marcavam a superfície: um para cada golpe que ele recebera.

— Quero que você use o elmo no Conselho.

Ela olhou para ele, surpresa.

— Por quê?

— O Conselho é para os olimpianos. E eu não estou a fim de apresentar você para os meus irmãos, principalmente nessas circunstâncias. Você não vai gostar de tudo que for dito.

E o elmo asseguraria que ela permanecesse invisível enquanto escutava.

— Você tem medo que a minha boca sabote nosso noivado?

Hades sorriu com o comentário malicioso de Perséfone.

— Ah, meu bem, creio que sua boca só vai deixá-lo ainda melhor.

Eles ficaram se encarando, então ela baixou os olhos para o pau dele e ergueu a sobrancelha.

— Você vai participar do Conselho nu, milorde? Se sim, eu *insisto* em assistir.

— Se você continuar me olhando assim, não vou participar de Conselho nenhum — disse ele, mas sabia que a visita era necessária, por mais que odiasse aquilo.

Ele invocou sua ilusão e vestiu os dois.

— Pronta? — perguntou.

Perséfone não respondeu, mas pegou a mão de Hades, e os dois saíram do Submundo rumo ao Olimpo, aparecendo nas sombras, que vibravam com vozes elevadas.

— Esta tempestade precisa acabar, Zeus! — disse Héstia. — Meus adoradores imploram por alívio!

— Não estou ansioso para o fim da tempestade — respondeu Zeus. — Os mortais ficaram atrevidos demais, precisam de uma lição. Talvez congelar até a morte os faça lembrar quem é que governa o mundo deles.

Perséfone virou a cabeça para Hades na mesma hora, os olhos apertados de frustração. Ele reconhecia a natureza problemática das palavras de Zeus: eram a raiz da frustração de todo mortal com os deuses.

Hades pôs um dedo nos lábios da deusa, para indicar que ficasse calada, enquanto pegava o elmo e o colocava sobre a cabeça dela. Era grande demais e não se encaixava perfeitamente, mas a magia funcionaria, e era só aquilo que importava. Ele beijou os dedos dela, depois a deixou nas sombras.

Então se teleportou.

— Você não vai conseguir fazê-los lembrar de nada além do ódio que sentem por você, por todos nós — disse Hades, aparecendo no meio do arco de tronos olimpianos e caminhando devagar para o seu, ao lado de Zeus.

— Hades. — A voz de Zeus ressoava como um trovão.

Não parecia que o humor dele tivesse melhorado desde que o visitara, e considerando que essa reunião fora convocada para discutir o relacionamento de Hades e Perséfone, não era bom sinal.

— Pelo que entendi, Hades — disse Ares, sentado no próprio trono —, essa tempestade é culpa sua. Não conseguiu manter o pau longe da filha da Deméter.

— Cala a boca, Ares — cortou Hermes, seco.

— E por que calaria? — perguntou Ártemis. — Ele está dizendo a verdade.

— Você podia ter comido um milhão de outras mulheres, mas escolheu ficar com uma — disse Ares, um toque de diversão na voz. — E justo a filha de uma deusa que te odeia mais do que ama a humanidade.

— Essa buceta deve ser de ouro — comentou Poseidon.

Espinhos irromperam da ponta dos dedos de Hades, e ele os enfiou nos braços do trono. Quando falou, sua voz saiu baixa e ameaçadora:

— Eu vou pessoalmente cortar o fio de qualquer deus que ousar dizer mais uma palavra sobre Perséfone.

— Você não teria coragem — disse Hera, como se achasse que a ameaça dele era vã. — As consequências de matar um deus fora da vontade das Moiras são horrendas. Você poderia perder sua preciosa deusa.

Hades tamborilou os dedos com espinhos no trono de ferro, sustentando o olhar da Deusa do Casamento. Não disse nada, mas seu desafio era claro: *Experimenta, e eu acabo com esse mundo.*

O silêncio que se seguiu foi tenso, e só diminuiu quando Atena falou.

— O fato é que a tempestade de neve está causando graves danos.

— Então precisamos discutir soluções para acabar com a fúria de Deméter — disse Hades.

— Nada vai convencê-la a acabar com esse ataque, só a sua separação da filha dela — rebateu Hera.

— *Isso* está fora de questão.

— E essa menina por acaso quer ficar com você? Não é verdade que você a prendeu num contrato para forçá-la a passar tempo com você?

Hades quis incinerar a deusa com o olhar. Sua cunhada tinha ficado ousada. Talvez precisasse ser relembrada de que ele sabia de sua aliança com Teseu, mas, antes que ele pudesse falar, Hermes interrompeu:

— Ela é uma mulher e ama Hades. Eu mesmo já vi.

— Então devemos sacrificar as vidas de milhares de pessoas pelo amor verdadeiro de dois deuses? — perguntou Ártemis, a voz pingando de desdém. — Ridículo.

A deusa compartilhava muita coisa com o irmão gêmeo, Apolo, incluindo a perda trágica de um grande amor. No caso de Ártemis, foi a princesa Ifigênia, que fora sacrificada em nome dela durante a Guerra de Troia.

— Eu não vim até aqui para que o Conselho pudesse debater minha vida amorosa — disse Hades.

— Não, mas, infelizmente pra você, sua vida amorosa está provocando o maior caos no mundo.

— Assim como o seu pau — rebateu Hades, embora provavelmente fosse um tópico sensível, uma vez que ele estava sem bolas. — E ninguém nunca convocou o Conselho por isso.

— Falando em paus e nos problemas que eles causam — intrometeu-se Hermes. — Ninguém vai comentar os problemas que seus rebentos estão causando? Tique está morta. Alguém está atacando a gente... conseguindo matar a gente... e você quer ficar brigando por causa da vida amorosa do Hades?

— Não vamos ter que nos preocupar com nada se a tempestade de Deméter continuar — comentou Ártemis, seca. — Os mortais vão todos morrer congelados. Será uma nova Pompeia.

— Você acha que a ira de Deméter é a pior coisa que pode acontecer? — perguntou Hades, a voz fazendo o próprio ar estremecer. — Você não conhece a minha.

Ele reconhecia que declarar guerra aos outros olimpianos não era a melhor ideia, considerando que precisavam ficar unidos contra a Tríade, mas se eles insistissem em separá-lo de Perséfone, ele lidaria com as consequências, uma atrás da outra.

Então sentiu a magia de Perséfone como um toque de sol raiando do céu da primavera.

Porra, pensou ele quando ela saiu das sombras que rodeavam os tronos de todos. Havia desfeito a ilusão e estava parada ali em sua forma verdadeira, irradiando beleza como flores silvestres em um campo. Ela disse o nome dele e o encarou, dando um sorrisinho de desculpas.

Era provável que ela conseguisse sentir a magia dele. Rodeava a dela, aguardando à espreita para tirá-la dali se algo desse errado.

— Ora, ora — disse Zeus, inclinando-se para a frente no trono. Hades mordeu o interior da bochecha, uma onda quente de raiva se revirando em seu ventre. — A filha de Deméter.

— Eu mesma — respondeu ela, olhando para a direita, depois para a esquerda.

— Você causou muitos problemas — comentou Zeus.

Os olhos dela faiscaram, e Hades achou graça de sua óbvia frustração.

— Acho que você quis dizer que minha mãe causou muitos problemas — retrucou ela. — E, no entanto, você parece determinado a punir Hades.

Zeus se apoiou no encosto e deu de ombros.

— Só estou tentando resolver um problema da maneira mais simples possível.

— Até poderia ser verdade, se Deméter só fosse responsável por uma tempestade, mas eu tenho motivos para acreditar que ela está trabalhando com os semideuses.

— Que motivos?

— Eu estava lá na noite em que Tique morreu. Minha mãe também estava lá. Eu senti a magia dela.

— Talvez ela estivesse lá para buscar você — sugeriu Hera, balançando a mão no ar como se rejeitasse a acusação dela. Hades imaginava que ela estava torcendo para que os outros também a rejeitassem, já que tinha todos os motivos para querer que a Tríade fosse bem-sucedida. — Como é o direito dela, pela lei Divina. Ela é sua mãe.

— Já que estamos baseando nossas decisões em leis arcaicas, sou obrigada a discordar — disse Perséfone.

Os lábios de Hades se curvaram.

— Com base em quê? — questionou Hera.

— Hades e eu transamos — declarou Perséfone, sem emoção. — Pela lei Divina, somos casados.

Hermes engasgou com uma risada. Hades lançou um olhar a ele antes de voltar a se concentrar em Perséfone, cujos olhos estavam fixos em Zeus. Não gostava nada daquilo, sabendo que seu irmão apreciava a atenção e o fato de que ela precisava implorar a ele.

— Era a magia da minha mãe que estava mantendo Tique presa — repetiu Perséfone.

— É verdade, Hermes? — perguntou Zeus.

— Perséfone jamais mentiria — respondeu o deus.

— A Tríade é um inimigo de verdade — disse Perséfone, depressa. — Vocês têm motivos para temê-los.

Hades não ficou surpreso quando alguns olimpianos riram.

— Não ouviram o que eu acabei de dizer? — perguntou Perséfone, exasperada.

— Harmonia e Tique são deusas, sim, mas não são olimpianas — disse Poseidon.

— Tenho certeza de que os titãs pensavam o mesmo de vocês. Além disso, Deméter *é* olimpiana.

— Ela não seria a primeira a tentar, e a não conseguir, me derrubar — disse Zeus, olhando de relance para Hera.

— Dessa vez é diferente — insistiu Perséfone. — O mundo está pronto para trocar de lado e se aliar a um grupo de pessoas que acreditam ser mais mortais do que deuses, e a tempestade da minha mãe vai forçar essa decisão.

— Isso nos leva de volta ao verdadeiro problema — disse Hera. — Você.

— Se você me mandar de volta pra minha mãe, aí sim vou virar um problema — afirmou Perséfone. — Serei a razão da sua infelicidade, do seu desespero, da sua ruína. Prometo que você vai provar do meu veneno.

Hades estava sentado rígido e a postos. Sua magia acariciava a de Perséfone, uma escuridão pronta para consumir a luz dela.

Depois de um instante, Zeus falou.

— Você fala do que não devemos fazer, mas o que gostaria que fizéssemos? Quando o mundo está sofrendo debaixo de uma tempestade criada pela sua mãe?

— Vocês não estavam dispostos a ver o mundo sofrer minutos atrás? — perguntou Perséfone.

Hades estremeceu, mesmo amando-a mais ainda por repreender seu irmão. O desafio era manter o favor dele, embora Hades odiasse que eles sequer precisassem daquilo.

— Está sugerindo que a gente permita que a tempestade continue? — perguntou Héstia.

— Estou sugerindo que vocês castiguem a fonte da tempestade — respondeu Perséfone.

— Você está se esquecendo de uma coisa. Ninguém conseguiu localizar Deméter.

— Não existe nenhum deus que tudo vê?

Ouviram-se risadas.

— Você está falando de Hélio — disse Ártemis. — Ele não vai nos ajudar. Não vai ajudar você, porque você ama Hades, e Hades roubou o gado dele.

E não se arrependia, mesmo que Hélio pudesse ajudá-los agora.

Perséfone não tirou os olhos de Zeus.

— Você não é o Rei dos Deuses? Hélio não está aqui pela sua graça?

— Hélio é o Deus do Sol — disse Hera. — O papel dele é importante, mais importante do que o amor obsessivo de uma deusa menor.

— Se ele fosse tão poderoso, não conseguiria derreter a nevasca que assola a terra?

— Chega! — interrompeu Zeus. A magia de Hades se aproximou um pouco mais. — Você nos deu muito em que pensar, deusa. Vamos procurar Deméter, todos nós. Se ela estiver mancomunada com a Tríade, que admita o que fez e receba a punição. Até lá, entretanto, vou adiar mais um pouco a decisão a respeito de seu casamento com Hades.

Os olhos de Hades passaram para Hera, que o fulminou de volta. Na verdade, Hades não tinha a menor esperança de que isso significasse que Zeus permitiria o casamento. Ele só oferecera essa concessão para impressionar Perséfone.

— Obrigada, Lorde Zeus — disse ela.

Hades odiava aquelas palavras na boca dela.

Então Zeus se levantou e percorreu a sala com o olhar.

— Hoje à noite, nos despediremos de Tique.

Depois desapareceu.

Hera o seguiu, mas não antes de lançar um olhar assassino para Perséfone.

— Até mais tarde, Sefy! — disse Hermes.

Quando ficaram a sós, Hades saiu do trono e se aproximou de Perséfone, que já tinha começado a se explicar.

— Desculpa. Sei que você me pediu pra ficar escondida, mas não dava. Não quando eles queriam...

Ele a beijou com força antes de se afastar.

— Você foi maravilhosa — disse ele. — De verdade.

— Achei que eles iam me tirar de você — disse ela, baixinho.

— Nunca... — sussurrou ele, dizendo a palavra como uma afirmação contra a pele dela, e quem sabe, se a dissesse o suficiente, ela se tornaria verdade.

Hades abraçou Perséfone com mais força assim que Hefesto acendeu a pira na qual Tique repousava. A energia dela era sombria, quase caótica. Ele não sabia ao certo o que ela estava pensando, mas chutaria que se culpava pelo fim de Tique. Não era justo, considerando que ela não tinha nenhum controle sobre as ações da mãe, mas aquela era a natureza de uma narcisista.

Deméter ensinara a Perséfone que ela era a culpada pelas suas decisões ruins.

— A morte da Tique não foi sua culpa — disse Hades. Sentiu a necessidade de dizê-lo em voz alta.

Perséfone não disse nada, e ele sabia que era porque não acreditava nele. Em meio ao silêncio, o fogo estalava e chiava, e o cheiro de lavanda e carne queimada enchia o ar.

— Para onde os deuses vão quando morrem? — perguntou Perséfone.

— Eles vêm até mim, impotentes — respondeu ele. — E eu dou a eles uma função no Submundo.

— Que tipo de função?

— Depende de quais foram seus desafios ao longo da vida como deuses. Tique sempre quis ser mãe. Então vou dar de presente pra ela o Jardim das Crianças.

— Vamos poder falar com ela? Sobre como ela morreu?

— Não imediatamente — respondeu ele. — Mas ainda essa semana.

Mas Hades se preocupava que, até lá, talvez fosse tarde demais.

31

DIONÍSIO

Dionísio e Ariadne encontraram uma trilha estreita que descia pela lateral do penhasco, mas avançavam lentamente, porque Ariadne tinha medo de altura, embora continuasse se recusando a admitir.

— Eu te carrego — disse Dionísio.
— Não. E se você cair?
— Eu não vou cair. Eu sou um deus, porra — disse ele, irritado.
— Como se isso fosse impressionante — respondeu ela, seca.
— Eu *curei* você, caralho!
— E, no entanto, continuamos ilhados no meio do oceano porque você não consegue competir com o poder do Poseidon.

Dionísio cerrou os dentes, desejando que as palavras dela não o machucassem. Sabia que suas habilidades não se comparavam ao Deus dos Mares e, nos últimos dois dias, havia pensado muitas vezes que nada daquilo teria acontecido se ele fosse mais poderoso — se fosse melhor.

As palavras de Ariadne pareceram incomodá-la tanto quanto tinham incomodado ele, porque os ombros dela caíram e ela baixou as mãos que estavam apoiadas nas pedras, arrastando os pés até ele. Dionísio ficou observando a aproximação dela, sentindo o calor tomar seu corpo quanto mais a mortal se aproximava.

— Desculpa — disse ela.

Ele queria dar uma resposta sarcástica, trazer a raiva dela à tona de novo, porque aquilo era mais confortável, mas, em vez disso, tocou o rosto dela, roçando a pele com os dedos. Ariadne não se afastou.

— Acho que você está com fome — disse ele.

Ariadne assentiu, então apoiou a cabeça no peito dele. Não resistiu quando ele a pegou nos braços. Dionísio a carregou até encontrar uma abertura na parede rochosa: uma caverna pouco profunda onde poderiam descansar pelo resto da noite.

Depois saiu para arranjar madeira para uma fogueira. Quando voltou, os dois se sentaram um ao lado do outro em um grande tronco que ele tinha arrastado do fundo da caverna e comeram figos. Dionísio não odiava a fruta, mas ela o fazia lembrar de sexo, e, tendo em vista que estava sentado tão perto da mulher que tinha passado o último mês desejando desesperadamente, comê-la era uma tortura. A polpa era doce como mel, o suco, uma calda deliciosa.

O deus olhou de relance para Ariadne, que estava chupando os dedos para limpá-los, e pensou em como ela devia ter esse mesmo gosto, mas então a mulher falou, e seus pensamentos foram esmagados pelo peso do passado.

— Quanto tempo você viveu com a loucura? — perguntou Ariadne.

Dionísio baixou o olhar para o figo meio comido.

— Muito tempo — respondeu ele, o que não era uma resposta muito boa, mas, na verdade, ele não sabia. — Tempo o suficiente pra percorrer o mundo... tempo o suficiente pra fazer coisas horríveis.

Hera sabia o que estava fazendo quando infligira aquela punição. Dionísio sempre esteve completamente ciente do horror que causava, mas era incapaz de interrompê-lo. Tinha perambulado de país em país, o corpo entorpecido e a mente eufórica, dançando e bebendo, levando consigo seguidores que estavam tão loucos quanto ele. Qualquer um que o atrapalhasse ou questionasse sua divindade enfrentava sua ira amarga. Ele sentenciara homens a serem despedaçados pelas filhas, punira-os matando seus filhos. Havia enlouquecido pessoas até a morte.

— Foi horrível — disse Ariadne.

As palavras dela se reviraram no estômago de Dionísio, e, de repente, ele perdeu o apetite. Largou a fruta.

— Eu não queria fazer aquilo — respondeu o deus, mas não sabia mais o que fazer. Parecia a melhor alternativa, considerando a ameaça feita por Poseidon.

— Eu não culpo você — disse Ariadne, embora Dionísio não tivesse certeza de que acreditava nela, ou de que aquilo continuaria sendo verdade. — Sinto muito que você tenha precisado viver assim por tanto tempo.

O deus não disse nada, achando melhor não incentivar a conversa, que levava sua mente a lugares que ele preferia manter enterrados.

Os dois ficaram em silêncio, e o único som era o fogo crepitando enquanto ardia diante deles, criando sombras na parede.

— Por que você virou detetive? — perguntou Dionísio.

— Eu queria ajudar as pessoas — respondeu Ariadne.

— E agora? — Ele deu uma olhada nela, mas ela estava encarando o fogo.

— Acho que acabei de descobrir como é difícil.

Era estranho ouvi-la dizer aquilo: reconhecer que era difícil ajudar pessoas que não queriam ajuda, principalmente considerando que ela se sentia responsável pela irmã e estava determinada a resgatá-la de Teseu.

— Não é justo — disse Dionísio, depois de um bom tempo.

— O que não é justo?

— O Teseu ter tido você — respondeu ele, e embora estivesse sendo sincero, não conseguia olhar para ela. — Ele não te merecia. Ainda não merece, e mesmo assim ocupa espaço demais na sua cabeça.

Dionísio daria qualquer coisa para substituí-lo, para ocupar a mente dela a cada minuto de cada dia.

— Desculpa — murmurou o deus, hesitando. — Você devia descansar. Vou ficar te vigiando enquanto você dorme.

— Eu não quero dormir — disse Ariadne, e o calor em sua voz atraiu a atenção do deus.

Eles ficaram olhando um para o outro, e o ar entre eles parecia espesso e pesado. Era sempre assim, mas agora era diferente de algum jeito, mais intenso. Dionísio conseguia sentir o gosto do desejo dela.

Ele engoliu em seco com força.

— Então o que você quer fazer?

Dionísio sabia o que queria — desde que a conhecera —, mas aquele desejo não o preparou para o que Ariadne fez em seguida.

Ela se aproximou e o beijou, os lábios mal roçando os dele. Foi um beijo casto, e ele sabia que ela era capaz de mais: já tinha experimentado antes. Quando Ariadne começou a se afastar, Dionísio a seguiu, apoiando a mão atrás da cabeça da mortal enquanto sua boca encontrava a dela. Ela não recuou, e ele a beijou com avidez, extravasando cada gota de frustração que ela provocara dentro dele desde o início.

Isso, pensou ele, *é o quanto eu quero você.*

Só se afastou dela porque sabia que levaria aquilo longe demais, mas parecia mais difícil encará-la agora, com os olhos brilhando e os lábios úmidos.

— Eu quero você — disse Ariadne.

Dionísio começou a falar, mas nenhuma palavra saiu. Tentou de novo.

— Tem certeza que não bateu a cabeça quando caiu mais cedo?

— Estou em perfeitas condições mentais, Dionísio — respondeu ela, a voz adquirindo um tom frustrado. — Estou pedindo pra você transar comigo. Quer dizer que você não me quer?

— Não — respondeu ele, bem rápido. — Não quero dizer nada disso. Porra, Ari. Só quero que você tenha certeza.

Ariadne encarou Dionísio.

— Tô pedindo isso. Eu quero.

O deus engoliu em seco. Não sabia ao certo por que estava sendo tão difícil lidar com aquilo. Era tudo com que ele sonhava desde que a conhecera.

— Por que eu?

Ela parecia achar que a resposta era óbvia, porque franziu a testa e balançou a cabeça um pouquinho.

— Porque você vai cuidar de mim. Porque... você já cuida de mim.

Dionísio não sabia o que dizer. Uma parte dele não conseguia acreditar que aquilo estava acontecendo, não importava quanto tivesse desejado, quantas vezes tivesse fantasiado exatamente com aquilo, não importava com que frequência ela o tivesse excitado só sendo... ela mesma.

Ariadne se levantou e puxou a blusa pela cabeça, expondo os seios lindos e cheios. Depois foi a vez das calças, e, por alguns instantes gloriosos, ela ficou parada completamente nua diante dele, a luz do fogo e as sombras dançando em sua pele.

O pau dele ficou duro e latejou.

Ela pôs as mãos nos ombros do deus ao se sentar em seu colo.

— Me toca — sussurrou ela, levando as mãos de Dionísio aos seios.

Ele obedeceu, apertando a pele macia, passando os dedos de leve pelos mamilos até eles endurecerem, depois os chupou. Enquanto isso, ela se esfregava no pau do deus, devagar, com cuidado. Cada rebolada fazia a cabeça dele girar, e quando Dionísio beijou Ariadne, sincronizou o impulso da língua com o movimento do corpo dela.

— Você é maravilhosa — disse o deus, afastando-se da boca de Ariadne. — Levanta.

Ele estava tão acostumado a discutir com ela que esperava resistência, mas, dessa vez, a mulher obedeceu e, quando se levantou, sua buceta ficou na altura do rosto dele. Os cachos de Ariadne eram escuros, e Dionísio sentiu o cheiro de sua buceta. O aroma o deixou com água na boca.

Dionísio deslizou as mãos pela bunda de Ariadne e a encarou enquanto beijava uma de suas coxas, depois a outra, antes de fazê-la apoiar um dos pés no tronco onde ele permanecia sentado. Ele esfregou os dedos na buceta dela, a pele parecendo seda, quente e calorosa, e quando enfiou a cabeça entre as pernas e tocou sua umidade com a língua, sentiu o mesmo gosto do maldito figo: melado e doce.

Ariadne respirava no mesmo ritmo das carícias de Dionísio, agarrando o cabelo do deus quando ele passou a direcionar a maior parte de sua atenção a um único ponto enquanto ela esfregava o clitóris. Ele afastou a cabeça para observar a expressão da mulher, e os dois agiam juntos, no mesmo ritmo para alcançar o clímax.

Ela contraiu os músculos ao redor dos dedos de Dionísio com força e agarrou os ombros dele enquanto seu corpo inteiro estremecia. Dionísio a soltou e ficou de pé, beijando-a e puxando-a com firmeza para si, pronto para sentir o calor dela em seu pau. Pegou-a no colo e a carregou até a parede, sem querer transar com ela no solo duro da caverna.

Não era assim que ele tinha imaginado aquilo acontecendo, mas jamais perderia a chance de conhecê-la desse jeito.

Apoiou as costas de Ariadne na parte mais suave da parede enquanto a beijava e, quando se afastou, os olhos dela ardiam como brasas. Dionísio sentia o impacto do olhar dela como um golpe no peito. Queria que ela o olhasse assim todo santo dia.

— Tira a roupa — disse ela, puxando a camisa dele.

Dionísio deixou que ela descesse deslizando por seu corpo e obedeceu, e, enquanto ele tirava a camisa, ela desabotoou suas calças, se ajoelhando diante dele ao puxá-las por suas pernas. Ariadne nem esperou que ele tirasse totalmente a calça antes de envolver seu pau com a mão e depois com a boca.

O deus suspirou, depois gemeu, apoiando uma das mãos na parede, enfiando a outra no cabelo dela.

Ariadne se concentrou na cabeça do pau enquanto masturbava o corpo, apertando suavemente até ele achar que ia explodir. Dionísio a levantou, beijando-a com força enquanto a pegava no colo de novo. Ele ajeitou o corpo dela para que as omoplatas ficassem encostadas na parede. Seu pau estava entre as coxas de Ariadne, aninhado contra seu calor. O estômago dele se revirava de expectativa.

— Onde você quer que eu goze?

Não era a pergunta mais romântica, mas continuava sendo importante, e o deus preferia saber logo, antes que se perdesse demais nela e não conseguisse pensar.

Os lábios de Ariadne pairavam sobre os dele quando ela respondeu:

— Dentro de mim.

A única palavra para descrever como Dionísio se sentiu era eufórico, como se nunca tivesse feito aquela porra antes, mas não tinha mesmo, não com ela, e isso importava de um jeito que ele não podia explicar. Dionísio conseguiu erguê-la o suficiente para colocar a cabeça do pau bem na buceta dela, então agarrou sua bunda, deixando-a mais aberta enquanto ela sentava nele devagar. Ambos gemeram, e Ariadne jogou a cabeça para trás contra a parede quando ele a moveu ao mesmo tempo que movia o quadril.

— Meus deuses, você é perfeita — disse ele, se aproximando para beijar a boca de Ariadne, depois o maxilar, depois o peito.

Ela era uma *delícia*. Seus músculos o apertavam e a mão o masturbava. Dionísio não poderia pedir nada além disso. Não poderia pedir coisa melhor.

Ariadne era tudo que existia, o centro do universo de Dionísio, e quanto mais respondia ao seu corpo, mais poderoso ele se sentia.

— Caralho — gemeu Ariadne, a voz vibrando com as estocadas dele. — Assim é tão gostoso.

— É o que você imaginou? — perguntou ele.

— Sim — sussurrou ela, levando a mão aos seios, e Dionísio ficou maravilhado observando como ela se tocava. — Ai, isso, isso.

A voz de Ariadne ficou mais alta e seu corpo se apertou em torno de Dionísio, então ela soltou tudo de uma vez. De repente, estava mais pesada nas mãos de Dionísio. Mas ele nem ligou e continuou a segurá-la, impulsionando o quadril para a frente até gozar, então apoiou a cabeça no pescoço de Ariadne, com as pernas trêmulas.

Não conseguiu se mexer por um bom tempo, com medo de cair e levá-la junto, e quando finalmente a colocou no chão, sentiu frio, o calor que eles haviam compartilhado desaparecendo de repente. Quando baixou os olhos para Ariadne, Dionísio percebeu que não sabia o que fazer agora que tinham acabado.

Será que devia beijá-la?

— Você tá bem? — perguntou ele, em vez disso.

— Estou — respondeu ela, em voz baixa.

Dionísio hesitou.

Porra, por que era tão difícil?

— Deixa eu pegar suas roupas — murmurou ele, afastando-se para pegar a blusa e as calças dela.

— Obrigada — sussurrou Ariadne quando ele lhe entregou as peças.

Os dois se vestiram em silêncio, depois se sentaram um ao lado do outro diante do fogo, assim como estavam fazendo antes de transar. Ele ainda guardava a sensação dela na pele, sentia o aroma de seu sexo no ar. Estava totalmente consciente dela ao seu lado, tão perto, mas também tão distante.

— Você está arrependida? — perguntou Dionísio, de repente.

Ariadne arregalou os olhos e o encarou.

— Não. Você está?

— Não — respondeu ele. — Nunca vou me arrepender.

Dionísio acordou com um braço enlaçando a barriga de Ariadne. O outro estava dormente sob a cabeça dela. Depois de terem transado, eles ficaram sentados em um silêncio tenso e desconfortável. Ele tinha falado sério quando dissera que nunca se arrependeria do que acontecera entre eles, e embora ela tivesse negado estar arrependida logo depois do ato, aquele era um novo dia, e era possível que ela visse o ocorrido de um jeito diferente.

Mesmo com essas dúvidas, Dionísio estava maravilhado pela beleza de Ariadne, mal conseguindo compreender que tinha acordado ao seu lado.

Quando ela se mexeu, ele sentiu o pavor tomar seu peito e seu estômago, tentando se preparar para a rejeição, mas Ariadne não rolou para longe dos braços dele ao abrir os olhos, e, em vez disso, se virou para encará-lo. Dionísio se deu conta de que estava tão confuso quanto na noite anterior depois de terem transado. Já não sabia o que fazer com as mãos, apesar de estar totalmente ciente de onde se encontravam, apoiadas no baixo ventre dela.

— Bom dia — disse ele.

Ariadne deu um sorrisinho, baixando os olhos para os lábios dele.

— Bom dia.

Dionísio sentiu que aquele convite bastava e a beijou, roçando os lábios nos dela suavemente. Tinha toda a intenção de parar ali mesmo, mas não havia pensado no entusiasmo dela, que era como uma garra quente penetrando seu ventre.

Ariadne entreabriu a boca e Dionísio aprofundou o beijo, as línguas se entrelaçando. Ela o puxou pela camisa para que o deus ficasse em cima dela, e ele o fez com prazer, o quadril se aconchegando ao de Ariadne, e conforme os dois afundavam cada vez mais nessa paixão louca, seus pensamentos ficaram descontrolados: eles iam trepar de novo.

Isso ia além do que ele jamais tinha imaginado.

Um balido repentino e agudo os separou.

Dionísio não saberia dizer o que havia de diferente naquele som, mas ele fez seu coração disparar, em pânico, e, quando ergueu o olhar, viu uma ovelha na entrada da caverna, as pupilas estreitas inquietantemente fixadas neles.

Ariadne deu uma risadinha.

— Vai embora — disse Dionísio, jogando uma pequena pedra na direção do animal.

A ovelha soltou outro balido trêmulo.

— Não machuca ela! — disse Ariadne, empurrando o peito de Dionísio para se sentar.

Ele queria resmungar, sabendo que não havia como retomar o que poderia ter acontecido naquele momento que tinham sido interrompidos.

— Ela tem sorte que é só uma pedra — comentou Dionísio.

Era a segunda vez que sua foda era empatada por uma ovelha maldita.

Ele odiava essa ilha.

Dionísio caiu de costas e ficou olhando para o teto da caverna enquanto Ariadne se aproximava aos poucos da ovelha. O animal tinha sorte que Ariadne era legal, porque se Dionísio tivesse chegado perto dele antes, teria atirado o bicho através da ilha como o ciclope fizera no dia anterior.

Enquanto ele lutava com a frustração, a caverna, que estava cheia de luz matinal, escureceu. Dionísio virou a cabeça bem a tempo de ver um grande olho bloquear a abertura, e então uma gigantesca mão se enfiou na lateral da montanha.

— Ariadne! — bradou Dionísio enquanto ela gritava, envolta pelos dedos do ciclope.

285

Quando o monstro a puxou, partes da caverna foram junto, e o chão tremeu sob os pés do deus. Dionísio invocou seu tirso e desviou das pedras que caíam, disparando rumo à beira da caverna, catapultando-se pelo ar para resgatar Ariadne, mas a outra mão do ciclope se fechou ao seu redor. Preso entre os dedos dele, Dionísio cravou a ponta afiada do tirso na palma da mão do ciclope. O monstro berrou e o atirou longe.

Dionísio voou pelos ares e bateu no chão, atravessando cada camada rochosa como se não fosse algo sólido debaixo de seu corpo. Quando finalmente parou e conseguiu escalar o buraco que seu corpo produzira, Ariadne e o ciclope tinham sumido.

32

HADES

Okeanos estava sentado numa cadeira diante de um espelho.

Estava imóvel e preso, a cabeça inclinada para trás, o peito aberto de onde Afrodite arrancara seu coração. Até onde Hades sabia, o coração ainda estava com ela, mas ele não tinha visto nem a deusa nem Hefesto desde aquela noite no Clube Aphrodisia.

— Pra quê o espelho? — perguntou Hermes.

Hades encontrou o olhar do deus no reflexo.

— Pro Okeanos assistir à própria tortura.

— Que pervertido — disse Hermes, depois se virou para olhar para o semideus. — Espero que você despedace ele inteiro.

Hades deu uma olhadela no deus e levantou a sobrancelha.

— E você disse que eu era um psicopata.

— Ele arrancou os chifres da Tique da cabeça dela — respondeu Hermes.

Hades estreitou os olhos.

— Acorda — ordenou ele, e o homem arfou, embora seu peito chiasse onde o coração deveria estar.

Okeanos olhou ao redor, confuso, até que seus olhos pararam no próprio reflexo no espelho, como Hades esperava que acontecesse. Então ele olhou para Hermes, depois para Hades.

— Me solta! — exigiu Okeanos.

Hermes riu.

— Escuta essa. Ele acha que pode te dar ordens.

— Como ousa — disse Okeanos, fervendo de raiva. — Eu sou filho de Zeus!

— Eu também — disse Hermes. — Você não tem do que se gabar, pode acreditar.

— Você quer derrubar meu irmão, mas usa o nome dele como se isso fosse te proteger — disse Hades. — Que hipocrisia.

— Olha quem fala, Deus da *Morte* — vociferou Okeanos.

Hades deu um soco na cara imaculada do semideus, os ossos cedendo sob a força do impacto. A cabeça de Okeanos caiu para trás, e o sangue começou a escorrer do nariz arrebentado.

— Esse — disse Hades, sacudindo a mão para limpar o sangue — não é o meu título. Seria bom você lembrar, considerando que está no meu reino.

Okeanos sorriu apesar do sangue, apesar do rosto arrebentado.

— É só isso que você consegue? — perguntou ele. — Um soquinho no rosto?

Hermes lançou um olhar irritado a Hades, que sabia o que ele estava pensando: *Eu te falei pra arrancar cada membro dele.*

Hades não tinha tanta certeza de que não faria exatamente aquilo ao final dessa interação.

— Vamos — disse o semideus. — Mostra o seu pior.

— Que audácia — comentou Hermes.

— Acredito que a palavra que você esteja procurando seja soberba — disse Okeanos. — Não é isso que vocês olimpianos gostam de punir? A suposta falha fatal da humanidade?

Deuses raramente precisavam punir a soberba. As consequências vinham sozinhas, como claramente tinha acontecido com Okeanos, embora ele parecesse ignorar esse fato.

— Por que a Tique? — perguntou Hades.

Okeanos deu de ombros.

— Parecia a melhor opção.

— Vocês ritualizaram a morte de uma deusa que não lhes fez nenhum mal — respondeu Hades, com a voz trêmula.

— Toda guerra tem baixas, Hades.

— Como você bem sabe — disse Hades, deliberadamente.

Com toda a arrogância, Okeanos parecia esquecer que ele também estava morto.

— Bom, talvez nenhum de nós estivesse aqui se você não tivesse comido a mulher errada.

Hades deu outro soco na cara de Okeanos. Dessa vez, os dentes dele se cravaram na pele de Hades. Os cortes sararam tão rápido quanto se formaram.

— Ele está te zoando, Hades — disse Hermes.

— Você não faz ideia de quanto disso é culpa sua. — O semideus riu, mas soou mais como um chiado.

Hades ergueu o punho de novo, mas, antes que pudesse bater em Okeanos, Hermes segurou seu braço e o encarou.

— Deixa comigo — disse ele, depois se virou para o semideus. — Pelo jeito você esqueceu a nossa força. Vou refrescar sua memória.

Okeanos deu um sorrisinho.

— Faça o melhor que puder, trapaceiro.

— Vou fazer mais do que isso... *irmão* — disse Hermes, e com um aceno de sua mão, a cadeira desapareceu debaixo de Okeanos, e antes que ele pudesse cair no chão, o deus agarrou seu braço e o torceu atrás das costas até o osso quebrar, fazendo-o cair de joelhos.

O semideus gritou, bufando entre os dentes, mas ainda conseguiu falar.

— Vocês podem ter força — disse ele. — Mas nós temos armas.

— Ouvimos falar — respondeu Hades. — Por que você não conta mais sobre isso?

Okeanos balançou a cabeça, respirando com dificuldade.

— Ah, não para de falar agora, vai — disse Hermes, puxando o braço quebrado ainda mais para trás. — Agora que estava chegando a parte boa.

O rugido de dor de Okeanos ecoou através da sala, fazendo os ouvidos de Hades zumbirem. Demorou um pouco até o som se dissolver em soluços.

— Nada a dizer? — perguntou Hermes, e quando estava prestes a torcer o braço do semideus de novo, ele falou.

— Não! Não! Espera! — Okeanos gritou para o chão. — Por favor. Por favor. Por favor.

— Já que você pediu por favor — respondeu Hermes.

— Tem um depósito no Distrito do Lago. As armas são feitas lá. Os ataques... foram testes pra ver se iam funcionar.

— Quer dizer que eles foram... treinos?

Hermes falou deliberadamente, mal conseguindo conter a raiva.

— O objetivo sempre foi atrair um olimpiano — admitiu Okeanos.

— *Qual* olimpiano?

— A princípio... Afrodite — respondeu Okeanos, com a voz embargada.

Hermes e Hades se entreolharam.

— Por quê?

— Porque a Deméter mandou. Foi o preço que ela pediu em troca do uso de sua magia.

Hades já suspeitava que Deméter estivesse ajudando a fornecer armas para a Tríade, mas não esperava que ela tivesse ordenado os ataques a Adônis e Harmonia. Agora que pensava nisso, no entanto, não era tão surpreendente. Afrodite era a única razão de Hades ter abordado Perséfone aquela noite na Nevernight. O desafio dela — faça alguém se apaixonar por você — era o motivo de ele ter induzido a Deusa da Primavera a aceitar um acordo que a fazia visitar o Submundo quase todo dia.

Hades franziu a testa. O que Okeanos dissera era verdade: a culpa realmente era dele.

— Então por que a Tique? — perguntou Hermes, segurando o braço do semideus com mais força.

— Eu não sei — gemeu Okeanos. — Mas a guerra da Deméter é com as Moiras.

— Bom, essa foi fácil — disse Hermes.

Então ele deu um puxão no braço de Okeanos, arrancando-o do corpo como se não passasse de papel. Enquanto o semideus se contorcia, Hermes jogou o membro para o lado, e ele aterrissou com um baque molhado no chão diante de Hades.

Hades olhou para Hermes, cujo rosto estava respingado de sangue, e falou por cima dos gritos guturais do semideus.

— Faça o que quiser com ele — disse Hades. — Mas eu quero esse depósito destruído, e aproveitando... pode tocar fogo naquele clube.

— Pode deixar — disse Hermes, enquanto agarrava o outro braço de Okeanos.

Antes que pudesse arrancá-lo do corpo do homem, entretanto, Hades saiu.

Hades se despiu e subiu na cama ao lado de Perséfone. Ficou deitado de lado, observando enquanto ela dormia, pensando no que Okeanos dissera. A notícia de que Deméter estava por trás dos ataques a Adônis, Harmonia e Tique provavelmente deixaria Perséfone devastada.

Uma coisa era suspeitar do envolvimento da mãe, outra bem diferente era ter a confirmação.

Às vezes, Hades se perguntava como alguém podia nutrir esse tipo de ódio por qualquer pessoa, mas Deméter continuava a odiá-lo assim, e tudo porque as Moiras haviam entrelaçado seu destino ao de Perséfone. Uma coisa que ele considerava um presente era a maior maldição para Deméter.

Perséfone se mexeu, e o coração de Hades disparou quando ela olhou para ele. Ele reconhecia quantas vezes não tinha dado o devido valor a cenas como essa, e jamais voltaria a agir assim. Uma parte dele estava irritada porque não conseguia apenas viver sabendo que ela estaria a seu lado para sempre.

— Você acordou — disse Hades, em voz baixa.

Perséfone sorriu, como se achasse graça.

— Sim... Você dormiu?

— Estou acordado há um tempo — respondeu o deus, embora não tivesse dormido nada. Ele estendeu a mão e roçou os lábios de Perséfone com a ponta dos dedos. — Observar você dormir é uma bênção.

A deusa se aproximou e Hades a envolveu com os braços enquanto ela deitava a cabeça em seu peito.

— Tique conseguiu atravessar o rio? — perguntou ela.

— Sim, e Hécate estava lá para acolhê-la. Elas são muito amigas.

Ficaram em silêncio por um instante, descansando no calor um do outro. Hades gostaria de ficar assim para sempre, enterrado sob o peso de Perséfone, mas sabia que estavam ficando sem tempo. Os ataques aos Divinos estavam se agravando, e Perséfone ainda não era capaz de controlar o próprio poder. Ele pensou no que Hécate dissera depois do que acontecera no clube. *Ela teria ficado bem se o tivesse canalizado corretamente.*

— Eu gostaria de treinar com você hoje — disse ele.

— Eu também gostaria disso.

Hades franziu a testa, em dúvida.

— Acho que você não vai gostar.

Ele não tinha nenhuma intenção de fazer do treino algo divertido. Quando ela o enfrentasse, seria como se eles fossem inimigos no campo de batalha.

Ela nem o reconheceria.

Perséfone se afastou para olhar para ele.

— Por que você diz isso?

Ele a observou por um instante, então baixou o olhar para os lábios dela.

— Só lembre que eu te amo.

Perséfone se movimentou para ficar em cima de Hades, deslizando por seu membro até consumi-lo por inteiro. Não houve palavras enquanto eles se moviam juntos, nada dito além de suas respirações aceleradas. Ele se perdeu nela, sabendo que, quando voltasse à tona, as coisas poderiam não ser mais as mesmas.

O olhar de Perséfone percorria cada parte dele. Hades o sentia passando pelo seu corpo, queimando sua alma. Esse olhar tornaria a prática mais difícil para ela e pior para ele. Hades já via a dúvida surgindo nos olhos da deusa, que não entendia direito a falta de emoção dele. Ele jamais fora indiferente a ela, mas os dois haviam entrado num espaço onde ensinar coisas a ela significava lhe mostrar um poder mais duro: a terrível verdade dos deuses.

Perséfone tinha medo de machucar as pessoas.

Não podia ter medo de machucar os Divinos.

— Não vou ficar assistindo você sangrar de novo — disse Hades.

Era um juramento para ela, uma promessa para si mesmo.

— Me ensina.

Ela achava que sabia o que estava pedindo, assim como tinha achado na noite em que se conheceram na boate dele.

— *Ainda não te ensinei a jogar* — ele dissera.

— *Então me ensina* — ela respondera.

Essas palavras haviam selado o destino deles.

Eram responsáveis por todos os altos e baixos que Hades experimentara na vida.

Mas nem Hades poderia ter adivinhado que elas levariam a esse momento, em que ele estava diante de sua amada, sua futura esposa e rainha, com a intenção de se tornar inimigo dela.

Ele odiava aquilo, odiava como o fazia se sentir errado e dava uma escuridão à sua magia, que ele poderia não usar se as coisas fossem diferentes, mas era isso que Perséfone precisava experimentar.

O que quer que Perséfone tenha visto em sua expressão a fez franzir a testa.

— Você me ama — disse ela, mas Hades não sabia se estava perguntando ou lembrando a si mesma.

— Amo — confirmou ele, a culpa tão pesada quanto a magia, que cobria o ar, silenciando o Submundo.

Perséfone olhou ao redor, desconfiada, sua ansiedade despertando seu poder. Mas ainda não era suficiente, e Hades lamentou o fato de ela não ter erguido uma barreira forte o bastante para suportar os espectros que ele havia invocado.

Eles se formavam das sombras, com fome de almas, e assombravam qualquer um que tivesse uma — até mesmo deusas. Dispararam na direção de Perséfone, praticamente imperceptíveis até a atingirem, fazendo-a estremecer. Era difícil vê-la receber o golpe, seu corpo se movendo de um jeito anormal enquanto os espectros o atravessavam. A deusa caiu no chão, arfando.

— Os espectros de sombra são produtos da magia da morte e das sombras — explicou ele. — Estão tentando ceifar sua alma.

Perséfone olhou para ele.

— Você está... tentando me matar?

Hades soltou uma risada sinistra. Uma parte dele não conseguia acreditar que estava fazendo isso, e que ela estava pedindo que ele fizesse.

— Espectros de sombra não podem tomar sua alma a menos que seu fio tenha sido cortado, mas podem te deixar muito doente.

Devagar, Perséfone se levantou.

— Se estivesse lutando com qualquer olimpiano, qualquer inimigo, ele jamais deixaria você se levantar.

— E como eu luto sem saber que poder você vai usar contra mim?

— Você nunca vai saber — respondeu ele.

Era assim que eles teriam que lutar com os semideuses: às cegas.

O objetivo era estar preparado para qualquer coisa.

A mão de um cadáver irrompeu do chão debaixo dela. Perséfone gritou quando a criatura agarrou seu tornozelo, puxando-a para o chão, arrastando-a para sua cova, determinada a enterrá-la viva.

— Hades!

Ele odiava como ela gritava, odiava mais ainda como chamava seu nome, como ele precisava ver os dedos dela se cravarem na terra enquanto ela tentava fugir de sua magia.

Ele também estava frustrado.

Perséfone contava com Hades porque ele estava por perto, quando deveria contar apenas consigo mesma. Ela era inteligente e capaz; tinha um poder intenso dentro de si, um poder que usara a magia de Hades contra ele mesmo, porém agia como uma mortal presa numa teia de aranha.

Finalmente Perséfone fez alguma coisa.

Girou para ficar de costas e tentou arranhar a mão, mas a magia de Hades era defensiva, e assim que Perséfone a tocou, espinhos irromperam da pele sombria. Um grito saiu da boca da deusa, mas ela o engoliu, e Hades sentiu sua raiva crescer.

Isso, meu bem. Isso mesmo.

A magia de Perséfone se intensificou, e um espinho rompeu a palma de sua mão. Ela o enfiou na mão fantasmagórica, que a soltou. Embora a deusa estivesse livre de um desafio, Hades mandou outro. Mais um espectro voou na direção dela.

O corpo dela se curvou para trás conforme o espectro a atravessava, e Hades sentiu que os gritos de Perséfone estavam roubando sua alma, pedaço por pedaço.

Hades engoliu a bile que subira por sua garganta ao se aproximar de Perséfone, o peito subindo e descendo enquanto ela tentava recuperar o fôlego.

— Melhor — disse o deus. — Mas você ficou de costas pra mim.

Ficou parado ali olhando para ela, querendo muito pegá-la nos braços e lhe dizer que a protegeria de tudo aquilo, mas a verdade era que ele não podia protegê-la. Já tinha provado isso, então Perséfone precisava aprender.

As mãos dela tremiam, e ela cerrou os punhos. Hades desapareceu quando a magia da deusa ressurgiu, e espinheiros brotaram da terra ao redor dela. Era uma tentativa de revidar os golpes dele, e tinha falhado.

Perséfone ficou de quatro, fulminando Hades com o olhar, as bochechas manchadas de lágrimas.

— Sua mão denunciou suas intenções. Invoque sua magia com a mente, sem se mexer.

— Achei que você tinha dito que ia me ensinar — disse ela, com ódio, e foi quase como se tivesse dito *Achei que você me amasse.*

Hades soltou um suspiro doloroso.

— Estou ensinando. É isso que vai acontecer com você se enfrentar um deus numa batalha. Precisa estar preparada pra qualquer coisa, pra tudo.

A deusa parecia muito infeliz, e Hades se sentiu responsável por isso quando ela baixou os olhos para as próprias mãos.

— Levante, Perséfone. Nenhum outro deus teria esperado.

Os olhos dela cravaram-se nos dele, de um jeito diferente dessa vez — diferente até da noite em que ela quase destruíra seu reino. Aquele olhar carregava a dor da traição. Este tinha fúria.

Quando Perséfone se levantou, o chão começou a tremer, e a terra se ergueu. Hades despachou as sombras e viu, tão chocado quanto maravilhado, os espectros se curvarem à vontade dela, desacelerando e deslizando por seu braço, infiltrando-se em sua pele.

A deusa estremeceu só por um instante, depois descerrou os punhos, e na ponta de seus dedos havia garras pretas.

— Muito bem — disse Hades.

Os olhos de Perséfone passaram para ele, e ela sorriu, mas por pouco tempo antes de ela cair de joelhos. Ela jogou a cabeça para trás, convulsionando enquanto Hades incutia nela ilusões que tinha fabricado a partir de seus maiores medos.

Era tortura.

Hades sabia, mas também era guerra, e ele não era o único deus capaz de fazer aquilo. Perséfone precisaria aprender a identificar a diferença, mas enquanto assistia aos medos dela se desenrolando, ele percebeu que ela estava perdida: acreditava que aquela era a realidade.

Talvez ele não devesse ter começado com Deméter, cuja expressão severa causava medo até nele.

— Mãe... — Perséfone engasgou, com um pânico tão real que Hades o sentia em torno dos próprios pulmões, tirando-lhe o fôlego.

— Cora — disse Deméter, o nome que Perséfone mais odiava soando como uma maldição. Ela tentou se levantar, mas Deméter se adiantou, arrancando-a do chão. — Eu sabia que esse dia chegaria. Você será minha. Para sempre.

— Mas as Moiras...

— Desfizeram seu destino.

O estômago de Hades revirou. Era um de seus maiores medos também.

Deméter se teleportou com Perséfone, o que só aumentou a legitimidade da ilusão, porque o aroma de sua magia permeou o ar. Hades ficou observando enquanto Perséfone se dava conta de que estava de volta na estufa de vidro, sua primeira prisão.

Ela ficou furiosa lá dentro, chutando e gritando, vomitando ódio na mãe, que só a encarava, com uma diversão zombeteira.

Perséfone ficou em silêncio quando tudo escureceu e ela foi forçada a assistir às vidas de seus amigos se desenrolarem em sua ausência. A pior das visões foi quando Leuce voltou a ser amante de Hades. Foi quase insuportável ver a expressão de Perséfone se transformar em horror. Ela cerrou os punhos, arfando, e seus olhos se encheram de lágrimas... e então ela gritou.

Gritou tão alto que seu corpo tremeu.

— *Perséfone* — disse Hades, mas a realidade dela já havia mudado, e quando o deus viu o que era, sentiu um gosto metálico no fundo da garganta.

Estavam em um campo de batalha em chamas, e ele estava deitado aos pés de Perséfone, ferido pela magia dela.

Aquilo o lembrou da visão de Katerina, a que se tornaria realidade se o ofiotauro fosse morto.

— Hades — disse Perséfone, com a voz estremecida.

Ela caiu de joelhos ao lado dele como se tivesse levado um golpe.

— Eu pensei... Pensei que nunca mais fosse te ver — sussurrou ele, depois levou uma mão trêmula ao rosto dela.

Perséfone pressionou a palma da mão de Hades contra seu rosto.

— Eu estou aqui — sussurrou ela, fechando os olhos ao sentir o toque dele, até que sua mão caiu. — Hades!

— Hummm?

— Fica comigo — implorou ela, através das lágrimas, segurando o rosto dele.

— Não posso — respondeu ele.

— Como assim não pode? Você pode se curar. Se cura!

— Perséfone — sussurrou ele. — Acabou.

— Não — disse ela, com a boca tremendo.

— Perséfone, olha pra mim — pediu Hades, desesperado para que ela visse, para que ouvisse suas últimas palavras. — Você foi meu único amor, meu coração e minha alma. Meu mundo começou e terminou com você, meu sol, estrelas e céu. Eu nunca vou te esquecer. E eu te perdoo.

— Me perdoa?

Foi então que ela percebeu o que Hades já sabia: que ela tinha direcionado sua fúria a ele e destruído o Submundo. Ela o destruíra.

Será que era por isso que ela se recusava a explorar sua magia? Porque temia esse potencial? Essa realidade?

Hades precisava ser honesto. Ele também temia aquilo, e só piorou quando Perséfone tentou desfazer sua magia, implorando para que Hades ficasse.

— Não, por favor. Hades. Eu não queria...

— Eu sei — disse ele, devagar. — Eu te amo.

— Não — implorou ela. — Você disse que nunca ia embora. Você *prometeu*.

Os gritos de Perséfone perfuraram os tímpanos de Hades quando as visões terminaram e tudo escureceu. Seu corpo ficou imóvel, e então ela caiu.

Hades correu para pegá-la e abraçá-la. Não fazia muito tempo que ela estava desmaiada quando piscou e olhou para ele, os olhos brilhando ao se encherem de lágrimas.

— Você foi bem.

Perséfone cobriu a boca, depois os olhos, enquanto soluçava, o corpo tremendo nos braços dele.

— Está tudo bem — falou Hades, para acalmá-la. — Eu estou aqui.

Mas isso só a fez chorar ainda mais. Ele odiava não conseguir acalmá-la, e se sentiu ainda pior quando ela se afastou e se levantou.

— Perséfone...

— Isso foi cruel — disse ela, de pé ao lado dele. — O que quer que tenha sido, foi cruel.

— Era necessário. Você precisa aprender...

— Você podia ter me avisado. Tem ideia do que eu vi?

Perséfone agia como se tivesse sido fácil para ele assistir.

— E se os papéis se invertessem?

— Já se inverteram — respondeu Hades, ríspido. Já tinha acontecido *de verdade* com ele.

A deusa empalideceu, parecendo horrorizada.

— Isso foi algum tipo de castigo?

— Perséfone...

Aquela não fora a intenção dele. Porra. Hades estendeu a mão para ela, que deu um passo para trás.

— Não. — Perséfone levantou as mãos. — Preciso de tempo. Sozinha.

— Não quero que você vá — disse Hades.

— Acho que a escolha não é sua — respondeu ela.

A deusa respirou fundo, trêmula, como se estivesse reunindo a coragem para partir, e quando o fez, Hades soltou um grito de frustração.

33

DIONÍSIO

Dionísio se viu subindo a porra da montanha de novo, e embora fosse mais rápido sem Ariadne, com certeza preferiria que ela estivesse ali para atrasá-lo.

Puta que pariu, porra.

Ele estava irritado, mas, pior ainda, estava preocupado.

Dionísio não sabia muito a respeito de ciclopes para além do papel deles na Antiguidade. Naquela época, eles eram grandes artesãos e tinham ajudado os olimpianos na batalha contra os titãs. Embora ele soubesse que alguns continuavam trabalhando com os deuses, nem todos pareciam ter evoluído da mesma maneira, como ficava evidenciado por este, que percorria a ilha comendo ovelhas. E, se comia ovelhas, certamente comia humanos.

Quando chegou ao topo da montanha, Dionísio olhou ao redor da ilha, que era muito maior do que ele imaginara: o terreno variava de cânions profundos a colinas suaves. Apesar do tamanho gigantesco do ciclope, Dionísio não avistou nem ouviu o monstro. Era como se ele tivesse desaparecido.

Isso só serviu para aumentar sua ansiedade, e ele sentiu um estremecimento familiar e pavoroso no fundo de seus ossos. Cerrou os dentes e os punhos contra a sensação, sem querer deixar a loucura se enraizar. Se isso acontecesse, ele se tornaria inútil, e seria muito provável que algo além do ciclope morresse em sua missão de resgatar Ariadne.

Dionísio respirou fundo várias vezes até a sensação diminuir, embora o fato de ter surgido tão rapidamente o inquietasse. Mas, por enquanto, pelo menos ele estava no controle.

Ele correu montanha abaixo, refazendo seus passos até o chalé onde havia curado Ariadne, depois foi até a costa onde conhecera o velho.

— Olá! — gritou. — Preciso de você, velho! O ciclope pegou ela!

Andou de um lado para o outro na praia, e, de repente, vislumbrou alguma coisa com a visão periférica. Tomou um susto e, quando se virou, viu o estranho deus parado nas pedras, do mesmo jeito de antes.

— De onde você saiu, porra? — quis saber Dionísio.

— Eu já salvei sua vida uma vez — respondeu o velho. — O que mais você poderia querer de mim?

— O ciclope pegou minha... — Dionísio hesitou, incerto do que pretendia dizer. — O ciclope pegou a Ariadne, e eu não sei para onde a levou. Já escalei aquela montanha maldita. Olhei pra todos os lados da ilha. Pra onde ele levou ela?

— Para o covil dele, imagino.

Dionísio deu um passo à frente, as mãos tremendo.

— *Onde?* — perguntou ele, entre dentes.

— Do outro lado do estreito — respondeu o homem.

Dionísio se virou para onde o velho havia apontado, e lá longe, a um oceano de distância, havia algo que parecia um conjunto de ilhas, mas mal dava para vê-las no horizonte.

Dionísio girou.

— Você não achou que essa era uma informação valiosa o suficiente pra compartilhar quando me pediu pra matar ele, pra começo de conversa?

— Nada é tão valioso quanto a sua vida — respondeu o homem.

Dionísio deu mais um passo, fervendo de raiva.

— E eu estou bem perto de tirar a sua!

Ele se virou para a costa e rumou para o mar.

— Eu não faria isso se fosse você — alertou o velho.

Dionísio lançou um olhar feroz a ele.

— E como é que eu vou chegar nessa porra dessa ilha?

— Seria melhor se você esperasse o ciclope voltar.

— Você não me ouviu dizendo que ele pegou ela?

O velho o encarou, depois voltou a olhar na direção da ilha.

— Só existem dois jeitos de ir até a ilha: pelas rochas errantes, entre as quais o mar é violento, ou pelo estreito onde Caríbdis e Cila residem. Em qualquer um dos dois, você com certeza morre.

Dionísio estava mais do que familiarizado com os dois monstros marinhos que o velho mencionara, considerando que tinha o hábito de colecioná-los. Caríbdis era um turbilhão fatal capaz de destruir navios em um instante. Cila era um monstro de seis cabeças com três fileiras de dentes afiados e mortais. Viviam diante um do outro, então qualquer um que passasse por seus domínios e tentasse evitar um esbarrava no outro.

— Obrigado pelo voto de confiança — murmurou Dionísio, enquanto caminhava até o mar.

Ele tentou em vão nadar contra a corrente até conseguir se impulsionar para a frente com braços e pernas. A princípio, ele avançou num ritmo constante, mas a água parecia pesada e seus braços queimavam. Foi ficando mais difícil manter a cabeça acima da água, e o sal fazia seu nariz e sua garganta arderem. Quanto mais seus braços e pernas queimavam, menos certeza ele tinha de que estava de fato seguindo em frente, embora nada fosse rápido o suficiente enquanto o destino de Ariadne era desconhecido.

Dionísio soltou um gemido frustrado e ficou de costas, boiando na superfície, e apesar de o sol deixar vermelho cada pedacinho de sua pele exposta, permaneceu ali até sentir que conseguia se mexer de novo.

Conforme se aproximava do estreito, ele sentiu a corrente do oceano mudar e soube que Caríbdis estava ativa, revirando o mar com toda a força. O deus fez uma curva mais aberta, na intenção de evitar o puxão, ciente de que fazer isso o deixava mais perto de Cila, mas, se tinha que enfrentar os dois monstros, preferiria aquele que conseguiria esfaquear àquele que o afogaria.

Ao entrar no estreito, ele se manteve próximo à parede do penhasco, agarrando-se às pedras para não ser sugado pela profundeza rodopiante de Caríbdis, que era visível da superfície, um vórtice turbulento de água espumante e areia do oceano. A água agitada puxava sua pele com força. Se Caríbdis não o pegasse, poderia com certeza esfolá-lo vivo.

Dionísio estava tão concentrado em evitar a força da corrente que se esqueceu de olhar para cima, até que uma pedra atingiu seu rosto. Quando ergueu o olhar para o céu, ficou cara a cara com seis cabeças disparando na direção dele.

— Porra!

Ele se moveu no último segundo, desviando por pouco dos dentes de uma das seis cabeças. As cabeças mergulharam no oceano e, quando voltaram à tona, cinco delas rugiram em um lamento estridente, enquanto a outra carregava um golfinho preso entre os dentes horríveis. Com inveja, as duas cabeças ao lado dela sibilaram e tentaram abocanhar a presa, e logo elas começaram a brigar. Pedaços de carne de golfinho choviam em Dionísio enquanto as cabeças lutavam; as outras três permaneceram focadas nele.

Dionísio invocou seu tirso na mesma hora em que as cabeças desceram sobre ele de novo. Dessa vez, ele atravessou uma delas com a ponta afiada do bastão quando estava prestes a mordê-lo. A cabeça recuou, gritando, depois caiu na água, imóvel. As outras cinco cabeças guincharam e atacaram Dionísio ao mesmo tempo.

— Porra!

Ele subiu no pescoço da cabeça que havia desfalecido e correu por ele, perseguido pelas outras, que mostravam os dentes. O deus logo se virou, pulando no topo de uma cabeça escorregadia antes de rapidamente correr para outra quando a cabeça inteira foi mordida por uma das parceiras.

Esse troço é idiota, pensou Dionísio, enfiando a ponta do tirso no monstro e desviando quando duas outras cabeças correram na direção dele e bateram uma contra a outra. O impacto o abalou e ele escorregou, caindo no oceano, onde foi sugado pela corrente de Caríbdis. Mesmo remando furiosamente contra ela, a corrente conseguiu afundá-lo. A água invadiu seu nariz e sua boca, e ele tentou desesperadamente se agarrar a qualquer coisa que estivesse ao seu alcance, mas não havia nada, tirando o peso sólido da água. Mas quando Caríbdis se agitou, ele foi levado para mais perto do outro lado do estreito, tão perto que seu corpo bateu nas pedras, rasgando a pele.

Antes que pudesse tentar se segurar nas rochas, Dionísio foi levado para longe de novo. A água lutava com ele, afundando-o, mas ele conseguiu deixar o braço na posição certa para que, quando voltasse a ficar perto da parede, pudesse cravar o tirso nela. Com a arma presa no lugar, ele se agarrou a ela enquanto a água se agitava abaixo dele. Do outro lado, as cabeças restantes de Cila gritavam, mas, enquanto Caríbdis se mexesse, ele estaria a salvo.

Cila subiu pelas pedras de volta para sua caverna, arrastando duas das cabeças desfalecidas atrás de si.

Dionísio não saberia dizer ao certo quanto tempo passou pendurado na ponta do tirso, mas sentiu quando a corrente ao seu redor se acalmou, e logo Caríbdis parou o ataque. Quando tudo estava terminado, ele se sentiu fraco, e nadar para fora do estreito parecia impossível, mas ele conseguiu. Quando viu a ilha do ciclope à sua frente, foi inundado de alívio.

Dionísio deu um impulso para a frente, pensando apenas em Ariadne: no gosto dela e em como beijava, na sensação de seu corpo, por dentro e por fora.

Ele não tinha passado tempo suficiente com ela para perdê-la para sempre.

Aquele pensamento o ajudou a seguir em frente, e quando conseguiu tocar o fundo do mar abaixo de si, cravou os pés nele e tentou correr. Cambaleando até a praia, ele caiu de joelhos, tombou de cara no chão e perdeu a consciência.

Um gemido estrangulado o despertou com um susto.

Dionísio rolou de costas e invocou seu tirso, mas deu de cara com uma ovelha.

— De *onde* você saiu? — perguntou ele, irritado.

A ovelha soltou um balido alto, e Dionísio se encolheu com o som.

Sua cabeça doía, e o sol só piorava as coisas. Ele apertou os olhos contra a luminosidade, depois olhou ao redor. A ilha do ciclope era vasta e arborizada, cheia de montanhas altas.

Se o ciclope estava entre elas, ele nem conseguiria perceber.

— Bééé! — O berro repentino da ovelha o fez pular.

— Meus deuses, dá pra *parar* com isso?

Olhou feio para a ovelha, mas o animal continuou a gritar.

— O que você quer? — perguntou ele, rispidamente, ficando de pé.

A ovelha se afastou e começou a se virar, balindo o tempo todo.

— Não vou te seguir — disse Dionísio.

A ovelha pareceu olhar feio para ele, o que o deixou inquieto. O olhar o lembrava da frustração de Ariadne.

Caralho. E se ela tivesse sido transformada numa ovelha?

E se essa ovelha fosse Ariadne?

Você é um idiota, porra, ele repreendeu a si mesmo.

Porém, se viu dando um passo na direção da ovelha, que soltou outro berro trêmulo e rumou para a densa floresta verde adiante.

Dionísio a seguiu, sentindo-se ridículo, mas também torcendo para que o animal o levasse aos outros e, finalmente, ao ciclope.

A vegetação era densa e variada, o solo coberto de videiras que se enroscavam nos pés dele. Depois de tropeçar uma vez, o deus se cansou e usou magia para abrir caminho enquanto seguia a ovelha. Não demorou muito para chegarem a um rio calmo, que a ovelha pareceu seguir para adentrar a parte mais montanhosa da ilha.

A certa altura, a ovelha parou e se virou para Dionísio.

— Béééé! — gritou ela.

Pelo amor dos deuses, ele odiava mesmo aquele som, mas o bicho estava olhando para cima, para uma caverna que ficava no alto, para onde diversas ovelhas haviam sido conduzidas.

O coração do deus acelerou. Tinha que ser ali que o ciclope vivia.

Dionísio atravessou o rio correndo e escalou a subida íngreme que levava à caverna onde estava o rebanho do ciclope. O chão estava repleto de ossos, e seu estômago se revirou enquanto ele lutava contra o instinto de gritar por Ariadne, sem saber o que havia ali dentro. A maior parte da caverna parecia bem iluminada, já que partes do teto haviam cedido, permitindo que a luz do sol penetrasse. Logo depois da entrada havia um declive e, na base, um lago de cor verde.

As ovelhas se reuniam perto da água, seus balidos altos ecoando dentro da caverna, fazendo o deus se encolher, embora ele esperasse que o barulho fosse suficiente para abafar seus passos enquanto se esgueirava pelas partes escuras da caverna, analisando as rochas cobertas de musgo em busca de qualquer sinal de Ariadne.

De repente, ele avistou uma mão despontando na escuridão.

— Ari!

O nome dela escapou de sua boca, um grito que ele não conseguiu conter. Dionísio correu até ela, e sua mão mal tinha tocado a dela quando a mulher foi puxada para longe.

Dionísio arregalou os olhos e, quando ergueu o rosto, deu de cara com um par de olhos avermelhados.

— Que porra é essa? — disse ele, invocando o tirso.

A arma pareceu provocar a criatura nas sombras, porque os olhos dela faiscaram e ela berrou, avançando na direção do deus e saindo da escuridão.

Dionísio ficou cara a cara com o ofiotauro. Seus ombros e seu pescoço estavam curvados, os cascos, raspando o chão.

O deus deu um passo para trás e a criatura avançou, expondo-se ainda mais à luz. Dionísio percebeu que o restante de seu corpo, que passava da estrutura de um touro ao rabo de uma serpente, se enrolava de um jeito protetor em torno de Ariadne, que não estava consciente.

— Ari — repetiu Dionísio, dando um passo na direção dela, mas o ofiotauro rugiu, e ele parou. — Calma — disse o deus, erguendo as mãos. — Eu vim resgatá-la.

O ofiotauro continuou olhando para ele, ainda tenso.

— Por que você está protegendo ela?

A criatura bufou algumas vezes, e Dionísio aproveitou a oportunidade para se aproximar de Ariadne. O ofiotauro manteve o rabo pintado e listrado ao redor dela.

Dionísio não tirou os olhos do monstro até se ajoelhar ao lado de Ariadne. Queria pegá-la nos braços, ter certeza de que ela estava bem, mas sabia que, se fizesse qualquer movimento brusco, o ofiotauro reagiria.

Em vez disso, ele acariciou o rosto da mulher e murmurou seu nome, e ela abriu os olhos devagar.

Por um instante, Ariadne pareceu confusa, mas, quando o reconheceu, seus olhos brilharam de alívio, e ela sorriu. O sorriso, porém, desapareceu depressa, e o ofiotauro emitiu um som baixo e oco quando uma sombra passou por ele.

Tinha alguma coisa errada.

Dionísio parou e se virou bem a tempo de ver a mão do ciclope avançando rapidamente em sua direção.

— Estrangeiro — disse o ciclope. A voz dele era alta e fez os ouvidos de Dionísio zumbirem. Os dedos do ciclope se fecharam com força ao redor do deus, tirando seu fôlego enquanto o gigante o levava até o olho semicerrado. — Você veio roubar minhas ovelhas?

— Não — respondeu Dionísio, sofrendo com o aperto. Suas mãos estavam presas perto demais de seu corpo para conseguir invocar o tirso. Mesmo se conseguisse, ele não teria espaço para usá-lo. — Não vim roubar suas ovelhas.

— Então veio me matar — disse o ciclope, erguendo a voz com raiva.

— Você só recebe essas visitas? — perguntou Dionísio. — Gente que quer roubar suas ovelhas e gente que quer te matar?

— Visita? — perguntou o ciclope. — Eu não conheço essa palavra. Conheço ladrão. Conheço assassino.

— Então permita que eu te ensine uma palavra nova — disse Dionísio.

— Eu também conheço truque, estrangeiro — retrucou o ciclope. — Isso é um truque?

— Não — afirmou Dionísio. — Mas, se for do seu agrado, posso fazer uma oferta de boa-fé.

— Que tipo de oferta, estrangeiro?

— Meu melhor vinho — respondeu ele.

— Eu não conheço vinho — disse o ciclope.

— Então vai conhecer hoje — respondeu Dionísio. — Me coloca no chão e eu divido minha bebida com você.

— Sem truques? — perguntou o ciclope, desconfiado, mas curioso.

— Nenhum — prometeu Dionísio.

O ciclope ficou olhando para ele por alguns instantes, tempo o suficiente para fazer Dionísio pensar que o gigante talvez decidisse esmagá-lo, mas então o colocou no chão.

Dionísio aproveitou a oportunidade para olhar de soslaio na direção de Ariadne e do ofiotauro, mas não conseguiu vê-los, totalmente escondidos na escuridão da caverna.

Ele deu alguns passos cautelosos na direção da lagoa.

— Você bebe essa água?

— Bebo, lavo, banho — respondeu o ciclope.

Dionísio tentou não parecer enojado ao invocar sua magia e transformar a água parada em um vinho tinto profundo.

Ele se virou para o ciclope.

— Beba, amigo.

O ciclope olhou para ele desconfiado, mas enfim mergulhou a mão em concha no vinho e o levou aos lábios. Ele fez uma pausa, como se estivesse testando o sabor na língua, depois pareceu ronronar, satisfeito.

— É bom — disse ele, então enfiou a cara no vinho e secou o lago inteiro.

O ciclope se sentou em meio às ovelhas enquanto Dionísio esperava que o vinho fizesse efeito, fazendo o possível para não olhar com muita frequência para as sombras onde Ariadne e o ofiotauro continuavam escondidos.

— Qual é o seu nome, estrangeiro?

— Ah, eu não sou ninguém — respondeu Dionísio, sem querer dizer seu nome, apesar de ser um deus.

— Ninguém? — perguntou o ciclope. — Eu sou Polifemo.

— É um prazer — declarou Dionísio.

— Como você veio parar na minha ilha? — perguntou o ciclope.

— Fiquei preso aqui — respondeu Dionísio. — Infelizmente não sei onde estou.

— Aqui é Trinácia — disse Polifemo. — Você vai precisar saber se vier visitar de novo.

Dionísio sorriu. Pelo menos agora tinha uma ideia de onde estavam.

— Gostaria de mais vinho? — perguntou Dionísio.

— Mas não tem água pra você transformar em vinho — comentou Polifemo.

— Não preciso de água pra fazer vinho — disse Dionísio.

De repente, o lago se encheu de novo, e Polifemo bebeu tudo de uma vez.

Dessa vez, quando o vinho acabou, Dionísio encheu o lago de novo sem perguntar.

— Esse é um belo truque — disse Polifemo, balançando e piscando devagar.

— É, acho que foi mesmo um truque — disse Dionísio.

— Acho... acho que fui envenenado — disse o ciclope, arrastando as palavras, depois desmaiou e caiu no chão, inconsciente.

Assim que ele desabou, Dionísio se apressou em se levantar, e Ariadne saiu correndo das sombras, jogando os braços ao redor dele.

— Dionísio — sussurrou ela, e o nome dele nunca tinha soado tão bem.

Ele a beijou, segurando seu rosto.

— Você tá bem?

— Estou — respondeu ela, encarando-o. — Você veio atrás de mim.

— Claro que vim — disse ele.

O ofiotauro bufou, atraindo a atenção dos dois. Ariadne puxou Dionísio para mais perto da criatura.

— Esse é o Boi — disse ela. — É um amigo.

— Boi? — perguntou Dionísio. *Um amigo?*

— Esse é o nome dele — respondeu ela.

— Você deu um nome pro ofiotauro?

— Bom, eu precisava chamar ele de *alguma coisa* — disse ela. — Ele me manteve segura.

Dionísio sorriu para ela e balançou um pouquinho a cabeça.

— Porra, Ari. Eu não sabia o que pensar. Eu...

— Tá tudo bem, Dionísio — disse ela, seus olhos procurando os dele, então ele a beijou de novo.

Dionísio estava aliviado demais para pensar duas vezes naquilo, grato demais por Ariadne estar bem para se sentir desconfortável ou incerto.

— Que gracinha — disse uma voz, e então o ofiotauro rugiu.

Quando se viraram, viram Teseu parado a alguns passos deles com dois homens, que haviam prendido o ofiotauro. Boi foi empurrado para o chão de costas, para que sua barriga macia ficasse exposta.

Antes que Ariadne pudesse gritar, Teseu enfiou uma faca até o cabo na barriga do animal, depois a arrastou para baixo.

— Não! — gritou Ariadne, contorcendo-se nos braços de Dionísio enquanto ele a segurava, sem querer soltá-la.

O berro do ofiotauro se transformou em um gemido baixo e agudo até silenciar.

Com a criatura morta, Teseu se virou para eles, o rosto salpicado de sangue, enquanto os dois homens que o acompanhavam retiravam os intestinos da barriga aberta do ofiotauro.

— Vai se foder! — vociferou Ariadne, lágrimas escorrendo pelo rosto.

Dionísio a abraçou, os braços cruzados sobre o peito dela.

— Agora, por essa eu não esperava — disse Teseu. — Ficar amiguinha de outro monstro, além do Dionísio.

— Você que é o monstro! — rebateu ela, com ódio.

Teseu levou uma das mãos ao coração.

— Ai, assim você me machuca, Ariadne, ainda mais depois de eu ter cuidado tão bem da sua irmã.

— Não deixa ele te provocar, Ari.

— É Ari agora? — perguntou Teseu, olhando para Dionísio. — Você começou a chamar ela assim antes ou depois de vocês treparem?

Dionísio o fulminou com o olhar. Não sabia se o deus estava apenas supondo, mas sua fixação em Ariadne era evidente. Isso era mais do que ciúme. Era obsessão.

Os homens de Teseu terminaram o trabalho com o ofiotauro e se aproximaram dele, um de cada lado, carregando os intestinos.

— É uma pena, *Ari*, você não conseguir enxergar meu potencial mesmo eu o segurando em mãos.

— Você não está segurando nada — disse ela.

Dionísio riu, mas Teseu lhes lançou um olhar feroz, os lábios repuxados para cima, depois ergueu a faca ensanguentada.

— Ah, olha. Você estava errada.

Teseu apareceu diante deles e tentou esfaquear Ariadne. Dionísio bloqueou o golpe com o braço, mas a lâmina se cravou em sua carne. Ao mesmo tempo, ele invocou o tirso e o enfiou na barriga do semideus. Teseu arregalou os olhos. Dionísio puxou o tirso, arrancando-o de Teseu, que cambaleou para trás, com a mão no ponto onde a barriga sangrava.

— Se você machucar ela, eu te mato — disse Dionísio.

— Entra na fila — respondeu Teseu, e, quando sorriu, seus dentes estavam cheios de sangue.

Pelo jeito Teseu demorava para se curar. Que fraqueza grave. Ele claramente estava ciente desse fato também, porque decidiu não atacar Dionísio e Ariadne de novo e, em vez disso, desapareceu com seus dois homens, levando os intestinos do ofiotauro consigo.

Quando ficaram a sós, Dionísio soltou Ariadne, que correu para a criatura, ficando de joelhos. Um grito terrível saiu de sua garganta quando ela estendeu a mão para acariciar o animal, e Dionísio só pôde abraçá-la.

— Eu odeio ele — disse Ariadne, com um suspiro trêmulo.

— Eu sei.

Dionísio não saberia dizer quanto tempo ficaram sentados ali, mas uma repentina onda de magia de Hermes o fez endireitar o corpo. Reconhecia aquele poder porque ele tinha assombrado seus sonhos uma vez ou outra — e, quando a magia os cercou, eles foram tirados da caverna e depositados no chão duro e imaculado do escritório de Hades na Nevernight.

— Nunca pensei que veria você ajoelhado aos meus pés — disse Hades.

Dionísio ignorou o comentário de Hades ao se levantar e ajudar Ariadne a ficar de pé. Ela passou as mãos no rosto, tentando se recuperar do horror que haviam vivido na caverna.

Quando de fato olhou para ele, Dionísio viu que a expressão de Hades era uma mistura estranha de frustração confusa.

— Talvez seja melhor você se ajoelhar também — disse Dionísio. — Vai ter que se acostumar com essa pose. Teseu matou o ofiotauro.

34

HADES

Hades estava sentado no sofá encarando o fogo, e embora devesse estar pensando no que faria agora que o ofiotauro havia sido morto, só conseguia pensar em Perséfone. Não era como tinham se separado que o preocupava, era o futuro dos dois, que podia muito bem deixar de existir quando Zeus descobrisse tudo que ele vinha escondendo. Quanto tempo levaria até seu irmão descobrir não apenas que haviam matado o ofiotauro, mas também que Hades era responsável pela ressurreição da criatura porque tinha matado um de seus amigos e servos mais próximos, Briareu?

Quanto tempo levaria até Zeus não apenas proibir seu casamento, mas forçar Perséfone a se casar com outra pessoa?

Ele reconhecia que suas preocupações eram egoístas e que, se fosse Perséfone, estaria preocupada com a humanidade, mas a humanidade se reerguia mesmo depois das batalhas mais destrutivas.

Não haveria nada para ser reerguido se ele a perdesse.

Alguém bateu à porta.

Hades ergueu os olhos e viu Elias entrar no escritório.

— Achei que você fosse querer ver a manchete de hoje — disse ele, entregando a Hades um exemplar do *Jornal de Nova Atenas*.

Um título em destaque ocupava o topo da página, um insulto gritante:

Conheça Teseu, o semideus líder da Tríade

Pelo jeito Helena cumprira a ameaça contra Perséfone. Hades analisou o arquivo, o maxilar cada vez mais contraído enquanto lia as palavras tendenciosas. O problema era que os mortais não enxergariam o favoritismo de Helena; só veriam um homem que era meio humano, alguém que podia entendê-los e lutar por eles.

Veriam a própria realidade refletida nas palavras de Teseu.

"Por que não deixar os deuses falarem por si mesmos? Eu sabia que não ia demorar muito para um, ou muitos, deles descontarem a própria ira no mundo."

Talvez fosse por isso que aquilo tudo era tão duro: o fato de que ele não estava errado.

Se alguma coisa faria os mortais darem as costas aos deuses, seriam as próprias ações dos Divinos, e no momento a maior ameaça era a tempestade de Deméter.

— O timing dele é impecável — comentou Hades, atirando o jornal no fogo.

— Imagino que ele esteja se sentindo muito poderoso agora — disse Elias.

Hades imaginava que sim, então o que poderiam fazer para relembrá-lo de sua insignificância? Depois de um instante, ele se levantou e se virou para o sátiro. Normalmente, lhe daria algum tipo de direcionamento ou ordem, mas, dadas as circunstâncias, o deus não tinha ideia de como prosseguir.

Ele realmente tinha a impressão de que não estava no controle de nada.

Hades se manifestou no campo de Hécate. Estava ali havia apenas um instante quando sentiu uma rajada de magia da deusa vindo em sua direção. Mesmo pego de surpresa, ele conseguiu se teleportar antes de ser atingido pelo golpe, só que ela estava um passo à frente, e assim que ele apareceu, seu poder o acertou bem no peito.

A força o fez voar para trás. Hades sentiu o chão ceder sob seus pés quando enfiou os calcanhares na terra para evitar bater nas paredes montanhosas do Submundo.

Quando parou, sentiu a aproximação de Hécate. O problema era que não podia vê-la, mas a magia dela crepitava no ar, fazendo os pelos em seus braços se arrepiarem.

— Não sei o que eu fiz — rosnou Hades. — Mas você podia tentar falar comigo antes de entrar em guerra.

— Talvez você devesse ter pensado em fazer o mesmo antes de torturar a Perséfone daquele jeito — rebateu ela. Sua voz chegava de todos os lados, como se houvesse centenas de Hécates ao redor do deus.

— Eu *sei* — disse Hades, frustrado. — Eu sou um idiota.

— Você é mais do que isso — respondeu Hécate, aparecendo diante dele com os braços cruzados.

— Terminou? — perguntou ele.

— Talvez — disse ela, incerta.

Hades lhe lançou um olhar penetrante.

— Eu já estava me sentindo péssimo por isso antes de vir te procurar, sabe. E agora de algum jeito me sinto pior.

— E devia mesmo. No que você estava pensando? — quis saber Hécate.

— Como assim no que eu estava pensando? Eu estava treinando ela! E não venha criticar meus métodos. Foi você que a esfaqueou só pra ensiná-la a se curar.

— Eu a *preparei* — disse a deusa. — Foi gentil? Não. Mas você pode ter desfeito todo o progresso que a gente alcançou!

— Que progresso? — perguntou Hades, com ódio. — Ela quase se partiu ao meio.

— Perséfone tem medo de destruir seu mundo com a magia dela, e você deu vida a esse medo pra ela.

Hades desviou os olhos, frustrado consigo mesmo.

— Eu não sei mais o que fazer, Hécate. Estamos caminhando para tempos mais sombrios, e ela não está aprendendo rápido o suficiente.

— Não dá pra você forçar o progresso só porque está com medo, Hades.

Ele cerrou os dentes.

— A melhor coisa que você pode oferecer pra ela agora é um espaço seguro. Você é a pessoa com quem ela se cura dos traumas, não a pessoa que faz eles piorarem.

— Você acha mesmo que isso ainda é verdade?

— Acho — respondeu Hécate. — Então vai pedir desculpa pra sua rainha.

Hades prometera nunca usar sua invisibilidade para espionar Perséfone, mas não sentia que estava espionando, e sim esperando. Ele não tivera a intenção de se esconder, mas Ivy o alertara de que a deusa não estava de bom humor — e depois ela tinha jogado o tablet na parede. Agora Leuce estava ali, *conversando* sobre nada enquanto ele tinha coisas a fazer.

Pelo amor dos deuses, ele estava muito *frustrado*.

Finalmente, a ninfa foi embora, e Hades entrou em ação antes que mais alguém interrompesse. Mas, por algum motivo, quando parou diante dela, de repente não soube o que dizer. Sua boca estava seca e as palavras desapareceram.

Talvez por causa da maneira como ela olhava para ele, hesitante e assombrada, ou talvez pelo ar do escritório, desconfortável e carregado de uma tensão desconhecida.

— Precisa de alguma coisa? — perguntou Perséfone.

Precisa de alguma coisa? Como se ele tivesse vindo pedir uma xícara de açúcar. Hades estendeu a mão atrás de si e trancou a porta.

— Precisamos conversar.

Perséfone o encarou por um instante, depois se afastou da mesa, cruzando os braços.

— Então fala.

Ele encarou a deusa enquanto se aproximava e se ajoelhava diante dela. Viu o peito dela subir de repente quando colocou as mãos em seus joelhos.

— Me desculpa. Eu fui longe demais.

Perséfone pareceu mal suportar o pedido de desculpas de Hades, porque baixou o olhar, fitando os próprios dedos, que mexia com nervosismo.

— Você nunca me disse que tinha o poder de invocar medos.

— E já houve alguma ocasião pra falar disso?

A deusa não disse nada, mas Hades ainda sentia que a decepcionara de algum modo. Não era a primeira vez que ela lhe pedira para compartilhar mais de si mesmo, mas para ele certas coisas pareciam vir com o tempo. Talvez os dois estivessem esperando ansiosos pela eternidade.

— Se você permitir, quero te treinar de um jeito diferente. Vou deixar a magia com Hécate e te ajudar a estudar os poderes dos deuses.

Ele começaria consigo mesmo, mesmo que aquela ideia fosse desconfortável; ainda assim, sentia que era o único jeito de reparar seu erro, considerando que usara contra Perséfone poderes que ela não sabia que ele tinha.

— Você faria isso?

— Eu faria qualquer coisa para proteger você — disse Hades. — E já que você nunca vai concordar em ficar trancada no Submundo, essa é a alternativa.

Perséfone deu um sorrisinho para o deus, e ele quis mais.

— Desculpa por ter ido embora — disse ela.

— Não culpo você — respondeu ele, mesmo que não tivesse gostado daquilo. — Não é muito diferente do que eu fiz quando te levei pra Lampri. Às vezes, é muito difícil existir num lugar onde você vivencia o terror.

A deusa baixou os olhos, umedecendo os lábios.

— Você está brava comigo? — perguntou Hades, se aproximando.

— Não — respondeu ela, olhando para ele. — Sei o que você estava tentando fazer.

Hades sentiu um aperto no peito.

— Gostaria de poder dizer que vou proteger você de tudo e de todos... E protegeria mesmo. Eu manteria você segura pra sempre entre os muros do meu reino, mas sei que o que você quer é proteger a si mesma.

— Obrigada.

Dessa vez, Hades sorriu. Queria beijá-la, mas ela não se aproximou. Em vez disso, olhou para a mesa.

— Imagino que você já tenha lido isso — disse ela.

— Elias me mandou hoje de manhã — disse Hades. — Teseu está brincando com fogo e sabe disso.

— Você acha que Zeus vai fazer alguma coisa?

— Não sei — respondeu ele, franzindo a testa. Uma parte dele esperava que não, já que Teseu havia matado o ofiotauro. — Acho que meu irmão não vê a Tríade como ameaça. No entanto, ele acha a associação da sua mãe perigosa, e foi por isso que mudou o foco para ela.

— O que vai acontecer com ela se Zeus conseguir encontrá-la?

— Se ela interromper o ataque no Mundo Superior? Provavelmente nada.

— Quer dizer que ela vai passar impune do assassinato da Tique?

Considerando que Zeus parecia acreditar na sobrevivência dos mais aptos, ele devia achar que Tique simplesmente não era poderosa o bastante.

— Ela precisa ser punida, Hades.

— E vai ser. Um dia.

— Não só no Tártaro, Hades — insistiu a deusa, inclinando-se para a frente.

— No tempo certo, Perséfone — disse ele, colocando as mãos sobre as dela. — Ninguém, nem os deuses, certamente não eu, vai impedir a sua retaliação.

Aquela era uma promessa que ele podia manter.

Os dois ficaram se olhando por um instante, depois Hades se levantou.

— Vem — disse ele, levando-a consigo.

Perséfone hesitou.

— Aonde a gente vai?

— Eu só queria te beijar — disse Hades, colando a boca à dela e se sentindo aliviado agora que ela estava em seus braços de novo.

Ele invocou sua magia e os teleportou para o lugar onde o edifício Anos Dourados estava sendo construído. Perséfone vira modelos e esboços do futuro centro de reabilitação, mas Hades nunca a levara até ali.

O projeto já havia progredido bastante, mesmo com a neve, e, quando ela se afastou, ele a ouviu prender a respiração.

— Ah...

— Mal posso esperar pra você vê-lo na primavera — disse Hades. — Você vai amar os jardins.

Os jardins eram apenas planos agora, mas seriam extensos.

— Eu amo tudo. Já amo agora. — Então ela olhou para ele. — Eu amo você.

Hades sorriu e voltou a beijá-la, depois a conduziu para o interior do prédio. Era bem mais fácil imaginar como essa parte ficaria quando estivesse pronta, porque a maioria das paredes já estava erguida, embora ainda houvesse muito trabalho a fazer.

Ele a levou a todas as seções da instalação.

— Espero que pareça menos um hospital e mais... um lugar onde as pessoas possam se curar de verdade — disse o deus.

Depois fez uma careta para si mesmo, porque não tinha certeza se aquelas eram as palavras certas, mas era importante para ele que, quando estivessem prontos para receber pacientes, o lugar não parecesse estéril e inflexível. Hades associava aquelas coisas a julgamento, não a aceitação ou esperança.

— Vai ser tudo que precisar ser, Hades — afirmou Perséfone, e a segurança dela acalmou a ansiedade que ele tinha começado a sentir com o plano todo.

Hades se sentia meio ridículo, mas estava pessoalmente empenhado no sucesso desse projeto. Tinha sido inspirado por Perséfone, e, por alguma razão, se não fosse tudo que ele pretendia, ele sentiria que havia fracassado.

Estava se acostumando àquele sentimento, e não gostava nada disso.

Hades conduziu Perséfone pela escada, que não passava de madeira oca que estalava sob seus pés, levando-a para uma grande sala cujas paredes eram quase totalmente tomadas por janelas que iam do piso ao teto, assim como o escritório dele no Alexandria Tower. O objetivo era dar a ela uma vista dos jardins — especificamente do jardim de Lexa —, mas a sala também tinha vista para o bosque que rodeava a propriedade e para o sombrio e enevoado skyline de Nova Atenas.

O deus ficou parado na entrada olhando enquanto Perséfone atravessava a sala para observar a paisagem pela janela. Ela suspirou, como se a vista lhe trouxesse paz.

— Que sala é essa?

— Seu escritório — disse ele.

Perséfone se virou para olhar para Hades.

— Meu? Mas eu...

— Eu tenho um escritório em cada um dos meus prédios. Por que você não teria? — disse ele, os lábios se curvando. — E, mesmo se não vier trabalhar aqui com frequência, vamos achar um uso pra ele.

Perséfone sorriu, e seus olhos estavam tão brilhantes que pareciam arder em contraste com o clima cinzento. Ela estava linda, e, por um instante, Hades só conseguiu pensar em como se sentia grato por ela continuar olhando para ele assim: como se o amasse, não importava o que estivesse por vir. E mais coisa viria. De certo modo, aquilo parecia bobo: o planejar, sabendo que Teseu havia matado o ofiotauro, sabendo que Zeus ainda precisava aprovar o casamento deles, que a tempestade de Deméter continuava furiosa.

E mesmo assim ele tinha esperança.

A deusa estremeceu e abraçou a si mesma para tentar se aquecer. Hades não tinha se dado conta do frio.

— A gente devia voltar — disse ele.

Só que ela não se mexeu, e ele não invocou sua magia.

Perséfone passou a língua pelos lábios, e Hades olhou para eles quando ela sussurrou seu nome.

No instante seguinte, Hades já estava em cima de Perséfone e, enquanto a beijava, a imprensou contra a parede não terminada, esfregando o quadril no dela. Ele sabia muito bem que era insaciável, que seu desejo por ela não tinha fim. Sua necessidade de sexo ia além de qualquer coisa normal, e ele o usava para tudo: para evitar, para assimilar, para curar..., mas Perséfone não era diferente.

— Eu preciso de você... — gemeu Hades, tirando a boca dos lábios dela para descer por seu pescoço, as mãos deslizando pelas costas até a bunda da deusa.

Perséfone já estava tateando em busca dos botões da camisa dele e, por um instante, ele pensou em arrancar as roupas dos dois com magia, mas era sedutor ser despido por ela, e era aquilo que ele queria no momento.

Hades só teve um segundo de aviso antes de sentir o cheiro de louro, então Apolo apareceu e gritou com eles.

— Para com isso!

— Vai embora, Apolo — rosnou Hades.

Não estava a fim de ser interrompido ou de deixar Perséfone ser tirada dele por causa do acordo ridículo dos dois.

— Hades... — disse Perséfone, com um tom de reprimenda.

Ela era muito mais recatada que ele e nunca queria continuar o que haviam começado diante de uma plateia. Hades, embora possessivo, não tinha vergonha nenhuma. Treparia com ela numa sala lotada — era para isso que serviam as ilusões.

— Não vai dar, Senhor do Submundo — disse Apolo. — Temos um evento.

Hades se afastou com um suspiro frustrado.

— Como assim temos um evento? — perguntou Perséfone.

Hades queria saber a mesma coisa.

— Hoje é o primeiro dia dos Jogos Pan-helênicos — explicou Apolo.

Hades definitivamente tinha esquecido, mas, para ser justo, ele andava muito distraído, e com nenhuma coisa agradável.

— Mas é só à noite — argumentou Perséfone.

— E daí? Preciso de você agora.

— Pra quê? — questionou Perséfone.

Hades ficou observando a interação, olhando de um para o outro. Sentia que estava moderando uma discussão entre dois irmãos.

— E importa? — perguntou Apolo. — Temos um...

— Não — interrompeu Hades. — Ela te fez uma pergunta, Apolo. Responda.

Apolo apertou a boca e cruzou os braços, como se estivesse emburrado.

— Eu estraguei tudo. Preciso da sua ajuda — disse ele, fulminando Hades com o olhar, como se perguntasse se ele estava feliz agora.

A resposta era não.

— Você precisava de ajuda e ainda queria ordenar que ela te ajudasse? — perguntou Hades.

— Hades... — começou Perséfone, mas ele não estava interessado na defesa dela.

— Ele exige sua atenção, Perséfone, e só tem sua amizade por causa de um acordo, mas quando você precisou dele na frente dos olimpianos, ele se calou.

Provavelmente a última coisa era a mais frustrante para Hades. A pessoa que mais os defendera fora Hermes, mesmo depois do juramento quebrado. Onde estivera Apolo?

— Chega, Hades — disse Perséfone. — Apolo é meu amigo, com ou sem acordo. Deixa que eu falo com ele sobre o que me incomoda.

Ele a encarou, querendo que ela o fizesse naquele instante, porque adoraria vê-la dar uma bronca em Apolo, mas sabia que não ia acontecer.

Hades engoliu sua frustração e beijou Perséfone, enfiando a língua na boca da deusa. Agarrou seu rosto, seu maxilar se abrindo para acomodar as investidas profundas da língua dele, e, quando ele se afastou, ela estava vermelha.

Perséfone engoliu em seco, sustentando o olhar dele, e Hades torceu para que, enquanto estivesse com Apolo, ela só conseguisse pensar no que o deus havia interrompido.

— Te encontro nos jogos mais tarde.

Então ele desapareceu.

35

DIONÍSIO

Dionísio estava sentado no lugar de sempre em sua suíte escura na Bakkheia. Estava lotada de gente bebendo, dançando e transando. Ele em geral ficava assistindo à folia ou pelo menos se mostrava mais presente — essencialmente, era assim que era venerado —, mas hoje estava distraído.

Não conseguia pensar em nada além do que tinha acontecido nos últimos dias: seu confronto com Poseidon e tudo o que ocorrera naquela ilha, da transa com Ariadne à morte do ofiotauro. Ele também sabia muito bem que tinha deixado vivo o ciclope que prometera matar, ainda que com uma grande ressaca.

Ele se perguntava que consequências viriam do não pagamento daquela dívida.

— Algum dia você vai me contar o que aconteceu naquela ilha? — perguntou Sileno.

— Não tem nada pra contar — respondeu Dionísio.

Nada que ele *quisesse* contar.

— Seja lá o que for, mudou você — disse o pai adotivo. — Você está diferente, e eu não sei bem como.

— Eu também não sei — disse Dionísio, o que era verdade.

Ele nunca quisera enfrentar Poseidon, mas o combate o fizera sentir que era incapaz de proteger Ariadne, e o deixara mais do que ciente da inferioridade de seus poderes.

— Dionísio — disse uma voz sensual, e a atenção do deus foi trazida para o presente quando uma mulher de cabelos e olhos escuros se ajoelhou diante dele, pondo as mãos em seus joelhos. — Você parece tenso. Não posso te ajudar a relaxar?

Normalmente, ele aproveitaria a oportunidade, mas quando as palmas das mãos dela subiram por suas coxas, ele a conteve e se inclinou para a frente. Assim que o fez, a porta da suíte se abriu e Ariadne entrou. Os olhos dela foram direto para ele e para a mulher a seus pés.

O deus sentiu um nó na garganta. Podia até imaginar o que a cena parecia.

— Ari... — disse ele quando ela se aproximou.

— Não se levante — interrompeu ela, e Dionísio se perguntou com qual dos dois ela estava falando. — Preciso falar com você.

— Claro — respondeu ele, baixando o olhar para a mulher. — *Vai*.

Quando olhou para Ariadne, a expressão dela era dura.

— Não é o que você está pensando — disse ele.

— E por acaso você sabe o que eu estou pensando? — rebateu a mortal.

Dionísio começou a responder, mas Sileno interrompeu.

— Você deve ser Ariadne — disse ele, inclinando o corpo para perto de Dionísio por cima do braço da cadeira e estendendo a mão. — Eu sou Sileno, o pai do Dionísio.

— Pai adotivo — Dionísio sentiu que precisava esclarecer.

Ariadne aceitou a mão dele, embora não parecesse totalmente confortável.

— Ora, dá pra ver por que meu filho está apaixonado — comentou Sileno.

Dionísio o empurrou de volta para sua própria cadeira.

— *Cala a boca* — vociferou ele, depois voltou a olhar para Ariadne.

— Eu quero voltar pra ilha — disse ela.

— Quê? — Não era o que ele estava esperando ouvir.

— Quero enterrar o Boi — explicou a mulher.

— Ari, não é seguro.

— Não é certo deixar ele lá pra apodrecer — disse Ariadne. — Ele merecia mais que aquilo.

— Você esqueceu que ele está numa caverna com a porra de um monstro?

— Um monstro que era pra você matar — observou ela.

Dionísio balançou a cabeça.

— Não vou ter essa conversa com você. A gente não vai voltar para aquela ilha só pra você cumprir seu equivocado senso de responsabilidade em relação àquela criatura.

— Se você não me levar, eu peço pro Hades.

Dionísio cerrou os dentes.

— Saiam! — ordenou ele, e, de repente, todo mundo que estava na suíte parou de beber, dançar e transar. Como se estivessem enfeitiçados, foram saindo do quarto, um atrás do outro, com a exceção de Sileno.

— E eu? — perguntou ele.

Dionísio lhe lançou um olhar penetrante, e seu pai suspirou.

— *Tá bom*.

Quando ficaram a sós, Dionísio se levantou. Para mérito de Ariadne, ela não se intimidou.

— E você acha que Hades vai se curvar a essa sua vontade infantil? — perguntou Dionísio.

— Não é infantil querer dar um enterro digno a alguém.

— É, sim, se você quer voltar a uma ilha que quase tirou a vida de nós dois — respondeu o deus. — Por que voltar? Tem esperança de encontrar o Teseu?

Ariadne deu um tapa em Dionísio, e doeu.

— *Como você ousa* — disse ela, fervendo de raiva, a voz trêmula.

Eles ficaram olhando feio um para o outro, num silêncio tenso, e então Dionísio cedeu, tomando a boca dela num beijo ardente. Uma de suas mãos envolveu a parte de trás da cabeça de Ariadne, a outra pressionava a lombar dela.

Caramba, ela era uma delícia.

Dionísio tivera medo de que voltar da ilha significasse fingir que nada havia acontecido entre eles. Ele tinha tentado, mas reprimir esse desejo era como tentar não respirar.

Ariadne respondeu ao toque dele com o mesmo entusiasmo, subindo as mãos por seu peito até chegar à nuca. Ela colou o corpo ao dele, os seios macios contra o peito do deus. Ele gemeu com o contato.

— Eu quero entrar em você de novo — disse ele, e então alguém pigarreou.

Eles se separaram na mesma hora e viram que Hermes estava ali.

— Bom, isso foi divertido — disse o deus.

Dionísio apertou a ponta do nariz.

— Mas que caralho.

— Eu estou vendo o seu, Dionísio.

— O que você quer, Hermes? — questionou ele.

— Hades convocou vocês — disse Hermes. — Ele quer falar do ofiotauro.

Dionísio e Ariadne se entreolharam.

— Posso dar uns minutos pra vocês — disse o deus. — Tipo, pra se recuperarem.

— Estamos bem — respondeu Ariadne.

— Acho que você está falando por si mesma — disse Hermes, depois olhou para Dionísio (e para sua ereção gigantesca).

— Vai se foder, Hermes — disse Dionísio. — Vamos.

— Ah, eu não vou levar vocês não — falou Hermes. — Tenho um evento, mas tem um carro esperando vocês lá embaixo. Digam oi para o Antoni por mim.

Antoni os levou para a Iniquity, onde encontraram Hades sentado a uma mesa no bar privativo, só para membros. Diante dele havia um copo com uma dose dupla de uísque. Em uma das mãos, algo dourado brilhava: um óbolo, a moeda dos mortos. Elias estava sentado por perto e acenou com a cabeça quando eles se aproximaram.

Hades não ergueu os olhos até eles se sentarem. Parecia distraído.

— Preciso que vocês me contem tudo o que aconteceu na ilha.

— Tudo? — perguntou Ariadne.

Hades olhou para ela, depois para Dionísio.

— A partir de quando Teseu chegou — esclareceu ele. — Mas pelo jeito vocês se divertiram bastante.

— Não tem nada pra contar — disse Dionísio. — Teseu nos encontrou em Trinácia, matou o ofiotauro e está com as entranhas. Imagino que já tenha queimado os órgãos.

Teseu não tinha o hábito de hesitar, como demonstrado pela rapidez com que esfaqueara o ofiotauro.

— O que acontece quando ele queimar as entranhas? — perguntou Ariadne.

Todos se entreolharam.

— Não sabemos exatamente — respondeu Hades. — Esse é o problema.

— O que diz a profecia? — perguntou Dionísio.

A última coisa que ele se lembrava a respeito disso era que Hades ia verificar se a criatura tinha reencarnado com uma profecia.

— Se alguém matar a criatura e queimar suas entranhas, a vitória contra os deuses estará garantida. — Hades repetiu as palavras cuidadosamente, como se estivesse tentando deduzir o significado delas enquanto falava.

— Que profecia horrível — comentou Dionísio.

— Eu gostava mais da versão do Hermes — disse Elias.

— Não sei bem o que vocês estavam esperando — disse Hades. — As profecias raramente são diretas, e, quando são, os riscos são muito mais altos.

Dionísio entendia o que Hades estava dizendo: pelo menos havia ambiguidade ali. Já ocorrera de uma profecia ser tão específica que fora impossível impedir o destino inevitável, por mais que os mortais tivessem tentado.

— Seria bom ter algo com um pouquinho mais de contexto — disse Elias. — A quais deuses a profecia se refere?

— Talvez todos nós — respondeu Dionísio. — Ou talvez só alguns. Acho que a gente devia ficar aliviado de a profecia não ser específica. Há poder em saber o que esperar. Podemos usar isso contra o Teseu. — Dionísio olhou de relance para Ariadne. — Teseu é arrogante o suficiente para acreditar que a profecia significa que ele vai derrotar os deuses. Isso vai fazer ele se sentir invencível, quando na verdade não é.

Hades franziu as sobrancelhas.

— Como assim?

— Na ilha, eu esfaqueei ele com meu tirso. Ele não se curou tão rápido, não como eu ou você. É uma fraqueza.

— Quer dizer que esse tempo todo a gente podia só ter esfaqueado ele? — perguntou Elias.

— É mais complicado do que isso, e você sabe — disse Hades. — Ele conseguiu conquistar os mortais. Se morrer pelas nossas mãos, corremos o risco de perder adoradores.

— Ok, então não podemos assassiná-lo publicamente — disse Elias. — Por onde começamos?

Todos os olhos se voltaram para Ariadne, que empalideceu. Ela não precisava que eles dissessem em voz alta o que estavam pedindo: queriam saber tudo sobre Teseu.

— Não — afirmou ela, a voz firme. — Vocês não podem pedir isso de mim. Ele vai matar minha irmã.

— Eu te falei que vamos resgatar ela — disse Dionísio.

— Com o quê? — rebateu ela. — Você falou que era por isso que precisávamos da Medusa, ou só disse isso pra acrescentar mais uma arma à sua coleção?

Dionísio se encolheu diante da raiva e da acusação dela.

— Pode confiar que resgatar Fedra será nossa primeira prioridade — disse Hades. — Mas não podemos fazer nada sem informação, nem mesmo planejar a fuga dela.

Ariadne balançou a cabeça.

— Ele vai saber que eu contei pra vocês.

— Isso importa no fim, se Fedra estiver a salvo?

— Importa porque ela vai voltar.

Houve um longo e tenso silêncio. Dionísio queria comentar algo nada útil: que talvez Fedra não precisasse de resgate. Eles haviam colocado Ariadne numa situação difícil, mas ela estava comprando uma briga que estava fadada a perder.

— Quer dizer que você não vai ajudar a gente? — perguntou Dionísio.

— Vocês não são todos deuses? — perguntou Ariadne. — Não podem resolver sozinhos?

Dionísio não olhou para ela. Ele não podia fingir que entendia seu raciocínio, assim como não podia fingir entender o trauma que a impedia de ajudar.

Ele suspirou.

— Vou mandar as ménades espionarem — declarou ele. — Elas podem juntar informações sobre quem está envolvido, suas armas, seus esconderijos.

Eles precisariam saber o máximo possível para formular seus planos. Hades assentiu.

— A batalha já começou — disse ele. — Agora precisamos nos preparar para a guerra.

36

HADES

Hades não estava surpreso por Ariadne se recusar a ajudá-los a ativamente planejar contra Teseu. A mortal passara muito tempo sob a influência do semideus e sabia do que ele era capaz. Claramente, já presenciara a concretização de muitas de suas ameaças.

Depois que ela saiu com Dionísio, Hades se sentou com Elias.

— Esses dois treparam — disse o sátiro.

— Finalmente — respondeu Hades, virando o uísque de uma vez. — Hermes deu alguma notícia sobre o depósito e o clube?

— Sim — disse Elias. — Pegou fogo ontem à noite.

Era bom saber, considerando que Hades esperava que houvesse retaliação por parte de Teseu.

— Não sei se tomei a decisão certa — disse ele.

Sabia que o depósito no Distrito do Lago não era o único lugar onde Teseu estava armazenando armas. Ele não era tão idiota assim, mas esperava ter causado um estrago no arsenal do semideus.

— Não sei se existe decisão certa ou errada nesse caminho que estamos tomando — disse Elias. — Existem apenas decisões e suas consequências.

Hades achava que ele estava certo.

Então viu que o sátiro desviou o olhar e arregalou os olhos. Ele se aprumou na cadeira.

— Hades, as notícias.

Mas ele já tinha se virado para ver a manchete piscar na tela:

Explosão e tiros no Estádio Talaria

Ali estava a retaliação de Teseu.

Hades apareceu no meio do caos do Estádio Talaria.

A magia dos deuses pairava pesada no ar enquanto lutavam em meio aos sons de gritos horrorizados, metal colidindo e tiros.

— Perséfone! — gritou Apolo quando uma bala a atingiu no ombro.

Ela cambaleou e, quando começou a cair, Hades a segurou, pegando-a no colo enquanto ela soltava um grito gutural.

— Peguei você — disse ele, e imediatamente a levou para o Submundo, deixando a confusão do Estádio Talaria para os outros olimpianos.

Malditas Moiras.

Quantas vezes aquilo ia acontecer?

Ele colocou Perséfone na cama, só tendo paciência o suficiente para ajudá-la a tirar o casaco. Quando a peça saiu, ele rasgou o vestido dela para analisar a ferida.

— O-o que você tá fazendo? — perguntou ela, as palavras escapando por entre seus dentes cerrados.

— Preciso ver se a bala saiu do seu corpo — respondeu Hades.

Quando olhou as costas dela, viu que havia um buraco de saída.

— Me deixa curar a ferida — disse ela.

— Perséfone...

— Eu tenho que tentar — argumentou ela. — Hades...

O deus se forçou a se afastar, embora quisesse curá-la ele mesmo. Ele era mais rápido e assim se sentiria melhor. De todas as horas que ela queria praticar, por que agora?

— Vai, Perséfone! — rosnou ele.

Não tivera a intenção de soar tão hostil. A situação não devia estar mais fácil para ela, que, afinal, era quem estava machucada, mas ele não conseguia conter o pânico.

Perséfone respirou fundo algumas vezes, depois fechou os olhos. Hades ficou observando a ferida em busca de qualquer sinal de que a magia dela estivesse funcionando, ficando cada vez mais frustrado quanto mais ela continuava deitada ali, sangrando.

— *Agora* — disse o deus, impaciente, mas viu a magia dela trabalhando quando a ferida começou a se fechar.

— Eu consegui — disse Perséfone, com um sorriso, ao abrir os olhos.

— Conseguiu — concordou Hades, apesar de querer verificar só para ter certeza.

Depois queria voltar e ajudar os outros olimpianos a matar as pessoas que haviam atacado o estádio. Ele transformaria os corpos delas numa bagunça estraçalhada para todos verem, como um aviso a qualquer um que pudesse pensar em se juntar àqueles ataques terríveis ou dar continuidade a eles.

— No que você está pensando? — perguntou Perséfone, atraindo a atenção do deus.

— Nada que você queira saber — respondeu Hades, suavemente. — Vamos limpar você.

Hades levou Perséfone para o banheiro, carregando-a no colo mesmo sabendo que ela podia perfeitamente andar. Depois de se despirem, ele a beijou e tocou seu ombro para garantir que estivesse totalmente curado.

Perséfone se afastou, olhando para a pele agora lisa.

— Eu não fui boa o bastante? — perguntou ela.

— Claro que você foi boa o bastante, Perséfone — respondeu Hades. Não tivera a intenção de fazê-la se sentir inferior. — Sou eu que sou superprotetor e morro de medo por você, e, talvez por egoísmo, quero apagar qualquer coisa que me faça lembrar da minha falha em te proteger.

— Hades, você não falhou — disse a deusa.

— Vamos concordar em discordar — respondeu ele.

— Se eu sou o bastante, você é o bastante — insistiu Perséfone.

Hades esperava acreditar naquilo um dia.

Perséfone passou as mãos pelo peito de Hades e envolveu seu pescoço.

— Desculpa — disse ela. — Eu nunca mais queria ver você sofrer de novo, não do jeito que sofreu nos dias depois da morte da Tique.

— Você não tem nada por que se desculpar — afirmou ele, depois a beijou.

Eles tomaram banho juntos, mãos deslizando pela pele ensaboada até que os dois estivessem corados e excitados, mas Hades não foi capaz de concretizar seus desejos: coisa demais acontecera aquela noite. Em vez disso, disse que a amava.

— Eu também te amo — disse ela, em voz baixa. — Mais que tudo.

Os olhos da deusa se encheram de lágrimas, e, quando elas escorreram por seu rosto, Hades sussurrou seu nome e a pegou nos braços. Depois a carregou do chuveiro até a lareira, sentando-se com ela aninhada no peito.

— Aquela gente toda... se foi — sussurrou Perséfone.

A morte em massa nunca era fácil, e eles tinham vivido bastante daquilo em um curto intervalo de tempo.

— Você não vai conseguir consolar todo mundo que chegar aos portões inesperadamente, Perséfone. Essas mortes são numerosas demais. Console-se. As almas do Asfódelos estão lá, e elas vão te representar bem.

— Representam você também, Hades — ela o lembrou, depois ficou calada por um instante antes de perguntar: — E os agressores que morreram hoje?

— Estão aguardando a punição no Tártaro. — Hades fez uma pausa, encarando-a. — Quer ir?

Perséfone deu um sorrisinho. Não era alegre, mas sim um reconhecimento de que ele havia mudado.

— Sim — disse ela. — Quero ir, sim.

Hades levou Perséfone para seu covil de monstros. Algumas das criaturas ali estavam mortas, enquanto outras continuavam vivas e eram meras prisioneiras, mas isso não alterava a utilidade delas no quesito tortura.

Perséfone olhou ao redor, esfregando os braços. A magia era pesada ali, diferente, e pairava no ar como um vento frio de inverno, suprimindo o poder dos monstros por perto.

De vez em quando, ouvia-se o eco fraco de rosnados, guinchos ou gritos fora do calabouço.

— Tem monstros aqui — explicou Hades.

— Que... tipo de monstros? — perguntou Perséfone.

— Muitos — respondeu ele, erguendo levemente as sobrancelhas. — Alguns estão aqui porque foram mortos. Outros porque foram capturados. Vem.

Ele a conduziu pelos portões e adentrou o calabouço, percorrendo o corredor escuro e passando por celas envoltas em sombras. Enquanto isso, os barulhos dos monstros, que lembravam ruídos animais, ficavam cada vez mais altos, atravessados por um gemido terrível.

— As harpias — disse Hades. Eram criaturas meio humanas, meio pássaros cuja fome por comida muitas vezes era insaciável, e que eram usadas como punição para os mortais, fazendo-os passar fome. — Aelo, Celeno e Ocípete... Ficam inquietas, principalmente quando o mundo está caótico.

— Por quê?

— Porque sentem o mal e querem punir.

Eles continuaram, passando por celas ocupadas por quimeras, grifos, sirenes e a Esfinge. Perséfone não ficou muito tempo parada diante de nenhuma das baias e permaneceu perto de Hades enquanto eles caminhavam até o final do corredor, que era barrado por um enorme portão.

— O que é isso? — perguntou Perséfone.

— Essa é a Hidra — respondeu Hades. — O sangue, a peçonha e a respiração dela são venenosos.

Hades causara a morte dela quando Hera o obrigara a lutar com a criatura durante sua famosa Noite de Luta. Não tinha sido fácil, porque a Hidra tinha sete cabeças que cresciam de volta mesmo depois de cortadas. Ele só conseguira derrotá-la com fogo, e, no fim, ela havia se tornado residente do Submundo.

— E os mortais na poça? — perguntou ela. — O que fizeram?

Hades baixou os olhos para os homens e as mulheres aos pés da Hidra. Estavam todos sentados em uma poça de veneno preto que pingava das presas da criatura, os corpos cobertos de feridas e queimaduras horríveis enquanto o líquido os corroía lentamente.

— São os terroristas que atacaram o estádio.

— Essa é a punição?

— Não. Aqui é tipo uma cela de espera.

Perséfone ficou quieta, depois ergueu os olhos para ele.

— E como você vai puni-los? — perguntou ela.

— Talvez... você queira decidir?

Hades estava um pouco hesitante em entregar a tarefa a Perséfone, sem saber qual era sua opinião a respeito da tortura. Ela hesitara no caso de Pirítoo. Tinha perguntado a ele se *ajudava*. Ele ainda não tinha certeza, mas era justo dizer que, na hora, a sensação da vingança era boa.

Perséfone voltou a olhar para as almas.

— Quero que eles existam num estado constante de medo e pânico. Que vivenciem o que causaram aos outros. Vão existir, pela eternidade, na Floresta do Desespero.

— Seu desejo é uma ordem — disse Hades, depois estendeu a mão. Quando os dedos dela tocaram os seus, as almas embaixo da Hidra desapareceram. — Quero te mostrar uma coisa — disse ele, levando-a para a biblioteca, que continha uma bacia que funcionava tanto como um mapa preciso do Submundo quanto como um portal. — Mostre a Floresta do Desespero — ordenou ele, e a água se agitou para mostrar as almas que estavam sentadas no veneno da Hidra e sua punição na floresta.

A realidade da floresta era que ela se transformava no que quer que alguém temesse.

Quando Perséfone entrara nela, encontrara Hades abraçado a Leuce. Quando Hades entrava, não via nada.

Perséfone ficou assistindo por um tempo, depois se virou, afastando-se da bacia.

— Já vi o bastante.

Hades a seguiu e pegou a mão dela, preocupado que tivesse ido longe demais ao mostrar os horrores da floresta, mesmo que ela os conhecesse.

— Você está bem? — perguntou ele.

— Estou... satisfeita — respondeu ela. — Vamos pra cama.

Ele não discutiu, e eles voltaram para o quarto, mas Hades não pôde deixar de notar a mudança na energia dela. A deusa tirou a roupa e olhou para ele, cujos olhos percorreram o corpo dela: dos seios grandes, passando pela barriga, até os cachos na junção das coxas. Quando voltou a encontrar o olhar dela, viu que sua expressão era sombria e carnal.

Ela queria foder.

— Perséfone...

— Hades... — respondeu ela.

— Você passou por muita coisa. Tem certeza de que quer isso hoje?

O deus jamais imaginara que essas palavras sairiam de sua boca. Não era como se não fizessem aquilo sempre, mas ele queria que ela tivesse certeza. Aquele fora um dia angustiante, cheio de emoções e experiências que nenhum dos dois assimilara totalmente.

— É a única coisa que eu quero.

Ele não discutiu mais e se aproximou, beijando-a. Ela se abriu para ele, e foi fácil se perder em tudo que ela era: macia, quente e ansiosa. Hades achava que talvez aquilo fosse o que mais amava em Perséfone, seu desejo óbvio. Ele sentia desejo por ela com muita frequência e adorava quando ela não conseguia se conter.

Perséfone enfiou as mãos por baixo das roupas de Hades, e ele a ajudou a tirá-las para sentir a pele dela contra a sua, gostando da sensação de seu pau duro nos cachos grossos da deusa. Mal podia esperar para se enterrar dentro dela, para senti-la se contrair ao seu redor ao gozar. Era naquela sensação que ele era viciado; era aquele alívio que buscava.

Ela foi beijando seu peito e sua barriga até se ajoelhar diante dele. Pegando seu pau duro pela base, envolveu a cabeça, onde o pré-gozo já se acumulava, com a boca.

— Tudo bem assim? — perguntou a deusa, erguendo os olhos para Hades.

Para ele, era quase cômico ouvi-la perguntar, considerando que só queria vê-la receber seu pau na boca.

— Mais do que bem — respondeu ele, e foi recompensado com o toque da língua dela de novo.

Perséfone não teve pressa, beijando seu pau, passando a língua por cada relevo que encontrava, depois deixou que ele entrasse até o fundo da garganta, engolindo a glande.

Hades jogou a cabeça para trás, cerrando os dentes e tensionando os músculos, o corpo à beira do clímax, mas ainda não se sentia pronto para que aquilo acabasse.

Depois de atravessar aquela primeira onda intensa, Hades olhou para Perséfone, cujos lábios ainda envolviam seu pau.

— Você não sabe as coisas que eu quero fazer com você.

A questão com a boca de Perséfone, com sua magia, com a deusa como um todo, era que Hades ficava com vontade de fazer tudo com ela — coisas que iam além do que já pensara em fazer com qualquer pessoa antes.

Perséfone se levantou, encarando-o.

— Me mostra — sussurrou ela.

Ele quis gemer. Caralho. Ela era *perfeita*.

Hades passou a mão pela nuca de Perséfone e segurou firme. Enquanto a beijava com força, conduziu-a de volta para a cama e a colocou deitada bem no centro. Debruçado sobre ela, prendendo-a entre suas coxas, ele continuou a beijá-la, a língua se entrelaçando à dela. Quanto mais a beijava, mais ela se contorcia debaixo dele, arqueando-se em sua direção só para sentir a fricção entre os quadris dos dois.

Perséfone estava dificultando as coisas, e Hades estava tentando fazer aquilo durar mais tempo.

Hades agarrou os pulsos de Perséfone e os colocou acima da cabeça da deusa antes que ela pudesse tocá-lo, antes que ela desfizesse todas as razões que ele tivera para levá-la até a cama, para começo de conversa, e invocou sua magia para prendê-la.

Quando ela sentiu o toque da magia dele, se afastou e ergueu o rosto para olhar as amarras.

— Tudo bem assim? — perguntou ele, em voz baixa.

Não conseguia perceber pela expressão dela, e aquilo o deixava inquieto, mas bastava que Perséfone dissesse uma palavra e o deus desfaria as amarras na hora. Era só uma coisa que Hades queria experimentar com ela, não algo de que precisasse.

Perséfone assentiu e Hades aproveitou a oportunidade para apreciar o corpo da deusa. Ela era arte, e ele queria fazê-la se sentir assim sob suas mãos. Era uma espécie de homenagem, uma maneira de Perséfone se sentir de verdade do mesmo jeito que Hades a via: como o centro do universo.

— Vou fazer você se contorcer — disse o deus, debruçando-se sobre o corpo de Perséfone. — Vou fazer você gritar. Vou fazer você gozar tão forte que vai continuar sentindo o orgasmo por dias.

Hades a beijou, então foi descendo por seu corpo, começando pelos seios. Tomou cada mamilo endurecido na boca, estimulando-o com a língua e raspando os dentes. Debaixo do deus, Perséfone se retorcia, e ele se perguntou quão molhada ela estaria quando finalmente chegasse à sua buceta. Ele conseguia sentir seu calor, e quando ela esfregou o quadril nele, sua buceta escorregadia deslizou pelo joelho do deus.

Aquilo o deixou ainda mais ansioso para continuar descendo.

Mas, mesmo debruçado entre as coxas de Perséfone, Hades não se apressou, encarando-a enquanto beijava cada uma de suas partes. O corpo da deusa estava corado de frustração, provavelmente porque, se seus braços não estivessem presos acima da cabeça, seus dedos estariam enfiados no cabelo dele, e ela o puxaria para mais perto de seu calor.

Hades abriu as coxas de Perséfone até que suas pernas estivessem esticadas sobre a cama, e passou a língua devagar pela fenda molhada. A deusa arqueou o corpo e cerrou os punhos nas amarras.

— Hades… — gemeu Perséfone, e ele intensificou a carícia, a língua presa entre as paredes da buceta sedosa, os dedos provocando o clitóris.

Ele a segurou com mais força quando ela começou a se esfregar nele, em busca do orgasmo. Perséfone estava à beira do clímax: Hades sentia na tensão de seu corpo, na rigidez de seus músculos. Isso fez o sangue dele correr direto para a cabeça do pau, que descansava pesado e rígido sobre sua própria barriga.

— Hades!

Foi o modo como Perséfone disse seu nome dessa vez que o alertou de que algo estava errado. Ele se afastou quando ela enfiou os calcanhares na cama e tentou se soltar das amarras. Seus olhos estavam abertos, arregalados, mas era como se ela não estivesse vendo nada — nada no momento presente, pelo menos.

Porra. Ele queria nunca ter tido aquela ideia.

Hades desfez as amarras depressa, desejando ter feito aquilo antes.

Porra.

— Perséfone.

Ele tentou tocá-la, mas ela o atacou e bateu no rosto dele com a mão cheia de espinhos. A dor foi cortante, e o sangue escorreu entre os espinhos para a pele dela. Perséfone parecia acordada agora, o rosto pálido obviamente aterrorizado. Ela fez menção de tocá-lo, mas percebeu que suas mãos ainda estavam cheias de espinhos.

Então desatou a chorar, mantendo as mãos longe do corpo.

Por alguns segundos, Hades ficou aturdido demais para se mexer, confuso demais com o que havia acontecido. Estava tentando se lembrar quando exatamente tudo tinha desandado. Como as coisas tinham saído tanto do controle? Ele achava que ela estava gostando. Seria possível que não tivesse gostado de nada?

Finalmente, o deus se moveu e a puxou para perto, mesmo sem ter certeza de que ele era o que ela precisava ou queria. Estivera preocupado demais consigo mesmo para sequer perceber que ela estava sofrendo.

— Eu não sabia — disse Hades. — Eu não sabia. Desculpa. Eu te amo.

Mas chegou uma hora em que nem ele conseguiu mais falar.

37

HADES

— Não entendi por que preciso estar aqui — disse Apolo.

Hades o convocara para a ilha de Lemnos.

Tinha ido lá para falar de armas com Hefesto e precisava saber o que Apolo encontrara ao examinar Tique. A ida era necessária devido ao movimento deles contra Teseu, mas Hades também achava que não conseguiria encarar Perséfone tão cedo. Ainda estava chocado com a rapidez com que tudo tinha se transformado de algo tão certo e erótico em um pesadelo completo.

Hades se sentia envergonhado, mas principalmente horrorizado por ter causado em Perséfone uma reação negativa enorme, ainda mais num momento tão íntimo.

Talvez o pior de tudo fosse que ele não sabia como lidar com o que acontecera. Um pedido de desculpas não parecia suficiente, e a ideia de forçar a barra com ela de novo era agonizante. Ele se orgulhava de saber como o corpo dela respondia ao seu, porém, na noite anterior, estivera errado.

— Você está quieto — disse Afrodite ao conduzi-los para a oficina de Hefesto.

Hades não sabia bem por que ela queria acompanhá-los, mas achava que talvez fosse para dar uma olhadinha em Hefesto.

— Ele é sempre quieto — disse Apolo. — Menos quando está te dando bronca por levar a amante dele para cumprir um acordo.

— Cala a boca, Apolo — respondeu Hades. — Eu... não dormi.

— Está preocupado que Zeus proíba seu casamento? — perguntou Afrodite.

— Eu estava — disse ele. — Mas agora estou mais preocupado que Perséfone não chegue ao altar.

Ele não olhou nem para Afrodite nem para Apolo ao falar. Ambos tinham testemunhado os ataques que ela sofrera. Afrodite estivera no clube naquela noite, tão perdida em sua própria necessidade de vingança que também não tinha ajudado Perséfone.

— Você tá... bravo comigo? — perguntou Afrodite, depois de uma longa pausa.

— Foi Hermes que jurou protegê-la — respondeu Hades.

— Não foi isso que eu perguntei — disse ela.

Hades não respondeu. Não era preciso. Teria ficado em dívida com Afrodite se ela tivesse salvado Perséfone? Sim, mas talvez fosse melhor não estar.

Para a surpresa de Hades, Afrodite não foi embora quando chegaram à porta da oficina de Hefesto. Em vez disso, entrou com eles.

O Deus do Fogo estava na forja, diante do fogo, o cabelo preso no topo da cabeça, o peito nu e suado enquanto tirava um pedaço de metal das chamas. Ele se virou para depositá-lo na bigorna, com a intenção de martelar o objeto, mas avistou Afrodite, que tinha entrado na oficina à frente de Hades e Apolo.

Os olhos de Hefesto faiscaram quando pararam nela, e seu corpo todo ficou tenso. Hades se perguntou se Afrodite interpretaria essa reação como raiva ou frustração com sua intrusão, mas ele enxergava outra coisa: um desejo óbvio.

— Precisa de alguma coisa? — perguntou Hefesto.

— Eita — disse Apolo, baixinho. — Tá quente aqui.

— Não — respondeu ela, os braços apoiados em uma mesa atrás de si. — Hades e Apolo vieram te ver.

Hefesto desviou o olhar da deusa. Nem tinha percebido que havia outras pessoas presentes, de tão consumido que estava por ela.

— Hades... Apolo — disse Hefesto, jogando o pedaço de metal em que estivera trabalhando no tanque de têmpera que estava por perto. — O que posso fazer por vocês?

— Precisamos falar de armas — disse Hades. — Minha primeira preocupação é a rede.

Ele hesitava em trazer o assunto à tona porque sabia que Afrodite acusara Hefesto de ser o responsável pelo ataque a Harmonia, acreditando que apenas a magia dele fosse forte o suficiente para capturar um deus. O problema era que ela não estava errada.

O Deus do Fogo havia construído uma rede inquebrável, e todos os deuses sabiam que ela existia, inclusive Deméter.

— Acho que podemos concordar que a rede usada para prender Harmonia e Tique provavelmente foi modelada com base na sua.

Hefesto não disse nada, e a tensão em sua forja aumentou.

— Então como alguém escapa dela? — perguntou Apolo, depois olhou diretamente para a Deusa do Amor. — Afrodite?

A postura de Hefesto estava tensa, e Afrodite estreitou os olhos.

— Não escapa — respondeu ela, depois olhou para o marido. — Você precisa ser libertado.

— Existe uma arma que você possa criar pra cortá-la?

— Nada é impossível — respondeu Hefesto. — Mas eu precisaria saber como eles fabricaram essa rede.

Hades e Apolo se entreolharam. O Deus dos Mortos não tinha tanta certeza de que seria fácil obter aquela informação. Ele queria que Ariadne estivesse disposta a ajudar com Teseu. Tinha certeza de que ela conhecia as operações dele e, se não soubesse como as coisas estavam sendo criadas, devia saber quem as estava criando.

— Então o que nos resta é a arma usada para matar Tique — disse ele, olhando para Apolo.

— A princípio, pensei que ela tivesse sido esfaqueada pela foice de Cronos, mas suas feridas tinham um formato diferente. Mais parecidas com uma flecha, mas uma simples flecha não teria matado um deus.

— O que torna a foice de Cronos perigosa? — perguntou Afrodite.

— É feita de adamante — explicou Hefesto. — Mas o adamante só fere. Não nos mata. O que quer que tenham usado para esfaquear Tique devia estar... embebido em alguma coisa. Um veneno.

Ou peçonha, pensou Hades.

— Héracles tinha flechas envenenadas com sangue de hidra — disse Hades.

Antes de a hidra se tornar residente do Submundo, era propriedade de Hera. Hades se perguntava quanto de seu veneno Teseu tinha conseguido armazenar antes que ele tivesse matado o monstro.

— Bom — disse Hefesto. — Pelo jeito vocês não precisam nem um pouco de mim.

— Não é verdade — discordou Hades. — Preciso de uma armadura.

— Você tem uma armadura — respondeu Hefesto.

— Não pra mim — disse Hades. — Pra Perséfone.

Hades voltou ao Submundo, embora ainda estivesse ansioso por ter que de encarar Perséfone. Não tinha certeza do que diria ao vê-la. Será que algum deles estaria pronto para falar do que acontecera? Ele achava que não conseguiria verbalizar nada além de um pedido de desculpas, que parecia inútil nesse contexto. Nem poderia prometer que aquilo nunca aconteceria de novo, porque não tinha a menor ideia de como prevenir a situação. Talvez ele só pudesse dizer que se comportaria melhor no futuro, mas aquilo também não parecia suficiente.

Seu coração batia de um jeito estranho no peito. Nem forte nem rápido, mas irregular, e só piorou quando ele encontrou Perséfone na biblioteca, sentada no lugar de sempre, com um livro em mãos. Ela pareceu sentir a presença dele de imediato e ergueu os olhos quando ele entrou no cômodo. Sob o olhar dela, ele se sentiu paralisado: incapaz de recuar ou de seguir em frente. Talvez tivesse algo a ver com o fato de que ela parecia assombrada, e ele sabia que era o responsável.

Os dois ficaram parados naquele silêncio tenso por um instante, e ele tentou encontrar as palavras, mas nenhuma delas parecia certa. Finalmente, Perséfone falou.

— Falei com Tique hoje — disse ela. — Ela acha que não conseguiu se curar porque as Moiras cortaram o fio dela.

— As Moiras não cortaram o fio dela — respondeu Hades, simplesmente.

As Moiras nunca haviam cortado o fio de um deus, tirando Pã. Mesmo aqueles que estavam presos no Tártaro não estavam mortos, apenas encarcerados.

— O que você quer dizer?

— Que a Tríade conseguiu encontrar uma arma que é capaz de matar os deuses — respondeu ele.

— Você sabe o que é, não sabe?

— Não tenho certeza — disse ele, sem querer afirmar nada até terem uma flecha de verdade em mãos, mas era uma boa pista.

— Me fale.

— Você conheceu a Hidra — disse ele. — Ela já participou de muitas batalhas no passado, perdeu muitas cabeças, embora elas só se regenerem. As cabeças são valiosíssimas, porque a peçonha delas é usada como veneno. Acho que Tique foi derrubada por uma nova versão da rede de Hefesto e golpeada com uma flecha molhada no veneno da Hidra; uma relíquia, para ser mais específico.

— Uma flecha envenenada?

— Era a arma biológica da Grécia antiga. Trabalho há anos para tirar relíquias como essas de circulação, mas existem muitas, e redes inteiras dedicadas a obtê-las e vendê-las. Eu não ficaria surpreso se a Tríade tivesse conseguido arrumar algumas.

— Achei que você tivesse dito que deuses não podiam morrer a menos que fossem jogados no Tártaro e despedaçados pelos titãs.

— Normalmente sim, mas o veneno da Hidra é potente, mesmo para deuses. Reduz a velocidade da nossa cura, e provavelmente, se um deus for atingido vezes demais...

— Ele morre.

Hades assentiu.

— Acredito que Adônis também tenha sido morto com uma relíquia. — Ele hesitava em admitir a informação, considerando que já sabia disso havia tanto tempo, mas acrescentou: — A foice do meu pai.

— O que te faz ter tanta certeza?

Hades deveria dizer a ela que haviam encontrado um pedaço da lâmina dentro do corpo de Adônis, mas não queria que ninguém soubesse que ele o havia entregado a Hefesto para que o deus forjasse uma nova arma.

Não que ele achasse que Perséfone contaria, mas tinha receio de que alguém pudesse arrancar a informação da mente dela.

— Porque a alma dele estava estilhaçada.

— Por que você não me contou?

— Acho que eu precisava chegar ao ponto de conseguir te contar. Ver uma alma estilhaçada não é fácil. Carregá-la para os Campos Elísios é mais difícil ainda.

Hades baixou o olhar para o livro dela, desconfortável com a conversa, mesmo que fosse melhor do que a alternativa.

— O que você estava lendo?

Perséfone olhou para o livro como se estivesse esquecido que estava ali.

— Estava procurando informações sobre a Titanomaquia.

— Por quê?

— Porque... acho que minha mãe tem objetivos maiores do que separar a gente.

Hades já sabia disso, mas até ele precisava admitir que não entendia bem a motivação de Deméter. Parecia ter ido além de seu desejo inicial de separá-lo de Perséfone, e pelo jeito ela preferia acabar com o mundo.

38

HADES

Hades dividiu seu dia entre a Iniquity e a Nevernight. Já fazia tempo que ele não parava para se dedicar a questões do dia a dia: havia negócios a fechar e acordos a fazer. Depois de tantos anos na função, Hades sabia que havia uma constante no mundo, que eram os desejos previsíveis de deuses e mortais. Não importava a ameaça da guerra, eles sempre estavam em busca de amor, riqueza e poder.

Ele mesmo não era diferente.

Tinha passado a vida inteira ansiando por amor, ciente dessa ausência como se fosse um espinho afiado cravado no corpo. Chegou a pensar que era um desejo egoísta, mas era a única coisa que tornava aquilo tudo tolerável. Era a única coisa que o ajudaria a enfrentar essa guerra.

Embora se planejasse para a batalha diariamente, e já havia bastante tempo, Hades não tivera um momento de parar para refletir de verdade a respeito do que significaria voltar ao combate. Talvez fosse melhor assim, porque, quando pensava muito no assunto, se lembrava do peso de sua armadura, da maneira como conservava o calor e o queimava vivo. Ele se lembrava do som molhado de corpos sendo esmagados e atravessados por lanças e do cheiro de fogo e de morte purulenta. Do sangue, de sua cor e consistência ao se derramar e secar, e do dia em que deixou de notar seu aroma, de tão acostumado a senti-lo no ar.

A guerra era inevitável quando um grande poder estava em jogo, e no caso de um grande amor também. No fim, ele enfrentaria as batalhas e lutaria por Perséfone enquanto ela lutava pelo mundo.

— Você tá com uma cara horrível.

Hades se virou e viu Hécate parada à porta de seu escritório na Nevernight.

— Eu me sinto horrível — disse ele.

Não tinha ido para a cama, mesmo depois de Perséfone pedir. Ele a deixara chateada e ela fora dormir na suíte da rainha, o que significava que ele também não a vira quando ela se levantara para trabalhar, e sua ausência pesava sobre ele.

Hades devia ter cedido, devia ter ido com ela. Essencialmente, havia punido Perséfone por suas próprias falhas. Já não tinha certeza de por que achava que espaço e distância eram a melhor abordagem. Até poucos dias antes, odiava essas palavras.

— Que bom — respondeu Hécate. — Preciso de você.

Hades levantou as sobrancelhas.

— Pra quê?

— Eu fiz um terno — explicou a deusa. — Preciso ver você usando pra decidir se gosto dele.

— É preto? — perguntou ele.

— Não, é amarelo — respondeu ela.

Hades deu um sorrisinho zombeteiro.

— Claro que é preto — disse ela. — Por que eu tentaria vestir essa sua alma sombria em qualquer outra cor?

— Se é preto, por que eu preciso experimentar? Você já sabe como vai ficar.

— Pensando bem, tenho certeza de que vou gostar do terno. Meu problema é você.

Hades deu um sorrisinho e se levantou.

— Tá bom, Hécate. Faça sua mágica.

— Para de se mexer! — ordenou Hécate, as palavras saindo através dos alfinetes em sua boca. Ela estava de joelhos, ajustando a barra do paletó.

Hades não conseguia evitar. Estava esperando que o terno fosse como todos os outros que usava no dia a dia, mas, quando o vestiu, ele percebeu que nem sequer se parecia com seu guarda-roupa de costume. Porém, não era por isso que ele estava inquieto. Era porque experimentar a roupa o fez perceber que realmente ia se casar.

— É de seda? — perguntou ele.

— É lã — sibilou Hécate. — Se você não parar de se mexer, vou te congelar no lugar.

— Lã? — perguntou ele. — Então por que é brilhante?

— Porque é *macio*.

Hades riu.

— Por que você está tão frustrada?

— Não sei se você sabe, Hades, mas a sua presença por si só é frustrante.

— Não dá pra você usar magia pra fazer isso? Seria mais fácil.

— Mais fácil, sim — respondeu a deusa. — Mas esse projeto é especial pra mim, e eu prefiro costurar à mão.

Hades engoliu em seco com força. Por mais brincadeiras que fizesse, ele era muito grato por Hécate.

— Pronto — disse ela, levantando-se e dando um passo para trás para observar o próprio trabalho.

— É perfeito, Hécate — disse Hades, se olhando no espelho. — Nem sei como poderia te agradecer o suficiente.

— Pode me agradecer se casando de verdade — respondeu ela. — Eu escrevi um discurso.

— Você sabe que não é questão de querer.

— Você vai fazer o que quiser — retrucou Hécate. — Sempre fez, sem ligar para as consequências. A parte importante é que Perséfone vai precisar da sua magia para o que está por vir.

Aquela era a verdadeira razão de Zeus querer opinar a respeito do casamento deles, e o motivo por que seu irmão consultaria um oráculo. O que viria da união da vida e da morte? Eles eram o começo e o fim, a aurora e a noite. Eram infinitos, e sua magia também seria.

— O que está por vir, Hécate? — perguntou Hades, arqueando a sobrancelha.

Ela era a deusa tripla, capaz de ver o passado, o presente e o futuro, mas, mesmo com esse grande poder, Hades nunca lhe perguntava nada. Só confiava que Hécate o guiaria, e ela fazia isso, mas agora que estava mencionando a ameaça e o desconhecido, ele precisava perguntar.

— Você sabe o que vai acontecer — respondeu ela, olhando nos olhos do deus. — Você sente nos seus ossos. É por isso que, por mais que queira lutar por Perséfone, você continua se afastando dela.

Hades refletiu a respeito dessas palavras.

Era verdade que estava tentando enterrar uma parte de si, uma parte que sentia intensamente demais.

— Ser frio não vai te ajudar nessa guerra, Hades — disse Hécate. — Essa é uma batalha a ser travada com paixão.

A deusa continuou olhando para ele por mais um instante, depois baixou o olhar para o terno.

— Eu gosto... mas tem alguma coisa faltando, um enfeite na lapela. Qual flor, Hades?

Hécate se afastou para que ele pudesse se olhar no espelho, mas não era necessário. Ele sabia que flor escolher e, quando tocou a lapela, uma prímula vermelha em formato de estrela brotou ali. Era a flor que estava usando ao conhecer Perséfone, a que ela fizera murchar sob seu toque.

— Perfeito — disse Hécate.

Depois da interrupção de Hécate, Hades terminou mais algumas tarefas comuns antes de ir para os jardins. Ficou perambulando por ali até chegar ao Campo de Asfódelos, onde encontrou Cérbero, Tifão e Ortros. Os três andavam ocupados, considerando que tantas novas almas haviam entrado no Submundo, e pareciam vibrar com energia reprimida.

— Ansiosos pra brincar, meninos? — perguntou Hades.

Ele não mandou que Cérbero soltasse a bolinha vermelha e, quando foi tentar pegá-la, o doberman cravou os dentes nela e puxou contra o aperto do deus. Como ele estava preso numa brincadeira de cabo de guerra com apenas um cachorro, Tifão e Ortros começaram a ficar impacientes, latindo para eles enquanto lutavam pela bola.

Hades esperou até que Cérbero tivesse colocado tensão suficiente na bola e soltou. Despreparado, o cão a largou. Tifão e Ortros atacaram, mas, quando o fizeram, empurraram a bola para longe, e ela rolou até chegar aos pés de Hades.

Os três avançaram, colidindo com ele. Hades cambaleou para trás e caiu na grama, e nenhum dos cachorros havia conseguido pegar a bola ainda.

— Sentados! — ordenou Hades, e os três imediatamente obedeceram.

Ele se levantou e pegou a bola, os olhos dos cães seguindo todos os seus movimentos, músculos se tensionando enquanto eles se preparavam para sair correndo pelo Submundo em busca do brinquedo vermelho. Hades não os culpava: era o único alívio que tinham de seus deveres.

— Parados — disse ele, depois jogou a bola, que saiu voando pelo céu e desapareceu em algum canto do bosque de Perséfone.

Nenhum deles se mexeu, exceto Ortros, que tinha menos controle sobre sua animação quando era a hora de brincar.

— Vai...

A palavra mal tinha saído de sua boca quando os três dispararam na direção do bosque. Hades riu, observando-os praticamente voar pela grama, deixando um rastro amassado atrás de si. Às vezes era difícil lembrar que esses três eram, na verdade, monstros assustadores.

Enquanto ficava olhando os cães correrem até o bosque, Hades notou algo diferente nele. As árvores, que normalmente eram cheias e de um verde prateado suave, estavam esqueléticas e esparsas, como se sua magia tivesse sido drenada daquela parte do Submundo.

Estranho.

Ele se teleportou e, quando chegou, ficou com a impressão de que estava num campo de batalha. Havia faixas de terra perturbadas por fissuras profundas e abismos. Aglomerados de espinhos irrompiam do solo, emaranhando-se tão profundamente às árvores que era difícil dizer onde acabava um e começava outro, embora a maior parte tivesse sumido, se tornando apenas pilhas de cinzas que rodopiavam e voavam ao vento.

Ele sentia a magia de Hécate, mas também a de Perséfone.

Pelo jeito, elas haviam tido uma baita sessão de treinamento.

Enquanto estava parado ali, ele viu Tifão pular sobre a bola vermelha, brilhante contra o pano de fundo cinza em que o bosque de Perséfone havia se transformado.

Hades não teve pressa para restaurá-lo, invocando sua ilusão para fazer as árvores ficarem mais altas, a folhagem mais espessa, cobrindo o solo cheio de cinzas com um carpete de flox brancos e pervincas — as mesmas flores que ajudara Perséfone a criar ali quando a ensinara a canalizar energia para sua magia. Essas lembranças foram substituídas por outras muito mais apaixonadas, de quando ela o recebera em seu corpo sob árvores, nesse mesmo solo. Ele queria mais daquilo.

Quando terminou, Hades saiu do bosque, retornando para os campos. Tifão ainda estava com a bola e se recusava a entregá-la, e os outros dois corriam em círculos ao seu redor. A animação deles o fez rir, e ele seguiu seus movimentos, mesmo quando Cérbero correu para longe, seguido por Tifão, depois Ortros, para cumprimentar Perséfone.

Ela o deixou sem fôlego ao se aproximar, envolta em uma aura de luar. Parecia selvagem, e sua energia estava bruta. Ela o arranhava, não de um jeito desconfortável, mas incandescente.

Perséfone pareceu hesitar ao encará-lo e parou a alguns passos de distância. Parecia que um abismo havia se aberto entre os dois. Ele a queria mais perto.

— Não vi você o dia todo — disse ela.

— Foi um dia corrido. E o seu também. Eu vi o bosque.

— Você não parece impressionado.

— Eu estou, mas estaria mentindo se dissesse que estou surpreso. Eu sei do que você é capaz.

Hades observou Perséfone morder o lábio inferior no silêncio que se seguiu. Queria a boca da deusa colada à sua, em cada parte sua.

— Você veio me desejar boa noite? — perguntou ele.

Ela suspirou.

— Você não vem pra cama comigo?

Não é que Hades não quisesse. Mas ainda havia tanto que eles não tinham discutido. Ele engoliu em seco com força.

— Vou daqui a pouco.

Ele não sabia bem o que estava esperando, mas Perséfone não foi embora, e em vez disso pareceu impaciente.

— Quero falar daquela noite.

Hades sentiu um aperto no peito enquanto refletia se estava pronto para encarar aquela conversa.

— Eu não queria te machucar — disse ele, incapaz de olhá-la nos olhos. Pigarreou quando as palavras saíram ásperas.

— Eu sei — sussurrou ela.

— Fiquei tão perdido no meu desejo, no que queria fazer com você, que não percebi o que estava acontecendo. Forcei a barra. Nunca mais vai acontecer.

Houve um instante de silêncio.

— E se for isso que eu quiser? — Hades olhou para Perséfone na hora, e ela continuou: — Eu quero experimentar um monte de coisas com você, mas tenho medo de você não me querer mais.

Ele ficou surpreso com essas palavras.

— Perséfone...

— Eu sei que não é verdade, mas não consigo controlar o que penso, e achei que era melhor compartilhar do que guardar pra mim. Não quero parar de aprender com você.

Hades se aproximou e segurou o rosto dela, inclinando sua cabeça para trás para poder olhar para ela. Ela parecia muito frágil entre as mãos dele, mas ainda assim feroz.

— Sempre vou querer você — disse ele, em voz baixa. Então deu um beijo na testa dela.

Perséfone segurou os braços dele como se quisesse mantê-lo parado.

— Sei que você está sofrendo por mim, mas eu preciso de você.

— Eu estou aqui.

Ela colocou as mãos sobre as dele e as levou até seus seios.

— Me toca... — disse ela. — A gente pode ir devagar.

Hades engoliu em seco com força. Uma onda de calor atordoante subiu direto para sua cabeça, e seu pau ficou grosso e duro entre eles. Ele a tocou, apoiando a cabeça na da deusa enquanto os mamilos dela endureciam sob seu toque.

— O que mais?

— Me beija — pediu Perséfone, ofegante.

Ele tentou ir devagar, beijá-la suavemente, as bocas coladas em uma troca delicada, mas porra, era difícil. Perséfone era tão macia e receptiva, e cada movimento de sua língua o deixava mais duro e mais consciente de que queria a buceta dela apertando seu pau.

Hades se aproximou, colocando uma das mãos na nuca de Perséfone. Inclinou-a para trás e aumentou a pressão e a velocidade do beijo, perdendo-se na tensão desesperada em seu baixo ventre, até que travou e se afastou.

— Desculpa. Não perguntei se tudo bem fazer isso.

— Tá tudo bem — disse Perséfone, com os olhos brilhantes e atentos. — Estou bem.

A deusa conduziu dessa vez, e sua boca estava calorosa e exigente. Hades gostava quando ela assumia o controle, e, nesse caso, diminuía sua sensação de que ia estragar tudo.

Ela enfiou as mãos no cabelo dele ao puxá-lo para perto, depois desceu-as pelo corpo do deus até chegar ao pau. Hades se esfregou em Perséfone, cerrando os dentes contra a fricção do corpo dela.

— Me toca — disse ele.

Perséfone passou alguns instantes esfregando-o por cima das roupas antes de desabotoar suas calças e pegar seu pau.

Caramba, que delícia.

Hades a beijou com mais avidez, consumido pela sensação de seu pau na mão dela. Era como se todas as sensações em seu corpo viessem desse único lugar, e ela tivesse todo o controle: ela podia torcê-lo e quebrá-lo, e ele permitiria.

— Se ajoelha... — sussurrou ela, e a ordem ofegante deixou os dois de joelhos.

Perséfone o fez se deitar e deslizou sobre seu corpo, a buceta escorregadia parando em cima do pau dele ao montá-lo.

Hades espalmou as mãos nas coxas dela, cravando os dedos em sua pele quando a deusa se levantou e o conduziu para dentro de si. Ele mal estava conseguindo se conter e, enquanto ela sentava, empurrou o quadril para cima. Seus corpos batiam um contra o outro, movendo-se ao mesmo tempo ou não. Não importava, desde que eles estivessem em contato, desde que estivessem se afogando no êxtase que corria por seus corpos como sangue.

— Isso... — sibilou ele. — Caralho!

Hades se sentou, segurando-a com uma das mãos enquanto enfiava a outra entre eles para acariciar o clitóris dela. O corpo de Perséfone se contraiu com tanta força que, quando ela gozou, estremeceu em torno dele, e isso foi o suficiente para levá-lo ao clímax. Ele gemeu e caiu para trás, levando-a consigo enquanto continuava a meter fundo nela. Depois, ficaram deitados ali por um tempinho, num silêncio satisfeito, até que Perséfone se levantou, as pernas tremendo.

— Você está bem? — perguntou Hades, segurando-a até que ela conseguisse se sustentar.

— Sim — disse Perséfone com um sorriso e uma risadinha. — Muito.

Ele se levantou, se vestiu e pegou a mão dela.

— Pronta pra ir pra cama, meu bem?

— Só se você for também — respondeu a deusa, arqueando a sobrancelha.

Hades sorriu.

— Claro.

Eles atravessaram o jardim, e Hades ficou feliz com o silêncio confortável entre os dois, mas, enquanto iam na direção do palácio, pensou mais a respeito do que ela dissera no campo: sobre querer mais e ter medo de que ele não a quisesse.

— O que foi? — perguntou ela quando ele diminuiu o passo.

— Quando você disse que queria... *experimentar*... coisas comigo. Que *coisas* seriam, exatamente?

Ele gostou de ver que ela ainda ficava corada.

— O que você está disposto a me ensinar?

— Qualquer coisa — sussurrou Hades. — Tudo.

A deusa o observou, inclinando a cabeça como se pensasse no que fazer em seguida.

— Talvez a gente deva começar onde falhou. Com... um bondage.

Alguma coisa naquela conversa parecia totalmente irreal, como se todas as fantasias que ele já tivera na vida estivessem se realizando dessa forma provocante.

Hades nunca tivera nenhuma dúvida de que Perséfone fora feita para ele, mas ela continuava a provar essa verdade todo dia.

— Tem certeza? — perguntou ele, afastando uma mecha de cabelo do rosto dela.

— Eu te aviso se ficar com medo.

O deus estava feliz que eles pudessem recomeçar, mesmo que fosse sobre as ruínas de um trauma. Puxou-a para perto, pondo a mão em sua nuca e apoiando a testa na dela.

— Meu coração está nas suas mãos, Perséfone.

— E seu pau também, pelo visto — disse Hermes, achando graça.

Hades se afastou de Perséfone, rosnando o nome de Hermes, mas sua frustração rapidamente se transformou em pavor quando viu o que o deus estava usando: roupas douradas.

— Achei que era melhor interromper agora do que uns minutos atrás — explicou Hermes.

— Você estava assistindo? — perguntou Perséfone, encolhendo-se visivelmente.

— Em minha defesa... — disse Hermes —vocês estavam transando no meio do Submundo.

— E eu já atirei você bem lá mesmo — observou Hades. — Precisa que eu refresque sua memória?

— Ai, não. Se for pra ficar bravo com alguém, fique bravo com Zeus. Foi ele que me mandou.

— Por quê? — perguntou Perséfone, com a apreensão já transparecendo na voz.

— Ele vai dar um banquete — respondeu Hermes.

— Um banquete? — Perséfone olhou para Hades, e ele cerrou os dentes. — Hoje?

— Isso. Dentro de uma hora, exatamente — disse Hermes, olhando para o pulso, onde convenientemente não havia relógio nenhum.

— E a gente precisa comparecer?

— Bom, eu não fiquei assistindo vocês transarem por nada — respondeu Hermes.

Hades já estava pensando em como puniria o deus por isso.

— Por que precisamos ir? E por que com tão pouca antecedência? — perguntou Perséfone.

Hades sabia por quê: porque era para esse ser o banquete de noivado deles. O título mais equivocado possível, uma vez que só ao final do evento Zeus decidiria se eles poderiam se casar.

— Ele não disse, mas talvez finalmente tenha decidido abençoar a união de vocês. — Hermes deu uma risadinha. — Quer dizer, por que ele daria um banquete se fosse dizer não?

— Você já conheceu meu irmão? — perguntou Hades.

— Infelizmente sim. Ele é meu pai — disse Hermes, depois bateu as mãos, esfregando-as; ansioso pelo drama, sem dúvida. — Bom, vejo vocês em breve.

Hermes se foi, e Perséfone se virou para Hades.

— Você acha que é verdade? Que ele está convocando a gente pra abençoar nosso casamento?

Abençoar era uma palavra generosa.

— Não me atrevo a fazer conjecturas — respondeu ele.

Perséfone franziu a testa e fez uma pausa antes de perguntar:

— O que devo vestir?

Hades quase riu, mas, considerando que estavam prestes a comparecer juntos a um banquete no Olimpo pela primeira vez, precisavam transmitir uma mensagem por meio das roupas, para comunicar que já estavam unidos, mesmo que Zeus dissesse não.

— Pode deixar que eu escolho sua roupa.

A deusa estreitou os olhos, desconfiada.

— Você acha que é uma boa ideia?

— Acho. — Hades enlaçou a cintura dela com um braço, puxando-a para perto. — Pra começo de conversa, vai ser bem rápido, o que significa que vamos ter aproximadamente cinquenta e nove minutos pra fazer o que você quiser.

— O que eu quiser? — perguntou ela, ficando na ponta dos pés.

— Sim — sussurrou Hades, o sangue se agitando sob o olhar de Perséfone.

— Então eu quero — disse ela, em voz baixa e ofegante — um banho.

Hades riu, abrindo um sorriso largo. Foi bom rir considerando a noite que teriam pela frente.

— É pra já, minha rainha.

39

HADES

Hades passou um tempo admirando Perséfone.

Quando se tratava de suas próprias roupas, ele preferia simplicidade, e embora tivesse aplicado o mesmo princípio ao vestido que manifestara para a deusa, nela ficava magnífico. Havia algo suntuoso na maneira como o tecido envolvia seu corpo. Ela o vestia como uma rainha.

— Tira a ilusão — ordenou ele, em voz baixa.

Ela não hesitou, e Hades sentiu um arrepio de excitação quando a magia se desfez. Gostava de vê-la se transformar, e imaginava que ela também gostasse de ver o mesmo. Era tão raro que existissem nesse estado juntos que parecia pecaminoso, quase erótico.

— Só mais uma coisa — disse.

Quando ergueu as mãos, uma coroa de ferro surgiu entre elas.

— Você está querendo dizer alguma coisa, milorde? — perguntou Perséfone, quando Hades colocou a coroa em sua cabeça.

— Pensei que fosse óbvio — respondeu ele.

— Que pertenço a você? — a deusa perguntou, com um olhar intenso.

— Não — disse Hades, inclinando a cabeça dela para trás. — Que nós dois pertencemos um ao outro.

Ele uniu seus lábios num beijo contido, que não comunicava nada do desejo feroz sob sua pele. Vê-la assim era um sonho.

— Você está linda, meu bem — disse o deus, a voz baixa, cheia de admiração.

Perséfone ficou calada, observando o rosto dele, e Hades ficou preocupado quando não conseguiu decifrar sua expressão.

Tocou a bochecha dela suavemente.

— Tudo bem?

— Sim. Tudo perfeito — disse ela, abrindo um sorriso, embora ele soubesse que não era totalmente genuíno.

Perséfone devia estar com medo de encarar os olimpianos, e ele não podia culpá-la. Era penoso interagir com eles, acompanhar seus jogos mentais. Essa noite seria desafiadora para Hades, e mais ainda para ela.

— Você está pronto?

— Eu nunca estou pronto para o Olimpo — disse ele. — Não saia do meu lado.

Hades a levou para o pátio do Olimpo, onde ocorrera o funeral de Tique. Muito acima deles, no topo da montanha, ficava o Templo do Sol, de onde já se ouviam música e uma cacofonia de conversas tão animadas quanto cansativas.

Ele se perguntou se Hélio se juntaria às festividades, já que o templo era onde o deus normalmente passava a noite depois de retornar de sua jornada através do céu. Era preocupante, mas Hades sabia que o Deus do Sol provavelmente estaria lá. Não importava que ele odiasse Hades: os deuses se reuniriam em qualquer lugar onde houvesse vinho, ambrosia e drama.

— Imagino que aquele seja nosso destino? — perguntou Perséfone.

— Infelizmente — respondeu Hades.

Ele poderia ter se teleportado, mas não tinha pressa nenhuma de chegar lá. E, se fossem andando, Perséfone poderia ver mais do Olimpo além dos olimpianos, o que faria bem aos dois.

Começaram a subida, e embora Hades não tivesse nenhum interesse particular no lar dos deuses, ficou feliz de ver Perséfone apreciando a beleza do lugar. Ele podia reconhecer seu esplendor; só não era algo que valorizava: um reino no topo do mundo que só servia para lembrar os mortais do que eles não podiam ter. Pelo menos nos seus domínios havia sempre uma verdade: tudo chegava ao fim.

Chegaram ao Templo do Sol.

Hades havia tentado se preparar, mas não tinha sido tempo suficiente, e era ainda pior do que ele imaginara. Havia pessoas demais, todas reunidas no alpendre, falando ao mesmo tempo.

Ele odiava aquilo.

Até que tudo ficou em silêncio, e todos os pares de olhos se viraram para os dois.

Ele odiava aquilo ainda mais.

Ao seu lado, Perséfone apertou sua mão e, quando ele olhou para ela, viu que estava sorrindo. Parecia... encantadora.

— Pelo jeito não sou só eu que não consigo parar de olhar pra você, meu amor — disse, baixinho. — Acho que a sala inteira está encantada.

Hades sorriu.

— Ah, meu bem... Estão olhando pra você.

Hades sentiu o medo crescendo no salão enquanto caminhavam até a pista, a multidão se abrindo para acomodar a presença dos dois. Ali estavam os deuses menores, os favorecidos, as ninfas, os sátiros e outros empregados dos olimpianos. Como os mortais, todos tinham sua própria opinião a respeito dele. Alguns eram indiferentes; a maioria tinha medo.

— Sefy!

Perséfone soltou a mão de Hades quando se virou e viu Hermes correndo através da multidão. Ele usava um terno amarelo brilhante, bordado com flores.

Era, provavelmente, a coisa mais feia que Hades já tinha visto.

— Você está maravilhosa! — disse Hermes, segurando as mãos dela no alto para analisar o vestido.

— Obrigada, Hermes, mas eu preciso te avisar que está elogiando o trabalho do Hades. Foi ele que fez o vestido.

Ouviram-se alguns arquejos na multidão, além de uma onda de sussurros.

Ninguém tinha parado de observá-los nem de ouvi-los desde que chegaram.

— Claro que foi, e ainda por cima na cor preferida dele — comentou Hermes, pensativo.

— Na verdade, Hermes, — disse Hades — preto não é minha cor preferida.

Mais uma rodada de sussurros. Como se ele estivesse conversando com a multidão.

— Então qual é? — gritou alguém.

Hades deu um sorrisinho ao responder:

— Vermelho.

— Vermelho? — perguntou outra voz. — Por que vermelho?

Ele baixou o olhar para Perséfone, a mão em sua cintura.

— Acho que comecei a gostar mais dessa cor quando Perséfone a usou no Baile de Gala Olímpico.

Ouviram-se alguns suspiros, mas uma voz se ergueu acima da multidão.

— Quem poderia imaginar que meu irmão era tão sentimental? — disse Poseidon, com uma risada nem um pouco alegre.

Hades não via o irmão desde que levara Dionísio até seu iate para resgatar Ariadne. Ele estava parado do outro lado do salão, junto de Anfitrite, e Hades se perguntou o quanto a esposa de Poseidon sabia do encontro e das coisas terríveis que ele ameaçara fazer.

— Ignora ele — disse Hermes. — Ele já bebeu ambrosia demais.

— Não arrume desculpas pra ele — retrucou Hades. — Poseidon é sempre um idiota.

— Irmão! — A voz de Zeus soou retumbante, e Hades respirou fundo enquanto se preparava para encará-lo. Zeus foi abrindo caminho pela multidão até eles, dando um tapa nas costas de Hades. Parecia contente e exagerado. Ou estava bêbado ou suas bolas tinham começado a crescer de volta. — E a linda Perséfone. Que bom que vocês vieram!

— Fiquei com a impressão de que não tínhamos escolha — disse ela.

Zeus soltou uma risada saída do fundo da garganta.

— Ela está ficando parecida com você, irmão — disse ele, cutucando Hades com o cotovelo.

Havia um brilho de raiva em seu olhar, como se não gostasse do tom de Perséfone, mas Hades não ligou, porque estava adorando.

— Por que não viriam? Afinal, é seu banquete de noivado!

— Então deve significar que temos sua bênção — disse Perséfone, depois acrescentou, deliberadamente: — Para nos casarmos.

A risada de Zeus foi falsa, mas ele tentou disfarçar falando alto.

— Não sou eu que decido, querida. É meu oráculo.

— *Não* me chame de querida — disse Perséfone.

— É só uma palavra — respondeu ele, sem nenhuma alegria na voz. — Não era minha intenção ofender.

— Não me importo com a sua intenção — disse Perséfone. — Essa palavra me ofende.

O silêncio ao redor deles foi ensurdecedor. Por mais que Hades estivesse gostando a interação, se aproximou de Perséfone. Ele conhecia bem a raiva de Zeus, e nada o provocava mais do que a desobediência, mas seu irmão só desatou a rir.

— Hades, esse seu brinquedinho é sensível demais.

Hades não saberia dizer qual palavra o irritou mais — *brinquedinho* ou *sensível* —, mas na verdade não importava. Essa era sua rainha, e Zeus a desrespeitara.

Hades estendeu a mão e agarrou Zeus pelo pescoço.

— Do que foi que você chamou minha noiva? — perguntou ele, entre dentes.

Os olhos de Zeus estavam tão escuros quanto um céu de tempestade, faiscando com a ameaça de seu poder. Aquela provavelmente não era a atitude mais indicada, dado que Hades desejava sua bênção, mas ele não deixaria essa ofensa passar.

— Cuidado, Hades. Eu ainda determino seu destino.

Zeus determinava seu casamento, e mesmo isso estava aberto a discussão. Hades não se opunha a desafiar Zeus, mesmo com a possibilidade de encarar a retaliação divina.

— Errado, irmão — disse Hades, a voz baixa e dura. — Peça desculpas. — Ele apertou o suficiente para sentir o deus engolir contra sua mão.

— Perséfone — disse Zeus, a voz rouca e baixa. — Me perdoe.

Ela não respondeu, mas Hades o soltou.

Zeus manteve os olhos fixos nele, mas sorriu e soltou uma risada, jogando os braços para cima ao exclamar:

— Vamos festejar!

A multidão se dirigiu para o grande salão do banquete, onde havia várias mesas redondas espalhadas. Hades gostaria de acreditar que estavam cada vez mais perto do fim da noite e que Zeus logo tomaria sua decisão, mas sabia que esse era apenas o começo. Ainda teriam que passar pelo jantar tedioso e as festividades que viriam em seguida. Era possível, considerando o comportamento anterior de Hades, que Zeus adiasse a decisão por mais um dia, mas o irmão merecera a humilhação muito pública.

— Pelo jeito, não vamos nos sentar juntos — disse Perséfone, olhando de soslaio para ele.

— Como assim?

Ela indicou com o queixo uma grande mesa elevada acima das demais na parte da frente do salão.

— Não sou uma deusa do Olimpo.

— O Olimpo é superestimado — respondeu ele. — Vou me sentar com você. Onde quiser.

— Zeus não vai ficar bravo com isso?

— Vai.

— Você quer casar comigo? — perguntou Perséfone, encarando-o.

— Meu bem, eu vou me casar com você independentemente do que Zeus disser.

Ela ficou calada por um momento, enquanto andavam ao redor das mesas.

— O que ele faz quando não abençoa um casamento?

— Arranja outro casamento para a mulher — respondeu Hades, mas isso não ia acontecer agora.

Hades conduziu Perséfone para uma mesa do outro lado do salão, perto da parede. Preferia ficar o mais longe possível da multidão e ter uma vista da entrada. Puxou a cadeira para ela, e, quando ela se sentou, a empurrou para a frente, antes de se sentar também.

Perséfone sorriu para o homem e a mulher sentados diante deles, que nem tentaram disfarçar o terror.

— Oi — cumprimentou ela. — Eu sou...

— Perséfone — disse o homem. — Sabemos quem você é.

— Sim. — Ela hesitou, e Hades admirou sua tentativa de puxar uma conversa educada. — Como vocês se chamam?

— Estes são Tales e Calista — disse Hades. — São filhos de Apelíotes.

— Apelíotes?

— O Deus do Vento Sudeste — explicou Hades.

Havia um deus para *todo* tipo de vento.

— V-você conhece a gente? — perguntou Calista.

Talvez eu tenha escolhido a mesa errada, pensou Hades.

— Claro que sim.

— Hades, o que você está fazendo? — perguntou Afrodite, se interrompendo de repente diante da mesa deles. Hefesto estava parado em sua sombra.

— Estou sentado — respondeu Hades.

— Mas você está na mesa errada — comentou ela, como se ele não soubesse.

— Contanto que esteja com Perséfone, estou no lugar certo — afirmou ele.

Afrodite franziu a testa, e Hades se perguntou por que ela ligava para onde ele estava sentado.

— Como está a Harmonia, Afrodite? — perguntou Perséfone.

— Bem, acho — respondeu Afrodite. — Ela tem passado boa parte do tempo com sua amiga Sibila.

— Acho que se tornaram boas amigas.

Afrodite deu um sorrisinho, com um brilho no olhar.

— *Amigas*. Você esqueceu que eu sou a Deusa do Amor?

Perséfone não disse nada, e Afrodite se virou para Hefesto, que pegou sua mão estendida e a conduziu para a mesa dos olimpianos.

— Você acha que Afrodite é... contra a escolha de parceria da Harmonia?

— Você quer saber se ela é contra por Sibila ser mulher? Não. Afrodite acredita que amor é amor. Se está chateada, é porque o relacionamento de Harmonia significa que a irmã tem menos tempo pra ela.

Ela ficou calada por um instante, e ele percebeu que seu olhar tinha vagado de volta para a deusa.

— Você acha que Afrodite e Hefesto vão se reconciliar algum dia?

— Só nos resta torcer. Os dois estão completamente insuportáveis.

Perséfone deu uma cotovelada de leve, mas Hades sentia que estava lidando com a saga daquele relacionamento desde o início. Não sabia muito bem quando tudo começou a dar errado, mas o que quer que tenha acontecido na noite do casamento, eles nunca mais foram os mesmos.

O jantar finalmente apareceu quando Zeus decidiu se juntar a eles. Era típico do deus fazê-los esperar: gostava de lembrar todo mundo de sua importância quando tinha a chance.

Hades pegou um jarro de prata da mesa.

— Ambrosia? — ofereceu.

— Pura? — perguntou Perséfone, surpresa.

— Só um pouquinho — disse ele, servindo uma pequena quantidade para ela e enchendo o próprio cálice depois. Como qualquer tipo de álcool, era preciso desenvolver um certo nível de tolerância; a dele era alta.

— O que foi? — perguntou, quando viu o olhar de Perséfone.

— Você é um alcoólatra — disse ela.

Não estava errada, tecnicamente, mas não era como se o álcool tivesse qualquer efeito.

— Funcional — afirmou, observando Perséfone tomar um golinho da bebida e passar a língua pelos lábios. — Gostou? — Ele se aproximou, pensando em beijá-la só para sentir o gosto da ambrosia em sua língua, mas se conteve.

Perséfone olhou em seus olhos, e a resposta saiu como um sussurro:
— Sim.

Calista pigarreou. A interrupção o irritou, e Hades a teria ignorado, mas Perséfone era muito mais cortês.
— E como vocês se conheceram?

Alguém bufou com uma risada, chamando a atenção de Hades, e, quando ele se virou, viu Hermes se aproximando com seu prato e talheres.
— Você está sentada diante de deuses e essa é a pergunta que decide fazer? — questionou Hermes.
— Hermes, o que está fazendo? — perguntou Perséfone.
— Fiquei com saudade de você — ele respondeu, sentando-se ao lado dela.

Mais movimentação vinda da mesa olimpiana chamou a atenção de Hades, e ele viu Apolo se levantar para ir se sentar junto de um homem que supunha ser Ajax, aquele pelo qual o deus estava sofrendo quando Hades o visitara para falar da autópsia de Adônis. Ártemis parecia tão confusa quanto irritada, a boca crispada, enquanto Zeus estava furioso. Nenhum deles gostava de ver olimpianos abandonando seus postos acima da multidão.

— Acho que você começou um movimento, Hades — disse Perséfone.

Ele se virou para ela, sorrindo com uma expressão que parecia uma mistura de diversão com um toque de admiração.

— Tenho uma pergunta — disse Tales, interrompendo, e Hades se voltou para o deus menor. — Como vou morrer?

— De um jeito horrível — respondeu Hades, sem hesitar. Normalmente não seria tão direto, mas sentia que a resposta era merecida, dada a pergunta.

— Hades! — censurou Perséfone.

Sentiu o cotovelo dela lhe dando uma cutucada de novo. Dessa vez, ele o segurou e deslizou a mão por seu braço, entrelaçando seus dedos.

— É-é verdade? — perguntou Tales, gaguejando.

— Ele só está brincando — garantiu Perséfone, lançando um olhar penetrante a Hades. — *Né*, Hades?

— Não — respondeu ele.

Hermes se engasgou com uma risada, mas uma pergunta boba merecia a resposta certa, embora Hades pensasse em acrescentar que talvez fosse diferente. Era possível que as Moiras não gostassem de ele ter contado seus planos a Tales. Não sabia os detalhes, só que não seria agradável.

Alguns minutos de um silêncio abençoado se passaram até Zeus empurrar a cadeira para trás, arranhando o chão com um ruído alto para chamar a atenção, e então bater no próprio cálice até Hades ficar com vontade de quebrar seus dentes.

Como Zeus desejava, todos os olhos estavam sobre ele agora.

— Estamos reunidos aqui para celebrar meu irmão Hades — declarou Zeus. — Que encontrou uma linda *donzela* com a qual deseja se casar: Perséfone, a Deusa da Primavera, filha da *temida* Deméter. Nesta noite, celebramos o amor e aqueles que o encontraram. Que todos tenhamos tamanha sorte e, Hades... — Zeus ergueu o cálice, e todos os olhos se voltaram para a mesa deles. — Que o oráculo abençoe sua união.

A declaração de Zeus serviu tanto para lembrar Hades e Perséfone de quem estava no controle quanto para comunicar aos presentes que, se o casamento fosse negado, seria culpa do oráculo e não sua.

Relutante, Hades ergueu o cálice para o irmão. Era mais uma maneira de enfatizar sua promessa de vingança do que um reconhecimento das palavras de Zeus.

Quando Hades levou a bebida aos lábios, Perséfone se virou, e o sorriso em seu rosto atraiu a atenção do deus, provocando-lhe um aperto no peito. Hades trocou a bebida pela boca da deusa e a beijou.

O aplauso contido que se iniciara ao final do brinde de Zeus se tornou voraz e animado. Hermes assobiou.

Quando Hades se afastou, Perséfone soltou uma risada ofegante.

— Cuidado, Lorde Hades — disse ela, baixinho. — Ou vai perder sua reputação cruel.

Ele não tinha certeza daquilo, mas sorriu mesmo assim.

O restante do jantar transcorreu em relativa calma, e eles se retiraram para o alpendre, onde o próprio Apolo estava tocando lira. Ele provavelmente queria receber elogios pela habilidade, mas também impressionar sua nova conquista.

— Vamos dançar? — perguntou Hades, virando-se para Perséfone.

— Não tem nada que eu gostaria mais de fazer — respondeu ela.

Hades a conduziu para um espaço vazio no centro da multidão, puxando-a para perto sem nenhuma intenção de esconder sua ereção, que tinha ganhado força quando se beijaram no jantar.

— Excitado, meu amor? — perguntou Perséfone, com a voz rouca, os olhos pesados. Talvez fosse a ambrosia que a deixasse tão ousada.

— Sempre, meu bem — respondeu, num tom leve.

Quando Perséfone enfiou a mão entre os dois para agarrá-lo, Hades soube que ela estava definitivamente sob a influência da ambrosia.

— O que você está fazendo? — perguntou ele, a voz um murmúrio no peito.

— Acho que não preciso me explicar — respondeu ela.

— Está tentando me provocar na frente dos olimpianos?

— Te provocar? — questionou a deusa, com uma risada ofegante. — *Nunca*.

Hades a puxou para perto e se perguntou quanto tempo conseguiria suportar essa provocação, mas Perséfone estava dificultando *muito*.

— Só estou tentando te dar prazer — disse Perséfone, em voz baixa, sem tirar os olhos dele.

— Você sempre me dá prazer — disse ele, iniciando um beijo intenso, que foi se tornando mais exigente conforme ela continuava a acariciar seu pau duro, até que ele não desejava mais se conter. — Chega! — sibilou, afastando-se da boca de Perséfone.

Embora tivesse atraído a atenção do salão todo, ele envolveu os dois numa ilusão enquanto agarrava a bunda dela e a puxava para seu colo.

— Hades! — Ela arfou. — Todo mundo está vendo a gente!

— Acho que não — disse ele, e os teleportou.

Hades decidiu não sair do Olimpo, uma vez que Zeus ainda podia convocá-los para consultar o oráculo, e os transportou para sua própria propriedade na montanha, que normalmente ficava abandonada.

— Não gosta muito de exibicionismo? — perguntou Perséfone.

— Não consigo me concentrar em você como gostaria e manter a ilusão ao mesmo tempo — disse ele, o que era parcialmente verdade. O outro motivo era que seus irmãos conseguiam enxergar através da ilusão, mas não queria falar deles.

Apoiou o corpo de Perséfone na parede e levou os dedos até a buceta dela, deslizando pela fenda quente e úmida — uma tentação que fez seu pau se contrair.

O gemido de Perséfone ficou preso na garganta. Ela se apertou a ele com mais força, pressionando os seios em seu peito.

— Tão molhada... — disse ele, entre dentes. — Eu podia te beber inteira, mas, por enquanto, vou me contentar em provar.

Hades tirou os dedos de dentro dela e os chupou antes de beijá-la de novo: primeiro na boca, depois no maxilar, então nos seios, provocando-os através do vestido. Ela respondia a todos os seus toques, curvando e arqueando cada parte do corpo, enquanto as mãos buscavam sua pele.

— Hades, quero que você me coma — disse, com a pele corada e um brilho no olhar. — Uma vez, você me disse pra eu me vestir pra transar. Por que não faz o mesmo?

Ele riu.

— Se não estivesse tão ansiosa, meu bem, talvez fosse bem mais fácil encontrar meu pau.

Ele enfiou a mão entre os dois, desabotoando as roupas, que escorregaram de seu corpo como sombras. Quando conseguiu deslizar para dentro dela, os dois gemeram. A boca de Hades estava aberta contra a de Perséfone, e a língua dele avançou para prová-la, seus dedos cravados em sua pele. A cabeça dele estava tão cheia desse prazer vertiginoso que mal conseguia pensar em algo além dessa sensação.

— Eu te amo — disse, meio sem fôlego.

— Eu também te amo — respondeu ela, com um sorriso genuíno.

Hades empurrou o quadril, esfregando-se em Perséfone, gemendo ao sentir as bolas se apertando.

— Você é uma delícia — disse o deus, apoiando a cabeça no pescoço dela, uma fina camada de suor cobrindo seu corpo. — Goza pra mim — acrescentou. — Para eu me banhar no seu calor.

Normalmente, ele tentaria prolongar o momento — levá-la até a beira do clímax e recuar, aumentando seu desejo até que exigisse gozar —, mas, dessa vez, sentia uma urgência no próprio corpo que parecia demandar um alívio rápido.

Enfiou a mão entre eles, esfregando o clitóris inchado de Perséfone. As pernas dela se apertaram ao seu redor, puxando-o para mais perto enquanto se arqueava contra a parede, tremendo com o orgasmo.

— Isso, meu bem — rosnou Hades, metendo mais forte em seus músculos contraídos até gozar também.

Devagar, colocou Perséfone no chão, alisando seu cabelo desordenado.

— Tudo bem? — perguntou, ainda ofegante.

— Sim, claro — respondeu ela, com uma risadinha. — E você?

— Estou bem.

Mais do que bem.

Ele beijou sua testa e se vestiu enquanto Perséfone olhava ao redor do espaço.

— Onde estamos? — perguntou ela.

— Estes são meus aposentos — disse o deus.

— Você tem uma casa no Olimpo?

— Sim, mas raramente venho aqui. — E era por isso que não podia chamar o lugar de lar.

— Quantas casas você tem?

Ele refletiu por um instante, listando-as de cabeça. O palácio no Submundo, a casa na ilha de Lambri, essa no Olimpo, outra em Olímpia. Tinha mais uma em Tesprócia e uma em Élis.

— Seis... eu acho.

— Você... *acha*?

— Não uso todas.

Perséfone cruzou os braços e ergueu as sobrancelhas.

— Mais alguma coisa que você queira me contar?
— Neste instante? — perguntou, os cantos da boca erguidos. — Não.
— Quem toma conta do seu patrimônio? — perguntou Perséfone.
— Elias.
Elias fazia *tudo*.
— Talvez eu deva perguntar do seu império a ele.
— Você poderia, mas ele não vai contar nada.
— Tenho certeza de que consigo persuadi-lo.
— Cuidado, meu bem. Não tenho nada contra castrar qualquer um que você resolver provocar.
— Ciumento?
— Sou — respondeu, sem um pingo de vergonha. — Muito.
Alguém bateu à porta. Como Hades estava perto, ele a abriu, mesmo já sabendo que era Hermes.
— O jantar não foi suficiente?
— Cala a boca, Hermes — disse Hades.
O deus sorriu, mas parou assim que começou a falar.
— Me mandaram buscar vocês.
Hades não tinha pensado em como se sentiria quando finalmente chegasse a hora de ouvir o oráculo, mas, de repente, se encheu de pavor.
— A gente já estava indo — disse ele.
— *Sei*, e eu sou um cidadão que segue todas as leis.
Hades revirou os olhos.
Eles saíram da propriedade, caminhando de volta para o templo, que ficava tão perto que ainda era possível ouvir a música e a folia. A ironia era que esse banquete não tinha nada a ver com celebrá-los, não como a celebração que as almas no Asfódelos haviam organizado. Este se tratava de tradição e controle.
— Por que tenho a sensação de que Zeus não quer que a gente se case? — Perséfone perguntou a Hermes, e Hades achou que talvez ela estivesse buscando palavras tranquilizadoras.
— Deve ser porque ele é um esquisitão e preferiria ter você pra ele — respondeu Hermes.
— Não tenho nada contra assassinar um deus — disse Hades. — Fodam-se as Moiras.
— Calma, Hades — disse Hermes. — Só estou apontando o óbvio. Não se preocupa, Sefy. Vamos só ver o que o oráculo diz.
O estômago de Hades se revirou com força, mas ele precisava admitir que estava feliz que aquilo tudo estivesse quase acabando. Pelo menos, agora poderia decidir qual seria seu próximo passo. De um jeito ou de outro, ele se casaria com Perséfone. O que importava era o que viria depois.

Hades pegou a mão de Perséfone enquanto retornavam, encontrando Zeus do lado de fora do templo. Ele estava parado em um feixe de luz dourada vindo da abertura arqueada atrás de si.

— Agora que decidiram voltar a se juntar a nós, talvez estejam prontos para ouvir o que o oráculo tem a dizer sobre o casamento.

— Estou muito ansiosa — disse Perséfone, com doçura, apesar do olhar duro.

— Então me siga, Lady Perséfone — disse Zeus, com um estrondo.

Saíram da área do templo e atravessaram um pátio de estátuas, seguindo por um caminho estreito rumo ao templo de Zeus. Era uma estrutura redonda com portas de carvalho, e lá dentro havia uma bacia de óleo que seria usado para convocar Pirra, seu oráculo.

Hades já passara por isso antes, mas como membro do que Zeus gostava de chamar de seu conselho, apesar de haver dúvidas sobre quanto ele de fato o ouvisse. Nesta noite, o conselho incluía Hera e Poseidon, nenhum dos quais era uma escolha favorável, mas nesse contexto a palavra de Hera importava mais. Será que apoiaria Hades, como tinha concordado em fazer?

Perséfone hesitou, e Zeus fez um gesto com a mão diante de si.

— Meu conselho — disse ele, para apresentá-los.

— Achei que o oráculo fosse seu conselho — comentou Perséfone.

— O oráculo fala do futuro, sim — disse ele. — Mas minha vida é longa e eu estou ciente de que os fios desse futuro mudam o tempo todo. Minha esposa e meu irmão também sabem disso.

Hades engoliu em seco com força. Só esperava que Zeus fizesse essa mesma reflexão cuidadosa quanto à sua situação.

Zeus pegou uma tocha da parede e, ao se virar para a bacia, falou:

— Uma gota do seu sangue, por gentileza.

Hades continuava segurando a mão de Perséfone, e se aproximaram juntos. Ele foi primeiro, para mostrar o que fazer, pressionando o dedo na agulha afiada que se projetava da borda da bacia. Manteve a mão estendida até uma única gota de sangue pingar no óleo.

Perséfone seguiu seu exemplo, o sangue se misturando ao dele.

— Hades! — sussurrou, quando ele chupou seu dedo para curar a ferida.

— Não quero ver você sangrar.

Ele já havia dito isso antes. Precisava se repetir?

— Foi só uma gota...

Hades não disse nada e a conduziu para longe da bacia enquanto Zeus ateava fogo ao óleo.

O fogo ardeu, as chamas com um tom verde, e a fumaça subiu espessa e ondulada, saindo por uma abertura no alto da abóbada. Não demorou muito para o oráculo aparecer, uma velha mulher envolta em chamas.

— Pirra — disse Zeus. — Revele-nos a profecia de Hades e Perséfone.

— Hades e Perséfone — repetiu o oráculo, como se estivesse testando os nomes. — Uma união poderosa, um casamento que produzirá um deus mais poderoso que o próprio Zeus.

Hades ficou imóvel, em um choque confuso e silencioso, tentando ao máximo relembrar e memorizar cada palavra que o oráculo dissera. Na verdade, não sabia bem o que esperava de Pirra, mas soube assim que ouviu as palavras que estavam condenados.

Zeus provavelmente não permitiria que alguém se casasse com seu reinado em jogo.

— Zeus — alertou Hades, o corpo tenso, a magia a postos, assim como as de Zeus, Hera e Poseidon.

— Hades.

— Você não vai tirá-la de mim — afirmou ele.

— Eu sou o rei, Hades. Talvez você precise que alguém te lembre.

— Se esse for seu desejo — disse Hades —, ficarei mais do que satisfeito em pôr fim ao seu reinado.

Tudo ficou em silêncio enquanto a ameaça de Hades pairava no ar. Todos sabiam que não eram vazias.

— Você está grávida? — perguntou Hera, de repente.

— Perdão? — perguntou Perséfone, mas Hades nem piscou. Ele sabia que era impossível.

— Preciso me repetir? — questionou Hera.

— Essa pergunta não é apropriada — respondeu Perséfone, ríspida.

— Porém é importante, considerando a profecia — rebateu Hera.

— E por quê?

— A profecia declara que seu casamento produzirá um deus mais poderoso do que Zeus — explicou Hera. — Um filho nascido dessa união seria um deus muito poderoso... Senhor da vida e da morte.

Hades cerrou os dentes.

— Não há filho nenhum. Não haverá filho *nenhum*.

Poseidon deu uma risada ríspida.

— Até os homens mais cuidadosos têm filhos, Hades. Como é que você pode garantir isso se não consegue nem dançar sem parar pra trepar?

— Não preciso ser cuidadoso. Foram as Moiras que tiraram minha capacidade de ter filhos. Foram as Moiras que teceram Perséfone no meu mundo.

Hera inclinou a cabeça como se estivesse curiosa, os olhos fixos em Perséfone.

— Você *quer* continuar sem filhos?

— Eu quero me casar com Hades — respondeu Perséfone. — Se para isso não puder ter filhos, assim será.

Hades engoliu com força, notando a falta de um não, e de repente sentiu que estava tirando algo dela.

Mais um instante de silêncio se passou, depois Zeus olhou para Hades.

— Tem *certeza* de que não pode ter filhos, irmão?

— Bastante.

As Moiras raramente revertiam suas decisões. Na verdade, Hades não se lembrava de nenhuma vez que isso tivesse ocorrido.

— Deixe que se casem, Zeus — disse Poseidon, quase indiferente, como se estivesse cansado disso. — Eles obviamente querem trepar como marido e mulher.

— E se o casamento produzir um filho? — perguntou Zeus. — Não confio nas Moiras. Os fios delas estão sempre se mexendo, sempre mudando.

— Então tomamos a criança — disse Hera de repente, sem nenhuma emoção na voz, provavelmente porque não era a primeira vez que ela tentava resolver um problema roubando ou eliminando uma criança.

Embora já tivessem estabelecido que Hades não podia ter filhos, Perséfone apertou a mão dele, cravando as unhas em sua pele. Ele entendia: mesmo assim parecia uma violação.

— Não haverá filho nenhum — repetiu Hades, as palavras escapando por entre seus dentes cerrados. O ódio por tudo que essa reunião representava fazia seu sangue ferver, e ele esperava que Zeus sentisse isso em seu olhar.

Depois do que pareceu uma eternidade, Zeus enfim falou.

— Vou abençoar essa união, mas se a deusa ficar grávida um dia — disse ele, olhando para Perséfone —, a criança precisará ser aniquilada.

Era o suficiente.

Hades invocou sua magia e os teleportou para o Submundo no instante em que Perséfone cambaleou e caiu de joelhos, vomitando aos seus pés.

40

HADES

Hades se ajoelhou e pegou Perséfone nos braços, afastando o cabelo do rosto dela.

— Está tudo bem — disse, embora não acreditasse nas próprias palavras.

Ele entendia por que aquilo era devastador, mesmo considerando que não iam... não *podiam* ter filhos. O problema era a violação. Eles precisaram admitir coisas que deviam ter permanecido privadas.

— Não está. Não mesmo — disse ela, soluçando. — Vou *destruir* ele. Vou *acabar* com ele.

— Não tenho dúvidas, meu bem — disse Hades. — Vem, levanta. — Ele a incentivou a se levantar e segurou seu rosto, encarando-a. — Perséfone, eu jamais deixaria, jamais vou deixar, tomarem nenhuma parte de você. Entendeu?

Ela assentiu, suspirando, mas claramente ainda abalada, então Hades a levou para a casa de banhos, ajudando-a a se despir e entrar na água. Perséfone se sentou com os joelhos junto ao peito e pareceu ir relaxando conforme permanecia na água quente.

Hades ficou de joelhos ao lado da piscina e a ensaboou. Trabalhou lentamente, no ritmo da respiração de Perséfone, que ficou profunda, depois acelerada, até que ela pôs a mão em seu pulso, imobilizando o toque, que havia passado para seus seios.

— Hades... — murmurou, baixando o olhar para a boca dele.

A tensão entre os dois era espessa e ardente, e pareceram se mover ao mesmo tempo, um puxando o outro para perto. Seus lábios se encontraram num beijo intenso que enviou uma onda de calor diretamente para a virilha do deus.

— Quero você — disse ela, agarrando-o com força.

— Casa comigo.

Perséfone riu, ofegante.

— Eu já disse sim.

— Disse mesmo, então casa comigo. Hoje. — Perséfone só ficou olhando para Hades, que explicou: — Não confio no Zeus, nem no Poseidon, nem na Hera, mas confio em nós. Casa comigo hoje, e eles não vão poder fazer nada.

Ele sabia que era muito mais repentino do que planejaram, mas que diferença faria esperar? Além disso, se ela se casasse agora, obteria poder sobre seu reino.

Perséfone o observou por um instante antes de um sorriso se espalhar por seu rosto.

— Sim — respondeu.

O sorriso que ele abriu combinava com o dela, e a puxou para perto mais uma vez, beijando-a até doer de tanto anseio.

— Vou tomar você como esposa hoje — prometeu. — Vem. Vou convocar Hécate.

Hades pegou um robe para ela e, quando saíram da casa de banhos, Hécate estava esperando.

— Ai, minha querida! — disse ela, abraçando Perséfone. — Dá pra acreditar? Você estará casada ainda hoje! Vamos te arrumar! — Então estreitou os olhos ao olhar para Hades. — E se eu te vir, ou sentir, perto da suíte da rainha, vou bani-lo para o Poço de Aracne.

Hades riu.

— Não vou espiar — prometeu ele, olhando para Perséfone, porque uma parte dele ainda estava tentando assimilar o fato de que, ao final da noite, ela seria sua esposa. — Até daqui a pouco.

— Não vou mentir — disse Hermes. — Estou meio chateado por você ter deixado a Hécate te vestir para o que provavelmente é o evento mais elegante da sua vida.

— Eu não *deixei* ela fazer nada — respondeu Hades. — Ela só fez.

Então ajeitou o paletó pela milionésima vez.

— Para de puxar! — ralhou Hermes. — Pronto.

Hermes empurrou as mãos de Hades para baixo e alisou o colarinho e a lapela do paletó. Quando terminou, abaixou as mãos e encarou o deus.

— Estou muito feliz por você, Hades — afirmou, com tom e expressão tão sérios que chegavam a ser inquietantes. Hermes raramente ficava sentimental, tirando quando estava com raiva.

— Obrigado, Hermes — disse Hades. — Você é um ótimo amigo.

— O melhor, né? — perguntou Hermes, com um sorriso.

— Não força — respondeu Hades.

Hermes riu.

— Da minha parte, não sei se conseguiria me comprometer com uma pessoa só. Sou um deus com muitas necessidades, se é que você me entende.

Ele ondulou as sobrancelhas, e Hades revirou os olhos.

— *Todo mundo* te entende, Hermes. Não é como se você guardasse segredo.

Alguém bateu à porta, e os dois olharam e viram Hécate enfiar a cabeça no quarto.

— Hades, chegou a hora. Você precisa ir pro seu lugar!

Hermes o conduziu para fora do palácio. Cérbero, Tifão e Ortros foram atrás enquanto seguiam para o bosque de Hécate. Conforme se aproximavam, Hades foi ficando cada vez mais nervoso. Nem sabia ao certo por quê. Talvez fosse a importância do evento. Tinha passado tanto tempo desesperado por aquilo, e agora finalmente estava acontecendo. Quase não dava para acreditar.

Quando contornaram uma fileira de árvores, Hades parou de repente, percebendo que não estava nem um pouco preparado para ver o bosque lindamente decorado e lotado de almas e divindades, todas reunidas para celebrar o grande e apaixonado amor que florescera entre ele e Perséfone, essa deusa incrível que levara vida para seu mundo de maneiras que nunca imaginara serem possíveis.

Era quase opressivo, de um jeito que fazia seu peito e sua garganta se apertarem.

Caminhou pelo corredor até o caramanchão de folhagem e assumiu seu posto à direita. Cérbero, Tifão e Ortros permaneceram aos seus pés. Hermes se sentou na primeira fileira, ao lado de Apolo: ambos tinham deixado o banquete ao serem convocados por Hades, o deus sabia que Perséfone gostaria da presença deles.

Hermes se inclinou para a frente e meio sussurrou, meio gritou:

— Não estica demais os joelhos, ou vai desmaiar.

— Não estou esticando os joelhos — Hades sussurrou de volta, mesmo sem saber bem o porquê. — Por que você disse isso?

— Não falei que você está fazendo. Falei pra *não* fazer.

Bom, agora ele estava preocupado. E se ele desmaiasse? Hades tentou dobrar os joelhos só para ter certeza de que sabia a diferença entre joelhos dobrados e esticados.

— Você tá parecendo idiota — disse Hermes.

Hades o fulminou com olhar, mas então a música começou — tocada por um pequeno grupo de almas sentadas em um canto —, e ele olhou para o início do caminho.

Seu coração acelerou no peito e por todo o corpo enquanto esperava que Perséfone aparecesse, e quando a viu, ela estava tão linda que *doía* fisicamente. Só conseguia pensar que esse único momento fazia tudo que tinha feito ou estragado até então valer a pena.

Ele se esforçou para memorizar tudo — cada detalhe da aproximação de Perséfone —, das flores brancas em sua cabeça à silhueta de seu vestido, aos seus olhos, que se iluminaram ao vê-lo, e ao sorriso que se seguiu.

Caramba, ele nunca pensara que ficaria grato pelas Moiras.

Fiel à sua natureza, Perséfone parou para abraçar os amigos mais próximos, incluindo Apolo e Hermes, e então finalmente se aproximou, e ele se sentiu inundado por uma profunda e eufórica onda de pura alegria.

Quando ela deu um passo em sua direção, Lexa a puxou de volta para pegar seu buquê. Hades deu uma risadinha, e a multidão riu.

— Ansiosa, meu bem? — perguntou ele.

— Sempre — respondeu a deusa, e, quando enfim parou diante de Hades, ele segurou suas mãos. — Oi.

— Oi — disse ele, sorrindo. — Você está linda.

— Você também.

Ele achou que seria mais fácil respirar com ela parada à sua frente, mas não era.

Hécate pigarreou ao dar um passo para ficar no meio dos dois, olhando de Hades para Perséfone.

— Eu sabia que esse momento chegaria um dia — disse ela. — Eu já vi o amor, em todas as formas e graus, mas tem algo precioso neste amor, o tipo que vocês compartilham. É desesperado, feroz e apaixonado. — A deusa parou para rir, assim como todos atrás deles. — E talvez seja porque conheço vocês, mas é o tipo de amor que mais gosto de observar. Ele floresce e arde, desafia e provoca, machuca e cura. Não existem duas almas que combinem mais. Separados, vocês são luz e escuridão, vida e morte, um começo e um fim. Juntos, são uma fundação que vai tecer um império, unir um povo, fundir mundos. Vocês são um ciclo que nunca termina, eterno e infinito. Hades.

Hécate deu a ele a aliança de Perséfone. Ela arregalou os olhos, e ele soube que só agora ela percebia que não tinha uma, mas não precisava se preocupar. Ele tinha se preparado para esse momento.

— Você aceita Perséfone como sua esposa? — perguntou Hécate.

— Aceito — respondeu, passando a aliança pelo dedo dela.

— Perséfone — disse Hécate, entregando uma aliança preta. — Você aceita Hades como seu esposo?

— Aceito — disse a deusa, e, quando ela passou a aliança pelo dedo dele, Hades sentiu que havia recebido o maior presente de todos.

Tinha a honra de ser seu marido.

— Pode beijar a noiva, Hades.

Ele segurou o rosto radiante de Perséfone entre as mãos.

— Eu te amo — disse, e a beijou, suave a princípio, pensando que seria o suficiente, mas não foi.

Então a puxou para perto, abrindo sua boca com a língua, aprofundando o beijo, e era estranho dizer, mas foi diferente. Talvez porque nunca tivesse se sentido tão feliz. De todo modo, estava totalmente consciente de que essa era sua esposa, sua deusa, sua rainha.

— Comportem-se! — gritou Hermes.

Hades continuou abraçado a Perséfone mais um tempinho só por isso. Quando se afastou, deu um beijo na testa dela antes de pegar sua mão e se virar para a multidão.

— Apresento a vocês Hades e Perséfone, Rei e Rainha do Submundo.

A multidão irrompeu em aplausos, e eles retornaram pelo corredor, agora como marido e mulher. Quando contornaram a fileira de árvores, ele parou para beijá-la de novo.

— Nunca vi nada mais lindo do que você — disse Hades, olhando para ela, memorizando-a por inteiro enquanto Perséfone olhava de volta, com a mesma intensidade, a mesma felicidade.

— Eu te amo. Muito — disse ela.

— Venham — disse Hécate, repentinamente, teleportando-os para a biblioteca. — Vocês podem passar uns minutinhos a sós antes de eu vir buscá-los para as festividades. Se fosse vocês, continuaria vestida... E com os pés no chão.

Quando ficaram a sós, ele baixou os olhos para Perséfone.

— Isso pareceu um desafio.

— Vai encarar, marido?

A palavra fez seu peito se apertar, e ele fechou os olhos contra a emoção que os inundava.

— Tudo bem? — sussurrou ela.

— Fala de novo. Me chama de marido.

— Vai encarar o desafio, *marido*?

Quando Hades teve certeza de que aguentaria, olhou para ela de novo e aproximou o quadril do seu.

— Por mais que eu queira você agora — disse ele —, tenho outros planos pra nós esta noite.

— E esses planos envolvem... alguma coisa nova?

— Você está pedindo... alguma coisa nova?

— Sim — sussurrou ela.

Hades pegou uma das mãos dela, que estava apoiada em seu peito, e beijou a parte interna do pulso.

— E o que é que você quer experimentar?

Ele não estava preparado para a resposta dela.

— Ser amarrada.

41

HADES

Ser amarrada, ela disse.

Uma parte ansiosa não queria tentar de novo, principalmente nessa noite, a noite mais memorável da vida deles, mas, se tudo corresse bem, seria mais do que ele jamais havia esperado, como tudo que acontecera até então.

Ele só precisaria ser mais por ela essa noite: mais atencioso, mais presente, mais comunicativo, e podia fazer isso. *Faria* isso.

Não demorou muito para Hécate buscá-los na biblioteca, o que foi bom, porque Hades estava a alguns segundos de ir embora. Ela os conduziu para o salão de baile e, do outro lado das portas, ouviram Hermes anunciá-los.

— Apresento a vocês o Senhor e a Senhora do Submundo, Rei Hades e Rainha Perséfone.

Quando as portas se abriram, eles foram recebidos com muitos aplausos e gritos. O salão de baile estava abarrotado de gente, mas Hades não se sentia incomodado como no Olimpo. Eles percorreram o caminho que as almas haviam aberto até o pátio para dançar sob a lua e as estrelas.

Hades tomou Perséfone nos braços, quase perto demais para fazer qualquer coisa além de balançar no lugar, mas ele não ligava. Era isso que queria: ficar perto dela, senti-la, saber que aquilo era real.

— No que você está pensando? — perguntou ela, depois de um bom tempo.

Nenhum dos dois tinha dito nada, aproveitando o momento de felicidade calma.

— Estou pensando em muitas coisas, esposa — respondeu ele, e não pôde deixar de sorrir ao pronunciar a palavra. Talvez fosse seu título preferido, entre todos que já havia concedido.

— Tipo?

— Estou pensando em como estou feliz.

— Só isso?

— Não terminei — disse ele, sabendo o que ela estava perguntando, porque havia sentido assim que abordaram o tópico sexo. — Estou me perguntando se você está molhada pra mim. Se seu ventre está contorcido de desejo. Se você está fantasiando com essa noite tanto quanto eu... E se seus pensamentos são tão vulgares quanto os meus.

Perséfone não tirou os olhos dele.

— Sim.

Hades apertou o quadril dela e se perguntou quão apropriado seria se fossem embora da festa cedo, embora não soubesse ao certo se queria correr o risco de Hécate nunca mais parar de falar no assunto, já que tinha se esforçado tanto para fazer o casamento acontecer, junto de Yuri e das outras almas no Asfódelos. De muitas formas, a festa também era para todas elas, e não queria roubar sua única chance de celebrar a união, mesmo sabendo que o que deixava as almas mais animadas era ter Perséfone como rainha.

Isso foi se tornando ainda mais evidente conforme a noite progredia e as almas a chamavam para dançar uma vez atrás da outra.

Ele ficou olhando para ela por um instante quando Hécate se aproximou.

— Venha, rei — disse ela. — Você deve dançar na noite do seu casamento.

Hades aceitou a mão que ela lhe estendia, e se juntaram aos outros na pista.

— Obrigado, Hécate — disse ele. — Serei eternamente grato por tudo.

Ela sorriu.

— Por nada, meu querido, mas eu faria qualquer coisa por você. Faria qualquer coisa pela Perséfone.

Havia um peso quase ameaçador nas palavras dela. Ele sentia como se ela também quisesse prometer o fim do mundo se alguém fizesse mal a um dos dois.

Dançaram por um tempo, depois Hades foi puxado para um círculo de garotinhas que cantavam "Ciranda, cirandinha" sem parar e, enquanto estava preso ali, seus olhos pararam em Apolo, num canto escuro do salão com Jacinto. Os dois estavam próximos, mas sem se tocar, e Hades se perguntou como o Deus da Música se sentia, agora que havia encontrado um novo interesse romântico mortal.

Hades não acreditava que todo mundo tinha apenas um amor verdadeiro na vida. Só acreditava naquilo para si mesmo porque não queria que fosse de outro jeito. Às vezes ele se perguntava se era o mesmo para Apolo. A questão era que o amor entre Apolo e Jacinto havia transformado o deus num nível fundamental, não só enquanto se apaixonava pelo homem, mas também depois de sua morte.

Às vezes era disso que as pessoas não conseguiam se recuperar.

Quando finalmente foi liberado dos confins da cirandinha, o que quer que aquilo fosse, Hades cruzou o salão até Apolo, que agora estava sozinho.

Ao ver Hades se aproximando, Apolo ficou tenso e levantou o queixo, o pomo de adão subindo e descendo.

— Você tá bem? — perguntou Hades.

— Não fique preocupado comigo — respondeu Apolo. — É seu casamento.

— Se a Perséfone te visse, ficaria preocupada — disse Hades.

Apolo deu as costas à multidão, o rosto manchado de vermelho.

— O que você falou pro Jacinto?

Ele suspirou.

— Contei pra ele do Ajax — respondeu o deus, depois fez uma pausa, a voz carregada de emoção. — Não foi nada mau. Ele ficou muito feliz por mim.

— Já faz muito tempo, Apolo — disse Hades, com a maior gentileza possível.

— Eu sei. A questão é que eu só... acho que não esperava que ele ficasse feliz.

Hades franziu a testa.

— Como assim?

Apolo ficou calado por um instante antes de responder.

— Não sei. Acho que pensei... que se ele ainda me amasse, ficaria bravo... mas não foi o que aconteceu.

— Jacinto te ama, Apolo — afirmou Hades. — E seguir em frente não significa que você o ama menos.

— Parecia errado, sabe? — disse Apolo, encarando Hades. — Até agora.

— Você sabe que sempre teve a bênção dele.

Apolo assentiu, Hades olhou para Jacinto, que tinha voltado, trazendo duas bebidas.

— Lorde Hades, parabéns! — disse, com um brilho de júbilo no olhar.

Apolo respirou fundo para se recompor, depois se virou para o príncipe mortal.

— Obrigado, Jacinto — agradeceu Hades, com um aceno da cabeça. — Vou deixar vocês dois aproveitarem a festa.

Hades saiu para a noite do Submundo, deixando para trás o clamor da multidão. Precisava de espaço e de silêncio. Não estava se sentindo exatamente sobrecarregado, mas chegou um ponto em que só queria ficar sozinho com seus pensamentos.

Estava ansioso para ficar a sós com a noiva. Quando pensava no começo da noite, não tinha ideia de que ia terminar assim. Duvidava que seu irmão esperasse um casamento tão rápido. Zeus devia estar esperando que se casassem publicamente, tanto no Mundo Superior quanto no Olimpo.

Casamentos divinos eram raros entre os olimpianos, normalmente celebrados como ocasiões monumentais, e embora fosse uma ocasião monumental em sua vida, Hades não tinha tanta certeza de que queria compartilhá-la com ninguém além do seu reino, em especial com o clima atual do Mundo Superior. Caso a notícia do casamento se espalhasse, era provável que fosse visto como um ato egoísta, considerando a tempestade de neve de Deméter.

Mas Hades odiava essa politicagem. Odiava que a união deles tivesse sequer virado uma questão de poder, quando tudo o que queria era se casar com a mulher que amava. E foi o que fez, sem se importar com as consequências.

Ouviu os sons familiares dos cachorros farejando e, quando se virou, viu Perséfone descendo em sua direção, e foi como estar de volta ao momento em que ela contornara a fileira de árvores para se casar com ele.

Hades sorriu quando ela se aproximou. Perguntou baixinho:

— Você está bem?

— Estou — respondeu ela.

— Está pronta?

— Estou.

Ele lhe ofereceu a mão e, quando Perséfone aceitou, os dois desapareceram.

Hades não planejara nada do casamento, mas não significava que não tinha se planejado para aquela noite. Só havia pensado em uma coisa quando pensou sobre onde levá-la: que devia ser um lugar além desse mundo, que não havia sido tocado pelo terror ou pelas brigas.

Ele queria levá-la para as estrelas.

Estava satisfeito com a ilusão; estavam na plataforma de seu leito nupcial, e as estrelas brilhavam ao seu redor.

— A gente está... no meio de um lago? — perguntou Perséfone.

— Sim — respondeu.

— É obra da sua magia?

— É — disse ele. — Gostou?

— É lindo — afirmou. — Mas onde estamos, exatamente?

— Estamos no Submundo. Num espaço que eu criei.

— Há quanto tempo você planejou esse momento?

— Já faz um tempo que penso nisso — respondeu ele, assim como já fazia tempo que pensava no anel.

Perséfone sorriu e se aproximou da cama, passando a mão pelos lençóis macios de seda. Hades se perguntou o que ela estava fazendo, talvez se assegurando de que era de verdade, mas então ela endireitou o corpo e olhou para ele por cima do ombro.

— Me ajuda a tirar o vestido — disse.

Ele obedeceu de bom grado e se aproximou, descendo o zíper, deixando os dedos deslizarem pela coluna dela enquanto voltava para conduzir as alças finas do vestido para fora de seus ombros. Quando a peça caiu no chão, percebeu que ela não estava usando nada por baixo.

Perséfone se virou para ele devagar e olhou em seus olhos. Havia uma energia estranha e nervosa entre os dois. Hades não sabia bem por quê; não era como se fossem novos nisso, mas talvez tivesse a ver com o pedido de mais cedo.

Ele a puxou para perto, a tensão era física. Podia senti-la no espaço entre os dois, mesmo ao eliminar a distância, mesmo ao colar sua boca à dela e ao tocar a pele macia da deusa. Passou as mãos pelas laterais do seu corpo, indo até os seios, depois às costas, para conseguir puxá-la para ainda mais perto.

Hades não queria parar, mas precisava. Quando se afastou, tirou uma caixinha preta do bolso.

— Essas são Correntes da Verdade — disse ele. — São uma arma poderosa contra qualquer deus, a menos que ele tenha uma senha. Vou te contar a senha agora pra que, se começar a sentir medo, você possa se libertar. *Eleftherose ton*. Repita.

Perséfone olhou para ele, depois para a caixinha.

— *Eleftherose ton*.

Hades ficou olhando para os lábios dela enquanto repetia as palavras.

— Perfeito.

— Por que se chamam Correntes da Verdade?

— A única verdade que vão extrair dos seus lábios é o seu prazer — prometeu. — Deita.

Perséfone se virou, exibindo a bunda para ele ao engatinhar para a cama. Ele teve que se conter para não puxá-la de volta pelo quadril, dar um tapa na nádega e comê-la por trás. Haveria tempo suficiente para aquilo mais tarde. Nesse momento, tinha a obrigação de garantir que ela se sentisse segura e confortável, e não faria nada até que isso acontecesse.

Mesmo se seu pau estivesse pegando fogo.

Perséfone se deitou de costas e abriu os braços quando Hades mandou. Ele subiu nela, incapaz de tirar os olhos de seu corpo glorioso. Prepará-la para o processo também era erótico para cacete.

Quando colocou a caixinha acima da cabeça dela, as correntes se materializaram. A princípio, eram pesadas algemas de ferro, feitas para conter um deus. Hades as tocou e as transformou em amarras macias.

— Perdão, meu bem — disse ele, depois a encarou. — Você está pronta?

— Pra você? — perguntou ela. — Sempre.

— Sempre — repetiu, a palavra provocando um arrepio em seu corpo.

Hades se sentou, admirando a deusa enquanto tirava o paletó e a camisa. Estava pensando que gostava disso, do que conseguiria fazer agora que ela tinha uma palavra de segurança.

Os olhos dela estavam escuros, apesar de sua cor real, e acompanhavam cada movimento.

— No que está pensando? — perguntou.

— Quero que você vá mais rápido — respondeu a deusa, e arregalou os olhos quando as palavras escaparam de sua boca. Ela ergueu o rosto para as amarras ao redor de seus pulsos e deu um puxão em uma antes de voltar a olhar para ele. — Tem alguma chance de você também usar essas algemas?

— Se for o que você quiser — disse ele, tirando a camisa. — Mas você não precisa de correntes pra tirar a verdade de mim, principalmente quanto ao que eu planejo fazer com você.

— Prefiro não saber seus planos — disse ela.

Ele abriu um sorrisinho. Sabia que ela só queria que começassem.

— O que você quer, esposa?

— Ação — respondeu ela, se mexendo debaixo dele.

Porra, ela era linda e muito provocante.

Riu ao beijar entre os seios dela, um depois do outro. Ela apertou as pernas ao seu redor, esfregando o quadril em sua ereção.

Hades gostava da ansiedade dela. Esperava que fosse um indício de que, quando finalmente estivesse entre suas pernas, a encontraria tão molhada que poderia se afogar. Foi descendo pelo corpo dela, e ela abriu as pernas, expondo a buceta maravilhosa à sua boca.

Ele a lambeu e chupou ali, e ela gemeu.

— É isso — disse, num tom áspero. — Eu amo isso.

Amava o gosto e o cheiro dela, a sedosidade do sexo em sua língua. Principalmente, amava a própria Perséfone e a maneira como respondia: como cravava os calcanhares na cama, como pressionava as coxas nele ao sentir cada onda de prazer, como enrolava as correntes ao redor dos dedos.

— Ai, isso é tão bom — sussurrou.

Seu dedo estava dentro dela, a boca em seu clitóris. Interrompeu a ação brevemente para encorajá-la com palavras.

— Isso, meu bem. Me fala como está.

— Bom. Muito bom.

Ela conseguiu olhar para baixo antes de deixar a cabeça voltar a cair no travesseiro com um gemido gutural.

Quando ela gozou, seu corpo se contraiu ao redor dele com tanta força que pareceu querer prendê-lo entre as pernas para sempre. Se pudesse dar prazer a ela desse jeito por uma eternidade, ficaria de bom grado, mas sentia sua própria necessidade pulsando entre as pernas. Subiu pelo corpo de Perséfone, beijando-a, e, com seu gosto na língua, estremeceu com a necessidade carnal de se enterrar dentro dela.

— Aonde você vai? — perguntou ela quando o viu se levantar, as mãos já no botão da calça.

— Não vou longe, esposa — disse ele, terminando de se despir.

Nu, viu-se plenamente consciente do olhar dela. Queimava sua pele, deixava seu pau ainda mais grosso, e suas bolas mais pesadas. Mal podia esperar para estar dentro dela, para torná-la sua esposa nesse sentido. Não importava que já tivessem transado tantas vezes antes; essa ainda era diferente.

— Me conta seus pensamentos — instigou ele de novo, curioso para saber o que estava por trás daquele olhar acalorado.

— Não importa quantas vezes você entra em mim — disse ela. — Nunca é o suficiente.

Ele subiu em cima de Perséfone, soltando o peso do corpo sobre ela, aproveitando o calor e a energia selvagem entre os dois.

— Eu te amo — disse, observando-a.

— Eu te amo.

Nunca se cansaria de ouvir essas palavras de volta, e, pela primeira vez na noite, quis que as mãos dela estivessem soltas para que pudesse tocá-lo, mas ia esperar.

Aquilo era uma recompensa por si só.

— Você está bem? — perguntou, querendo ter certeza.

— Estou. — Ela assentiu, embora sua voz estivesse um pouquinho trêmula. — Só estou pensando no quanto eu te amo.

Não duvidava desse amor, mas sofria porque ela nunca saberia quanto significava para ele. Havia esperado por ela. Havia ansiado por ela. Havia sonhado com ela, e ali estava: real e quente, deitada debaixo dele.

E agora queria estar dentro dela.

Ele a beijou com avidez, depois conduziu seu membro para sua buceta. Perséfone levantou as pernas, enfiando os calcanhares na bunda dele, tentando, em vão, empurrá-lo para dentro com mais força e rapidez, mas Hades resistiu ao estímulo e entrou deslizando em uma estocada lenta. Quando suas bolas tocaram a pele dela, ele mexeu as pernas da deusa para colocá-las sobre seus ombros e meteu nela.

Concentrou-se nela, em como tremia embaixo dele, em como seus seios balançavam com as estocadas, em como sustentava seu olhar, depois fechava os olhos com o prazer, a boca seguindo o mesmo padrão. Suas reações eram tudo que ele queria. Ela dificultava sua concentração, impedia-o de continuar por muito tempo.

— Você é uma delícia. Tão apertada, tão molhada — disse, aumentando o ritmo de um movimento contínuo e metódico para algo bem mais possessivo e carnal. Porra, estava pronto para sentir o toque dela.

— *Eleftherose ton*!

Hades soltou as pernas de Perséfone e se inclinou para tomar sua boca em um beijo desvairado. Ela enfiou os dedos em seu cabelo antes de abaixar as mãos para agarrar sua bunda, puxando-o contra si com mais força.

— Porra!

O deus se afastou e sentou sobre os calcanhares, trazendo-a consigo. Ajudou-a a se sentar em seu pau e ela o envolveu com as pernas. Os dois se abraçaram com firmeza enquanto se moviam, esfregando-se um no outro, e Hades percebeu que não conseguiria se segurar por muito tempo. Era a maneira como ela respirava, como seus mamilos raspavam em seu peito, a sensação dela ao seu redor.

Ambos se enrijeceram e contraíram, os dedos apertando o corpo do outro com força quanto mais rápido eles se moviam, quanto mais perseguiam aquela sensação de êxtase irrompendo entre eles. Quando ela se contraiu ao redor dele no clímax, ele gozou em um jorro que subiu direto para cabeça.

Estava tonto quando caiu de costas na cama com Perséfone nos braços, os corpos pesados.

Perséfone começou a rir.

— Me recuso a pensar que você esteja rindo do meu desempenho, esposa — disse ele.

Ela riu ainda mais, depois finalmente parou e olhou para ele.

— Não — disse a deusa, traçando os contornos de seu rosto com o dedo. — Você foi tudo.

Ele se mexeu para que ambos ficassem de lado e pudessem olhar um para o outro.

— Você é meu tudo — disse Hades. — Meu primeiro amor, minha esposa, a primeira e última Rainha do Submundo.

42

HADES

Na manhã seguinte, Hades se levantou com Perséfone para se arrumar. Parecia estranho fazer algo tão rotineiro depois da noite que haviam tido. Hades sentia que deviam continuar a celebrar, e, com celebrar, queria dizer *permanecer na cama*. Mas sabia que não era possível, dadas as circunstâncias.

Preparou uma bebida e ficou esperando perto da lareira enquanto ela continuava a se arrumar, preferindo se vestir do jeito mortal.

— Você está quieta — disse, bebericando o uísque.

Perséfone parou para olhar para ele enquanto puxava uma meia-calça grossa pelos joelhos.

— Só estou pensando em como isso tudo é surreal — disse ela. — Eu sou sua esposa.

Hades colocou o copo em cima da lareira e atravessou o quarto até ela, deixando os dedos se demorarem em seu rosto.

— É surreal mesmo — concordou.

— No que você está pensando? — perguntou ela.

Ele pensou em mentir, mas respondeu honestamente.

— Que vou fazer de tudo pra continuar com você.

— Você acha que Zeus vai tentar separar a gente?

— Acho — disse ele, inclinando a cabeça dela ainda mais para trás. — Mas você é minha e eu pretendo ficar com você pra sempre.

— Por que você acha que ele deixou a gente ir embora? — perguntou Perséfone.

— Por causa de quem eu sou — respondeu ele. — Me desafiar não é igual a desafiar os outros deuses. Eu sou um dos Três, nosso poder é igual. Ele vai ter que pensar um pouco em como me punir.

Ela engoliu em seco com força, e ele odiou ter lhe provocado ansiedade. Beijou sua testa.

— Não se preocupe, meu bem. Vai dar tudo certo.

— Um dia — disse ela.

— Levo você para o trabalho? — perguntou Hades.

— Não — respondeu a deusa, levantando-se e alisando a saia. — Vou tomar café da manhã com Sibila.

Ele fez uma pausa, então perguntou:

— Vai contar pra ela que nos casamos?

— Posso?
— Sibila é confiável — disse Hades. — É a melhor qualidade dela.
Perséfone sorriu.
— Ela vai ficar eufórica.
Apesar de não a levar para o trabalho, Hades a acompanhou até o café da manhã com a amiga, teleportando-se para o exterior da Nevernight, onde Antoni aguardava com o carro.
— Vejo você hoje à noite, minha esposa — disse Hades, puxando-a para um beijo.
Então estendeu a mão para a porta e a ajudou a entrar no carro.
— Eu te amo — sussurrou ela.
— Eu te amo — disse ele, e fechou a porta.
Ficou observando o carro até ele sumir de vista, depois falou.
— O que foi, Elias? — perguntou ele, já com medo por causa da presença do sátiro.
— Eu não podia te contar antes de a Perséfone ir embora — disse ele. — Mas hoje de manhã encontramos cinco ninfas na porta, congeladas até a morte.
— Porra.

— Ela está fora de controle — disse Hades, assistindo ao vídeo da noite anterior, que mostrava cinco ninfas aparecendo do nada e aterrissando à porta de sua boate.
— Cinco vidas — disse Elias, a voz baixa e pesarosa. — E pra quê? Mandar um recado?
— Não — respondeu Hades. — O recado foi dado. Agora ela só está sendo cruel.
Deméter se aproveitara do senso de responsabilidade de Perséfone com a tempestade de neve, mas agora que via que não tinha funcionado, mudaria de tática e passaria a machucá-la diretamente.
Hades cerrou os punhos e contraiu o maxilar.
— Você acha que a Deméter sabe? — perguntou Elias.
Ele não precisava especificar. Hades sabia que estava perguntando do casamento.
— Não, mas deve saber que Zeus nos deu a bênção.
Caralho.
Hades não tinha dúvidas de que, apesar de sua saída rápida, Zeus havia anunciado a união publicamente, indiferente às consequências. Não é que ele não soubesse quais eram; só não ligava. Qualquer retaliação de Deméter significaria que Zeus poderia culpar a Deusa da Colheita quando fossem forçados a se separar.

Agora Hades precisava pensar em como contar a Perséfone que cinco das mulheres com quem ela havia basicamente crescido estavam mortas por causa deles, e apenas horas depois de terem se tornado marido e mulher.

Caramba, ele odiava Deméter.

Uma coisa era atacar o mundo com magia. Outra era machucar a esposa dele de um jeito tão frio e cruel.

Aquilo era imperdoável.

Era loucura, e ele se perguntava, na verdade, temia, o que viria em seguida.

— O que você quer que eu faça? — perguntou Elias.

Hades não sabia. Ele podia tentar procurar Deméter de novo, mas confrontá-la não teria impacto nenhum sobre a deusa. Ela tinha tomado a decisão de machucar Perséfone por causa dele. Suas súplicas não seriam ouvidas. Além disso, o estrago estava feito. Quando sua esposa voltasse para casa mais tarde, precisaria enterrar cinco de suas amigas.

A culpa invadiu seu peito, subindo, espessa, até a garganta.

Nunca devia ter ordenado àquelas mulheres que encontrassem Deméter, mas assassinato era a última coisa que esperava.

Porra.

— Devo informar o pai delas — disse ele, distante.

Embora fosse provável que Nereu já soubesse. Deuses podiam sentir esse tipo de coisa: o fim da vida que haviam gerado.

— Talvez eu devesse fazer isso — sugeriu Elias.

Hades não aceitou nem rejeitou essa oferta, a mente acelerada. Ele tinha sido tão indiferente ao medo delas porque não acreditou que morreriam: não vira na alma nem nos fios delas. O fato de Deméter ter acabado com cinco vidas imortais teria grandes consequências. Ele se perguntou se as Moiras tirariam ou criariam uma vida. Será que o sacrifício seria tão perigoso quanto a ressurreição do ofiotauro?

— Prepare-as para o enterro — disse Hades. — Eu... não tenho dúvidas de que Perséfone vai querer vê-las.

Ela ia querer se despedir, depois ficaria furiosa — se com ele ou com Deméter, ele ainda não sabia.

Uma hora depois, quando Elias retornou, Hades ainda estava pensando nas cinco ninfas. Esperava que o sátiro lhe informasse que o trabalho estava feito e que falasse da visita a Nereu, mas sua expressão comunicava algo muito mais preocupante.

— Revelaram que Perséfone é uma deusa — disse.

Hades franziu as sobrancelhas.

— O quê?

— O *Jornal de Nova Atenas* — respondeu Elias, incapaz de verbalizar muito mais. — É a notícia principal.

Maldita Helena.

Hades se levantou da cadeira. Juntos, desceram as escadas para o térreo da Nevernight e ligaram uma televisão. A manchete falava de Perséfone.

Mulher é desmascarada como filha de Deméter

A âncora na TV informava: "A mulher, Perséfone Rossi, noiva de Hades, o Deus dos Mortos, assumia a identidade de uma jornalista mortal. Ela virou notícia há alguns meses ao escrever textos críticos aos Divinos".

— Você acha que ela está preparada pra isso? — perguntou Elias.

— Pra revelarem ao mundo que é uma deusa? Não.

Perséfone estava só começando a aceitar sua própria divindade. Agora, o mundo ficaria ainda mais interessado do que antes, quando achavam que ele tinha se apaixonado por uma mulher mortal, mesmo aqueles que estariam bravos pela suposta farsa. Ela enfrentaria obsessão e ódio: no fim, tudo isso contava como adoração, o que significava que seu poder só ficaria mais forte... o poder que ela mal conseguia controlar.

Enquanto assistiam, a transmissão mudou repentinamente, e a âncora anunciou notícias de última hora.

— Estamos recebendo informações de uma avalanche perto de Esparta e Tebas. As cidades estão enterradas sob vários metros de neve. Resgatistas já foram enviados.

Porra.

Porra. Porra.

Significava que milhares de almas estavam prestes a encher o Submundo — não apenas mortais, mas animais também, e tudo por causa do caralho da tempestade de Deméter.

Perséfone ficaria devastada, e Hades se perguntava o que faria quando descobrisse o horror que sua mãe havia infligido ao mundo.

Mas não precisou esperar muito para descobrir, porque sentiu o poder de Perséfone se intensificar, mais forte do que nunca. Parecia angustiado e irritado, e fez o deus tremer até a alma.

Malditas Moiras.

— Preciso ir atrás da Perséfone — disse ele.

Sabia do que ela era capaz quando provocada e, dessa vez, atrairia a atenção do Olimpo.

Hades permitiu que sua magia se manifestasse, buscando a energia das pedras no anel de Perséfone, e, quando se conectou, se aproximou da deusa, encontrando-a no meio de oito olimpianos. Apolo e Hermes estavam parados um pouquinho à frente dela, protegendo-a dos demais.

Hades colocou uma mão possessiva na barriga dela e a puxou para perto.

— Brava, meu bem? — perguntou, os lábios perto de sua orelha.

— Um pouquinho — respondeu ela.

Apesar da conversa casual, o coração de Hades estava acelerado. Lançou um olhar feroz para Zeus, parado bem na frente dele com Hera de um lado e Poseidon de outro. Os outros olimpianos estavam enfileirados.

Deméter, por sua vez, era uma ausência notável.

— Foi uma baita demonstração de poder, pequena deusa — disse Zeus.

— Me chama de pequena mais uma vez... — rebateu Perséfone, o corpo enrijecendo sob a mão de Hades.

Zeus riu.

— Não sei por que você está rindo — continuou ela. — Já pedi seu respeito uma vez. Não vou pedir de novo.

— Está ameaçando seu rei? — perguntou Hera.

— Ele não é meu rei — respondeu Perséfone, num tom cruel.

As linhas no rosto de Zeus pareceram escurecer.

— Eu jamais devia ter permitido que vocês saíssem do templo. A profecia não falava do seu filho. Falava de você.

— Para, Zeus — disse Hades, segurando Perséfone com mais força. — Isso não vai acabar bem pra você.

— Sua deusa é uma ameaça para todos no Olimpo — respondeu Zeus.

— Ela é uma ameaça pra *você* — rebateu Hades.

— Afaste-se, Hades — ordenou Zeus. — Eu não vou pensar duas vezes antes de acabar com você também.

Hades já estava esperando esse momento. Tinha se preparado para ele, mas não tão cedo, e agora sua mente estava acelerada, perguntando-se se eles estavam prontos.

Se Perséfone estava pronta.

— Se entrar em guerra com eles, vai entrar em guerra comigo — afirmou Apolo, invocando seu arco dourado.

— E comigo — acrescentou Hermes, sacando a espada.

O silêncio foi quieto e pesado.

— Vocês estariam dispostos a me trair? — perguntou Zeus.

— Não seria a primeira vez — respondeu Apolo.

— Protegeriam uma deusa cuja força pode destruí-los? — perguntou Hera.

— Com a minha vida — disse Hermes. — Sefy é minha amiga.

— Minha também — afirmou Apolo.

— Minha também — disse Afrodite, que saiu da fila e foi ficar ao lado de Apolo, chamando o nome de Hefesto. O Deus do Fogo também apareceu, ocupando o espaço ao lado dela.

— Eu não vou lutar — afirmou Héstia.

— Nem eu — concordou Atena.

— Covardes! — retrucou Ares.

— A batalha deve servir a algum propósito além do derramamento de sangue — disse Atena.

— O oráculo se pronunciou e declarou esta deusa uma ameaça — argumentou Ares. — A guerra elimina ameaças.

— A paz também — disse Héstia.

Hades não ficou surpreso com a decisão delas, e as duas desapareceram. Eles enfrentariam Zeus, Hera, Poseidon, Ártemis e Ares.

Quando começassem, Hades se concentraria em dominar os irmãos. Só esperava conseguir manter os dois envolvidos na luta e longe de Perséfone.

— Tem certeza que é isso que você quer, Apolo? — perguntou Ártemis, do outro lado do campo.

— Sef me deu uma chance mesmo quando não devia ter dado. Devo isso a ela.

— E essa chance vale a sua vida?

— No meu caso? — perguntou Apolo. — Sim.

— Você vai se arrepender disso, pequena deusa — prometeu Zeus, e Hades sentiu a magia dele carregar o ar, arrepiando os pelos de seus braços e nuca.

— Já *disse* pra não me chamar de pequena.

O poder de Perséfone partiu a terra sob os pés deles, e os olimpianos pularam para trás, erguendo-se no ar. Hades permaneceu atrás de Perséfone, esperando para ver como ela se defenderia, precisando saber que conseguia se virar nessa luta.

A magia de Zeus brilhou em suas mãos quando invocou um raio e o lançou aos pés dela, fazendo a terra tremer. Ele fizera aquilo para assustá-la, pensando que se encolheria diante de sua demonstração de poder, mas Perséfone permaneceu firme.

— Você é tão teimosa quanto a sua mãe! — vociferou Zeus.

— Acho que a palavra que você está procurando é determinada — respondeu Perséfone.

Zeus se mexeu para atacar de novo, e Perséfone invocou uma parede de espinhos afiados para deter o golpe. Era o suficiente para Hades.

Ele se colocou entre os dois e se desfez da ilusão, as sombras deixando seu corpo e disparando na direção de Zeus. Uma conseguiu atravessar o corpo do deus, tirando-lhe o ar, mas Zeus se recuperou a tempo de se defender das outras duas com os braceletes que envolviam seus braços.

— A regra das mulheres, Hades, é nunca dar a elas seu coração. — Zeus invocou outro raio.

— Nunca aceitei conselhos seus, irmão. Por que começaria agora? — disse Hades, invocando o bidente.

— Talvez devesse ter aceitado. Aí não estaríamos aqui hoje.

Havia muita verdade nessas palavras.

— Eu gosto daqui — disse Hades, dando uma olhada ao redor, para os outros olimpianos travando uma batalha. — Me sinto em casa.

Nenhum dos dois hesitou, suas armas colidindo com tanta violência que ambos sentiram o abalo do poder. Eles estenderam a mão ao mesmo tempo, Zeus atacando com o raio e Hades com as sombras. Ambos foram lançados para trás pelos golpes, os pés deslizando no chão, criando fissuras profundas. Pararam ao mesmo tempo e se atacaram de novo, chocando-se mais uma vez, o impacto fazendo a própria terra tremer.

Ambos cambalearam e passaram a usar os punhos para lutar.

— Você me trairia por ela? — perguntou Zeus, entre dentes.

— Eu te trairia por muito menos — sibilou Hades.

Zeus rosnou e sua energia pareceu nuclear ao irromper ao seu redor, atirando Hades para trás. A terra se levantou em torno dele quando aterrissou em uma cratera criada por seu próprio impacto. Antes que a poeira tivesse baixado, Hades viu a silhueta de Zeus piscar acima dele quando o deus o atacou. Hades se teleportou rapidamente, mas Zeus o seguiu, seus corpos colidindo.

Ele estendeu a mão, agarrando o pescoço de Zeus. A pele sob seu aperto ficou preta, apodrecendo com o toque. O irmão segurou seus braços e, quando o fez, Hades enfiou as garras nele e puxou, arrancando a garganta de Zeus.

Zeus levou as mãos ao próprio pescoço, os olhos faiscando de fúria ao encarar Hades, a respiração difícil e molhada. Ele rugiu e avançou, atingindo Hades com tanta força que o Deus do Mortos sentiu seus ossos se quebrando e se curando, quebrando e curando em uma sequência terrível, sem parar. Ele apertou os punhos e cerrou os dentes, estendendo a mão na direção do irmão, lançando sombras através dele. Seu corpo convulsionou sob a magia, e então Hades sumiu, reaparecendo atrás de Zeus com o bidente. O deus baixou o bastão de dois dentes sobre o irmão, que se virou bem a tempo de deter o golpe com seu raio.

Então as videiras de Perséfone se enrolaram ao redor dos tornozelos de Zeus e, por mais que tenha se livrado delas depressa, elas continuavam a subir. Aquilo o distraiu o suficiente para Hades lançar as sombras através dele mais uma vez. Zeus foi cambaleando para trás com cada choque, até cair. O chão se abriu e o engoliu, enterrando-o vivo.

Hades correu na direção de Perséfone quando o solo começou a tremer, e Zeus irrompeu da terra envolto em uma aura de eletricidade, com um brilho feroz nos olhos.

— Perséfone! — gritou Hades, mas não conseguiu se mover rápido o suficiente, e o raio a atingiu.

O corpo dela estremeceu, e o cheiro de cabelo e carne queimando chegou ao nariz de Hades. Ele fez menção de correr para ela, mas sentiu uma mão tocar seu ombro.

— Nada disso, irmão — disse Poseidon. — Esse é o seu castigo. Vê-la queimar.

Hades começou a se mexer para lutar contra o irmão, mas percebeu algo de estranho em Perséfone. A magia já não parecia machucá-la. O corpo dela já não tremia sob o poder de Zeus. Em vez disso, brilhava com ele.

Ela estava dominando a magia do deus.

Ai, caralho.

Perséfone mandou o raio de volta na direção de Zeus, e o Deus dos Céus caiu na terra.

Hades se virou rapidamente, enviando as sombras na direção de Poseidon, mas elas se estilhaçaram ao atingir o tridente dele. Hades invocou o bidente de novo, e as armas colidiram numa fúria de golpes. Ele lutou ferozmente, o ódio consumindo seu sangue, abastecendo o furor com que combatia. Seu bidente acertou o rosto de Poseidon, talhando um corte tão profundo em sua bochecha que ela pendeu da face. O golpe deixou o deus atordoado, e, quando ele tropeçou para trás, Hades enterrou o bidente no peito do irmão e o chutou para o chão.

Pairando sobre ele, Hades arrancou a arma do corpo de Poseidon e depois a enfiou de novo, uma vez atrás da outra, e a única coisa que o fez parar foi um berro de dor.

Hades girou e viu Afrodite empalada pela lança dourada de Ares.

Era Hefesto que estava gritando. Ele disparou na direção dela, envolto em chamas. Arrancou a lança do corpo da deusa, cobrindo a ferida com a mão, mas o sangue vazava por entre seus dedos.

Ares se aproximou.

— Afrodite... Eu não queria...

— Se der mais um passo — ameaçou Hefesto —, eu corto sua garganta.

Caída no chão por perto estava Perséfone. Hades se teleportou até ela e a ajudou a se levantar.

— Perséfone, vem — disse ele.

Precisavam sair dali. Aquela tinha sido a primeira de muitas batalhas que viriam e, por enquanto, tinha acabado.

— Afrodite! — Perséfone tentou ir até ela, mas Hades a segurou.

— Precisamos ir — disse ele.

— Apolo! Cure ela! — gritou Perséfone.

Hades a pegou no colo e desapareceu enquanto ela gritava.

43

HADES

Perséfone ainda estava gritando quando eles chegaram ao Submundo.

— Vai ficar tudo bem — disse Hades.

Ele sabia que eram as palavras erradas, mas não sabia o que mais oferecer. Não havia nada que pudesse aplacar de verdade a histeria das batalhas, nem mesmo o tempo.

— Ela tomou aquele golpe por mim — disse Perséfone, apoiando o peso do corpo nele.

— Afrodite vai ficar bem. Ainda não chegou a hora dela — prometeu Hades, embora não pudesse desconsiderar o terror de ver a deusa ferida, principalmente de maneira tão violenta. Perséfone nunca vira os olimpianos lutando antes. — Senta.

Ela obedeceu, mas voltou a falar enquanto ele se ajoelhava:

— Hades, a gente não pode ficar aqui. Precisamos achar Sibila.

— Eu sei, eu sei — disse ele, apesar de não fazer ideia do que ela estava falando. Só precisava que ficasse parada por alguns instantes. Sua blusa estava coberta de sangue, e ele não relaxaria até ter certeza de que não estava machucada. — Me deixa só garantir que você está bem.

— Eu estou bem — afirmou ela. — Eu me curei.

— *Por favor.*

Ele sabia que ela andava praticando as habilidades de cura, mas precisava ter certeza, porque já sentia o corpo tremendo e o coração acelerando com a visão do sangue dela.

Ela o encarou por um instante, depois cedeu, desabotoando a blusa para lhe mostrar a pele macia. Hades suspirou, depois se levantou, aquele estranho terror agitando seu corpo e se transformando em raiva.

— Porra! — rugiu ele. — Nunca quis isso pra você, cacete!

— Hades, nada disso é culpa sua.

— Eu queria proteger você disso — disse o deus.

Ele tinha tentado tanto, mas, de certa forma, parecia inevitável que as coisas acabassem chegando a esse ponto.

— Você não tinha controle sobre como os deuses agiriam hoje, Hades. Escolhi usar meu poder. Zeus escolheu acabar comigo.

— Vou destruir ele — jurou Hades.

— Não tenho dúvida — disse ela. — E estarei ao seu lado quando você fizer isso.

— Ao meu lado — disse, acariciando o rosto dela. Depois abaixou a mão. — Me conta sobre Sibila.

— Hoje cedo, a Sibila não apareceu para o café da manhã — explicou. — Eu fui para o trabalho esperando que ela estivesse lá e só tivesse esquecido, mas não estava. Aí, quando cheguei no meu escritório, tinha uma caixa na minha mesa. — Ela fez uma pausa e engoliu em seco, a voz um pouco trêmula. — Dentro dela estava o dedo amputado da Sibila.

O sangue de Hades gelou. Ele pensou nas ninfas que Deméter havia matado; será que tinha pegado Sibila também? Será que esse era seu jeito de atrair Perséfone para uma armadilha?

— Tem certeza de que era da Sibila?

— Tenho.

— E cadê ele agora?

— Ainda está no meu escritório.

— Vamos ter que buscar — disse Hades. — Hécate pode lançar um feitiço de localização que, no mínimo, vai nos dizer onde o dedo foi removido.

— E o que a gente faz se ela não estiver lá?

— Não sei dizer — respondeu Hades. — Depende do que a gente vai descobrir ao rastreá-la.

A questão era que precisavam de um lugar onde começar.

— Vem. A gente precisa se apressar. Não podemos passar muito tempo fora do Submundo, considerando como deixamos os olimpianos.

Hades esperava que buscar o dedo de Sibila fosse fácil. A parte difícil começaria quando Hécate conduzisse a localização dela e depois o resgate, mas, assim que chegaram ao escritório de Perséfone, ele percebeu que estava enganado.

Não era Deméter a responsável.

Era Teseu.

Ele já devia saber.

Deméter usava magia para machucar.

Teseu usava armas.

Puta que pariu.

Teseu estava sentado em frente à mesa de Perséfone, reclinado no sofá como se fosse o dono do lugar.

— Você — disse Perséfone, com ódio.

Hades manteve as mãos firmes ao redor dela.

— Eu — disse Teseu, quase cantarolando.

A arrogância dele permeava o ar, uma sensação oleosa que percorria a pele de Hades.

— Cadê a Sibila? — quis saber Perséfone.

— Bem aqui — respondeu Teseu, erguendo o dedo amputado.

— O que você quer com ela?

— A sua cooperação — disse o semideus, então olhou para Hades. — Vou precisar dela depois de cobrar meu favor.

Hades sentiu o sangue gelar e cravou as mãos na cintura de Perséfone, segurando-a com mais força. Sabia que esse dia ia chegar, mais cedo ou mais tarde.

Teseu havia capturado Sísifo, o mortal responsável por usar um fuso para estender a própria vida. As Moiras tinham ficado furiosas e Hades sabia que, se não contivesse a ameaça, elas retaliariam. Então, quando Teseu levara o mortal e a relíquia roubada até ele, pedindo um favor em troca, Hades havia aceitado.

— Que favor? — perguntou Perséfone.

— O favor que Hades me deve — respondeu Teseu, um sorrisinho aparecendo nos lábios finos. — Pela ajuda que prestei para salvar seu relacionamento.

— Do que ele está falando? — perguntou Perséfone.

Hades não respondeu. Estava planejando como mataria Teseu e qual seria a melhor maneira de lutar sem causar danos a Perséfone e Sibila.

— Hades?

— Ele me devolveu uma relíquia que caiu nas mãos erradas. Você já sabe a devastação que um objeto assim pode causar.

Não havia coincidências ali. O fuso fora a primeira relíquia que Poseidon e Teseu haviam apresentado ao mundo como teste. Quando já haviam provocado caos o suficiente e dado um fim ao joguinho, Teseu levara Sísifo e o fuso até ele em troca do favor.

Era uma armadilha.

Tinha funcionado.

— O que você quer dele? — perguntou Perséfone.

— Você — respondeu Teseu.

Hades estremeceu. Seus ossos se sacudiam no corpo. Achava que não tinha como segurar Perséfone com mais força.

— Eu? — perguntou ela, sem fôlego.

— Não. — A voz de Hades saiu sombria, mas ressoante, e sua magia se intensificou, deixando o ar espesso.

— Favores são um contrato, Hades — lembrou Teseu, como se estivesse lhe dando uma bronca. — Você é obrigado a atender meu pedido.

— Conheço a natureza dos favores, Teseu... — sibilou Hades.

— Está disposto a encarar a morte Divina? — perguntou Teseu, levantando-se do sofá.

— Hades, não!

Hades ignorou a súplica de Perséfone.

— Por Perséfone? Sim.

— Só estou pedindo ela emprestada. Vou devolver quando terminar.

Hades sabia muito bem o que aquilo significava.

— Por que eu? — perguntou ela.

— Essa é uma conversa pra outra hora. Por enquanto, você deve sair daqui comigo, e Hades não pode te seguir. Se não fizer o que estou dizendo, vou matar sua amiga na sua frente.

Ela conseguiu girar nos braços de Hades. Ele não queria olhar para ela. *Não me obriga a fazer isso. Não me obriga a te ver indo embora.*

— Perséfone — disse ele, entre dentes.

Havia um nó em sua garganta que fazia seu nariz e seus olhos arderem.

— Vai ficar tudo bem — sussurrou ela.

— Não, Perséfone.

Ele sentia um peso no peito, o coração disparado.

— Já perdi gente demais — disse ela. — Desse jeito... posso ficar com todos vocês.

Ele já tinha perdido gente demais e, no entanto, ela estava lhe fazendo esse pedido. Não podia. Não podia deixá-la ir. Como é que poderia ficar olhando ela ir embora com um homem que tinha o poder de matar deuses?

Perséfone ficou na ponta dos pés e deu um beijo nos lábios dele. Ele não correspondeu ao beijo, nem a soltou quando se afastou.

— Confia em mim — sussurrou ela.

— Eu confio em você.

Era em Teseu que ele não confiava.

— Então me solta — pediu, e ele não saberia explicar o que havia de diferente na fala, mas se viu relaxando os dedos, como se tivesse sido enfeitiçado, o coração em guerra com a mente.

Teseu riu e abriu a porta.

— Você tomou a decisão certa.

Hades continuou olhando para ela, incapaz de desviar o olhar. Ela deu alguns passos para trás, os olhos arregalados, suplicantes. Estava pedindo que a deixasse ir, implorando para ele ficar. Quando deu as costas a ele, levou seu coração consigo.

— Perséfone... — disse ele, desesperado para chamá-la de volta.

Não vai com ele, queria dizer. *A gente vai dar um jeito*, mas sabia que não haveria como escapar da Justiça Divina se não permitisse que essa transação ocorresse. Por mais que odiasse admitir, deixá-la ir era a melhor opção. Isso o deixaria livre para encontrá-la, para salvá-la, para acabar com Teseu.

Ela se aproximou de Teseu, sustentando o olhar de Hades.

— Eu te amo — disse ela. — E te conheço.

Hades sabia o que ela estava dizendo, porque sentiu sua magia um segundo antes de ela romper o chão e agarrá-lo. Seus braços e pernas de repente o prenderam ao chão, que estava cedendo depressa sob seus pés.

— Perséfone! — vociferou, embora ela estivesse certa.

Ele provavelmente não teria permitido que saíssem do prédio antes de segui-los, e ela não estava disposta a arriscar a vida de Sibila.

Enquanto lutava contra as amarras de Perséfone, os músculos tremendo, Hades ergueu a cabeça a tempo de ver o rosto abalado dela antes de a porta se fechar.

44

TESEU

Teseu conduziu Perséfone para fora do Alexandria Tower e para dentro de um SUV que os aguardava, depois entrou no veículo atrás dela. Assim que se sentaram, estendeu a mão.

— Seu anel — disse.

— Meu... por quê?

— Seu *anel* — disse, irritado. Teseu não gostava de se repetir. — Ou eu corto seu dedo também.

Não era uma ameaça vazia. Ele era um homem de palavra.

Perséfone o fulminou com o olhar, mas tirou o anel, que ele guardou no bolso do paletó.

— Pra onde você vai me levar? — perguntou ela.

Ele já estava esperando essa pergunta. Elas sempre queriam saber, como se o conhecimento importasse de alguma maneira.

Não importava.

Não é como se ela pudesse fugir. Quando chegassem ao destino e a deusa visse do que ele era capaz, também ficaria com medo demais para tentar confrontá-lo.

— Vamos ficar no Hotel Diadem. Até eu estar pronto para executar meus planos com você.

— E que planos são esses?

— Não tenho o costume de botar as cartas na mesa antes de estar pronto, *Rainha* Perséfone.

O semideus esperava que ela tivesse alguma reação ao uso do título, mas a deusa apenas o ignorou. Teseu não gostou daquilo, e uma onda de irritação subiu direto para sua cabeça, fazendo seu rosto arder.

— A Sibila está lá? No hotel?

— Sim. Você poderá vê-la. Precisa fazer para se lembrar de por que deve cumprir sua missão.

A mortal estava meio acabada, mas aquilo já era esperado. Ela era o cordeiro: um sacrifício enviado para o matadouro, sem o qual ele não teria a conformidade de Perséfone. Deméter estivera certa a respeito da deusa, faria qualquer coisa para salvar seus amigos, qualquer coisa pelo mundo.

Sua integridade seria sua ruína. Seria a ruína de Hades.

Ela finalmente se calou, pelo menos por um instante, embora uma parte dele quisesse que continuasse pregando para ele como se seus valores não fossem suas fraquezas. Teseu usaria cada um deles contra ela mais tarde, quando *ele* se tornasse o Destino, tecendo uma existência tortuosa para a Deusa da Primavera até que implorasse por misericórdia aos seus pés.

Era isso que queria dela, o que queria do mundo: submissão, obediência.

Pensar nisso fez seu pau ficar duro, e ele deu uma olhada em Perséfone. Estava espremida no canto do veículo, o mais longe possível dele, embora estivesse voltada para o semideus, como se esperasse um ataque.

Estava preparada para lutar. Ele gostava daquilo. Essa ideia o deixou com água na boca e fez seu pau se contrair.

Mas ele tinha autocontrole e entendia suas prioridades. Precisava executar um plano antes de acabar com a deusa.

E era exatamente isso que faria. A deixaria tão estilhaçada que ela nunca encontraria todos os pedaços.

— Você está trabalhando com a minha mãe?

Ele não chamaria assim. Teseu não trabalhava com ninguém. Usava o que as pessoas ofereciam e, quando terminava, descartava o que havia sobrado. Era simples. Nada de desperdício.

— Temos objetivos em comum — respondeu ele.

— Vocês dois querem derrubar os deuses — disse ela.

— Derrubar não — corrigiu ele. — Destruir.

— Por quê? O que tem contra os deuses? Você nasceu de um.

— Não odeio todos os deuses — explicou ele. — Só os inflexíveis.

Vários deles estavam dispostos a ceder aos desejos de Teseu para manter a própria existência, como haviam feito quando os olimpianos derrubaram os titãs. Diferentemente de Perséfone, eles não ligavam para a humanidade, só queriam continuar vivendo confortavelmente sobre a Terra.

— Quer dizer os que não permitem que você faça o que quer?

— Você me faz parecer egoísta. Eu não falo sempre de lutar por um bem maior?

E o bem maior beneficiaria a todos, mesmo aqueles que não se davam conta.

Mas era só questão de tempo até eles entenderem que era ou o que ele imaginava para o futuro ou a guerra, e quem não ia querer o que ele tinha planejado? Ele fundaria uma era de ouro, como na época em que Cronos governava. Haveria paz e prosperidade. Não haveria necessidade de regras ou leis além de suas expectativas para o mundo, e seus adoradores obedeceriam porque ele proveria tudo de que precisassem.

E Perséfone, quer ela quisesse ou não, criaria uma primavera eterna. Ele a usaria como fazia com todos os deuses. Os que conseguia forçar, claro.

— Nós dois sabemos que você quer poder, Teseu. Você não é o único brincando de oferecer aos mortais o que os outros deuses não estão dispostos a conceder.

Ele não brincava com nada, mas ela logo perceberia.

Teseu sorriu.

— Que cética, Lady Perséfone...

Seu sorriso não funcionou nela como nos outros. Ela não relaxou nem abandonou a carranca. Continuou a olhar feio para ele, irritada e insolente. Normalmente, gostava de insolência porque podia puni-la, mas, nesse momento, precisava que ela obedecesse para conseguir executar seu plano.

Perséfone parecia estar com mais raiva do que medo, o que o irritou.

Mas, bom, supunha que não importava, porque, ao final de tudo, ela o temeria *e* odiaria.

E aí seria perfeita.

Quando chegaram ao Diadem, ele estendeu a mão e agarrou seu rosto, para forçá-la a encará-lo. Perséfone enrijeceu sob o toque, e Teseu percebeu que, não importava quanto tentasse persuadi-la, ela nunca relaxaria com ele. Mas tudo bem. Só precisava de sua cooperação até certo ponto; depois dessa noite, não ligava.

— Temos uma caminhadinha pela frente. Fique sabendo que eu vou contar quantas vezes você se comportar mal e, para cada transgressão, vou cortar outro dedo da sua amiga. Se acabarem os dedos das mãos, vou passar para o pé. — Ele a soltou de repente. — Acredito que você vai obedecer.

Eles saíram do veículo, e, ao contornar o carro, ele ofereceu a mão para Perséfone. Os olhos dela faiscavam de ódio. Pouquíssimos mortais entendiam a diferença entre aquilo e a paixão.

Como uma boa menina, ela aceitou a mão de Teseu, e entraram no hotel.

— Hera sabe que você está usando as instalações dela para atividades traiçoeiras?

Ela falou baixinho enquanto caminhavam pelo saguão iluminado.

Ele riu — de verdade. Era raro isso acontecer, mas achou a pergunta divertida. Hades claramente não lhe contara nada. Hera havia oferecido a Teseu vários andares para seu uso privado. E ele usava: para sexo, assassinatos, reféns, o que quisesse.

— De todos os deuses envolvidos, Hera é a que está do nosso lado há mais tempo — respondeu.

Ajudava o fato de ela odiar o marido e de continuar sendo perdoada mesmo após inúmeras traições; mas aquela era a natureza do amor, a maior fraqueza de todas. O amor seria a queda de Zeus, assim como a de Hades.

— Imaginei que você seria mais discreto — comentou Perséfone. — Considerando que está infringindo a lei.

Ele se aproximou, gostando de vê-la se encolher.

— Você infringiu a lei — observou ele, os lábios roçando a orelha dela. — *Você* começou uma batalha contra os deuses.

— *Você* sequestrou minha amiga.

— É crime se ninguém ficar sabendo? — Perséfone contraiu o maxilar, e ele sentiu que fervia de ódio. Queria sentir o gosto da raiva dela, e sentiria. Em breve. — Não desperdice seu tempo pensando em como vai me torturar quando eu morrer. Hades já reivindicou essa honra.

Ela soltou uma gargalhada.

— Ah, eu não vou te torturar quando você morrer. Vou te torturar enquanto estiver vivo.

Ele esperava que sim. Gostava da dor.

Arrastou-a escada acima, forçando-a a acompanhar seu ritmo. Quando chegaram ao quarto, manteve a porta aberta para ela. Era o mínimo que podia fazer, literalmente o mínimo.

Perséfone manteve os olhos nele ao entrar, até avistar a amiga no canto.

— Sibila...

Teseu soube que tinha sua obediência pelo tom de sua voz. Já ouvira aquele grito agudo vezes demais no passado para não saber o que significava. Ela estava horrorizada, e entendia a ameaça.

O semideus permitiu que fosse até a amiga, que mal estava acordada, ensanguentada e espancada. Perséfone se ajoelhou diante dela e repetiu seu nome baixinho, desesperada. Teseu gostou do som e inclinou a cabeça, orgulhoso. Era uma canção fúnebre, e ele era o compositor.

Ele esperou.

Quando ela se virou para ele, finalmente viu o outro corpo.

— Harmonia!

— Ah, é... — disse ele. — Essa aí estava com ela quando aparecemos. Causou um monte de problemas, então fui forçado a causar problemas pra ela também.

— Você não precisava machucá-las — disse Perséfone, com a voz trêmula.

Ótimo.

— Mas machuquei. Um dia você vai entender o que é preciso para vencer uma guerra — disse ele, depois apontou para o grandalhão que também estava no quarto. — O Tânis aqui vai ser seu guarda-costas. Tânis.

O homem sacou uma faca e encostou a lâmina em um dos dedos de Sibila como demonstração.

— Não! — Perséfone precipitou-se na direção deles.

— Espera — disse Teseu, estendendo a mão, mostrando a palma. Ela travou, respirando com dificuldade. Seus olhos faiscavam de fúria. — Tânis é filho de um açougueiro. Especialista em cortes. Ele tem ordens de desmembrar a sua amiga *se* você desobedecer. Mas, claro, não de uma vez só. Volto logo.

Teseu saiu do hotel com a pele formigando.

Se tivesse tempo, teria chamado Helena e trepado com ela no caminho de seu próximo destino. Ela não resistiria, a menos que ele pedisse; não, era apenas um receptáculo do seu prazer, uma forma de se aliviar quando ele se encontrava em situações assim. No momento, ele preferiria a resistência que só uma mulher como Ariadne ou Perséfone poderia oferecer.

Só que não tinha tempo. A magia de Perséfone não seguraria Hades por muito tempo, e, quando estivesse livre, Teseu sabia exatamente o que ia procurar: as assinaturas energéticas do anel de noivado dela.

Entrou no banco traseiro do SUV. Quando a porta se fechou, Hera apareceu ao seu lado.

Teseu não olhou para a deusa, mas sentiu o olhar desconfiado dela. Não havia nada que se equiparasse a ele, e aquilo matou o êxtase que o semideus sentia pela interação com a Deusa da Primavera.

— Não tem como voltar atrás agora — disse ela.

— Está com dúvidas? — perguntou ele, suavemente.

— Me perguntando se errei ao depositar minha fé num semideus.

Teseu riu, sem alegria nenhuma.

— A fé precisa de confiança, e vamos ser honestos. Nenhum de nós confia no outro.

Ele não era idiota. Se Hera fosse pega antes de eles aprisionarem Zeus, ela cederia e o culparia pela rebelião. Se fossem bem-sucedidos, ela tentaria matá-lo para assumir o trono do Olimpo. Sua previsibilidade era entediante.

Chegaram ao Palácio de Cnossos, cujo exterior não passava de ruínas.

— É aqui que você pretende prender o Hades? — perguntou Hera, com deboche. — Duvido que ele vá cair nessa.

Teseu sacou o anel de Perséfone. Estava frio contra sua pele, sem o calor do corpo dela.

— Ele vai a qualquer lugar se achar que Perséfone está lá.

Teseu fechou os dedos em torno do anel e adentrou o palácio. Debaixo do exterior abandonado havia um antigo labirinto, e Teseu passara os últimos anos criando uma extensa rede de celas poderosas o suficiente para conter deuses.

Era sua própria versão do Tártaro, abrigada no interior de um labirinto, e estavam prestes a descobrir quão bem ela funcionava.

Hera o seguiu a distância, provavelmente sem confiar que ele não tentaria aprisioná-la, mas ainda não era o caso.

Hades era o problema, o espinho.

Teseu sabia que o Deus dos Mortos andara organizando a execução do seu próprio plano, não apenas contra ele, mas para algum dia derrubar o irmão, porém Hades estava prestes a descobrir que não tinha trabalhado rápido o suficiente.

Desceu para as profundezas escuras do palácio, por uma escada caindo aos pedaços, até chegar a um grande portão de metal que abriu com um toque da palma da mão, revelando um longo corredor de celas. Já conseguia ouvir a respiração pesada e dura do Minotauro enquanto caminhava até o meio do corredor, onde ficou cara a cara com o monstro.

Ele era grande, bem mais alto que o semideus. Tinha a cabeça de um touro, e o focinho estava molhado e pingando. Ele urrou, avançando contra as barras de metal, enfiando os chifres através delas, sem se importar de ricochetear ao bater ali. Então suas mãos humanas agarraram as barras, tremendo enquanto tentava afastá-las, mas não se mexeram, nem se mexeriam. Eram feitas inteiramente de adamante, o único metal capaz de ferir ou conter um deus.

— Astério? — perguntou Hera.

Ele fora o primeiro Minotauro, o que originalmente existira nas entranhas desse mesmo palácio, no labirinto que ficava além dessas celas.

— Ah, não, ele já morreu há muito tempo. Esse aqui é criação minha.

— Criação sua?

Teseu não disse nada; não precisava se explicar. Minotauros eram criados da mesma maneira como sempre haviam sido: do acasalamento de um touro com uma mulher.

— Você não é diferente do seu pai — zombou Hera.

— O que for preciso — respondeu Teseu, depois olhou para a deusa, cujas feições angulosas ainda estavam contorcidas de desgosto, como se ela não tivesse cometido atrocidades ao longo da vida. — Não foi isso que você disse? Faça o que for preciso? Eu estou disposto. Você está?

Hera só ficou olhando para ele, então Teseu voltou sua atenção para o Minotauro.

— Abre — disse ele.

— Ficou maluco? — questionou Hera, sua magia se intensificando para lutar.

Ele riu quando uma porta dentro da cela se abriu, dando para o labirinto.

O Minotauro girou para olhar, afastando os pés, com a respiração pesada.

— Te assustei, Hera? — perguntou Teseu.

Depois saiu dali, subindo por uma escada para o segundo andar da prisão, onde uma plataforma permitia enxergar o vasto e complicado labirinto. Era extenso e escuro, sem uniformidade na configuração ou no tamanho dos corredores.

Eles observaram o Minotauro se esgueirar para o labirinto e viram sua fúria quando a porta da cela se fechou, prendendo-o ali dentro.

— Hades consegue matar um Minotauro — comentou Hera.

— Eu sei — respondeu Teseu.

Ele estava contando com isso.

45

HADES

Maldito Teseu!
    Foda-se uma eternidade de sofrimento no Tártaro, Hades não ia descansar até que o sobrinho deixasse de existir. Estilhaçaria a alma dele, cortaria seu fio em um milhão de pedacinhos e os consumiria. Seria a refeição mais saborosa de sua vida.
Maldito favor.
Malditas Moiras.
    Ele lutou para se libertar das amarras de Perséfone, os membros trêmulos, os músculos rígidos, mas elas não cediam.
Maldição. Maldição. Maldição.
    Sua esposa era poderosa, e ele ficaria mais orgulhoso se ela não tivesse ido embora com aquele semideus desgraçado. Sabia por que ela tinha feito aquilo. Queria protegê-lo, e essa ideia o encheu de um conflito que fez seu peito doer. Ele a amava demais e ao mesmo tempo estava furioso por ela se colocar em perigo, ainda que entendesse suas razões.
    O que Teseu faria com ela?
    Pensar naquilo fez uma nova onda de fúria o percorrer, e ele tentou se soltar de novo. Dessa vez, ouviu o nítido estalo de um galho se rompendo, e seu pé ficou livre. Ele torceu o braço, as veias aparecendo sob a superfície da pele, e a videira cortou seu pulso até finalmente se quebrar. Destruiu os galhos seguintes depois disso e, uma vez livre, se teleportou.
    Perséfone tinha um dom para esconder a assinatura de sua energia pessoal. Hades ainda não havia descoberto se era apenas um dos poderes dela ou a consequência de esses poderes terem ficado adormecidos por tanto tempo. De todo jeito, essa habilidade tornava impossível encontrá-la, exceto se estivesse usando o anel. Ele se concentrou na energia única das pedras: a pureza da turmalina e a doce carícia do dioptásio. Não tinha planejado rastreá-la quando lhe deu o anel. Ele era capaz de localizar qualquer gema ou metal precioso desde que se familiarizasse com o objeto.
    Hades se manifestou em meio a ruínas.
    Não demorou muito para reconhecer o lugar aonde tinha chegado: o decadente Palácio de Cnossos. À noite, era impossível distinguir as pinturas detalhadas e coloridas que cobriam o que restava das paredes antigas ou

enxergar por quantos quilômetros a estrutura se estendia, mas Hades sabia porque conheceu o palácio no auge e assistiu à sua destruição.

Era ali que sentia o anel de Perséfone, mas fracamente. Ele sabia que essas ruínas chegavam às profundezas da terra, um labirinto intrincado feito para confundir. Imaginou Perséfone em algum lugar ali dentro, e sua raiva o atraiu para o interior da carcaça do palácio.

Embora estivesse escuro, seus olhos se ajustaram, e, ao atravessar um piso partido de mosaico azul, chegou a uma fossa obscura. Parecia uma parte do piso que cedera. Ele falou com as sombras, ordenando-lhes que descessem. Através delas, o abismo se revelou um outro nível do palácio e ficou ainda mais profundo.

Hades pulou, aterrissando em silêncio sobre outro piso de mosaico. Ali, o palácio estava mais intacto: as colunas das paredes e dos quartos mais pronunciadas. Ao se esgueirar por cada canto, sentindo as energias do anel de Perséfone, a inquietação o inundou. Ele sentia vida ali, uma vida antiga, e uma morte profunda. Aquilo não era incomum, dado que o lugar existia desde a Antiguidade. Centenas haviam morrido ali, mas essa morte, uma parte dela era recente, áspera, aguda, ácida.

Hades continuou descendo até chegar à beira de uma outra fossa obscura. O cheiro de morte estava mais forte ali, assim como o anel de Perséfone. A fúria e o medo de Hades atravessaram seu corpo juntos, e ele sentiu um pavor espesso e nauseabundo no fundo da garganta. Lembranças da noite em que a encontrou no porão do Clube Aphrodisia o invadiram, e, por um instante, foi como se estivesse lá de novo, Perséfone de joelhos diante dele, destruída. Ele sentia o cheiro do sangue dela, e sua mente se transformou num lugar sombrio e violento. Era daquele tipo de raiva que ele precisava, o ímpeto que usaria para despedaçar o mundo inteiro se a encontrasse ferida.

Ele adentrou a escuridão; dessa vez, quando aterrissou, a terra tremeu. Ao se endireitar, encontrou vários corredores estreitos.

Um labirinto.

Estava familiarizado com aquela obra também, reconheceu o trabalho de Dédalo, um antigo inventor e arquiteto conhecido por sua inovação, uma inovação que, no fim das contas, levou à morte de seu filho.

Porra!, Hades pensou, girando em um círculo, estudando cada caminho. Estava mais frio ali, e o ar estava empoeirado. O lugar parecia sujo e meio sufocante. Ainda assim, ele podia sentir o anel de Perséfone, e a energia estava mais forte no caminho que se estendia à sua direita. Ao adentrar a escuridão mais profunda, notou que partes do túnel estavam quebradas, como se tivessem sido atingidas por um objeto grande.

Alguma coisa monstruosa viveu ali.

Talvez ainda vivesse.

Hades chamou suas sombras e as mandou pelo corredor, mas elas pareceram ficar desorientadas e desapareceram na escuridão. Esse comportamento fez os pelos da nuca de Hades se arrepiarem. Tinha alguma coisa errada ali, e ele não estava gostando.

De repente, a parede à sua esquerda explodiu, fazendo-o voar através da barreira oposta, e, ao aterrissar, ele deu de cara com um touro, ou, pelo menos, com a cabeça de um. O resto do corpo era humano.

Era um Minotauro, um monstro.

Ele berrou e raspou o chão com um dos cascos, empunhando um machado duplo que estava lascado e coberto de sangue. Hades imaginava que a criatura estivesse usando a arma para matar desde que foi presa ali. Se tivesse que chutar pelo estado dela, cabelo embaraçado, pele imunda e olhos enlouquecidos, diria que já fazia um bom tempo.

A criatura rugiu e ergueu o machado. Hades empurrou a parede e desviou do golpe, enviando seus espectros das sombras na direção dela. Se fosse qualquer outro monstro, sua magia o teria abalado até a alma. A reação costumeira era uma perda completa dos sentidos. No entanto, quando as sombras atravessaram o Minotauro, ele só pareceu ficar com mais raiva, perdendo o equilíbrio momentaneamente.

Hades avançou contra o Minotauro, e eles voaram, atravessando uma parede atrás da outra. Por fim, aterrissaram numa pilha de entulho, e Hades rolou para longe, criando a maior distância possível entre eles.

O Minotauro também era rápido e logo se pôs de pé sobre os cascos. Podia não ter magia, mas era ágil e parecia ter uma fonte infinita de força. Ele rugiu, bufou e avançou novamente na direção de Hades, mantendo a cabeça baixa dessa vez, com os chifres à mostra. Hades cruzou os braços, criando um campo de energia que mandou a criatura pelos ares de novo.

Assim que o monstro caiu, já se levantou, e dessa vez seu rosnado foi ensurdecedor e cheio de fúria. Ele atirou o machado, e dava para ouvir o som da arma cortando o ar. Ao mesmo tempo, correu para Hades, que se preparou para o impacto. Quando a criatura o atingiu, Hades invocou sua magia, enfiando as pontas afiadas dos dedos no pescoço do Minotauro. Ao retirá-las, o sangue respingou em seu rosto. A criatura rugiu, mas continuou a correr a toda velocidade, batendo em cada parede do labirinto. O impacto nas costas provocou uma dor lancinante na coluna de Hades. Ele cerrou os dentes para combatê-la e seguiu enfiando os espinhos no pescoço do Minotauro, sem parar.

Hades percebeu quando a criatura começou a perder a energia. Seu ritmo diminuiu; ele começou a respirar com dificuldade, bufando pelo nariz e pela boca, de onde também pingava sangue. Quando Hades estava prestes a soltá-lo, o Minotauro cambaleou, e ele se viu caindo com o monstro em outra fossa. Esta se estreitava rapidamente, fazendo Hades bater nas laterais como uma bolinha num jogo de pinball e arrancando o ar de seus pulmões. Eles se contorceram e giraram bruscamente, até que ambos foram jogados do túnel para um espaço maior. O Minotauro pousou primeiro, e Hades logo depois, batendo em uma parede que não cedeu, o que lhe dizia que não era feita de concreto nem de pedra.

Adamante, Hades percebeu.

Adamante era um material usado para criar muitas armas antigas. Também era o único metal que podia prender um deus.

Hades se levantou rapidamente, pronto para continuar a lutar com o Minotauro, mas o monstro não se levantou.

Estava morto.

Os olhos do deus se ajustaram a essa nova escuridão. De algum modo, era mais espessa. Talvez tivesse algo a ver com a profundidade em que estavam, ou talvez fosse o adamante. De todo modo, a cela era simples: um quadrado pequeno com piso arenoso. À primeira vista, até onde Hades enxergava, não havia saída, mas ele teria que procurar mais. Por enquanto, sua atenção estava atraída pela presença de Perséfone. Era forte ali, como se o coração dela batesse dentro das paredes da cela. Então ele viu o cintilar de uma das joias do anel.

Se o anel estava ali, onde estava ela? O que Teseu tinha feito?

Quando começou a andar na direção dele, ouviu um ruído mecânico suave, e uma rede caiu do teto, derrubando-o no chão. Ele aterrissou com um baque alto contra o piso. Tentou invocar sua magia, mas seu corpo convulsionou. A rede o deixava paralisado.

Hades nunca havia se sentido tão impotente e irritado.

Ele se debateu e xingou, mas não adiantou nada. Por fim, ficou parado, não porque não quisesse lutar, mas porque estava exausto demais para se mexer. Fechou os olhos por um momento. Quando voltou a abri-los, teve a sensação de que tinha adormecido. Demorou um momento para se ajustar, sua visão estava desfocada, mesmo no escuro. Deitado ali, com a respiração debilitada, ele vislumbrou uma centelha fraca de luz a uma curta distância.

O anel de Perséfone.

Começou a tentar alcançá-lo, mas a rede mantinha seu braço preso no lugar. Sua testa se cobriu de suor, seu corpo perdeu força. Mais uma vez, ele fechou os olhos, com a areia do chão cobrindo seus lábios e sua língua, enquanto se esforçava para recuperar o fôlego.

— Perséfone... — sussurrou o nome dela.

Sua esposa, sua rainha.

Ele pensou em como ela estivera estonteante no vestido branco, andando em sua direção no dia do casamento, rodeada por almas e deuses que tinham passado a amá-la. Lembrou-se de como o sorriso dela fez seu coração acelerar, como os olhos verde-escuros, brilhantes e tão felizes, deixaram seu peito inchado de orgulho. Pensou em tudo aquilo que tinham passado e pelo qual tinham lutado, as promessas que fizeram de queimar mundos e se amar para sempre, e ali estava ele, separado dela, sem saber se estava segura.

Hades cerrou os dentes, uma nova onda de raiva correndo em suas veias. Arregalou os olhos e tentou pegar o anel de novo. Dessa vez, embora sua mão tremesse, ele conseguiu esticá-la e agarrar um punhado de areia e, ao deixá-la escorrer por entre os dedos, encontrou o anel incrustado de joias.

Respirando com dificuldade e tremendo, ele levou o anel aos lábios. Depois, fechou os dedos em torno dele, mantendo-o seguro, e colocou-o junto ao coração antes de cair na escuridão uma vez mais.

Nota da autora

Tenho apenas duas coisas a acrescentar nesta nota da autora, considerando que a maior parte dos acontecimentos de *Um jogo de deuses* também está presente em *Um toque de malícia*. Se você não leu a nota da autora ao final de *Malícia*, por favor, dê uma olhada, porque ela oferece um panorama de muitos dos mitos usados ou referenciados em ambas as histórias.

O ofiotauro:
Não existe muita informação a respeito do ofiotauro, tirando que era um monstro, metade touro e metade serpente, provavelmente filho de Gaia. Sua existência era acompanhada de uma profecia: "Quem atirar suas entranhas no fogo estará destinado a derrotar os deuses eternos". Em algumas narrativas, os titãs mataram o monstro, mas Ovídio diz que quem o matou foi Briareu. Quando ele está prestes a jogar as tripas no fogo, as águias de Zeus aparecem e roubam-lhe os órgãos.

Depois de sua morte, o ofiotauro recebe um posto entre as estrelas como a constelação de Touro.

Acredita-se que essa história seja parte da *Titanomaquia*, um poema épico grego perdido que fala da Guerra dos Titãs.

Ariadne e Dionísio:
Escolhi incluir a perspectiva de Dionísio em *Um jogo de deuses* porque a história se conecta com *Um toque de caos*. Além disso, eu amo a justaposição do amor estabelecido de Hades e Perséfone com o novo amor de Ariadne e Dionísio.

Para essa história, fiz referência à *Odisseia*. Os paralelos podem ser óbvios, mas vou citá-los mesmo assim. Primeiro, o fato de que os dois são levados para o mar por Poseidon, assim como Odisseu, que está tentando voltar para casa depois da Guerra de Troia.

Vamos só comentar aqui que Odisseu, que é considerado um "herói" da mitologia grega, também tentou fugir da batalha fingindo ser insano, semeando sal nos campos. É possível argumentar que ele fez isso porque existia a profecia de que, se participasse, ele ficaria longe de casa por vinte anos, mas não sei não... não parece muito heroico para mim.

Todos sabemos que a verdadeira heroína da história é a esposa dele, Penélope.

Enfim, Dionísio e Ariadne acabam no mar e chegam a uma ilha, que depois é identificada como Trinácia, cujo dono na mitologia tecnicamente é Hélio (é onde ele mantém o gado). Quando chegam, eles encontram um velho, que Dionísio acredita ser um deus. Esse homem é Nereu, que também é conhecido como "o velho do mar". Ele é o pai das nereidas (ninfas do mar) e diz que vai ajudar Dionísio se o deus matar o ciclope que rouba suas ovelhas.

O ciclope é Polifemo, que é um dos adversários de Odisseu em *Odisseia*. Parecido com o que acontece no poema épico, Dionísio oferece vinho ao ciclope (uma referência situacional perfeita, considerando que Dionísio é o Deus do Vinho). Quando o monstro pergunta o nome de Dionísio, ele responde: "Ninguém", assim como Odisseu.

Quando Polifemo desmaia por causa da bebedeira, Odisseu o cega. Quando lhe questionam quem o feriu, ele responde: "Ninguém!". Em *Deuses*, eu não fiz Dionísio pagar a dívida, o que provavelmente vai voltar para assombrá-lo depois... mas essa é outra história.

Eu AMEI a história de Ari e Dionísio neste livro, e na verdade foi a parte mais fácil de escrever.

Uma rápida observação sobre Hipnos:

Eu gosto de dar mais profundidade aos personagens na Saga de Hades porque a série facilita isso, considerando o quanto Hades sabe sobre tantas coisas.

Enfim, Hipnos era conhecido na mitologia como um deus muito bondoso, mas durante meu primeiro encontro com ele, ele estava *muito* mal-humorado. Quando comecei a escrever os seus capítulos em *Um jogo de deuses*, percebi o porquê: ele estava com saudade da esposa.

Pasitea é a Cárite mais jovem e foi dada de presente a Hipnos por Hera, quando ele a ajudou a fazer Zeus adormecer pela segunda vez. Hera fez isso ao marido para que os deuses pudessem interferir na Guerra de Troia. Tecnicamente, ele nunca descobriu o truque.

Agradecimentos

Em primeiro lugar, preciso agradecer a minha editora, Christa, que me deixa escrever no escritório dela quando tenho um prazo a cumprir, o que vai muito além de qualquer coisa que um editor "normal" faria por um autor e, no entanto, você faz isso e muito mais. Obrigada por me deixar invadir seu espaço, por me ajudar a escrever com esses prazos incríveis e pelos Domingos de Espaguete. Sou muito grata por tudo, mas principalmente pela sua amizade.

Obrigada, Leslie, pelo encorajamento que me fez seguir em frente dia após dia. Quando disse que eu conseguiria terminar este livro a tempo, eu acreditei, mas você também sabia quantas vezes eu precisava ouvir isso. Sem você, boa parte dessa jornada não teria acontecido, para começar. Obrigada por ficar se repetindo, hahaha.

Obrigada, Lexi, por cuidar das minhas redes sociais e do meu calendário. Eu não pareceria nem um terço tão organizada sem você. Também agradeço por poder contar contigo. Acordar às quatro da manhã é mais fácil quando você acorda comigo.

Como sempre, sou grata aos meus amigos por continuarem ao meu lado nos altos e baixos da escrita de um livro. Sempre fico ansiosa para terminar porque vocês estão esperando do outro lado, prontos para um brunch.

Às pessoas que me leem: todo autor sonha com a dedicação de vocês aos meus livros, e essa parte da série nunca teria acontecido sem vocês. Obrigada por quererem ler *Um toque de escuridão* da perspectiva de Hades. Essa saga se tornou mais do que eu jamais imaginei, e é tudo graças a vocês.

ESTA OBRA FOI COMPOSTA EM ADRIANE TEXT POR BR75 E IMPRESSA EM OFSETE PELA GRÁFICA BARTIRA SOBRE PAPEL CHAMBRIL AVENA PARA A EDITORA SCHWARCZ EM MAIO DE 2025.

A marca fsc® é a garantia de que a madeira utilizada na fabricação do papel deste livro provém de florestas que foram gerenciadas de maneira ambientalmente correta, socialmente justa e economicamente viável, além de outras fontes de origem controlada.